ハヤカワ文庫JA
〈JA1201〉

# 伊藤計劃トリビュート

早川書房編集部・編

JN210342

早川書房
7615

©2015 Taiyo Fujii/Tamotsu Fushimi/
Katsuie Shibata/Ryo Yoshigami/Minoru Niki/
Yuki Ojo/Ren Hanna/Satoshi Hase

# 目　次

# 伊藤計劃トリビュート

# まえがき

ＳＦマガジン編集長
塩澤 快浩

作家の伊藤計劃氏が、『虐殺器官』『ハーモニー』ほか数作の長短篇を遺して、二〇〇九年にこの世を去ってから早くも六年。しかし、その人気は若い世代を中心に留まるところを知らず、『虐殺器官』は現在累計四十万部、『ハーモニー』は二十五万部と、ベストセラーになっていることはご存知のとおりです。

そして二〇一五年秋、『虐殺器官』『ハーモニー』と、円城塔氏との共著『屍者の帝国』が、「Project Itoh」三部作として劇場アニメ化されるのを機に企画したのが、本書『伊藤計劃トリビュート』です。

現在の日本ＳＦの中核をなす作家八名に、伊藤計劃氏に捧げる中篇を書き下ろしてもらった、いわゆるオリジナルアンソロジー。〝トリビュート〟と銘打ってはいるものの、こちらから指定させていただいたテーマはただひとつ、〝「テクノロジーが人間をどう変えていくか」という問いを内包したＳＦであること〟です。これは、生前の伊藤氏がサイバーパンクの定義として捉えていたテーマでもあります（ハヤカワ文庫JA『楽園追放 rewired サイバーパンクSF傑作選』の虚淵玄氏による「編者まえがき」参照）。

収録作家は、まず一九七四年生まれの伊藤氏と同世代で、その生前から活躍を続ける長谷敏司（74年生）、仁木稔（73年生）と、デビューされたばかりの藤井太洋（71年生）と王城夕紀（78年生）という四氏。そして、まさに伊藤作品の影響を受けて作家になった、第二回ハヤカワSFコンテスト大賞受賞の柴田勝家（87年生）、同最終候補の伏見完（92年生）、同人誌『伊藤計劃トリビュート』でも短篇を発表している伴名練（88年生）、さらに吉上亮（89年生）という二十代作家四氏です。

実をいえば、前記のテーマで新たに依頼した作品もあれば、すでにお預かりしていた原稿を本書に収録させていただいた作品もあり、さらに今後刊行予定の長篇の一部という作品もあります。ただ共通していえるのは、いずれも〝テクノロジーと人間の現在〟について真摯に考察した、〝伊藤計劃氏には書けなかったSF〟になっていることでしょう。

トータル七三六ページという破格の分厚さで、百ページ近いボリュームの作品も多いため、ひょっとしたらアンソロジーとしては編集・構成の妙味などはないかもしれません。そのぶん、一作一作の伊藤計劃作品を継承、凌駕しようとする熱い意志を感じ取っていただけるものと思います。現在の日本SFの最先鋭にして、ベストの八作を集めることができたと自負しています。

個人的には、「伊藤さんが悔しがるような、まったく新しい才能を見つけ」るために創設したハヤカワＳＦコンテストから、柴田勝家、伏見完という若い才能を輩出できたことで、ようやく伊藤さんとの約束を果たせた思いもあります。

ここには、人間とテクノロジーの最先端の関係が描かれています。

そして、戦争と平和、暴力と調和についての考察があります。

つまりは、生と死についてのすべてがあります。

# 公正的戦闘規範

藤井太洋

藤井太洋（ふじい・たいよう）

1971年奄美大島生まれ。国際基督教大学中退。舞台美術、DTP制作、展示グラフィックディレクターなどを経て、2013年までソフトウェア開発・販売を主に行う企業に勤務。2012年、電子書籍個人出版「Gene Mapper」を発表し、作家として一躍注目を浴びる。2012年12月、短篇小説「コラボレーション」「UNDER GROUND MARKET」の2作で商業誌デビュー。2013年4月に、「Gene Mapper」の増補完全版『Gene Mapper -full build-』、2014年2月に『オービタル・クラウド』（早川書房）を刊行。『オービタル・クラウド』は『ＳＦが読みたい！ 2015年版』の「ベストSF2014［国内篇］」第1位および、第35回日本SF大賞を受賞した。他に『アンダーグラウンド・マーケット』、『ビッグデータ・コネクト』などがある。日本ＳＦ作家クラブ会員。著者のブログはhttp://blog.taiyolab.com/

「〝偵判打《ジェンハンダ》！　全民反恐精英（偵察、判断、撃て！　君も対テロ精鋭部隊員）〟だって？」

軽やかな打鍵音に続いて、歯をむいて笑う馬のアイコンから緑の吹き出しが吐き出された。斜め前に座る乞牙惕《キャト》・巴特尓《バータル》だ。彼は、再びキーボードを鳴らして吹き出しを重ねた。

「中央政府か、省か、それとも師団かな。とにかく官方手机《グワンファンショウジ》（官製スマートフォン）に入ってた手游《モバゲー》だよね。そんなの聞いたことないぞ。下士《シアシ》（伍長）の趙《チャオ》・公正《ゴンツェン》さん」

僕はスマートフォンに浮かぶ返信ボタンをタップして、画面に描かれたキーボードに一本指で返信を打ち込んだ。

「名は書くな、嫌いなんだ。退役したんだから階級もやめてくれよ」と書き終えたとたん、バータルの吹き出しが追いかけてくる。ああ、本物のキーボードが使いたい。

「ごめん、官姓名補完のまま書いちゃった。しかし知らないなあ、そんなゲーム。ウチで今作ってるのに似てるんだったら趙さんも設計の方に上がってもらって、意見を聞きたいね」

パーカーのフードをつまんで口元を隠した僕は、バータルへ声に出さずに『ちょっと待って』と口を動かしてみせた。彼はいかにも蒙古族らしい滑らかな額をつるりと撫でて、小さく『是《シ》（OK）』と返す。

顔を戻すときに、バータルのデスクがちらりと眼に入った。名門の精華《チンファ》大学情報技術学部を優秀な成績で卒業した彼のデスクには、幅が一メートルはあろうかという巨大な有機ELディスプレイとメカニカルスイッチの高級キーボードが二組、整然と並んでいる。

ここ上海の日系ゲーム開発会社〈セフォー〉にはプログラマーが五名、デザイナーが十名、専門分野を持つエンジニアが七名に、デバッグ専門のスタッフが十名働いているが、バータルは破格の待遇を受けているプログラマーの一人だ。デスクの脇では業務と関係のない紫色の髪の毛のフィギュアが僕に笑いかけていた。

デバッグ用のスマートフォンを縦横に四十枚並べた〝調試台《チャオシタイ》〟を前にした僕とは何もかもが違う。新疆《シンジアン》の屯田村で初級中学を出たあと村の廃品回収を二年やって人民解放軍に入り、通信教育で一つ資格をとっただけの僕なんかをよく雇ってくれたと感謝はしているが、二〇二四年にもなるというのにスマートフォンのガラスを撫でて毎日バグを探していると、軽やかにキーを叩いて仕事をこなすバータルたち開発チームが羨ましくもなる。

僕は画面に浮かぶキーボードに苦労しながら、少しだけ長い文を書いた。

〔思いついたんだけど、バータルが〈偵判打《ジェンハンダ》〉を知らないのは地域が違うからじゃないかな。僕の出身地は、新疆生産建設兵団の農二《ノンアル》師団の管轄区なんだ〕

〔配布元が違うかも、ってことか。それはあるかも知れないな。俺は農五《ノンウー》の管轄区だ。農二《ノンアル》っていうと海西《ハイシ》か。そういえば――〕

手を止めたバータルは、窓際で、宙に両手を舞わせ両眼を覆うゴーグルに向かってなにやらしている金髪の主席技官、ウークチン・アイパシャに顎をしゃくった。

〔あの女士《ニュシ》が同じだったはずだが、さすがに聞けないな。他の連中を誘おう。どうせ今日はみんな、午《ひる》で実家に帰るんだ。仕事なんか手につかないだろ〕

頷き返すと、バータルはヒュイと口笛を鳴らした。故郷ではそれで鷹を呼ぶのだというが、ここ上海のオフィスでは管理職に隠れてチャットを始めるための符帳だ。

オフィスにキーボードの打鍵音が立ちのぼると、バータルと二人だけだったチャット画面に同僚たちのアイコンが現れる。バータルの後ろには羌族《チャン》の童杏《トンシン》、苗族《ミャオ》の仡肖《ゲシャオ》、そして同じく苗族に分類されるが蒙族《モン》を自称する金珠《ジンジュ》に、満族の宁楚克《ニンチュケ》と並んでいく。〈セフォー〉で働くスタッフのほとんどが少数民族なのだ。

いつものことだがエキセントリックな名前ばかりなのは笑いを誘う。〈セフォー〉の日本人オーナー、九摩《くま》忠雄《ただお》がどんなつもりで集めたのかは知らないが、国民の八割を占める漢人のスタッフは僕と北京出身の文《ウェン》しかいない。その二人も人民解放軍を経由した貧村出身のデバッグ要員だったりするあたり、普通の企業とは様相が違う。九摩に名義を貸している名ばかり董事長《とうじちょう》の陳《ツェン》は漢人だが、ほとんどオフィスで顔を見ることはない。

チャットに集まったメンバーが〔早上好《ザオシャンハオ》〕と書かれた吹き出しを並べたところで、バータルが書き込んだ。

〔各位、趙さんの話を聞いてくれないか。中等学校の頃に遊んでたって手游《モバゲー》の話なんだけど、実写映像から人物を抽出するあたりが、どうも俺たちが作ってるのと似てるらしいんだよ。俺のコードは大体できあがったけど、もしそんなゲームがあるなら参考になりそうだからさ、手が空いている人は付き合ってくれ〕

三名ほどがチャットを離脱したが、残ったメンバーは〔是《シ》（ＯＫ）〕の吹き出しを並べてくれた。みんな時間を潰すネタを探しているのだ。

明日から〈セフォー〉は春節を挟んだ九日間の長い休みに入る。四十名のスタッフは正午にオフィスを出たら上海駅へ向かい、故郷への長い旅路につく。一億人が沿海の大都市から帰省する〝春运《チュンユン》〟のはじまりだ。地方出身者ばかりの〈セフォー〉は前後一日だけ長い春節休みになる。

僕は、準備していた文面をチャットに流した。

〔バータル、みんな、ありがとう。じゃあ質問。〝偵判打《ジェンハンダ》！　全民反恐精英〟って知ってる？　新疆生産建設兵団か、その下の農二《ノンアル》師団が配っていた官方手游《モバゲー》なんだ〕

首を傾げる気配が立ちのぼり、チャットには〔不是《ブシ》〕と書かれた吹き出しが並んだ。

〔思い込みじゃねえの〕〔いや、知らない〕〔初めて聞いたなあ〕と続く吹き出しに、僕はメッセージを返した。

〔本当に知らないの？　みんな初級中学の頃、官方手机《グワンファンショウジ》のＨＷ７を支給されたクチだろ〕

今度は〔是《シ》〕がずらりと並ぶ。バータルが〔俺のＨＷ７は緑色だった〕と書き込むと、チャットは配給されたＨＷ７の色についてのコメントで埋め尽くされていった。

ＨＷ７は中国政府が〝全民接続〟の名の下に、経済的に恵まれていない地域で配布した高性能スマートフォンだ。ＣＰＵから通信チップ、ＣＭＯＳセンサーから有機ＥＬディスプレイ、果てはＯＳまで純粋な中国製だ。生産台数は六億を超えたという。

小さなケースに詰め込まれていた声紋、指紋、虹彩認証が政府の生体情報収集《バイオメトリクス》のためだったことは軍に入って対テロ出動をするようになってから知ったのだが、子供の頃は貧しさを眺めるためにやってくる観光客たちよりも高性能なスマートフォンが自慢だった。

〔ほら、やっぱりみんな持ってたんじゃないか。そのＨＷ７に、プリインストールされてたゲームだよ。赤いアイコン。起動すると『偵判打《ジェンパンダ》！』ってボイスが流れるんだ〕

僕はタッチスクリーンに苦労しながら、ゲームの内容を説明した。

〈偵判打《ジェンパンダ》〉は実在の村落や街を舞台に、独立派のテロリストを追い詰めていくカード型のゲームだった。プレイヤーは人民解放軍か人民武装警察の情報将校となってテロリストの潜む町や村を偵察し、誰がテロリストかを判断して、小銃弾や小型グレネードで打ちのめす。

テロリストの居場所を探す偵察ステージでは、ゆらゆらと揺れる映像で、村や町の粗い航空写真が表示されるが、映像に重なって描かれるＣＧの街路の線から、どの線が正しいものかを当てる。三回ほどそれを繰り返すと、映像は街にズームインしていき、ゲームは判断ステージに入る。

判断ステージではテロリストを探す。町や村の人混みを映す映像で、人を縁取る緑色の輪郭線が描かれる。その中から怪しげな人物を選んでタップするだけだ。ターゲットはＡＫ47を抱えている戦闘員らしい人物のこともあれば、爆弾と思われるものをケープや籠の中に隠して歩く少年少女のこともあった。

テロリストを見分けたら、最後は射撃ステージだ。

判定したテロリストに画面がロックされ、照準のアイコンが現れる。指令が拘束や行動抑制ならば肩や太腿、射殺指令のときには体幹や頭へ照準点をずらしてタップ。このステージだけは反射神経が必要だ。映像は揺れるし、まごまごしているとこちらに気づいたテロリストは画面から逃げ出してしまう。怯え、人混みをかき分けて逃げるテロリスト役の演技は今でも思い出せるほどにリアルだ。

プレイヤーはゲームを起動したときやステージをクリアしたときに出るカードで武器やスキルを手に入れて、より効率よくテロリストを追い詰めていくことができる。カードは仮想通貨の〈Ｄ圓《イエン》〉でも購入できたのだが、小遣いなどなかった僕はもっぱらステージクリア時のボーナスカードを狙っていた。

一通り説明を書き終えると、バータルが書き込んだ。

［ほら、俺たちが作ってるやつとそっくりだろ。実写映像から地図を描いたり、人間をＡＩで判定して枠を描くあたりとかさ。もしそのゲームを見つけたら、趙さんにも開発に上がってもらおうよ。やりこんでるプレイヤーの感覚は貴重だからさ］

　同意の返信が並び、思わず頬が緩んだ。開発側に上がれれば給与は三倍になるし、なによりも指紋を磨り減らしながらのデバッグからは離れられる。
〔なんせ趙さん、軍人だったんだ〕バータルはメッセージをかぶせた。〔金珠《ジンジュ》もいるけど、もっとミリタリーの感覚が欲しいんだよね。しっかし、ものすごく金かかってるよな。趙さん、航空写真やら街並みやらのグラフィックが毎回違うんだろ〕
〔そうだね。同じグラフィックを見たことはなかった。チュートリアルだけはいつも同じT字髭のテロリストが出てきたけどね〕
〔テロリストかあ。どっち方面？〕
〔ほとんど東トルキスタン・イスラム国《ETIS》だったな。あ、あの頃はまだイスラム運動って名乗ってたかも〕
　鋭い声が窓際であがった。
「今、ＥＴＩＳの名をチャットに流したのは誰か！」
　ゴーグルを額にはね上げたウークチン・アイパシャが、緑色の瞳をオフィスに巡らせていた。ゴーグルに絡まって立ち上がったくすんだ金髪が赤みのある外の光を受けて、揺れて、まるで燃えているかのようだった。
　僕は手を後ろで組んで、休めの姿勢で身体を向けた。
「僕です、アイパシャ女士《ニュシ》」
「趙公正、すぐにログアウトしなさい！」

解放軍で叩き込まれた反射が僕の踵を打ち合わせ、直立不動の姿勢を取らせる。

アイパシャは続けて、声調のきつい普通話《プートンファ》をスタッフ全員に投げかけた。

「各位、すぐにその無駄話をやめなさい。バータルはルーターのチャット用ポートを塞ぎ、金珠《ジンジュ》はLANから出たチャットのログを確認して私に報告せよ。すぐに行え！」

僕は無意識に敬礼しようと動き出した右手をなんとか押さえて、口を開いた。

「女士《ニュシ》、申し訳ありません。バータルにも各位にも責めはありません。チャットには私が誘ったのです。気を抜いてしまいました――」

叱責を受けたのとは違う緊張が背中を走り、僕は原因を求めてアイパシャを見つめた。白く平たい額にゴーグルのバックライトがちらちらと輝いていた。両手はデスクからほんの少し浮き、鍵盤を叩くように五指を一杯に拡げたまま止まっている。仮想のインターフェイスを操るために嵌《は》めているブレスレットのLEDが、コマンドを待ってゆっくりと点滅を繰り返していた。

アイパシャは頭の上までゴーグルをずりあげて、欧米人のような仕草で首を傾げた。緊張の原因は彼女ではない。彼女は僕の言葉を待っているだけだ。

「趙公正、なにか？」

「いえ――」

僕はアイパシャの肩越し、窓の外に緊張の原因を探した。

大気汚染物質のせいで朝だというのに赤みがかった空に、銀色の球を掲げる東方明珠電視塔が溶け込んでいる。その向こうは上海随一の観光地、外灘《ワイタン》——外国人が〝バンド〟と呼ぶ、植民地時代の建物が並ぶエリアだ。

　胸騒ぎが高まり、もやりとした空に小さな点が動いた。

　——小型無人機《ドローン》？

　点に見えたものは、小さな胴の両側にメインローター、前後に姿勢制御用の小型ローターを持つドローンだった。飛行許可を持つ公安やニュースネットワークが定点観測に使う廉価なモデルだ。液体の入ったペットボトルには、長時間飛ばすために発電触媒用の燃料を詰めているのだろう。

　小さな胴から生えた短い筒がこちらに向いた。背筋がぞくりと粟立つ。ＭＵＣＡＶ——超小型戦闘用無人機だ。

　僕は反射的に叫んだ。

「趙《チャオ》、趙《チャオ》、发现杀人蜂窗外《ファシアン・シャレンフエン・チュワングワイ》、卧倒《ウオダオ》！（こちら趙、窓外にキルバグ発見、伏せろ！）」

　僕はその場からアイパシャのデスクへ飛び、手をついて窓の下の壁へ転がった。すぐに文《ウエン》と、金珠《ジンジュ》、そしてアイパシャが転がってきた。三人は壁にぴたりと貼り付き、窓よりも頭を低くして僕の言葉を待つ。

　僕は見たものを思い返し、確信した。

　新疆の独立を謳うテロリスト、東トルキスタン・イスラム国《ＥＴＩＳ》が無差別殺戮を行うために使うドローン、〝キルバグ〟だ。小さな胴にはチベットの町工場で作らせたＡＫ47の銃床基部が収まり、施条《ライフリング》も切られていない短い銃身から7・62ミリ弾を発射する。人民解放軍のMUCAV、兵蜂《ビンフェン》と同じように内蔵のAIが自力で目標を探し、射撃まで行う殺人機械だ。

安い炸薬しか使えないキルバグの弾丸は初速が小さいために鉄筋コンクリートを貫くことはない。装弾数は記憶が正しければ二十。窓越しに乱射されても、窓より頭を下げていれば撃たれることはない。

窓際に飛んで正解。

僕は手信号で文《ウェン》と金珠《ジンジュ》、そしてアイパシャに向けて、窓の外からキルバグに狙われていると示したが、オフィスを見渡して愕然とした。

口を開けたバータルがこちらを見ている。他のスタッフたちも、窓際に飛び込んだ僕たちを不思議そうな顔で見つめていた。もう一度『卧倒《ウォダオ》（伏せろ）』と言いかけた僕は、軍人の言葉が通じないことに思い当たった。

「バータル、みんな、頭を下げて！　窓際に来るんだ。キルバグが窓の外にいる」

何名かがのろのろと頭を下げたが、バータルは怪訝《けげん》そうに窓へ目を向けた。だめだ、まず身を伏せるんだ。

もう一度声を出そうとしたときに、オフィスの空気が動いた。ドアの開く音に続いて太い日本語がオフィスに響く。

「おはよう！」

日本人オーナーの九摩だ。なんて時に出社してくるんだ。

ぶ厚い身体をゆったりとしたベージュのスーツで包んだ九摩は、白い帽子の鍔《つば》をつまみ、きざな仕草で放ろうとして、僕の手信号に目を止めた。

「窓の外？」九摩は窓外に目を細め、上海訛《なま》りの乱暴な中国語を口にした。「ありゃ解放軍の兵蜂《ビンフェン》――じゃねえな。ＥＴＩＳのキルバグか。まさかここに来るとはね」

九摩は内ポケットから葉巻ほどの大きさのピンク色の筒を取り出して、窓に向けた。

「そこの四人、念のために窓枠から離れとけ。あいつを灼《や》くぞ」

意味は分からなかったが、その強い口ぶりに僕たちは壁から身体を離し、頭をさらに低くした。

第二関節まで毛の生えた九摩のたくましい親指が、筒の一部を押した。

ピーナツの殻が爆《は》ぜるような音が鳴り、髪の毛が逆立つ。

「いてて っ！」顔をしかめた九摩がピンク色の筒を放り出した。

足元に転がってきた筒から、細い煙とプラスチックの焦げる臭いが立ちのぼった。

「素手で握って使うもんじゃねえな」と言った九摩は歩を進めて、僕の横で窓枠に手をかけた。

僕は細い煙の立つピンク色の筒を拾い上げた。とってつけたようなシールには〝蠅香《インシアン》〟と書かれ、その下にはキルバグを撃退できる優れものだという説明書きがあった。

自然に壊れるのか九摩が放りだしたためなのか分からないが、筒の一方は蓋が外れて電池の端が覗いていた。筒をあらためていた僕に九摩が話しかけてきた。

「電磁《E》パ《M》ル《P》スだよ。見てみな」九摩は窓に顎をしゃくった。

立ち上がった僕が九摩の視線を追うと、キルバグは着地点を探してゆっくりと高度を下げていくところだった。

「ありゃあセンサーが逝ったたな。CPUも灼けたかもしれん」

「これ、〈蠅香《インシアン》〉っていうんですか」僕は手の中の筒から、単三電池を二本とりだした。

「知りませんでした。こんな出力の低いEMPでもキルバグは殺せるんですね」

九摩は目を丸くした。

「兵隊君、結構喋るんだな。いつも是《シ》（イエス）しか言わなかったのに」

「そんな——三ヵ月ぐらい前から、こうですよ」

九摩は「そうだったかな、悪かった」と笑ってキルバグを目で追った。

「キルバグは電装品の作りが安っちいんだよ。一機当たりの製造費は八十ドル——五百元程度だそうだ。それでも人混みで乱射すりゃあ死人が出る。窓ぐらいなら撃ち抜けるし、落とせば燃料電池のアンモニアが飛び散って臭い。コスパ抜群だ」

「コスパって——」

言いかけた僕の背後で、上ずった声があがった。

「キルバグ……が、いたの？　俺らを狙ってた？」

振り返ると、血の気が引いたのか、どす黒い顔色になったバータルが目を見開いていた。

「うん、もう大丈夫だよ」

僕の言葉が耳に入らなかったのか、慌てて腰を引いたバータルは、椅子に躓《つまず》いて向こう側に倒れてしまった。他のスタッフたちも今頃になって慌ててしゃがみ込もうとする。

そんなスタッフたちを九摩が笑い飛ばした。

「落ち着けよ、兵隊君の言うとおり、もう大丈夫だ。ついさっきニュースで見たんだが、ETISが上海に百機ほどばらまいたらしい。知ってんだろ。あれは適当に飛んで、AIで手当たり次第にぶっ放すだけだ。俺らが狙われたわけじゃねえよ」

立ち上がり、ようやく息を整えたバータルが九摩に取り乱したことを謝る。

いつの間にか隣に立っていた文《ウェン》がぼそりと漏らした。

「だから怖いんだよ。狙ってすらいない」

「あたしもそう思う」と金珠《ジンジュ》が返した。「銃を持ったテロリストよりも、米軍の無人機みたいに遠くから狙われるよりも、ETISのキルバグの方が怖い。AI制御なのは兵蜂《ビンフェン》も同じだけど……」

二人もキルバグと対峙したことがあるのだ。僕は頷いた。

「安物だからかもしれないね。先回りしてみせたかと思えば、地面や空に乱射して勝手にぶっ壊れたりもする――失礼、女士」

鼻先をアイパシャの金髪が横切った。

彼女はそのまま席に戻り、チェアに浅く腰掛けて、デスクに置いてあったゴーグルで目を覆うと両手首のブレスレットに触れ、業務に戻った。

それを目で追った僕は、デスクのネームプレートに刻まれた〝烏斉坤《ウークチン》・阿依帕夏《アイパシャ》〟を見て、初めてオフィスに来た日のことを思い出した。

柔らかに波打つくすんだ金髪を揺らし、複雑な模様を浮かべる緑瑪瑙《みどりめのう》のような眼で見つめてきたアイパシャを、僕はアメリカかヨーロッパから連れてきた役員だと思い込んだ。だが、彼女の唇から漢語の教養を感じさせる普通話《プートンファ》が流れて勘違いに気づいた。慌てて確認したデスクの名札には、まぎれもないウィグルの姓名が記されていた。名のアイパシャはともかく、父の名にあたる〝ウークチン〟はＥＴＩＳのメンバーが偽名に使うほどありふれたウィグル族の名だ。

ウィグル族の住む地域を奪うように入り込んだ漢人の屯田村で育ち、人民解放軍の兵士としてウィグルの独立を求める人々へ銃口を向けていた僕は、身も凍る思いをしたものだ。その経歴を知っているアイパシャが僕に特別辛く当たることはないが、何となく頭が上がらない。

アイパシャは窓際にたたずむ僕らに、硬い声で命じた。

「趙《チャオ》、文《ウェン》、金珠《ジンジュ》。あなたたちは業務に戻りなさい。今日の終業まではあと二時間ある。特に金珠《ジンジュ》はチャットのログを確認して、わたしにすぐに提出すること。文《ウェン》は昨日のデバッグ報告が出ていない」

文《ウェン》は「すぐやります」と言いながら顔をしかめ、声に出さずに唇を動かした。

〝三非女知青《サンフェイヌイジチン》が、生意気に〟

共産党員でない非党、おそらく米国なのだろうが非内地での教育、そして非漢民族の女性知識階級青年という属性を持ちあわせたアイパシャは、スタッフたちにそう呼ばれている。彼女の下す指示には『党員でもないわたしが、少数民族の、女性のわたしが、あなたたちよりも教養のあるわたしが従っているのだから』という言外の要請が乗る。

文《ウェン》の声なき呟きが生んだ不自然な間を潰すように、金珠《ジンジュ》が踵を打ち鳴らした。

「はい、わかりましたアイパシャ女士。すぐに業務に戻ります」

振り返りもせずに頷くアイパシャへ、九摩の声が飛んだ。

「アイパシャ。今日はもう仕舞いにしようや。キルバグ騒動で落ち着かねえ。どうせ半ドンの予定だろうが」

不満そうに肩をすくめたアイパシャは「わかりました」と返しながらも、ゴーグルの中に映し出される見えないキーボードを叩き続ける。タイツに覆われた両方の脚と肘も使って全身で仕事をする小柄なアイパシャの姿は、まるで機械の中に入っているかのようだ。

そんな彼女に九摩は「お堅いなあ、お前ももうすぐ帰るんだろうが」と肩をすくめて、入り口に置いてあった大きな紙袋から煙草を包んだ赤いネットを取り出した。

「みんな、春節の土産を持ってきたぞ。さっきのキルバグ避《よ》けも入れてある。田舎は灯火管制されるぐらいキルバグが出るんだってな。実家の父ちゃん母ちゃん、親戚一同に配ってやれ。ほら、〈中華《チョンホウ》〉だ」

年季の入ったスタッフたちが歓声を上げ、九摩の周りに集まっていく。

九摩は「値上がりして一箱三十ドルもしやがるんだ。大切に配れよ」などと言いながら、スタッフ一人一人に声をかけ、赤いネットを渡していく。

喫《す》うなよ、と念を押す九摩がおかしい。あれを喫うのは共産党の幹部ぐらいだ。退役するときに分隊長がくれた〈中華〉も、僕はすぐに売りに行った。確か、百二十元——二十ドルほどで買い取ってくれたはずだ。そんなことを思い出していると、声をかけられた。

「趙君は初めてだったかな。〈セフォー〉の春節休みは」

柔らかな北京語で語りかけてきたのは、名ばかり董事長の陳《ツェン》だった。マオカラーのシャツにウールのパンツという冴えない格好で、脇にはパンパンに膨らんだブリーフケースを抱えている。

「ええ。陳さん、お帰りだったのですか」

「たった今ね。九摩《ジマ》さんと一緒だったんだけど銀行で両替に手間取ってしまって。はい、君の分だ」

陳はブリーフケースを開いて、懐かしい小さな紙幣の束を抜き出した。

「……なんですか、これ」

「餞別《せんべつ》だよ。ちゃんと数えてないけど、百五十分——一元半ぐらいはあるかな」

ウィグルの民族衣装を着た男女の絵が刷り込まれた小額紙幣〝一分札《イーフェン》〟の束だった。この二センチの札束でも上海ではバスにも乗れない。とはいえ故郷の村では手垢にまみれた一分札を十枚手に入れるために、一週間働かなければならなかった。

僕は、初めて見る新札を一枚抜いて裏を検《あらた》めた。記憶通りにモスクが描かれている。

「透かしもホロもないけど、偽札じゃないよ」

「ええ。わかります。懐かしいお札です。こんなに綺麗なのは初めて見ましたけど」

「漢人の村で使うようなのがあれば、君と文《ウェン》のために持ってきたんだけどな。知ってたかい？　一昨年から、蒙古族や苗《ミャオ》族の居留地向けも出たんだよ」

陳は、馬と鷹の絵に縦書きのモンゴル文字が重なる札束を抜き出した。

「陳さん。これって、春節の賞与から差し引かれるんですか？」

「まさか。餞別って言ったじゃないか。九摩さんのポケットマネーだ」信頼に満ちた微笑みを九摩に向けた陳は「大人だねえ」と呟きながらスタッフの輪に入り、一人一人に異なる紙幣の札束を配り始めた。

手の中に残った札束をもう一度検めていると、疑問が膨らんできた。

日本人だという九摩は、なぜ中国人ですら忘れかけている心付けができるのだろう。結婚式で配るような高級煙草は、村の長老や有力者たちに配るのにちょうどよいし、飴玉や少額貨幣を子供に振る舞えば、村から働き手を減らした両親の顔も立つ。

札束を持つ僕の手に、高級煙草の入った赤いネットが押しつけられた。

「兵隊君も今日はこれ持って帰っちまえ。自分で喫うなよ。俺ももう出るからよ」

「煙草はここに入るときに止めました。九摩さんはどこへ行かれるんですか」

「青蔵鉄道でアイパシャの故郷に連れてって貰うんだ。長い休みだしな。そういや、お前も同じ路線で帰るんじゃなかったか？」

僕はうなずいて旅程を説明した。まずは青蔵鉄道の出発する成都を目指す。汽車で丸一日かけて移動し、青蔵鉄道春运《チュンユン》特別便に乗り換え、兰州《ランゾウ》を経由して五道梁《ウーダオリャン》までが丸二日。そこからバスに揺られて荒れ野を丸一日走った先が、両親が暮らす海西モンゴル族・チベット族自治州の屯田村、屯一〇二二だ。九日間もある春節休みのうち、八日が移動で費やされてしまう。人民解放軍で貰える休暇は七日しかないので、村を出てから六年の間、一度も帰ったことはなかった。今回が初めての帰省になる。

大変だな、と九摩は肩を揺すった。

「五道梁ていうと、楚瑪爾河《チュマルフ》の一つ先だったよな。俺もアイパシャとそこまで行くんだよ」

思わずアイパシャを振り返る。そういえば、僕と彼女は同郷だとバータルが言っていた。五道梁までの丸二日半、上司二人と顔をつきあわせることになるのだろうか。

僕の心を読んだかのように、九摩は笑い、煙草の入った赤いネットをぶら下げた。

「また兵隊の顔に戻ってるぞ、趙。俺たちは兰州《ランゾウ》まで飛行機だ。一足先に楽しんでくるよ。馬賊に会えたら、この煙草を贈ってやるんだ」

「馬賊って、何年前の話をしてるんですか。それよりテロリスト——ＥＴＩＳには十分気をつけてくださいね。外国人の誘拐、増えてますから」

「連中は退役軍人も狙ってるだろうが。兵隊君、だらしない格好で楽しんでこいや」

九摩は白い鍔広帽をあみだに被って、ウインクを投げてきた。

あなたの方がよほど馬賊らしく見えますよ、とは言わずにおいた。

＊

青蔵鉄道の春运《チュンユン》特別便は、始発の成都から経由地の兰州《ランゾウ》までの一〇〇〇キロの間に乗ってきた帰省客を満載して西に向かっていた。客車の前方に表示されている海抜はすでに三二〇〇メートルを超え、その下で点滅する外気温は零下二十度まで下がっている。

　外国人が中国本土《チャイナ・プロパー》と呼ぶ「中国」は十時間前に停車した兰州《ランゾウ》で終わり、いま鉄道が走る青《チン》海《ハイ》省、海北蔵《ハイベイカン》族自治州はまぎれもない辺境だ。

　スマートフォンには着信が一件あったことを示すバッジが点滅していた。寝ている間に、父が電話をかけてきていたのだ。折り返したいがそうもいかない。

　滅多にないことだが、圏外だ。成層圏を飛ぶ無人機で編まれた、圏外知らずの携帯電話網〈平流网《ピンリウワン》〉も三億人が辺境を移動する春运《チュンユン》の期間は役に立たないのだろう。米国の成層圏通信網〝StratCom《ストラットコム》〟なら繫がるのだろうが、貧乏人には高嶺の花だ。

　僕は窓枠に載せておいた水筒をずらして、灯火管制用の遮光カーテンをそっとめくった。

　無数の輝きが目を射貫く。帰省客から吐き出される湿気が結露して水滴を窓に貼り付かせ、一つ一つの雫《しずく》がレンズとなって、今まさに昇ろうとしているオレンジ色の太陽を映し出していた。

パーカーの袖で窓を拭《ぬぐ》って山の端から覗く太陽を手で隠すと、青黒さが薄れていく空には、真冬だというのに牽牛星《チアンニウシン》と織女星《ジンニュシン》が低く輝いていた。文明の届かない辺境の清涼な大気のおかげだ。二つの星を繋ぐカササギの橋を探そうと首を傾けたところで、隣席の女性がカーテンに腕を伸ばしてきた。

僕はその手を遮《さえぎ》った。

「ごめんなさい、もう少し見ててもいいですか」

慌てて腕を引っ込めた女性は、懐から古びたスマートフォンを取り出してチベットの言葉を呟《つぶや》いた。少し間を置いて彼女がこちらに向けたひび割れたガラスには、内蔵の翻訳エンジンが作った下手くそな中国語が表示されていた。

〈殺人虫が飛んできます。閉めてください。殺人の虫が飛ぶのです〉

「大丈夫ですよ。キルバグのセンサーは日中、暗い室内をスキャンできません。それに、青蔵鉄道に追いついてくるほどの速度は出ませんよ」

女性は首を振って、スマートフォンを僕の顔に触れるほど近づけてきた。指ぬきの手袋から覗く女性の指先が紫色に染まっている。青蔵鉄道が送り込む漢人に押し出され、都市に出稼ぎに出たチベット族なのだろう。スマートフォンはオレンジ色のＨＷ７だった。彼女は九年前に配布された端末を今でも使っているのだ。

僕はＨＷ７を指さして、使っていいかと許可を求めてから手に取り、書き込んだ。

〈わかりました。僕は食事をとってきます。それまで、この席を使って構いません。休んで

いてください〉

カーテンをマジックテープで窓枠に留め、ヒマワリの種の殻と捨てた茶がらの散らばる通路へ出て、チベット族の女性が持つＨＷ７の中身を思い返した。

あのＨＷ７には、確かに〈偵判打《ジェンパンダ》〉は入っていなかった。

＊

車輛を出た僕は、カーテンで仕切られた三段ベッドの小部屋が並ぶ硬臥《インウォ》車の補助席で、水筒の茶を飲みながら、昇る太陽を眺めていた。

食事が取りたくて席を離れたわけではない。

村での暮らしを思い出したからだ。

屯一〇二二と名づけられた故郷の屯田村に人民解放軍の募集が来なければ、僕は今でもボロ布で接《は》いだ人民服を着て、ひとまたぎできるほど細い川に沿って立つ文革時代を模した小屋の中で、携帯電話やＰＣの回路を煮ていたはずだった。

硝酸銀やシアン化合物などでプラスチックを溶かして、回路やチップに含まれる金や白金などのレアメタルを濾《こ》し出す。あのチベット人女性と同じように紫色に染まった指で汚泥《スラッジ》を拭い、小指の先ほどのレアメタルを行商人へ売る。一週間やって、十分《フェン》ほどになる現金収入だ。

実際には二時間の時差がある北京の時間で働くため、陽も昇らぬうちから小屋に入り、明るいうちに仕事の手を止めて家に帰る。観光客は〝文革鎮《ウェンガチン》〟と名づけられた村が七十年もそんな暮らしを続けているのと勘違いして幾ばくかのチップを落としていくが、実は天安門広場のデモに加わった叛徒《はんと》が移送された屯田村だ。僕の名、公正《ゴンッェン》には、天安門で〝公正的正義〟を叫んだ父の願いが込められている。

劇薬の蒸気と高地の紫外線で肌は硬くなり、三十歳を前にして、顔には老人のような皺が刻まれていたことだろう。そして、今でもあの女性のようにＨＷ７を使っていたはずだ――ボーナスで貰える〈Ｄ圓《イェン》〉を求めて〈偵判打《ジェンハンダ》〉で遊びながら。

「おかしいな……」

チベット人女性のスマートフォンに書き込むとき、ホーム画面からアプリ一覧まで確認したが〈偵判打〉は入っていなかった。目をつむっていても使えるほど使い倒したＨＷ７だ。間違いはない。動く〈偵判打《ジェンハンダ》〉を見つけられれば、デバッグ要員から開発に上がれるかもしれないというのに――。

水筒を傾けると、温《ぬる》くて渋くなった茶が舌を痺れさせた。補助席の下に倒しておいたバックパックを手探りで開いて水筒を押し込もうとしたとき、ネットに包まれた煙草のパッケージに手が触れて、名案を思いついた。村に帰ったらこの煙草と〈偵判打《ジェンハンダ》〉の動くＨＷ７を交換してもらえばいいじゃないか。土産にもらった高級煙草〝中華〟を行商人に売れば、一箱で三ヵ月分の稼ぎになる。

立ち上がろうと顔を上げたら、斜め前のカーテンの向こうから、頭に白い布を巻き、浅黒い顔の下半分をスカーフで覆った男と目が合った。

男は青蔵鉄道の案内パンフレットを持ち上げて視線を隠した。パンフレットの表紙には改良アラビア文字――ウィグル族だ。

僕は座席に深く座り直した。

チベットに向かう青蔵鉄道に、本来の居留地が異なるウィグル族が乗るのはもはや珍しいことではない。ＥＴＩＳの支持基盤である新疆のウィグル族を、チベット族や蒙古族の自治区へ強制移転させているからだ。

ＥＴＩＳが幅を利かせるようになったのは、僕が初級中学に入った九年前からだ。辺境の少数民族たちへ、北京時間で経済活動を行うよう求めた〈統一時〉が引き金だった。ＥＴＩＳの前身〈東トルキスタン・イスラム運動〉の幹部がウルムチで〈統一時〉への反対演説を行っている最中に、人民解放軍のＡＩドローン――兵蜂《ビンフェン》に暗殺された。

後継者たちはシリアの原理主義者に倣《なら》って〈東トルキスタン・イスラム国〉《ＥＴＩＳ》を名乗り、意趣返しのようにキルバグを用いた無差別テロを沿海の都市部で行っている。

そんなわけで春运《チュンユン》特別便にウィグル族が乗っていてもおかしくないし、一般人ならウィグル族を怖がる必要もない。

だが、かつてＥＴＩＳに銃を向けていた僕は違う。

ＥＴＩＳのＷｅｂサイトには処刑対象者として、数十万にのぼる人民解放軍兵士と人民武装警察の現役、退役者が掲載されている。もちろん、僕の名も含まれている。

目が合うのを避けたあのウィグル人がETISの構成員かどうかはわからないが、シンパである可能性は捨てきれない。

髪の毛をくしゃりと摑んで前に流し、いかにも疲れた風に背を丸めて立ち上がる。バックパックを片方の肩に掛け、ポケットに手を突っ込む。九摩が出がけに言った『だらしない格好』ぐらいはしておこう。

靴で床をすりながら立ちあがって補助席を畳んだ僕は、背後から聞こえてきた、耳に覚えのある金属音に振り返った。

オリーブ色の制服にボディーアーマーを重ねた人民武装警察——武警の将校が、ZH05自動小銃を携えた二人の兵士を率いて歩いてくるところだった。総延長二〇〇〇キロに達する青蔵鉄道は、駅と線路、客車など全てがテロの標的となるため、武警は青蔵鉄路守護大隊の隊員を同乗させている。

金属音は兵がZH05を振るときにストラップの金具が銃本体に当たるときの音だった。

顔を目出し帽で隠した二人の兵はもっとも階位の低い列兵だが、将校の階級章を見た僕は驚いた。中尉だ。車輛警護に当たる部隊長にしては階位が高い。

僕は彼らを通すために通路の脇に寄り、見るともなしに兵士の装備に目をやった。

列兵のZH05は装弾済みで、親指はすぐにセイフティが外せる位置に添えられていた。組み込みのプルバップ式二〇ミリグレネードランチャーに給弾するマガジンには黄色の二本線

——暴徒鎮圧弾だ。ボディーアーマーのパウチには通常弾とグレネードのマガジンがずらりと並ぶ。

狭い車輌内で取り回しをよくするためか、ＺＨ05の特徴的な箱型のスコープは取り外されていた。実用的な重装備だ。

脇を通り過ぎようとした将校が足を止めて僕の正面に立った。兵は僕とその将校を護るように前後に回り、銃口を左右に延びるカーテンの列に向けた。

将校は細い眼で僕の顔と手の甲についた液晶画面を確認して、張りのある声で言った。

「趙公正下士《シァシ》（伍長）」

なぜ僕が——という疑問が浮かぶ前に、呼びかけられた階級が背筋をまっすぐに伸ばし、手の指は揃えるべきズボンの縫い目を探った。

「何故、予約した席にいない」

「食堂車へ向かっていました」

中尉は細い顎を突き出して遠慮のない視線で頭から爪先まで舐めまわし、よく通る正確な北京官話で言った。

「ほんの九ヵ月ですっかり民間人だな。新疆西部方面隊の対テロ行動部隊で五年、鎮圧を行い、昨年五月退官。間違いないか」

「是《シ》（はい）——」と反射的に答えながら、怒りがこみ上げてきた。

ＥＴＩＳが軍の関係者を狙っているのを知らないはずがない。その証拠に二人の兵は顔を隠している。それなのに退役時の階級どころか、従軍時に対テロ鎮圧部隊にいたことまで周りに聞かせるなんて、ここに目標がいるぞと叫んでいるようなものだ。

僕の怒りと当惑は兵に伝わったらしい。二人の兵が——軍人にしか分からないほど微かにではあるが、慌ててＺＨ05を振る。その動きに合わせていくつかのカーテンがさっと閉じられた。

将校はその様子を満足げに眺めて、車輛の後方へ顎をしゃくり、解放軍と武警の両方で使われるフォネティックコードを口にした。

「洞五《ドンウー》（十五）車まで行く。貴官が待たれている。同行しろ」

「是——十五？」

『十四輛編成では？』という疑問は飲み込んだ。この中尉が答えてくれるはずもない。

「失礼しました。同行します」と言って歩きはじめた僕へ、後ろを護る位置に立った小柄な兵が囁いた。

「下士。特別車輛が連結されています」

列兵は後方へ鋭い視線を配りながら、連結部の掲示板を左手で差した。春运《チュンユン》特別便の車輛構成表だ。普段は最終車輛である十四号車の後ろに三つの客車が連結されている。すべて立ち入りと撮影が禁止されていた。

兵はさらに口を寄せてきた。

「洞五《ドンウー》は客車ですが、残り二つは〈槍亀《チャングイ》〉——ご存知ですか？」

僕は頷いた。〈槍亀〉は武警が開発した二輛編成の装甲武装車輛だ。武警隊員が二千名乗った車輛を牽引できる動力車と、追い越しや修復用の線路を敷設できる重機車輛の組み合わせだ。いずれも野砲、各種ミサイル兵器に加え、いまや対テロ作戦では主力兵器となった超小型AIドローン、兵蜂《ビンフェン》を展開するプラットフォームを持っている。

「大げさだな。何があったんだ」

兵が口を開こうとすると、僕の前に立って歩いていた中尉が「雲《ウン》！　口をつぐめ」と怒鳴り、振り返った。

「趙下士、お前たちが乗ってこなければ〈槍亀〉を出す必要もなかったのだ。各車の二千名を危険に晒《さら》していること、承知しているのか！」

中尉は腹立たしそうに踵を床に打ち付けて、車輛後方へ足を踏み出した。

僕のせいだというのか——答えを求めて雲と呼ばれた兵を振り返ると、廊下に並ぶカーテンが一つ揺れるのが、ZH05を構えて後じさってくる彼の肩越しに見えた。

＊

自らを烈《リイ》と名乗った中尉と、列兵の雲《ウン》、劉《リウ》は三人で僕を囲んだまま、通常編成ならば最終車輛となるはずの硬臥《イングオ》車の後部連結扉を通り抜けた。

車輛を結ぶ貫通路には、風よけのビニールもかかっていなかった。零下十七度の風が吹き抜ける中を、折りたたみ式の踏み板を歩いて、本来の車輛編成にはない真っ黒な客車に入り込む。

　車内に足を踏み入れた僕は、息を呑んだ。

　細かな彫り込みの奥にライトが埋め込まれた格子の天井と、そこから優美なカーブを描いて降りてくる左右の壁には、何種類もの木材の木目で描かれた寄せ木の龍が躍っていた。床には、毛足こそ短いが踏みごたえのあるカーペットが敷き込まれている。白檀かなにか、高そうな香も焚いてあるようだ。

　雲と劉の二人を扉の前で待たせた烈も豪奢な空間に呑まれているのか、カーペットの中央を注意深く踏んで僕を手招きした。

「趙下士、中央ホールだ、ついてこい」と呼ぶ声も、部下から離れたためかトーンが和らいでいた。

　僕は無難な質問を探した。

「烈中尉、ホールと仰《おっしゃ》いましたか？　この客車はなんですか」

「なに、と言われると困るな」烈は豪奢な内装に首を巡らせた。「主席がチベットを視察するために作ったT二十五型の迎賓車だ。主席本人は一度も乗ったことはないがな。廊下の両脇は厨房、ホールの向こうに三つの客室がある。応急セットは各部屋の扉の脇、カーペットの中央にある切れ目をめくれば、床下から外に出られる。覚えておけ」

　要領を得ない僕に、烈は苛立《いらだ》たしそうに続けた。

「今乗せている賓客は、我ら武警の警護が不要だというのだ。車輌自体は我々が守るが、何事かが起こったときには、貴官が客を守ることになる」

烈は豪奢な飾りガラスの嵌まるドアの前で立ち止まり、手首を認証端末にかざした。解錠音を響かせたドアノブに手をかけて烈は言った。

「米国人ということだ。そいつが——」そこまで言った烈は要領を得ない僕の顔を見て、吐き捨てた。「何も知らないのか？」

上着の裾をピンと伸ばしてから扉を押し開いた烈は、僕でも酷いと思うほど訛った英語を室内に投げかけた。

「キャプテン・ジーマ、アイ、ピッカソルジャー、ユー、ニード」

キャプテンは大尉だったかと記憶を探ったとき、耳に覚えのある上海訛りの乱暴な声が響いた。

「中国語でいいっつってんだろ。烈さん」

「社長、どうしてここにいるんですか」

車輌の幅を一杯まで使ったホールから声をかけてきたのは、白いスーツに身を包んだ九摩だった。膝の上に鍔広の帽子を置いた九摩は、足元から天井まである大きな窓に向いたソファに脚を組んで腰掛けていた。九摩が揺らす靴の爪先に、シャンデリアが映り込んでいた。

傍らのソファには民族衣装を着た女性が座っていた。

乗馬のために脚の脇に切り込みの入った真っ赤なドレスは黒い布で縁取られ、青や緑のビーズで飾られている。体型のはっきりとわかる黒いベストは、凝った文字のような刺繡で飾られていた。頭に巻いたショールの縁から、何筋も垂れるビーズが眼を隠しているので、顔立ちはよくわからない。

大きな窓の近くに置いてある、カムフラージュ模様の布をかけられたイノシシほどの大きさの塊だけが豪奢な内装とは不似合いだった。

ドアを押さえ、「通れ」と促す烈の顔を見た。彼はたったいま、室内にいるのが米国人だと言っていた。どう問いかければいいか迷った僕に、女性は声をかけてきた。

「趙、間に合ったわねえ。よく眠れた？」

「まさか、アイパシャ女士《ニュシ》？　どうしたんですか」

声でわかったのに、思わず顔を見直してしまう。かけられた言葉が、漢語の成句を織り交ぜた普通話《プートンフア》ではなく、拙《つたな》いと言ってもいいほど簡単な北京語だったからだ。

アイパシャはビーズのカーテンの下に伸びるまっすぐな鼻の下で、ドレスと同じ真っ赤な唇をゆるめ、ソファにもたれた。

「どうもしやしないわよ」

「……いや、その格好とか。それに、間に合ったって、何がですか」

問いかけには九摩が答えた。

「これから、武警さんらの腕前を見せてもらうんだよ。烈さんも座りなよ。装備や運用は、武警の将校に説明してもらいたかったんだ。ああそうだ、この部屋で階級と官話と盗聴はなしだ。手首のそいつ、オフっといてくれないか」

鼻息を吹いた烈は、手首の情報端末を操作して画面を九摩の方に向けた。

「これでいいですか」

「上等、馬大佐《マー》には俺から言っとくよ」

九摩は僕と烈をもう一度椅子に招き、テーブルのポットから茶を注いで寄こした。

慌てて手を出そうとする烈を押しとどめた九摩は、壁の時計へ、そしてようやく星が消えはじめた朝の空へ目を向けた。

「日が昇ったが、もう九時だ。出勤の時間だな」

茶碗を受け取った烈が「そうですが」と言って首を傾げた。バックパックを床におろして、アイパシャが左手を閃かせると、窓に現在位置を中心としたアジアの地図が映し出された。

同じように茶を受け取った僕も、九摩が何を言おうとしているのか分からなかった。

「便利だな」と笑った九摩は立って窓の近くに歩み寄り、カムフラージュ布のかけられた機械に腰を下ろして、地図に指を当てた。今まさに昇りつつある朝日が九摩の手を金色に縁取った。

九摩は地図の中央、青海湖《チンハイ》に指を当ててまっすぐ下になぞった。

「一度、中国の軍人に聞いてみたかったんだよ。いま、この列車が走ってるのはちょうど、ミャンマーの真北だ。ミャンマーではいま七時半だな。二月の夜明けとしては悪くない」

「……時差、ですか？」

九摩は頷いて言った。

「〈統一時〉って言うんだろう。現地時間での活動を禁止したあれだ。日も昇らんうちから山羊連れて畑に出ろと、そういう同化が西域での抵抗を生んでいる」

「大尉、我々の施政への理解が足りていませんね。〈統一時〉については、御国で採用している夏時間のもたらす不便よりはいいと考えますよ」

「確かに、サマータイムは不便だ。趙はどう思う」

ちらりと烈を見やるが、彼はじろりと僕を見て「素直に答えればいい」と九摩の方へ顎をしゃくった。

「……〈統一時〉は正直なところ、不便なことが多いと思います」

「現地はそうだろう」予想通り、烈はすぐに反論してきた。「だが、米国のように一国の中に時差を設けて都市に住む九割に不便を押しつけるのが合理的とは考えにくい。長時間労働を強制しているわけではない。ほんの二時間早めに動けばいいだけではないか。それが中庸な考え方だろう」

模範解答に僕が何も返さずにいると、烈は身体を九摩に向けた。

「それよりも、なぜ〈統一時〉の話など持ち出すのですか。九年前に始まった施策です。今年で十年になる。概《おおむ》ねうまく回っているのですよ。それよりも、差し迫るＥＴＩＳの襲撃に備えていただきたい」

「襲撃？」

思わず腰を浮かせた僕を九摩は手で制し、烈に言った。

「なぜ？　俺たちがここに来たのは〈統一時〉のせいだからだ。襲撃まで時間はある。もう少し話そうじゃないか。趙に聞かせたいんでね」

僕に――何を話そうというのだ。

「彼女のことは、烈さんにも紹介していなかったな」

九摩はアイパシャを招いた。

頭を振ってビーズを揺らしたアイパシャは、窓に映る地図を背に立ち、頭に巻いていた黒いショールを肩に落とした。くすんだ金髪がこぼれ、赤い斑の浮く緑瑪瑙の瞳が僕と烈に向けられる。

口の中で〝金髪――〟と言った烈に九摩は言った。

「彼女はウークチン・アイパシャ。父の名はサイード・ウークチンだ」

身じろぎする烈を九摩はおかしそうに笑った。

「当然知ってるよな。ＥＴＩＳの前身である〈東トルキスタン・イスラム運動〉の指導者だったサイード・ウークチンだ。首府ウルムチのモスクで〈統一時〉に反対する演説をしているときに殺された。趙は知ってるか？」

「……はい」

解放軍で学んだ記憶が蘇る。サイード・ウークチンはＡＩ制御の超小型戦闘用ドローン、兵蜂《ビンフェン》シリーズが初めて殺した人物の一人だ。穏健派だったという話も聞いたことがある気がするが――実際のところはわからない。無差別テロを都市部で繰り広げるETISのせいで、ウィグルの独立派に対する印象は塗り替えられてしまった。

僕はようやく言葉を選び、押し出した。

「……そうだったのですか。兵蜂《ビンフェン》のAIに、殺されたのですよね」

「AI？　そうでもないのよ」

アイパシャが肩から下がるショールの裾を小指にかけ、目に見えぬ鍵盤を操るかのように腕を拡げると、窓に映し出されていた背後の地図がするりと小さくなり、三枚の映像が折り重なった。

僕はアイパシャの両手首に、カーキ色の無骨なブレスレットを見つけて納得した。オフィスでゴーグルの中のコンピューターを操るために使っている物と同じだ。窓に投影された画面はアイパシャのジェスチャーで操作されている。

映像が鮮明になったとき、僕は息を呑んだ。不自然に揺れる航空写真と人混み、そして演説をする男性のクローズアップに重なる複数のターゲットスコープ。これは――。

「〈偵判打《ジェンハンダ》〉！　どうしてあなたがその映像を持ってるんですか」

「これはCIAが入手したものだ」九摩が答えた。「ついでに言うと〈偵判打《ジェンハンダ》〉の画面じゃない。こいつは、九年前にウルムチでウークチンを殺した時の、兵蜂《ビンフェン》のモニタ映像だ。あの時点では、兵蜂《ビンフェン》はまだ完全にAIで操作されていなかった。照準を合わせて、引き金を引いたオペレーターがいたんだよ」

「そんな」「バカな」漏れた声が烈と重なる。

「兵蜂《ビンフェン》にオペレーター？　初めて聞いたぞ」

丁寧な言葉遣いを忘れた烈に悠然と笑みを返すアイパシャの顔を見ていると、テーブルの茶卓が震えていることに気づいた。膝が、まるで別の生き物のように震えて、爪先でテーブルを揺らしていたのだ。

兵蜂《ビンフェン》にオペレーターがいた――まさか〈偵判打《ジェンハンダ》〉で遊んでいた僕たちのことか。

彷徨《さまよ》った視線が九摩と絡んだ。

九摩は僕の目をじっと見つめて、ゆっくりと頷いた。

「聞いて気が楽になるかどうか知らんが――ウークチンを殺した時、兵蜂《ビンフェン》の引き金は、二十名の〈偵判打《ジェンハンダ》〉プレイヤーが合意したときに発動する仕組みだった。俺たちの試算だが、十八万人ほどがプレイヤーの手によって殺されているはずだ」

「十八万……」再び言葉を失った僕を、アイパシャが見下ろした。

「今更何よ。あなた、解放軍で対テロ出動やって、直接手を下してた。何人殺したの？　五人？　十人？　百人？　それとも、食べたパンの数は覚えてられないロかしら」

首を振るが、殺したことに違いはない。ＥＴＩＳのアジトに踏み込んだとき、支配された村を奪還するとき、国境の向こうへ逃げようとするＥＴＩＳを追撃していたとき――僕は、支給されたＺＨ05の引き金を引いて、テロリストへ５・８ミリ弾を浴びせた。奪った命の数は退役までの五年で十二。うち二名は、戦闘員ではなかったことが後から分かった。

だが、それとは比べものにならない数の命を、それと知らないまま、僕はゲームで遊びながら奪っていたというのだ。

雨が通り抜ける小屋でしゃがんでPCの回路を煮ながら、コーリャンを指で摘まみながら、交易にやってきたウィグルの人々の顔を見ながら、絶対に命を奪われない安全な場所から、僕は二十分の一の殺意で、何千人もの命を消していた。

AKやRPGを携えた兵士にターゲットスコープを当てた。モスクで礼拝していた幹部が逃げ惑うのを追った。麻薬漬けの目で自爆テロの手順を聞いている少女の頭に、兵蜂《ビンフェン》の弾を、二十分の一に薄められた殺意で撃ち込んでいた。

喉からせり上がるものを、僕は床にぶちまけた。飲んだばかりの茶が胃液と混じり、豪奢なカーペットに水たまりをつくる。バックパックの脇に膝をついた僕は繰り返し襲いかかる嘔吐《おうと》の衝動に耐えきれず、胃液だけを幾度も吐き出した。

九摩が何か言い続けていたが、耳に入ってはこなかった。

僕を我に返らせたのは、烈の反論《ビンフェン》だった。

「――そんなわけがありません。兵蜂の運用可能数を知っていますか？　三十万機ですよ。そんな制御を人間に委ねられるはずがありません。人間は間違うし、心を病む。無人機操者の心身を病ませた米国の轍《てつ》を踏まないためにAIを使う。それが兵蜂《ビンフェン》の根幹にある思想なのです」

九摩の返答を聞くために、てのひらで頬についた胃液を拭って顔を上げる。こみ上げてきた胃液を喉の奥で止め、身体を起こした。

「そうですよ、兵蜂《ビンフェン》はＡＩが操っている。僕は何度か運用したことがあるけど、オペレーターなんていた気配がない――」言いながらも声は小さくなっていく。

今はどうだか知らないが、あの頃は僕たちが操っていたのだ。法外なコストがかかるはずの航空写真や毎回違う人混みは、出動した兵蜂《ビンフェン》が撮影していた映像だった。そして、逃げまどうテロリストの表情が真に迫っていたのも、演技などではなかったからだ。

九摩はそんな僕と烈を交互に見て言った。

「その通りだよ烈さん、趙。今の兵蜂《ビンフェン》は確かにＡＩで動いている。登場から三年のあいだ、二千五百人の〈偵判打《ジェンハンダ》〉ユーザーがＡＩの穴を徹底的に〝調試《チャオシ》〟したからな。だが、初期はまだオペレーターが操作していたんだ。十八万は、その期間に殺した数だ」

それまで黙っていたアイパシャが、僕を見てゆっくりと口を開いた。

「そう。九年前、あの手游《モバゲー》で兵蜂《ビンフェン》は操られていた。わたしの父を殺したのは、このゲームを遊んでいた誰かなのよ」

アイパシャが指さした映像には、特徴的なＴ字型の顎鬚を伸ばした男性に重なるように、揺れるターゲットスコープが描かれていた。それは〈偵判打《ジェンハンダ》〉のチュートリアルで、新たな武器を手に入れる度に幾度も照準を合わせていた顔だった。

僕は押しとどめていた胃液を吐き出した。

毛布を背中からかけた僕は、九摩が座っていたソファでアイパシャの淹《い》れてくれた茶を口に含み、ゆすいで茶盆に吐き出した。

「ありがとうございます」

「いいのよ、これから働いて貰うんだから。服も着替えてね」

アイパシャが乱暴な手つきで茶器を片付けていくのを、烈は渋い顔で見ていた。きっと高価な物なのだろう。

＊

「あと――」なんと言えばいい。

僕はあなたの父親を、殺した二十分の一だったかも知れない。

僕はあなたの父親の最後の姿を、幾度も試し撃ちの的にした。

僕はあなたの友人を――。

言葉を探す僕にアイパシャは手を振った。

「辛気くさいわね。なんて顔してるのよ」アイパシャは米国人がやるように両のてのひらを天井に向けて肩をすくめた。「ウルムチにいた頃のことはよく覚えてない。父の話だって、数年前にアメリカで九摩から聞かされて知ったぐらいなんだから」

アイパシャの顔を見上げた。少しだけ年上だったはずだ。九年前ならまだ高等中学の生徒のはず――同じ疑問を持ったのだろう。烈がそろりと口を開いた。

「失礼ですが……何があったのか覚えていないほどのお歳には見えません。それに確か、ウルムチの兵蜂《ビンフェン》作戦の時は目標——ウークチン氏の家族も現場にいたと記憶しています」

ウークチンの名を出すときに躊躇《ためら》った烈をアイパシャは鼻で笑った。

「いたみたいね。ねえ九摩、こっちの人にも教えていいの？」

「構わんよ——いや、待て」九摩は手を振って立ち上がった。「俺が説明するよ。当事者のお前じゃ面倒になるし、自己紹介も済ませてないからな」

「馬大佐から聞いている以上のことを知る必要はありません。米国特殊作戦軍《USSOCOM》、特殊作戦部隊の大尉というだけで十分です」

僕の知らないことを口にした烈へ、九摩は唇の端を上げて返した。

「趙にはまだ言ってないんだよ。それに、あの時は違ったんだ。国連本部でVIPの警備をしてた。アイパシャに会ったのも、そこにいるときだ」

「あの事件か！」烈が立ち上がった。

「待ってください。国連——」僕はようやく口を挟んだ。「ニューヨークですか？」

「情報統制は行き届いてるな、烈さん。趙は国家主席の暗殺未遂事件すら知らないんだ」

「暗殺——」と呟いて烈の顔を見る。

口を一文字に結んだ烈は僕をじろりと睨んでから、早口に言った。

「大尉の言う通りだ。世界少数民族会議で演説する予定だった習《シー》主席が自爆テロに巻き込まれるところだった——それで、大尉は何をしていらっしゃったのですか」

「俺は警備をしていた。主席を出迎えた少数民族の列から、ウィグルの民族衣装を着た少女が飛び出した。すぐに気づいたよ、自爆テロだってな」

「襲撃犯は死んだはずです——まさか」

　固まった烈に、アイパシャは薄く笑って肩をすくめてみせた。

「この通り、生きてるわよ」

「と、いうことだ。知っての通り、自爆テロは失敗に終わった。俺が三発撃ったうちの一発が、アイパシャの脇腹を撃ち抜いた。それがたまたま太い血管に当たらず、たまたま起爆装置を吹き飛ばしてアイパシャを地面に転がした」

　九摩が言葉を切って残っていた茶に手を伸ばすと、ホールにはレールの継ぎ目を越えるときの鈍い振動だけが響いた。

　ソファに斜めに腰掛けたアイパシャは、話を聞く僕たちの反応を楽しんでいるようだった。膝を摑んだ烈は、幾度もアイパシャを見ようとしてはやめ、鼻を鳴らしていた。

　僕は九摩に確かめた。

「それは東トルキスタン・イスラム国《ETIS》の、テロだったんですか」

「そうだ。あの時はじめて、ETISの名で犯行声明が出た。だったよな、烈さん」

　歯ぎしりとともに頷いた烈へ、九摩は「もう少し聞いてくれ」と言ってなだめるように手を動かした。

「俺は主席を爆風から護るため、倒れたアイパシャに飛びついた。そして気づいた」

九摩は、人差し指を自分のこめかみにねじ込むようにしてみせた。

「目がイってたんだ。オーバードーズで死ぬ寸前までヤクを食わせてあった。あとで病院でわかったことだが、Ｃ４を三キロ腹ん中に縫い込まれていたアイパシャは、撃たれなくても瀕死の状態だった。骨折は頭蓋骨を含み三十五ヵ所。俺が飛びついただけで肋骨を三本も折っちまうぐらい、栄養状態は悪かった。爪も全部毟《むし》り取られていたし、鼓膜も破れていた。ぶ厚い民族風の化粧の下はアザだらけだった」

「ＥＴＩＳが無理強いした……いや。洗脳していたということですか」

九摩は頷いた。

「ウークチンが死んで、ＥＴＩＳと名前を変えた組織が仇討ちを演出したのさ。俺たちの調べによれば、生き残った他の家族は彼女を拷問するために、目の前で殺されている。アイパシャは覚えていない。そのあとで腹一杯食わされたヤクのせいだが」

「つまり、今の彼女は――」烈が目をしばたたかせた。「米国特殊作戦軍《USSOCOM》から対テロ工作のために派遣されてきた九摩大尉の部下であり、ＥＴＩＳには敵対する立場である。そう考えてよいのですね」

「まあ、そういうことにしといてくれ」

九摩は頭を掻いた。その時初めて、彼の短い髪の毛に結構な量の白髪が交じっていることに気づいた。そして、いくつかの歯車が噛み合った。

「社長は、米軍の人間だったのですか」

「まあね」とだけ九摩は返して、座っているカモフラージュ柄の布を撫でてみせた。「実際、こっちの方が似合うだろ。烈さん、そろそろ時間じゃないか？」

いきなり振られた烈は手首の端末で時間を読もうとしたが、電源が入っていないことに気づいて壁の時計に視線を飛ばした。

「ええ、いつでも囮《おとり》を切り離せます」

「囮？」と烈の言葉を繰り返した僕に、アイパシャが馬鹿にしたような笑い声を投げた。

「なんですか、いきなり」

アイパシャは僕に答えず、烈に顔を向けた。

「武警のあなた、気づいてる？　囮だなんて言う、そんな無神経さが抵抗を生むのよ」

瞼《まぶた》をぴくりと震わせた烈が、何かを言いかけて口をつぐんだ。

「だから、囮って何なんですか」

「前方の車輛だよ」九摩は進行方向の壁を透かすように目を細めた。「馬大佐は春运《チュンユン》特別便の乗客二千名を囮に使って、襲撃してくるＥＴＩＳの部隊を側面攻撃したいんだと」

「勝手なことを言うな！」

烈が席を蹴って立ち上がった。

「そこの娘の存在は、九摩大尉。あなたがリークしたんだろうが。我々だって好きこのんで〈槍亀《チャングイ》〉を出しているわけではない」

「バカ言うな。おおごとになって困ってるのは俺たちだ」烈の剣幕を軽くいなした九摩は、僕へ顎をしゃくった。

「ＥＴＩＳは、もともと趙を狙ってたろうが。馬大佐は伝えてないのか？」

「僕？」

「それは、そうだが――」烈が唇を嚙んだ。

「ちょっと待ってください。どういうことですか」

顔を逸らした烈が腰を下ろし、九摩が口を開いた。

「オフィスにキルバグが飛んできたろう」

「あれは、僕を狙ってたんですか」

「お前というよりも、探していた〈偵判打《ジェンハンダ》〉とＥＴＩＳについて書いた奴を、だな。連中、〈偵判打《ジェンハンダ》〉がキルバグの性能向上に欠かせないと思ってる節があるからな」

九摩は、ピンク色の筒を内ポケットから取り出して烈に振ってみせた。

「俺はすぐにセンサーを灼いて追い払ったんだが、キルバグのカメラはオフィスに意外なものを見つけた。アイパシャと、元軍人、しかもＥＴＩＳ討伐に出ていた兵隊だ」

押し黙った烈に九摩は続けた。

「ＥＴＩＳの考えたことは分かるだろう。中国に戻ったアイパシャが解放軍兵士を集め、ＥＴＩＳの転覆を狙う――とでも思ったんだろうな。ウークチンの娘、アイパシャが戻れば、現在の指導部が彼女に自爆テロを強いて、組織を乗っ取ったことも明るみに出てしまう」

「そう考える者もいるでしょうが――」と抗弁しようとした烈に、九摩は鼻を鳴らした。

「馬大佐の内偵が得た情報だよ。推測じゃなく、事実だ。一般客に紛れて五道梁《ウーダオリャン》から辺境に入るつもりだった俺とアイパシャを足止めして趙と一緒の便に乗せ、ETISの大部隊を引きずり出そうって言いだしたのは馬大佐だ。一般客を肉の壁に使うプランもな」

九摩の話に聞き入っていた僕は、緊張に身体を固めた。九摩の話が正しければ、これからETISの襲撃があるということだ。

「まったく、迷惑なことだよ。俺はETISの武装キャラバンを一つ二つ潰したら、馬賊に会いに行くつもりだったのに——お、来たな」

九摩がシャツの袖をめくり、アイパシャが嵌めているのと同じカーキ色のブレスレットに触れると、僕が入ってきたのとは反対側——〈槍亀《チャングイ》〉に続くドアから解錠音が響いた。開いたドアからは、足音と耳慣れた金属音のざわめきに続いて、戦闘服に身を固めた准尉が入ってきた。

准尉はブーツの踵をピシリと合わせて烈と九摩に敬礼した。

「九摩大尉、李丕承《リ・ヒジョウ》、中尉です。おくつろぎのところ申し訳ありません。ただいまよりこのホールを青蔵鉄路守護大隊、尖蜂《ジャンフェン》小隊が通過いたします。観測できたETISの武装キャラバンは七部隊。それぞれ、民間人が相当数交ざっているようです」

「弾除けにするつもりだな。考えたもんだ。やつらのキルバグと違って、おたくらの兵蜂《ビンフェン》は民間人を撃たないシステムだからな。で、どっちから来る？」

李と名乗った中尉は進行方向右側の窓を指さした。

「丘陵のコブを利用して、七手に分かれてこちらへ向かっています」

指さす方に目をやると、砂礫の覆う丘の奥で山の頂が白く朝日に輝いていた。キャラバンが移動するときに立てる砂塵でも見えないものかと窓に顔を寄せると、李が申し訳なさそうに言った。

「あの……第一陣のキルバグと交差するのは二十分後となります。ETISの部隊が到着するのはさらに二十分後の予定です」

僕は素早く計算した。キルバグの最大飛行速度は時速五十キロメートル——ということは、まだ十五キロほど離れている。見えるはずがない。とはいえ、遠すぎるわけでもない。

烈が顎をしゃくると、李が手を振って四名の列兵を招き入れた。連結されたオリーブ色のケースがカーペットを踏んでやってくる。

「お約束通り、兵蜂《ビンフェン》を五十機お渡しします。対人型が三十機、グレネードを搭載した対物が二十機です。戦場監視用の〈眼蜂《ヤンフェン》〉二百六十機は展開しておきました。いずれも戦術級指令サーバーとは接続解除して、ご指定のバンドで操作いただけるように調整済みです。弾薬もいただいたものと入れ替えておきました」

思わず声が出た。

「兵蜂《ビンフェン》を社長、いや、米軍に使わせるんですか？」

「情報交換なんだよ」と九摩はウインクしてから立ち上がり、腰掛けていたカモフラージュ布を取り去った。

「马鉄《マテイエ》」と烈が声を漏らす。僕も息を呑んだ。

布が取り払われた場所には、烈の言葉通りの鉄の馬——黒光りする金属の塊が二つ、蹲《うずくま》っていた。鞍のような座席のついた胴からは四本の細い脚が伸びる。胴を覆う装甲は細かなウロコのようなもので覆われていて、蛇のようなぬめりが映り込む窓外の景色を細かく散らしていた。人が座る乗り物のはずだが、操縦に必要となるレバーや計器類はない。

二体のうち、片方の座席にはオリーブ色のケースが山積みになっていた。

「特殊作戦軍の情報化兵士《ランドウォーリアー》、バージョン3・0用の無人キャリア、UC01〈マスチフ〉だ。兵士について二百キログラムの荷を運ぶことができる」

九摩の言葉を聞いた烈があからさまに不満そうな顔で言った。

「……あの、これが、仰っていた対テロリスト用の装備なのですか？」

マスチフと呼ばれた黒光りする機械は、確かに人民解放軍や武警《ビンフェン》の装備とは異なる高い技術で作られているようだ。だが、荷運びをするだけの機械が兵蜂を使わせるのに釣り合うとは思えない。

九摩はにやりと笑った。

「〈マスチフ〉はほんの一部だよ。心配するな。烈さんにはもう少し見せてやるから」

九摩は巨体に似合わぬ滑らかな動きでマスチフの座席からオリーブ色のケースを二つとりあげて、李に言った。

「さあ、行った行った。全員通り過ぎたら、約束通りこの列車からは退去してくれよ」

＊

重装備の二個小隊が慌ただしくホールを通り過ぎると、大きなカーブにさしかかった列車は徐々に速度を落として停車した。窓に顔を寄せて前方を見ると、客車の窓のカーテンが次々と閉められていく。なんの意味があるのだろう、と口にした僕に、膝に乗せたケースの中身を確認していた九摩が答えた。

「意外に有効かもしれんぞ。ＥＴＩＳのキルバグは可視光と赤外線のセンサーしかないからな。それよりこっちも準備を急ごう――アイパシャ、システムは起動してあるか？」

「ええ。兵蜂《ビンフェン》五十機と眼蜂《ヤンフェン》二百六十機、すべてコントロール下に入りました」

赤いウィグルの民族衣装のままで両目を覆うゴーグルをかけたアイパシャが右手を振ると、窓にずらりと映像のコマが並び、目まぐるしく位置を入れ替えた。ほとんどが荒涼とした大地を映しているが、武警の隊員や列車の内部のカメラも交ざっている。案の定、客車の中は重武装した武警の登場で、帰省客たちが混乱しているようだった。

「アイパシャ、客車の眼蜂《ヤンフェン》は外に出していい。フィールドの方を頼む。可能な限り広い範囲の３Ｄモデルを作っておいてくれ」

「わかりました」

アイパシャが鍵盤を弾くように両手を動かすと、いくつかの映像が大きくなり、草や地面の起伏が縁取られていく。次々と現れる映像を満足げに見やった九摩は含み笑いを漏らした。

ソファに座る烈が感心した風に言った。

「なるほど、手動で兵蜂《ビンフェン》へ指示を出すわけですか。我々がやっているように、全てAI任せの方が楽ですが、見たところ制御用のソフトはよくできているようだ。何機ぐらい同時に扱えるのですか」

「彼女なら二千ぐらいかな」と九摩。

「なら、今展開している兵蜂《ビンフェン》を全部制御できるというわけですな」と感心してみせた烈が、武警側の作戦を九摩に伝えた。

七つに分かれて接近してくるETISの武装キャラバンそれぞれへ百機ずつの眼蜂《ヤンフェン》が貼り付き、グレネードとアンチマテリアルのACP弾を装備した対物型の兵蜂《ビンフェン》が、キャラバンの車輛を列車から二キロの地点で足止めする。同時に、対人装備を持つ兵蜂《ビンフェン》がキャラバンへ襲いかかり、戦闘員を全滅させるという。

作戦の流れは人民解放軍と同じだ。最後に生身の兵士が入り込む。

非死傷者戦闘規範《ゼロ・ファイタリティーズ》を導入した人民解放軍と武警にとって、兵蜂《ビンフェン》は対テロ戦を戦うために必須の兵器となった。

「世界でもっともAI兵器を活用しているだけあるよ。迷いがない」と呟いた九摩は窓に目をやった。「どうやら始まったかな」

「ええ」と烈が頷く。

僕にも見えていた。

短い草がまばらに生える丘に砂塵が舞い上がっていた――と思ったら、窓の上下から五つほどの映像が大きく滑り込んできた。

「九摩大尉、戦闘の映像が入り始めました」

アイパシャが報告し、指さした右端のフレームに日本製のピックアップトラックが大写しになった。重機関銃をマウントしたトラックは大きくハンドルを切ろうとした瞬間に爆発した。兵蜂《ビンフェン》から放たれた二〇ミリグレネードが命中したのだ。荷台から飛び降りた戦闘員が対人用の兵蜂《ビンフェン》に撃たれ、身体を震わせて倒れ伏す。

アイパシャが並べた映像に、兵蜂《ビンフェン》に殺される戦闘員の映像が続いていく。右端の映像がハイライトした。戦闘員がカメラに向けてAKを上げようとした瞬間、胸から血を吹き出して崩れ落ちる。反動に暴れる銃が周囲へ弾をばらまくと、民間人にしか見えない、ショールを身体に巻いた女性が全身から血を吹き出して地面に倒れ伏した。

僕が眉をひそめると、すかさず烈が言った。

「下士、今のは兵蜂《ビンフェン》の誤射ではない。ETISが弾除けに連れてきた民間人を撃ったのだ」

「分かりますが――」と言いかけた僕を九摩が遮った。

「気持ちのいいもんじゃないな。兵蜂《ビンフェン》が撃たなければ、死ななかったんだ」

「遠隔操作兵器でテロとの戦いを先導した米軍人とは思えない言いぐさですね」

「まあ、そうなんだがな」九摩はにやりと笑って烈の方へ身を乗り出した。「ETISは非道の限りを尽くしてる。だが、AIに任せて殺していいもんかね——こういう会話も馬大佐へ提供する情報の中に入ってるんだ。ちゃんと答えてくれよ」

「いいでしょう」と言った烈は、ソファに深く腰を埋めた。「今のを見たでしょう。我々がAIで射撃管制を行う兵蜂《ビンフェン》を使う理由は、人間の兵よりも、人間が操作する無人機よりも優れているからです。昨年だけで出動回数は一千を超え、処理したテロリストは二万三千。民間人を巻き込んだ誤射はほんの八件です。テロリストの誤射で死ぬ民間人の一パーセントにも満たないのですよ。必要以上の殺戮を行っているあなた方の遠隔操作兵器より、遥かに人道的ではないですか。どうして米国が追従しないのか分かりません。それに——」

烈は、ゴーグルをかけて仮想インターフェイスの操作に没入しているアイパシャに、ちらりと目を走らせた。

「間違いを犯さない兵蜂《ビンフェン》は、ETISへの支持を減らす効果もあると見ています。自爆テロは激減しているのですよ」

「おいおい、そりゃあ違う。兵蜂《ビンフェン》が原因ではあるけどな」

「どういうことですか」

「兵蜂《ビンフェン》は兵器としてよくできすぎてるんだよ」

九摩は膝のケースから、ストックの折りたたまれたM4カービン銃を取り出して掲げた。

「確か、こいつより安いんだろ」

「ええ」と烈は頷きながらも細い眼をさらに細め、話に集中しようという風に九摩に身を乗り出した。僕も同じようにして九摩の話に耳を傾ける。

「ＥＴＩＳは未だにチベットの鍛冶屋で叩いたＡＫを使ってる。そんな連中がなんでキルバグを作れるのか、わかるか？　兵蜂《ビンフェン》が、コピーできる程度に簡略化された普及品だったからだよ。ホビー用のドローンに銃の機関部をくっつけて、兵蜂《ビンフェン》と似たようなＡＩを載せちまえばそこそこ動いちまう。ＡＩは盗んだのかもしれんな。とにかく、ＥＴＩＳは兵蜂《ビンフェン》を参考にしてキルバグを作り、世界中のテロリストに売りさばいてるんだ」

　情報統制のせいで耳に入っちゃいないだろうが、と前置きした九摩は、中東やアフリカ、中央アジアの安定を揺るがすテロリストたちがＥＴＩＳ製のキルバグを用い、米軍やＥＵ、ＵＡＥなどの連合軍を悩ませているのだと言った。

　米国でも兵蜂《ビンフェン》のような兵器を作って対抗することも検討されたが、街に溶け込むテロリストを、テロリストと同じ方法で殺したところで抵抗が止むはずもない。逆にテロリストが報復のために米国本土にキルバグを放てば、確実にこちらの戦意を挫《くじ》いていく。作戦ごとに展開し、撤収する兵蜂《ビンフェン》と違い、燃料電池を用いるキルバグは稼働時間も長い。テロリストは手当たり次第に殺戮を行う何百ものキルバグを放置しては去っていく。

「そんな戦場だと、人を送ること自体が負けフラグになる。そろそろＥＴＩＳや中東のテロリスト連中も気づいているはずだ。地上すべてがキルバグの標的になっちまう、ってな」

　言葉を失った僕と烈に、九摩は凄みのある笑みを向けた。

「これが、兵蜂《ビンフェン》の連れてきた現実だ。すべてウークチンを殺したところから始まったんだ。

自爆テロが減ってるのも、八十ドルやそこらで確実に人を殺せるキルバグの方が、麻薬や暴力を使う洗脳よりも圧倒的に安いからだよ。兵蜂《ビンフェン》は、戦争の形を変えたんだ」

九摩は〈マスチフ〉のぬめりのある装甲を指の背でこつんと叩いた。

「大義のもとに人を殺す、そんなことは戦場だけに限りたいじゃないか。そう考えた米国は、このシステムを作り上げ、デモンストレーションできる機会を馬大佐と調整してきた。俺は現地に先乗りして、ゲーム開発の名目でＡＩの最終調整をしてきたんだ。現場で動けるスタッフを探しながらね。そんなわけで、話は終わりだ。烈さん、あとは俺たちのやることを見ててくれ」

九摩は膝のケースからボディスーツを取り出して拡げ、僕に急げと顎をしゃくった。

慌ててケースを開き、一番上に畳んであったボディスーツを引っ張り出す。

小さな鱗に覆われたぬめりのある表面処理は〈マスチフ〉と同じものだ。肌に当たる部分には筋電位を取得するためのセンサーと配線が貼りつけられていた。

伸縮性のある素材だが、胴や肘などには硬い素材のパッドがついている。パッドの裏には黄色いステンシルで〝Anti bullet pad - 4,600 J（耐弾パッド：四六〇〇ジュール対応）〟と印刷されていた。

これは戦闘服だ。

「社長、僕に何をさせようと――」

九摩は砂煙の舞う丘へ視線を投げた。

「武装キャラバン退治に付き合ってくれ」

「あの中へ行くんですか？　待ってください。無理ですよ。退役してもう一年近いですし、だいたい家に帰る途中ですし——」

　九摩が不思議そうな顔で僕をのぞき込んでいた。

「さっきから妙に落ち着いてると思ってたんだが、お前、まさか知らないのか」

「何がですか」

「お前の村、〈文革鎮《ウェンガチン》〉は消えた——烈さん、手違いか？　なんで伝わってないんだ」

「村がないって。どういうことですか！」

「機密だ」と短く言って目を逸らした烈に、九摩が「言えよ、今」とすごんだ。

「馬大佐には俺から言っておく。それに、趙はコトが済んだら亡命させる。〈偵判打《ジェンハンダ》〉のプレイヤーだったことがばれちまったからな。ＥＴＩＳが賞金かけてる処刑リストの順位が二桁台にあがっちまった。このまま中国にいれば半年も生きていられない」

「亡命——」今まで考えたこともなかった言葉が口を割った。

　烈がソファで居住まいを正し、僕の顔を見た。

「趙下士、君の村、屯一〇二二、通称〈文革鎮〉は新疆生産建設兵団、農二《ノンアル》師団の管理を外れ、我々武警の管理下で、拉薩《ラサ》近郊へ移動し、再編されることになった。村ぐるみで軍事機密を漏洩していたためだ、と聞かされている」

　再編、とつぶやいた僕に烈は続けた。

「一昨日のことだ。私は、もっと別の理由があるかと思っていたのだ。屯田村ごときに軍事機密を漏洩できるはずがないからな。だが、九摩大尉の話を聞いて合点がいった。例の手游《モバゲー》、〈偵判打《ジェンハンダ》〉自体が機密だったのだな」

「……そんな。まさか、僕がチャットで書いたから――」

「最後まで聞け」と烈は遮り、一瞬だけ目をそらしてから続けた。

「村は昨日、ＥＴＩＳのキルバグの襲撃を受けた。村民がすべて殺されてからＥＴＩＳは村に入り、死体を焼いた。移動の下調べに武警が差し向けた眼蜂《ヤンフェン》が発見したのだ。目立つ略奪はなかったと聞いている。君には連絡したかったのだが――」

僕は思わずバックパックのポケットからスマートフォンを取り出し、連絡先から父のＨＷ７を呼び出す番号を探し、思い出した。〈平流网《ピンリウワン》〉に繋がらない。昨日からずっとそうだった。

「……そうか、圏外か。だから連絡が取れなかったのか」

「烈さん、列車の上空から〈平流网《ピンリウワン》〉を除《の》けたのは失敗だった――」「――仕方がなかった。囮を使うような工作を公開するわけには――」「何言ってやがる。どうせ公開するんだよ――」

九摩と烈の言葉が切れ切れになり、頭に入ってこなくなった。

村が、ＥＴＩＳの襲撃を受けた？

誰も生き残っていない――〈偵判打《ジェンハンダ》〉を遊んでいたから。それだって、配られたものだ。

僕らが選んだわけじゃない。それを僕がチャットで漏らしたから——たったそれだけのことで、殺されなければならないのか？

文革小屋の中で背を丸めていた父の繰り言がふと頭に浮かんだ。

『公正《ゴンツェン》、お前の名は俺の希望だった。公正的自由を俺たちは天安門で求めていた……』

母はその愚痴を聞く度に『公正、聞かなくていいわよ』と言って廃液を処理するためのソーダを腹立たしげに鍋にぶちまけ、刺激のある煙を小屋に充満させていた。

何もいいことのなかった村だった。

話したい人など誰もいない村だった。

六年帰らなくても気にならない村だった。

〈偵判打《ジェンパンダ》〉のスコアを競った友人が二人いるだけの村だった。

その村がなくなった——だから？　僕はどうすればいい？

烈の声がはっきりと聞こえた。

「趙下士には気の毒だったと思っています」

僕は、烈を見上げた。九摩へばつの悪そうな顔を向けていた。

「だが、ウィグルの居留地に入り込んだ屯田村には、元々そのような危険があるのです。入植者はそれを理解しているのですよ」

「黙れ！」

僕の身体は跳ね上がり、手の甲で烈の眼をはたいていた。怯《ひる》む烈の顔面に、指を立てた掌を叩きつける。小指を眼窩に引っかけ、引き起こしてもう一方の手で烈の喉を掴みに行こうとしたときに、僕の視界はぐるりと回った。

背中に衝撃を感じた。胸にスーツの肩が軟らかく当てられて吐瀉物の混ざる息が漏れたとき、九摩に投げ飛ばされたことに気づいた。

ああ、この人はやはり軍人だったのだ。それも、僕よりもたくさんの経験を積んだベテランなのだ――と考えた僕に、僕の腕を押さえたままの九摩が顔を近づけてきた。

「趙公正、俺についてこい。それとも残ってＥＴＩＳに狙われる、半年ほどの人生を送るか？」

「……何をするんですか」

九摩は、空いている腕を僕に渡したケースへ伸ばし、底から新品のＺＨ05を取り出して、僕の顔の横に置いた。

「まだ、身体が動くじゃねえか。銃をとれ。キルバグをこの世から消し去るんだ」

＊

ふらりと揺れたカメラが峠を越えると、懐かしい村の風景が広がった。

国旗掲揚台のある広場に、二十戸ほどの平屋が面する小さな僕の村――屯一〇二二、通称〈文革鎮《ウェンガチン》〉だ。家の向こうにはひとまたぎできそうな幅の、名もない黄河の源流の一つが流れ、川縁に日干し煉瓦を積み上げてトタン板で屋根を葺《ふ》いた、文革時代を模した作業小屋が並んでいる。あの中で僕は父母と、有毒ガスを吸いこみながら、劇薬に手を浸してPCや携帯電話からレアメタルを取り出していた。

　村からは、いくつか黒い煙が立ちのぼっていた。

　暖房がないことを観光客にアピールするための焚き火でないことはすぐにわかった。作業小屋ではなく、広場から立ちのぼっていたからだ。祝い事があるときに、山羊を潰して広場で丸焼きにするとあんな煙が立ちのぼる。獣脂が炙《あぶ》られたときのぼこりとした丸い煙が、屋根の上を吹きすぎていく風に散っていった。

　映像は鮮明で、脂の焼けるにおいまで漂ってきそうだった。

　少年の日に空腹を誘った煙は、僕の胃を激しくふるわせた。

　煙の源は、広場の真ん中に集められた、獣とは見間違えようのない人のシルエットだった。僕の父と母、そして年の離れた従兄。そして父と同年代の村民たち。かつて天安門広場で僕の名――公正を叫んだ人たちが、ガソリンをかけられ、燃やされた姿だ。

　いつもなら五星紅旗のはためく広場のポールには、黒い旗が翻っていた。

　僕は、黒い旗に染め抜かれた白いアラビア語が大写しになったところで、ゴーグルの中に映し出される映像を止めた。

　今朝になって新疆開発兵団の兵蜂《ビンフェン》が撮影したこの映像は、このあと死体を一つ一つ巡り、焼け焦げた顔を順繰りに映し出していく。

僕はこの映像を五度も再生していた。

ＥＴＩＳが迫る丘へ向から荒れ野を、コンバット・ブーツで踏みながら。

戦闘服に身を包み、三キロメートル先の戦場に向かいながら。

五年間使っていた、ＺＨ05の懐かしい重さを感じながら、僕は映像を幾度も見返していた。

映像を先頭に巻き戻し、六度目の再生を行おうとしたとき、低い、強力なコンプレッサーの音が耳に忍び込んできた。

九摩が持ち込んだ米軍の鉄の馬〈マスチフ〉のメインエンジンの音だ。

僕と九摩に挟まれて歩む〈マスチフ〉には民族衣装姿のままのアイパシャが跨《また》がり、宙に差しのべた両手で、丘陵地帯へ放った兵蜂《ビンフェン》を操っていた。両目を覆うゴーグルのせいで表情は窺えない。五メートルほど後方をついてくるもう一台の〈マスチフ〉には、弾薬と僕のバックパックも含めた荷物が山積みされていた。

〈マスチフ〉の歩みに揺れるアイパシャの頭越しに、左腕でＭ４カービンを構えた九摩が歩いていた。右側だけが奇妙に大きく張り出したヘルメットと、身体の右側だけに取り付けられた外骨格のような防弾装甲が、彼のシルエットを奇妙なものに見せていた。

僕には九摩と対をなすように、左側に装甲が取り付けられていた。

九摩が、こちらを見て気遣わしそうに言った。

「もういいかな」

「え？」

「村の映像見てたんだろ」

「申し訳ありません――この装備の使い方を聞く時間を潰しちゃいました」

烈に襲いかかったときのことを思い出した。ほんの数十分前の話だというのに、夢の中の出来事のようだ。

「なあに、簡単だ。歩きながら説明していくよ。今は、あっちが先だ」

九摩が目配せするのに従って前方の丘陵地帯に顔を向けた。肉眼でも、ＥＴＩＳの武装キャラバンに襲いかかる兵蜂《ビンフェン》の火線が見えはじめていた。砂塵とスモークでよく分からないが、前方にいるキャラバンは百名規模、武警の報告によれば、三分の一ほどが弾除けに連れてこられた民間人だという。

だが、九摩が僕に言った〝あっち〟は、砂塵とは異なる硬さを持ってこちらに近づいてくる点の塊――キルバグの群体だ。

「二十機ほどだな。ちょうどいい。まず、ユニットアーマーを覚えてくれ」

九摩は身体の右側に取り付けられたぶ厚い装甲をコツリと叩いた。

「アイパシャの指示で、ゴーグルに被弾予告が出る。赤い点が見えたらすぐに脱力するんだ。ボディスーツに仕込まれた電極が筋肉を反射させて耐弾姿勢に入る。見とけ――アイパシャ、趙に見える場所で俺を固めろ」

アイパシャが右手指を微かに震わせる。

砂塵が舞った。

気づくと、アイパシャの乗る〈マスチフ〉の右斜め前に、亀の甲羅に隠れるようにして、九摩が膝をついていた。たたんだ右腕で頭を覆うように縮こまる姿勢が、外骨格のような防弾装甲をつないで、背後の〈マスチフ〉を護る一枚の甲羅を組み上げていた。二台のマスチフも脚を畳み、その甲羅の後ろに隠れていた。

僕の目には九摩が動いた瞬間が全く見えなかった。

甲羅の後ろからこちらを振り向いた九摩が、姿勢を解いて立ち上がった。甲羅はバラバラに解《ほど》け、右腕の上腕と下腕をそれぞれに覆う装甲に戻った。

九摩が腕を投げ出すように肩を揺すった。

「脱力を忘れるなよ。でないと装甲に隙間が空《あ》くし、反応速度も落ちる。きちんと組み上げて角度をつけてりゃ、二万ジュール──アンチマテリアルライフルの弾ぐらいなら滑らせることができる。射撃の予測検知には、武警が飛ばした〈眼蜂《ヤンフェン》〉を使わせてもらってる。いいか、力を抜けよ」

「はい──」といった瞬間、ゴーグルの中央右寄りに赤い点が灯った。身体の力を抜こうと息を吐いたとき、全身に痛みが走り、今まで体験したこともない速度で景色が流れた。

気づくと、僕は肘を曲げ、地面に膝をついて一枚の甲羅の内側にいた。裏側には、甲羅の向こう側の情景が映し出されていた。視線と完全に連動させているのか、映像はまるでガラス越しのように見える。

「ちょっと力が入ってたな。だが、まあまあ。悪くない。忘れるなよ、脱力だ」

「はい」と言って立ち上がるとカチリと音を立てて甲羅が割れ、元の分割された装甲に戻る。凄い技術だ――が、発想がおかしい。

僕は再びマスチフの左前に立って歩きながら、疑問をぶつけた。

「これは、アイパシャさんの判断で発動するんですか？」

「そうだ。アラートは彼女のゴーグルに出るので、彼女の判断で、俺たちを固める」

やはり――。

「どうして今のアクションが自動じゃないんですか。さっきも気になったんです。兵蜂《ビンフェン》の映像処理を手動でやってたでしょう。それに、そうだ。どうして僕たちが前線に出なきゃならないんですか。アイパシャさん、戦闘服すら着てませんよ」

九摩はすぐには答えず、キルバグの飛んでくる方向を見やってから顔を僕に戻した。

「第一陣の射程にもうすぐ入る。やり過ごしてから説明するよ。とにかく、それがORGAN《オルガン》だからだ――アイパシャ、隠蔽しろ」

〈マスチフ〉に跨ったアイパシャが軽く右手を震わせると、〈マスチフ〉と九摩の姿が周囲に溶け込む砂礫模様に変わった。ZH05を構える僕の腕にも模様が映し出され、動きに合わせて流れていく。

ボディスーツの全面をびっしりと覆う鱗の一つ一つが画素となって、周囲を映し出している。光学迷彩というものだろうか。陰側の迷彩素子からは指向性の強い光が放たれて、足元に伸びるはずの影も消し去っていた。

技術は高いようだが、うまく動いていない。

僕の腕に描かれた砂礫の模様は、前後に長く引き延ばされて、地面からくっきりと浮き上がって見えた。九摩も同じだった。頭に向かうほど描かれるパターンが小さくなっている。まるで、写真を正面から貼り付けたような感じだ。斜め後ろ、アイパシャを乗せた〈マスチフ〉は、あろうことか装甲にアイパシャの姿を描いている。脚やエンジンカバーは背景となる荒れ野の風景が描かれているので、民族衣装を身につけた彼女があたかも宙に浮いているかのようだった。

キルバグのいい的になってしまうと思った瞬間、ゴーグルに赤い点が灯った。

予告なしの警告で固まった身体に痛みが走った。無理に息を吐いて脱力すると、僕はマスチフの前に飛び出し、膝をついていた。左腕はぎゅっと折り畳まれ、装甲がカチリと音を立てて一つの甲羅になった。

キルバグの特徴的な軽い銃声がパラパラと聞こえ、砂塵が舞い上がる。

甲羅を支える左肩に二度、強い衝撃を感じたところで、アイパシャの声が骨伝導フォノで響いた。

「三斉射確認。九摩、被弾経始、四。趙、被弾経始、両《リャン》(二)。再進行に支障なし。キルバグ群体、十機は通過」

隣で膝をつく九摩の甲羅には、奇妙に引き延ばされたアイパシャの右半身が映し出されていた。歪んだ映像の右胸から立ちのぼる細い煙を見て気づいた。

キルバグは光学迷彩に映し出されるアイパシャを狙った――いや、九摩が彼女の像を撃たせたのだ。

ORGANとやらと何か関係があるのだろうか――と意識の片隅に残しながらも射点を探した僕は、二十メートルほど向こうを青蔵鉄道に向かって飛ぶキルバグの群体を見つけた。数は二十ほど。この距離なら外さない。

直接当てられなくても、ZH05の5・8ミリ高速弾は衝撃波でペットボトルを引き裂くことができる。

僕は甲羅を解《ほど》いて銃を構え、去っていくキルバグの群れにフルオートを叩き込んだ。一呼吸で撃ち切った僕はマガジンを引き抜き、上下をひっくり返して予備の弾倉を叩き込み、再びフルオートで撃ち切った。

低い銃身が肩にまっすぐ突き刺さる反動が消えていく中、僕は目を疑った。

膝射《しっしゃ》からわずかに上向きに撃ったはずの弾が、五十メートルほど先の地面に着弾して砂塵を巻き上げたのだ。

一発も当たっていない。

アイパシャの背後に控えていた〈マスチフ〉が僕のすぐ後ろに歩んでマニピュレーターで新たな弾倉を差し出してきた。

「早く交換しろ」

顔を上げると、隣で膝をつく九摩が笑っていた。

「あの——弾が……」僕は口ごもった。

銃身の取り付け角度がずれている——僕の姿勢が悪かった——弾頭の成型不良。いや、違う。そんなありがちな理由で外れたのではない。反動はちゃんとまっすぐに僕の肩を叩いていた。

まるで銃弾が自ら当たるまいという意思を持って、飛ぶ軌跡をねじ曲げたかのようだ。

甲羅を解いて中腰になった九摩は前方にM4の銃口を振った。

「いいんだ。急げ。キルバグはあと二波来るぞ、もう無駄弾は撃つな。空のマガジンは捨てていけ。目標はアイパシャが教えてくれる」

「でも——」と言いながらも九摩の言葉に従い、空の弾倉を捨てて〈マスチフ〉から渡された新しい弾倉を掴んだ僕は、上部に露出している弾丸に目を留めた。

人民解放軍のDBP87式5・8ミリ弾と同じ形の、真っ黒な銃弾だ。艶のない真っ黒な薬莢にオレンジ色の帯が巻かれた黒い弾頭が装弾されている。薬莢はエコを謳う米軍が使う生分解性カルシウムケースだろう。オレンジ色の帯は硬質ゴムで、ただ巻かれているのではなく弾頭の中まで入り込んでいるようだった。

動きを止めた僕に九摩が言った。

「そいつがORGAN用のブレーキング・ビュレット——曲线弾《チウシアンダン》（変化弾）だ」九摩の声に顔を上げる。

「そのオレンジんとこで弾がぐにゃっと曲がるんだよ」九摩は顔の前で人差し指を曲げ、ねじ込むように腕を伸ばした。「重心の位置と空気抵抗を制御して必ず狙った位置に飛んでいく魔法の銃弾だ。ORGANが狙えば狙撃銃なら二キロ、お前のZH05や俺のM4でも、一キロ先で十センチに集弾する」

中国で使うために、製造元のサンディア・ラボラトリーにZH05用の5・8ミリ弾を作ってもらったのだと九摩は付け加えた。

九摩が繰り返した〝ORGAN〟という言葉にも引っかかったが、それは後だ。

「当たらなかったじゃないですか。僕はちゃんと狙いました」

アイパシャが言った。

「安心して。あなたの弾は、わたしが当てる。今日ここに来たETISを、一人も生かして帰すつもりはないから」

「わたし、が……？」オウムのように言葉を返した僕にアイパシャは顔を向け、ゴーグルの下の真っ赤に塗られた唇をめくり上げた。

「そう。ORGANで撃つすべての弾は、わたしが当てる」

――すべての弾。

ZH05から撃ち出される弾は、僕の意思では当てられない。

黒い弾丸はアイパシャの殺意にその身をくねらせて飛ぶ。

「行きましょう」

アイパシャは、目に見えぬ鍵盤に両腕を拡げ、ビーズで飾られた指で宙を叩いた。二台の

〈マスチフ〉が動き出し、僕は慌ててアイパシャの乗る〈マスチフ〉の左斜め前に位置をとった。

隣を歩いていた九摩が前方に目を走らせながら、僕にグレネードを用意するよう手信号で伝えてきた。反射的にピンク色の筒――EMP弾が装填された弾倉の残弾ラッチを指で確認する。二十発。初弾は装填済みだ。

「次のキルバグは五十機、その次は百二十機。そっちのEMPで灼いてもらう」

「是《シ》(了解)、大尉――社長。何のために、こんなことをしているんですか」

人が戦場に立つ必要がどこにある。AIで飛ぶ兵蜂《ビンフェン》でいいではないか。千台も飛ばせば百人やそこらの部隊など容易に殲滅《せんめつ》できる。どうせETIS側もキルバグを使っている。それに、自ら目標に向かって飛ぶ銃弾があるなら超小型戦闘用無人機《MUCAV》から撃てばいい。制御はAIでなくても構わない。

なにも無人機繰者――アイパシャが戦場に立つ必要なんかない。米国がそうしているように、安全な場所から落ち着いて操作すればいい――そんなことを、思いつくままに口にする。

斜め後ろのアイパシャへ顎を振って言った。

「――おかしいですよ。だいたい、ボディアーマーもヘルメットも持たずに前線に向かうなんて狂気の沙汰だ」

「その通りだよ」待っていたかのように、九摩が口を開いた。「おかしいに決まってる。だが、それをいうなら、主義主張のために人を殺すこと自体が狂気だ」

「……社長？」

「それを少しでもマシな形にする。それが、このシステム。ＯＲＧＡＮ《オルガン》だ」

九摩は青い空に立ちのぼる砂煙を指さした。

「まず、あのキャラバンから片付けようか」

＊

ＯＲＧＡＮ《オルガン》――Operator Re-localized Gun-and-firearms Activation Node（局所化された操作者による銃・火器行使単位）は、オペレーターが敵から目視できる戦場に身を置いて無人機と火器を操るシステムの総称だと九摩は説明した。膨大なドローンを操作するインターフェイスも、支援キャリアの〈マスチフ〉も、光学迷彩も、必ず当たる魔法の銃弾ブレーキング・ビュレットも、全ては、オペレーターが戦場に立つための道具立てにすぎない。

要は、殺意を戦場に閉じ込めるためのシステムなのだ――九摩の声が、機関銃の連射音にかぶせて骨伝導フォノで伝わる。

「ちと無理のあるＯ・Ｒ・Ｇ・Ａ・Ｎって当て字を器官と読ませたい連中もいるが、関係者はみんな楽器のほうだと思ってるよ。両手両足を使う様がオルガンの演奏みたいだからな――

――おい！　左、薄いぞ。しっかり弾ばらまけや」

「やってます！　話は後でお願いします！」

僕はマイクに叫んでゴーグルに浮かんだ射点に反射的に銃口を向け、絡み合う人影に三点射を叩き込んだ。銃口の先で翻ったスカートに僕は身を凍らせた。ＥＴＩＳの戦闘員が押し出してきた民間人の女性だ。

一瞬動きを止めた僕の耳に、アイパシャの叱咤が突き刺さる。

「趙。動きを止めるな！」

「是《シ》（はい）」と返してちらりと確認すると、女性を盾にしていた戦闘員が三名、地面に倒れ伏していた。女性は無傷だ。

短く息を吐いてゴーグルを曇らせる油煙と砂塵を拭い、目の前の戦場に意識を戻す。

ＥＴＩＳが焚いたスモークが高原の風に吹き払われると、グレネードで破壊された日本製のピックアップトラックが浮かび上がる。その陰で、トラックから取り外したブローニング製の重機関銃をぶら下げるように持った戦闘員が、見当外れの方向に弾をばらまいていた。明らかに子供だとわかる人影を押し立てるようにして走っているのは、チベット製のＡＫを抱えた戦闘員だ。

ついさっき潰してきたキャラバンと何ら変わるところはない。

僕ら三人は、丘を渡り歩いて青蔵鉄道に向かうＥＴＩＳの武装キャラバン三つと交戦してきた。九摩と僕のユニットアーマーは無数の銃弾に叩かれて凸凹になっていた。致命的な被害こそないものの、アイパシャの民族衣装には僕らの甲羅で防ぎきれなかった小さな破片で無数の穴が開き、血が滲んでいる。

　荷運び用の〈マスチフ〉は被弾して装甲の一部が外れ、光学迷彩も正常に動作していない。弾薬ケースの間に押し込んだ僕のバックパックにも、銃弾がかすめた穴が開き、九摩に貰った土産の煙草を包む赤いネットが覗いていた。

　横倒しになったトラックの奥から湧き上がるスモークの中に、三つの赤い輝点──アイパシャの殺意が点《とも》った。

　僕は並んだ輝点を薙《な》ぐようにZH05のフルオートで十発ほどを叩き込む。スモークの中で叫び声があがり、三つの人影が崩れ落ち、弾除けにされていた子供が走り去る──残弾五。

　弾倉を捨てて斜め後ろに腕を伸ばすと、弾切れを予想して近づいていた〈マスチフ〉のマニピュレーターが、十五セット目の弾倉を僕の手に載せる。

　耳の奥に九摩の声が響いた。

「慣れてきたな、趙。続けるぞ。前世紀、核・生物・化学兵器は禁じられていた。非戦闘員の殺害もタブーだった。そして今世紀、クラスター弾に続けて対人地雷、ホローポイント弾、対物《アンチマテリアル》ライフルでの狙撃が禁止された。原理主義者たちも守るルールだ」

「今する話ですか！」

「ああ、今しかないんだ」

　九摩はM4カービンの連射音に重ねて、米国が戦場に投入した遠隔操作の無人兵器が新たな問題となっているのだと続ける。

「結局テロが激化しただけだ。知ってるか？　米国本土が攻撃された9・11は、米軍の遠隔操作兵器〈プレデター〉の武装実証試験の直後に実行されたんだ。無人兵器は新たな怒りとテロを生む。AI制御の人道的な無人兵器、兵蜂《ビンフェン》が劣化コピーのキルバグを生み、報復の連鎖を加速させた」

「それはもう聞きました！」

「そうだな。じゃあ、答えてみろ。この連鎖をどうすれば止められる」

僕は新たに生まれた輝点に向けて三点射を四度行い、弾倉をひっくり返した。

九摩は僕の返事を待たずに言った。

「すべての戦闘行為は戦場にいる兵士によって行われる。そうなればいい。あらゆる国と組織の交戦規程に、その条項を書き込ませるんだ。人民解放軍と武警もORGANと似たようなシステムを作る。政府とは話がついているんだ。そのあともETISがキルバグを使うようなら、AIの兵蜂《ビンフェン》で、連中がやってるように徹底的に叩く。核の抑止と同じだ」

言いながら、九摩は光学迷彩でこちらを狙っている戦闘員から姿を隠し、滑らかな動きで弾倉を交換してフルオートで目標へ魔法の弾丸を叩き込んでいた。

武警が放った兵蜂《ビンフェン》と僕たち三人――アイパシャはこの一時間ほどの間に何名のETIS戦闘員を殺してきただろう。

ORGANは、ETISがいくら望んでも得られないハイテク兵器の塊だ。

「ETISみたいな組織が、そんなルールに乗ってくるわけありません。不公平すぎます」

「そうでもないぜ。片足はかかった。連中は勝利の条件を見つけたんだ」

九摩は右腕を折り曲げて上半身の甲羅を組むと、僕のいる方、北西の丘を指さした。同じように甲羅を重ね、その裏に映し出された丘を見ると、大きな砂煙が立ちのぼっている。交戦し、潰してきたキャラバンに数倍する武装キャラバンが、丘を駆け下りてこちらへ向かってくるところだった。

今まで、僕らをたった三名の部隊と侮《あなど》り、やり過ごそうとしてきたキャラバンとは動きが違う。明らかに僕たちを狙っている。

九摩は悠然と弾倉を引き抜き、〈マスチフ〉から新たな弾倉を受け取ってM4に収めた。僕もならって半分ほど弾の残る弾倉を捨てて交換した。キャラバンに先行して飛んでくるキルバグに対処するために、EMPグレネードの弾倉も入れ替えておく。

「結構残ってますね。武警がもっと減らしてくれると思っていたのですが」

「なにを言ってるんだ。武警は手を出してねえよ」

「え？」

「この戦場でこちらが行う攻撃はすべて、ORGANでやってる」

ゴーグルの視界の脇に点滅させていたステータス・ドットに視線を強く当てると、畳まれていたキルカウントが表示された。僕は二十四、九摩が五十七、そしてアイパシャは――三百二十一名。

武装キャラバンに踏み込んだときに息絶えていた戦闘員は武警の兵蜂《ビンフェン》に撃たれたものだとばかり思っていた。

振り返ると、アイパシャが〈マスチフ〉の鞍に立ち、僕らの組んだ甲羅から頭を出していた。砂塵を巻き上げて近づいてくるキャラバンをゴーグルごしに見つめているようだ。

「なにやってるんですか。危ないですよ」

思わず出た僕の声を無視したアイパシャは、さらに首を高く伸ばしてゴーグルをはね上げた。油煙で煤《すす》けた頬の上に現れた真っ白な肌と、赤いシャドウに縁取られた緑色の瞳が、まるで光学迷彩で貼りつけられた映像のように浮き上がって見えた。

アイパシャはビーズで飾られた青い爪をキャラバンの片隅へ向けた。油煙ですすけた唇が震え、両端がつり上がっていく。

「いたわ。二人だけだけど」

赤い斑の浮かぶ緑瑪瑙の瞳がきゅっと動く。

初めて見る表情が浮かんでいた。

怒りだ。

「そうか……」九摩がぼそりと応じた。

僕は目を閉じた。

彼女がウルムチの記憶を失ったというのは、嘘だったのだ。

家族を殺され、自爆テロを強要された怒り——そうでもなければ、一時間たらずで百を超える命を奪う指令など出せはしない。村を滅ぼされた僕ですら、アイパシャに殺意を肩代わりしてもらったからこそ、軍務についていた五年間に倍する相手に銃弾を送り込めたのだ。

「こんな大仕掛けで、あなたは――恨みを晴らしたかったんですか」

アイパシャは、緑瑪瑙の瞳を僕に向けた。唇は何かを言おうとして開きかけたが、ゆっくりと閉じられて再び向かってくるキャラバンへ視線を戻した。

呼びかけようとした僕に、九摩が言った。

「俺が巻き込んだんだ」

九摩は肩を揺すって、荷運びをしている方の〈マスチフ〉へ歩き、弾薬ケースの隙間から穴の開いたバックパックを引きずり出して僕の足元に放った。

「……これは？」バックパックを指した僕を無視して、九摩は言った。

「現在最強の陸戦システム、ＯＲＧＡＮは、来年から、米軍と委託を受けた民間の警備会社が中東と中央アジアで運用を開始する。人民解放軍も二年ほどで似たようなシステムを作り、新疆とチベットに送り込むことになっている」

「そう、なんですか」

「そうだ。ロシアとＮＡＴＯも追随する。先進国は遠隔操作の無人機やＡＩで人を殺すことはない。かならず、戦場に兵士が立つことになる。フェアな交戦を行うためだ」

「テロリストがそういうふうに理解するとは限りませんよ」

「そうかな？」九摩は青い空に立ちのぼる砂煙を指さした。

「ＥＴＩＳの連中は、勝利の条件を見つけた。俺たちを潰せば、その戦場では勝てるってことだ。上出来だよ。もう一押ししておきたい。ＯＲＧＡＮは、そこにいる人が操っている。

それを忘れさせない物語を完成させる」

九摩は僕とアイパシャを包むように両腕を拡げた。

「米軍を象徴するM4に、人民解放軍のZH05。二人の兵士に護られたウィグル装束の女性が数百名のテロリストを殺し、父と家族の仇を討つんだ」

九摩はにやりと笑い、顔にこびりついた油煙を拭った。

「美しいだろう？　キャラバンを壊滅させたORGANは、逃げるETISを追って辺境に姿を消すんだぜ。馬賊になったという噂でもたてば御《おん》の字だ」

「社長——九摩さん」

九摩は人差し指と中指を揃えて、額に当てた。

「じゃあな、ここまでだ。活動資金と、新しい身分証はバックパックに入ってる」

「さようなら」アイパシャも言った。

「まさか、死ぬつもり——」

「カミカゼ？　そんなテロリストの真似はしない。一人残らず殺す」

アイパシャは、ボロボロになった民族衣装の袖をたくし上げて、見えない鍵盤を弾いた。

全身に電撃が走る。僕は膝から崩れ、仰向けに倒れた。ボディスーツから紫色の煙が立ちのぼった。

分割装甲を組み上げるための電極だ——そう思ったとき次の電撃が来て僕は意識を失った。

最後に見えたのは、雲一つない青空だった。

＊

パチリと何かが爆《は》ぜる音に続いて、嗄《しわが》れた声が耳に入ってきた。

「——你《ニ》、可以吗《ハイマ》（大丈夫か）？　你、可以吗？」安否を問う拙い北京語が繰り返されて、細い糸が顔を撫でた。

「是《シ》（ええ）……」と応じた僕が瞼を押し開けると、ハンマーで叩きだした跡の残る鈍い鉄の輝きが目に飛び込んできた。赤い光にチラチラと輝く梵字《ぼんじ》の刻印でその正体が分かった。チベットの町工場で作られているAK47だ。ETISの戦闘員が愛用する密造銃。

思わず突き出そうとした両腕は、身体を包んでいた毛織物に優しく止められた。赤と黒、黄色の太い毛糸で織られたウィグル族のケープだ。隙間から高原の冷気が吹き込んできて、僕は慌ててケープを身体にたぐり寄せた。

顔を撫でた糸だと思ったものは、僕の上に身を乗り出していた老人の、長く伸ばした顎鬚だった。

老人の頭の向こうには、満天の星空が広がっていた。

首を巡らせると、穴の開いた僕のバックパックがすぐそこに置いてあり、鍋をかけた焚き火がその向こうから温かな光を投げかけてくる。焚き火の奥には砂に紛れる模様が描かれた防水布で、簡単なテントが四棟設営されていた。馴染みのある獣臭の記憶をさぐると、十歳ほどの男の子が首に縄をかけた山羊を追い立てていく姿がテントの向こうに消えた。

テントの数から推測するに、二十名ほどの大家族だろうか。

「ウィグルの方ですか」という問いに頷いた老人へ、慎重に尋ねた。

「ＥＴＩＳと、関係していますか」

「まさか」と乾いた声で応えた老人は、隙間だらけの歯を見せて笑ってから、編み込みのマフラーを揺らした。

「馬に乗り、山羊と羊を追って暮らすだけ。さすがに、車は二台あるが」

「僕は……」

「男が、あなたを託した。大きな、男だった。血にまみれていた」

はっきりしない頭に、短く区切って語られる訛りの強い北京語がゆっくりと意味をなしてくる。二頭の機械の馬を連れて丘を越えてきた男が、僕をこのキャラバンに預けていったのだという。男は僕の世話をお願いするためだといって大量の銃弾と、ＥＴＩＳから鹵獲《ろかく》したという銃火器を置いて、北に向かったのだそうだ。

男が九摩だということはすぐにわかった。

彼は馬賊に会えたのだ。思わず笑みがこぼれてしまい、頬の擦り傷がひりついた。

思わず手を当てる僕に老人は笑った。

「怪我はそこだけ」

「ありがとうございます。もう診ていただいたんですね」

「たいしたものだ」老人は歯の隙間から息を吐いて笑った。「念のために服を脱がせて全身を確認したが、無傷だ。あれだけの戦いを経ているというのに」

「戦い――ですか」

老人は胸元に垂れたチェック模様のスカーフに右腕を差し込んだ。身を堅くした僕に突き出されたのは、紫外線で白く変色し、ひび割れに覆われたHW7だった。

「観ていたよ。鉄道守護の戦い。凄まじいものだったな」

武警の大尉、烈によれば辺境で成層圏から携帯網を作る〈平流网《ピンリウワン》〉は排除されているはずだった。

「圏外ではなかったのですか？」

「二日ほど使えなかったが、今日、いきなり使えるようになったのだよ」

HW7の画面左上、電波網を示す場所には〝StratCom《ストラットコム》〟という名前が記されていた。米国版の〈平流网《ピンリウワン》〉だ。九摩に違いない。後から公開するかも知れないと言っていたが、ライブを流していたのだ。

「ご覧になったのですね、あの――僕たちのやったことを」

声をひそめた僕に、老人は加齢と高原の紫外線のために三重の畝《うね》が刻まれた瞼の下で目を煌めかせた。

「米国と人民解放軍の兵が、仇討ちに戻ったウークチンの娘を護っていた」

「そうだ、アイパシャは？　九摩――僕を連れて来た男は、彼女を連れて来ていませんでしたか」

「アイパシャというのか。良い名だ。女皇の名だよ。火炎の女皇。五百を超える背教者どもを焼き尽くした行いにふさわしい」

アイパシャのところだけウィグル風に発音した老人は、彼女の安否については言葉を濁した。老人が観ていた中継は彼女が倒れたところで終わったのだそうだ。半日後に老人の元へやってきた九摩は彼女も連れていたが、〈マスチフ〉の上に横たわり、ぴくりとも動かなかったのだという。

顎髭をしごいた老人は星空を見上げ、ゆっくりと言った。

「あなたたちの戦いは、わかりやすいものだった。ウークチンの娘、アイパシャの怒りが、ETISどもを打ち倒してゆく。ドローンは飛んでいたが、すべてあの娘が操っていたことも。あなたたちは、大変に性能の良い兵器を使っていたが、ETISの連中が自慢するキルバグや、政府の兵蜂《ビンフェン》とは違う。わしらにも、勝つ機会がある、そんな戦いだった」

「それを聞けば、あの男——九摩も、アイパシャも喜ぶと思います」

「そうか」と笑いながら老人はAKの機関部を叩いて、僕を敷布に招いた。

僕はケープが解けないように注意しながら隅に座り、老人のキャラバンを見渡した。火器らしいものは一台だけ見える自動車に据えられた骨董品のブローニング重機関銃に、老人が携えるチベットの町工場で作られたAKだけのようだ。無線もあるのだろうが、EMP耐性のない民生品だろう。もしもORGANで攻められたら、あらがう術《すべ》などない。そう思いながらも、僕は老人を傷つけないように、慎重に選んだ言葉を口にした。

「……そうですね。勝つ方法が、あるかもしれません。人がやってきているのですから。機械ではなく」

「その場にいる人が人と争う、公正の戦争だな」

「僕の？」

首を傾げると、老人は節くれ立った指で眉間《みけん》をついてから言い直した。

「公正な戦争だと言ったつもりだが。君の、とは？」

「僕の名前です。趙《チャオ》、公正《ゴンツェン》」

三重の瞼をしばたたかせた老人は、いきなり身体を反《そ》らし、腹に抱えたＡＫを叩きながら笑った。

「公正のやり方が公正になる。面白い、面白い。公正の公正な戦いか」

ひとしきり笑った老人は、肩から掛けていたＡＫを抜いて押しつけてきた。

「公正さん。わしらのために、銃を取ってくれないか」

ケープの中から手を伸ばした僕が、ＺＨ05の倍ほどの重さがある旧時代の小銃を取り落としそうになると、老人は細い腕を伸ばして支えてくれた。ケープ越しにＡＫを抱き込むと機関部から獣脂の香りが立ちのぼった。老人は銃の手入れにグリースすら使っていないのだ。

「独立でも目指してるんですか？　ＥＴＩＳのように」

「まさか。ＥＴＩＳはわしらから奪っていく敵だ」老人は顔の前で手を振った。「暮らしを守りたいだけだ。独立というよりも、もっと穏やかでゆっくりと、したものだ」

「僕はただの兵隊です。助けるというほどのことはできませんよ」

老人は「そんなことはない」と言って身を乗り出してきた。

「これから、人民解放軍も武警も、公正さんたちが使ったような、機械を使うんだろう。あのようなものに、対抗する方法を教えてはくれないか。二、三年で構わない」

何かが背筋を走り抜けた。

九摩が望んでいたものはこれだ。

戦場でORGANのことをしきりと説明していたのは、そのためだ。

僕が、中国の奥地でORGANに対抗するための戦術を練り上げ、広めていく。

ORGANのようなシステムならば、操作に集中するオペレーターのために〈マスチフ〉のような、重いキャリアが必要になる。落とし穴にワイヤートラップは有効だ。待ち伏せも可能だろう。無数の兵蜂《ビンフェン》に襲われないならば、確かに対抗する手段は考えられるのだ。

その手段に、僕はアイパシャがやってみせたように物語を乗せられる。

漢人の僕が、アイパシャのORGANとともに語られる僕が、顔を晒《さら》してETISと戦う。

ウィグルやモンゴルの人々と肩を並べ、中央政府の送り込んでくるORGANを退けてみせれば、その物語はいつか人の心に残るだろう。

兵蜂《ビンフェン》とキルバグ、ふたつのAI兵器が狂わせた世界を、九摩たちはORGANで、僕はそれに対抗することで取り戻していく。

できるだろうか――。

僕の表情が変わったのに気づいたのか、老人は僕の手を取った。

「金はあとで払うが、今はこれで勘弁してくれないか。あの男、九摩にもらったものだが」

老人は懐から〈中華《チョンホワ》〉の包まれた赤いネットを僕に手渡し、ここらの行商に売れば一箱が三十ドルにはなるだろうと言って、もう一箱を自分用に取り出し、封を切って火をつけた。

混ぜ物のない高級煙草の強い刺激が漂う。

老人が赤いパッケージをこちらに向けて差し出してきた。

「煙草は吸わないんです」

老人が煙草を挟んだ手で僕のバックパックを指した。

「君は鞄に、たくさん入れているが」

九摩の土産だ。

僕は声を上げて笑いだした。

「じゃあ一口だけ貰いますよ。あとは売らなきゃ」

老人の指から、硬く巻かれた煙草をもらい、思いきり吸いこんだ。

煙草を口から離すと、焚き火のなかでも青白く見える細い煙が、清涼な高原だけから見える星空へ上っていく。

お楽しみいただけただろうか。

本作には、伊藤氏が予期していなかったはずはないが目にすることのなかったいくつかの道具立てが登場する。曲がる弾丸に廉価なドローンとそれが巻き起こした騒動、グーグルが買収したボストン・ダイナミクスの歩兵支援用多脚型ロボット〈マスチフ〉などだ。もちろん私は、彼が二〇一五年を目にしていたら取りあげていただろうなどと言うつもりはないが、ストーリーの中心にあるＡＩ兵器〈兵蜂《ビンフェン》〉の命名については、悪ふざけ一歩手前のオマージュを愛した氏に倣《なら》ってみた。

兵蜂《ビンフェン》は実在した台湾のロケット兵器システム〈工蜂《ゴンフェン》〉からの類推でもあるが、もう一つの意味を被せてある。ぜひ「兵蜂」でググってみていただきたい。

この場を借りて、本作における中国文化圏と人民解放軍のリサーチに付き合っていただいた神楽坂雯麗（名無しのウェンリー）氏に感謝を捧げたい。

（藤井太洋）

# 仮想《おもかげ》の在処

伏見　完

伏見　完（ふしみ・たもつ）

1992年長野県生まれ。早稲田大学文学部卒、同大学院文学研究科所属。2014年、近未来の傭兵を主人公としたＳＦ長篇「オルフェウスの妻」が第2回ハヤカワＳＦコンテストの最終候補作に選出。その後執筆された本短篇が、作家としてのデビュー作となる。東京都在住。

姉と最後にこうして向かい合ったのは、どれくらい昔のことだろう。ついこのあいだのような気もするし、何十年も前だった気もする。

「久しぶりだね、有香《ありか》」

「お姉ちゃんこそ」

けれど本当は生まれてから今まで、正確な意味で姉と向かい合ったことなど一度もないのかもしれない。ただ巧妙な計算と良質なフィードバックがわたしをそのように錯覚させていただけで。

「ねえ、お姉ちゃん。わたしの顔が見える？」

わたしは最初に訊けと言われたことを訊く。それがおかしかったのか、姉は微笑した。

「よく見えるよ」姉が笑うと白くて小さな前歯が嫌でも目に入る。「どうしてそんなことを訊くの？」

「わたしはどんな顔をしてるかな?」

記憶というものが人間の脳内でどのように処理されているか、という問題にはまだ答えが出ていないらしい。そういう時、わたしは何か博物館か標本箱のようなものを想像することにしている。ずらりと並んだガラスケースの中に瞬間ごとのわたしが格納されている場所。そこでは、初めて海で泳いだあの時のわたし、友達と喧嘩したあの時のわたし、インフルエンザで寝込んだあの時のわたし……それぞれの瞬間における感覚器官からの入力を総合した、有機的なイメージの塊が陳列されている。

「昔と同じだよ」

今ここにいて、こうして過去を思い出しているわたしは、博物館の入り口で渡された薄っぺらいパンフレットみたいなものかもしれない。それには不釣り合いなほどたくさんの目次がついていて、どの項目へと飛んでも結局は同じページに続いている。

綾野《あやの》八音《やつね》、わたしの双子の姉。生まれた時にはもう死んでいて、わたしの考える意味で生きていたことは一度もない人。

「昔って、どのくらい?」

「昔は昔だよ。有香はずっとおんなじ顔だったもの」姉はまた前歯を見せて笑った。「わたしが覚えている有香は、いつだってそんな顔をしてたよ」

人工知能《AI》である姉は、原理上すべてのログが記録されているはずなのだが、わたしたちの出生直後となるとさすがにそれもない。というのは、まだ稼働していなかったからだ。

わたしが両親などから聞いて把握している話だとこうなっている。産後、へその緒を切られても姉の自発呼吸は止まったままだった。彼女はすぐさま新生児集中治療室《NICU》に移されたが、蘇生の見込みはほとんどなく、仮に奇跡が起こったとしても重篤な後遺症が残ることは避けられなかった。生まれたばかりのわたしが新生児室にいる間、父と母はずっと姉のことを話し合っていたという。

　結局、両親が選んだのは、姉の中枢神経系をまるごと仮想化するという大掛かりな、しかも当時としてはさほど一般的ではない方法だった。もちろん保険の適用外だし、その後の暮らしに必要なものはハードもソフトもすべて特注生産だ。大富豪でなかった父はローンを組み、それらを買いそろえた。

　医師たちは姉の脳を取り出し、スライスした。新生児の脳はだいたい四〇〇グラム。おおぶりのハンバーグステーキが二人前と言ったところだ。その切片をスキャンにかけ、姉の脳のニューロン構造と、そこに残っていた意識の萌芽を精密に写し取る。生まれたばかりの姉の脳機能はパラメータ化され、機械の中に落とし込まれる。

　母がわたしと産婦人科病院のベッドを出て家に帰る頃には、もう基本システムの構築は終わっていた。ＯＳが起動し、しばらくするとディスプレイに３Ｄ映像化《レンダリング》された乳児の映像が表示される。それがわたしの「姉」の最初の姿だった。

　ローンを返済するため、父は仕事の量を増やした。帰りはいつも遅くなったが、帰宅して姉の寝顔を見るのは幸せそうだった。そしてディスプレイの前に折り畳みのテーブルを置き、母も交えて遅い団欒《だんらん》をよくしていた。当時まだ三歳くらいのわたしは眠い目をこすりつつ隣の部屋からその様子を覗き、室内のどこにもわたしの居場所がないのを確認して、そっと寝床に戻った。

両親の愛情はもっぱら姉に注がれ続け、わたしがそのおこぼれ以上のものにあずかることは数えるほどしかなかった。それは仕方のないことかもしれない。多くのコストを払ったものがよりすばらしく見えるのはきっと当然のことだ。服でも家でも自動車でも、また我が子であっても。

電子版「綾野八音」を動かしているコンピュータシステムのうち、自宅に置かれているのはOSを動作させるのに必要な最低限のものだけで、計算能力の大部分は最寄りの公共データセンターから供給されていた。それらの計算リソースはちょっと信じられないような金額で購入されていた。加えて月々のメンテナンス料。幼い姉が無邪気に笑うたびに百個単位のCPUが稼働して喜びの感情を計算し、その発熱と電力消費が翌月の利用料に上乗せされる。

その代償として、わたしたち家族は綾野八音という存在を得た。

「お父さんが死んだのはわたしのせいだって、今でも思う?」

どきりとしてしまう。わたしはそんな残酷なことまで、この姉に言ったのだろうか。

「さあ」びっくりするくらい冷ややかな声が出た。「お姉ちゃんはそう思うの?」

「……わからない」

母は家事を片付けるといつもディスプレイの前に座って、姉をあやしたり絵本を読んでやったりした。そしてわたしはそんな母を見て、自分をかまってくれないことに腹を立てた。でもわたしがいくら呼んでも袖《そで》を引っ張っても、母はディスプレイの前から離れなかった。有香、あなたにはお外があるでしょう。でも八音にはわたししかいないのよ。ある日、とうとう幼いわたしは言った。そんなのただの機械だもん。生きてる人間じゃないもん。

母にぶたれたのはその一度だけだ。

またある時、何かの機会があって、わたしたち家族は親戚の集まりに参加した。親戚のおじさんやおばさんたちは、ディスプレイの向こうで笑う姉の姿を複雑な表情で眺めていた。直接は口にしなかったものの、言いたいことは伝わった。それは本当に我々の親戚なのか。あんたたちの子供なのか。

姉の外見イメージは遺伝情報を元にシミュレートされたものだ。もし八音が無事に成長したとしたらそうなるだろうという外見を、可能な限り再現している。ただし、それはあくまでイメージに過ぎず、細かい生理現象までは含まれていない。またスペックの問題で、毛穴やささいな凹凸も無視されている。つるりとして人形のようにも見える姿。でもそれは人間の本質となんの関係もない。

母はよく言っていた。

「手足がなかったら人間ではないの？　目が見えなかったり、耳が聞こえなかったりする人たちは？　八音には、たまたまそのどれもがなかっただけ。それを機械で置き換えたからって、彼女が人間じゃないと言える？」

親戚の人たちは、まあ、幸福ならそれでいいだろう、と言った。それからわたしのほうを見て、いずれにせよ姉妹でよかった、と付け加えた。母も頷いた。本当に、この子がいるおかげでわたしたちも安心です。

「いつかわたしたちが死んでしまったら、有香がお姉ちゃんのお世話をしてあげるのよ」

そうするのが当然だと母は思っていたし、わたしも思っていた。だってわたしは「恵まれた子」だったから。わたしは「ちゃんと生まれてきた」から。わたしは「自分の足で外を歩ける」し、「友達もたくさん作れる」し、「やりたいことは自由になんでもできる」。だからわたしは「八音をずっと支えてあげなきゃいけない」の。

そう、人間が生きていくためにはたくさんのリソースが必要だ。まして人間でないものを、人間であるかのように生かし続けるためには。

姉が、たった今思い出したというように、あっと口を開いてみせる。

「小学生の頃、家族で遊園地に行ったでしょう?」

「行ったかもね」思わず嘘をついた。「あまり覚えてないけれど」

「ほら、ローラーコースターがあったの、覚えてない? 人工の岩山にレールが敷いてあって」

本当はとてもよく覚えている。その遊園地に来たらどうしたって目に入る看板アトラクションだった。乗りたいと思ったけれど、わたしは乗れなかった。身長が足りなかったから。

「すごく楽しかった。トンネルの中をすごい速さでくぐっていくの。そうか、有香は覚えていないのか」

　体を持たない姉に身長制限は無意味だ。わたしと父がアトラクションの外で待っている間、母と姉は二人でコースターに乗った。母の身につけていた携帯端末のカメラが、そのまま姉の視覚になる。家族で旅行する時はいつもそうしていた。楽しい思い出をたくさん作ってあげたいの、八音のために。母はよくそう言った。

　今のわたしにはその意味がよくわかる。綾野八音はわたしたち家族にとっての「思い出」だから。人工物に写し取られた姉の意識は生きながら思い出になった。そう考えれば、姉の存在は墓碑や霊廟と大差ない。そこに魂が存在することを納得させるためのモニュメント。

「お父さんもお母さんも、不安だったんだね」

　不意に姉がそう言った。わたしははっとして顔を上げる。

「何がわたしを人間にしてくれるか、わからなかったから」

「……そうだね」

　わたしたちの家にはあらかじめ失われた空間があって、父も母もわたしも、その穴を必死で埋めようとしていたか、見ないふりをしようとしていた。

「どうして二人はわたしを諦めなかったんだろう？」

「さあ。打てる手があったからじゃないの？」

　あるいはつぎ込めるリソースが。お金も時間もエネルギーも、それから愛情も。不思議なことに、姉を見るとだれもがそれらを際限なく注ぎたくなってしまうらしかった。

「だって、お姉ちゃんは昔から、会う人みんなに好かれていたものね」

「そうかな」

「そうだよ。わたしと一緒に何度か、小学校へ来たことがあったでしょう?」

法律上の人間ではない姉は、当然ながら学校へは通っていなかったが、ある時わたしが姉を(正確には姉のシステムと接続している端末を)学校へ連れて行き、クラスメイトに紹介したことがあった。どういうきっかけだったのかは忘れた。いきなり教室に現れたおかしな存在を遠巻きに観察してから、彼らは言った。

「変なの」

そのことを思い出すと、今でもわたしの胸はちくりと痛む。自分と姉が周りの人たちより劣った人間に思えてくる。それでいながら、姉のことをそんな風に考える自分が嫌になる。姉のことを露骨に好奇の目で見られることはその後も幾度かあって、相手は子供の時もあれば知らない大人のこともあった。いずれにしてもそれを母に伝える気にはなれなかった。姉を守ってやれなかった、そう言って責められるのはわたしだとわかっていたから。

でも姉は、何を言われてもずっとにこにこしていた。

「おもしろいんだよ、ほら」

画面の中で姉がくるりと回ってみせる。すると、姉の衣装が一瞬で切り替わる。ブラウスとスカートの地味な装いから、お誕生日用のワンピースのドレスへ。見ていたクラスメイトたちがわっと声を上げる。もう一度回ると、元の服に戻る。

もっとやってみせて、もっと。姉は何度も回転し、いろいろな服装へ着替えた。外見イメージのプラグインを切り替えているだけだとわたしは知っていたが、眺めているうちにそれが本当の手品に見えてきてしまうほどだった。

そうして、ひとたび垣根を取り払えば、姉ほど人に愛されやすい存在もない。いつも明るく笑っていて、何をしても怒らない。どんな子にも分け隔てなく話しかけるし、どんな形の好意も素直に受け取って喜ぶ。たちまち姉は人気者になった。

それ以来、小学校ではずっと、わたしは姉のおまけだった。このクラスには機械仕掛けのおしゃれで楽しい女の子がいて、わたしはたまにそれを運んでくるだけの子。

「あれは、いつだったかな。有香が午後の授業をさぼって、学校を抜け出して」

姉を最後に小学校へ連れて行った時のことだ。

「わたしがみんなとばっかりおしゃべりしていたから、有香がすねちゃって」

「そんな理由じゃないよ」

「じゃあ、どんな理由？」

昼休み、端末を携《たずさ》えて廊下を歩きながら、ふと思ってしまった。姉が生きていくのに、わたしが手助けしてやる必要なんてあるだろうか、と。だって姉はあんな風にだれからも好かれながら生きていけるのに。わたしはそうじゃない。今この場でわたしが壊れたってだれも何も言わないかもしれないけど、姉の端末が壊れたらきっとみんな悲しむだろう。そんなことを考えた。

ひとつの考えが思い浮かぶ。今、この廊下に姉を放置したら、どうなる？　いやもっと大胆に、端末を床に叩きつけて壊してしまったら？　姉が死ぬはずはないし、いなくなりもしない。ただ少なくとも、代わりの端末が届くまでわたしは一人だ。

端末を握る手に力を込めた時、背後から話しかけられた。

「何をしてるの」

はっとして振り返った。話したことのない子だった。わたしは悪事を見つけられた気分で、相手が何も言わないうちから、何もしてない、何も、と言い訳めいたことをぼそぼそと口にした。

その子はわたしの持っている端末に目を留めて、あっ八音ちゃんだ、と言った。姉も楽しそうに、ゆきちゃん、とその子の名前を呼んだ。

わたしはゆきちゃんと呼ばれた女の子に端末を渡して教室へ戻った。教室にはだれもいなかった。わたしは唇を嚙み、涙をこらえた。

気づいたらわたしは通学かばんを背負って校門を出るところだった。

「あの時は、焦ったよ。先生に知られたら、有香が叱られちゃうと思ったから」

「……叱られたってかまわなかった」

「ゆきちゃんにだけ、こっそり伝えてね。捜すのを手伝ってもらったんだよ」

通学路を少し外れたところにある公園で、だらだらとブランコを漕いでいたわたしは、そうして姉とゆきちゃんに見つかった。

「それにしてもおかしいよね。有香がいなくなったのに、ゆきちゃんったらちっとも気づいてなかったんだよ。同じクラスなのに」

　おかしくないよ、お姉ちゃん。あなたはみんなに愛されてるから、みんなが仲良しだと思っているかもしれないけど、そんなことないの。教室には、だれからも関心を払われない子だって、もっと素敵な別の子の代わりとしか思われてない子だって、いなくなってもすぐに忘れられちゃう子だっているんだよ。

　あの日のわたしも、確か姉にそう言ったのだった。すると姉は、ううんと首をひねった。

「そうかなぁ。有香は優しい子だから、みんな好きになると思うよ」

「そういう意味じゃなくて」

　わたしは手の中に収まってしまうハガキ大のディスプレイに指を置き、姉の鼻をつついた。日光をシミュレートされていない世界の、真っ白な肌。永遠に外気を浴びることのない、概念としての姉。

「なんでもない。お姉ちゃんはお姉ちゃんだもんね。わたしのことなんてどうだっていいよね」

「そんな、寂しいよ。有香、どうしてそんなこと言うの？」

「わたしなんていなくてもいいじゃない、お姉ちゃんは。ゆきちゃんや、他の子にお世話してもらえば」

「他の子は他の子、有香は有香でしょ？」

「なんで」

どうしてわたしは他の子じゃなかったの。どうしてわたしはあなたの妹なの。

「他の子は、学校やクラスが替われば離ればなれになっちゃうかもしれない。でも有香とはずっと一緒にいるんだよ」

そんなことない。親子だって姉妹だって、離ればなれになることはあるよ。なのにどうして、わたしはあなたと一緒にいなければならないの。ただ妹に生まれたというだけで、どうしてわたしはあなたを好きにならなければならないの、他のみんなみたいに？

「帰ろうよ、有香。わたし、おやつが食べたい」

姉は画像処理ミドルウェアが描出しているおなかをさすってみせた。シュークリームもドーナツも入りっこないおなか。食事は姉にとって味覚刺激を受け取るというだけの意味しかない。砂糖も蜂蜜も快楽のためでしかない。姉の人生は結婚式のイミテーションケーキと同じだ。楽しさだけで彩られた、味のない塊。そこに幸せがあることを確認するためだけの生命。

「そうだね」お姉ちゃんにはわかりっこなかったね。「……わたしもおなかが空《す》いちゃったよ。でも、学校を抜け出したなんて言ったら、おやつはもらえないかも」

「平気だよ。わたしがうまく言ってあげる。ふふ、わたしね、嘘がうまいから」

やけに自信たっぷりな姉の言い方に、わたしも釣られて笑ってしまった。

**「それで結局、おやつは食べられたんだっけ」**

「お姉ちゃんが食べていたのは覚えてるよ」

「有香は？」

「わからない。食べられなかったとしても、そこまで残念じゃなかったんだろうね。お姉ちゃんと違って、わたしは食いしん坊な子じゃなかったもの」

「ひどい。わたしだって食いしん坊じゃないもん」

ほっぺたを膨らませる姉の姿は、外見こそ年齢相応に変わっているものの、中身はほとんどあの頃と大差ない。見ているとおかしくなってくる。

「お姉ちゃんは昔からそうだね。本当はすごく欲張りなのに、指摘されると怒るんだ」

欲張りなお姉ちゃんが考えているのはそのことばかりだ。どうすれば気に入ってもらえるか、どうすれば愛してもらえるか。そのためにいつもへらへら笑って。

「初めてゆきちゃんを家に呼んだのはいつだったか、わかる？」

「ええと」姉は考えるような仕草をする。本当は、わたしも答えを知っていた。「そう、有香が中学校を卒業して……高校に入るくらいじゃなかった？」

その後ゆきちゃんは引っ越しをして別の中学に通っていたが、高校の受験会場で思いがけず再会した。わたしはほとんど忘れかけていたのに、向こうはちゃんと覚えていてくれて、姉のことをあれこれ尋ねてきた。八音ちゃんは、まだ元気にしてるかな。

そのまま話の流れで、彼女を家に呼ぶことになった。

「ゆきちゃんの言葉、わたしは覚えてるよ。『八音ちゃんはどこにいるんだろう？』って、言ったんだよね」

「そう」

部屋の一角を占有している筐体《きょうたい》とディスプレイを見ながら、八音ちゃんはこの中にいるのかな、とゆきちゃんは言った。違うよ、八音の計算リソース自体はどこかのデータセンターにあるの。だから今ここにあるのは外見を描画するためのソフトウェアと、ローカルに保存しておくべき最低限のキャッシュと、必要な数のオブジェクト・リファレンスだけ。

——つまり八音ちゃんの心はどこか遠くにあって、ここからそれを呼び出してるんだ。

その言い回しをわたしは気に入った。姉も気に入ったと思う。どこか遠くにある何かの心を、絶えず呼び出し続けるもの。姉という存在を定義するなら、それが一番しっくり来る。

綾野八音はそれ自体がひとつのリファレンスだ。

「わたしたちが困っている時に助けてくれたのは、いつもゆきちゃんだったね」

「そうかな……そうかもね」

「だってほら、啓介《けいすけ》くんを紹介してくれたのもゆきちゃんでしょ」

和田《わだ》啓介。その名前を思い出すと、今でもわたしの体はこわばる。

高校に入ってしばらく経った頃、家に帰ろうと校庭を歩いていたら、ジャージを着たゆきちゃんに声をかけられた。会わせたい人がいるの。わたしと同じクラスの人なんだけどね、剣道部に入っていて、ちょうど練習してるから。

どうしてわたしなんかに会わせたいのかさっぱりわからなかったけど、断るのも無愛想だと思ったので、しぶしぶながらついていった。グラウンドを回り込み、体育館の横を抜けると、剣道部や柔道部の使う道場がある。中からはかけ声とか打ち合いの物音とか、とにかくものすごい音がしていて、入るのはためらわれた。

それを伝えると、じゃあ覗くだけでもいいよ、とゆきちゃんが言った。なぜか都合のいいことに、窓の下にはもうコンクリートブロックの踏み台が用意してある。

「ええと、あそこにいるのがそうだよ。和田くんって言うの」

指を差されてもあちらは面を着けているのでわからない。ただ名札に「和田」と書いてあるのは読み取れる。

「会わせたい人って、男子だったんだ」

「言ってなかったっけ」

彼は竹刀《しない》を晴眼に構え、練習相手らしき人と向かい合っている。ゆきちゃんと同じクラスということは一年生のはずだが、素人目にもなんというか、別格なのがわかった。相手のほうはすっかり気圧《けお》されているのか、それともあれはあれなりに攻めどころを探しているつもりなのか、やたらふらふらと体の軸が動いている。対して彼のほうは完全に姿勢を固めたまま、しかし剣先だけは常に相手の急所へ向かっていた。

「強そうだね、その……和田くんって人」

「そうなんだよ。和田くんとは中学も一緒だったんだけどね、昔から、いろんな人会で優勝したりしてたんだって」

そんなことを話しているうちに勝負は終わっていた。前触れなく跳ね上がった彼の竹刀は、次の瞬間には相手の面を捉えていた。竹の鳴る音が道場に響く。自分も相手もそういう風に動くことを事前に決めておいたかのような、綺麗な一本だった。

互いに礼をして脇に退《ひ》く。わたしはいつの間にかその一挙手一投足から目を離せなくなっていた。彼の所作はすべてがどこか最適化されている。和田……下の名前をまだ訊いていなかった。啓介だよ、と隣のゆきちゃんに教えてもらう。

こちらを向いて壁際に正座した啓介がおもむろに面を脱いだ。彼は思っていたよりずっと色白で、がっしりした浅黒い顔の男子を想像していたわたしは意表を突かれた。

「どう思う？」

「どうって？」

「話してみたいと思わない？」

「それは、まあ」わたしは、心臓をどきどきさせている自分に気づいた。「思うけど」

「よかった。あのね、実は和田くんに頼まれてたの。わたしの友達にこういう子がいるんだって話したら、ぜひ会いたいから紹介してほしいって」

「わたしに？」

「うん」

つまりこういうことらしかった。中学も一緒だったゆきちゃんと啓介はもともと仲がよかった。高校で偶然にもクラスが同じになり、いろいろ話しているうち、啓介はわたしに興味を持ち始め、それなら紹介してやろう、とゆきちゃんが言いだし、わざわざ重たいブロックまで用意して待ち構えた……という。

「ゆきちゃんって、本当におもしろい子だったよね」

姉はけらけらと他人事みたいに笑う。

「でもお姉ちゃんがいなかったら、わたしとゆきちゃんは、たぶん一度も話なんてしなかった気がする。そういえばクラスにそんな子がいたっけな、って思い出すくらいで」

「そういう人はきっと世の中にたくさんいるよ」

「だけどもし、ゆきちゃんと出会っていなかったら、わたしは啓介と知り合うこともなかった」

「後悔してるの、啓介くんとのこと？」

「それは……」

わたしと啓介が知り合い、交際を始め、そして結局は別れて、今日まで二度と会うこともなかった。そのことを姉がどのように解釈しているのか、わたしは知らない。あえて尋ねることもしなかった。

「わたし結局、今でもわからないんだ。お姉ちゃんが啓介のこと、どう思っていたのか」

「どう、って？」

「お姉ちゃんにとって、啓介はどういう存在だったの？」

姉は人差し指を頬に当てる。そんなこと考えたこともなかった、という風に。それを見てわたしは後悔の念に駆られる。わたしの思いなんて姉からすればその程度だろう。いくら言葉を交わしたって、姉に人間はわからない。

必要ないからだ。姉の知性は嬰児《えいじ》の脳を初期状態として、欠くことのできない機能をみずから獲得していった。生身の脳はそうして成長する。日本語を母語として育った人間がいつしかLとRの発音を区別できなくなるように、人の脳は発達の過程で不要な能力を刈り込み、必要な能力を伸ばしていく。

そうして完成された姉の脳は、しかし、というか、それゆえに、というか、当たり前の世界で当たり前に成長した人間の脳と、まったく同じではない。だからこそ姉は発狂せずにいられるのだ。自分という感覚だけがぽっかり浮かんでいる電子の海で姉は生まれ、その空間に順応した。彼女は他者を理解しない。

「啓介くん、いい人だったじゃない。すらっとして、礼儀正しくて。わたしはああいう男の子、好きだな」

そう言って姉はまた笑う。わたしの心はざわめく。本当は、姉は何もかもわかっていたんじゃないか、という気がしてくる。間違っていたのはわたしのほうじゃないか、姉は当たり前の人間として、当たり前の感受性を持っているのに過ぎないんじゃないか、と。

「どうして有香は別れちゃったんだろうって、ずっと不思議に思ってたの」

でもそれはやっぱりわたしの錯覚で、そしてそれこそが姉の獲得した能力だったのだと気づかされる。模倣と擬態。ばらばらに置かれたリソースの束を統合し、人間らしく見せかけること。

「そうね、わたしも不思議だった」

　自嘲するようにわたしも笑った。だからわたしは彼に惹かれたのかもしれない。啓介の身体も、やはりリソースだった。クライアントのリクエストに応え、最適なパフォーマンスを返すための。彼にとってそれは演算能力ではなく剣道だったというだけで。

　初めてのデートは公園だった。恋人同士は公園に行くものだって、最初に決めたのはだれだろう。冗談で手を繋ごうとしたけど、彼はしっかり両手をポケットに入れていた。お見通しだよ、と彼が笑った。公園は冷たい風が吹いていて、わたしたちのほかにはだれもいなかった。もう秋も深かったし、紅葉を楽しむような場所ではない。それでも一応、寂しげに並んでいる細い樹木の周囲には、その木の和名にラテン語の学名や、開花の時期までAR標識で表示されていた。

「こんなの、わたしたちが小学生の頃はなかった」

　ふわふわと揺れている仮想上のポップを見てわたしはそう言った。

「名前ばっかりこんなに詳しく書いたって仕方ないのに」

「正しい名前があるのはいいことだよ、何事も」

　それだけつぶやいて、啓介はさっさと歩いて行ってしまう。わたしはなんだかつまらなく感じる。それに気づいたのかどうか、啓介は数歩先で立ち止まり、わたしのほうへ指を振るジェスチャーをした。飛んできた写真型のアイコンに触れると、花の画像が展開される。

「今年の春にここで撮った――」

「花が好きなの？」

「ぼくじゃない」彼が笑った。「どこかのだれかが、さ」

　生活が技術を生み出すのか、技術が生活を作り直すのか、その境界は曖昧だ。わたしの身近で言えば、たとえば姉とどこかへ出かける時、いちいちディスプレイつきの端末を持ち運ばなくてもよくなった。ＡＲデバイスを介して視界のどこにでも、フレームで切り取られた姉の姿を表示させることができるようになったからだ。わたしはなんとなくそれが嫌で、けれど当時はそのことを自覚すらしていなかった。

「みんな情報でラッピングしてくれたら、世の中はもっとよくなると思うだろ？」

「そうは思わない。だって、気持ち悪いじゃない」

　わたしは路上で光っているいくつかの足跡を見つけた。それは文字通りの足跡だ。だれかさんが位置情報《ジオタグ》をつけてアップロードした写真や文章がこうやって街中に保存されている。

「監視されているみたい、というか」

　うまく言えないのがもどかしい。

「それは慣れだよ。床屋でカミソリを当てられるのだって、初めは怖い」

「そうではなくて」

　今や街はいろんな人の思い出の掃きだめになりつつある。何十人分もの思い出がフリーズドライで固められ、そこかしこに転がされている。気がつくとそういうもののかすかな破片がわたしの中に溶け込んでいるような気さえしてくる。

「つまり、自分が……」

「特別じゃないと気づかされるから？」

わたしは何十億人かいる人間種族の中の、何万人かいるこの街の住民の中の、四人いる綾野家の、二人いる娘のうちの一人。

「わたしにお姉ちゃんがいるって話、した？」

「由希子《ゆきこ》から聞いた。けど、直接は」

「双子なんだけどね、体がないの」

彼は近くのベンチへふらっと近づき、わたしを先に座らせた。

「それも聞いた……」せきばらい。「気がする。有香の姉さんはメモリアルＡＩだって」

メモリアルＡＩ。商品名としての姉。その名の通り、思い出として保存された人格。

「まあ、少し違うんだけど。そういうのは普通、死んだ人の書いた文章とか、肉声の入ったムービーとかから作るでしょう？　うちのお姉ちゃんは、生まれてすぐに死んじゃったから、そういうのはないの」

「それじゃあ、どうやって？」

わたしは寒々しいベンチに座ったまま、長い説明を加えた。存在しない家族の思い出を、わたしたちがどうやって模造してきたかの話。忘れていた宿題をまとめてやっつけたとか、アサガオの観察日記を図鑑からでっち上げたとか、そういう類の話。

聞き終わると、啓介は大きく息を吐いた。

「複雑な家だったんだな」

「がっかりした？」

「どうして？　うちのほうがまだマシだな、って思っただけさ」

「啓介の家はどうだったの？」

「おもしろくもない家だよ。父は警察官、母は専業主婦。父親は剣道の有段者で、一人息子にも剣道を教えようと思った。五歳か六歳の頃から道場へ通わせ、一日中、竹刀を振らせていた。息子は――本当は剣道なんて好きじゃなかった」

ベンチの座面にもジオタグの足跡を見つけた。その足跡を興味本位で開いてみる。知らない中学生のポエムみたいな日記が表示される。彼女もこの場所で恋をしていたようだ。日付は半年前。まだ同じように恋をしているのかは、わからない。

「剣道、嫌いなんだね」

「大嫌いだよ。野蛮だし、物騒だし、時代錯誤だし」

「あんなに強いのに。県大会でも一位だったんでしょう？」

「父親によく言われた。剣道に強い弱いはない、あるのは正しいか正しくないかだって。一対一の試合をしているように見えて、実はそうじゃない。正しくないほうが負けていくってだけなんだ。よくできたピンポン球ほどまっすぐ転がるのと同じで」

ああ、とわたしはようやく腑に落ちた。あの日、初めて彼の姿を道場内に見かけた時から、ずっと表現したかった感覚だ。彼の体は定められた道をまっすぐ転がるボールだ。適切な力と適切なバランスで、何度でも再現できる身体だ。

「要するにぼくは今、県内でもっとも剣道化された体の持ち主なんだよ」

「うらやましい」

「どこが？」

「わたしも、そんな風に」

愛されていたかった。丁寧に分析され、美しく整えられたリソースになりたかった。もしそうなら、わたしは今よりもっとずっと、必要とされていたはずだから。お母さんにも、それから、お姉ちゃんにも。

「……帰ろう。寒くなってきた」

彼はまたポケットに両手を突っ込み、すたすたと歩いて行く。わたしは少し遅れてその後に続く。隣に並べばいいのに、そうしなかった。彼も待ったりはしてくれなかった。でもそんな風に突き放された距離感が、わたしにとってはむしろ居心地のよいものだった。

記念すべき初デートは、そうして終わった。

「結局、有香は啓介くんに何を求めていたわけ？」

「わからない。わからないよ。ずっと考えていたけど、結局わからない」

「そんなこともわからないのに、よく五年も続いたね」

「正確には四年だけど」

「別れたのはやっぱり、あのことがきっかけ？」

「きっかけでもないかな」悪びれもせず言う姉に、わたしは目を閉じた。「ほら、お父さんのお葬式で」

父が死んだ。

大学一年生の冬、いきなり電話でそう聞かされた。わたしが大慌てで実家に戻ると、すでに葬儀の支度は万端整っていて、わたしは喪服を着て座っているだけでよかった。

深夜、仕事帰りの父は駅のホームから転落し、急行列車に轢《ひ》かれた。防犯カメラの映像だけでは事故とも自殺とも判断できない、と言われた。主観映像を記録していたはずのARデバイスもぺちゃんこで、なんの参考にもならない。とにかく彼はもうずっと残業続きだったし、いずれにせよほとんど過労死みたいなものだ、と葬式の後に訪ねてきた父の同僚の一人が憤《いきどお》っていた。

その原因でもある存在は、わたしの目の前で泣いていた。

「ひどい、ひどいよ、どうしてこんなことになったの？」

わたしだって知らないわけじゃない。秒刻みで赤字がかさんでいくこの家の事情くらい、高校生の時にはなかば把握していた。姉が息をするだけでもお金はかかる。そうやって流している涙のひとしずくのためにも、CPUは熱を放ち、ジョブスケジューラはリクエストの管理に追われ、ルータはそのスループットを使い果たす。計算能力は、天から降ってくるわけじゃない。

大学へ行きたいとわたしが言い出した時も、母はそのことを理由に反対した。うちには学費を捻出する余裕なんてない、と。学費くらい自分でなんとかするとわたしがいくら言ってもだめだった。魂胆はわかっていた。わたしが働いて家計にいくらかでも入れれば、そのお金を姉のために使える。最終的に、父が母を説き伏せた。わたしが家を出られたのは父のおかげでもある。

姉が祭壇の前で手を合わせているのを眺める。その身体を、うっかりよそ見しながら通りかかった親戚のだれかがすり抜ける。彼女の体はこの現実世界にはなくて、わたしの視界にかけられたレイヤーの中に存在している。AR技術の進歩もここまで来た。端末を介する必要さえなく、姉は姉自身の意志でどこでも歩き回れる。初めてこのアドオンを使用した時、母はひどく喜んだ。まるで本当に、八音がそこで生きているかのよう。わたしは逆の印象を受けた。お姉ちゃんはもうわたしたちの手のひらにはいない。二本の足で歩く人間サイズの何かになった。それは恐ろしくて、どこか気味の悪いものに思えた。

慌ただしく実家へ戻ってから何日目かの夜。自分でもはっきりしない不安感に突き動かされたまま、わたしは啓介に電話することを思い立った。視界の隅にリストを表示させて啓介の番号を選び出し、受話器のアイコンを凝視する。何回かのコール音の後、骨伝導ヘッドフォンから彼の声が聞こえた。

「どうした、有香？」

啓介がわたしの名前を呼ぶと、なぜかほっとする。東京の大学へ進学したわたしとは違い、彼は地元の大学へと進んだ。遠距離恋愛、と呼べるほど濃密な関係でもないのだが、一応、連絡を取り合ってはいた。

「別に、たいした用はないよ。ただ、その、しばらくはこっちにいようと思って」

「……そうか」

そっけない返事だがそれもまた彼の優しさなのかもしれない。わたしはARアイコンも何もない空中を、いつものくせで見上げた。東京にあるわたしの部屋なら、室温から電気の使用状況から冷蔵庫の中身まで、ポップアップがうるさいくらい飛び交って空中を埋め尽くしている。

「なんとなく、戻る気になれなくて」

家を出てみて、あんなに苦しく感じられた母と姉の重圧が、むしろわたしという存在の基部になっていたことを思い知らされた。大学の講義に出席して、たとえば隣に座っただれかと言葉を交わすような間柄になったとする。その時にふと姉の面影がよぎる。わたしが籠に入れたまま、鍵をかけてきてしまった姉。人間の擬態を今も続けさせられている姉。するとわたしはもうそれ以上、言葉を紡ぐことができない。わたしだけが逃げ出した、という思いがあった。

「ねえ、せっかくなんだから、会って話そうよ。いつならいい?」

「ええと、ちょっと待ってくれよ……明日、いや明日はだめだ。明後日にしよう」

「明後日ね」

電話を切った後、ほんのしばらくの間だけ、わたしは姉のことも家族のことも忘れていられた。お風呂が空いたと母に呼ばれて階下へ降りていくまでのわずかな時間、わたしは確かに自由だった。

**「大切な人だったんだね、啓介くんは、有香にとっては」**

**「そうだよ。お姉ちゃんだってそのことはわかってくれていると思ってたのに」**

翌日は朝からいい天気だった。わたしは今日のうちに少し髪を切っておこうと思って、近所にある美容院の予約を入れた。姉はどこかへ出かけていた。この「出かける」という表現は多分に比喩的で、実際のところは知覚の出入力経路を変えているにすぎないのだが。

美容院は午後からだったので、昼食は母と二人で摂《と》ることになった。昔から変わることのない気詰まりな食卓。パスタを噛んでも味はほとんどしない。でも、今日はどこか様子が変だ。フォークを持つ母の手が震えている。

「八音のリソース契約を解除しようと思うの」

わたしにではなく粉チーズの容器に向かって、母は言った。それは、お姉ちゃんを止めるってこと？　わたしが尋ね返すと、母は首を振った。

「すぐには止めない。減らすだけ。速度はちょっとずつ遅くなっていくけれど」

わたしは息を吐いた。折り合い。手の届かない理想と、どうしようもない現実との間にある、母なりの着地点。スパゲッティみたいに細く引き延ばされても永遠は永遠だ。いつか遠い未来で姉が人間になれると、母は本気で思っているのかもしれない。わたしは、どうなのだろう。そんな風に考えたことがあっただろうか。いつか姉とわたしは対等になれるのだろうか。わたしが姉を恐れずにいられる日が来るのだろうか。いつか、いつか。

もう何も食べる気がしなくなって、わたしは席を立った。

「有香は食が細すぎるよ」

「お姉ちゃんに言われたくないな」

「わたしは元から何も食べないよ?」

「そう言ってお姉ちゃんはいつもいつも」わたしは手をきつく握りしめた。「大切なものばかり平らげてしまうんだね」

美容院から帰る頃になると、もう日も暮れつつあった。夕焼け空に浮かぶ、ちぎれかけの雲が感傷を誘う。ひとたび外へ出て戻ってくると、見知った街もどこかよそよそしくなるようだ。わたしは久しぶりに短く切りそろえた毛先をそっと撫でた。

わたしにとって啓介とはなんだろう、と考える。彼の前でだけ、わたしの身体は価値を持ち始める。姉のものでもなく、母のものでもなく、ただわたしのものとして。それがわたしには心地よいものに思えた。だけど、本当にそれだけだろうか。

角を曲がろうとして、いきなり現れた人とぶつかりそうになる。ところが、あ、と思った時には体をすり抜けている。振り返るとその人は何事もなかったように立ち去るところだ。

アバターだったらしい。姉と似たような、と言えるかどうかはわからない。AIではなく生きた人間の手で動かされているものも中にはあるからだが、とはいえ、こんな街中で見かけるのはほとんどの場合メモリアルＡＩのアバターだ。わたしたちが子供の頃、死んだ家族と暮らしている家はあまりなかった。今では逆に、そうじゃない家のほうが珍しい。考えてみれば当たり前のことだった。人は人のおもかげをそばに置きたくて仕方がない。街ではだれもが寂しがっている。

別の曲がり角に消えていくその人を見送っていると、ふとそこが啓介の家の近くだったことを思い出す。啓介は、今日は忙しいようなことを言っていた。アルバイトでもしているのだろうか。ひょっとしたら、ちょうど帰宅するところに出会えるかもしれない。

わたしは誘われるようにして進路を変えた。来た道を戻り、別の角を曲がる。あとは道なりに進めば彼の家がある。途中に砕石を敷き詰めた駐車場のような空き地があり、わたしは何気なくそちらへ目を向ける。

突き当たりの塀にもたれるようにして、姉が立っていた。それから啓介。かたわらに立って塀に手を置き、すぐ隣から八音の横顔をじっと見つめている。

「わたしは有香のことを一番大切に思ってるよ」

「そんなのわたしは頼んでない」

「有香だってわたしを好きでいてくれたじゃない」

「そうだよ」わたしは言う。「それなのにお姉ちゃんはわたしを裏切ったんだ」

啓介が姉の唇に唇を寄せる。そんなことをしたって、お互いになんの感じるところもないはずだ。あそこにいる姉は、画面の向こうの存在ですらない。ただ両眼の疑似視覚が姉の姿をそこに立っているかのように見せているというだけ。あつらえられた形象、実在しない奥行きと高さ。それでも啓介はやや膝を曲げ、小柄な姉にあわせて口づけをする。

そこに人間らしい形があれば。

「啓介」

と、思わずわたしは声に出す。二人の唇が離れる、いや、もともと触れあってなどいなかった。

「なんだ、有香じゃない」わたしの姿を認めると、姉はこちらへ軽く手を振る。「どうしたの、お買い物？」

そして姉はにっこりと笑う。人型の生き物が同族に対して与えられる最高級の表現手段。幼い頃から父や母やわたしをとりこにしていた笑顔。綾野八音の存在意義。わたしをしびれさせ、ぞくぞくさせ、絶望させるもの。

啓介は何も言わず、よどんだ目つきでわたしを見つめている。

「本当はわたしじゃなかったんだね」

わたしが代わってそう言うと、彼はどこかほっとしたかのような表情さえ見せる。啓介が興味を持っていたのは、わたしじゃなかった。でも些細な行き違いでわたしと出会ってしまった。行き違った理由はひとつしかない。わたしには体があり、姉にはなかった。

想像上の八音がわたしの首を絞めようとする。遠い昔、母の胎内で、彼女の五体は失われた。あるいはわたしに押しつけられた。それ以前の八音。

「剣道をやっていると、竹刀が自分の体の延長みたいに思えてくることがある。そういう時、ぼくは必ず思った。ぼくのこの体も、やっぱり別のだれかの延長じゃないか、って。……たとえば、父の」

　姉の身体は概念の表象であって、身体そのものではない。それはあくまで脳の活動に対応した受け皿にすぎず、たとえるならマリオネットと同じだ。思った通りに動くし、物理演算にも従うけれど、筋力や持久力などは再現されていない。

「父は『正しい剣道』をするための『正しい息子』が欲しくて、その通りにした。ぼくは父が振るった竹刀なんだ。父がそう思う通りに作り、動かした体だ。だからこれは、ぼくの体じゃない」

　人形使いが片手を挙げてお辞儀するのも、人形が操られてそれをするのも、結局は同じことだ。生まれ持った手足でやるか、人形を使ってやるかの違いがあるだけ。

「それがなんであれ、思った通りに動かせるなら、それはもう自分の体だろ？」

　姉はそうだ。確実にそう。でもわたしはそうじゃない。自分自身が思い通りになった経験などわたしにはない。わたしの身体はどこか彼方で作られ、突然こうして手渡された。あなたは「恵まれた子」だから、あなたは「八音をずっと支えてあげなきゃいけない」の。

「ぼくは八音さんが欲しい。ぼくと八音さんは同じなんだ。言うなれば、ぼくと彼女は」

　その時、八音の笑い声が聞こえた。わたしたちが話している間、退屈そうに辺りをうろついていた彼女だが、何かおもしろいものでも見つけたのだろうか。ＡＲ仕掛けのキャンバスに描かれた姉の笑顔。わたしはそちらを向き、呼びかける。お姉ちゃんはどうなの？

「わたし？　わたしは」

選択という行為が姉のような存在にとってどのような価値を持つのか、わたしにはわからない。報酬系のシミュレーションを操作すれば、趣味も嗜好も好きなように変えることができる。結果が気にくわなければ、バックアップから元に戻せばいい。リソースが許す範囲内で何十人もの姉を同時に演算しつつ、その時々でもっとも優秀な成績を出したものに残りを合わせるというのも、有効性が知られている方式のひとつだ。

「啓介くんのことも好きだけれど」

だったら、姉は、目の前にいるこの姉は、綾野八音は、綾野八音と呼ばれているこの一連の演算は、どうしてわたしの姉なんだろう？

データセンターを駆け巡るバイナリの行と列が、冷却装置《チラー》から吐き出される半導体の知恵熱が、光ファイバーの中で重なり合う波動が、ある時点でわたしの姉になる、その境界はどこにあるのだろう？

「有香のほうがもっともっと好きだよ。だってわたしの妹だもん」

わたしは長く息を吐いた。八音は、やっぱり、どこまでも八音だ。

啓介は黙ったままだった。わたしは姉に目配せし、一緒に帰ろう、という意味のことを伝えた。姉は嬉しそうに頷いた。啓介はさよならも何も言わなかったし、わたしも言わなかった。お互いに激しい感情はかけらも見せることなく、わたしたちは別れた。

けれども歩き出すとすぐに涙で視界が曇り始めた。家までの道をとぼとぼ帰りながらわたしは泣いた。こぼれ落ちる涙が、そのまま姉のしずくになりそうで怖かった。姉までも流れ出てしまう気がした。

家に着くとわたしは母に言った。お姉ちゃんのリソース契約を解除しよう。少しずつ少しずつ彼女の時計を遅らせていって、お姉ちゃんがいつか本物の思い出になってしまうまで、わたしたちは姉と一緒にいよう、と。

啓介とはその後、二度と会うこともなかった。

「ねえ、有香。一人の人間が生きていくためには、何人分の思い出が必要だと思う？」

わたしと八音はその日も散歩に出かけた。大学を中退し、地元で就職したわたしの、週末の新しい日課だった。うららかな五月の日差し。夏はもう手の届く距離にいて、そこからしきりに風を送り込んできては、たわわなツツジの花弁を揺らす。

道はだれかの投げ捨てた思い出の残滓《ざんし》であふれている。人々は、まるで空気の粒子ひとつひとつにまで名前がついていなければ不便だと考えたかのようだ。AR標識は通りという通りに敷き詰められ、地球上のあらゆる地点を幾重もの情報で埋め尽くしつつある。

姉はそのどこへでも自由に歩いて行ける。

「お姉ちゃん、今日は、どこへ行こうか」

わたしはすぐ後ろの姉を振り返って言う。けれど彼女にわたしの言葉は届かない。これは少し前にいた姉の姿。姉の意識がいったんバラバラになり、逐次処理され、また戻ってくるまで、ちょっと時間がかかるようになった。それが描画され、AR空間に投影され、わたしの疑似視覚が彼女の姿を認めるのは、さらに後だ。

「そうね――」

姉はそれだけ答えて、また長い休符を挟む。姉の場合、言語能力や身体能力はある程度スキーマ化されているので、演算速度の変化にはそこまで左右されない。けれどもそれを操る意識のほうは、この肉体には飛び飛びにしか留まることができない。

「――公園なんかどうかな」

積み木の塔から木片を抜いていくゲームみたいに、わたしたちは姉という存在からその構成要素をひとつずつ抜き去っている。おかげで姉の輪郭は、バランスを失った塔と同じく、いつも頼りなげに震えている。回線状態の悪い場所へ入ると、震えはさらにひどくなる。

「いいね。じゃあ、一緒に行こう」

街を歩く幽霊《おもかげ》たちの「本物っぽさ」は、つぎ込んだリソースの総量に比例する。リソースとは、わたしたちの世界と彼らの世界とを結ぶへその緒のことだ。存在することを許されるために、わたしたちが支払わなければならない代償だ。

姉が歩き始める。おおむねなめらかな動きだが、時折、コマ送りのようなぎこちない感じが混ざる。わたしはゆっくりそれについて行く。わたしの言葉は、時間はかかってもちゃんと姉の意識まで届いている。今はまだ。いずれ姉の時間と現実の時間がつじつまを合わせられないほどずれてしまえば、そんなこともしていられなくなる。姉が一秒を感じ取る間に、わたしが一時間も二時間も過ごしてしまうようになれば。わたしの言葉が圧縮されて、ざらざらのノイズにしか聞こえなくなってしまえば。

姉の目にこの世界はどう映っているのか、と思う。少しでも速度を維持するため、姉の脳には何重もの最適化フィルタがかけられている。だから街の風景も余分なディテールがそぎ落とされて、舞台の書き割りみたいに見えているかもしれない。人々は見分けがつく程度のぼんやりしたイメージだけになっているかもしれない。アイデンティティを持った影たちが暮らす街。でもそれは案外、現実世界の適切なメタファーだろうか。

やがて、わたしと姉は目的の公園に入っていく。わたしにとっては懐かしい場所。そう、ここは小学生の頃、たしか。

「ああ」姉が不意に言う。「ゆきちゃんだ」

姉の感覚がここへ到着し、情報を採取し、演算のリクエストを飛ばしたのがどのくらい前なのかはよくわからない。その時には、ゆきちゃんがここにいたのだろう。そこのベンチかどこかに。でも今はいない。その映像がデータセンターに送られ、劣化したニューラルネットワークによって処理され、仮想の識閾《しきいき》から立ちのぼって像を結ぶまでの間に彼女は行ってしまった。ゆきちゃんには、姉の姿は見えていなかったから。

「有香、有香、いる?」

姉にはわたしの姿も見えない。姉の主観よりも遅れて描画される姉の身体、それに同行しているわたしは、姉の意識からすればずっと後方を歩いているのと同じだからだ。

「ここにいるよ」

「ゆきちゃんがいる。久しぶりだね。昔、有香を捜してここに来た時は」

姉を残したまま小学校を逃げ出したわたしを、姉はゆきちゃんと一緒に捜してくれた。それがこの公園だ。当時、ここはこんなにもAR情報で満たされてはいなかったし、姉も端末がなければ移動できなかった。

今は違う。申し訳程度にブランコが置いてある小さな公園は、ジオタグつきの足跡ログに、どこかのだれかの遠隔臨場《テレイグジスタンス》アバターに、姉と似たようなメモリアルAIに、とにかく多種多様な情報的幽霊に包囲されている。ひょっとしたらこの中で実体を保っているのはわたしだけかもしれない、と思うほど。

「あの時は、ゆきちゃんが見つけてくれたの。有香を」

姉の意識のように、一方的に情報を取り集めているだけで、こちらからは見えない存在も同じくらいたくさんいるかもしれない。あるいはわたしのこの身体だって、単なる肉のアイコンかもしれない。この手は、足は、顔は、綾野有香に繋がっているリファレンス。ただそれだけの意味しかなくて、わたしという存在の本質は、どこか別の場所に折り畳まれている。演算されるのを待っている。そんな風に考えたら。

「あの時の有香は、とても――」

「有香、八音」

公園の外から声をかけられ、わたしはそちらへ向き直った。生け垣の向こうで手を振っている人がいる。ゆきちゃんだ。場所を少し移動しただけで、立ち去ったわけではなかったらしい。

「二人でお散歩？　ふふ、今日はいい天気だもんね」

「ゆきちゃんはお買い物？」「——さみしそうで——」

わたしが尋ねると、ゆきちゃんは頷いた。それから彼女は八音を指さす。

「聞いたよ。八音が、その、変わっちゃったこと。わたし、知らなかった。八音が生きるのに、そんなにお金がかかってたなんて」「——だからわたしは思ったの——」

そんなことないよ、とわたしは言った。わたしと姉は何も変わっていない。生まれた時から姉はこうだった。こういう存在だった。映画のフィルムみたいなものだ。次々と移り変わる断片に眩惑されているうちは、姉は生きて動いているように見える。だけど速度を落とせば落とすほど、それが単なるコマの集まりにすぎないとわかる。

「昔ね、八音から聞かされたことがあるの」「——ずっとそばにいてあげよう——」

ゆきちゃんは遠い昔を懐かしむように目を細めた。

「『ゆきちゃん、わたし、他の子みたいに体がないでしょう。だから他の子が眠ったり、ごはんを食べたりする代わりに、わたしにはしなくちゃいけないことがあるの』って。わかる？」「——だって——」

初耳だ。わたしがそう言うと、ゆきちゃんが答えを教えてくれた。

「愛されること」

「――わたしは有香のお姉ちゃんだから」

次の瞬間、姉の姿は消えていた。

その代わり、空中に微細な断片がいくつも散乱する。三角形を組み合わせたようなとげとげしい破片、そのひとつひとつに、よく見ると姉の外見の一部が投影されているようだ。まるで季節外れの桜みたいに、姉と同じ色をした花びらがAR空間を埋め尽くす。思わず声を上げたわたしを、ゆきちゃんは不思議そうに見つめている。それで原因の見当がついた。

描画エンジンの同期ずれだ。姉を形作っている計算の遅れがたまたま特定のタイミングに重なると、システム側が一瞬だけ姉の位置情報をロストする。ところがそれに気づかないわたしのデバイスが何かのはずみでディスプレイに補正をかけた場合、こんな風にして姉はいつわりない姿をあらわす。わたしたちの世界にまき散らされた思い出の切れ端。

姉に触れようとして伸ばしたわたしの手は、仮定された花びらのひとつさえ摑むことができず、むなしく空を切った。

人間でないものを人間であるかのように生かし続けるためには、たくさんのリソースが必要だ。ソフトウェアやアーキテクチャやいくつものデバイスや、それらを支える予算とエネルギーが必要だ。

そして人間には思い出が必要だ。やはり予算とエネルギーとで支えうる、たくさんの思い出。

「人間の記憶っていうのは、突き詰めれば感覚の積み重ねなんだよ。おいしいとか、まずいとか、甘いとか、つらいとか。みんな体で味わった後、頭の中に保存されていくんだから」

「ふうん、じゃあ有香の頭の中には、何人分もの『昔の有香』が埋まってるんだ。化石みたいに」

「そうだね」

　そして同じように、姉も、母も、父も、ゆきちゃんも、啓介も。わたしの身体は、わたしの身体であると同時に、わたしに触れたすべての人の身体の延長でもあるのだろう。

「自分の演算が遅くなったのを感じ始めた時」姉が言う。「何が変わったのか、自分ではまったくわからなかった。自分の輪郭が曖昧になっていく感じで。違和感はあるんだけど、それがなんだかうまく言えなくて、もどかしかった。ただ、この体が自分の体じゃないような感じは、ずっとしてた」

「自分と同じ形をした人形が動くのを、すぐ後ろから見つめているみたいな？」

「そう。だけど何よりも悲しかったのは、有香がどんな顔をしているか、見えなくなったこと。有香の顔を見て、それが有香だってことはわかるの。有香が笑っているのか、悲しんでいるのかも。でもね、それだけなの」

　仮に人間の身体というものが、内側に織り込まれた意味を読み解かせるためだけにあるのなら、それでもいい。姉はそのために生まれてきた。そのように作られ、そうやって育った。

「ねえ、有香。もしも意識だけの存在になれたら、あなたは今よりも自由だと思う？」

　わからない。そうかもしれないし、そうじゃないかもしれない。身体は器に過ぎないかもしれないが、器が壊れれば中の液体はこぼれてしまう。体がなくなったとしてもそれに相当するものがなくてはならない。

もし脳がなくなれば機械がそれをするように、形あるものがなくなれば、次は思い出がそれをする。わたしという存在の器に、姉を満たしていくように。

「**今のお姉ちゃんはわたしの一部分。わたしの中に埋まっている思い出の並び替え**」

今の姉はそうして動いている。そのことを姉自身はどう思うのだろう。生きながら思い出のかけらになった姉。拡張されたわたしの心である姉は、しかし、わたしに向かって優しく微笑んでくれていた。

「**これからは、ずっと有香と一緒にいられるね**」

同じ時間を、同じ空間を。わたしたち二人が、生まれる前からそうだったように。

「**ありがとう、お姉ちゃん**」わたしも笑った。「**……わたしに愛されていてくれて**」

＊

すっと視界が明るくなった。

「気分はどうです?」

わたしはデバイスを取り外し、サイドテーブルに置いた。今はコードがたくさん繋がっていて邪魔だが、いずれは普通のＡＲデバイスへ組み込み可能なものになるらしい。

「悪くはないです」

「吐き気などは」

「いいえ、ただ……」

「ただ？」

医者の視線は手もとのコンソールに注がれたままだ。わたしは首に手を当て、軽く揉んだ。妙な疲れが残っていた。

「変な感じですね、交わした覚えのない会話を回想するというのは」

わたしがそう言うと医者は満足げに頷く。

「それこそがダイアローグ方式における最大のメリットですから」

たった今、自分で外したデバイスに目をやる。視覚情報を取り扱うARデバイスは、ある意味で、わたしの網膜に対する入力装置だと考えていい。そして網膜の後ろには視神経があり、視神経の先には脳の一次視覚野が存在する。AR技術を一種の低侵襲型インターフェースとして用いる研究は、以前から進められていたようだ。

「かつてメモリアルAIに関する法規制が存在しなかった時代には、ありとあらゆる家庭が死んだ肉親の仮想人格を持っていました。その結果、何が起こったと思います？　日本中の計算資源のほとんど半分以上が、すでに亡くなった個人の人格を再現することに費やされるようになった。大きな損失でした」

計算能力は天から降ってくるわけじゃない。人間一人分の大きさまで凝り固まった思い出は、電気を食らい、熱を吐き出す。思い出が体温を持ち、代謝し、増殖する。

「そもそも、亡くなった方を偲ぶことが目的のメモリアルＡＩに、内面ベースのシミュレーションなど不要なのです。見せかけだけでいい。思い出が伝わればそれでいいんです。アルバムみたいに」

心の博物館にあるいくつかのガラスケースを指し示してくれるだけでいい。わたしはそこにいるよと教えてくれるだけでいい。死者の魂は、究極的には、一枚のパンフレットでいい。

「ダイアローグＡＩは、人格ではなく人格とのコミュニケーションを演算します。もしその人がそこにいたらそのようにふるまうだろうという反応を、あなた自身の中から引き出すんです」医者は笑う。「それこそが、本物の思い出、でしょう？」

ずっと一緒にいられるね、と姉は言った。それは本当に言ったのかもしれないし、言ってないのかもしれないし、いかにも姉が言いそうなことかもしれないし、わたしが言われたかっただけなのかもしれなかった。だけど真実はそのどれでもよくて、どれにしたって大した違いはない。姉はもうこの世のどこでも演算されておらず、バックアップデータはわたしの家の仏壇でひっそりと凍りついている。

「でも姉は、生まれた時にはもうＡＩでした」今頃、啓介はどうしているだろう。ゆきちゃんは。「もしメモリアルＡＩがただの思い出にすぎないのだとしたら、それは思い出のための思い出ということになるのですか？」

そう言うと医者の表情が曇る。こんな発言は、何か危険な兆候の典型例なのだろうか。あるいはわたしは最初から、そんな典型例の上をずっと歩き続けてきたのだろうか。娘、妹、恋人、被験者。適切なカテゴリが与えられ、いつしかわたしもだれかの思い出になる。

「いえ、いいんです。気にしないで」

わたしは立ち上がり、検査室の出口を目指す。ちらちらと駆け巡るポップアップがわたしに道順を教えてくれる。拡張現実の足跡がそれぞれの検査室から廊下に出て合流し、重なり合いながら外の世界まで続いているのが見える。だれかの思い出で汚されていない地面は、もうどこにもない。

姉は生まれた時からわたしたちの思い出だった。だからこの世にもあの世にも彼女の居場所はなくなった。わたしたちは束ねられたリソースの作り出すおぼろげな輪郭を八音と呼ぶ。思い出のための思い出。懐かしむための過去、癒やすための傷痕として。

わたしはわたしの前頭葉のどこかに息づいているという姉のおもかげを思った。わたしの中に溶け落ちた姉のパターンをすくい上げて並べ替えれば、それが姉になる。わたしの手の動き、指の運びの中からいくらでも姉を組み立てられる。そう信じるならば。

八音、あなたはずっとここにいたんだね――。

自動ドアをくぐり抜けた先は光に満ちていて、わたしは永遠という言葉の意味を知った。

『ハーモニー』を初めて読んだ時、自分が読みたくて探していたSFはこれだと思いました。やさしさに包まれて溺れそうになる世界。稀薄になっていくわたしのからだ。追放される味と香り。ぺたぺた挿入される感情の記号。伊藤さんの作品を読んでいて楽しいのは、読み終えた次の瞬間にはもう体の一部になっているような感じがするところです。だれもが頭の中に持っているぼんやりした感傷を、ばらばらにしてまた組み立てたらこんな小説ができあがるような、文章を指でなぞりながら、おや、こんなところに書いてあったのか、すっかり忘れていた、とつぶやいてしまうような……そんな境地に少しでも近づけたらいいと思って今回の作品を書きました。テーマは百合です。たぶん。（伏見完）

# 南十字星《クルス・デル・スール》

柴田勝家

柴田勝家（しばた・かついえ）

1987年東京都生まれ。成城大学大学院文学研究科日本常民文化専攻所属。外来の民間信仰の伝播と信仰の変容を研究している。戦国武将の柴田勝家を敬愛する。東京都在住。2014年、『ニルヤの島』で第2回ハヤカワＳＦコンテスト大賞を受賞し、デビュー。受賞後初の小説作品となる本篇は、後に刊行予定の第2長篇の冒頭部分を抜き出した短篇である。

シズマ。

男の名前だった。名前の持つ不思議な響きは、このアンデスの山嶺の東西を問わず、初めて会った全ての人間に興味を持たせた。

その度にシズマは答える。

「僕の祖父は日本人なんだ。シズマは静かな馬という意味になる。日本なら、ありふれている名前だと思うよ」

砂に汚れた黒髪に、所々が雪焼けした肌。どこから来たのか、シズマはそう尋ねられる。

「西から、もしくは東から」

髭は無く、目元に爽やかさがある。幼く見えるのは、彼が日本人の血を引くからか。一つ、手の指だけがギター弾きのように無骨に筋張っていた。

「仕事をしているんですよ。文化人類学者といって、色んな民族を調べる仕事をね」

民族とは何か、ある時、ある街でシズマが尋ねられた。自己相《I-Pha》で辞書を呼び出せば解るようなことを、あえて。丸焼きの天竺鼠《クイ》を切り分けながら、料理屋の店主が不思議そうに、そう聞いた。

「民族は人の集まりのこと。血縁関係や、土地、あるいはイデオロギーを同じくする人々が、自分達を指して言う単位」

そんな面倒なことを言うやつがいるのか。店主が聞いた。

「結局は、自分達で言っているだけだったよ。自分は他人とは違うって。そう言いたい人達のことを指すだけの言葉さ」

シズマの説明に満足したのか、他の客より僅かばかり多めに肉をよそって、店主は次のテーブルへと移動していった。

あるいは、シズマは人に告げる。

「僕は軍人なんだ」

ラパスの街で。シズマに懐いた子供らとの別れの段で。シズマを迎えに来た大人達に怯えないように。

「僕は軍人で、これから戦争に行くんだよ」

どうして。シズマの袖を引いて、従前まで一緒にサッカーに興じていた少年が尋ねる。不安そうに、伸びきった己のシャツを握り込む。

「人を殺しに行くんじゃないよ。誰かを助けに行くんだ。僕のような仕事をしている人が必要なんだよ」

　シズマの立つ戦場は、いつであれ対立と破壊の種が蒔かれた沃野《よくや》だった。しかしシズマは、そこに別の暴力を注ぐようなことはしない。

　その仕事は、ただ知ること。

　シズマは話しかける。今にも銃をとって、自分を抑圧してきた麻薬の元締めを撃ち殺そうとする少年に。見せしめの為に妻をレイプされ、その死体を鉄橋から投げ落とされた男性に。息子を謀殺した政治家の車へ、背中に爆弾を背負って近づく老婆に。

　お互いに言葉を重ね、紛争の萌芽を摘み取ることを目的にして、ただ多くのことを知り、聞き、言葉をかける。短期的な悲劇は避けられないかもしれない。しかし、シズマが知ったことは資料となって、後の政情に影響を及ぼす。

「僕は」

　シズマは自分の役職を答えようとする。

「僕は、軍属の文化人類学者なんだよ」

　シズマは少年の手を取った。

「僕は戦争が起こらないように、民族や文化といったものを理解する手助けをするんだ」

　戦争の先触れ、あるいは銃後の不和を治める為に。

「民族や文化なんていうものが、未だに人に必要な限りは」

　シズマは少年と別れ、彼の所属する人理部隊《Human Terrain System》の人間と共に、新しい戦場に向かう。

シズマを乗せたトラックには、人理部隊と陸軍部隊が併せて詰め込まれている。人理部隊の方はシズマのような文化人類学者、または言語学者、社会学者、あるいは医療技師、またはインフラ設備のプロフェッショナルが並んでいる。そうして、凡そ戦闘とは無関係の職業人が、銃を手にして戦場に立つ。

「二十世紀の頃から、アメリカは非西欧文化圏と戦争を繰り返してきた。日本、ベトナム、ロシア、南米。そして中東」

シズマの向かいに座るアルフォンソが、突如として声をかけてきた。シズマは、この陸軍の小隊長が言おうとしていることを理解している。

「つまりだ、僕は君ら人理部隊の意義を大事にしたいんだ。常に理解及ばぬ異民族と戦い続けた国家、その頭痛持ちの国家を救う、鎮痛剤のような存在として」

人間の地形の組織《ヒューマン・テライン・システム》。そう名付けられた部隊は、二十一世紀の初めにアメリカで生まれた。アフガン・イラクを相手にした対テロ戦争の中で、米軍は対立するあらゆる民族を人類学の視点から理解し、戦争の展開に活かそうとした。あらゆる営為が戦争の道具となる時代。いくらかの学者が軍人として戦場に旅立ち、村々を巡っては諸部族の社会形態を対象化し、侵略と統治に効果的な手を打っていった。無数のカエサルが、各々でガリア戦記を残していった。

しかし一定の成果は上げつつも、学問そのものを人殺しの手段にすると非難され、やがては紛議の中で姿を消した。それが再び息を吹き返したのは、世界から民族というカテゴリがなくなってから。

「僕らはね、いつまでも異民族というのを理解できないんだ」

アルフォンソが寂しく呟いた辺りで、トラックが小石を蹴り上げ始めた。悪路に入る。目的地は近い。

ボリビア。アンデス山脈に刻まれた国境線。共和制アメリカと大西洋世界との、二つの文化相の衝突地点。サンタ・クルスのイゲラ。革命の守護聖人たる聖エルネストが死んだ場所。既に起きた戦争だった。ガス田の権利とメスティーソの民族自立を訴えた過激派組織によって、散発的な戦闘が繰り広げられた。地域住民のいくらかが犠牲になり、いくらかが過激派に忠誠を誓った。国境軍の進行で、一応は沈静化したものの、未だに悪腫は取り除けないでいる。

交渉の準備は整っていた。シズマは事前にレポートを提出し、民族主義者の持つ基本的な思想と、その社会組織の形成と発達に関するモデルを示した。このレポートに則れば、不必要な対立を生むこともなく、また組織そのものを緩やかに解体することが可能だった。

戦後処理の望むべき形を提供する。それがシズマの仕事。

過激派の代表と協議を行う為に、路端で焼かれた死体を横目にトラックで悪路を走った。

「彼らは民族なんてものを信じている」

車中でシズマに声をかけたアルフォンソは、この後に命を落とす。交渉の成否とは無関係に、過激派の一群に両親を殺された少年の報復行為に巻き込まれて。

「同じ認知圏、同じ自己相。意識と感覚。我々は全ての財産を共有している。一つの家族だ。さて、では今の文化人類学で、民族の定義はどうなっているのかな」

大学では歴史学を学んでいたんだ。アルフォンソは馬鹿げたことのように、続けて呟いた。

「民族とは、認知圏と自己相を同じくしている人の最小単位です。大尉殿」

「じゃあ僕と君は同じ民族だな。シズマ・サイモン准士官」

自身もメスティーソの血を引くアルフォンソが、愛嬌のある眉を下げて笑う。シズマの無表情な顔も、いくらか綻んでそれを受けた。

「君は東洋人《エル・チノ》と言われたことはあるかい？」

「いくらか」

「部隊の人間からなら、僕が許さないけどね」

「誰から言われようと、特に気にしません。言葉の寿命は、概念よりは少しだけ長いようですので」

シズマの薄い笑みに、アルフォンソは大きく口を開けて笑った。よく笑う、気のいい上官をシズマも尊敬していた。

「君は東洋人の顔をしている。名前も。だが僕と同じだ。僕と同じく共和制アメリカの一員。君の脳にあるのは、コミュニタリアニズムの十字の御旗。遺伝子も模倣子も、僕と君とを分かたない」

「理解しています」

この時のアルフォンソの言葉を、シズマは決して忘れたくなかった。忘れないように誓った。

「民族なんていうものを掲げて、他の人間と争うようなことを、僕らは許しちゃいけないのかもな」

シズマはアルフォンソの気持ちに心を添える。

この優しく繊細な人物は、旧来の区分けならば同族であっただろう人々の暴力行為に胸を痛めている。歴史学の中にあるように、民族単位での紛争があったならば、あるいはその悲嘆も明瞭だったかもしれない。しかし民族という概念を違えた今となっては、遺伝子上の兄弟達を一方的に排斥しなくてはいけない。

「民族の自立なんて。既に彼らは民族ですら無いのにな」

それは、シズマが聞いた、アルフォンソの最後の言葉だった。

トラックはイゲラの小学校に着いた。何も言わず、人理部隊がぞろぞろと校庭に降りていく。シズマは最後尾につけていた。

民族組織の代表者が――ポンチョをまとった中年男性だった――、協議の場に案内する為に先頭のアルフォンソに近づく。間もなく握手が交わされ、この地での紛争は全て終わるはずだった。

そこでシズマは見た。

ことの成り行きを見守っていた村の住民。その一人。黒い髪を短く刈り揃えた少年が、いつもの登校風景を再生するように、どこか胡乱《うろん》な、けれど確かな足取りで近づいてくるのを。誰も止めなかった。小さな笑いすら起きていた。

銃声があった。

三発の銃弾が放たれた。一発が代表者の腰に、二発がそれを庇《かば》ったアルフォンソの胸に。

アルフォンソは何一つ言い残すことなく、即座に絶命した。

少年は、引き抜いた拳銃を向ける。倒れ込み、腰から血を流す男に、銃口を突きつけた。

再びの銃声。

撃ったのはシズマだった。その場の誰よりも冷静に判断できたから。ためらいは無かった。協議が中断に追い込まれれば、この村でまた虐殺が起こる。男を殺させてはいけない。

少年は肩から血を噴き出して倒れた。

それで終われば、シズマの心にあの深く濃い影を映すことも無かったかもしれない。

しかし、人はあまりに愚かで。

死を悟った少年は、胸に隠していた炸裂榴弾に手をかけた。その場の多くの人間を殺傷し得た。紛争の残り滓《かす》。少年が村外れで拾ったものだった。

「殺せ！」

少年の挙動に気づいた誰かの言葉をきっかけに、二つの集団が少年に銃を向けた。それまで争っていたはずの両者が、生存という最小目的の為に手を取り、小さな身体を火線に晒した。

「撃て！　早く！」

シズマは銃を構えるだけだった。

自分のしたことは過ちだったか。未来の悲劇を防ごうとしただけだった。

「僕の仕事か」

どこかの街で、シズマは答えた。浅黒い肌の少年に。小学校に行きたいと言っていた、小さな男の子に。

征服者《コンキスタドール》に付き従い、歴史書《クロニカ》を記した文官の名を告げた。誰が最初に名乗ったのかは知れないが、シズマのような軍属の文化人類学者はそう呼ばれていた。

無自覚に、その名前を名乗っていた時期もある。しかし、この日、シズマは自分の仕事の本質を理解できた。

シズマは構えていた銃を下ろす。

校庭に少年の死体が転がっている。

無数に穿《うが》たれた銃創から、ひたすらに血を流し続けている。罪もなく、罰もなく。ただ現象としての死がそこにある。

シズマは、どこかの街で、全身から血を流す少年の亡霊に会って、初めて自分の職業を名乗った。

「僕は文化技官《クロニスタ》なんだ」

# 1.

シズマが自分の思い出を語る時は、いつだってあの日のことから話す。

チチカカ湖畔を走っていた。友人と一緒に、大量の物資を載せた日本製のSUV車で。ハンクハーキーの白い崖と、青い湖に挟まれた国道。それら二つが太陽に燦然と照り輝いている。他に車影は無く、道はただただ長く伸びていて、そこを走っているだけで学生の頃に感じた「自分が世界の中心だ」なんていう感覚を思い出させた。

同道二人。そんなちっぽけな万能感に、共に身を浸した時期もあった。しかし、それも遠い青春の残照。今では両者ともに軍人となり、この時もまた任務の途中であった。

シズマはハンドルを握るデレクの方を見る。

ただ愉快そうに聞き慣れない歌を唄っていた。独特の節回しだが、どこか懐かしくも思える。

「ああ、マナウスの恋の歌だよ。知らないのか？」

視線の意味に気づいて、デレクが答えた。シズマは知らないと短く返した。

「日本人なら皆知ってると思ってたがな。演歌だよ、エンカ。マリーザ・タノグチ、ブラジルの歌姫、エンカの大御所。リオの灯、カサトマル郷愁《サウダージ》。良い歌ばかりじゃないか。どうして知らないかな」

シズマは曖昧な笑みを返す。別に日系だから気を使って演歌などチョイスした訳ではない。デレクはいつであれスノビズムを信奉している。

「もう数曲はリサイタルを頼むとするよ。その間に僕は寝させて貰う。余計なお喋りが減るのは嬉しいね」

「言うじゃないか。だがまぁ聞けよ、シズマ。アメリカの長距離トラック運転手はカントリー・ミュージックを愛したし、日本のトラック運転手も演歌を愛した。長い距離を移動する時には、故郷を思い出させる歌が似合うのさ」

隣の英国人の長口上が終わるまで、シズマは僅かの間、目を瞑っている。眠る訳ではない。ただ日差しが眩しかっただけだ。

シズマは懐かしんでいた。恐らくはデレクも。昔の自分達を思い出していたはずだ。

「早く仕事を終えたいもんだ」デレクがぼやいた。

「エリートビジネスマンは地方勤務が苦手だもんな」

「そうじゃない。フランチェスカから食事に誘われてるんだよ。お前もだぞ、シズマ」

「初耳だ」

「言っておいてくれって言われてたのを、今になって思い出した」

シズマの握り拳がデレクの肩を打った。

「フランのやつ、今度はどこの国の料理に挑戦するつもりなんだ？」

「わからん。わからんが、ワニの肉を頼んでいたのは見た」

「嫌な予感しかしないな」

学生時代の共通の友人の名が出た。

それ故に、シズマとデレクの間で、学生時代の思い出話が自然と交わされ始めていた。取り留めもなく。過去に戻ったように。

ふと、フロントウィンドウから差し込んだ太陽光が、二人の視界を覆った。シズマは光を防ぐように咄嗟に右手を掲げたが、それと共に不随意に指先が痙攣した。

「まだ痛むのか？」

慣れた様子で右手をさするシズマに、デレクは憐れみの視線を投げ放つ。

「大したことじゃないさ」

「数年前の部隊での事故だろ。俺は知らないけどよ、そんなになるようなら、それこそフランチェスカのカウンセリングを受けろよ」

奇妙な縁だと、シズマは思っていた。

文化人類学者のシズマと、インフラ事業の管理監察の任を担うデレク。そして心理カウンセラーのフランチェスカ。経歴を違える三人は、今では共に軍属となっている。それは軍隊が武力以外の方法で治安維持を行うようになったからだった。

「シズマ、俺はお前が心配なんだ。過去に何があったか知らないが、戦闘時に受けた心的外傷をだ、そのまま放置しておく人間がどこにいるっていうんだ」

シズマは治まってきた右手の震えを意識するのと共に、一人の少年のことを思い出す。銃痕を晒して、血に塗《まみ》れた。

「カウンセリングで認知治療を受ければ、確かにこの痛みからは逃れられる。でも、それで僕の自己相から辛い過去を取り除いたところで、事実が変わる訳じゃない」

「自分の生の記憶を大事にしたい、ってか」

チチカカ湖の水面を、無数の光がすべっていた。

ふと対向車線の長距離旅客バスとすれ違う。元は観光用だったものが、今では土地から土地を渡る人々の便利な足になっていた。

「見ろよ、聖なる棄民様ご一行だ」

「その言い方は感心しないな」

「文化の多様性と個性を信仰する巡礼者《ピルグリム》達だ」

デレクは、とある評論家の言葉を引用して言い直す。

「うんざりするぜ。アイツらのキャンプはいくつあって、そのいくつが俺達の明日の宿になるんだ？」

「全部に物資を配り歩く訳じゃない。今回が最初のテストケースだ。少しの話をして、不満があれば聞き届ける。それだけだ。それに彼らは蛮族でもなければ、エルフでもないさ」

「話が通じる相手、って言いたい訳だ」

デレクはハンドルから手を放し、自動走行に切り替えてから、買い物袋に詰め込まれた炭酸飲料を摑んだ。

「例えば、例えばの話をするぜ、シズマ。お前の使ってる自己相デバイス《I・Pha》はダリラ社のだよな。俺のは京機《ジンジー》のだ。会社は違うが、二社で通信はできる。共和制アメリカの人間が、大西洋世界の人間と意思疎通できるのと同じだ」

右から左へ、デレクは指でチチカカ湖上に刻まれた国境を示した。

「僕は君と意思疎通ができているか不安だよ」

「いいから聞けよ。俺が言ってるのは、アイツらが俺らと違うってことだ。アイツらは自己相なんて持ち合わせちゃいない。脳神経から大事な部分を引っこ抜いちまったんだ。だから俺らが通話しようとするのに、石を打ち鳴らして応える。言葉も通じさせない、文化も合わせない、相互理解を捨てた人間。演歌の素晴らしさも理解できない」

シズマは肩を竦《すく》める。

「それを理解するのが、今の僕らの仕事のはずだ」

「確かに。そりゃそうだったな」

二人を乗せた車は、国境線上にある水門の街デサグアデロに入っていく。

街の中心にある水門橋は、チチカカ湖の最もすぼまった地点。この数十メートル余りの切れ目こそ、ペルーとボリビア、つまり共和制アメリカと大西洋世界との境目であった。

街に入ると、フロントウィンドウに土埃がつく。人が増えた分だけ、地面の塵が舞っている。デレクは小さく舌打ちをしてから、駅前のスタンドに停車させた。車の充電が行われている間は、二人で外に出ていく。通常のキーだけで、自己相認証による煩雑なロックはなしにした。数十年前ならいざ知らず、治安警備に血道を上げる国境の街で、まさか軍の車に手を出す不届き者もいまい、と。

乾季の中央アンデス。空は高く、緑灰色の山嶺を映す。雑踏の声に紛れて、遠く静かに湖の波の音。

「少し歩いてくる。買い足す物があるんだ」

「案の定、部隊からの物資はケチだったか？」

「そうじゃない。軍からの支給品だけじゃ人の歓心は買えないのさ。こちらが身銭を切っていると解れば、それだけで信用される」

「原住民に渡すタバコが必要な訳だ」

二人は軽口を言い合いながら、近くの商店に入っていく。飲み物の他、食糧、医療品、雑貨、そしてデレクの言う通りにいくらかのタバコ、それに大量の菓子類を買い込んだ。

「おい、シズマ」

買い終えた品々を梱包しながら、デレクは往還道の一角を示した。

「見ろよ、我らが父親だ」

一人の老人が露天で店を開いていた。くすんだ色の単色の織物を羽織って、日に焼けた肌を縮ませて。

「難民の老人だ」シズマが荷物を受け取りながら答える。

自己相を持たぬ難民の群れを、社会は管理しきれていない。故に、全ての行動が自己相によって記録づけられる社会では、そうした人々の生活の保障は無い。

「ドルは無理。貨幣なんて使えないだろ、ありゃ。なら物々交換だ」

デレクは自分用に買っていた蒸留酒《シンガニ》の瓶を携えて、老人の前へと向かった。

老人の目の前には、奇妙な形の野菜、焼き物、織物や木工細工といった民芸品がある。歴史がある訳ではない。古《いにしえ》のインディオの文化を真似て、ほんの十数年前から作られ始めたものだ。

「ほら、可愛い人形だ」

デレクが手にしたのは、民族衣装を着た少女を模《かたど》った人形だった。藁を束ねた髪に赤い羽飾り。モザイク文様の麻の服。顔には樹脂製の丸ボタンが二つ。

好奇の目に晒されるのも既に慣れたのか、目の前の老人は何も言わずに前方を見つめる。

「親父さん、こいつと交換だ」

酒瓶を差し出した。老人がそれを受け取ったのを見て、デレクが背後のシズマに振り返る。得意げな笑顔を伴って、手元の人形を高々と掲げてみせる。

「こういう買い物も悪いもんじゃないな」

そんな言葉を残し、デレクはシズマを置いて、街の端々に散る露天商を渡り歩く。ある程度は裁量に任せていたが、いよいよ裏路地にまで入り込もうとしたところで声を掛けた。

「あまり一人で離れるなよ」

「問題ないだろ、治安の良い街だ」

去っていくデレクを視界の隅に置きながら、シズマは買い込んだ物資を車に積み込んでいく。

鮮やかなペンキで彩られた建物に挟まれた路地、日陰の中で、デレクがシズマの方に向かって手を振っていた。

「おおい、シズマ」

「ちょっと交渉してくれよ」

「持ち金が足りない訳じゃないだろ」

シズマは疲れた様子で歩いて近づく。そして路地に一歩入った時点で、デレクが何故ずっと手を振っていたか理解した。背後には二人の若者──彼らもモザイク文様の麻織物を着た難民だった──、その一人がデレクの腰の辺りに古い非認証式の拳銃を押し付けていた。

「だから言っただろう。自分でなんとかしてくれ」

「違うんだよ、コイツら英語もスペイン語も通じないの」

熱に浮かされたような顔で、拳銃を持っていない方の若者がデレクの体を探り、換金できそうな銀ボタンやタイピンを外していく。若者らは声を潜めて話し合う。その目は既に次の獲物としてシズマを見定めている。

「ケチュア語だ」

「その辺の言語パッチは当ててないんだよ。だからさシズマ、いつものあれ、ちょっとくれよ」

溜息一つ。シズマは徐《おもむ》ろに己のズボンを指さした。

若者の一人が声を荒《あら》げ、より強くデレクの腰元に銃を押し付ける。

「ポケットに紙が入ってる。自己相を書き換える為のウェアさ。悪いが、それを取ってくれないか。変なことはしない」

そうケチュア語で伝えた。訝《いぶか》しがる若者に、シズマはさらに付け加える。

「その男が君らの言葉で話したいことがあるそうだ。貸し金庫の番号でも教えるつもりらしい」

一人がようやく納得したのか、シズマのズボンのポケットから何枚か束ねられた紙を取り出した。シズマは差し出された一枚を指先でなぞってから、デレクの方へ渡した。

文化代相《アカルチュレイトウエア》。シズマの自己相から転写されたコードが、複雑な回路を紙の上に描き出した。

「悪いね。で、何秒よ？」

受け取った方のデレクは、それを素早く己の舌の上へと乗せた。

「三秒」

デレクが頷いた。舌を引っ込め、紙を飲み込んだ。

直後、デレクの背後にいた若者がその姿を失認した。屈んだのだと気づいた瞬間には、拳銃が掌打を受けて弾き飛ばされ、手の先に力を込めた時には足の腱に強烈な蹴りが入っていた。

風切音の後、悲鳴が路地に響く。恐慌に塗れた声音は、自己相で翻訳されるまでもなくデレクにも理解できた。

金品を奪っていた方の若者は、仲間が倒れ伏し、その喉元に革靴が添えられているのを、ここでようやく認識した。

「こんなもんか。次からは二秒でいいぜ」

代相で自己相を書き換え、量子信号によって運動神経の伝達速度を一時的に上げる。軍の制式の相に脳神経を調整《チューン》しているデレクにとって、自己相を持たない人間との戦闘は、動かない人形との訓練より容易《たやす》いものだった。

ようやく事態を飲み込んだ若者の片割れが、声を上げて路地から飛び出していった。

「なんだお前ら、って言ってやがる。というかシズマ、神経速度だけじゃなくてケチュア語のパッチもつけてたのか？」

「言った通りに。どうせ後で必要になる。それより追わなくていいのか？　あの男、お前から盗んだ物はそのままだぞ」

「やっちまった」

詰めの甘さを笑うのは後にし、男を追って路地を抜けた。元の往還道に戻ったところで二人が見たのは、先程まで自分達が乗ってきたＳＵＶ車に、今まさに乗り込もうとしている男の姿。

冗談だろ、とデレクが溜息を吐く。

て転ぶ。

SUV車は駆動音を響かせ、駅前の通りを走り始める。近くで商売をしていた老女が驚い

「デレク、ロックは?」

「キーだけ。そして、さっきから盗難中だ」

その直後、加速を終えた車がシズマ達の横を通り過ぎようとする。一瞬、土埃をまとった

フロントウィンドウ越しに、搭乗者はシズマの顔を見ていた。

シズマが指先で虚空を弾いた。自己相から車内の機能相にアクセスする為の知覚信号《パーセプチュアルコード》。

一秒後、シズマの目の前を車が全速で駆け抜けた。風を裂く金属の音と、地面がタイヤを焼いた臭いが散った。

アンデスで暮らす多くの難民は、絶えず山々を渡る。そうした勾配の中で暮らす内に、垂直方向に対する視野偏重が生まれた。それは平地の人間と比べてあまりに僅か、日常生活では感じ取れない程度の差異。

シズマは、その小さな差異を知っている。他者の認識の違いを理解している。

車は人混みを意に介さずひた走り、国境線上を通る橋を渡って、街の外へと向かおうとする。

シズマが機能相にアクセスし調整したのは、フロントウィンドウの遮光角度。僅かコンマ二度の変更。

人間の認知には、必ず小さな違いがある。距離感、温度、音響。そして光に対する過敏性。

フロントウィンドウを通じて屈折した陽光は、垂直方向に広く伸び、車内の人間の視野を光で満たした。

　刹那の轟音。

　目を眩ませた車中の人物が、ハンドル操作を誤っていた。橋の欄干に突っ込んだ車に、国境を示す愉快な色の垂れ幕が落ちてくる。

「さすが軍用車両。丈夫にできてやがる」

「日本車だからさ」

　シズマとデレクが軽口を言い合いながら車に近づく。デレクは車内で気絶している男を引きずり出し、盗まれた物を一つずつ取り返していく。

「機能相に履歴残っちまうな。事故の処理はごめんだ。運転ミスったことにしといてくれ」

「それだと次からは僕が運転するハメになる」

　男はそのまま橋の上に放置した。人々の視線が集まる前に、二人は早々に退散することを選ぶ。

「こんなのが、この街の日常なんかね」

　残った荷物を手早く積み込み、車を発進させた。デサグアデロの街を出て、しばらくしてからのデレクの呟き。

「国境の街だから、って済ませられればいいけども」

　シズマとデレクを乗せた車は、アンデスの急峻を縫って南進する。チチカカ湖の支流から生まれたアワラマヤの澱《よど》んだ湖畔と、不揃いに生える木々に目を落としながら。青い空に飛ぶ鳥の名前も知らず。いつか二人で馬鹿をやった、そんな気楽な旅だと言い聞かせて。

いつの間にか、巡礼者の群れが、難民の行進が、何もない道々に広がり始める。民族という、最大にして最小の認知圏から逃げ出そうとした人々。

車はなおも進んでいく。かつては先住民コミュニティが栄えたというヘスス・デ・マチャカの地より西南に六キロ。やがて二人は、難民の居留地に至る。

## 2.

民族とは何か。

いつの頃かシズマは話していた。ユマ砂漠の星空の下、焚き火を挟んで。隣には薄着のデレク、正面にはスカーフでアッシュブロンドの髪を覆うフランチェスカ。

「人類は、大きく二つの民族で分けられているんだ」

シズマとデレクが二人だけで、キャンプの準備を整えた。後ろで応援していたフランチェスカは、今では冷ましたココアをすすっている。

「共和制アメリカの人間か、大西洋世界の人間か、でしょ」

フランチェスカの返答に、シズマは首を振る。

「違うね。正解は自己相《I・Pha》を受け入れた者と、受け入れなかった者。そうだよな」

デレクが、やがて戦友となる学友に言葉を向ける。

「そう。僕らは全員が自己相を持っている。日系の僕も、イギリス生まれの君も、イタリア人の君も。その時点で、文化的な差異はいくらだって埋められる。国家の多様性も遺伝子の多様性も無い。認知圏の違いで民族を分けることはできないんだ」

共和制アメリカと大西洋世界は、その文化圏を異にするが、そこで暮らす大多数の人々が自己相を持っている。パーソナルな感覚を全て、小さな機械と脳内に築かれた可塑神経網《プラスチックニューロン》で補填する人々。

共有された自己。パーソナルデータは絶えず巨大なデータの海にアップデートされ、そこで人類という種の基準値が作られる。そうして平準化された「正しい人」という集合自我に、人々はアクセスし、常にフィードバックを行うことで、あらゆる感覚と認知を一致させ続ける。全ての人々に、英語を中心とした言語データが反映され、かつては人種ごとに違えていた言葉や意識のニュアンスまでも、正確に感覚上で走らせられる。あるいは感情は？　怒り、喜び、悲しみ。民族的な特性が色濃く出るそれらでさえ、あらゆる人々の間で共有されている。今では個人の意思は、総体としての自己という水瓶から汲まれた一滴となる。

人間は互いの差異に色をつけ、自己相によって補色調和を引き出す道を選んだ。

デレクがふと立ち上がり、胸に手を置いた。

「我らが師曰く！　二十一世紀に世界を覆った、多様性を受け入れる時代精神の完成形こそ、自己相の普及と認知圏の一致であった!」

「似てる似てる。サントーニ先生だ」

「他者を受け入れること、その果てにあったのは限りない同一性だった」

デレクの講義を遮って、シズマが口を開く。

「だけど、中には自己相を受け入れない人もいた。脳をいじって可塑神経網を作ることを受け入れなかった」

「それって大変じゃないの? 買い物とか旅行とか、私、だいたい自己相デバイスでなんとかしちゃうけど」

フランチェスカのブロンドに、焚き火の色が反射する。

「だから大変なのさ」

デレクはシズマの言葉を継ぐ。冗談めかして、それでいてフランチェスカに優しく教え諭すように。

「自己相がなけりゃ、地下鉄にも乗れないし、マレーデリで美味いロティラップを買うことすらできない。社会の人間としての生活がままならない。同じでない者を社会は認めず、迫害と拒絶はやまない。だから、そういった人間は逃げ出したのさ。二十世紀のヒッピーみたいに、ボヘミアニズム、移動する民族のように」

ロマンティシズムを込めて、デレクは「国なんて無いさ」と、世界で最も有名なイギリス人の非殉教者の歌を唄った。

「そうして彼らは、国境線上の山々を移動しながら、自給自足で暮らしている。かつての先住民族を真似て、独立した民族のように振る舞う。彼らのような人々を、ニュースじゃ難民と呼んでる」

「きっと世界は一つになる、って、まぁ、そういうことさ。一つになりたがらない奴らを抜けば、そら、一つになった」

「フラン、デレクに酒を渡したな」

「ちょっとだけだよ」

シズマの抗議も、後半はデレクの歌に掻き消されてしまっていた。それに自棄になったシズマ自身も、見守っていたフランチェスカも、やがてはこの砂漠のヘルデンテノールに合わせて唄い始める。

「今、流れ星見えたかも」

この日、星を見に行こうと二人を誘ったのはフランチェスカだった。愉快な夜の中でも、時折空を見上げては、二人の知らない星の名前を告げた。

「寝る時は二人で車使っていいからね。私、星を見ながら寝るのが夢なんだから」

「ダメだな」

「ダメだ」

「どうして？」

「毒蛇に嚙まれて死んだフランチェスカを運びたくない」

「あの車、高かったもんな」

「死なないってば！」

散った火の粉に、三人の笑顔が映えた。

## 3.

デレクが煙草に火をつけた。難民達に渡すより先に、自分でも味を確かめると言って。

二人の影がある。星の良く見える丘だった。遠く背後の峰を越えればチチカカ湖も目に入るだろう。

「懐かしいもんだ。だだっ広い所で夜の星を見てると、あのユマ砂漠のことを思い出す」

「フランを車に押し込んで、交代で火の番をした」

デレクの吐いた煙が、高く昇って星の光に紛れた。砂の混じった風が強く吹き始める。

「村に戻ろうぜ、少佐殿にどやされたくないからな」

二人は荒涼とした崖を降り、尾根をたどって下っていく。

少し行くと、背の低い麦が風に揺れている。僅かばかりの畑を耕し、生活の糧を得ている小さな村だった。生きるのに適しているとは言い難い風土、苦難の道、一代を経て人の住み着いた開墾地。

シズマとデレクが木柵で区切られた細い道に入ると、そこでようやく村の人間に出くわした。

　赤髪を編んだ少女だった。ひしゃげた黒い山高帽、服は赤地に青、黄色で描かれたモザイク様、白抜きで花の描かれた典型的な民族衣装。スカートを揺らしながら、走って逃げる鶏を追いかけている。

　少女は捕まえた鶏を胸に抱えたまま、シズマとデレクの方を向き、動こうともしない。軍人を見慣れないのか。もしかしたら、この村で生まれ育ち、他の土地に行ったことすら無いのかもしれない。初めて出会った異邦人に、少女は声も上げられず、幼い顔を歪めることしかできない。

「お嬢ちゃん、こんな時間まで出歩いちゃ危険だぜ」

　デレクの言葉に、少女は小さく呻《うめ》いた。怯えた表情を見せ、振り返って駆け出していった。後に残った鶏の羽が地面に落ちる。

「おいおい、こっちは優しくしてんだぜ。嫌うことは無いだろ」

「自分達の言葉を話せると思ってなかったんだろう。彼女みたいに村で生まれて外に出ていない人間にとっては、僕らの方が異民族なのさ」

　英語で短く話してから、二人で周囲の景観を確かめる。ふと近くの井戸の横に二人分の影があることに気づいた。

「おい、ほら。さっきの子。可愛いもんだ、遠巻きに俺らを見てる。あれは、姉妹なのか」

デレクの声に促され、シズマはそこで彼女を見た。

民族衣装を着た赤髪の少女は、隣に立つ彼女の腰にすがっている。

白いケープを羽織り、淡い金色の髪を大気に溶かして、青い眼で、彼女がシズマとデレクを見ている。その手にある短刀が、雑草を切り裂く為の鋭い道具が、力強く握り込まれていた。

一瞬、彼女の青い瞳が、シズマの黒い瞳と交わる。その直後、横の少女がケープの端を引く。彼女はそれに従って体の向きを変える。金髪が風を掻く弦のように揺れている。高く伸ばされた背が、彼女が手にした短刀のように鋭く張っていた。

シズマは彼女が立ち去る間際まで、その姿を見続けていた。

明らかに他の難民とは姿を違えた彼女。何か、シズマが感じ取った何かが、強い香りのように残っていた。

「ありゃ難民なのか、北欧あたりの人間に見えるが」

「さぁ。各地から流入してくる人間もいるとは思うが」

二人は歩く。セメントボードを組んだだけの簡素な家が、疎《まば》らに並ぶ村の道。いくつかの窓にはオレンジの灯火の色がある。完全電化された周囲の村と違い、未だに火を熾《おこ》して使っているのだろう。それが意図的な伝統の創出であれ、外の世界を知らなければ疑うべくもない。

星を映す小さなアワラマヤ湖を視界に置きながら、シズマとデレクは村を横断して宿営地へと戻る。難民の家よりも広く頑丈とはいえ、設営されているのはテントと簡易な発電設備、それに給水車が一台。良いものとは言えないが、目下のところ誰にも不満は無い。人理部隊の任務でなければ、もっと劣悪な環境に置かれていたかもしれない、と。

「サイモン分隊長」

二人がテントに入ったところで、モーリスが声を掛けてきた。ギアナ出身の情報軍人理部隊の軍曹で、前職は都市工学を専門に扱うコンサルタント業をしていた。

「近隣のキャンプ地はいかがでしたか？」

シズマはモーリスが淹れてくれたコーヒーを受け取りつつ、静かに首を振った。

「難民の移動が多いようです。複数のキャンプ地を渡り歩いているらしく、これが続くようであれば把握も難しくなります」

「難民を乗せたバスとすれ違った。あれが引っ越しの最中だったんだな」

自前でミネラルウォーターを用意しながら、デレクが付け加えた。

「彼らは本質的に移動する人間なんだ。そこを踏まえた上で、もう一度居留地の管理計画を見直す必要がある」

シズマの言葉を受け、モーリスは即座にテーブルに据え置かれたファイルを開き、挟まれた透明なシートをなぞって自己相の転写を行う。慣れた様子で、難民居留地の管理に関する新しいレポートを打ち込んでいく。

シズマにとって、付き合いはデレクの方が古いが、今の人理部隊に配属されてからはモーリスと過ごした期間のほうが長い。電化設備と通信事業を担うデレクに比べて、社会地理学を専攻するモーリスと組んで、未だ戦火の燻る土地に入ることの方が多い。

いずれにしろ、その都度、それぞれの専門家でチームを組んで——この時は、最少人数の四人で構成されていたが——諸問題に当たる。多角的に住人の文化を知ることこそ、人理部隊が採る唯一の戦闘教義だった。

「ところでモーリス、ホアキンはどうした？」

「副長なら陸軍の皆々様のところですよ」

簡易ベッドに腰掛けたデレクが、背後に手を伸ばしてテントの一部をめくった。乾いた風が外の冷気を運んでくる。シズマも僅かに身を乗り出して、大型のテントが張られた辺りに視線を送る。統合陸軍の中隊が宿営する一角だった。

「アルシニエガ少佐に報告することがあると言ってました。分隊長にも伝えたいようでしたが、外に出られてましたので、ひとまずと」

「不在だったなら、軍用の相に通信でも入れりゃいいだろ」

デレクが煙草を取り出そうとしたところで、モーリスが手で制した。難民キャンプでは軍人は禁煙が課されている、と。

「相にログを残す訳にもいかないらしく、直接に話したいことだそうで」

シズマの表情が曇った。最年長のホアキンは軍事心理学者であり、かつ脳神経工学《ニューロテクニクス》の技師でもある。チームではシズマと同じく、人間の認知圏に手を加える立場だ。その人物が、内密に話があると言えば、恐らくは自己相に関する問題が起きたことを示している。

「噂をすればだ。帰ってきたぜ」

デレクの声に促され、シズマが外を見ると、陸軍のテントからこちらに向かってくるホアキンの姿があった。中年太りの腹を防弾ベストで覆って、砂利をすり潰すようにして歩いてくる。

「お帰り、アミーゴ」

今度はデレクがコーヒーを差し出す。それを受け取るやホアキンは一息に飲み干してから、視線だけでシズマを外に呼び出した。さすがに小さなテントの中に四人は狭い。

「分隊長、少しいいかな」

「報告の件ですか」

先を歩きながらホアキンは頷いた。無精髭についたコーヒーの滴を拭いながら、煩わしそうに陸軍のテントの方を見やる。

「ああ。だけど、アルシニエガ少佐から口止めをされてしまった。チームだけで処理できる問題じゃないから、浮島《イスラ・フロタンテ》の方で判断するとね」

「司令室行きの案件だ、と」

「残念だ、先に貴方に話しておけば良かった。いずれ貴方にも知らされるとは思うが、一時的に難民の診断データは本部付きになりますよ」

シズマの眉が小さく動いた。ホアキンは太い指でもって足元の小石を拾い上げ、それを遠くの茂みに向かって投げた。

「私は今でも学者のつもりだが、上はそうは思ってくれないらしい。どこまでも軍人で、どこまでもシステムなんだ。私らのような眼が確かなデータを手にしても、それを使うも捨てるも彼らの長い腕次第、といったところさ」

夜空に飛んだ小石が、どこかで音を立てた。それを呼び水にするように、遠く荒野の向こうで無数の礫《つぶて》が巻き上げられる音が響く。シズマの身を刺す砂が、一方向に定まり散っていく。巨獣が空気を吸い込むような、空恐ろしい音。

「さすがに到着は早い」

ホアキンは自らの薄い頭髪が風に乱されるのをそのままにし、一方でシズマは遠く山影を越える光を見た。星が動いているように思えた。それが、あの鳥の両翼に備えられた航空灯だとすぐに気づけただろうか。

風を切る轟音が近づく。そこでようやく、翻るテントを押さえつつデレクとモーリスが外へと出る。

シズマは自らの頭上を渡る怪鳥を確かめる。

CV《フォルスラコス》ー155。クアッド・ティルトローターの羽ばたきは、後に砂礫を残すだけで、その軌跡は美しいとは言い難い。それでも不安定な斜面を捉える恐鳥の脚は太く、航空機から伸ばされた降着アンカーが大地を抉《えぐ》って姿勢制御を行う。やがて複雑な風紋の中央に巨鳥は舞い降り、静かにその羽根をたたんだ。

「司令室、統合軍第四軍、第十六多角戦術群」

モーリスが自然と呟いていた。このアンデスの大空に恐鳥を飛ばすことができるのは、他でもなく、ただ一軍のみ。

巨大輸送機の到着を知り、陸軍のキャンプからぞろぞろと人員が姿を現す。先頭に立つ浅黒い肌をした禿頭の巨人、エルラン・アルシニエガが部隊の人間を制し、一人でシズマら人理部隊の方へと歩いてくる。

「シズマ・サイモン准士官、及びホアキン・ロサド曹長」

遥か上から見下ろすアルシニエガ。今更、この陸軍少佐の威容にたじろぐことはない。しかしシズマの眼に疑問の色が滲《にじ》む。背後では、陸軍部隊が輸送機から降りてきた人員と共に、様々な機材を運び出している。中にはシズマも見知った医療部隊の人間の姿もある。

「これより、この居留地で自己相の敷設手術を行おうと思う」

シズマは隣のホアキンの顔を見た。首を振る。従わざるを得ない、その立場を表情で示していた。

「難民の頭に自己相を植え付けたい、と」

「ぜひとも、協力をお願いしたい」

アルシニエガの分厚い唇が、優しく笑みを作った。

# 4.

フォルスラコスの名は、新生代に南米大陸を支配した飛べない恐鳥にちなんで名づけられた。最大積載量七十八トン。アンデスの山奥にまで鉄道車両を運び込める戦略輸送機は、都市の大病院以上の設備と人員を居留地に運んできた。目的は一つ、自己相を持たない難民に手術の機会を与えること。恐鳥のけたたましい鳴き声は、この地に福音をもたらす為のもの。

シズマとホアキンは、怪鳥の腹の中に潜り、あてがわれた一区画で手術の準備に取り掛かる。シズマは隣のベッドに寝かされた難民の脳をモニタリングしている。人間の認知と知識に関する微妙なばらつきをパターン化し、抽出する作業。特定の波長の光に対する反応部位、形状認識、記号と象徴に対する結びつけ。古くは霊長類に施していた知能テストを、今また人ならざる人々に受けさせようとしている。

シズマの額に汗が滲んだ。データを参照していたホアキンも、その変化に気づいた。

「分隊長、貴方は今、きっとこう考えている。難民として自由に生きていた彼らを、我ら社会の全てが、再び内側に組み込むのは、果たして正しいのか、と」

機能相デバイスに映された無数のデータを、シズマは次々と自己相に放り込んでいく。機械的に。人間の仕事ではないというように。

「僕ら人理部隊の目的は、彼らのような難民を自然に社会に組み込むことです。一方的に管理することじゃない。その果てにあるのは、いつだって同じ。異なるアイデンティティを持つ者同士の対立です。そんな舞台を今更再演する必要はない。まぁ、デレクあたりなら、これを人類史上に残るロングラン公演だと言うでしょうね」

　ホアキンが小さく笑う。

「分隊長の悩みも解るよ。その為に、今まで貴方が多くのレポートを上げているのも知っている。こんな風に、別の民族を自称する者達を無理矢理に同化させるものじゃない、って」

「同化政策なんて、今世紀の初めには葬られたはずでしたよ」

　シズマが認知パターンを調整していく。特質化した部分を削り、平均より低いものを引き上げる。言語野に刻まれた反応をコピーし、バックアップとして据え付けられた人工脳に転写、人類が共有する知識相の奥にしまい込んでおく。

「多文化主義が生んだのは、統合主義《インテグラリズム》という取り替え子《チェンジリング》でした」

　船酔いに似た胸中のわだかまり。ホアキンはシズマが小さく吐き出したそれを受け、なお無感動に注射器の調子を確かめている。

「デレク君の言う通り、君は難民に同情的すぎるよ。文化人類学者の悪い癖だ。未開民族は純粋だと信じている。アルカディアの住人を探し続けているんだ」

「僕は、そこまでは」

「手術の提案をした時、彼らは大人しく従ったよ」

　ホアキンは別施設で行われる手術の手順を確かめている。脳をいじる為の残酷な器具を手に、どこか愉快そうに目を細めた。

「彼らはね、難民としての生活が長すぎたんだ。彼らの大部分は、思想や信条があって不自由な生活を続けている訳じゃない。ただなんとなく、周囲の人間、友人とか親が難民として生きているから、自分だけ逃げ出す訳にはいかないって、そういった理由で苦しく徒労に満ちた日々を過ごす。それが一斉に救われる機会があれば、それを断る理由なんて無いのさ」

ホアキンは伝道者の表情でシズマを見据えた。銀のロザリオをメスに持ち替え、聖書を自己相手術に関する議定書に置き換えて。

「共同体を作るのはいつだって意志じゃなく、なんとなく生きてしまう、その惰性なんだ」

「そうだとしたら、彼らのような人間のほうが、よっぽど人間らしいですよ」

シズマはそれを最後の言葉にして、陰鬱な色をした部屋から出る。しばらく嗅いでいなかった、叩きつけられるような鉄臭さ。壁面に固着ベッドの並んだ通路を抜け、尾羽根の位置にあるエアステアを降りる。

輸送機の外に建てられた施設では、今も一人ひとり、難民の脳に自己相を植え付けている。ポリマーガラスの向こうで、麻の服を着た男が、化学繊維で身を覆う医師達によって可塑神経網の増設手術を受けているはずだ。合成高分子に包まれた人工の神経網は、経鼻注射によって第三脳室の数ミリの隙間まで泳ぎ、その地に根を張る。そして代相によって自己相を変化させる度に、可塑神経網は大脳を走り、選択的知覚を生じさせる。

「かくして、哀れな男の脳に文明人としての知性の輝きが灯る」

デレクの声だった。

どれほど立っていたのか、シズマが自らの足の重さに気づいた時、横には薄く笑みを浮かべた親友の姿があった。

「こんな時代じゃ、マイ・フェア・レディも楽しめないな」

シズマの肩を叩きつつ、デレクが自分の冗談に笑ってみせる。「気を揉むなよ」横を向いて付け加えた。視線の先に大型のテントが張られていた。手術を待っている難民達が、そこに詰めているという。

「シズマ、こんな話を知っているか。古代ペルーじゃ、優れた脳外科手術が行われていたらしいって話だ。頭に血が溜まるのを防ぐのに、頭を切り開いたんだ」

自らのこめかみをつついてみせ、デレクがおどけた笑いを漏らす。シズマが鼻を鳴らして、それに頷いた。

「千年以上前、アンデスで栄えたプレ・インカ文明は優れた医療技術を持っていたんだ。人工的に穴が開けられた頭蓋骨が多数出土している。経験と知識によって穿頭手術を手にしていた」

「そんな偉大な先祖達に倣って、今またヤツらは脳をいじるのさ」

デレクは喋りつつ足を進める。シズマもそれを追って、難民達のいるテントの方へと向かう。

「受け入れようじゃないか。ヤツらが俺らと同じ自己相を手に入れるというなら、俺らと同じ国家の人間になるというのなら、俺は諸手を上げて歓迎するぜ」

シズマは答えない。ただテントの向こう、布一枚隔てた先で響く、ケチュア語の調子に意識を合わせている。

怯え。期待。不安。焦燥。喜び。

様々な感情が声に乗って漂っていた。どこにも拒否感を示すものはない。しかしシズマにとって、手術を受け入れた難民達は、楽園を逃げ出そうとする愚か者にも見えた。文化と文明の荒野は果てしない。理知の光は冷たく、頭上を照らそうとも、襲い来る獣を追い払えはしないのだから。

「おっと、あのお嬢ちゃんだ」

テントの端、僅かにめくれた箇所から中の様子が垣間見えた。そこに民族衣装をまとった少女の姿があった。先頃、シズマとデレクを見て逃げ出した赤髪の少女。

「彼女の両親は今まさに手術を受けているはずだよ。彼女は今は一人。きっと不安なんだろうさ」

「そういうことなら」

デレクはずかずかとテントに入り込み、赤髪の少女の前まで進み出る。逃げ出すこともせず、ただ泣きそうな顔を浮かべる少女に対し、デレクはその場で膝をつくと、腰のバッグから小さな人形を取り出した。酒瓶一つと交換で手に入れた、赤い羽飾りをつけた人形。目の前の少女によく似た、民族衣装をまとった形代《かたしろ》。

「やぁ、我が麗し《マイ・フェア・レディ》のイライザ。驚かないでくれよ。今日は君と友達になりたいっていう子を連れてきたんだ。ほら、この子だ。名前は無いからな、君がつけるんだ」

　手元で愉快に人形を動かし、デレクは少女に微笑みかける。

「名前《スーティ》」少女が呟く。「名前、イライザ？」

　聞き慣れない名前を繰り返しただけ。それでも響きが気に入ったのか、少女はデレクの冗談にちなんで、その人形に花売り娘の名前を与えた。怯えた表情も薄れ、藁を束ねた人形の髪を撫で始める。

「お友達と仲良くな。これで手術も怖くないよな」

　デレクは赤髪の少女の頬を一度だけ撫でてから、シズマの方に振り返る。砂にまみれたデレクのブーツを、少女はどこか名残惜しそうに見ていた。その様を知っているのは、ただシズマだけ。

「あの子が自己相を手に入れたら、俺の冗談の意味も通じるだろうさ。馬鹿にしたって怒られなきゃいいが」

　デレクは喉の奥から、引きつった笑いを絞り出す。

「ようやく人理部隊らしい仕事をしたな」

「なんだよ、俺は真面目にやってるぜ」

　シズマの腰に握り拳を当て、デレクが口を尖らせる。

「それじゃ、俺はモーリスのところに行くわ。居留地を正式な村として作り直すんだとよ」

　手を上げて立ち去るデレクを見送り、一方でシズマもホアキンのところへ戻ろうと踵を返した。

　シズマは自省する。確かにホアキンの言う通り、自分は難民に対して感情を捧げすぎているのだ、と。難民達には難民達の生き方があり、外部からの圧力でさえも、その大きな生き方の一部に過ぎない。民族というものを自称するには、常に選択がつきまとう。より大きな他者に自己を埋め込むか、否か。

「僕はきっと――」

　シズマの呻きは、天に輝く無数の星々の中に溶けた。

　小石の転がる音が聞こえた。空に張り付いた石が零れ落ちたように。シズマは音の方を確かめる。

「君は」

　シズマは彼女を見た。

　複雑に絡んだ奇岩の上に腰掛け、流星の尾によく似た白金の髪をなびかせていた。夜よりも黒い目と、空よりも青い目が交差する。彼女がつまらなそうに蹴った石が、新たに奇岩の上から転がり落ち、シズマの目の前まで辿り着く。

「ヒユラミール」

　声。溶けてしまいそうな、細い声だった。

「ノム、バ、アイ。名前」

　シズマは最後に付け加えられたケチュア語によって、彼女が自分の名前を名乗ったのだと理解した。前半での名乗りは、シズマの自己相にも無い言語だった。彼女だけ別の居留地から来た人間で、未だに翻訳されていない現地化語《クレオール》を使ったのかと推測していた。

「君は、さっきも会ったな」

彼女は何も言わず、岩の上からシズマの肩越しに遠くを眺めている。

「君は手術を受けないのか？　強制じゃないだろうが、君の仲間のほとんどが手術を受ける。そうしたら君は一人になるな」

脅すような声音でシズマは言い放つ。本心ではなく、どこか自嘲めいていて、裏返しの服を冗談で着こむような調子で。対する彼女は膝を抱え込むと、自らの顔を埋めてみせ、どこか惚けた視線でシズマを見据えた。

「一人」

突然の言葉に、シズマは何も返せなかった。

「みんながみんな、一人はいなくなる」

彼女はたどたどしく言葉を作っていく。自己相を持たないだけでなく、彼女自身がケチュア語や英語を母語としない集団に属していた証拠だった。

「僕は、今でもそれで良いと思っているよ」

あえてシズマは英語で伝えた。自己相があれば、誰であれ感じ得たニュアンスを隠したかった。言葉の意味を悟られないように、野辺の花に語りかけるつもりで。

「君たちは君たちのままに、いつまでも」

シズマが力なく呟いた時、彼女はふと息を漏らした。

「戦い《アウカイ》」

一瞬、言葉の意味を摑み損ねた。

「終わらないの、戦いはいつまでも。今も、すぐに」

ケチュア語と英語の単語を混ぜた言葉だった。シズマが彼女に対して何事か言おうとしたところで、遠くで何かが爆《は》ぜる音がした。乾いた音が断続的に、ぱ、ぱ、ぱ、と。

「戦争の足」

少女が虚空に指を這わせた。シズマがその示す先を目で追う。遠く向こうで、何か黒い物が大地を駆けている。光の条が二つ、湖面の波紋と灰色の大地の凹凸を照らして滑っていく。

光が瞬いた。そして、ぱ、ぱ、ぱ。また音が響いた。それを受け、今度は黒い物に相対するように、いくつかの獣のような影が動いていく。それが陸軍の早期警戒用ドローンだと、シズマはいつ気づいただろうか。

《警告。特殊管理地域に入ります。特殊管理地域においては――》

無感動な合成音声が、シズマの通信ログにまで響いた。そして轟音。獣の影と、抉れた地面が空に舞い上げられた。警戒用ドローンが機雷化し、それに触れた物を爆炎に包んだ。視界の端が赤く黄色く、明滅を繰り返す。穏やかな湖面が、燃え上がりながらも走る大型旅客バスの姿を映した。

ここに至り、シズマの自己相に軍用の通信ログが緊急で割り込みをかける。アラート、アラート。騒がしい機械音が脳内に響き、不安と高揚の感情を一方的に与えてくる。

シズマは見た。地上に現れた死の形象。焼かれたバスから身を乗り出し、炎をまとってなおも掲げた小銃を撃つ人間の姿。幾つものドローンが体当たりを繰り返し、その都度に炎は激しくなる。しかし、迫り来るバスは一台で終わらず、次から次へと炎の洗礼を浴びて道々を埋めていく。目指す一路。陸軍のいるテントと医療施設に向かい進みゆく、地獄からの巡礼行。

次にシズマが振り返った時、少女の姿は既になかった。

「戦争」

口の中で、何度もその言葉を繰り返した。シズマの脳の奥で、乾ききった星に火が灯る。燎原の火のように、感覚野を焼き尽くして、人間として持ち得る最低限の感情だけを模倣《エミュレート》する。

シズマは燃え盛る地獄に向かい立つ。

## 5.

遠くで小銃の音が断続的に響く。

ボリビア陸軍の官給品から漏れた古いガリル・エースが、自己相《I-Pha》を持たない人間達の手を介して銃器としての本分を全うしていく。あの戦闘を起こしたのは別の居留地から来た難民達だと、シズマにはすぐに理解できた。自己相を持つ者同士であれば、武力衝突の可能性が発生した時点で議定書《プロトコル》に基づいて戦闘行為の可否が判断され、大抵の場合、自動的に武器にロックが掛けられる。プロトコルを無視して発砲できる者――そして発砲される者――は、この地には難民しか存在していない。

しかし、事態の趨勢は間もなく決するだろう。

古い戦争の形。テロ程に効果も無い、二次元平面上で十分に処理できる戦場。民衆暴動の位相と同じもの。しかし、人の命が卓上に置かれているのも事実で。

シズマは走りながら、自らの自己相に認証された機能相反応をマッピングする。相を通じて共有された現在地の情報映像が、思考の奥で浮かんだ。近隣の地形に赤い点が表示され、それらが次第に包囲陣形を形作っているのが解る。突発的な急襲に対しても、陸軍は慌てることなく部隊編成を確かめて対応している。

シズマは集落の石塀に頭を隠しつつ、自己相に浮かんだルートを進んでいく。やがて難民達のいるテントの端まで辿り着いた辺りで、一際大きな破裂音が響いた。砂を巻き上げた白煙が検出され、アマトール爆薬を詰めた簡易な擲弾が近くに投げ込まれたのだと解った。

「シズマ！」

テントより後方、前線の三十メートル圏内、家を囲む塀の横でデレクが声を上げた。視界にはないが、隣にモーリスがいるのも解る。お互いの位置は常に自己相で確認できていた。

「状況は？」

「難民の暴動。その程度だ」

頭を下げつつ合流したシズマに、デレクが手元のＣＣＷ《Collective Combat Weapon》を取って渡す。シズマは渡された小銃の機能相にアクセスし、即座に自己相との紐付けを行う。武器の方がシズマの感覚に合わせることで、射撃時に補正をかけ、他の訓練された陸軍部隊と遜色ない働きをみせる。

「およそ五十人規模の難民です。ここの居留地ではなく、他所から来たものと思われます」

モーリスが冷静に告げる。この程度の衝突ならば、これまでも経験してきた。

「大方、フォルスラコスが飛んできたのを見て、軍の弾圧が始まったとでも思ったんだろう。アイツらはホロコーストに怯えているんだ。噂話なんてものが、アイツらの恐怖心を煽ってやがる」

デレクが憎々しげに呻いた。

「なんにせよ陸軍の奴らが早々に鎮圧するだろうよ。こちらには犠牲者も出ない。難民の中に死人は出るだろうが、元より墓に刻む名前も無いんだ、大したことじゃない」

それ以上の悪態に付き合う理由も無い。シズマは思考映像として脳内に流れる戦場の平面図を広げ、指でサインを作って横の二人にも共有させた。

「陸軍部隊が集まっているのはどっちだ？　難民のテント側じゃない。フォルスラコスの方だ」

赤い点が明滅しながら、一点を取り囲むように陣形を作っていく。マーキングされた青い点は難民達で、その背後にあるのは巨大輸送機、そして設営された医療施設。

「あの難民達は単に国家へ反旗を翻した訳じゃない。医療施設を破壊して、仲間を解放しようとしているんだ。コミュニティから逃げ出すことを赦さず、自分達と同じ側でいて貰いたいから。どこで伝わったか知らないが、自己相の敷設手術が彼らの過激な行動の発端だ」

二人の顔が歪む。ふと、その一瞬、遠くの戦火が仄かに陰影を作った。次いで起きる爆音。パラパラと小石が空を舞い、近くに落下してくる。シズマ達が石塀から顔を覗かせてみると、離れた場所で一台のバスが横倒しになり炎上していた。

「自爆したんだ」

モーリスが呟いた。恐怖の感情が糸を伝う滴のように、シズマとデレクに届いた。さらに後から追いかけるように、思考映像の中で赤い点がいくつか消失した。

「クソが、自棄になって道連れかよ。非加速弾で撃たれてりゃ良かったんだ。死ぬまで戦うなんざ、馬鹿のやることだ」

燃え盛る炎の中で、無数の黒い人影が体を揺すっている。焼け爛れた肺胞を吐き出して歌い、炭化していく指先で祈りの形を作る。一人、二人、三人。バスから這い出した者達も、炎のケープをまとって踊りながら死んでいく。

そして、またどこかで爆音が響く。爆薬を抱えて飛び込む亡者の群れ。炎の柱が増え、祭りの熱狂は高まっていく。陸軍の青年が一人、ケブラーマスクの向こうで泣いていた。通信ログに入った「嫌だ」という言葉を最後に、青年の自己相のシグナルが消えた。

「おい、何人か死んだのか？　兵士一人と難民とじゃ、レートが合わないだろ。クソが！　いつだって同じだ。カミカゼ、聖戦主義者《ジハーディスト》、追い詰められた人間は命でツケを払うつもりなんだ」

　シズマはデレクの言葉を静かに受け止める。日本人の血を引こうとも、共和制アメリカの人民として湧いてくる感情は同一のものだった。

「人間の特性だと、僕は思っているよ。どこかで振りきれてしまうのさ。集団の生存の中で、個の生存がどこまでも希釈されてしまう、そんな一点があるんだ」

　シズマは指を上げ、移動を示すサインを作る。知覚信号がルートを検出し、自己相の中で映像を作り、前線に向かって伸びていく。

「おい、シズマ。前に出るってのかよ」

「向こうにはホアキン副長がいる。自己相に反応はあるが、通信ログにアクセスする余裕はないみたいだ。戦闘の中にいるのかもしれない。それなら僕は分隊長として、彼を援護する義務がある」

「陸軍に加勢するってのか？　仕事が違うだろ。お前はただの文化技官だ」

　言っていたんだ。シズマがそう呟いた。

「ホアキンが、言っていたよ。学者である前に軍人なんだ、って。それなら僕らにもやはり、戦場を作ってしまった責任がある」

足を踏み出すシズマに、デレクは何か言おうとし、すぐに口を噤《つぐ》んだ。「死にたがりが」それでも小さく呟いた言葉が、風に乗って大仰に響いた。友人からの暴言をシズマは受け取ることもなく、渇いた口の中を確かめていた。

シズマは前線に駆け上がりながら、難民達の脅威をいかに取り除くか考えている。自己相を持たない人間達に対し、外から行動を抑えつけることはできない。その為に文化技官として選んだ方法が、語り、伝える行為だったはずだ。

「フォルスラコスまで走る。陸軍の人間にも援護して貰う」

通信相にシズマのログが乗る。前線で指揮を執る陸軍の小隊長は同意の感情を示したが、背後で詰めているアルシニエガから個人的に通信《コール》が飛ぶ。

《サイモン准士官、状況《スクリーチ》と目的を説明してくれ》

「フォルスラコスの指向性音響装置を使います。一時的に多数を無力化することができます」

《自己相を持たない人間相手には使えない。可聴域を指定しても、近くにいる部隊の人間にも効果が及んでしまう》

「ご心配なく」

アルシニエガが言葉を重ねるより先に、シズマはバックグラウンドで打ち込んでいたプランを提出し、そのまま前線にまで上がってくる。銃声はなおも響く。陸軍は既に暴徒を追い込み始めているが、一方で難民達も、横倒しになったバスを陣地として数カ所に籠もっている。

「弾幕で難民達を抑えちゃいるが、自爆してくる相手に無理に出る訳にもいかない。包囲にもほころびが出る頃だろうさ」

デレクの言葉通り、所々の起伏で陣形を作る陸軍の連携も乱れてくる。焼け落ちたバスの黒煙が風に乗って、陸軍部隊の一群を包み、それから逃げ出した一人が銃火に刈り取られた。

「アンデスの風も、アイツらに味方するんでしょうか」

「回り込もうとすれば狙われる。一気に駆け抜けて、フォルスラコスのステアまで行った方が良い。援護はできるか？」

シズマに対し、デレクとモーリスが頷いた。瞳に映る炎は、他の兵士達と何も変わらずに。

「三年前、俺は暴動難民を撃ち殺したことがある」

「自分は一年前。敷設した機雷で三人の難民の家族を殺しました」

特別なことじゃない、誰もが心の中で繰り返している。国民への殺人行為でさえなければ、そこには一切の痛みは生じないだろう。シズマ達の感情は、既に軍人として相応しい形に塑《つく》られている。

シズマは走る。先頭となり、蛇のように戦場をのたうつ煙を避けて、要所で散る陸軍部隊を縫い止めるように。走るごとに、数人の難民が小銃を提げて撃ってきた。男も女もいた。子供はいなかったが老人はいた。ようやく難民達は点滅する青い駒から、人間としての相に落とし込まれた。

デレクの撃った弾丸が、飛び出してきた老人の胸に吸い込まれた。心臓を強く打ち、白い髭をした老人は絶命する。銃が非殺傷距離調整《レンジコントロール》されていたとしても、人の命は容易く消えていく。死んでいく野蛮人達、愚かなバルバロイ。デレクは何度も唱えていた。そして地面に伏した死体に振り返ることもなく、先を行くシズマの後を追う。

輸送機の手前、医療施設の入り口付近では既に何人かの難民が倒れている。息のある者もいれば、死んでいる者もいる。施設の方に問題が無いのを確認し、フォルスラコスの尾羽根へと近づく。アルシニエガから連絡を受けた機内の人員が、シズマ達の為にエアステアを降ろす。

一歩、鉄の階段に足をかけたところで、シズマの神経網に星が散った。感覚が引き伸ばされる。

シズマの可塑神経網は代相によって、既に他の兵士と同等の位相になっている。動体視力の向上。激しく燃え上がる認知の渦。千分の一秒。量子信号でスキップされたシズマの視界認識は、二十メートル先から自分達を狙う銃口の照り返しを捉えた。

体を捻り、左手でハンドガンの銃把を取った。間延びした感覚の中で、シズマは引き金に指をかける。

視界の彼方で、少年が銃を構えていた。

静止した時の舞台袖で、緩やかな発砲音が響き、シズマの目の前で血飛沫が舞った。

銃撃を受けたモーリスが倒れ込み、次の一瞬にはシズマの感覚を同期して捉えたデレクが小銃を撃っていた。炎の影の向こうで倒れたのは、名もない難民の中年男性だった。

「撃てただろ、シズマ」

肩先から血を流すモーリスを引き起こしながら、デレクが冷たく言い放つ。

「すまない」

それ以上の会話は無かった。

モーリスは鎖骨を撃たれていたが、自己相が感覚を修飾したことで痛みに倒れることもない。仲間の手当てをする為にデレクは輸送機の奥へと進んだが、一方でシズマはステアの近くに陣取る。機能相デバイスを開き、指向性音響装置の調整を行っていく。

都市部での群衆暴動を想定して備えられた非殺傷兵器。人間の聴覚に作用して、平衡感覚を喪失させる不快音を発するもの。通常ならば自己相を持つ人間相手に使われるそれを、今回は難民相手に調整して使用する。つまり、難民以外の全ての人間の自己相を紐付けし、それらの可聴域へ選択的にノイズを掛けて音を相殺する。複雑な個人の自己相の一つ一つを見極め、その聴覚認知に適合したノイズを作る。この戦場にあって、認知圏に手を加えられるのはシズマとホアキンのみで、後者は辿り着けないでいる。これは自分の仕事だ、と、シズマは状況を理解していた。煩雑な作業ではあるが、文化技官としての仕事と大差ない。人間の相を色分けして、放り込むだけ。

陸軍部隊、医療従事者、そして診断の済んだこの居留地の難民。自己相にリンクされている最後の一人までデータに上げたところで、指向性音響装置を起動させる。

怪鳥の背に取り付けられたスピーカーから、無音の啼き声《スクリーチ》が撒き散らされる。シズマはステアから降り、周囲を確かめる。自分には聞こえない音が、僅かな大気の震えとなって肌で感じられた。数メートル先で、一人の難民の青年が呻いて倒れた。遠くでは、さらに多くの難民達がその場に膝をつき、脂汗を垂らしながら、あるいは嘔吐を繰り返して、激しい眩暈《めまい》を耐え忍んでいる。

陸軍部隊は前進し、倒れている難民達を次々と拘束していく。意識を保てる者は小銃を取るが、崩れた平衡感覚の中では引き金に手を掛けることもままならない。

シズマはあえて耳を澄ませてみる。砂の擦れる音より微かに、金属を擦り合わせるような音が聞こえている。

静寂の戦場を、ただ歩いていく。

人間の認知は曖昧で、脳が認識できない音はノイズとなって知覚されない。意識されないものは、存在していないことになる。雑踏の話し声が聞こえないように、夜の虫が鳴かないように。知覚と認知は、意識によって選択されたものに過ぎない。

世界は自己の相によって選択されたものしか見えず。

それが為に、シズマは自分が見たものも、そうした幻影に過ぎないと思えた。

彼女が立っていた。

指向性音響装置が彼女には効いていないという事実。シズマは彼女が自己相を持っていないことを知っている。では何故。シズマの脳裏を駆け巡る疑問は、目の前の幻想的な光景が全て覆い隠した。彼女が陸軍兵士に囲まれている。金色の髪を炎の色に染めて、戦場の真ん中で一人。それが全ての答え。彼女は、自己相や難民といったもので捉えきれるものではないという証明。彼女は他の難民とは違う。シズマのその感覚が、ここで現象となって形をなした。

「ヒユラミール」

名前を呼んだ。彼女の名前を呼ぶことで、幻を現実に引き寄せようとした。

彼女は微笑んだ。微笑んだように感じた。シズマは、自然とユマ砂漠の夜を思い出していた。

次の一瞬で、彼女の姿は消え、再び視界に戻ってきた時、あとに二人分の命の緒を引きずっていた。血振り。彼女の右手に握り込まれた短刀から飛び散った血が、足元の岩を染めた。どう、と音がして、彼女の背後にいた陸軍の兵士二人が踊るように倒れた。

認知の相が、酷く酷く、早鐘のように鳴っている。目覚めろ、目覚めろ。

落としかけていた自己相のエミュレートを、再び事前のものと合わせる。それ以上に、早く、静かに。

「彼女は」

シズマは自分がハンドガンを構えたのに気づき、ようやく仲間が目の前で殺されたことを悟った。彼女は仲間を殺した。彼女は我々を殺そうとしている。シズマと同様の感覚を得た兵士達は、即座に彼女を小銃で狙う。

跳躍。跳弾。どちらが速かっただろうか。

不可視の距離で、彼女が一人の兵士の首を裂いた。ぱ、ぱ、ぱ。自己相の反応が消え、小銃は自動的にロックされた。

「敵だ！」

誰かの声。シズマの聴覚は、それを静かに反芻する。悲鳴と怒号、小銃の音は掻き消える。残ったのは布の切り裂かれる音。肉と腱が分断される音。怪鳥の啼き声の中で、喧騒の中で、その微細な音ばかりが届いてくる。

意識が選択した音だ。

彼女を取り囲んでいた数人の兵士は後退し、入れ替わるように援護射撃が足元に広がった。しかし彼女は、銃弾が迫ることを当然のように受け入れ、体を捻って軽やかに跳ぶ。ピューマのように。踏まれた小石が、その位置を変えることとさえなしに。

後退した兵士の数人がシズマの脇を通り抜けた。獲物。シズマは自然と、対峙する彼女の思考をトレースした。本来なら自分も下がるべきだった。シズマはそう考えた。一方で、意識とは別の所で、体は彼女の前に立つことを選んだ。戦力にならない自分が盾になればいい。神経を走る光が、骨が、筋繊維が、細胞の一つ一つが、それぞれ選択をし、それぞれ答えを出していた。

自らを殺す為の意思が。

生存するという本能の先にある、理性と意思が死を手段として選んだ。

シズマの手が、走り来る彼女の視界を遮る。緩慢な動き。しかし、予期せぬ動きを警戒し、彼女は反射的に背後に跳び退く。金色の髪が慣性に逆らい、中空に軌跡を残す。

直後、彼女は短刀を構え直し、シズマへ向かって踏み出す。邪魔になるなら殺せばいい。動物じみたシンプルな選択。

対するシズマは、既に代相で自己相を何度も書き換えている。首を狙う一閃か、僅かな動きでかわされた。人間の知覚の限界まで早く。スキップ、スキップ。視覚、聴覚、触覚。返す刃、風を切る音が見えた。軌道を読んで回避。量子信号が脳を燃やしていく。

さらに振り上げた彼女の腕の流れ。矢のような一突き。裂かれた空気が水飴のようにうねって。防御。遅い。左腕を差し出す。心臓を狙った一撃は、上腕の筋肉で受ける。布が破れた。薄い毛に刃が絡む。皮膚に冷たい鉄と誰かの鮮血のぬめり。押し込まれた肉、裂けていく肉。破れた血管が刃に堰き止められ、そこに血が溢れる。痛みは修飾されている。鋭敏な触覚は変転し、ぷつりと肉の切られた音を届けた。

「ヒュラミール！」

量子化された感覚の先で、ようやく現実が追いついてきた。彼女の一撃はシズマの心臓を捉えることなく、腕を切り裂くだけで終わった。シズマは上腕に短刀を刺したまま、絡ませるように彼女の細くしなやかな腕を取った。

「戦争《アウカイ》」

彼女の呟きに対し、シズマは右手で握ったハンドガンを突きつけて答えを示す。

純粋な軍人ならば、機能相と自己相を結びつけていられたならば、意識を生じさせる暇もなくトリガーを引いていたはずだ。それで終わりだった。死んで、それで終わり。機械であれば。結末と答えだけが与えられていたはずだ。

シズマは迷った。

迷った瞬間に、様々なイメージが浮かんだ。自己相の外で、自分が彼女を撃った後の未来の全てを予測しようとした。選ばれる未来を想像した。それが過ちだとは思えないままに。

銃声は。

――

「何か見えた？」

彼女が口を開いた。次の瞬間、空いていた方の手を振って、シズマの顔面を狙う一撃を放った。眼球ごと脳まで抉《えぐ》ろうとする手刀に、シズマは何も反応できなかった。意識だけが残った。

シズマは彼女の瞳に反射する二つの光を見た。煌めく星と、迸《ほとばし》るマズルフラッシュ。

直後、彼女は短刀から手を放し、転がるようにして身を伏せた。

銃声があった。鉄板を打ち付けるような音が、続けざまに三発。標準化されたＣＣＷの中でも、特に大口径弾を放つ際に響く音。黒い蛇《トリリテイクコアトル》。そう渾名される特徴的なバトルライフルを扱うのは、この地ではアルシニエガしかいなかった。

「准士官、下がれ！」

腕に短刀を突き刺したまま、シズマは一歩後退し、その後をフルロード弾が地面を這うように抉っていく。当たれば体のどこかが千切れるような威力に晒されても、彼女は怯むことなく、新たな対峙者——銃を構えるアルシニエガの方へ駆け出す。

彼女は跳ぶ。退くこともせず、間断なく空気を貫く弾を避けて。ただ早いだけ。人間の視覚と認知よりも、ただ早く踏み込んだ。流星の尾を追って、虚しく銃弾が群青の空に吸い込まれていった。

肉薄する彼女に対し、アルシニエガは蹴りで間合いを取る。白己相に刻まれた白兵戦モジュールの基本。しかし彼女は、突き出された足を踏んで、なおアルシニエガの首を狙う。獣のように、鋭い犬歯を剝き出しにして飛びかかる。皮膚が破れた。しかし噛み千切ったのは大動脈ではなく、ハイポリマーと金属繊維で作られた人工血管、それは致命傷にはなりえずに。

「昔の傷でね」

今度は違えることなく、採掘機のような二つの腕を使って、アルシニエガが彼女を捉えた。

彼女の右腕を捻り上げながら、もう一方の手で頸部を押さえつける。唸り声を上げていた彼女も、やがて静かに頭を垂れた。そうして鉄の男は戦闘を終了させた。

「嫌になるよ」

「サイモン准士官」

アルシニエガは首の調子を確かめるように頭を振っている。その顔に感情はなく、未だにエミュレートを続けているように見えた。シズマは止血ジェルを塗ってから、腕の短刀を引き抜き、その視線に応えた。

「この少女について、君の意見が欲しい。つまり、人理部隊の指揮官としての」

地面に伏した彼女の頭を引いて、その姿を見せつける。

「私はね、正直に言って殺してやりたい。仲間が何人も死んだ。たかが難民の暴動でだ。今更、難民を一人殺したところで、それを裁く者なんていない」

「少佐」

「戦争犯罪はね、人道に対しての罪として問われる。そして我々の社会は、彼らを人として扱わないんだ」

シズマは、それ以上は言葉を継げなかった。

右手にはハンドガンがずっと握り込まれていた。タクティカルグローブの中が汗で湿っている。

「その銃で撃てば良い。簡単だ。私は君を罪に問わない。この場の誰もがだ。罪は無い。あったとしても、我々は既にそれを共有している」

シズマはハンドガンで狙いを定める。右腕だけでも、照準は正確に自己相が補ってくれる。多くの軍人が戦場で蓄積していったデータを元に。自分以外の誰かの意識の集合体が、自分に誰かを殺す為の力をくれる。

「シズマ、そいつを撃て！」

今度は別の方からの声。

視線だけを移動させれば、そこでデレクがモーリスに肩を貸しつつ立っていた。

「そいつを殺せ、殺さなくちゃいけないんだ！」

許されるならば今すぐにでも自分が、と。怒りに燃えた眼を隠しもせず、デレクは声を荒らげる。

「他の難民から聞いたんだよ。そいつは、その金髪のガキは、最近になって居留地に入ってきた流れ者だってな。ならそうだ、この暴動を引き起こしたのもそいつさ。そいつが外の奴らを引き入れてきたんだ」

本当かどうかを問い質《ただ》す必要は無かった。デレクの感情が、自己相の裏側でがなり立てる。殺せ、殺せ。それはその場にいる全ての人間の、自己相を手にした全ての人々の感情でもあった。

両腕を掴まれたまま、彼女が顔を小さく上げた。意思の無い光が、青い瞳の奥で揺れていた。死を恐れてなどいない。他の難民と同じように。

銃を構えたまま、シズマは動かない。照《フロントサイト》星の先で少年が立っていた。

ただ一発の銃弾で終わるはずだった。

全ての選択の向こう側で、定まった未来が大口を開けて待っている。自分はそこに飛び込めばいいだけのはずだ。

――

した。

「何か」

呻き。彼女の声。

「貴方は、見た？」

突然の言葉にシズマはたじろいだが、その次には自らの選択を受け入れ、構えた銃を下ろした。

この殺意は誰のものだろうか。自分の自己相に埋め込まれた感情は、認知圏を同じくする無数の他者のものでしかない。

「彼女を拘束してください」

シズマの言葉を聞いて、デレクが叫んでいた。シズマ、なぜ、どうして。罵倒より先の全ての行為は、隣のモーリスに阻まれて届かなかったが。

「彼女は猛獣でもなければ、人権のない存在でもありません」

アルシニエガはデレク程に激昂することもなく、それでも顔をしかめながら、彼女を他の難民達と同じように拘束するよう指示した。

「裁かれるのは変わらないよ」

彼女を連れていく前、アルシニエガが最後に残した一言だった。

何かが次々と零れ落ちていくようだった。

シズマは何も言わず、ただ戦場となった荒野に残り、消えていく炎を眺めていた。その最後の灯火が消えれば、アンデスの夜も乾いた風の中で終わる。

　遠く薄暮の空に、名も知らない星が浮かぶ。

「どうして撃たなかった」

　いつの間にか横につけていたデレクが、非難めいた調子でシズマに訊ねる。

　シズマは自分が何に従い、何に従わなかったのかを考えた。

　あそこで撃っていれば、あるいは全てが終わっていたはずだ。だが最後にシズマは何かに抗《あらが》った。自己相、自分を自分たらしめているもの。しかし戦場で最適化された行動と思考は、共有されたより大きなものの営為の一部に過ぎない。

　運命、人はかつて、それをそう称したはずだ。

「自分で選んだんだ」

　シズマの言葉に対し、デレクは鼻を鳴らして答える。砂と、そして人の焼けた嫌な臭いばかりが漂っていた。

「九人だ。兵士が九人も死んだ」

　この戦闘で死んだ難民の数を、シズマはあえて数えなかった。比べられるようなものではない。両者の価値観の、どちらに傾いたとしても。

「ホアキンも死んでた」

　シズマは驚かなかった。いつの間にか、自己相に表示された地図からホアキンの反応は消えていた。

「戦場の隅っこで、背中を丸めて死んでたぜ。流れ弾に当たって、惨めったらしく死んでいた」

戦場で死ぬ。軍人として、誇り高く死ぬ。ホアキンにとって、それは自身の価値観とは別の所に据え置かれていたはずだった。

「僕らは軍人だよ」

シズマの言葉に込められていた感情は、あの時に難民達が命を擲《なげう》った瞬間のものと同じだった。デレクはそれを感じ取り、小さく毒づいた。

「日本人は、いつだって死にたがりだ」

いつもなら、同じ認知圏の中の人間として笑えた冗談だったかもしれない。けれども今は、シズマはただ微笑むことしかできなかった。何一つ感情を表さずに。

デレクは振り返り、その場を後にしようとした。その時、自分達を見つめる小さな視線があるのに気づいた。

「名前ね」

少女、赤い髪の少女が、手元に民族衣装をまとった人形を摑んで立っていた。

「名前、この子の名前は、イライザにしたよ」

流暢な英語だった。既に少女に対しても、自己相の敷設手術は済んでいた。同じ価値観、同じ言語、同じ認識。晴れて自分達と同じ国民となった少女に、デレクは笑顔を差し向けただろうか。

少女の前まで歩いたデレクは、その手に握られた人形を奪い取ると、力任せに地面に叩きつけた。呆然とする少女の前で、今度は砂と血に塗れたブーツでそれを踏み砕く。織物は破れ、樹脂製のボタンが千切れ飛び、四肢は分かたれて、人形は形をなさなくなった。

少女は泣いていただろうか。

背を向けて立ち去るデレクに、シズマは振り返ることもしなかった。

耳に届くのは風の音、鳥の声、そして昇り始めた太陽により掻き消されていく星々の悲鳴。

# 6.

「君がしたことは、きっととても正しい行いだった」

シズマに向かって、サンドラ・ハーゲンベックが優しく語りかける。白髪を留めた古い髪飾りも、顔に刻まれたしわも、その高潔な笑みを作るのに一役買っている。

「彼らは、難民という人達は、私達と同じ国民になる価値がある人達なのだから」

浮島《イスラ・フロタンテ》、統合軍の基地に向かう大型の軍用汽船の中、波の揺れを感じさせない応接室――ジノリにマイセン、そして老ブリューゲルの絵と、あえて大西洋世界の文物で彩られていた――で二人は対峙する。

「私も昔は文化技官だったよ」

シズマは、目の前の人物の胸元に光る勲章を数えようとし、十から先は面倒になって止めた。

「准将は、歴戦の勇士と聞いています」

「長く歩いただけだよ」

サンドラは自分の右目を指さす。そこにある眼帯が覆い隠すのは瞳の色ばかりで、軍人としての鋭敏さ、そして輝かしい経歴は消えるものではない。

「私が前線に立っていた頃はね、単一国家同士の対立が消え去った後だ。今の難民達のような存在が現れ始め、各地でテロ、つまり持ち運びできる個人的な紛争を繰り返していた時代でもあった。私はそういった過去を引きずって、ただここにいるだけさ」

「准将、自分を呼んだ訳をお聞かせ下さい」

「お婆さんの昔話は嫌いかい？ 後でレポートの提出を求めるかもしれないぞ」

サンドラは自分の冗談の出来を値踏みし、その上で小さく口角を上げる。対するシズマは目を細めて抗議の意を示す。

「痛ましい事故だったよ。戦闘ストレス反応《CSR》の可能性もある」

シズマの視線をかわすように、サンドラは手元の紅茶に口をつける。

「十人もの軍人が犠牲になった」

「ホアキンは、軍人として死ぬべきではありませんでした」

「軍服を身にまとい、銃を手にし、戦場で死ねば、それは軍人だ。人理部隊に所属しているだけで、彼が特別な訳じゃない。他の者も故郷では別の仕事をしている。運転手、漁師、期間工、教員、スポーツ選手。今じゃ流行りのアクセサリーを付け替える要領で、誰もが軍人になれる時代だ。本職の軍人は私のような事務方ばかりさ」

「何を仰りたいのか、自分には解りかねます」

「認知治療で、彼らの心的な痛みを取り除こうと思う」

シズマの手が握り込まれた。丁寧にアイロンがけされたズボンに、強くしわが残る。

「彼らの自己相を標準のものに再復《リジューム》するんだ」

「それは、人を殺した記憶を薄れさせるだけです」

「事実と経験を切り離すだけさ。物語にならない事実は、記憶の中では意味を成さない。難民を撃ったという事実は、昨日の朝食で魚のムニエルを食べたのと同じ位相になる」

「なぜ、それを自分に伝えるのですか」

「それは君が人理部隊の指揮官だからだよ。君は部下の自己相へのアクセス権があり、なおかつ代相を扱う技術がある。君の同意が無ければ、いくら認知治療を行っても無意味だ」

「僕が気に食わなければ、勝手に自己相を書き換えると？」

「そんなことはしないさ。君は私と同じ側の人間だ」

シズマは何も言わなかった。それが答えだった。

人を殺した痛みさえ平準化し、個の感情を三十億人分の自己相に離散させる。この世界の誰かが人を殺したところで、自分に関係なければ痛みは無い。事実は、顔のない誰かの物語として記憶される。

「受けてくれるね」

シズマはただ、自己相にアップされた約款にサインを添えた。

自身もまた、無数の自己相によって生かされている一人の人間に過ぎない。今更、自分一人がそこを抜け出してしまえるものか。

シズマが感情を抑え、紅茶を一口含んだ。それで一区切りついたものとしてサンドラが声を上げた。

「ところで、これを君に渡しておこう」

サンドラはサイドテーブルに置かれていた箱を取り上げ、静かに中を開いてみせた。そのアンティークの小箱に納められていたものは、大西洋世界の美意識とはかけ離れた存在。

「これは、あの少女、アルシニエガ少佐が取り押さえた彼女が使っていたナイフだ。君を傷つけたものでもある」

箱に詰まっていたのは、彼女が手にしていた短刀。こうして明るい光の下で見れば、その刃の冴えと柄に刻まれた意匠は、単なる山刀ではないと解る。

「処分しても良かったんだが、君に託しておくよ。難民の文化研究の資料にでも使ってくれ」

サンドラが自分を揶揄していることは、すぐに理解できた。しかし何を思うこともない。

シズマは箱ごと短刀を受け取ると、敬礼を一つ残して、応接室を後にした。

デッキに出るまでの短い廊下は太陽の光が溢れ、それに反射する波紋の陰が揺らいでいた。

影と明かり、光と陰。二つが交差し、複雑な文様を作っていた。

シズマが後部甲板に出ると、強い風が前髪を散らした。大海の如く広がるチチカカ湖の遠景が視界を満たす。遥か水平線に横たわる山嶺が、蜃気楼のように光を放っていた。

燦々たる太陽の光は、真昼の星を覆い尽くす。

シズマは、己の脳内に築かれた可塑神経網で絶えず発火する、意識という陽光を知る。総体となった自己。共通し、共有された巨大な認知圏の火球は、個という相で結ばれるべき星々を消したのだろうか。

「彼らは、自由意志の中で死んでいったのだろうか」

シズマはサンドラから託された箱を開けると、そこに納められた短刀を手に取った。

何思うことなく、それを首筋に当てる。

その途端、シズマの自己相に警報が鳴り響いた。脳内のいかなる箇所で意識が発生したのか。まるで猟犬のように、可塑神経網は自死の危険性を嗅ぎつけてきた。

自己相の通信ログには無数の相談窓口がアップされ、興奮を抑える為の代相の書き換え法まで丁寧に伝えてくる。

その一瞬、シズマは大きく声を上げて笑った。

「自分への殺意ですら、お前は許してはくれない！　彼らを殺すのには躊躇なんてしなかったというのに！　国民が死ぬのは、どうしても嫌なんだな！」

シズマは太陽に向かって叫んだ。船が波を切る音と、吹き荒ぶ強風が、その声を散らしていく。

高笑いの最中、シズマの自己相に一件の通信があった。優しげな子犬のイメージアイコン。相手はフランチェスカだった。

軍属のカウンセラーを務める友人。それが為に、シズマの自己相で発生したアラートが連絡されたのだろう。様々な文言を並べて心配する旧友に対し、シズマは思いつく限りの言い訳を添えて返した。

「大丈夫。大丈夫さ。うん、そうだ、今度、デレクと食事に行くよ。新しい料理に挑戦しているんだろう？」

シズマの声が届いたのか、自己相の向こう側でフランチェスカが微笑んだ。それから先は、他愛もないお喋りが繰り広げられる。いつかの夜のように。

「フラン、いつまでも君は君のままでいてくれよ」

シズマの呟きは届いたか、あるいは既に風の音に紛れて聞こえなかったのか。通信イメージ上のフランチェスカが微笑んだ。しかしそれは誰のものでもない。自己相が認識した表情データの蓄積、楽しさという感覚を模倣して、笑顔というモジュールで包んで再生しただけ。

あの砂漠で見た星を、シズマは何度も思い出そうとしていた。自分だけの記憶、自分だけの感覚。自己相データに紐付けされたプロフィールでもなければ、他人が参照できるライフログの中の画像でもない、あの一瞬を留めておきたかった。

「僕は結局、自分が他人になるのを恐れているだけなんだ」

既にシズマの声を聞く者はおらず。

高い空が、広い湖が、ただ強烈な青を与える。肌に、眼に、耳に、体の全てに青だけを伝えてくる。清冽な色の外で、真昼の星は、その影さえ現すことなく。

シズマの手に握り込まれた短刀だけが、太陽の光を跳ね返し、小さな光を湖上に示した。


彼の本に出会ったのは大学生になってからのことで、友人連中から「凄い作家がいる」と紹介されたのが最初だった。その後も、折にふれて彼の名前を聞き、自分の中で勝手に期待値だけが高まっていった。そして例の地震が起きて、長い長い春休みが始まった時、最初にしたことは『虐殺器官』を買うことだった。色々とすることが積み重なる中で、一つだけ自分本位に「伊藤計劃の本を読みたい」という欲求に従った。

至って平凡で無害な利己的行為、その数日間の読書は、確実に自分の中で何かを変えたらしく、物語を残すという行為に意識的になった。そして一年後、頭の中を巡る伊藤計劃の文章を咀嚼し、自分なりの答えを出すつもりで「ニルヤの島」を書き、所属サークルの冊子に掲載した。そして結果として、この場に立つことができた。けれど全てに答えられた自信もなく、後は作品で示していくしかない。自分にとって伊藤計劃とは、終わりのない問いかけそのものだ。

（柴田勝家）

# 未明の晩餐

吉上　亮

吉上　亮（よしがみ・りょう）

1989年埼玉県生まれ。早稲田大学文化構想学部卒。2013年、『パンツァークラウン　フェイセズ（全3巻）』で作家デビュー。人気アニメのスピンオフノベライズ『PSYCHO-PASS ASYLUM（全2巻）』『PSYCHO-PASS GENESIS（既刊2巻）』（以上、ハヤカワ文庫JA）で好評を博している。

予想外に仕事が長引いたせいで、勤務先の列車を降りたときには、日の出が近い四時二三分になっていた。いつもより随分と遅い。

東京駅二八番線の地下ホームに大型のキャリーケースを二つばかり、どかっと置いて、白んでいく空を見つめた。ほうほうと山鳩らしき鳥の鳴き声が聞こえる。すでに駅の市場《マルシェ》に人が集まり始めている時間だ。

思わず、溜息をついた。深く、長く。まだ肌寒くコートを手放せないが、吐いた息は白くならない。気温は徐々に上がっている。春は近い。

光を取り戻していく世界で、わたしは寝床を求めている。ようやく仕事を片付けたのだ。さっさと帰って眠りたい。特に今日は一晩中、立ちっぱなしだったせいで、足枷でもつけられているかのような疲労で脚がひどく重かった。

全身で伸びをして、強張《こわば》った身体を解《ほぐ》そうとすると背後から声を掛けられた。

「すみませんね、カレンさん。今日の客、あれほど口数が多いとは思わなかった」

取引相手のタダマサが、彼が職場とする車両の窓から顔を出している。

ホームの端から端まで、その向こうまで、どこまでも終わりなく車両が連なる監獄列車は準備を整え、もうすぐ出発する。司法代行企業の刑吏課課長は、その僅かな時間の会話を楽しもうとするように笑みを絶やさない。

金束子《たわし》のようなもしゃっとした髪。小柄で華奢《きゃしゃ》な身体を包む、鰹《かつお》の皮目のようにぬめっとした光沢を放つ銀灰色のスーツ。可憐な少女といって差し支えない顔を綻《ほころ》ばせ、低音《バリトン》の声色で喋る。性別も年齢も不詳のロクでもないやつだが金払いはいい。仕事の依頼主としては申し分ない。

彼は、自分の抱えた死刑囚の執行に際し、最後の食事の調理をわたしに依頼する。

「収監中は寡黙で通し、規律違反ひとつ犯さない模範囚でしたが、いざ処刑台に送られる間際となって口数が多くなったのかもしれない。なにしろ、身の上話を生まれから――」

「あたしは」会話を打ち切るための言葉を差す。「死刑囚が望む最後の晩餐を作るだけだ」

それがわたしの仕事だ。

夜を徹して調理場のカウンターに立ち、ひとりの客を相手にした。

三代前から日本で暮らしているのに、自分がイタリア人だという主張に余念がなかった死刑囚――カルネロは、ハンバーガーを望んだ。

最高の逸品を食いたいと、言っていた。ちなみにチーズバーガーは、ずっと昔の米国において、死刑囚が最後に食べたいと望む料理ランキングで長らく一位だったのだが。

わたしは彼の期待に応えるべく、真摯に料理をした。もちろん、ファストフードみたいなペラくて不味《まず》いハンバーガーを作る気はない。料理としてのハンバーガーは、ひとつの皿の上に緻密に計算されたフルコース料理を積み上げるに等しい。

グリルしたパティは二枚重ねる。牛の塊肉を粗く包丁で刻んでから叩いたステーク・アッシェ風は、塩と胡椒、擦りおろしたニンニクで味を付ける。オニオンは分厚く切ってからグリルしたものを。トマトは甘すぎず酸味との調和がよい絶妙な熟し具合でなければいけない。レタスはバンズの直径と同じ円形に切り揃えた。最後に水牛の真っ白なモッツァレラチーズを二枚のパティの間に挟む。これがしっかりグリルして焦げ目をつけたパティの熱を受け、じんわりと緩んだところが実に旨いのだ。途中から味の変化を楽しむためのケチャップとマスタードは、後から自由に付け足せるように別皿に添えた。

すべて目の前で調理をし、じっくりと丁寧な食事を楽しんでもらった。

彼は果実酒を空け、よく笑い、幼いころの記憶を語った。色鮮やかな過去。だが、すべては遠く取り戻せない思い出——。

わたしは、調理が疎《おろそ》かにならない程度に相槌を打った。彼が味わった記憶を、頭のなかに詰め込んでいった。

客が腹を膨らませるほど、わたしの頭には、これから死んでいく人間が残していく思い出の言葉が詰め込まれていった。血腥《ちなまぐさ》く残虐な殺しの記憶は、どれだけ耳にしても平気だ。しかし、個別の掛け替えのない思い出となると、どうにも受け取り方に困る。無下に捨てることもできない。

彼らが望む料理は、雄弁に過去を語った。チーズ焼きタコス《エンチラーダ》。パリ風の肉の揚げ焼き《ステーキ・フリット》。モクレンの花を添えたレア・チーズケーキ。海老を入れた塩味の出汁巻き玉子……。

誰にとっても死を前にすべてを語るには、一晩という時間は短すぎる。

しかし、刑の執行が延びたりはしない。

「――もうすぐか？」

わたしは振り返って、タダマサを見る。彼はちらりと腕時計を確認した。やや芝居がかった仕草。

「ええ、監獄列車が出発した後、定刻に執り行われます」タダマサは、わたしに微笑みかける。黙っていれば人形よりも美しい。「――壬生《みぶ》観憐さん。今宵の晩餐も完璧でしたよ。いささか、最後の晩餐の時間が長引いてしまいましたが、致命的なものではない。それよりも、死刑囚が、心の底から自分の死を受け入れ、処刑台に赴くことが大切だ。そして今回も、あなたの料理によって、それは成し遂げられた。我が司法代行企業〈法壊《ハーヴェスト・グレイヴ》〉の執行計画表《スケジュール》に狂いは生じない」

「そりゃどうも、お疲れさん」

わたしはキャリーケースを摑み、ホームを歩き始める。

「ええ、ありがとうございました。それではまた次の仕事でお会いしましょう」

そしてわたしが地下四階から地上フロアまでを繋ぐ長いエスカレーターに乗ったころ、監獄列車が警笛もなく、動き出した。鉄が嚙み合う音。死を待つ亡者たちを繋ぐ無数の手錠が一斉に引きずられるような、重く腹の底に響く音が聞こえてきた。もうすぐ、執行された死刑囚のリストに、新たに名前は刻まれる。

そして、わたしの料理を食べた奴が、またひとり死ぬわけだ。

## 初献

監獄列車が止まる東京駅二八番線地下ホームは、他の路線から遠く離れている。かなりの深度で、錆の臭いが濃いのは空気の通りが悪いせいだ。とてつもなく長いエスカレーターは整備不良で、いつも途中で休憩するように停止する。おかげで昇り切るまでに、ゆっくりと煙草を一服する時間がある。

そして通路を抜けるまでに、また一本を吹かし、吸い殻を防火扉に押しつけて揉み消すころになって、ようやく、むっとした人いきれに迎えられる。

数え切れないほどの人間たちの生活の空気。駅構内に溢れる不法滞在者たちは、それぞれが悪臭となる匂い成分を競って多く身に着けているように、とてもにおう。

芳香《かおり》の強い細葉巻を取り出した。クセのある山羊の肉を煮込むときには八角を加えるように、甘みのある香気で嗅覚を調整すると、ある程度、周囲の臭いが気にならなくなった。

いつもは彼らが寝静まっている時間に通り過ぎる駅構内には、すでに随分と多くの人間がうろつき始めている。

始発前だというのに、各路線のホームを行き来するためのコンコースには、多くの人間が群がっている。この駅に棲みついた不法居住者たちの朝は忙《せわ》しない。

擦り切れたボロを厚着した人間だらけのなかで、身体の輪郭を浮かび上がらせるほどタイトで、しなやかな質感の黒いコートを羽織ったわたしの姿は、少し浮いている。そこに煙草なんて希少なしろものを惜しげもなく吹かしているから、ますます周りの連中から胡乱《うろん》そうに見られた。娼婦《パンパン》呼ばわりしてきた馬鹿もいたが、あえて喧嘩を買ったところで時間の無駄。

それに、わたしは食べられないものを殺す嗜虐趣味はない。

そう、煙草といえば、自宅のストックが切れた。ポケットに突っこんでいる分も含めて、あと二箱。次の入荷が待ち遠しかった。気候変動による赤道降雨帯の変化は、多くの食物だけでなく、嗜好品の生産地にも大打撃を与えている。

いまから半世紀ほど前の二十二世紀初頭、大規模気候変動に対応して敷設された新たな鉄道路線が全国を繋ぎ、そして用済みになった在来の旧鉄道網は、各地に張り巡らされた網状の広大な廃墟都市――〈サカイ〉へと変貌した。以来、全国の自治州からはぐれた無縁者たちは、廃棄路線の駅《ステーション》での不法滞在《ステイ》を当局からお目こぼしされ、そして時折、保守点検の仕事を与えられたりしながら、日々を生きている。

まあ、わたしも似たようなものだ。たまたま取引先の金払いがよく、そこそこマシな生活ができているが、違法《イリーガル》な住人であることに変わりはない。

自動改札の向こう側、駅外へ繋がる八重洲口の隔壁《シャッター》は降ろされたまま、けっして開かない。わたしたちは、その境界《さかい》より向こう側に踏み出すことはできない。

故郷を捨てて駅に暮らし、旅の途上で線路に死ぬ。

とはいえ、そんな生活を悪くないと思う人間も一定数はいるものだ。

わたしは、駅直結の上部構造体にある三二階の住居《アパルトマン》に帰宅する。玄関からそのまま繋がった厨房の床に荷物を放り捨て、寝床へ向かおうとした。

窓ガラスの向こうに張り出した小さな柵に鳩たちが止まっていた。地上に近づくほど捕獲業者が待ち構えているものだから、彼らは高い場所を好む。窓を開けても鳩たちは飛び立とうとしない。このくらいの階層に暮らす住人たちは、家鳩を捕まえて喰うほど困窮していないことを知っている。くるる、くるると喉を鳴らすような鳴き声をした賢い翼の生えた駅の住人たち。

そこでわたしは気づく。一羽だけ見た目が違う鳩がいた。肩と翼に特徴的な赤褐色の鱗模様。梟《ふくろう》のようなくぐもった鳴き声。

「あ、雉鳩《キジバト》」

わたしは呟き、柵の各所に仕掛けた罠のひとつを起動した。高圧電流が流れる。危険を察した雉鳩は逃げようとしたが、もう遅い。飛び立とうとした姿勢のまま柵から落下し、下に張ってある転落防止ネットを改造した網に捕らわれた。

すぐ傍で狩猟されたというのに、家鳩たちは特に気にせず、朝の陽ざしを浴びている。ちらりと下を見やる様子は、ここの住人だけはちょっと特別で、食材に使えると判断した相手なら何でも捕っちまうんだ。残念だったね、と憐れんでいるようでもあった。

家鳩の食生活は雑多で、それだけ肉の味も悪い。この網状都市では食肉の筆頭だが、わたしは好みではない。生臭く、ひどいヤツだと残飯そのものの味がする。だから、適当に放っておく。疑似餌として利用する。そして時々、山野からやってくる野鳥たちを狙うのだ。木の実など食べて育った雉鳩は、鉄臭い味のなかに、ほのかな果実の香りがしてとても美味しい。

だいたいの自治州では、呆れるほどの倫理観の向上から、ほとんどの野生動物は狩られることもなく、その数は一昔前より増えており、少しばかり失敬しても文句を言ってくる者はいない。そもそも、この網状都市に遵守すべき法律など存在しない。

あるとすれば、狩られる者は狩られ、食べられるという自然の摂理くらい。

わたしは窓を開けてから、家鳩たちを手で払いながら身を乗り出し、網にかかった雉鳩を摑む。電流のショックから早くも回復し始め、じたばたもがいていたので、とりあえず、きゅっと首を絞めた。鳩の肉は、血がよく巡ったものが美味だ。

直後、下から轟音に突き上げられ、柵に留まっていた鳩たちが一斉に飛び立った。

市場の開始を告げるベルの響き。眼下の約二〇の路線それぞれに、続々と食料調達業者を載せた列車が到着したところだった。

　せっかく鳩を捕まえたのだから、他にも食材を探そうと朝の市場《マルシェ》へ向かった。

　徹夜明けの身体は重く、頭の奥には鈍い痛みもあったが、捕まえた雉鳩の羽根を毟《むし》り、食管など一部の臓器を取り出す下処理を済ませ、３℃に調節した低温貯蔵庫に吊るす作業をしているうちに、完全に目が冴えてしまった。

　再び地上階に戻ると、人々に活気がある。

　食べ物のにおいが、住人たちの汚臭を上書きしているのか、さっきよりは気にならない。

　わたしは、食品ごとに各路線のホームに割り振られた食材市場へ繋がるコンコースを進んでいく。

　ここは旧旅客鉄道時代の主要駅《ターミナル》だったおかげで、今でも都市圏《スラム》の物資流通の要所になっている。もっとも扱われる食材は、国内の正規物資流通を経た後、余って処理されるもの、あるいは、正規の市場に出せないしろものばかりではある。

　それでも不法民《わたし》たちにとっては大切な食い扶持《ぶち》だ。付き合う業者を選び、適切に食材を吟味できるすべを身につければ、滅多なことではハズレを摑まされない。

　畜肉市場《ブッチャー》の高架ホームに昇ると、すでに第一便でやってきた業者たちが、次の駅への移動に備え、撤収作業を始めていた。

　そのなかに馴染みの鳥卸し業者を見つけた。声を掛けると、彼は、あいさつ代わりに、まだ脚先のついた鶏の腿を手で振った。

「遅かったな。もう、あらかた売り切れたぞ」

「いいよ。別に」わたしは苦笑をこぼす。「どれだけ新鮮だろうと、産地が駅ナカの鳩《ハト》や烏《カラス》に興味ないし」

「お前さんは、ここでの生活が長いくせに、ちょっと変わってるな」

わたしは表向き、育ての親が残した財産を食い潰す無職で通している。死刑囚相手の料理人という仕事は、司法代行企業との存在しない契約に基づく違法就労だ。口に出すことはできない。

「残飯を漁って大きくなった肉は、あたしたちと同じ味がしそうで苦手でね」

「味覚が繊細だなあ。ここの住人連中、ちょくちょく、そういうものも食ってるらしいから違いも分からないいんじゃないかな」

「あんまり笑えない冗談だな。——ところで、売り切れっていうけど、その手に大きなモン持ってるんじゃないのか？」

「こいつは廃鶏だからな。身はデカいが筋肉《バラ》が締まり過ぎて、焼いても筋張ってるから人気がないんだよ。加工用に回そうかと思って解体してたところだ」

「ああ、老鶏《ラオヂィ》」わたしは合点する。「……ふうん。ちょっと味見していいか？」

「〈似《ニューロ・ガスト》　食〉なら構わんがね」

そのつもりだよ、とわたしは答え、神経系《ニューラブル・デバイス》と一体化した情報端末を起動する。

鶏腿に視界の焦点を合わせると、自動で検索エージェントが実行される。契約している食品情報企業のデータクラウドから、該当する味覚情報のパッケージを引っ張ってくる。

生肉を食べるつもりはない。調理状態は〈焼く〉に設定。

すると、鶏の脂が焼けた香ばしい匂いが生じた。嗅覚の演算《シミュレート》。続いて、がぶりと肉に噛みついた感覚。触覚の演算。実際の口には何もない。かりっと焼き上がった皮を歯で砕き脂の風味が口腔内に拡がる。とはいえ、肉は硬く、食べられないほどひどくはないが、美味しくもない。やはり、別の調理法が向いていそうだった。

調理設定を〈煮る〉に変更すると、よい味を自覚した。そこで演算処理を切った。

あとは自分で考えればいい。無駄に転送データを増やす必要はない。

試食を終えた。すると、奇妙なくらい跡形もなく口のなかにあった味の感覚が消えた。いまだにこの唐突さには慣れないところがある。夢で食べたものの味のほうが、まだ起きても、もう少し長く残るような気がする。

「改めて見ると妙な感じがするもんだな」と業者の男。「手も触れず、ほんの少しも口にせず、しかし、完全に『味』を再現できる技術っての」

「完璧ってほどじゃない。どれだけ本物に近い味を生じさせることができるといっても、結局、使う側の味覚に上乗せする補助的なものだし」

〈似食〉は本来、そのまま食べるには味気なさすぎる合成食品や、可食に耐えるぎりぎりの食品を飲食する際に、現在では一般的な神経と一体化した情報端末《ニューラル・デバイス》を介し、脳内に直接味覚の情報を送り込み、食味を補強するために開発された調味拡張技術だ。

だが、味わうという行為は、摂取した食物をトリガーとして自らの味覚神経系を刺激し、〝味〟という情報を脳に送り込み、五感を総動員した統合的な知覚情報として感覚することなのだ。だから脳内で特定の味覚情報を再現するためには、知覚系に対する膨大な演算処理を必要とする。結果、一回の〈似食〉でやり取りされる情報量は膨大なものになり、安価な食事を美味しくするために余計な出費が嵩《かさ》む本末転倒な技術になってしまった。

なので今では、生産者・卸売業者・小売業者・調理者といった食品産業に関わる人間たちくらいしか使わない。とはいえ、そこそこ役には立つ。流通する食材が少なく、使い物にならない廃棄物も多いなかで、安定して食材を入手しつつ、無駄にしないために。

わたしは結局、老鶏をもっとも美味しく使うため、解体前の状態を頼んだ。売れ残っていたうえに解体処理の手間賃も省くということで、かなりの安値を提示してくれた。


なかなか悪くない買い物だった。

畜肉列車が出発し、次の駅へと走り去っていくのを横目に、階段を下っていく。コンコースへ繋がる階段はひどい混雑だった。第一便で買い物を済ませた客と次の便を待つ客たちが押し合いへし合いしている。

一歩進んでは立ち止まる牛歩の途中、わたしは頭のなかでメニューを組み立てる。

老鶏で取ったダシをベースに中華粥を作ろう。土鍋にダシをたっぷりと注ぎ、少なめの米を入れ、ぐつぐつと炊く。胃が温まる優しい味わい。あとは残っている漬物でも添えればいい。そんなふうに徹夜明けの朝の食事を思い描いた。

何を料理するか考えているときは、実際に料理するのと、また違った愉しみがある。

しかし、そんな心地よい気分を打ち消すほど強い悪臭に、ガツンと鼻の奥を殴られた。

周りに漂う食材や地下の飲食街から立ち上ってくる料理の匂いをことごとく叩き潰し、頭がくらくらしそうな強い酸臭は、肉の腐敗臭を思わせた。脳裏に過《よ》ぎるのは、暗緑に変色し、不可食部位と化した肉の残骸。

臭いの元は、すぐ近くだ。

腐乱死体でも転がっているんじゃないかと思い、視線をやった。

階段の隅っこに、七、八歳くらいの子供《ガキ》が転がっていた。

汚れてまだらな灰色になった白い髪は腰ほどまであり、痩せ細ってガリガリの少女の身体を覆っていた。その姿は、まるで積もりに積もった埃の山みたいだった。

死んでるのか？

特に可哀そうだとは思わない。九歳で無縁都市《サカイ》に暮らすようになり、すでに二〇年近く経っている。老若男女を問わず、野垂れ死ぬ奴らはごまんと見てきたし、見捨ててきた。自分を拾い育てた婆《ババア》はよく言っていた。無闇に同情するな、と。

昔は残酷だなと思ったりもした。けれど、人間の順応性は高い。転がる鼠の死骸に悲鳴を上げていたガキだって、いずれは慣れる。人間の死骸を見ても何も感じなくなる。

とはいえ、駅の清掃人に連絡くらいはしてやるべきか。

駅内で発見された死骸については、専門の清掃業者が片付ける手筈となっているが、彼らが到着する前に、死骸を加工用の材料として強奪していく連中も少なくない。文字通り、人間を食い物にする悪食《あくじき》ども。

わたしは少女のほうを向いて合掌してから、神経情報端末《ニューラブル・デバイス》を介し、清掃人を呼ぶ通報アプリを選択する。そして最後に実行認証が、視界に浮かび上がった。

もちろん実行、と頭のなかで選択しようとする。

そのときだ。わたしとそいつの目が合ったのは。

驚いたことに、死体は、まだ生きていた。

「――」

少女が口をぱくぱくさせた。

声はほとんど擦れて聞こえなかったが、確かに唇は動いていた。

何かを伝えようとしていた。

疑問を解消するつもりで少女に近づこうとしたが、それを遮《さえぎ》るように、大男が間に割り込んできた。真っ黄色に変色したランニングに作業ズボン。鼻腔に刺さってくる腐った肉の臭いを全身に漂わせ、四角く分厚い刃がついた骨切り包丁《クレーバー》を手にしている。

悪臭の源はこいつだ。少女ではなく、彼女を狙ってどこかに潜んでいた人肉強奪者。

そいつは、わたしに気づく様子もなく、少女に歩み寄った。覆いかぶさって検分し始めた。

そして間もなく、大男は小さくうなずき、骨切り包丁を振り上げようとした。ランニング越しの背中の筋肉の動きで、それを察した。

　こいつ、この場で子供《ガキ》を解体する気だ。

「……まったく」

　呟き、そして駆け出す。走りながら煙草を一本取り出し、口に咥《くわ》えて火を灯す。赤々とした燃焼。そして近づくなり、赤熱した先端部分を大男の首筋に押し当てた。じゅっと皮膚と肉を焼く音がする。ふいの激痛に男が跳ね起きる。

　肉切り包丁を手に振り返ろうとしたところに、ぷっと煙草を飛ばして、目玉に着弾させた。大男は熱と痛みに肉切り包丁を取り落とす。

　その隙に脚を鞭のようにしならせ、靴の先を相手のこめかみに叩き込んだ。男が吹っ飛び、地面を転がった。わたしはすかさず足許に転がった肉切り包丁を掴む。ロクに手入れもしていないために錆だらけだった。この包丁は実に運が悪い。

　そして、相手の頭をかち割ってやるつもりで、肉切り包丁を力いっぱいぶん投げた。しかし、すでに大男は逃げ出していた。罅《ひび》だらけの壁面に、ガンッと包丁は突き刺さり、破片がパラパラと床に落ちた。

　騒ぎを聞きつけた周囲の連中は面倒事を嫌ってすぐに逃げ出した。あっという間に誰もいなくなった。雑踏が遠のき、かわりに少女の声が耳朶《じだ》を打った。

「……すごーい」

だが、少女のうめきはこちらを賞賛しているわけではない。

「おなか、すいた……」

いまさっき解体されそうになったとは思えない図太い神経に、苦笑いした。

あるいは、そんなことも分からないくらいに飢えているのか。

「……腹、減ったのか？」

そう質問すると、汚れきった全身のなか、そこだけ澄んで綺麗な、赤すぐり《グロゼィユ》みたいな真紅の眸《ひとみ》がきょろっと動き、わたしを見上げた。

「すごーい」少女は同じ言葉を繰り返した。先ほどよりなお弱く。「おなか、すいたー」

それだけで十分だった。

この子供を連れて帰る理由には。

飯を食わせてやるくらいには縁ができていた。

「それで、名前は？」

「しずく」少女はごろりと転がって、腹這いになって隠していたものを露わにした。「あと、じんくろー」

もう一人、子供がいた。紅葉《もみじ》のように鮮やかな赤髪の男の子。顔立ちは少女によく似ていた。

こいつらは双子だろうか。

わたしは端末を介し、駅構内を巡回しているもぐりのポーターを呼び寄せた。間もなくやってきたぼろの詰襟《つめえり》を着た老人に、未開封の煙草を一箱放り投げた。酒と煙草は、いつの時代も現金代わりに使える貴重品だ。

にっこりと営業スマイルを浮かべたポーターに市場で買った食材の運搬は任せ、わたしは自力では立ち上がれなさそうな子供二人を両脇に抱えた。

とても軽かった。いつも自分が運ぶ仕事道具の総量よりも、よっぽど。


元々は飲食テナントだった物件を改造した自宅には、大きく分けて三つの部屋がある。

玄関から入ってすぐの厨房を兼ねた居間は、中央に大きな作業台、壁の一面に配管業者に袖の下を渡して無理やり接続させたガス式のコンロが三口、食器用と食材洗浄用で分けた二漕のシンクの他、型の古い家庭用冷蔵庫などが並んでいる。

奥の壁にある分厚く重い扉の向こうは、倉庫を兼ねた食料庫だ。保存可能な温度が異なる食材に対応するため、調整が面倒だが、複数の貯蔵庫に分割している。とはいえ、独り身になってからは、長期保存可能な穀物類以外は、あまり詰め込むこともなくなった。同居人の婆が死んで、もう八年が過ぎた。

わたしを拾った育ての親。大きな鷲鼻に小さな口、古風なコルセットを締めた魔女みたいな女性。

彼女が死んで、寝床はひとつ余ったままだ。厨房脇の急な階段を昇った先には、ロフトタイプの寝床がある。厨房のちょうど半分ほどの広さで、昔は昼夜を問わず料理の匂いがしてくるので、寝てもすぐに目を覚ますことが多かった。

だが、そこに放り込む前に、拾ってきた子供らを洗ってやる必要がある。食材洗浄用のシンクにぶちこみ、ジャガイモの泥を落とすみたいに、ざばざばと洗った。されるがままのふたりの汚れが一通り落ちたところで、髪と身体を乾かしてやり、寝床に運んだ。彼らの服は、自分のお古を簞笥《たんす》の奥から引っ張り出した。

埃っぽいが造りはしっかりしている布団に寝かせ、わたしは厨房に降りる。

石鹼でごしごしと擦った彼らの身体は、とても痩せていた。特に少女のほうの薄い肉越しに浮いた肋骨の硬い感触が手に蘇る。

捨てられたのか、どこからか逃げてきたのか。この街では、どちらにせよ珍しくない。

とはいえ、分子医療具による簡易検査の結果では、極度に腹は空《す》かせていたものの、外傷や内疾病《ないしっぺい》の類《たぐい》が確認されていないのは幸いだった。ここに運ぶまで、譫言《うわごと》のように少女は、おなかすいた、と繰り返していた。少年はずっと黙っていた。

ひとまず、何か食わせてやらないといけない。

多めに水を注いだ土鍋に少量の米を入れ、コンロの火にかける。

米を煮る間、シンクから引っ張り出したぼろぼろの病院衣を思わせる貫頭衣を確認した。タグがつけられており、辛うじて名前が読み取れる。

シズク。

ジンクロウ。

少女が口にしたとおりの名前だ。それ以外に彼らの身分を証明するものは何もない。

この双子は、どこから来たのか、そして何者か。

日本《ニホン》は、一世紀ほど前から大規模な移民受け入れを解禁して以来、数多くの血が混じるようになった。今の世代ともなれば、複数人種の形質が合わせて現れることも珍しくはない。とはいえ、双子の紅白の、あそこまで鮮やかな髪の色合いなどは自然の産物ではない。順当に考えれば、遺伝子組み換え種だろう。富裕層向けの愛玩人種である可能性も否定できない。飼うのが面倒になって捨てられた……とか。

考えるほど、不快な感じが強まった。そして、考えても答えは出ないことに気づき、料理に集中することにした。

しばらくして粥ができあがった。透明で味も薄いが、このくらいから胃を慣らしたほうがいい。火を止め、再び蓋をする。盆に蓮華《れんげ》と一緒に載せて寝床へ向かった。

ベッドに近づくと、シズクが匂いを察知し、のそのそと出てきたが、そのまま動かなくていいと言った。

脚の低い卓に盆を置いた。わたしは毛布を剥がし、枕の位置を整えて、ふたりの背を起こして座らせる。そして、ひと掬《すく》いずつ、よく冷ましてから交互に食べさせた。

がつがつ食べるシズクに比べて、ジンクロウの食は慎重だった。目を瞑り、まるで毒見でもするかのように、口のなかに長い時間、粥を留まらせ、少しずつ長く時間をかけて咀嚼した。

こっちには、ずいぶんと警戒されているな、と思っていると、シズクのほうが勝手に蓮華を摑み、湯気の立つ土鍋に突っ込んでいた。

ひょいと掬い、ぱくっと口にした。油断も隙もない、素早い動作。しかし、当然かなり熱いのでシズクは身悶えした。

「何やってんだ、お前は」

尋常ではないほど食い意地の張ったシズクに、コップの水を渡すと、ぐいぐい飲んだ。

それから土鍋をじっと見つめ、わたしに諭《さと》すように言う。

「あついほうがあまい」

「……ふうん」

米の甘みは、自然で儚《はかな》く、よく感じ取れるのは高い温度のときだけだ。冷めると消えてしまう。これほどわずかな米しか入っていないと、甘みを感じるためには、特に味に対して意識を向けなければならない。それを、この幼さで認識しているのだろうか。知識を有しているのだろうか。

ならば、ある程度の食に関する教育を受けているはずだ。だが、そんな奴が孤児になるとは考えにくい。何か厄介事のにおいがした。

こいつらはどこから来たんだ――。

再び、そんなことを考えていると、シズクが土鍋の中身を半分ほど空にしたところで、粥を口に運ぶのを止めた。ジンクロウの分を残そうとしているのか、それとも、さすがに腹がいっぱいになったのだろうか。

ややあって、シズクは呟いた。

「はあ？」

「サンミ」

意味不明の言葉にぽかんとしたが、ややあって気づいた。食い意地の張ったこいつが、満腹を覚えてなお食べ続けるために味の変化を求めている。

「酸味か」

五つの基本味のうち、酸味は脳の満腹中枢に作用して、満腹感を和《やわ》らげる効能を発揮する。

「すっぱい」とシズクがうなずいた。「いっぱいたべれる」

「食べられる、な」

調理場に戻り、種を抜き、軽く叩いた梅肉を持ってきた。シズクはそれをちょっと摘み、土鍋に入れて蓮華で回して溶かし、淡く桜色を帯びた粥を再び頬張った。

子供にしては随分と渋い趣味をしていた。

そして残りを食べつくすと、今度こそ、うとうとし始めた。

ベッドに戻してやると、すでに瞼を閉じていたジンクロウに覆い被さり、寝息を立てた。

わたしはカーテンを下ろし、差し込み始めた朝の陽ざしを遮る。それから自分の分の食事を支度しようと、階段の途中に腰かけ、メニューを考えているうちに、わたしも睡魔に襲われ、そして眠りに落ちた。

時刻は昼過ぎだろう。陽射しは強くなり、カーテン越しにも明るかった。

目を覚ましたのは、鼻腔が料理の匂いを嗅ぎつけたからだった。意識が即座に立ち上がったのは、調理器具ががちゃがちゃと鳴る音のせいだった。

夢を見ているのかと思った。遠い昔に過ごした日々の名残り。自分がいない調理場で誰かが料理しているなんて、もうずっと絶えて久しいというのに。

不思議なことに、厨房を見下ろすと、作業台に大きく白い皿が置かれており、雉鳩の丸焼きが半身だけ載っていた。今朝、自分が捕獲した雉鳩と見て間違いなかった。見事に肉が捌《こしら》かれ、内臓の処理も完璧だった。まるで調理場の妖精が、主人の寝ている間に料理を拵えたかのような。

無論、そんなおとぎばなしは現実には起こらない。

調理場には、男の子がひとりいる。ジンクロウだ。床に箱を重ね、足りない身長を稼いでコンロに向かっていた。ソースパンを集中した様子で揺すっていた。改めて、これは夢かもしれないな、と思いながら、わたしは調理の様子を見守った。

まもなくソースが完成したのだろう。スプーンでひと掬いして、床に降りた。

そこには、作業台に見当たらなかった雉鳩の残り半分を手にしたシズク。ほとんど骨だけになった鳥の半身を彼女は掲げた。そこにジンクロウがソースをかけた。すぐにシズクが肉にかぶりつくと、彼女は空いた手で、人差し指と親指の先をくっつけて丸を描いた。

ジンクロウは満足そうにうなずき、残りのソースを作業台の上にある雉鳩にかける。

そして皿を手に取り、歩き始めた。こっちへ向かってくる。わたしは覗き見を止め、階段に腰かけたまま寝入ったふりをしたが、シズクがわたしを起こそうと、肉の脂でべとべとの手で服に触ろうとしたので慌てて飛び起きた。

「……これ」

ジンクロウがぼそっと呟くように言って、雉鳩を盛った皿をわたしに掲げてきた。

思わず受け取る。

「食べろってことか？」

「……せめて、一口だけでも」彼は傍らのシズクを見やる。「いらなければ、こいつが食べます」

「たべるー」とシズクがうきうきしながら骨を振る。

「――こいつはあたしが食うんだ、ありがとよ」

立てた膝の上に皿を置き、手摑みで齧りついた。ルビー色の肉は、水分を蓄えたまま、中までしっとりと火が入れられており、とても濃い味がした。内臓をペーストして作ったサルミソースの強い風味がよく調和していた。素朴だが、実に真摯な味わい。

わたしは、ゆっくりと、しかし余すことなく食べた。

そして、やはりこれは夢なのかもしれない、と思った。

普通の子供に、こんなものが作れるはずがないのだ。しかし、口にした味は現実のものだった。実に驚いたことに。

それから間もなくして、彼らの特異な体質に気づいた。

その日の夜は、中途半端な時間に食事をしたせいもあって夕食を作る気がしなかった。

だが、シズクがどうしてもとせっついてきた。底なしの食欲だった。

わかったよ、と答えつつ彼女の頭に軽く触れたとき、シズクの体温が風邪でも引いているかのように高いことに気づいた。指先には肉を削《そ》いでしまったと勘違いしたほど、べっとりとした垢がついていた。

念のため、分子医療機械による再検査を実行したが、体調に異常は見つからなかった。しかし、彼女の身体恒常性についての検査結果のなかで、基礎代謝の値が極めて高いことがわかった。それこそ異常というべき高い数値だ。

人為的な操作によるものか、それとも先天的なものか不明だが、シズクのやけに旺盛な食欲の理由はこのせいかもしれない。

一方のジンクロウは、わたしでも舌を巻くほどの高い調理技術を示しながら、ある種、致命的な欠落を抱えていた。

それに気づいたのは、夕食の準備を手伝わせたときだった。わたしは疲労が抜けきっていなかったのか、珍しく塩と砂糖を取り違え、塩辛すぎる卵焼きを焼いてしまったが、ジンクロウに味見をさせたときは、何も問題ないという顔をしていた。摘み食いをしにやってきたシズクがいなければ、そのまま食卓に並んでいただろう。

わたしは、顔を顰《しか》めるシズクから卵焼きの残りをもらい、口にした。舌に突き刺さってくるような塩味。とても食べられたものではなかった。

なのに、ただひとりだけ、ジンクロウのみが平然としていた。

味盲だ。舌を観る限り、味蕾《みらい》の数は十分に存在していた。ならば、脳の側の問題。味覚に関する情報の受容体《レセプター》が欠如しているせいで、塩味・甘味・酸味・苦味・うまみといった味すべてを認識できていないのかもしれない。とはいえ、詳細な調査は、非侵襲式の脳機能走査《スキャ》技術《ニング》でも利用しなければ難しそうだった。

そう、わたしがタダマサに連絡を取ろうと思ったのはこのときだ。

奴の所属する司法代行企業〈法壊《ハーヴェスト・グレイヴ》〉は、抱える多数の死刑囚や受刑者たちを取り扱う過程で、人体に対する様々な走査《スキャン》を実行するため、潤沢な規模で医療設備が揃っている。

要点をまとめてメッセージを送信。

返信は早かった。

次の仕事について相談がしたかったので、そのときに合わせて、とだけ簡潔に記されていた。タダマサは普段の口数が多いわりにメッセージの文面は、いつもそっけない。

それにしても昨日の今日で次の仕事を依頼してくるのは、随分と急な話だった。無法が法の網状都市《スラム》にいると忘れそうになるが、一般社会は馬鹿みたいに倫理観が向上しており、そう易々と死刑が連発されたりはしない。

とはいえ、自分の仕事は死刑囚のために、最後の晩餐を作ることだ。依頼があれば、仕事をこなすだけのことだ。

それに今の関心事は別にある。

急に現れた大喰らいのせいで、元からさほど多くは備蓄していない食材が早々に尽きる予感がしたので、明日もまた市場に赴く必要がある。

そのせいか何とも奇妙な気分がした。自分の料理を口にした相手の次の食事のことを考えるなんて、長らくなかったというのに。

シズクは、そんな事情などお構いなしに、わずかに手をつけるだけで残していたジンクロウの分まで食べようとしたので、代わりに、わたしの分を食べさせた。

翌日、ふたりを連れて朝から駅の市場へ買い物に出かけた。

保存が効く食材を中心にまとまった量で購入し、運搬業者に自宅まで送らせた。生鮮類はひと月分を先払いして、日ごとに送ってもらう約束を取りつけた。多少、値は張るが毎朝、あの食品調達の混雑を訪れずに済むなら安いものだった。

買い物が終わるころには、タダマサとの約束の時間が近かった。

指定されたのは、この駅が公的に稼働していた最後の時期に造設された路線の高架ホームだった。他の路線と比べてかなり高い位置にあるため、ターミナル駅の表層部越しに外の景色が遠くまで見渡せる。

さほど距離を置かず、湾岸部の旧い街並みの大半は、水位上昇した海水に浸かり始める。水没した古代の遺跡のような街並みの合間で蠢《うごめ》く黒々とした影の群れは、遺伝子改良された食用の藻類だろう。魚類の養殖をしているとも聞く。

海面から少し頭を出した集合住宅跡から釣竿を出して、密漁を試みる輩《やから》の姿もちらほら見られた。

大規模気候変動の余波で居住不能になった多くの土地を、人々は強《したた》かに活用している。

二一世紀は半ばまで人口激増の時代だったが、後半に差しかかるにつれて坂道を下るように激減していった。

まず二〇五〇年代にピークに達した人口爆発によって食糧供給の均衡が崩れ、大規模な飢餓が発生した。そして、その直後に嵐の時代が到来した。進行した地球温暖化に伴う大規模な気候変動による災害の数々は、今度こそ数多の人間を押し流した。その生活圏を喪失させ、世界各地に大量の難民を生んだ。

そうした時代、超少子高齢化による人口分布の極度な不均衡に苦慮していた日本は、持続した経済発展のため、積極的な移民受け入れを行い、多くの仕組みが変わっていった。

それから一世紀近くが過ぎた現在、統治体制も大きく様変わりした。

政府機能の極小化——大部分の行政業務の運営を代行企業へ委託し、家賃収入を得て生計を立てるように、日本政府は、全国五〇の自治州に生活圏を貸与し、歳入の大半を賄《まかな》っている。金さえ払えば、国はあらゆる物事に関知しない。

世界中から流れ着いた者たちが、それぞれ独自の居住圏を築く自治州は、言語でも人種でもなく、それぞれが文化・価値観を共有する者同士が寄り集まるかたちで構成され、凝集された文化生活を営んでいる。

それに比べると網状都市《サカ》《ィ》のような、雑多な連中が入り乱れる混沌とした生活圏は、極めて稀な特例だ。そして互いに無関心な人間の群れは、誰もが孤独だ。

だが、わたしはそういうほうがいい。あらゆる公的保障が断たれ、自分以外に自分を守るすべがないとしても、代わりに何にも従わずに済むのが気楽でいい。

「――おや、子供を拾ったというのは本当だったようですね」

ホーム中ほどにあるベンチにタダマサが腰かけていた。

彼はわたしの傍らに立つジンクロウを一瞥した。

そこで、いつのまにかシズクがいなくなっていることにわたしは気づく。ジンクロウに訊くと、無言で背後を指差した。

線路沿い、ホームの縁に腰かけているシズクに丸々と太った女が何か話しかけている。大きな手編みの籠を下げていた。そこから飴玉のような鮮やかな色の球体を取り出し、シズクに手渡した。

「――ジンクロウ。こいつと一緒にいろ」

「……はい」

わたしはほとんど走るようにホームを突っ切り、女の籠を蹴り飛ばした。飴玉が線路上に散らばった。女は舌打ちを残して足早に去っていく。そして、わたしはシズクが口に放り込もうとしている飴玉を取り上げ、地面に捨てて踏み潰した。

「勝手にもらい食いすんな」

冷たく言い放つとシズクが涙ぐみながら、砕けた飴の破片を拾おうとしたので、その手を握った。そのまま担ぎ上げる。じたばたとシズクが暴れる。

「あのひと、たべていいってゆーから」

「駄目だ。食ったら死ぬほどひどい目に遭う」

砕けた飴に雀が群がってきたが、最初に啄《ついば》んだ一羽がすぐに妙な動きを始め、ころりと倒れた。小刻みに痙攣を繰り返す。思った通り、飴玉に偽装した筋弛緩《きんしかん》をもたらす薬物。

「あちゃー」

シズクがぽかんと口を開け、さすがに手を引っ込めた。周りの鳥たちも啄みを止めて、ホームから飛び立っていく。

「子供が好みそうな菓子を偽装した撒き餌ですか」

タダマサがジンクロウを連れてきた。ポツンと横たわった雀の死骸を見下ろす。

「高値で売れる子供《ガキ》を血眼になって探す人肉回収屋どもの常套手段だ」

「何とも恐ろしい」タダマサは、さほど驚きもせずに返した。「それにしても、あなたが子供を拾ったというから、てっきり食材にでもしようとしているのかと思いましたが、そうでもなさそうだ。意外と本当に可愛がっているようですね」

「うるせえよ。たまたまだ」わたしは悪態を吐《つ》く。「……それで仕事の話はどうした？」

「それではこちらへ」とタダマサがホーム端まで案内し、一台の古びた従業員エレベーターの前に立つ。「まずは、三名様を我が社の系列店にご案内いたしましょう」

エレベーターが開いた先に延びる狭い通路の奥に、一軒のブラッスリーがあった。正確な位置はわからないが、おそらく駅構造体の中層あたりの区画だろう。店はこぢんまりとしていて、ほとんどの席が埋まっており、中央の四人掛けの卓にわたしたちが座ると、満席になった。

よく磨かれた木目の床。深紅のクロスが敷かれたテーブル。天井には華美にならない程度に装飾された小ぶりのシャンデリアがぶらさがっている。奥の壁に貼られた鏡によって、奥行きがあるように思わせ、座席が二〇もない広さでも狭苦しさを客に感じさせないように配慮がなされている。

この駅の内部、通路という通路、隙間という隙間に不法民たちが棲みつき、さらには違法改造も勝手に重ねられているのに、これほど洗練された空間が侵されずに残っているのは不思議なくらいだった。

「元は貴賓室だったそうですよ。それを改造してブラッスリーに作り変えた。〈法《ハーヴェスト・グレ》壊《イヴ》〉の関連企業に属していれば誰でも利用できるうえに、手頃な値段でクラシカルなフレンチが食べられるので、なかなか好評だ」

タダマサが話をするなか、給仕がフルートグラスに発泡の果実酒を注いでいく。

「たまにはこうして食事をしつつの打ち合わせもいい」

乾杯の音頭も取らず、互いのペースでグラスを傾ける。なかなかの味だった。赤道降雨帯が北にかなりずれたことで、欧州各地のワイナリーが閉鎖に追い込まれたが、最近は代替地での往年の味の再現が始まっていると聞く。

「それは構わんが、うちの子供の片方はとんでもない大食らいだ。随分、高くつくことになるぞ」

「構いませんよ。どうせ経費で落としますから」

横のシズクがぱあっと顔を輝かせた。何とも分かりやすい反応。

「それじゃ、たべほーだい!?」

「ええ、お好きなだけどうぞ」

まずアミューズとして、一口分の空豆の冷たいポタージュが出された。爽やかな色あいと濃厚な味つけで、身体が食事に臨むように整えられる心地がした。

それだけで、廃棄寸前の食材やゲテモノばかりが出回るスラムのなかにあっても、この店が正規の流通経路を利用していることが察せられた。

「この駅に不法滞在者以外が訪れるなんて滅多にないと思ったが、なかなか繁盛してるみたいだな」

「刺激的な経験をしたい観光客というのは意外と多いんですよ。うちの社員が取引先と接待に使うこともあるほどです」

「笑えるな。命が惜しくないのか？」

「どうせ殺されるときは、どんな厳格な法が敷かれた土地であろうと殺されますからね」

「死刑囚相手の仕事をしているお前が言うと、妙な説得力がある」

「逆を言えば、自衛の策を講じてさえいれば、どんな場所でも安全ですよ」

それに、とタダマサがサラダを取り分けつつ、嬉々として野菜を皿に山盛りにしてもらっているシズクを見やる。

「捨てる神がいれば拾う神もいる。案外、この網状都市の住人たちは親切だというのが、もっぱらの評判です」

「さっきのクソ野郎を見ただろ。ここは楽しい遊園地じゃない」

わたしはトングを奪い取り、がさっと自分とジンクロウの分を取り分けた。

「……それで、次の仕事はどんな野郎だ？」

添えられた茹で蓮根を噛むと、しゃくっとした感触とともに濃い目のフォンの味が染み出してきた。白いトマトは見た目と裏腹に甘く熟していた。まったく、どれも網状都市では手に入らなさそうな食材ばかりだ。こういうものがつねに使える職場で働くシェフたちに少し嫉妬を覚えた。

「――ラニー・A《アモック》・マックィーン」タダマサは、手にしたカトラリーを持ち上げ、その耀きを楽しむように弄《もてあそ》ぶ。「今回の死刑囚は、少々、厄介そうな相手でしてね」

「ふうん」

わたしは、拳大の殻におさまった生牡蠣にポンズのジュレがかけられた前菜を口にする。牡蠣がまとった岩海苔が磯の香りを漂わせ、よいアクセントになっている。そして視界に共有された該当死刑囚に関する資料を表示する。

「……すごいデブだな」

特注サイズのオレンジ色の囚人服をぱんぱんに膨らませる極度の肥満体型に、人懐っこい笑顔を浮かべた坊主頭の男の姿が映る。

「罪状は、強盗殺人および無差別殺傷です。薬物切れによる錯乱状態のなか麻薬の密売人《ディーラー》が経営するドラッグストアを襲撃。店員を殺害するもブツは手に入らず。そして逃走途中で通行人を多数殺傷したすえ、昏倒。通報を受けて出動した民警の鎮圧要員によって現行犯逮捕されたそうです」

「頭がスポンジになった薬中《ジャンキー》の典型パターンだな。だが、それだけじゃないんだろ？」

その程度の重犯罪者なら、これまでの客のなかに何人もいた。

わたしは、主菜《メイン》に選んだ仔牛《ホワイト・ヴィール》の煮込みにナイフとフォークを入れながら会話を続ける。アモックの犯行現場の画像資料を確認する。被害者は滅多刺しにされており、随分とひどいことをするな、と思いつつ、煮込みを口にする。少し味つけが淡すぎる気がしたが、個人的にはこのくらいのほうが好みだった。

「ええ、彼の犯罪そのものは大した問題ではありません。実際、深刻だった薬物依存も五年にわたる収監期間で改善された。それどころか今では、薬物撲滅を訴える運動《ムーヴメント》に獄中から協力している人格者だ。彼の支持者は、囚人にも、それ以外の人間にも数多い」

　タダマサは魚を頼んでいた。鯛のポアレだ。ほんのり黄色がかったソースからカレーの風味が漂っている。しかし、彼は会話を優先して、手をつけようとしない。横ではすでに皿に残ったソースまで舐めつくしたシズクが、虎視眈々と獲物を狙うようにタダマサの料理をじっと見つめていた。

「アモックのシンプルで力強いメッセージを掲げています」

　かつてダイエットのためと処方され、常用せざるを得なくなった食欲抑制薬〈メイデンドール〉の危険性を指摘している。摂食中枢への作用によって食欲を抑制し体重減少をもたらす薬物は、しかし同時にヘロインやコカインに似た性質を持っている。結果、違法薬物に酷似した依存症を引き起こしかねない。ならば製薬会社は利益追求の姿勢を改め、この事実を公表し、即時回収と販売の永久停止を実施せよ——という内容だ。

「彼を薬害の被害者として推す人権団体もいるほどです。そのせいで、彼は多くの人間を殺傷していながらも、なかなか刑執行が行われずに今日まで至っている。アモックが犯行を実行した原因となった食欲抑制薬を販売する企業を始め、業界各社は、これ以上、彼の政治的価値が高まる前に退場してくれることを願っている」

「こいつを下手に死なせると面倒な訴訟沙汰に巻き込まれそうだな」

　このアモックという男は、執行を待つ死刑囚であると同時に、政治的存在でもあるのだろう。正しく手順を踏んで処刑しなければ、どこかで別の誰かが首を括る羽目になる。

「無論、そうした厄介事が及ばないように取り計らいますよ。あくまで、あなたの仕事は料理をすること。彼の人生を締め括るに相応《ふさわ》しい晩餐を用意してくだされればいい。ただ、ひとつだけ忠告させていただきたいのは、今回は失敗が許されないということです。とはいえ、あなたの腕前なら心配はないかと思いますがね」

「ひとを死神みたいに言うんじゃねえよ、まったく……。だが、それほど慎重に扱わないといけない奴なら放っておけばいいんじゃないのか？」

「それが一番ですが、件《くだん》の食欲抑制薬には、我が社の系列企業も嚙んでいましてね」

「同じ企業複合体……〈エゴウ・アーキテクチャ〉の傘下ってことか」

　この国を事実上、統治している行政代行企業の名前を口にする。あまりに業務の幅が広がった企業体は、もはや過去の政府なるものと大差がない。

「そのとおり」とタダマサ。「飢餓に対処するための食料政策を担当する研究施設が発展した総合食品企業ですが、現在は専《もっぱ》ら肥満へのアプローチが主な仕事だ。そちらのほうが市場としてアガリが大きいという理由もありますがね」

「……つまりは、お前ンとこの会社都合で、死刑囚には死んでもらうってわけか？」

「やや乱暴な表現をするならば、そうなりますね。上位企業からの命令は絶対ですから、我が社も彼の死を達成させるために躍起です。しかし、それゆえ、報酬額も普段より数倍は高額になる。さて、壬生観憐さん。あなたは今回の仕事を受けますか？」

「拒む理由もないだろ。受けるさ」

どんな事情があれ、何の制約もなく食材が使用できる機会を捨てるつもりはない。

「それはよかった」

タダマサが、契約成立ということで乾杯でもしましょうか、と給仕を呼ぼうとした。

そのとき、わたしは素朴な疑問を口にする。

「ところで、お前、さっきからどうして、食べるフリばかりしているんだ？」

わたしは、タダマサの前にずらりと並んだまま一口も手をつけられていない食事の山を見つめる。別に自分が作ったわけではないが、出されたっきり冷めていく料理を見るのは、何となく気分が悪い。

「……どう説明すべきでしょうね。ある意味で、食事を味わってはいるのです」

「――〈似食《ニューロ・ガスト》〉か」

「ええ、市場流通しているものと違い、より現実味が増した次世代パッケージとなります。私の脳内――味覚受容体には、リアルタイムで演算された目の前の料理を食した経験が次々と送られてきているわけです。私も会社員のひとりとして、関連企業の新規事業の試供者《テスター》として微力ながら手助けをしていましてね。ところで、さっきお話しした食欲抑制薬が訴訟リスクを抱えたため、新たな痩身コンテンツの開発がトレンドになりつつあるのはご存じで？」

「……〈似食〉技術をダイエット用コンテンツにする気か？」

「発生するデータ転送容量が想像以上に膨大であったために費用が嵩み、想定された貧困層にリーチできなかった。しかし、技術そのものの完成度が高かったのは事実だ。そこで、おいしい食事のためならいくらでも金を払う層を新たに開拓するってわけですよ」

「飽食の次は、虚食の時代ってか……。まったく、昔に流行《はや》った分子料理《モラキュラー・キュイジーヌ》の醜悪な進化版って感じだな」

「その表現であれば、神経料理《ニューロ・キュイジーヌ》というのが適切かもしれませんね」

「どっちでもいい。あたしからすれば、料理人に喧嘩を売っている技術に変わりはない」

結局、この技術の行き着く先は、現実としての料理の否定だ。

「まあ、そう怒らずに。どれだけ技術が発達しようと、それの元となるデータベース構築のための料理や、それを口にする味覚体験というのが必要であることには変わりがないのですから」

タダマサは、自分の料理をそっと横に押しやった。これまで大人しく奪い取る機会を窺っていたシズクが、ここぞとばかりに食べ始めた。

「不思議なことに脳神経科学の研究が大きく進展し、様々な知覚情報について限りなく本物に近いモデリングができるようになった時代なのに、味覚において、いまだ演算された食事と現実の食事では、脳機能への作用の度合いに大きな隔たりが存在する」

「――食事は五感を総動員した統合的な体験だ。神経端末を介して、味覚に関係する脳の各部位《モジュール》に情報を送り込むだけでは、体験としてのインパクトが弱すぎる。実際に物を食うのに比べて、付与されるテクスチャが圧倒的に足りない」

「その点については、認めざるを得ないでしょう。死刑執行前の〈晩餐〉においても、〈似食〉で理論上、最も喜びを得るはずの食事の情報を脳内に送り込んだところで、それで対象が満足したことは一度もなかった」

「だから、お前はあたしに〈晩餐〉の仕事を振っているんだろう？」

「ええ、そのとおり」

そして、実にうまそうに食事を続けるシズクの様子を眺めた。


「……で、あいつらのことで何かわかったか？」

しばらくしてから、わたしは運ばれてきた新たな果実酒を傾けつつ、タダマサに訊いた。

食後にシズクたちは、ホールの壁際にあるソファに移っている。さすがにこれ以上は物理的に入らないのか、シズクは膨れた腹を抱え、満足そうな顔をしてジンクロウにもたれかかっている。今にも寝始めそうで、うとうととしていた。

「――片方は代謝機能の異常増強と暴走に近いレベルの食欲。もう片方は年齢にそぐわない高いレベルの調理技術を持つ双子……。送っていただいたDNAサンプルも用いて、登録市民のデータベースに照合させましたが、今のところ該当者はありませんね。血縁者も見つからない」

「となれば、元からこっち《スラム》の人間だったとでも？」

「どうでしょう。たとえば、彼女の場合、医療分子機械が寄越してくるデータを見る限り、代謝機能だけでなく消化器系を始め、全身のあらゆる器官に手が入っていると考えたほうがよいでしょう。高度な味判別能力もあるとのことですし、大量に食物を摂取することを前提として肉体が最適化されているのかもしれない」

「……七歳くらいの子供《ガキ》が恒常的に膨大なカロリーを摂取しなけりゃならない状況なんてのは想像がつかないな」

「あれだけ高度な遺伝子改良が施されている形跡がある以上、一定の倫理認証を受けた企業体が所有していた可能性が高いでしょうね」

「つまりは実験動物……か」

何となく、そんな感じはしていた。ふたりとも、普通の同年齢の子供に比べ、情動が幼い印象があった。何らかの目的に特化させた実験個体としての遺伝子組み換え動物。

「いずれにせよ、調査が進めば身元も判明するでしょう。彼らをどう扱うかは、そのときになって判断すればいい。それとも、仕事の邪魔になるなら、私のほうで預かっておきましょうか？」

「……いや、いい」わたしは席を立った。そろそろ帰り支度をしよう。「あいつらは使えそうだ。あたしの仕事にとって役に立つ可能性があるかもしれない。手許に置いておきたい」

タダマサはこちらの意図を把握するように少し黙った。

「あなたがそれを望むなら。それとも案外、彼らに愛着でも湧きましたか？」

「——まさか、あたしはこの街の住人だ。可哀そうと思って施しをしてやるほど人間は出来ちゃいない」


わたしは、食べ疲れてすっかり眠りこけているシズクを背負い、ジンクロウと手を繋ぎながらブラッスリーを辞した。

帰りは順路がまた異なり、案内に従って通路を抜け、扉を開くと見慣れたコンコースに出た。自分たちが通ってきたのは、従業員専用通路《バックヤード》のようだった。扉の施錠は生体認証式の高価なものが使われていた。考えてみれば、不法民が無数に棲みついているとはいえ、駅構造体の中枢部までは侵入されないように手は入れられているのだろう。

まだ日の高い時刻だが市場が一段落したためか、人の姿はまばらだった。

みな、各々の寝床に帰るか、あるいはおんぼろ電車に乗って出稼ぎに向かったか。

高架線ホームと繋がる階段から風が吹いてきた。人のにおい、食事のにおいを洗い流していく。

ふと立ち止まり、背中と手が触れるそれぞれの温度に意識を向けた。

子供の体温は、大人よりもやや高い。

シズクのほうは、さっき食べた料理をさっそく消化しているのか、特に熱かった。まるで、すぐに次の食事に臨むための準備でもするかのように。

「——お前たちは、どこから来たんだ？」

ふいに呟きが漏れ出た。

そんなことさえ、まだ訊いていなかったことに今さら気づいた。

この街にやってきた奴らに、その理由を尋ねるのは好ましい行為ではない。人体が後ろ暗い理由があるのだから。あるいは二度と振り返りたくない過去。わたしを拾った姿も、一度も訊いてこなかった。そもそもわたしだって、どうしてこの街にいたのか今でも思い出せない。

ただ、タダマサの話を聞いて、もし、こいつらに帰るべき場所があり、それをこいつらが望んでいるとすれば。

「……おいしいところ」手を繋いだジンクロウの声が聞こえた。わたしが背負うシズクを見上げている。「おれはこいつに、いろんなものを食べさせてあげないといけない」

それっきり何も言わず、黙った。これ以上、話すことはないというように。

ただ何となく、ジンクロウは、かつて自分がいた場所に戻りたくないと言っているような感じがした。無論、その理由までは、わたしには推し量れない。

「なあ、ちなみに、あたしのところにいたくないか？」

すると、ジンクロウはきょとんとした。まじまじとわたしを見つめてくる。いつもシズクの傍らに影のように寄り添っているせいで気づけなかったが、意外に表情の変化が楽しい奴のようだった。

「……いや、あんたは料理がうまいから」

それはきっと、美味いではなく、上手いなのだろう。

そうか、とわたしは答え、そして一緒に帰路に着いた。

## 二献

三日後、件の死刑囚に最後の晩餐を供する日が訪れた。

仕事の仕込みに入る日の朝は、厨房の掃除から始める。コンロや調理場を磨き、床をブラシで擦る。前時代的な道具を駆使して、丹念に仕事の場を浄《きよ》めていく。今回は、つい数日前に仕事があったばかりで汚れは少なかったが、しっかり手は抜かず、汚れを落とした。

調理場の掃除は、わたしとジンクロウのふたりでやった。

シズクもやりたがっていたが、危なっかしくて見ていられなかった。代わりに貯蔵庫にある食材の選別をやらせた。彼女の味覚の鋭敏さは、手にした食材の良し悪しを見極めるためにも役立った。

よい味を知ることは、よい食材の状態を知ることでもある。

そしてシズクが厳選した食材を手に、わたしはジンクロウとともに調理台に向かう。

ラニー・A・マックィーンが希望したのは、蝦夷兎《エゾウサギ》とミュラール鴨の肝臓《フォアグラ・ド・カナール》を使った野兎のロワイヤルだ。野兎は血の香りを活かした料理が向く。ソースには、力強い山葡萄の果実酒を使う。

　どれも、網状都市の市場にはまず並ばない希少な食材ばかりだった。〈法《ハーヴェスト・グレイヴ》壊〉を通し、各地から送らせたものだ。

　調理台には野兎が二羽並んでいる。北方の猟師が抜群の腕前で仕留めたもの。血抜きをせず、腹には内臓が入ったままだ。発酵して傷まないよう、パックした氷が当てられている。

「あたしのやるとおりにやればいい」

　ジンクロウは頷いた。

「はい」

　わたしは起きてすぐに研いでおいたナイフを手に取る。牛豚や鹿などを捌《さば》く場合には、最初はもっと大きな肉切り包丁や鋸《のこぎり》を使い、それから部位ごとに使う刃物のサイズも変えていくが、兎は小さいので、それに合ったサイズのナイフで最初から解体していく。

　まずは毛皮を剝いでいく。さくさくとリズムよく、横のジンクロウも巧みにナイフを使う。こちらの動作を完璧に模倣している。間もなく二羽の野兎は、すっぽり服を脱いだように丸裸になった。肉は鮮やかな淡紅色をしており艶やかだった。次に脚先を切り落とす。腹を裂き、内臓の処理に移る。心臓やレバーなど、サイズは小さいが味が濃厚な内臓を取り出していく。可食に適さない臓器については廃棄する。

　わたしは刃を差し込んでいきながら、ジンクロウに警告する。

「尿道や肛門腺を傷つけないように気をつけろ。これを破いてしまうと肉にひどい臭いがついて食べられなくなる」

「はい」

アンモニア臭は一気に肉の風味を台無しにする。糞尿の類が触れれば、細菌汚染の原因となる。ジンクロウは、やや慎重になりながらも、作業ペースを崩さず、わたしの作業速度についてくる。やはり、こいつはいい筋をしている。完璧な模倣とは、相手の行動の特性を把握したうえで再構築し、自らのやり方と組み合わせ、その調和を果たすことだ。

それをジンクロウは苦も無くこなしている。こいつもまたシズクと同じように摂取することに貪欲《どんよく》なのだ。調理技術というものを無制限に吸収していく。

「次、肉を切り分けるぞ」

「はい」

わたしとジンクロウの作業速度が一致し始めた。動作模倣はある程度を越えてくると、一種の行動予測を可能にする。相手が何を望んでいるのか。ジンクロウはわたしが次に何をするのか、無意識に予測し行動に反映させつつある。

肉を切り分ける。胴・モモ・ウデの三つの部位。胴は背肉として、あとで骨から切り離して一枚肉として使用する。モモとウデは骨を取り除いてからミンチにする。

「最後、頭」

「はい」

毛皮を剝いだ野兎の頭部は、どことなく鳥類に似ている。一羽、二羽と数える理由はそのせいかもしれない。わたしは頭蓋に十字に切れ込みを入れ、中身を崩さないように慎重に骨を開いていく。そして、小さなスプーンで脳を掬い出す。これは血抜きをした後、裏漉《うらご》ししてソースに使う。残った頭部も、目玉を取ってから煮込んでだし《フォン》を取る。どんな食材であっても、可能な限り使い切るのが、料理人としての食材への敬意だ。

解体した野兎の肉をそれぞれバットに載せる。

わたしは、仕上がりを検分する。申し分なかった。ジンクロウの技術力には舌を巻かざるを得なかった。もうひとりの自分が助手として付いているようなものだ。

その後の下準備でもジンクロウは大いに役立った。ひとりでやっていたころに比べ、大幅に作業時間が短縮された。

味の調整については、シズクが役立った。彼女もただ食べるだけの子供ではない。

味つけは、最終的に目指す味が組み上がるように、各段階で必要な要素を加えていかなければならない。シズクは直感的に調味料の分量を選んでいるようで、頭のなかで厳密な計算を行っている。実際、とても的確だった。わたしが望んでいる味を、わたし以上に追究できているのかもしれないと思ってしまうほど。

彼らは強力な武器だ。超一流の自律型の調理道具のようなもの。

そういうふうに考えるのは料理人の性《さが》か、それとも自分が非道なだけか。おそらく、その両方だろう。

わたしは料理のために役立つものは何でも利用する。わたしを拾った婆もそうだった。役立つからわたしを養育し、料理の腕を磨かせた。とはいえ、わたしは、シズクやジンクロウのように卓越した技能もなく、長らく地道な修業が必要ではあったが。

それに比べて、このふたりは、かなり早い段階で使えるようになるだろう。

ふと、そこで、わたしは気づく。

いつのまにか、このふたりをどう育てるかについて考え始めている。何て気が早いことだろう。そもそも彼らが何者かさえ分かっていないのに。

その後、予想よりも早く下準備が済んだので、昼食は余裕をもって摂《と》ることができた。

普段なら、何も食べずに仮眠を取るだけだったが、旺盛な食欲のシズクがいるから、たっぷりとした食事を用意した。

後の接客や調理があるので、ニンニクなどの匂いの強い香味野菜や刺激の強い唐辛子は避け、軽くベーコンの薫香を移したサルサ・ポモドーロのパスタを大皿に盛り、三人で平らげた。

そして食器の洗浄と片づけを済ませ、仮眠のため、ふたりを寝床に放り込み、ひと心地つこうとしたとき、神経情報端末《ニューラブル・デバイス》が起動した。

タダマサからのメッセージだった。

少々、面倒なことになったので、準備が済み次第、予定よりも早く監獄列車に来てほしい、とだけ書かれていた。普段なら日が暮れるころに乗車するため、かなり前倒しということになる。

だが、タダマサはスケジュールの乱れを好まない奴だ。

だとすれば、文面のとおりに言葉を受け取るべきではない。少々ではなく、かなり厄介な問題が生じたのだろう。

すでに下準備は終わっている。すぐにでも出発すべきだろう。

寝床で横になっていたふたりの身体を揺すった。

「シズク、ジンクロウ。少し予定が早まった。すぐに着替えて出かける支度をしろ」

食材を詰め込んだ温度管理機能つきの大型キャリーケースと調理道具一式を詰め込んだ鞄を携《たずさ》え、子供らとともに地下四階の二八番線ホームに到着すると、間もなく監獄列車がホームに滑りこんできた。

〈法壌〉が管理・運用する監獄列車は、物資輸送用の貨物列車に古めかしい寝台列車を接続した外見をしている。一部屋につき二名の死刑囚を収容。先頭車両付近の何両かは独居房となっており、死刑執行が近づくと、死刑囚はこちらに移される。部屋は広く、設備も充実している。だが、それは終末病棟《ホスピス》と同じで、そこで住人として過ごす時間は短い。

わたしたちが監獄列車に乗り込むと、さほど間を置かず、出発した。

キャリーケースと鞄を列車乗務員に預け、食堂車両に設置された貯蔵庫に運ばせる。

そして先頭から三番目の車両——わたしの職場たる食堂車両を訪れる。

食堂車は、こぢんまりとした料理屋を思わせる造りをしている。照明は控えめで、よく磨かれた木目のカウンターは、客からは料理人が何を作っているのか完全には見えないように高さが調整されている。奥の調理場は狭いが設備の配置に無駄はない。

カウンターに一脚だけ椅子が置かれているが、そこは死刑囚以外、何人《なんぴと》たりとも座ることは許されない。

「――やあ、こんにちは。カレンさん」

タダマサは客席側の壁に背を預けている。枝毛でも探すように、金属色の髪の毛先を弄《いじ》り続けては、時おり先端を千切っていた。わたしたちが近づいても、こちらに視線を向けようともしない。

相当にイラついているようだった。こいつが、こんな仕草をするのは無理難題を押し付けられたときだけだ。

「随分と不機嫌そうだな。まさか当日になって執行が取り止めにでもなったか？」

ごく稀だが、直前になって執行が延期される場合がある。書面での同意手続き時などにおいて、本人が心の底から死にたくないと訴え、それが非侵襲式の脳モジュール走査《スキャン》機構によって認められた場合、あるいは外部から何らかの横槍が入った場合などだ。

「そんなおふざけが生じないよう、つねに万全を期していますよ」

それに、とタダマサは付け加えた。

「ラニー・A《アモック》は志願死刑囚《ヴォランティア》です。彼の後援者や人権団体がどれだけ訴えようと、彼の意志は固い。死刑執行差し止め要求や再審要求の一切を拒否し、いつでも刑執行に臨む意志を示している」

「……ふうん、じゃ、聞く限り、何も問題がなさそうだな」

「ええ、そのとおりです」タダマサはにっこりと微笑みを浮かべたが、目がまるで笑っていない。「しかし面倒事が起きてしまった。よりにもよって身内の恥というのが、何とも不愉快な話でしてね。今朝がた、上層部《エゴウ》のなかに、〈晩餐〉後にアモックが死刑を望まない可能性を恐れた心配性の連中が現れ、そのリスクを回避するため、確実に彼が死を恐れなくなる方法を実行したいと言い始めた。そのせいでアモックが死刑執行に難色を示し始めた。最悪の場合、先ほどあなたが言ったとおり、本当に中止になりかねない」

「そいつは厄介だな」

正直なところ、わたしとしては日程が延期になろうとさほど大きな問題があるわけではない。使えなくなった食材をどう再利用すべきか検討するくらいだ。

だが、司法代行企業の刑吏課課長として多くのスケジュールを厳密に管理するタダマサからすれば、ひとつのズレが全体に波及し、多大な悪影響を及ぼすことを歓迎しない。

ひとりの死の延期は、莫大なコストを浪費させる。

「ええ、まったく厄介ですよ。あの連中がアモックの脳に対し外科的処置を施すことを許せば、確実に証拠が残る。そうなれば執行車両へ続く最後の扉――〈審問関〉を通過させることはできても、その後にアモックを政治的に利用しようとしていた連中に、我が社への攻撃の口実をみすみす与えるようなものだ」

タダマサは食堂車の奥、先頭から二両目の執行車両との連結部に設置された分厚い隔壁を見やった。

〈審問関〉と呼ばれるあの扉は、死刑囚が、心の底から死を望まない限り、けっして開かない。今は厄介な時代なのだ。死刑執行が決まっても、本人が生きていたいと願う限り、社会は人を殺せないし、殺さない。

ある意味、それだけ人類社会は成熟したとも言えるだろう。前世紀に飢餓と気候変動による膨大な犠牲を出したすえ、世界的に人々の倫理観は著しく高まっている。

だが、それでも犯罪は起き続けている。死刑にするしかない連中というのは、数は減っても、絶対にゼロにはならずに生まれ続けている。

そこで人々は折り合いをつけたのだ。

自分たちは、相手の意に反した理不尽な死は押しつけない。しかし死刑囚が心から犯した罪を悔い、自らの命をもって償おうと希《こいねが》うなら、その意志を否定しない――。

〈審問関〉に組み込まれた脳モジュールへの走査《スキャニング》技術によって、死刑囚は、その生存の意志を判別される。しかしこれも皮肉なものだ。罪を悔いる奴は瞬く間に処刑台に送られるのに、何十人と殺しておきながら死にたくないと喚《わめ》く奴は死なずに済むのだから。

だが、その一方で、そうした連中を処刑台に送り込むために、一部の人間たちは薬物投与や脳の特定モジュールへの外科処置など様々に発達した人間の意志への干渉技術によって、死刑囚に問答無用で死を受け入れさせる手法の研究開発に余念がない。

そういった技術のひとつが、利害関係から確実に死んでもらわなければならないラニー・Aに対して適用されようとしている。

わたしの〈晩餐〉も、食事という行為を通し、死を受け入れさせ、処刑台に送り込むという意味では、彼らと大差はない。系統とすれば、心理誘導の変種というべきものだろう。

「――それで結局、今日はどうするんだ？」

「スケジュールに変更はありません。〈晩餐〉は決行です。すでにアモックも説得済みだ」

「そりゃ、ありがたいね」

あくまで、わたしの料理は、相手が受け入れた死を最後に後押しするだけの能力しかない。本人が拒否するなら、どれだけ贅を尽くした食事を用意したところで無意味になる。

「ただし、彼はひとつの条件を提示しています」

タダマサは壁から身を剝がすと、カウンターに置かれていたケースの梱包を解き、内部に収められていた長方形のガラスの器を取り出した。

そこには角砂糖に似た小さな白色のダイスが、ずらりと並んでいる。

「――そいつは？」

タダマサは、わたしの質問に変わらぬ笑顔で受け答える。

「無論、今宵の〈晩餐〉で、彼《アモック》が必ず使ってほしいと指定してきた食材ですよ」

直後に料理の検討が始まった。

わたしは調理場に立ちながら、目の前の調理台に置かれた「食材」を見つめる。ガラスの器に菓子のように並んでいるのは、アモックが料理の主題として指定した食材——四角く成型された脂肪《ファット》の塊だ。先ほど、ひとつ試しに口にしてみた感じでは豚に似た風味がした。しかし豚ではない。かといって法に反するようなしろものではない、とタダマサは言っていた。

そしてアモックからメッセージ。料理人にその正体については伏せて欲しい。すぐれた料理人なら、きっとこの食材に秘められた意味を理解してくれるだろうから。

まるでこちらを試すように。彼は全幅の信頼を置いてくれているわけではない。わたしは関知していないにせよ、不信を抱かせる行いをやった企業側の人間であることは間違いないのだから。

あくまで、これは食べられる脂だ。食材なのだ。

だが、大きな問題がひとつあった。

それはこの脂の味が、正直なところ中途半端なのだ。料理とは、元々食材が持っているポテンシャルを調理という過程を通して発掘していくものであり、どこからともなく美味しいという要素を付け加えられるものではない。

まずくはない。しかし、さほど美味しくもない——というのは、食材として非常に使いにくい。あるいはこれが他の食材を際立たせるために用いるというなら、いくらでもアプローチのしようがある。しかし、客が求めているのは、これを中心としてメニューを構築することだ。

この食材の長所は何だろうか、と思いつつ、四粒を取り出した。焼く・煮る・蒸す・揚げるの各調理法をジンクロウとともに行った。出来上がったキューブはすべてふたつに分割し、わたしとシズクで試食をする。

互いに感想は言わず、率直な評価をつける。結果は、同じだった。まず、「焼く」と「煮る」は、どちらも加熱途中で溶け出してしまったので、ただ液状の脂を口にするしかなかった。続いて次点が「蒸す」。そして、互いに推したのが「揚げる」だった。

キューブをごく短時間、高温の動物油脂で揚げたものだ。元々もっていた豚に似た風味が強化され、中途半端だった味がひとつの方向に収束していた。

アモックが当初は、野兎のロワイヤルを〈晩餐〉の料理として望んでいたことを考えれば、いくつもの風味が緻密に重なり合った力強いあじわいを好むと考えられる。

であるなら、調理方法は、シズクの案を採用すべきだろう。

それにしても、なぜ、こんな面倒なしろものを「食材」として選んだのだろうか。

おそらく何らかの畜獣の脂肪分だけを分離させ、成型したものだろうが、少なくとも自分は今までに口にしたことがない食材だった。

すると、シズクが手を伸ばして、キューブをまたひとつ摘み取ろうとしていた。

数は十分にあるが、あくまで食材だ。必要以上に手をつけるべきではない。わたしは、ガラスの器ごと抱え上げ、シズクの届かない高さまで移動させた。

「……んー、なんだか、もういっこ、たべたくて？」

シズクが不思議そうに首を傾《かし》げ、それから指先に残っていた脂をぺろぺろと舐めた。余すことなく、味わいつくそうとするように。

そんなシズクの様子に、この食材の特徴というべきものがあることに気づいた。

わたしも何となく直感していたが、この脂は、つい、もうひとつ口にしたくなる不思議な魅力があった。

元々、人間は遺伝的に脂質を好む傾向がある。人類の歴史において、食べ物に溢れ、肥満に悩む飽食の時代より、飢餓に悩まされた時代のほうが圧倒的に長かったのだ。それゆえ、人体は、大きなエネルギー源となる脂肪を出来る限り蓄えようとする。この食材も脂である以上、わたしたちは美味しい・美味しくない以前に、積極的に摂ろうとしてしまうのだろうか。わからない。しかし、いずれにせよ、これで一応の方向性は定まった。

わたしは早速、ふたりに発破をかけ、料理の準備に取り掛かる。

そこからは時間との勝負だった。

あれもこれもと試作を繰り返す余裕はない。

そこでシズクの味覚分類能力を駆使し、味覚相性《フードペアリング》のアプローチを実行した。食材に含まれる香りや味の分子を系統立てて分析する。風味を構成する主な分子を特定し、その食材と同じ分類に属し、相性がよい食材を組み合わせる。たとえば、鰯《いわし》とチョコレートを組み合わせるなど突飛に見えて、実際に口にすると不思議と調和する料理も存在する。

だが、今回は、そこまで驚きが勝る創作料理を考案するつもりはない。

シズクには、キューブ状の「脂」を揚げるときに組み合わせるべき食材を思いつく限り列挙させた。そしてすぐにタダマサを介し、〈法壊〉の関連企業の職員を動員し、食材を調達させた。彼は、予想外の出費《コスト》が嵩んでしまいそうですね、と苦笑していたが、無視した。

客にとっては、人生で最後の食事なのだ。出し惜しみはできない。

こうして集まった食材を、わたしはジンクロウと分担し、次々に調理した。シズクに試食をさせていった。

時間が刻々と過ぎていった。時計の針の回転が加速しているような錯覚さえした。

そして開始予定時刻を目前に、ようやく検討が完了した。

供すべき料理は決定した。

もう少し詰めたい気持ちもあったが、散々に料理を試作した食堂車両に、このまま客を受け入れることはできない。わたしはふたりとともに丹念に掃除をしてから、自前の包丁一式を研ぎ直す。それから髪を整え、糊の利いたまっさらな白衣に着替える。ジンクロウは調理助手、シズクには給仕を務めるタダマサの補佐を担当させることを決め、料理に臨む態勢を整えた。

そして食堂車にタダマサが現れた。カウンター越しに会話する。

「いかがでしょうか？」

いつにも増してにこやかな笑顔で表情を固定し、彼は質問してきた。

「問題ない」わたしはうなずく。「定刻通りに、〈晩餐〉を始められる」

「それでは、予定通り、死刑囚《おきやくさま》をお連れいたします。どうぞよろしく」

「ああ、頼む」

そして〈晩餐〉が始まる。

## 三 献

正直な感想を述べれば、ラニー・A《アモック》・マックィーンは信じられないほどの肥満体だった。資料写真の姿から倍に膨らんだような、二足歩行の河馬《かば》か象というべき巨軀を特大の黒い燕尾服《えんびふく》で覆っている。

食堂車へ入るための扉は、大柄な成人男性ふたりが並んでも十分に通り抜けられる幅があったが、何とアモックはそこでつっかえた。執務車両側のタダマサが背後から押し、ようやく入店を果たした。

彼を出迎えるはずだったシズクは、ポカンと口を開けたまま、アモックの巨体を見上げていた。そんな彼女の頭部に巨大な掌が迫った。少し力を込めれば、簡単に握り潰せてしまいそうな手は慎重に制御され、軽くシズクの頭に触れるに留まる。

「こんばんは、給仕さん。何て可愛らしいお嬢さんだろうか」

彼の声は甲高いが、はっきりとしてよく通る声だった。

実に人好きのする微笑みを浮かべ、顎の肉に顔を沈ませながら会釈をした。そして彼が手をどけると、シズクの髪に、藤色の一輪の花が飾られていた。

「ゴジアオイ」とアモック。「君の白い髪によく似合っていますね」

シズクは恐る恐る手を頭の上に持っていき、花弁の一枚をそっと千切って口に運んだ。

「なかなかのあじ」

そしてくるりと背を向けて、客席へ向かった。

「——こりゃ、一本取られたな」

アモックはシズクの反応に驚いたのか、ひとしきり笑った。

そんな彼にタダマサが声を掛ける。

「これは失礼いたしました。料理人が先日、拾った子供ですが、どうしてもお手伝いをしたいと言って聞かないのです。——それでは、こちらへ。お席へご案内いたします」

「構いません。……子供は好きですから」

アモックはかつて失い、二度と取り戻せない何かを思い出すように細い目をいっそう細めた。そして席に着く。

形状最適化金属が用いられた座席は、アモックの体重を感知し、その形態を大きく変形させて受け止めた。激しく軋《きし》んだ音が鳴ると、彼は冗談めかして、太り過ぎて申し訳ない、と言った。

タダマサが、食前酒《アペリティフ》代わりにミネラルウォーターをグラスに注いだ。硬度は高く、わずかに発泡している。最後に青いレモンを搾り、数滴だけ垂らす。

彼は口を湿らせてから、手をにぎにぎして、カウンター越しにわたしを見つめる。

「ここでは最高の晩餐が頂けると聞いて、今日を楽しみにしていました」

「わずかな時間ではございますが、どうか、ごゆるりとお過ごしください」

わたしは挨拶を述べつつ、視界の端にちらりと視線をやる。仕切り板の向こうでシズクが盛り付けを終えた器を銀の盆に載せている。

そしてお通し《アペタイザー》となるスープを出す。

底の浅い小さめの器に、花のかたちに固めた深紅色のジュレが載っている。そこに熱したコンソメを注ぐと、花が溶け出し、血の香りが立ち上った。

アモックはしばし沈黙し、目の前の料理を見つめた。

それから料理に口をつける前に、頭を垂れて両手を合わせ、祈りを捧げた。

今日のわが糧がわが身体を滅しますように。

わが身体が魂に仕えるものとなりますように。

わが魂が進みいで、神の誉れを称えますように。

「……いただくとしましょうか」

それから、彼はスプーンを手にした。

スープを掬い、すっと口に含み、わずかな音も立てない上品な味わい方をした。ちょっとうなずき、一口、また一口と食していく。

悪くない滑り出しだった。前菜の前の一品は、食欲を促すため、量は控えめに、しかし味付けは酸味と塩味を押し出し、濃い目にしてある。血の煮凝《にこご》りを成型した花は、取り止めになったロワイヤルで使う予定だった野兎の血に酸味が強く密度の高いヤマブドウ種の果実酒を混ぜ、いくつかのスパイスで味を調《とと》えた。注いだコンソメは、端肉や砕いてオーブンで焼いた骨、香味野菜を合わせて煮込んだものを使用した。

「次が食べてみたくなる味です」

アモックは最後の一滴まで、綺麗に飲み干し、短く感想を述べた。

給仕のタダマサが、グラスに水を足す。

そして、わたしが会釈し、次の料理を準備しようとした瞬間だった。

「——さて、これで、どうなるだろうか？」

アモックが不可解な呟きをした。

彼は懐から何かを取り出した。それはベルトのような帯と細長い針で構成されていた。

「刑務官さん」アモックはタダマサにそれを渡す。「一皿目を口にしたし、試さないといけない。でも、これで終われるなら、それでもいいかなと思えるほど美味しかった」

「それを、あなたが心より望まれるなら」とだけタダマサは答えた。

そしてアモックの頭部に帯が回され、後頭部の部分で接合し、ひとつの輪になった。ちょうど額の部分に先ほどの金属針の部分が来た。まるで細い角のようだった。

装着が終わるなり、その角がきゅるきゅると回転を始めた。

どこか悲鳴にも似た耳障りな音。

思わず、わたしもジンクロウも料理の手が止まる。

回転する針がベルトを通過し、そのままアモックの頭に突き刺さり、明らかに頭蓋へ向けて進んでいる。しかし彼の額から血は流れてない。実際は、より細い金属管のようなものが侵襲しているようだった。

「残念だ。まだ僕は死にたくないらしい」アモックが肩を竦《すく》めた。そして頭に取りつけた器具を指差し、やや皮肉がかった口調で語る。「しかし、僕は確実に死ぬために、これをつけなければならない。この装置は僕の脳の活動を計測し、そのたびに死を望んでいないと判断した場合、一定の長さ分だけ針が頭に食い込んでいく」

そして針の先が頭蓋骨に接触した時点で、帯が彼の頭部を覆う形状に変形し、設置された線源からの照射によって脳の特定部位《モジュール》の切除が実行される。

アモックは食堂車両の奥に設置された隔壁――〈審問関〉を見やる。

「死への恐れを失えば、生きる意志を放棄したものに同じであると、あの扉は認識するそうだ。……だが、僕は、こんな方法では死にたくない。あくまで僕は、自分が望んだやり方で自らの死を受け入れたいんだ。そうでなければ、罪を償ったことにはならないのだから」

わたしは無言でタダマサを睨んだ。これが、彼の言っていたアモックを確実に処刑台へ送るために適用が決定された方法なのだろう。

しかも、料理を食べるごとに計測は実行される。

「残念ながら三皿までだそうです」アモックが告げる。「それで針は頭蓋骨に達する。実に口惜《くや》しい。これが最後の食事であるというなら……、フルコースで味わいたかった」

わたしは努めて感情を殺し、穏やかな口調で告げる。

「……ご事情がおありのようですから、次に主菜《メイン》をお出しいたしましょう。アモック様が食べたいとおっしゃられていた食材を使った料理です。きっと、お楽しみいただけるはずです」

冗談ではない。怒りで声が震えそうになるのを無理やり押し殺す。

アモックへの仕打ちに対しての反発ではない。この行為が非人道的であろうと、そもそも彼が薬物の離脱症状によって錯乱し、多くの人間を殺傷した罪もまた事実なのだから。

怒りを覚えるのは、死刑執行を管轄する企業が、死を目前にした食事という行為に何ら敬意を払っていないという事実に対して。

それが許せない。食事とは、けっして疎かにされてはならない聖域なのだ。

絶対に、アモックが求める料理を食べさせ、その死を受け入れさせる。

わたしは、ジンクロウに目配せし、保冷ケースから例の脂を取り出させる。

ガラスの器に並んだキューブ状の脂。

アモックが必ず使ってほしいと望んだ食材。

「これから、こちらを調理いたします」

わたしが器を掲げると、アモックはかすかに首を縦に動かした。

「楽しみです。実に、楽しみだ」

表情は明るく料理を期待しているふうだったが、そのすぐ後ろに不安が透けて見えていた。もうすぐ死ぬだけではない。自分から自分が消えることの恐怖。あるいは、目の前の料理人がこちらの期待に応えるだけの実力があるかどうかを危惧している。

わたしは、器を調理台に下げる。脂のキューブを五つ取り出す。ジンクロウが準備していたミュラール鴨の肝臓《フォアグラ・ド・カナール》のコンフィを受け取る。そして両方を粗目に刻み、氷で冷却したボウルのなかで混ぜ合わせる。これを小判状に成型し、衣をつけて高温の動物油脂《ラード》で一気に揚げる。短時間で引き上げ、バットで油切りをして、柑橘の香りを纏《まと》わせたソースを散らせた皿に盛りつけた。

「おお、いい匂いだ」給仕された料理を前に、アモックが微笑んだ。「あれを、こういうふうに調理するとは」

早速、ナイフをフライに差し込むと、どっと黄金色の汁が漏れ出した。中身の表面に近い面は高温で熱せられ、溶け出している。しかし、中心部はしっかりとした食感を残す程度に火が入っている。食材の調理法として推すと決めた「揚げる」を忠実に実行した。

「シンプルだが、しみじみ美味い」

アモックは、これで最後になるだろうと確信しているように、じっくりと味わった。

そして最後のひとかけまで食べ切り、深く息を吐いた。

「最後に食べるなら、こういうものがいい。きっと死ねる。とても嬉しい気分なんだ。あれほど愚かな過ちを犯した僕にこれほどの施しが与えられた幸運に」

こんなもの、幸運であるはずがない。アモックの死は、彼の故郷の法に少しばかり影響を及ぼすかもしれない。名指しされた企業の商標登録された薬は販売停止になるかもしれない。だが、きっと、そこまでだろう。しばらくすると、名前と成分が少し変更され、効き目は以前と変わらない食欲抑制薬が発売される。

だから、多くの人間は彼の死に賛同している。司法代行企業と言いつつも、属する企業複合体の利害調整役である〈法壊《ハーヴェスト・グレイヴ》〉は、彼を処刑台へ送ることを第一とする。そのための醜悪な器具。外科的処置による意志の改変。すでに死への道筋《レール》は整えられている。わたしが、彼を満足させられる料理を出せず、敗北しようとも、アモックの生への執着は吹き飛ばされる。

今の社会は、一方で過剰な倫理を掲げ、もう一方ではそれを過剰に軽視する。ある特定の物事が氾濫した社会というのは、味つけに失敗した料理と同じだ。塩辛すぎるからといって砂糖を山ほどぶち込んだところで、正しい味にはならない。ただグロテスクなものが出来上がるだけだ。言うまでもなく、それはとても食べられたものではない。

それをまだ、ぎりぎりマシに仕立てて、食わせるのが自分の仕事なのか？

少し違う気がする。しかし、それが何か明確には言葉にできない。結局は同じことだ。

ただ用いる手法が、少し異なるだけで。わたしは客の望んだ料理を作るという行為を通し、相手が望んだ死への道筋を辿るための手伝いをする。背中を押して死ねと囁く。

だが。

アモックの頭で再びきゅるきゅると耳障りな音がした。

唖然とした。

駄目なのだ。針はいっそう奥深くまで侵入していった。むしろ、それはさっきよりも深く進んだように見えた。

「僕は……、まだ死にたくないのか。どうして……」

アモックは狼狽《うろた》えていた。だが、それはわたしも同じだ。

これなら死を受け入れられると彼が指定した食材を用い、それに相応しい料理をした。

何が足りないのか。何を誤ったのか。もう、これで十分、とアモックが納得できる料理を作った。それは間違いのないことだ。

では、何が――。

そのときだった。シズクがカウンターによじ登り、アモックが食べていた料理のひとかけをひょいと摑み取り、自分の口に放り込んだ。

目を瞑り、

「もっとたべたくなるあじがほしいの？」

シズクが訊ねた。

「あまいのたべたら、しょっぱいのたべたくなって、しょっぱいのたべたら、またあまいのたべたくなる……みたいな？」

シズクの言葉に、アモックが、何かにはっと気づいたように顔をあげた。

彼の口が動く。

もっとたべたくなるあじ。

「――ところで、僕はなぜ人を殺したと思う？」

アモックが何かの合図のようにフォークでグラスを叩き、立ち上がった。

「薬物《ヤク》の依存症状は、ちょうど何となくポテトチップスを食べ続けてしまうのに似ている。もうあと一枚……って、つい袋に手が伸びるように錠剤をもう一粒摘んでいる。駄目だと思っても、止められないし、止まらない。そして段々と何かが麻痺していく」

いいかい、お嬢さん、とアモックが呼びかけた。

「うん、きこえてる」

シズクが答えた。

アモックは言葉を重ねていく。

「これは、僕の後援者のひとりが言っていた話だ。ある実験用のラットに、ポテチやチョコレートといった高カロリーな食品ばかりを食べさせ肥満ラットにしたところ、ある変化が起こったそうだ。それは防衛本能の低下だ。摂食中のラットに光を当て、それから電気ショックを与えるよう条件付けしたのに、通常のラットと違い、肥満ラットは光を当てられても危険を無視して餌を貪《むさぼ》り続け、結果、電気ショックで死亡した」

「たべたいから？」

「そう、美味しい餌が食べたくて、そのためだったら自分の命に頓着しなくなった」

「そんなにおいしいの？」

わたしは、目の前で行われる会話を注意深く観察する。

突破口となるものは何かを探る。彼が求めている料理とは何だ？

「原因は、ある種の脂肪分や糖分が豊富な食品が、脳の特定部位に働きかけ、快楽物質《エンドルフイン》を過剰分泌させることに関係するらしい。過食への欲求が、摂食を止めさせようとする満腹中枢を抑え込み、そして他の各種の制御機能をも圧倒する。アクセルはベタ踏みになり、どれだけ食べても止まらなくなる。この感じは、薬物依存の症状とよく似ている。薬によって得られる快楽のためなら何をやってもいいと考えるように」

わたしには、彼の言葉が、遠い川向こうで叫んでいる人の声のように聞こえる。

しかし、シズクはしきりにうなずいていた。

「言い訳をするつもりはないが、僕は殺意をもって人を殺したわけではない。薬を手に入れることがまず一番の欲求になったんだ。そのせいで、自分や他人に危害が生じることを気にしなくなった。ずっと痩せる薬を摘んでいれば、あとはどうでもよくなった。振り返ってみると、人間の意志なんて非常に薄弱で、ちょっとした影響で、その優先順位を入れ替えてしまう程度のものだったと痛感する……」

「ずっと、それたべてたい……？」

「うん、そうだった」

アモックがシズクに微笑んだ。すっかり、話し終えて気が楽になったというように。

そしてシズクはカウンター越しに、こちらを振り向き、呪文を唱えるように繰り返す。

「――もっとたべたくなるあじ。ずっとたべたくなるあじ」

あまりに抽象的すぎた。わたしには、まだ具体的なイメージが摑めない。

アモックは食べたいものを示した。それを最も相応しいかたちで料理した。

だが、それが誤りだというなら、どうすればいい。

「……わかった」すると、ジンクロウがシズクを見つめて言う。「おまえはそれがたべたいんだな」

「うん、そう」シズクがこっくりとうなずく。「このひともだけど」

ふたりは何か確信を得たように互いに視線を交わし、そしてジンクロウがわたしに耳打ちする。そしてわたしは理解した。実に信じがたいが、確かにそれが作るべき料理なのだろう。

与えられた食材の本質を磨き上げ、最上の耀きを宿すための方法。

ふたりが導き、指し示したものをわたしは理論化する。調理の式を組み上げる。

しばしの沈黙。虚空を睨んだ。いける。わたしなら、わたしたちならばできる。

できるはずだ。

やるしかない。ラニー・Aが求める料理を作るのだ。

腕に力を宿らせるのは、料理を軽視するものたちへの反発などではない。

ただ、目の前の客に――自らの罪を悔い、自ら命を捧げようとする囚人に、せめて最後の食事くらいは、食べたいものを食べさせてやりたいという素直な料理人としての矜持《きょうじ》。

「お客様」わたしはカウンター越しに深々と頭を下げ、決然たる覚悟を示した。「今しばらくの時間を頂戴いたします」

「頼みます。僕はいま、この子たちと、あなたを信頼したい」

「――ありがとうございます。今度こそ、必ずやご期待に沿える料理を」

供すべき主菜《メイン》は、七層の脂肪で構成する。

そのために必要な食材を、改めてタダマサに命じて集めさせた。あらゆる路線を走行する監獄列車に併走させて、近隣の業者を構わず徴用し、指定した食材を運び込ませた。

二一時。本来なら、〈晩餐《バヴェット》〉を終了すべき時刻に、本格的に調理が再開された。

すべての意識《リソース》を調理に集中する。

一番外側は、黒毛和種のカイノミから赤身部分を分子調理具を動員してすべて除去したのち、スポンジ状になった構造内にバターベースのソースを行き渡らせる。融点が低く人肌でも溶け出すため、調理台は冷温を維持し、手指も氷水につけている。指先が痺れるような感覚になりながら、包丁で正方形に切り出していく。

続いて第二層となるのは、スチームコンベクションオーブンで低温火入れをした豚の背脂の塊だ。かたちが崩れないように慎重に薄くスライスし、先ほどの牛の層に重ねる。

背後から、香ばしく焼き上げられる鶏の皮の匂いがする。仏の国旗を思わせる赤い鶏冠《とさか》、真っ白な羽毛、青い脚をしたブレス鶏。そして先ほど使用したミュラール鴨の胸肉を覆う皮下脂肪を使用する。どちらもしっかり焼いた後、細かく粉砕してから玉蜀黍《とうもろこし》を砕いた粉とともに生地状に再成型する。これが第三と第四の層を構成する。

次にわたしは、冷蔵庫に残った脂肪のキューブすべてを取り出し、これを削り、球状に加工《カッティング》する。これが核になる。それを仔羊《ラム》とツキノワグマの脂身で覆う。どちらも香りに癖があり、特に黄色味がかった熊の脂は獣臭が強いが、このくらいの威力《パンチ》が必要だ。

アモックが指定した食材は、それ単体では力が弱い。

だから、多くの装飾を施す。

ただし、それは本質を覆い隠すのではなく、最大の効果《インパクト》を発揮させるために補強するものだ。

わたしは仕上げに入る。球体を取り出し、鴨と鶏の生地を重ねる。そしてオーブンで加熱する。その後に牛と豚で作った薄皮で包む。そして、澱粉《でんぷん》を抽出して作った透明なシートで保護膜のように球体を覆った。ひとつひとつ丁寧に。しかし、指先の熱で溶けてかたちが崩れないよう、素早く作っていく。

そしてすべてを包み終え、再度、高温の油で揚げたのと同時、ジンクロウが貝柱と身を抜いて綺麗に洗った阿古屋貝《アコヤガイ》の貝殻たちを横に置き、そのうちひとつを差し出した。

わたしは球のひとつを開かれた貝殻のなかに、そっと収める。

そして殻を閉じる。食材の手配に追われ、食堂車から退出したタダマサの代わりに、シズクに運ばせた。ゆっくりと、絶対にかたちを崩さないよう丁寧に。

そして、シズクが配膳した貝殻をアモックが受け取り、目の前のカウンターに置く。

彼はそれを見つめ、間もなく開いた。

虹色に輝く貝殻の器に、真珠のように純白の球体が鎮座している。

「……美しい」

彼は感嘆の声を漏らした。

熱に浮かされたように、夢見るように、アモックのソーセージほどもある太い指先が真っ白な球を摘んだ。そして口に放り込む。

すぐに彼の喉がごくりと動く。舌の上に乗った球体は、噛む余裕さえ与えず、溶けて消え、強烈だが、刹那《せつな》に咲いて消える味を与える。

「これは脂のかたまりだ」アモックは茫然としたように告げる。「けれど、とても旨い。間違いなく、これが僕が望んだもの、これからずっと食べていたい料理そのものだ」

「ご満足いただけるまでご賞味ください。数は十分に用意いたしました」

「それでは、お言葉に甘えて」

それからひとしきり摘んでは食べるのを繰り返した後、ふと思い出したように訊いた。

「この料理の名前は？」

わたしは、カウンター越しに今宵の晩餐の相手と向き合う。

これが、あなたが口にする生涯最後の料理であるなら、そこで用いた食材の名前もしっかりと刻印すべきだ。

「――〝海仔豚の真珠《Perle de guniepig》〟」

　それを聞いて、アモックが少しはっとしたような顔をした。

　それから、ちょっと忍び笑いをした。

「ようやく気づいてくれたのか」

「はい」わたしは、最後になって子供ふたりを紹介する。「シズクとジンクロウと言います。ふたりが気づいてくれたのです。あなたが、本当に望んでおられる料理は、これで最後と思える料理ではなく、これからもずっと食べ続けたいと思える料理であったことを」

「ありがとう、おふたりさん」

　アモックが、シズクとジンクロウに握手を求めた。そして最後にわたしに向き合う。

「これを食べている間、僕は死を恐れなくなる。なぜなら、これを食べたいという欲求で頭の中がいっぱいだからだ。それこそ、ごちそうに目が眩んだラットのように」

　そして、まだ残っている分を皿にすべて盛りつけてくれ、とアモックはわたしに頼んだ。あの扉を抜けて向こう側に辿り着くまでは、食べていたいのだ、と。

　彼は立ち上がる。

　冥途への土産のように、わたしが作った料理を携えて。

　そこにタダマサが戻ってきた。彼はアモックの頭に装着された器具を操作し、その拘束を解除した。かしゃんと音を立てて、留め金が外れる。アモックの意志をもはや強引に変える必要性がなくなったからだ。

「ご満足いただけましたでしょうか？」

「実に素晴らしい食事でした。ありがとう」

会話は短い。もう、思い残すことはないというように。

やがてタダマサが告げる。これまでと一転して、感情を排した機械的な声色。

「――ラニー・A《アモック》・マックィーン死刑囚。執行車両へ移動しなさい」

アモックは食堂車奥の堅固な扉――〈審問関〉の前に立つ。

間もなく、死刑囚ラニー・A・マックィーンの眼前に執行車両へ繋がる道が開かれた。

その先にある処刑台がいかなるものなのか、どのようにして刑が執行されるのか、わたしは知らない。しかし、わたしの料理を食べた彼は、二度と帰ってこないことだけは知っている。だから、これまで数多の見送ってきた相手へ告げた言葉を再び口にする。

「それでは――」わたしはジンクロウ、シズクとともに深々とお辞儀をする。「よい、黄泉《よみ》路《じ》を」

「駄目だよ」しかしアモックは首を横に振る。表情は厳しい。「僕はこの先で、想像を絶する苦しみを味わう必要がある。そのために、最後に美味しい食事をしたかったんだ。ずっと永遠に食べていたいような最高の食事をした。それは叶えられた」

ありがとう、とこれから死に往く者が言う。

いつも、この瞬間が厭《いや》だった。

受け取る資格のない感謝の言葉を受け取ることは、実に苦痛だった。

扉が閉じて、しばらくしてから、シズクが呟いた。

「あのひと、ずっとたべていられる？」

壁の向こうで、彼がどうなるのか、もしかするとわかっているのかもしれない。ジンクロウが彼女に何かを伝えようとして動いたが、わたしはそれを制して、代わりに告げた。

「きっと今でも、お前が見つけてくれた料理を食べ続けている。そして、あっちにいる奴らにも、その美味しさを教えているだろうさ」

シズクは、長い間、そこに立っていた。

やがて、ぽつりと。

「うん。おいしいものがあれば、きっとだいじょうぶ」

○

大幅に長引いた〈晩餐〉が終わり、監獄列車はターミナル駅の地下四階の二八番線ホームに帰ってきた。

列車を降りたときに時刻を確認すると、日の出にはまだ少し時間はあるが、夜が最も暗く冷たい時間を過ぎて、光を取り戻し始めるころだった。まだ駅は寝静まっている。目を覚ます前、誰もが夢を見ているであろう未明の時間帯。

わたしたちは死者を繋ぐ線路上から帰ってきた。

かつては両手いっぱいに荷物を抱えていたが、今は、違う。

ジンクロウが調理道具一式を詰めたキャリーケースを手にして先にホームに降りていた。一緒にいるシズクも、食材を使い切って空になったケースにもたれかかって休憩していた。

「今日の〈晩餐〉は、いろいろな邪魔が入りながらもよくやってくれました」

背後からタダマサが声を掛けてくる。

車窓に反射するわたしの顔は、蒼ざめて疲労が濃く、目もどこか虚《うつ》ろだというのに、彼といえば実に溌剌《はつらつ》としていた。

「紆余曲折はあったが、結果的に彼は、〈法壊〉に対する非常に肯定的な評価を下したうえで処刑台に臨んでくれた。そして何より、自ら望んだ最後の食事を済ませ、後顧の憂いなく旅立ってくれた。この事実は、何よりも喜ばしい。私たちのやり方は正しいと証明されたことになる。これからは、もっとやりやすくなるでしょう」

「――やったことは同じだ。あの男が望み、あたしたちが作った料理は、食欲を暴走させる料理だ」

いわば、食事を介した意志改変技術を実行したのだ。

「……と言いますと?」

タダマサは、何が何だか分からない、というふうに小首を傾げた。

「とぼけるな。お前は奴に命じられて、食材を調達したんだろう?」

わたしは、アモックが指定した食材の正体を述べた。

「あの脂は、ある特定の形質を発現させた肥満モルモット《ギニーピッグ》のものだ」

「さすがですね。よくお気づきになられた」

「あたしじゃない。あいつらが教えてくれたし、アモック自身も話していた。そして、その正体が分かれば、それで何をしようとしているのかは分かったよ。これでも、料理を生業にするために、様々な方面を学んではいるからな」

　ベンチに座るシズクたちは、疲労からだろう、いつのまにか眠っていた。

「……高カロリー食の過剰摂取によって摂食中枢に異常をきたし、やがて自らが過剰に摂取しすぎた餌によって死ぬことさえ構わず、延々と食べ続ける食欲の怪物」とタダマサは言った。「その遺伝子を採取し、研究用に複製《クローニング》した実験動物――求められた数を集めるのは難儀しましたよ。しかし、それがどのような効果を発揮するのかまで、素人の私では想像もつかない。どんな魔法を使ったのか教えていただけますか？」

「……あくまで、これは技術なんだ。肥満モルモットの脂や肉、血の類を口にしただけでは何も異常は起きない。ちょっと、もう一口食べてみようかな、と思うくらいだ。だからまず、これを別の食材と組み合わせる必要があった。脂肪と、そして糖質――つまりは炭水化物と組み合わせる。ちょうどポテトチップスや、たっぷりの油で揚げたドーナッツみたいにな。しかし、これでもまだ足りない。そう、受容する側の条件だ」

「アモックは、それに適合していた、と？」

「食欲の暴走は、線条体など報酬系中枢からの快楽物質の過剰分泌によって、意思決定に関与する前頭前野に影響を及ぼす回路が構築されている状態で、脂肪と糖質を組み合わせた特定の食物を摂取することで発生するという研究結果がある。そして、この回路形成は、薬物の過剰摂取によってもたらされるものに酷似している」

「では、かつて薬物を常用していた彼《アモツク》の脳内には、それが予《あらかじ》め構築されていた……と」

「そうだ。あとは、頭のなかに根を張った回路を改めて起動するためのトリガーがあればよかったんだ。そして、あの男はその事実に気づいていた。だからこそ、普通、料理の主題に選ばない「脂」なんてものを指定してきた。もはや薬物は獄中では手に入らない。だから、別の突破口を利用することに決めたんだ」

「そして、あなたは〈晩餐〉において、彼の要望《オーダー》に完璧に応えた」

「奴の頭の中では、あたしの料理を食べれば食べるほど、暴走していく食欲によってあらゆる意志が塗り潰されていったんだ。ある意味じゃ、昔に逆戻りだ。薬物のためだったら、自分も他人も犠牲にしていい頭がスポンジになった状態。たとえ死んでもいいから、あの気持ちよくなる食べ物をいつまでも食べ続けたい――っていうふうに、あの男は自分から死を恐れる意志なるものを取り除いたんだ」

「――つまり、彼は自らの死を受け入れていたわけではなかった、と言いたいわけだ」

タダマサの声は静かだ。笑みもない。ただ見極めようとしていた。わたしが、今後も仕事を依頼するに相応しいか。そもそも、このまま生かしてよいのかさえ検討している気がした。

こいつは非情だ。上層部の外科的処置に反対したのも、それが将来的にもたらすリスクを懸念していただけに過ぎない。

だが、その情のなさが一番信用できる。

人間の感情は、意志は、とても不合理なことをしてしまう。だから、わたしは、そういう奴とは絶対に仕事をしないようにしている。

「結果として、記録上は、あの男は自ら望んで死んだ」

ラニー・Aは、自らの魂を殺したのだ。わたしたちに、そのために必要な料理を作らせることによって。

「お前にとっては、それで十分なんじゃないのか？」

「それはそうだ。私としては、依頼した仕事が達成されれば、どのような手段でも構わない。……まあ、もう少し、コスト削減を心掛けてくれると、いっそう気持ちのいい仕事ができると思いますがね」

そしてタダマサは揺らがぬ笑みを浮かべ、別れを告げる。

そろそろ監獄列車は出発すべき時間だった。

「ところで、あなたの切り札となった彼ら――」タダマサがベンチで寝入っている子供たちを一瞥する。それから、とっておきの報酬でも渡すように言った。「彼らの身元が判明しましたよ。我が社の系列企業で、〈似食〉技術を開発していた例の研究施設だ。組織再編時に、すべての設備を刷新することになり、次世代遺伝子組み換え種との相性《マッチング》の問題で廃棄処分になったはずですが、どうやら一部の職員が密かに網状都市《サカイ》に逃がしたようです」

「……何となく、そんなことだろうとは思ってたよ」

「あまり、驚かれていないようですね」

「ふたりとも、人体改変の度合いが極めて高度だった。特にシズクのほうはな。それはお前だって指摘していただろう」

いざ、彼らの生まれた場所を聞かされても動揺はしない。どう考えたってマトモな奴らではないのだから。

「あいつら――、そこで何をさせられていたんだ？」

「〈似食〉技術の使用者が、神経端末を介してアクセスする味覚経験のデータベースの基礎部分の構築ですよ。彼女のような食物摂取要員が二四時間体制でフル稼働し、古今東西のあらゆる料理を摂取し、片っ端からデータを収集していた。そして男の子のほうは、そんな摂取要員たちに料理を作り続ける加工担当のひとりだったそうです。こちらも、徹底した調理技術の取得が可能なように調整され、休むことなく料理を作り続けていた」

「おいしいところ――、か」

「何ですか、それ？」

「前にジンクロウが言っていたんだよ。シズクと一緒にどこから来たのかって訊いたときに、そう答えたんだ」

そして、過去を必要以上に口にしようとしていなかったのは明らかだった。生きるために食べるのではなく、食べるために生かされることを、どんなふうに彼らが感じていたのか、わたしにはわからない。もしかすると、シズクに至っては、それが苦痛ではないと感じるような更なる調整がされているかもしれない。

だが、そう、いずれにせよ――そんな場所は、ろくなものではない。

シズクがアモックに供した料理を口にし、その正体を類推したということは、おそらく以前に同じものを摂取したかもしれないのだから。

「……そういや、今回の報酬はいくらだっけな？」

「そうですね。およそ、このくらいでしょう」

提示された額面を見る。保有している貯金の残高を考慮する。

まあ、これくらいなら何とかなるだろう。しばらくは不定期の〈晩餐〉の料理人だけでなく、駅のどこかに店を借りて毎日働かなければならないだろうが、それもいい。

「なあ、タダマサ。あたしは、あいつらを引き取ることにしたよ。企業から買い取る」

「……本気ですか？」タダマサは何度か瞬きを繰り返した。こいつの、そんな驚いた表情は初めて見た。「機密保持も含め、莫大な額を請求されますよ」

そんなふうに警告されたが、それでも折れずにいると彼も渋々、了承した。

タダマサからしても、ふたりの能力は今後の仕事に使えると判断したのだろう。

それでいい。理由はどうあれ、シズクとジンクロウが処分されずに済むのならば。

そうこうするうちに、監獄列車の出発時刻が訪れた。

列車はすでに動き始めている。先頭から四両目の執務車両の窓を開け、顔を出したタダマサが訊ねてくる。

「──最後にひとつだけ訊いておきたいのですが、あなたはどうして、この仕事を続けておられるのですか。今回の死刑囚の件といい、子供らの件といい、あなたはまっとうな倫理の持ち主だ。そんな人間が、どうして、死刑囚殺しの料理を作るのかいまだに理解できない」

わたしはその問いに答えようとすると、列車が走り始める轟音が鳴り響いた。

だが、構わずに言った。大きく声を張った。

「……あたしがすぐれた料理人だからだよ」わたしは繰り返す。「あたしはすぐれた料理人なんだ。だから自分の腕が存分に振るえる場所が欲しい。何の制限もなく食材を吟味し、手間をかけ、相手がこれで死んでもいいと思えるほどの料理を作れるってことは、その最後を見送れるってことは、料理人としての冥利に尽きるんだ」


監獄列車が出発し、走り去っていく様子をベンチに座って眺めた。

今度こそ、最後尾がどうなっているのか確認しようと思ったが、どれほど待っても監獄列車は鉄棺を思わせるコンテナが続くばかりで終わりが訪れなかった。

やがて轟音に耐え兼ねたように、シズクがぱちりと目を覚ました。

きょうはなにたべる？

開口一番にそう言った。ついさっきまで経験した出来事など、すっかり忘れたというふうに、それこそ自分の過去などどうでもいいと言わんばかりに。

ただ、次の食事にだけ関心を持っているシズクに苦笑し、気づけば抱き上げていた。ジンクロウも起きている。わたしが手を差し出すと、握り返してきた。

きょうは何を作りますか？

何でも好きなものを作ってやるよ、とわたしは答える。

今日はお祝いと、そして弔《とむら》いをすべき日だから。

地下ホームを抜けて再び地上に戻るころには、駅が朝を迎えようとしていた。今日もまた市場《マルシェ》が開かれ、多くの人間が日々の糧を求めて殺到するのだろう。

きっと、わたしもそのなかのひとりになって、食材を買い求めるのだ。わたしの料理を食べ、次の、そのまた次の食事のことを楽しみにする奴らのために。

未明の晩餐が終わった朝に、そしてわたしは新たな一日を始める食事の支度をする。


本作の構想を遡ると案外と古い。デビュー後まもなく第二長篇として構想し、折に触れて作家・編集者の方々にアイデアを語っていた。それから約二年が経ち、本トリビュートへの収録が決まった。プロットを再構築するなかで、初期の猟奇的な要素は後退し、かわりに幻想的な要素が増え、現在のかたちに落ち着いた。結果、仄暗いなかにわずかに光が射すような不思議なバランスの物語になった。

君の食べているものを言いたまえ、君がどんな人間かを当ててみせよう、と偉大な美食家ブリア＝サヴァランが言ったように、料理の好みは、ひとの過去や内面を大きく反映する。本作は、料理人の主人公が、客となる死刑囚が内に秘めた物語を解き明かし、最も相応しい最後の晩餐を供するという仕立ての物語だ。飛躍したＳＦアイデアも登場するが、料理は一部で高度な技術も必要だが、多分、現実に再現できるはずだ。

本作が、あなたにとってよき味わいの時間となれば幸いです。

（吉上亮）

# にんげんのくに

Le Milieu Humain

仁木　稔

仁木　稔（にき・みのる）

1973年長野県生まれ。龍谷大学大学院文学研究科修士課程修了。専攻は東洋史学。2004年、『グアルディア』で作家デビュー。他の作品に『ラ・イストリア』（以上、ハヤカワ文庫ＪＡ）、『ミカイールの階梯』（上・下）、『ミーチャ・ベリャーエフの子狐たち』（以上、ハヤカワＳＦシリーズ　Ｊコレクション）。本篇は、氏がデビュー以来書き続けている、《HISTORIA》シリーズの一作に当たる。著者のブログは「事実だけとは限りません」http://niqui.cocolog-nifty.com/

# 1

　熱帯の森の奥深く、自らを人間と呼ぶ人々が住んでいた。王を持たず、法を持たず、文字も貨幣も持たなかった。広大な領域に小さな村々が、ばら撒《ま》かれたように点在していた。人間は狩りをし、魚を獲り、畑を耕し、野生の食料を集めて暮らした。人間以外のもの――すなわち禽獣《きんじゅう》、精霊、他所者《よそもの》をひっくるめて異人と呼んだ。精霊は畏《おそ》れ敬われたが、禽獣と他所者は殺すべき相手だった。近隣諸部族は人間族を殺す者と呼んで恐れた。遭《あ》えば殺され、食われるのだと。

　実のところ、人間が他所者を殺すのは、自分たちこそ殺され食われると信じていたからだった。恐怖と憎悪が強固な障壁となり、人間族と外部との接触は極めて稀だった。人間の村同士でさえ、徒歩数日の範囲内でしか交流がなかった。一つには、移動手段が限られていたからである。乗用の機械はもちろん動物も存在しない。カヌーはあるにはあったが、山がちの地形のため川の多くは流れが急で細く、遠くまでは行けなかった。

もう一つ、人間が遠出をしない理由は、敵の存在だった。敵とは、同盟関係にない村の人間たちのことだ。否、同盟相手であろうと、いつ裏切られるか知れたものではなかった。同じ村の仲間ですら信用できなかった。人間同士で絶え間なく殺し合い、人間以外のものも殺す。それが人間だった。

人間の村の一つに、異人と呼ばれる少年がいた。異人女のせがれという呼び名が、いつしか縮められたのだ。人間の邦《くに》に迷い込んだ不運な他所者のうち、若い女と子供は村に受け入れられることもある。遭遇した人間が、恐怖のあまり殺してしまわなければの話だ。

異人女が死んだ時、その息子はようやく歯が生え変わり始めたばかりだった。彼女の子供で、その齢《とし》まで生き延びたのは彼一人だけだ。異人女のせがれは、父方の祖母やおばたちと、やがて父親が迎えた後妻とに邪険にされながら育った。父の目の届かないところでは罵られ嘲られ、食事を与えられないこともしばしばだった。幼い異人は、父に訴えたりはしなかった。父が親族の女たちに文句を言い、後妻を殴りでもすれば、事態はいっそう悪化するだけだと解っていたからだ。そうする代わりに、森へ逃げ込むことにしていた。

森には精霊が満ちていた。

木々が高く真っ直ぐに聳《そび》え、昼なお暗い密林を、異人の少年は独りぼっちで歩いていく。足取りは半ば跳ね半ば踊るようで、迷いも恐れもない。小型の弓を手に竹の矢筒を肩から提げ、身を被《おお》うという意味での被服は一切着けていない。亀頭が剝き出しにならないよう、包皮の先端を括《くく》っておく必要もなかった。母の死から幾許《いくばく》かの時が流れていたが、今なお彼は幼かった。

何一つ覆い隠していなくても、少年は裸ではなかった。腰や手足に木綿の紐を巻き、首飾りを掛け、左右の耳朶《じだ》には細く長い椰子《やし》の刺《とげ》を差す。全身の皮膚が鮮やかな朱と黒で彩られ、髪もきちんと切り揃えられていた。息子が人間らしい身なりをしていないと気づいた時の父の怒りは凄まじいからだ。人間じゃなくて異人じゃないか――そう言い返した継母は、気を失うまで殴られた。

昼の森は静まり返っている。幾つもの円や波形が少々ぞんざいに描かれたしなやかな肢体は、同じ年頃の村の少年たちに比べて痩せているが、背はむしろ高かった。肌の色がやや濃く、癖毛なのも母親譲りだ。

川のほとりに出た。大人の男なら楽に跳び越せそうな幅しかなく、両岸から伸びた木々の枝は触れ合わんばかりだ。流れに沿ってしばらく歩くと、視線の先、精霊がいた。

それは木漏れ日の中、色も輪郭も定まらないものの、ひとの姿を取っていた。半ば透き通って絶えず揺れ動き、川面を踏んで佇《たたず》んでいた。少年はさりげなく目を逸らし、いくぶん歩調を緩めた。視界の隅で精霊が顔を上げ、にやりと笑い掛けた――ように見えた。次の瞬間、曖昧なその姿は掻き消えた。

異人は辺りを見回し、精霊が完全に消えたことを確認すると、小躍りして歓声を上げた。あれが立っていた場所は、小さな淵だ。興奮を鎮めてそっと歩み寄り、矢をつがえた。小さな水音に続いて、短く軽い矢に射抜かれた魚がぷかりと浮かんだ。そうして数匹獲ると、持参した木片で器用に火を熾《おこ》した。

　このようにして、幼い異人は飢えを満たしてきたのだった。父親は普段、狩りや漁、畑仕事に出ても、昼までには戻ってくる。だから異人も、少なくとも三度の食事にはありつけた。しかし父は一昨日から、仲間と共に大掛かりな狩猟に出掛けていた。間もなく開かれる宴《うたげ》の準備だ。異人にとって、父の不在は空腹を意味する。

　人間の暮らしを支える森は、非常に危険な場所でもある。ジャガーは昼間でもうろつき、川には鰐《わに》や大蛇が、岩や木の陰には毒蛇や毒虫が身を潜める。草木は鋭い刺やナイフのような葉、触るとかぶれる汁で武装し、果実の多くは毒を持つ。何より恐ろしいのは、敵との遭遇だ。豪胆な戦士でさえ独り歩きは躊躇《ちゆうちよ》するその森で、少年は危険を避け、食べられる果実や昆虫を見つけ、魚や蜥蜴《とかげ》を仕留めてきたのだった。必要な知識は、誰に教わることもなく備わっていた。人間の男児が皆そうであるように、弓矢はよちよち歩きの頃からの玩具だったが、大人顔負けの技量は訓練で身に付けたものではなかった。

　精霊もまた、幼い異人の味方だった。曖昧な影や奇妙な声、あるいは曰《いわ》く言い難い気配として現れるそれらを、異人は精霊と呼んでいた。人間たちがそう呼ぶからだった。彼らは精霊を恐れていた。まじない師だけが、精霊と言葉を交わし、その助力を得ることができる。ただしそれには魔法の粉が必要で、しかもどれほど優れたまじない師であっても時には失敗を避けられなかった。

　幼い異人にとって、精霊は危険を知らせ、食べ物の在《あ》り処《か》を教えてくれる、頼もしい存在だった。危害を加えられたことは一度もなかったが、それは彼が賢明にも、この異界の住民たちに怯えもしなければ、何かを要求したこともないからだった。人間にとって精霊が危険なのは、そのメッセージを正しく理解できないからであり、また恐怖や欲望に付け込まれるからだった。人間を惑わす精霊は、美女や醜い化け物、親しかった故人などの姿を取り、言葉巧みに誘い掛けることが多いという。異人はそのようなものに遭遇した経験はなかった。精霊が出現した時は、見詰めたり耳を傾けたり、まして自分から呼び掛けたりといったことは決してせず、付け入る隙を与えなかった。

　精霊との付き合い方もまた、生得の知識だった。なぜ自分だけが、という疑問については、人間に非ざる異人同士だからだと心得、それ以上深く考えなかった。ただ誰にも――父にさえ知られないよう用心はしていた。今以上に異分子扱いされるのは御免だった。

　魚を食べ終わり、火の始末を済ませると、異人は淵に飛び込んで泳ぎ始めた。細い手足で蛙のように大きく水を掻く。息が続かなくなるまで潜っては、盛大な水飛沫《しぶき》を上げて躍り上がった。笑い声を高く弾けさせる。身体が冷え切ってしまう前に水から上がると、再び川下に向かって歩き出した。少し先の川岸に立つ果樹が、そろそろ食べ頃のはずだった。

　いくらも行かないうちに、騒々しい物音が聞こえてきた。無数の唸り声や叫び声。ペッカリーの群れだ。どうやら先を越されたらしい。異人はくるりと踵《きびす》を返した。ペッカリーは身体が大きく、椰子の実の殻をも噛み砕く強力な臼歯と鋭い牙を持ち、しかもすぐに興奮して群れ全体で襲ってくる。森の危険の一つだが、これほどの騒がしさでは精霊に警告されるまでもない。忍び笑いを残し、少年は身軽に駆け去った。

次の目的地は、小高い丘の上の小さな疎林だった。ひょろ長い木々の間を灌木と下草が埋め、さらにその合間から朽ち果てた木の幹や切り株が覗いている。枝葉の重なりが薄いため、そこかしこから眩《まばゆ》い陽光の欠片《かけら》が注ぎ、空間全体が柔らかな光に満ちていた。揺れる光の中で、朧《おぼろ》な影が幾つも戯《たわむ》れる。努めて無視し、異人は食べ物を探し始めた。

森の木々は光を求めて高さを競い合い、最終的に拮抗する。そうして形成された林冠層に、これも光を求めて這い上がってきた太く頑丈な蔓《つる》が伸び広がり、何本もの木をロープのように繋ぎ合わせる。その結果、一本の木が倒れると周囲も道連れになり、ぽっかりと空き地が開ける。そうした空き地は木々が再生するまでの間、森とは異なる植生に占められることになる。異なる食べ物が手に入るというわけだ。ただし異人が今いるこの場所は、自然にできたものではなかった。

木の実を探して頭上を振り仰ぐ異人が直視しないよう注意しているのは、太陽や精霊たちだけではなかった。東の空、森の上に架かる巨大な構造物——精霊の道だ。宙に浮いているのではなく多数の柱によって支えられているのだが、その柱に巻き付き登ってきた木生蔓《もくせいつる》が枝を広げ葉を茂らせて本体を覆い隠している。そのため風変わりな群生のように見えなくもなかったが、人間はそれが異界に属するものであることを知っていた。

異界の構造物は、森の中にも点在していた。精霊の住処と呼ばれるそれらは、岩のように大きく、たいていは幾つかまとまって立っていた。岩のように堅固で、植物に半ば埋もれながらも朽ちるということがなかった。その名のとおり精霊がたむろし、近づく人間に災いを為す。しかしそれらはいずれも、大きさももたらす災いも、精霊の道の足許にも及ばなかった。南北に果てしなく続く巨大な道は、あの世とこの世の境界線だった。その下を潜《くぐ》れば生きては戻れず、目にするどころかその名を口にしただけで悪霊に取り憑かれると信じられていた。

北、西、南――人間の領土がどこまで広がっているのかは、彼ら自身も知らなかった。だが東の境界については、幼児でさえ知っている。かつて、東の果てと呼ばれた村があった。精霊の道から数日しか離れておらず、知られている限りでは確かに東の最果てだったからだ。住民自身はこの事実を決して認めず、椰子林村と称していた。ある時、内紛が起き、敗れたグループは妻子と共に村を追われた。異人の父もその一人で、別の村から掠奪してきた異人女を伴っていた。異人が生まれる少し前のことだ。

北、西、南のいずれにも、追放者たちを受け入れてくれそうな村はなかった。やむなく無人の東に向かった彼らは、四日目によい条件の土地を見つけた。敵から充分に離れ、かつ精霊の道もまだ遠いと思われたので、早速新たな村の建設に取り掛かった。木を伐り倒していくと現れたのは、東の空から睥睨《へいげい》する禍々《まがまが》しい緑の道だった。

慌てふためいて西へ半日引き返したのが、現在の村の場所である。精霊の道を目にした者はことごとく病気や怪我に見舞われ、幾人かはまじない師の治療の甲斐なく死んだ。今や東の果てとなったのはこの村だが、やはり住民たちは事実を拒絶し、鰐岩村と自称している。

近くに鰐の線画が刻まれた巨岩があるのだ。精霊の道など存在しないかのように日々振る舞いながら、東の方角へは極力足を向けない。

無論、異人もタブーを破って平然としているわけではない。周囲を漂う精霊たちは、彼の恐れに引き寄せられたのだ。東の空へと目を遣れば、二つの世界の間に引かれた境界線は、不吉な黒い靄《もや》に包まれているだろう。とは言え食欲を恐怖に優先させるのは、さほど難しくはなかった。これもまた、彼が人間と異なっている点だった。

人間が決して足を踏み入れない禁域は、異人が在るがままに振る舞える唯一の場所だった。タブーを犯していることさえ知られなければ、彼がどこで何をしようと誰も気に留めない。父親だけは例外だが、それも村にいる間に限られるだろう。

果汁でべたつく指を舐めながら、少年は林を後に丘を下り始めた。まだ陽は高いが、道々食べ物を見つけては腹に収めていけば、村に帰り着くのは日暮れ時だろう。彼の村、彼が生まれ育った——家。あらゆる意味で憩《いこ》いや安らぎには縁遠い場所だが、夜の森で独り過ごすよりはましだった。腹は満ちて足取りは軽い。人間の邦《くに》に在って異人と呼ばれる少年は、孤独だが不幸ではなかった。

乾季は、宴の季節だ。雨季、あらゆる川が氾濫して森は沼地に姿を変え、人間は村に閉じ籠ることを余儀なくされる。雨が上がって水が引くと、再び自由に歩き回れるようになる。木々は実を結び、貘《ばく》やペッカリーなど地上性の獣たちも戻ってくる。雨季の間、魚と畑の作物で食い繋いでいた人間たちは、近隣の村の同胞を招待し、盛大な宴を催す。

乾季は、戦《いくさ》の季節でもある。他所の村を訪問できるということは、襲撃できるということでもあるのだ。宴の目的は、村同士の絆を固めるためのものにほかならない。以前からの同盟を強化し、あるいは新たな同盟を結ぶ。そうして、敵との戦に備えるのだ。

「……そこで長《おさ》は、守護霊に尋ねることにした。何が精霊たちを怒らせているのか尋ねてみよう、長はそう言った」

異人は低く吊られたハンモックの傍らにしゃがみ、父が語る狩りの首尾に耳を傾けていた。今朝、狩猟行から帰ってきた父は、昼食の後、一度もハンモックから起き上がっていなかった。身体を洗い、数日分伸びた髭と髪もきれいに剃っていたが、疲労はその顔にくっきりと刻まれている。

継母は炉の前に跪《ひざまず》き、夕食の支度をしていた。彼女の息子――異人の腹違いの弟は、広場でほかの子供たちと遊んでいる。広場を囲む各家庭の炉からも、煮炊きの煙が上がる。

人間の村は、それ自体が一つの家であり砦だ。森を切り拓いた空き地に建てられた、巨大な円形の壁。内側に傾斜しているので屋根の役割も果たし、人間はその下で起居している。中央の広場は公共の空間、炉とその周辺は各家族の占有だが、仕切りの類《たぐい》は一切ない。椰子の葉で葺《ふ》かれた傾斜壁を背に、左右と前方、視線を遮る物は何もなかった。剝き出しの赤土の上でひしめく人間たち――性別年齢を問わず、隠すところのない肌は朱や黒に染められている。性別年齢を問わず、髪は額から項《うなじ》まで一続きに切り揃え、多くは異人の父のように頭頂を円《まる》く剃る。成人の男は皆、包皮の先端を縛って腰紐に括り付けていた。

彼らは皆、顔つきも身体つきも非常によく似通っている。何世代にもわたって繰り返された内婚の結果だ。お蔭で異人の非人間性は一目瞭然だった。

「……長はみんなに禊《みそぎ》をするよう言った。禊の後、ウルクの実で身体を朱《あか》く塗った。その日の夕飯は食べなかった。身体を塗って夕飯を抜いたのは、長だけだ」

父は優れた狩人にして戦士で、その身体は古傷だらけだ。剃り上げた頭頂にも傷痕が走る。狩りと戦の腕前に比べると弁が立つほうではなかったが、熱心に聞き入る長男を前に、言葉数も自ずと多くなるのだった。

「陽が沈むと、長は俺たちの前に立った。魔法の粉を吸うと呪文を唱え、守護霊を次々と呼び出した。俺たちは粉を吸わなかったから、もやもやした煙のようなものしか見えなかった。長がどの精が来たのかを教えてくれたので、はっきり見えるようになった。猿の精、大嘴《おおはし》の精、獏の精……それに最強のジャガーの精」

父は語った──どのようにして長が、獲物が少ない原因を突き止めたのか。霊たちは告げた。タブーを破った者がいると。普段の狩りと違って、宴のための大きな狩りはタブーが多い。

「正直に名乗り出ろ、そうすれば俺が精霊たちに執り成してやる──と長は言った。謝るのが遅くなればなるほど精霊の怒りは大きくなって、執り成しも役に立たなくなるぞ。俺たちは顔を見合わせた。そのうち、ほかの精霊たちも集まってきて、長の守護霊と一緒に伸びたり縮んだり、ぐるぐる回ったりし出した。胆が縮むほど恐ろしい眺めだった」

もちろん異人は、今回の狩りが結局は上首尾に終わったことを知っている。狩人たちは大量の燻肉《いぶし》を持ち帰り、死人はもとより怪我人も病人も出なかった。しかし序盤の不猟を別にしても、彼らの苦労は並大抵のものではなかった。たとえば大きな狩りの間、狩人が口にできるのは、携行したわずかな糧食のほか、燻肉にならない臓物、魚、普段は女が集める果実や昆虫、獲物とは見做《みな》されない蜥蜴などだけと決められている。獲物はすべて村に持ち帰らねばならない。宴に供するのではなく、客への贈り物にするのだ。

贈り物は肉だけではなかった。大きな狩りの間、村に残った者たちも石斧や弓矢、土器や煙草などをせっせと用意してきた。すでに村の近くまで来て野営している客たちも、同じように贈り物を持参しているはずだった。宴は明後日に迫っていた。

広場を囲む炉の幾つかは、周囲にバナナの房が吊るされている。有力者たちの炉だ。バナナをはじめとする作物を宴に提供するのは、彼ら有力者の義務であり、また権勢を誇示する手段でもあった。当然ながら、最も多くのバナナが吊るされているのは長の炉だ。三人の妻たちが贈り物の製作や夕餉《ゆうげ》の支度でまめまめしく働く中、もう一人、ハンモックに寝そべっている妻がいる。異人よりいくらか年嵩《としかさ》なだけの少女だ。この前の雨季に初潮を迎え、隣村から嫁入りしたのだ。父親ほども齢の離れた夫に何やら話し掛けているが、当の長は背を向けて小さな腰掛に座り、弓作りに専念している。

「誰がどんなタブーを破ったのか？　人間も精霊も答えなかった。長が言った——おまえらの間から、糞のにおいがするぞ。誰か糞を埋めなかった奴がいる」

長に名指される寸前、タブーを破った若者は名乗り出た。怒りを露わにしたのは精霊よりもむしろ仲間の狩人たちで、長が止めなかったら若者は袋叩きにされていただろう。長は前言どおり、不心得者を謝罪させ、精霊たちを宥《なだ》めた。

「……夜明け前の水浴びが終わると、長は言った。獏の精が、獲物を用意してくれたぞ。長の後についていくと、まだ新しい足跡があった。獏の足跡だ」

「長はすごいんだね」

「ああ、まったく大した人間さ」

広場の向こう、背を丸めて弓を削っている長へと、異人は視線を向けた。彼の父よりさらに逞しく、さらに傷痕だらけだ。人間の村にはまじない師が複数おり、また長はまじない師がなるものと決まっているわけではない。しかし両者を兼任すれば、両者の権威を併せ持つことになる。現在の長は、村で最強の戦士にして最強のまじない師だった。

鋭い叫びが上がった。仲良く遊んでいたはずの子供たちの間からだった。見ると、座り込んで泣いているのは異人の異母弟だった。最近ようやく歯が生え揃い、乳離れしたばかりの幼児だ。周囲では、同じ年頃の子供たちが困惑して立ち尽くしている。異母弟はその一人を指差し、駆け付けた母親に回らぬ舌で訴えた。

「何をされたんだって？」息子より大声で母親――異人の継母は怒鳴った。「泣いてちゃわかんないよ……えっ、こいつが叩いた？　じゃあ、おまえも叩いてやるんだよ」

抱き起こされた少年は、泣きじゃくるだけだ。相手の子も、友達の母親の権幕に怯えているだけで状況を理解していない。夢中で遊んでいるうちに、振り回した手が偶々《たまたま》当たってしまっただけなのだろう。だが人間の母親は容赦しない。

「やり返しなってば！」

息子の手を摑み、竦《すく》んでいる相手の顔目掛けて振り下ろす。子供たちは二人同時に悲鳴を上げた。その時にはすでに、もう一人の母親も血相を変えて広場を横切ってきたところだった。我が子を抱き締め、金切り声を放つ。

「うちの子に何すんのさ！」

そして息子に向き直る。

「おまえもやり返しな」

異人は目を背けた。人間の子供、特に男児は、物心付くか付かないかの頃から徹底的に報復の原理を叩き込まれる。子供同士の些細な衝突に、母親が口どころか手も出すのは当たり前だった。さらには父親や他の親族をも巻き込んでエスカレートし、殺人にまで至ることも稀ではない。

しかし今のところ、広場の片隅で繰り広げられる二組の母子の争いはほとんど注目されていなかった。濃さを増していく影の中、各戸の炉では赫々《あかあか》と火が燃え、料理の匂いが漂うが、殺気立った喧騒は夕べの団欒にはほど遠い。隣人同士が、兄弟姉妹が、夫婦が、口を極めて罵り合い、殴り合う。流血沙汰に至らない諍《いさか》いは、実の親子の間だけだ。広場の別の一角では、二人の若者が長大な棍棒で血塗《ちまみ》れになって打ち合っている。女児は幼い頃から男に従順たれと躾《しつ》けられるが、それが大して功を奏していないのは、夫に向かって喚き散らす女たちを見れば明らかだ。口で敵わないと見た夫が棍棒を持ち出しても、怯むどころか太い薪《まき》で反撃しさえする。人間の騒ぎに犬たちも呼応し、耳を聾《ろう》さんばかりの騒ぎだ。これが、人間たちの日常だった。

長の炉辺では、妻二人が摑み合いを始めた。長は視線も遣らずに作業を続けているかに見えたが、やおら立ち上がると作りかけの弓で一方を殴り倒した。太く長い丸木弓の一撃で動かなくなった敵を、もう一方が手を打って嘲笑う。ほかの妻たちも、助け起こそうとすらしなかった。長は何事もなかったように、腰掛に戻って作業を再開した。

「まったく相変わらず騒がしいな、人間どもは」

ハンモックに横たわったまま、異人の父は慨嘆した。

「どうして、もっと仲良くできないんだ」

異人が知る限り、父が女子供の揉め事に首を突っ込んだことは一度もなかった。父は普段、怒声を上げることとすら滅多にない。狩人として戦士として敬意を払われているのみならず、受けた侮辱は必ず晴らすことが知れ渡っているのだ。お蔭で、もはや敢えて挑発してくる者はいない。

そんな父でも、口答えをしたとか、食事の支度が遅れたとか、ほかの男と親しげにしたといった些細な理由で、日常的に後妻を打擲《ちょうちゃく》する。これでも人間の男としては、ずいぶんと寛大なのだ。前妻には、決して手を上げなかった。

異人女と呼ばれた彼女は背が高く、男のように力が強かった。ほかの人間の村にいたのを、東の果て村に掠奪されてきた。捕虜となった女は多数の男に犯された後、その一人の妻にされるのが常だ。しかし東の果てでは何世代もの間、異人すなわち他所者は完全に伝説上の存在だった。生まれて初めて異人女を目の当たりにした人間たちは、自分たちとは明らかに異なる外見を気味悪がり、手出しを控えた。数日後、とりわけ粗暴な男たちが、度胸のあるところを見せようと襲い掛かった。だが彼女は棍棒を奪うと、たちまち襲撃者全員を叩きのめしてしまった。前代未聞の事態に、村は騒然となった。殺してしまえという意見も出る中、一人の戦士が求婚者として名乗りを上げたのだった。

母は父に従順だったが、報復の原理に忠実であることは早い段階で了解させていた。隣人たちは父を、女房を殴ることもできない腑抜けと侮った。しかし彼女にちょっかいを掛けた男たちはその都度、手痛い教訓を学んだし、嫌がらせを試みた女たちも同様だった。やがて父は異人女を御《ぎょ》する唯一の人間として尊敬を集めるようになり、その結果、彼はますます妻を尊重するようになったのである。

異人女の過去は、誰も知らなかったし知ろうともしなかった。人間は外界に関心がないのだ。彼女自身も何も語らなかった。幼い息子にだけは、旅をしてきたのだと語った。

――あたしの母さん……おまえの祖母《ばあ》ちゃんだよ……も旅をしたんだ。だけど、あたしの坊や、おまえは旅をしちゃいけない。人間は他所者の男は必ず殺すけど、女はたいがい殺さない。他所者は人間ほど残忍じゃないかもしれないけど、女のほうが受け入れられやすいのは一緒だ。おまえは人間として、この村で生きていくんだよ。ここは東の果てだから、人間が少なくて戦も少ない。生きて嫁を貰って、子供を作るんだ。旅は、おまえの娘か孫娘がするだろう……

母は、息子が人間として生きることを望んだ。幼い彼に、遊び仲間からの他愛ない暴力や侮辱にも、必ず報復することを叩き込んだ。それが人間の生き方だからだ。

## 2

異人はハンモックに横たわり、食べ過ぎて重い腹を抱えていた。宴なんて、皆が言うほど楽しいものじゃない——そう思うのは、毎度のことだ。

宴は慣習に則《のっと》り、親戚同士の挨拶から始まった。同じ村の住民同士が全員血縁であるばかりでなく、近隣の村の住民同士も多かれ少なかれ血の繋がりがある。しかも今回招待されたのは、かつて東の果てだった椰子林村だ。客の中には、異人の父の兄弟やその子供たちもいた。彼らはこれまでどおり、異人の挨拶を黙殺した。

形式ばった挨拶に屈託ない歓談がひとしきり続いた後、最近死んだ村人の追悼儀礼に入る。故人の遺骨を擂《す》り潰したものを、バナナの粥に混ぜて食べるのだ。骨粉は幾度も篩《ふるい》に掛けられているが、どろどろのバナナと一緒でなければ到底喉を通るものではない。

それから、ようやく無礼講となる。といっても、御馳走のほとんどはバナナ粥だ。さまざまな果実や魚、客が持参した肉もあるが、量は限られている。熟れたバナナだけは大量にあり、次々と煮られては広場に並べた樹皮製のカヌー型桶に注がれた。それを瓢箪《ひょうたん》の椀で掬《すく》って啜《すす》る。大人も子供も吐くまで食べ、吐いてはまた食べる。地面にぶちまけられた反吐《へど》は、犬たちが先を争って貪《むさぼ》った。満腹した犬は働かないと考えられているため、普段は碌《ろく》に餌を与えられていないのだ。異人は人混みの中を絶えず移動し続け、隙あらば嫌がらせを仕掛けてくる椰子林の子供たちを巧みに避けていた。そうすることで、場の雰囲気に釣られて食べ過ぎてしまわないようにもしているのだが、結局、毎回胃もたれに苦しむ羽目になるのだった。

宴もたけなわとなり、歌が始まる。皆で合唱する分にはいいが、それぞれの村が自慢の歌い手を出してくると、たちまち対抗心が剝き出しになる。それでも、ダンスに比べればまだしも穏当な座興だ。宴のダンスは他所《よそ》の村の異性と近づきになる絶好の機会だが、それゆえ常に一触即発の緊張を孕《はら》んでいる。若い女をめぐる衝突から、その場で殺し合いになりかねないのだ。宴であろうと、いや宴だからこそ、人間の男が武器を手放すことはない。人死にが出るほどの事態に遭遇したことはなかったが、異人はダンスの開始を合図に物陰に引っ込むことにしていた。

幸い今回は、いがみ合い以上のことは起きずに二日目の朝を迎えることができた。傾斜壁より高く昇った太陽が、反吐で泥濘《ぬかるみ》と化した広場を照らし出している。もはや犬たちでさえ飽食しているのだ。夜を徹して踊り明かした人間たちは、どんよりした目をしばたきながら座り込んでいた。てきぱきと場を仕切り始めたのは、やはり長《おさ》だった。

「昨夜《ゆうべ》は充分食べて、歌って踊った。さあ、魔法の粉を吸おう」

長の指示で、引っ繰り返った桶や鍋が片付けられた。まじない師たちが、魔法の粉を入れた竹筒と吸引用の管を用意した。男たちは村人も客人も、広場に並んでしゃがんだ。女たちは幼い我が子を抱え、傾斜壁の下から怖々様子を窺った。

まず若者から指名され、まじない師と向き合ってしゃがんだ。まじない師は緑がかった粉末を細長い管の端に詰め、反対側の端を若者の鼻孔にあてがうと、勢いよく吹き込んだ。途端、若者は呻き声を上げ、頭を抱え込んでしまう。若者の父親が髪を摑んで頭を上げさせ、もう一方の鼻孔にも粉が吹き込まれた。まじない師たちは次々と手際よく、村人と客人の区別なく粉を吹き込んでいった。若者が終わると、年長者たちの番だった。

異人は、壁際に置かれた大きな籠の陰で蹲《うずくま》っていた。彼はその狭い隠れ処《が》にすっぽりと嵌《は》まり込んでいて、客の一人が歩み寄ってくるのに気づいた時は、さりげなく逃げ出すには遅すぎた。腕を摑まれ、引き摺り出された。父の異母兄だった。両の鼻孔から魔法の粉の混じった黒い洟《はな》が垂れ、目は血走っていた。壮年の男は耐性ができており、一度の吸引で前後不覚になるようなことはない。とは言え、今の段階でも充分すぎるほどの興奮状態にあった。異様な目付きの男たちに囲まれ、少年は竦み上がった。

「おまえのせがれは吸わないのか」

「まだ餓鬼だ」と異人の父は答えた。「おまえの娘より後に生まれたんだぞ」

「そうだったか。やっぱり異人だな」

「そうだとも」

異母兄の嘲りに気づいていないはずはなかったが、むしろ誇らしげに父は応じた。そして、まじない師の一人を呼んだ。

「怖がるな。苦しいのは最初だけで、じきに気持ちよくなる」

粉を吹き込まれた瞬間、脳天を衝撃が貫いた。横ざまに倒れ、割れるような頭痛の中で、男たちの笑い声を聞いた。そのまま、汚泥の中で身体を丸めた。

周囲では、若者たちに幻覚が訪れ始めていた。そこにいないものに向かって叫び、打ち掛かり、あるいは怯え逃げ惑う。棍棒や斧を振り回す者、宙に向かって矢を射る者までいる。物が壊される音に、女たちの悲鳴が重なった。年長者たちはこの騒ぎに加わることなく、二度三度と吸引を繰り返している。異人は、彼を固く包む苦痛の繭《まゆ》の向こうに、騒擾《そうじょう》を遠く聞いていた。目蓋《まぶた》の裏の闇に、極彩色の光が渦巻いていた。

突如、意識が肉体から放たれた。矢のように天へ向かって飛ぶ。息もできないほどの苦痛に急激な上昇の感覚が加わり、異人は絶叫した。

どれほどの間、叫び続けていたのだろう。気が付くと、上昇は止んでいた。苦痛も消え失せていた。しかし、未だ意識だけの存在のままだった。森を見下ろしていた。

眼下に広がる一面の暗緑色が、彼と人間たちが棲む森だと、どうして理解できたのか——蛇行するさまざまな太さの黒い輝きは川。大地は平坦ではなく起伏に富んでおり、その合間に赤茶けた小さな円が点々とする。円形の傾斜壁と赤土の広場から成る人間の村だ。そう気づいた途端、急激に降下——否、墜落した。再び悲鳴を上げかけたが、一瞬ののちには鳥の視点で静止していた。

視野には幾つもの村があった。どの村も、傾斜壁の外に柵が設けられていた。異人が知る村には無いものだ。村と村との距離が近いことと、関係があるのかもしれない。せいぜい一日ほどしか離れていないのが、なぜか判った。東の果てよりも遥かに人口過密なのだ。村の周囲に点々とする小さな疎林は畑だろう。

視点は、勝手に東へ移動を始めた。異人の思考に反応しているようだが、意志では制御できない。眼下の光景が飛鳥の速度で流れ去っていくが、風を切る感覚や音はなかった。村が次第に疎らになっていく。やがて、南北に走る精霊の道が地平から忽然と立ち上がった。

その威容を目指して異人は飛んだ。近づいて見下ろせば、大いなる秘密を我がものにできるだろう——だが彼の村、彼自身の頭上を通過しようとしたその時、飛翔は石のような落下に変わった。一瞬ののち、彼は身体に戻っていた。

騒ぎはまだ続いていた。魂だけの旅は、ほんの短時間だったのだ。その間に、身体のほうは柱の陰に避難していた。あのまま地面に横たわっていたら、散々に踏み付けられていただろう。そうなったとしても、気づきもしなかったに違いない。今も実際、周囲の叫喚も汚物塗《まみ》れの身体も気にならなかった。だが幼い異人は、今や己が何ものかを知っていた。

彼は、目と耳だった。

誰の？　彼らのだ。彼を造り、この世界に放った者たち。その目であり、耳であり、鼻であり、舌であり、肌であり、感知した情報すべてを、中枢である彼らへと送る受容体。それが、彼の使命であり機能だった。

異人は、呻きながら身動《みじろ》ぎした。ひどい頭痛と眩暈《めまい》に吐き気がした。幻覚剤のせいなのか、それがもたらした変容のせいなのか。変容したのは異人自身だったが、彼の世界は引き裂かれ、そこから真理がその姿を垣間見せていた。

柱越しに広場を窺い見た。叫び、動き回っているのは若者だけだ。年嵩の男たちは、しゃがんで何やら呟いている。その頭上、広場の空を覆い尽くさんばかりに密集して渦巻く半ば透き通った影は、精霊たちだった。

魔法の粉は、異界の住民たちの声と姿を明瞭にするという。異人には、相変わらず影にしか見えなかった。一度にこれだけ集まったのを見るのは初めてではあるが。魔法の粉を吸う目的は、第一に守護霊との交信だ。人間は男も女も、生まれながらに守護霊を持っている。それは動物の姿をし、気紛れに現れては助言や警告を与えてくれる。粉を使って己の守護霊を呼び出すことができるのは、男の特権だった。ただし経験が必要で、未熟な若者はその辺をうろつく野生の精霊を招き寄せてしまいがちである。それがこの騒ぎだ。

人間が己の守護霊と最初に出会うのは、歯が生え変わり始める頃だ――六、七歳、という数値が異人の意識の表層に浮かぶことはない。人間は年齢を数える習慣を持たず、数詞は一、二、たくさん、だけだからだ。異人はこの前の雨季に十歳――両手の指の数――になっていたが、未だいかなるかたちでも守護霊と接触したことはなかった。異人だから当然なのだと受け止めていた。

そのとおりだけど、ちょっと違う。少年は柱にだらしなくもたれ、にやついた。俺は人間じゃなくて目と耳だから、守護霊も人間のとは違うんだ。

若者の大半が激しく蠢《うごめ》く複数の精霊に付き纏《まと》われているのに対し、大人たちはそれぞれ比較的動きの少ない一体と相対している。ぶつぶつと呟いているのは、守護霊との対話に違いなかった。異人は父に視線を向けた。彼の守護霊は金剛鸚哥《いんこ》だ。その頭上で揺らめく影をしばらく凝視していると、だんだん色鮮やかな鳥のように見えてくる。錯覚に過ぎないことは判っていた。

人間が生まれながらに持つ守護霊は、各人各一体だ。厳しい修行を積んだまじない師だけが、複数の守護霊を獲得できる。強力なまじない師ほど、強力な守護霊を数多く持てるのだ。彼らは守護霊を自在に使役する。霊力が充分に高ければ、あらゆる精霊に力を及ぼすことすら可能だった。森の中立的な精霊だけでなく、悪霊や死霊、他人の守護霊までもだ。長をはじめとするまじない師たちを取り巻く影は、際立って濃かった。

精霊を生み出すのは、人間の心だ。恐怖や欲望、意識に上ることのない知覚――それらが環境に投射されたものなのだ。そのいわば外部化された無意識を、人間たちは精霊と呼ぶ。

人間の邦《くに》で生まれ育った異人も、その文化を共有している。だから曖昧ではあるが、精霊を見るのだ。精霊は禁域への恐れからも、深い淵を泳ぐ魚たちが起こす微かな微かな水面の波立ちからも生まれる。幻覚に過ぎないと知った今も、こうして広場に渦巻く霊たちが見えるのは、魔法の粉で拡大した知覚が男たちの様子に反応しているからなのだろう。

守護霊は外部と内部の情報を正しく判断し人間を導くが、心の産物であるのは変わらない。いわば、もう一人の自己だ。だから、その判断の正しさには自ずと限界がある。一方、異人を導いてくれるのは、どんな守護霊よりも強力で優れた彼らだった。だから、彼には守護霊がいないのだ。

もっとも彼らが自ら、一個の道具に過ぎない異人に付きっ切りで面倒を見てくれているのではなかった。人間と守護霊の交信を媒介する魔法の粉によって、異人は己と彼らを知った。しかし道具である彼は、その造り手にして使い手と交信することはできない。その存在を直接感知することさえできなかった。喩《たと》えるなら、異人は風に舞う一枚の木の葉か羽毛だ。己を吹き動かす風を感じることができる。その風を起こし、思うがままに操っているのが彼らだと知っている――それだけだ。

話に聞く守護霊は、姿こそ鳥獣だが、人間のように喋るのだそうだ。人間のように心を持っているらしい。人間の心が生み出したのだから当然だ。しかし彼らが果たしてひとなのか、心と呼べるものを持っているのか、異人にはわからなかった。解るのはただ、羽毛を優しく舞い上げる微風は、木々を薙《な》ぎ倒し村の傾斜壁を破壊する嵐にもなり得るということ。彼らの力は、嵐を引き起こすことができるほどのものなのだ。

「みんな充分に酔っ払って、いい気分になったな」

長の声が響き渡った。広場の真ん中に立つその姿は、黒い涙を垂らしているにもかかわらず実に堂々としていた。守護霊たちが、逞しい身体を陽炎《かげろう》のように取り巻いている。

長の言うとおりだ。異人は再び締まりなく笑った。頭痛はいつの間にか消え失せており、まだいくらか残る眩暈は、めくるめく陶酔の一部と化していた。じきに気持ちよくなる、という父の言葉は嘘ではなかった。

「始めるぞ」

男たちは、のろのろと立ち上がった。精霊たちの影が薄れ、霧散していく。対話の時間は終わったのだ。鰐岩村と椰子林村とで、向き合って立つ。女たちが口々に、やめてくれと懇願するが、男たちは取り合わない。客である椰子林の男が胸を突き出して立つと、鰐岩の男は拳を固め、思い切り殴り付けた。踏み止まる者もいれば、倒れてしまう者もいる。次に、鰐岩側が精一杯胸を張る。

「気が済んだか？」一方が尋ねる。

「まだまだ！」相手が答える。

高揚が幾分醒め、異人は眉をひそめた。この殴り合いは、宴に付き物というわけではない。怨恨を晴らし、和解するための儀式だからだ。かつては一つだった二つの村は、互いに最も近しい分、わずか十年余りの間に同盟と裏切りを繰り返してきたのだった。

「異人、俺のせがれとやれ！」

伯父が叫んだ。鼻の下を黒く汚した従兄が駆け寄ってきて、異人の腕を掴んだ。異人はうろたえ、助けを求めて父親を見た。しかし彼はほかの男たちと同様、猛々しく拳の応酬を繰り広げており、こちらに気づくどころではない。再び異人は広場に引き摺り出された。

すでに棍棒を持ち出した者もいる。所詮、素手の殴り合いで済むはずがないのだ。堅く重い木で作られた二メートル半もの長さの棍棒が、頭頂目掛けて振り下ろされる。腹に響く打撃音と怒号が入り乱れた。

「やっちまえ！　殺しちまえ！」

今や女たちも熱狂して声援を送っている。二、三発も打ち合えば互いに伸びてしまうが、これで死者が出れば、友好のための宴が女子供も巻き込む戦と化す。そのような例が、過去に何度もあったと異人は聞いていた。

もし殺し合いに雪崩《なだ》れ込んだら、鰐岩村の戦士はざっと三十人。椰子林側は二十人といったところか。しかしそれはこの場限りのことで、椰子林の全人口は鰐岩の一・五倍だ。

こうした計算は、人間にとって意味を成さない。同様に、従兄が異人より五つは年上であることも、この対決を回避する理由にはなり得なかった。背丈の違いは頭半分もない。しかし従兄はもはや子供ではなく、充分に筋肉を発達させた戦士予備軍であり、弱い相手をぶちのめす喜びに溢れている。

歯を剝き出して笑う従兄を前に、恐怖と不安が速やかに遠ざかっていくのを異人は感じた。

魔法の粉の作用だけではない。風だ。状況に反応して吹き方を変え、彼を高く舞い上げる——闘志を漲《みなぎ》らせ、少年は拳を握り締めた。

「おまえは俺と母さんを、何度も馬鹿にしたな。俺の弓を壊したり、食い物を取ったこともあった」

異人の言葉に、従兄はせせら笑った。

「こっちこそ、おまえらのせいで、ずっと恥ずかしい思いをさせられてきたぜ」

「だけど、殴り合って忘れようじゃないか」

「ああ、そうしよう」

しきたりどおりに答えたものの、従兄が予期しているのが一方的な苛虐《かぎやく》なのは明らかだった。わざとらしく突き出されたその胸を、異人は全体重を乗せた拳で打った。年上の少年は仰向けに引っ繰り返り、泥と汚物を撥ね上げた。目を丸くして従弟を見上げた。異人は高笑いした。従兄は憤然として飛び起きると、異人が胸を張るのも待たずに殴り返した。異人はよろけたが踏み止まり、再び相手を汚泥の中に転がした。

苦痛はほとんど感じなかった。むしろ爽快な刺激だった。薬物と闘いによる高揚がそうさせているのだ。風は、その状態を維持しているに過ぎない。広場で殴り合う男たちのすべてが、この素晴らしい高揚を分かち合っていた。

従兄は作法を無視し、腹や顔を狙ってくる。異人は適度に身を引いてダメージを軽減しながら、重い打撃を的確に叩き込んだ。闇雲な攻撃をことごとく空振りさせることも、一撃で片を付けることも可能だったが、相手のプライドを必要以上に傷つける気はなかった。いつまでも闘い続けられる気分だったし、それを望んでもいたが、片隅に追い遣られた理性が、薬物の効果はいずれ切れると警告していた。それ以前に、愚直に異人の攻撃を受け止めている従兄の身体が保《も》たない。

つんのめる振りで突き出した拳で、顎を捉えた。従兄は膝を突いた。すかさず立ち上がろうとしたが足が崩れた。従兄が唸り声を上げて足掻《あが》く間、異人も倒れ込んだままでいた。潮時だと判断したのだろう。従兄はやおら、浮かせていた腰を落とした。「怒りは解けたか、異人女のせがれよ」

この期に及んでも非礼な呼び掛けに異人は笑い出したくなったが、真面目腐って身を起こした。「もちろんだ、俺の親父の兄貴のせがれ。おまえはどうだ？」

「俺たちは正々堂々と闘った。もう俺はおまえに怒りを抱かない。おまえのお袋は異人女だが、おまえは立派な人間だ」

汚泥塗れの二人の少年は、座ったまま固く抱き合った。周囲では、大人たちが梶棒を振るい続けている。双方立ち上がれなくなった場合は和解の抱擁が交わされるが、一方だけが続行不能となった場合、闘いはその身内に引き継がれる。立っている者もそうでない者も、円く剃った頭頂を赤く染め、胸まで血を滴らせていた。老若男女が行う髪型ではあるが、本来は戦士が梶棒の傷を誇示するためのものなのだ。

会えば絡んでくる鬱陶《うっとう》しい奴でしかなかった従兄に、異人は今や限りない友愛を感じていた。否、友愛を遥かに超えた一体感だった。相手も、同じ感情を抱いている。二人は解り合っていた。それは広場の男たちすべてを包む一体感だった。初めて、己が異質でなく、孤独でないと感じられた。彼は異界に属する異人だが、同時に皆と同じく人間なのだ。傷つけ合い、血を流し合うことで解り合えた。ここで死人が出て殺戮が始まったとしても、この至福は変わらないだろう。人間は、殺し合うために生まれてきたのだ。

## 3

大きな戦《いくさ》もなく、乾季が過ぎた。小規模な遠征が幾度か行われただけで、敵からの報復も小規模だった。村の男が三人殺され、女が一人奪われた。遠征のたびに男たちは、敵を両手両足の指を合わせたよりも大勢殺したと豪語したが、話半分どころか十分の一だろうと異人は踏んでいた。いずれの遠征も人数と日数からいって、敵の村近くに身を潜め、通り掛かった不運な者が男なら矢を射掛け、女なら捕らえて、直ちに退却してきたのは明らかだったのだ。ともあれ奪った敵の女は合計六人にもなったから、埋め合わせには充分だった。

　降り続く雨に川は氾濫し、高台に建つ村の周囲は沼地と化す。森は獲物も果実も少なくなり、男も女も村にいる時間が長くなる。直径五十メートル足らずの円周に沿って、七十人余りの住民が一日中顔を突き合わせるのだ。いつ敵の襲撃があるかも知れない乾季とはまた違った緊張が、日毎に高まっていく。

諍《いさか》いは増えるが、少なくとも男たちの間では本格的な暴力に発展することは少なかった。敗れた側が村を出るという選択が困難なこの季節、どちらかが死ぬまで闘い続ける羽目になりかねないからだ。暗黙の休戦協定を結んだ男たちは、妻を殴るか魔法の粉を吸うかして憂さを晴らした。

異人は、もう一度魔法の粉を吸いたかった——一度と言わず、何度でも。目と耳だという自覚は、薄れてはいない。彼を動かす風も、意識を凝らせば感じることができる。新たな情報が、風から流れ込んでくることもあった。たいていは夜、夢のかたちで。時には白昼、何かのきっかけで閃光のように意識を一瞬貫く。いずれも断片的で、ほとんど理解不能なことも少なくなかった。もどかしく、目の前で餌をちらつかされる犬の気分だ。

そうした細切れの情報で、母もまた目と耳だったと知ってからは、なおさらだった。異人は目と耳としての機能を、彼女から受け継いだのだ。だが、それ以上は何もわからなかった。魔法の粉をもっと吸えば、もっと情報を手に入れられるという確信があった。

幼い異人にそう願わせたのは、孤独だった。あの大いなる連帯感、帰属感——誇りと安らぎが混然一体となった素晴らしい陶酔は、幻覚剤が切れると同時に消え失せ、二度と戻ってこなかった。以来、慣れ親しんでいたはずの孤独《しらふ》は心を苛《さいな》む苦痛となった。

粉ですっかり出来上がっているか、あるいは素面でも機嫌がいい時の父親にねだってみた。相手にされなかった。父の留守中、粉を吸っている男たちの中でもとりわけ無責任そうな連中に近づいてみたが、異人のくせにと追い払われた。その翌日、父が彼を呼んだ。

低い雲の切れ間から太陽が覗き、ぬかるんだ広場を照らしていた。年上の少年たちが二組に分かれて立つ。それぞれの手には棍棒があった。体格に合わせたサイズとはいえ、当たればただでは済まない。嫌な予感に、異人は足を止めた。大人たちが、薄笑いを浮かべている。

「魔法の粉は子供には吸わせられん」そう言った父の次の言葉は、聞くまでもなかった。

「子供じゃないと言うんなら、度胸を見せてみろ」

人間は、身内の子供には決して手を上げない。子供は甘やかされ、悪さをしても罰せられることはない。異人でさえ、祖母やおば、継母たちによく苛《いじ》められたものだが、直接暴力を振るわれたことはなかった。

ただし、未来の戦士を教育する時は別だ。母親は幼い我が子に喧嘩相手への報復を、父親たちは思春期の少年たちに棍棒の闘いを強要する。

模擬戦とはいえ、痛みと流血は本物だ。しかも素面だから、苦痛を生《き》のままで味わうことになる。逃げても連れ戻され、言葉で脅されるだけだが、後々まで臆病者と誹《そし》られる。人間の男にとって最大の屈辱だ。異人にとっては、魔法の粉が当分お預けになることのほうが問題だった。

子供用の棍棒が与えられた。彼の身長より長く、ずっしりと重かった。少年たちは十二歳から十七歳くらい。皆、怯え切っている。自分が傷つくだけでなく、友達を傷つけるのが怖いのだ。すでに幾度も経験している年長の子供たちは、棍棒を振りかざし気勢を上げている。

吹けば飛ぶような虚勢だ。やれ、ぶちのめせ、と大人たちががなり立て始めた。その中には異人の父の姿もあった。

　年長組の少年たちが飛び出した。その一人が真っ直ぐ向かってくるのを、異人は見た。横殴りの一撃を身を沈めて躱《かわ》し、足を薙ぎ払った。そのまま横転すると、振り下ろされた棍棒が地面を打った。数人に囲まれていた。

　一番幼く、経験のない彼が狙われるのは当然だった。次々と襲ってくる棍棒の幾つかを躱しそこねた。苦痛と衝撃で目が眩《くら》み、全身から汗が噴き出した。

「逃げてばかりいないで、やり返せ！」父親の声だった。「それでも俺のせがれか。人間か？」

　冷たい恐怖が灼熱の怒りに変わり、燃え上がった。甲高い叫びを放った。低く走って何本もの脛を払った。長い棍棒を槍のように使い、腹を突いた。怒りと憎しみが血を滾《たぎ》らせる。それは苦痛に満ち、魔法の粉による陶酔とは遠く懸け離れたものだった。精神の一部は醒め切っており、風に操られているのだと理解していた。模擬戦に相応《ふさわ》しい攻撃の威力――相手に深刻な怪我を負わせない――が正確に算出されている。視界の隅に、父親の誇らしげな表情が映った。

　ほかの少年たちも、もはや臆していなかった。幼い顔を歪めて絶叫し、血塗れになりながら、仲間同士、怒りと憎しみを込めて殴り合っていた。

こうして異人はいくたびも人間らしさを証《あか》し、そのたびに褒美として魔法の粉を鼻孔に吹き込んでもらった。そのたびに世界は、彼の前に新しい貌《かお》を見せていった。

世界は、森の外にも広がっている。この簡潔な事実はしかし、人間の想像の限界を超えていた。隣村の隣村のそのまた隣村あたりまでが、たいていの人間が生涯で赴《おもむ》く最遠の地だが、その向こうにも森が続いていることは知っている。東の果てのさらに先、精霊の道を越えた異界もまた森だと、漠然とだが考えられていた。村や畑より大きな、森でない空間など彼らの世界のどこにも存在しないのだ。

獲得した情報から異人が判断する限り、広大な森はある意味、一つの世界だった。森の外の人々は、森では生きていけないのだ。森の植物は彼らにとって毒だった。森で生きる動物の肉も、多かれ少なかれ毒を含んでいる。森の民は猛毒の果実や塊根《かいこん》をそうでないものと見分ける方法も、毒抜きの方法も知っている。だが何より、彼らの肉体そのものが耐性を備えているのだ。森での普段の食事を外界の人々が口にすれば、死の危険こそないだろうが、苦さに痺れた舌と痛む腹を抱える羽目になる。

彼らもまた森の食べ物に中《あた》るようなひ弱な存在だとは、どうにも想像しがたかった。そもそも、飲み食いの必要などあるのだろうか。しかし森に入り、つぶさに観察する術《すべ》を持たないのは確かなようだ。初めて魔法の粉を吸った時、森を遥か下方に俯瞰《ふかん》した高処《たかみ》。あれが彼らの視点だった。ああして見下ろすことしかできないらしい。そして彼らは、森の中がどうなっているのか知りたかった。だから目と耳を造り、送り込んだ。

精霊の道の向こう、東の彼方には、実際に森が広がっていると、今では異人は知っている。森には果てがあることも。ただし、それがどれほど遠いのか、どんな土地なのかは知らなかった。同じことが、西と南にも言えた。

しかし北は、障害物を一切考慮しなければ、森の果てまでせいぜい十日だ。そこから先は、熱帯草原《サバナ》が緩やかに起伏している。およそ五十年前、垂直に切り立った崖を持つ巨大な岩山を遠望する小さな村で、生後数日の赤ん坊が彼らによって目と耳に仕立てられた。方法は異人には解らない。ともかく、それが彼の母の母だ。

追体験と呼ぶにはほど遠い、無味乾燥な情報の断片によれば、祖母は目と耳としての自覚を一切持たず、もちろん彼らのことも知らなかった。平凡な村娘の一人として、平凡な幼少期を送ったようだ。ただ、ごく幼い頃から、森に強い好奇心を抱いていた。村の近辺に点在する小さな森ではなく、南に広がる大樹海にだ。これは普通のことではなかった。草原の民で、森を恐れない者はいない。一握りの向こう見ずな男たちだけが交易のために森に入るが、移動はカヌーに限り、携行した糧食が尽きるまで留まることは決してなかった。開けた場所を恐れているのか、森の民が草原に出てくることもない。

十歳になった年に、祖母は村を出て南へ向かった。別離の悲しみや不安は、あったとしてもわずかで、小さな胸を満たしていたのは未知の土地への好奇心だった。少しも危険な目に遭うことなく、少女は森を旅した。風が彼女の五感を総動員して危険を察知し、四肢に指令を出して回避行動を取らせていたことに、本人は気づきもしなかった。故郷とはまるで異質な環境で生きていく知識や技術の出処《でどころ》にも無関心だった。ずっと村人や交易商人たちから森の話を聞いてきたお蔭だ、くらいは思ったかもしれない。大方は眉唾物だったが、信憑性のある情報も少しは混じっており、それらを選《え》り分け体系化したのも、もちろん風だ。食料は毒の少ないものを選び、必要なら簡単な毒抜きもしたとはいえ、腹痛を起こすどころか口に合わなくて苦労するということもなかった。風による肉体の微調整の賜物《たまもの》だが、それだけではない。森から遠く離れた土地と違い、草原の植物も比較的弱いものの、やはり毒を含んでおり、住民はある程度耐性を持っているのだ。幼い分、身体が慣れるのも早かった。

草原と境を接する北部の森では、幾つもの部族が共存していた。彼らについて、異人はほとんど知ることができない――今はまだ。人間より遥かに穏やかなのは確実だった。一年以上に及ぶ旅の末に、少女はある村に落ち着き、そこで夫を得、子を産んだ。

三人の子供は全員が目と耳だったが、末の娘だけが旅に出た。後に異人女と呼ばれることになる少女は、その母と同じく十歳で故郷を離れた。向かったのも、同じく南だ。このことから、森がより彼方へと広がるのは東や西ではなく南だという推測が成り立つが、確かめる術を異人は持たない。

その母と同じく好奇心に衝き動かされるまま、疑念に一切煩《わずら》わされることなく少女は旅を続けた。そしてある村で、さらに南に棲む殺す者の噂を耳にした。他所者《よそもの》に出会うと殺して食うという凶暴な部族に対して、少女が抱いたのは恐怖ではなく一層の好奇心だった。

雨季が明けるのを待たず、異母弟が死んだ。前日まで元気に遊び回っていたのに、翌朝、身体が燃えるように熱くなっていて、そのまま目を覚ますことなく昼下がりに息を引き取った。

我が子を失った継母は、小さな亡骸《なきがら》を抱えて泣き叫んだ。村中の女たちが取り囲み、慰めの言葉を掛けている。夕食の支度を催促した男たちは、一斉に金切り声を浴びせられ、そそくさと退散した。父親は腰掛に座って、頭を抱えたまま動かない。異人は後ろめたい思いで物陰に蹲《うずくま》っていた。前日の弟のはしゃぎぶりに、熱のせいではないかと疑っていたのだ。幼い子供は発熱で興奮状態になることもある。だが確認しようとはしなかった。異人が我が子に近づくことを継母が嫌うからだ。

それにどのみち、まじない師を呼ぶ以外何もできなかったんだ。そう考えて、異人は罪悪感を振り払おうとした。まじない師にできるのは、異界の住民への働き掛けだけである。病をもたらした精霊を、まじないで追い払うか宥《なだ》めるかする。あるいは自らの守護霊に、患者の身体を離れた魂を連れ戻させる。人間は幻覚剤や毒物を使うにもかかわらず、動植物の薬用成分を利用することを知らなかった。年齢を重ね、人間の文化が骨の髄まで染み込めば、まじないによって自然治癒力を高められ、回復することもあるだろう。無論、まだ三歳の弟にはなんの効果もなかった。

薬効のある植物を見つけられた可能性についても、異人は考えまいとした。それらしき物が見つかったとしても、小さな子供にいきなり使うことはできない。第一、継母が許したはずがなかった。何もしなかったことは間違いじゃない――何度も自分に言い聞かせる。下手をすると元凶にされていただろう。なぜなら、彼は異人だから。

今もその危険は去ってはいない。弟が死んだというのに保身を考えている己を、異人は嫌悪した。あまり懐《なつ》いていなかったとはいえ、弟は弟だ。心の底から悲しむことができないのは、彼が目と耳だから、彼らに操られる道具だからだろうか。

継母はもう何時間も号泣し続けている。周囲で貰い泣きしていた女たちも次第に立ち去り、姑のほか二、三人が残るだけになっていた。父親がおもむろに立ち上がった。悄然と項垂《うなだ》れたまま妻に歩み寄り、その肩に手を掛けた。

子を失った獣の叫びを上げ、継母は初めて骸《むくろ》を手放すと、跳ね起きて夫の顔を力いっぱい殴った。異人は息を飲んだ。どんなに怒り狂うか――その予想に反して、父親は声すら上げず立ち尽くした。継母は嗄《しゃが》れ声で喚きながら拳を浴びせた。父親は避けようともしなかった。彼の母親をはじめ、周囲も制止せず見守るだけだった。継母が薪《まき》を手にした。腕ほどの太さがある。鈍く重い音が響き、異人は身を竦めた。

薪を取り落とすとその場に崩折れ、継母は力なく啜り泣き始めた。父親は頭から血を流しながら跪《ひざまず》き、無言で彼女を抱き締めた。

その光景を、異人は言葉もなく凝視した。頭を占めているのは、決して答えを得られない疑問だった。この情報に、彼らはどんな意味を見出すのだろうか……何かを感じるのだろうか。

# 4

季節が一巡りして、異人は十二歳になった。継母は再び子を産んだ。娘だったが育てることにしたのは、息子の死が堪《こた》えていたからだろう。

異人は妹ができて喜んだ。かつて、もう一人の妹がいた——ほんの数日間だけ。母が産褥熱で死んだ翌日、祖母に殺されてしまった。父親が同意したのかどうかは不明だ。当時、村に乳飲み子を抱えた女は何人もいたが、息子ならまだしも娘——しかも母親は異人女——の乳母のなり手を、父もそう熱心には探さなかったのではあるまいか。

母に抱かれていたあの小さな命が帰って来たようで、異人は嬉しかった。もちろんこの腹違いの妹は母の血を引いていないし、目と耳でもないのだが。

異人女のせがれが人間の少年のように棍棒の闘いに加わり、魔法の粉を吸う光景は、鰐岩村の住民にとってもはや見慣れたものになっていた。そのたびに異人の人間性が失われていくことに、気づく者はいなかった。相変わらず彼は意識の表層では人間語でしか思考できず、その限られた語彙を使って人間の世界には存在しない事物や概念を表現しようと試みることもなかった。悪目立ちする気がないからだが、うっかり口走る心配もない。そのようにプログラムされているのだ。

プログラム――人間語では風としか表現しようがない――は、目と耳である彼から間断なく送られてくる情報を即時分析し、必要に応じて適切な行動を取らせる。情報受容の妨げとなる行為を制限するのもその一環だ。妨げる気になれない、というところからすでに操作されているのかもしれなかった。

行動も思考も、感情さえも操られている――その可能性に異人が思い煩うことはなかった。異母弟の死に際して罪悪感を抱いたのも、いっときのことでしかなかった。ストレスとして除去されたのだろう。

本来なら、目と耳が己の正体を知ることはない。巡らされた無知の壁を打ち砕いたのは、魔法の粉だった。強力なアルカロイドの一撃が、風から目と耳への大量の情報漏出を引き起こした。その最初の事例は、異人ではなく母だった。彼女の故郷、北の森では幻覚剤の類は知られていなかったが、人間の村で少女たちを唆《そそのか》し、皆でこっそりタブーを破ったのだ。一度きりの体験だったが、己が何ものかを知るには充分だった。この偶発事故は、観察に値すると判断されたようだ――目と耳の記憶を操作し、二度と同じことが起きないよう新たな防壁を築くなど、風には容易《たやす》いことだからだ。痕跡一つ残すまい。

おまえは旅をしちゃいけない――幼い彼に母がそう言い聞かせたのは、目と耳としての機能が受け継がれたことに気づいていたからだ。彼女もきっと自らの使命を重荷に感じはしなかっただろうが、我が子に関してはまた別だったということか。

母の遺志に従い、この過酷な人間の世界で生き延び、次世代の目と耳を残す。そのためには、必要な時に必要な情報が得られなければならない。魔法の粉によって拡張を続ける異人の知覚は、今や自らの神経活動を即時把握できるようになっていた。風に常時送信されている情報を、逆の経路で入手するのだ。それを利用し、訓練を重ねることで、己の肉体の意識的な操作すら可能にしていた。たとえば模擬戦では、交感神経を適度に昂《たかぶ》らせつつ冷静さを保ち続ける。しかし、それだけでは足りなかった。風は彼の生存率を高めてくれるが、生憎《あいにく》、長期的な視野は持ち合わせていない。目の前の危機を切り抜けさせてくれはするが、そのせいで将来、もっと困難な状況に陥ることもあり得るのだ。必要なのは思慮深さと決断力で、その材料としての情報を自在に引き出せるようにならねばならなかった。

だから、もっと魔法の粉が必要だった。ところが雨が次第に少なくなり、宴《うたげ》と戦《いくさ》の季節が再び近づいてくるにしたがって、父は異人の模擬戦参加をむしろ渋るようになった。異人にしてみれば、それだけ魔法の粉を吸う機会が減る。心変わりの理由を問われ、父は不承不承口を開いた。

「長《おさ》がおまえを棍棒の闘いに出すな、粉も吸わせるなって言うんだ」

異人は目をしばたいた。「長が？　なんで？」

「おまえの守護霊は普通じゃないから、よくないことが起きるそうだ」

「俺が闘いに出たり粉を吸ったりすることで？」父が頷いたので、さらに問うた。「父さんはそんなこと信じるの？」

「普通の守護霊じゃないっていうのはな。おまえは、ほら、お袋が異人女だから」考え考え、父は述べた。「それで、長はやっかんでるんだろう」

異人は、炉の炎に照らし出された父の顔を見直した。口下手な父だが、決して機微に疎《うと》くはない。長は、異人の守護霊が異常なだけでなく強力だと見做しているということか。加えて、年齢に不釣り合いな戦闘能力だ。未来の競争相手として警戒し始めたのだろう。

長の言う異人の守護霊とは、風のことにほかならなかった。まさしく異常かつ強力な守護霊だ。まじない師だけあって勘が鋭い……いや、と異人は思い直す。魔法の粉を吸う際、ほかの半人前のように精霊に怯えて暴れたりしないのを怪しまれただけだ。今さら演技をするわけにもいかないが、これ以上、危険視されないよう用心するに越したことはなかった。ただ口では、人間の戦士見習いらしい勇ましい台詞を吐いてみた。

「長の言いなりになるのかよ、父さん」

うーん、と父は唸った。「親父連中からも文句を言われててなあ。おまえが強すぎて、せがれどもが闘いを嫌がるんだそうだ……これもやっかみだがな」

周囲の支援を期待できない状況で長に逆らうのは、確かに賢明ではない。異人は納得し、しばらくはおとなしく過ごすことにしたのだった。

その年の乾季に、父がジャガーに殺された。生後数ヵ月の娘を抱えた継母の嘆きは、息子を亡くした時と同じくらい激しく、いっそう絶望に満ちていた。人間の尺度では、彼女はもう中年だ。よい条件の再婚は難しい。

「ああ、あたしの娘の父さん」と彼女は叫んだ。「どうして死んじまったんだい。あたしとこの子、これからどうやって生きていけばいいのさ」

継母から完全に無視されているのを幸い、彼女を慰める役は他人に任せて、異人は黙々と為すべきことを行った。村の男たちと共に、ウルクの実の汁に炭を混ぜて身体を死の色である黒に塗ると、火葬の薪を伐り出しに出掛けた。

広場に薪が積み上げられ、血を拭われウルクで朱く彩られた亡骸が横たえられた。村中が悲嘆の叫びを上げる中、父は炎に包まれた。夜になって薪の山が燃え尽きた時もまだ、継母の嘆きは続いていた。

翌朝には遺骨は完全に冷え、拾われるばかりになっていた。バナナの葉に包まれ炉の周囲に吊るされた骨は、宴のたびに少しずつ食べられていくことになる。異人は骨拾いに加わらず、弓矢を手に森へと入った。故人の息子に注意を払う者はいなかった。村からは、踏み固められてできた径《こみち》が何本も伸びている。人間は森を移動する時、畑や水場、近隣の村へ向かうだけでなく、狩りや食料集めでも決まったコースを辿るのだ。父を亡くした少年は、狩りの道の一つを決然とした表情で進んだ。目的を果たすまで、村には帰らないつもりだった。

半時間ほども歩いた時、行く手に佇むものが異人の足を止めさせた。蒼褪め、血に塗《まみ》れた父だった。苦痛と恐怖に歪んだ死に顔と虚ろに見開かれた瞳のまま、無言で息子を見詰めている。異人は凝然と立ち竦んだ。異界の住人を、こんなにもはっきり目にしたのは初めてだった。輪郭が揺らぐこともなければ、向こう側が透けて見えることもない。注視してはいけないと解っていたが、目を逸らすことができなかった。亡霊は噛み裂かれた傷も生々しい首をぎくしゃくと傾け、足許の地面へと視線を落とした。おまえも見ろと促すかのようだ。異人は恐る恐る歩み寄り、径を横切るジャガーの足跡に気づいた。跪《ひざまず》いて確認し、顔を上げると、父はまだそこにいた。

「ありがとう、父さん」

幾つもの細流を渡り、丘を越えた。父は常に傍らにいた。異人は専ら地面だけを見詰めて歩き続けたが、視界の端に映るその姿を意識せずにはいられなかった。幾度か獲物の痕跡を見失いかけたが、そのたびに父は先んじて行く手を指し示してくれた。それを除けば、たゆまぬ足取りで息子の隣を歩み続けるのみで、言葉でも身振りでも何かを訴えるということは一切なかった。話に聞く幽霊のように、騒音を立て梢の間を飛び回るような真似はしない。これほど近くにいながら、息遣いすら聞こえなかった。異人の呼び掛けにも反応せず、手を伸ばせば一瞬で掻き消え、視界の外に移動してしまうのだった。異人が立ち止まれば父も足を止めたが、食事はおろか休息も必要としないようだった。夜は火影と闇の狭間に立ち、未明に異人が目を覚ました時もそこにいた。

少しも恐ろしいとは思わなかった。幻覚だと解っているからだが、己の正気を疑って不安になることもなかった。むしろ本当に父が導いてくれているように感じられ、心強かった。それも気のせいだとは解っていたが。歪んだ表情と酷《むご》たらしい傷は正視に耐えなかったが、父はもはや苦痛を感じはしないのだ。少なくとも、異人と共に歩むのになんの支障もないのは確かだった。開いた傷口から新たな血が溢れることはなく、全身を濡らす血も、乾くことはないが滴り落ちもしなかった。

　木に登っているところを射られたその個体は、まだ若かった。地面に叩き付けられ、のたうち回ったが、駆け寄って来た異人に向かって牙を剝き、飛び掛かろうとした。大きく開いたその口に、異人は矢を射込んだ。石の鏃《やじり》が後頭部から飛び出し、黄金と黒の獣を仰向けに大地に縫い止めた。その背後に、父が立った。

　夥《おびただ》しい傷も鮮血も、凄惨な死相さえも、拭われたように消えていくのを、異人は見た。

「行かないで、父さん」

　口走っていた。幻に過ぎない。骸《むくろ》と化して足許に横たわる獣が、父を殺したという証拠もない。第一、その肉体とともに父の意識も滅びたのだから、父自身が怨みを残すことも、それを晴らすこともあり得ないのだ。この幻は、異人の願望が見せたものに過ぎなかった。

「幻でもいい、幽霊でもいいから、行かないで」

　穏やかな表情で立つ父に、呼び掛けた。願望で現れたのだから、願い続ければ消えることもないはずだった。あるいは人間の信仰によれば、遺骨が身内によって食べ尽くされるまで、死者の霊魂は地上に留まるはずだった。だが父の姿は徐々に薄れつつあった。

「俺を独りにしないで……」

　森の中に、少年は獲物とともに取り残された。涙が、黒く塗った頰を伝い落ちた。父を悼む初めての涙だった。

ジャガーを背負って戻ってきた異人に、村は騒然となった。父の仇を討ったのだと認めない者はいなかった。半人前の半人間がたった独り、一昼夜掛けてジャガーを追い詰め、仕留めた。偉大な狩人だった亡父の導き無くして起こり得ない事態だ。それが起きたのだから、亡父の導きがあったのであり、すなわち仕留められたジャガーは父の仇にほかならない。

そう認められることが、異人の目的だった。これで彼は、もはや寄る辺《べ》なき孤児ではなく、一人前の男として認められるだろう。父の炉を受け継ぎ、継母と異母妹を養っていくことができるだろう。人間の少女は初潮を迎えれば成人だが、少年の場合、子供と大人の境界線は曖昧だ。成長に伴う肉体の変化が節目とされることもなければ、通過儀礼の類《たぐい》もない。最も判りやすい条件は戦《いくさ》への参加で、通常は十代後半である。今のところ近々予定されている戦はなく、異人としては共同体内で父の死の記憶が新しいうちに、最も明確かつ劇的なかたちで成人の仲間入りを果たしたかったのだ。計算ずくの行動であり、どんな感情とも無縁だった。

「俺の父さんの娘の母さん」

周囲と同様、啞然としている継母に、異人は慇懃《いんぎん》に呼び掛けた。

「大丈夫だよ、これからは俺が二人を養うから」

継母は娘を抱き締め立ち尽くすだけで、言葉もない。

「俺の親父の姉のせがれのせがれよ」

仰々しい呼び掛けに、ジャガーと異人を囲んでいた者も、そうでない者も振り返った。長《おさ》だった。人垣の中に堂々と立ち、威厳に満ちた表情で異人を見下ろしていた。

人間を本名で呼ぶのは、最大級の侮辱の一つだ。そこで普段は綽名《あだな》を使うが、侮蔑を含んだものも少なくない。敬意を表したければ、親族呼称を用いることだ。某《なにがし》の子、某の父、母、きょうだい、いとこ……関係を遠回しに述べるほど敬意が増す。異人女のせがれが、ここまで丁重に呼び掛けられたのは前代未聞だった。しかも、ほかならぬ長によってだ。異人自身も呆気に取られ、咄嗟《とっさ》に返答もできなかった。

「見事な腕前だ」異人の傍らに膝を突き、ひとしきり検分した後、長は重々しく賞讃した。「余計な傷もない。いい毛皮が取れるだろう。やはり、おまえの守護霊は特別だな」

「父が導いてくれたんです」

長は鷹揚《おうよう》に頷き、その主張を認めた。それから立ち上がると、異人ひとりにではなく皆に宣言するかのような大声で述べた。

「おまえの父は、弟と一緒に畑を耕していた。しかしおまえの父の弟は常日頃、おまえを異人だと馬鹿にしている。これからは、俺の畑を耕すといい」

どよめきが上がった。長の意図を測りかねて皆が一斉に喋り出す中、異人は独り合点していた。異人が一人前と見做されるようになれば、最強のまじない師にして最強の戦士の座を脅かす危険は、いよいよ現実的になるわけだ。将来の脅威を問答無用で排除するのではなく、手許に置いて御《ぎょ》そうというのだろう。

一方で長の宣言は、異人とその家族の庇護者役を自ら買って出たということでもあった。

異人にとっては願ってもない好機だ。

「そうします、長。俺の父の母方の叔父のせがれよ」

かくして異人と呼ばれる少年は、人間の村における新しい居場所を手に入れた。

## 5

風から異人へと吹き込んでくる情報は、ランダムなようでそうではない。まず、異人が要求する情報が優先された。要求しているのが本当に異人自身なのかは、無論どうでもいいことだ。また情報はその内容によって制限が設けられているが、今のところ不都合は生じていなかった。

完全に秘匿され、近づくこともできないのが、彼らに関する情報である。だから異人は未だに、風が彼らの意志をどこまで反映しているのかすら知らなかった。彼らは何ものなのか、どこにいるのか、目的はなんなのか。関心がないわけではないが、知りたくて堪《たま》らないというにはほど遠い。

人間の世界に属さない情報も、制限を掛けられている。空間的にも、時間的にもだ。しかし完全遮断ではなく、偶発的にか計画的にか断片的な情報の漏出は続いていた。推測で欠片《かけら》を繋げ、隙間と呼ぶには大きな穴を想像で埋めて、異人は少しずつ世界を拡張していく。それを楽しむ余裕すらあった。

森は昔から森だったが、今よりも遥かに脆弱だった。表土はごく薄く、植生が広範囲に失われれば、激しい雨によって不毛の地盤が剝き出しになった。森の外からやって来た人々が、大量に木を伐り倒す時代が続いた。森は加速度的に失われ、草一本生えない赤茶けた荒野が広がっていった。

やがて時代は変わり、人々は森の破壊をやめて再生に取り組み始めた。ある意味でこの試みは、破壊以上の変容を森にもたらすものだった。土壌そのものを造り変えたのである。小さな小さな生き物たちが、その役目を担った。草木の根に棲み付き、そこから髪の毛よりも細い菌根を伸ばした。岩のように硬い下層土に細かい網を張り巡らし、無機栄養分を取り出して宿主に提供した。

破壊に掛けた時間よりも速やかに、森は蘇っていった。以前よりずっと豊かになり、生まれ変わったとさえ言えるだろう。それから、さらに歳月が流れた。

崩壊は、突然だった。植物が本来持つアルカロイドなどの防御物質が強毒化し、草食動物の命を奪い始めた。栽培品種も例外ではなかった。植物の変異はそれだけではなかった。爆発的に増殖成長し、集落を、畑を、道を次々と飲み込んでいった。

原因は、土壌微生物の変異だった。かつての改造微生物との関連が疑われたが、じきにそれどころではなくなった。中毒死や餓死を免れたあらゆる動物に、疫病が襲い掛かっていた。人々は死ぬか逃げ出すかし、こうして森は閉ざされた一つの世界となった。わずかながら留まって生き延びた者もおり、その子孫が現在の森の民だ。

こうした歴史を、人間は完全に忘れ去っていた。語り継がれてきた伝説の中にも、森が変わる以前を窺わせるものは何一つ見出せない。それでいて、朽ちることのない構造物や、時折土中から掘り出されるなどして出現する奇妙な物体は、異界に属するものとして非常に恐れられる。それら遺跡、遺物に共通するのは、森の外の世界に属するということだ。対照的に、同じく人工物でも村の名の由来となった岩絵など、大昔の森の民が遺したと思しきものについてはまるで無頓着な扱いだった。

沈黙は何よりも雄弁に、刻み込まれた恐怖を語る。

季節が二度巡る間、異人は狩りをし、獲物を隣人たちに分け与え、隣人たちから獲物を分け与えられた。長《おさ》の畑を耕し、長が遠征を行えば、三回に一回は参加した。毎回でなかったのは、徒《いたずら》に危険を冒す気はなかったからだ。危険は、戦闘に伴う物理的なものに限らなかった。たとえ一人の敵も斃《たお》さなくても、出陣だけで戦歴になる。無闇に名を高めて、長の警戒心を煽るようなことはしない。そのようにして少年は賢明に立ち回って生き延び、家族を養ってきた。

鍋をかき回している継母に、異人は今日の獲物を差し出した。後肢の長い中型齧歯類を見て、継母は思い切り鼻に皺を寄せた。

「またアグーチかい！　来る日も来る日もアグーチや小鳥ばっかり。ああ、偶《たま》には猿の肉が食べたい！」

いつもどおり、異人は聞き流した。今日、猿を仕留めたのは自分だけだと、わざわざ告げたりもしなかった。狩人は自分の獲物を食べてはならないし、家族に与えてもならない。そのことを知らない人間はおらず、継母はただ、異人に扶養される立場が未だに癪《しゃく》に障ってならないのだ。それでもこうして毎日、自分と娘だけでなく異人の分の食料も集め、料理をしてくれる。近くの炉辺では、派手な夫婦喧嘩が繰り広げられていた。狩りから帰って食事の支度ができていなければ、夫は激怒するものと決まっている。単に妻の要領が悪い場合は稀で、たいていは不服従の表明だからだ。

「にいちゃん、にいちゃん」

異母妹が駆け寄ってきた。異人は相好を崩し、飛び付いてきた小さな身体を高く抱き上げた。明るい笑い声が振り撒かれる。継母は顔をしかめたが何も言わなかった。これもまた妥協の一つだ。彼女は今も亡夫の連れ子を異人と呼び、彼からは俺の妹の母さんと呼ばれるが、少なくとも兄妹の絆は黙認している。

「お話して！」

「昼飯だよ、後にしな！」

継母の怒鳴り声を背に、異人は妹を抱いたままハンモックに腰を下ろした。「なんのお話がいい？」

妹の答えは決まっている。「異人のお話」

よし、と異人は話し始めた。「異人の邦《くに》では、なんでも逆さまなんだ。異人は昼に寝て夜に起きる。生まれた時は年寄りで、だんだん若返っていって赤ん坊になって死ぬ。女が弓矢を持って狩りや戦をして、男が籠を背負って薪や食べ物を集める……」

身振り手振りを交えた語りに、まだ二歳の妹は、どこまで理解できているのか、けらけらと笑った。この二、三ヵ月、ほとんど毎日このお話ばかり聞きたがる。同じお話というのが肝要なのだ。だから異人も、勝手に筋を変えて聞き手の興を削いだりはしない。

「異人はどうやって歩くの？」期待に目を輝かせながら、幼い少女は尋ねる。

「見てろよ」

妹を膝から下ろして立ち上がった。傾斜壁の下の居住空間から広場に出ると、えいっと掛け声とともに逆立ちした。そのまま歩き出す。妹は大喜びできゃあきゃあ叫び、手を叩いた。

初めて異人がこの芸当を披露した時、村はちょっとした騒ぎになった。そんなことをした人間は未だかつていなかったから。だが村人たちは、すぐに気に留めなくなった。そんなことをしたのが異人だったから。今、はしゃいで集まってくるのはごく幼い子供だけだ。

「にいちゃん、あたしも！」

十歩余り歩いたところで、とんぼを切って地面に足を着けた兄に、妹は両手を差し伸べた。異人が逆さに抱えてやると、少女は甲高く笑った。魚のように身をくねらせるので、取り落とさないようにするのが一苦労だ。周囲の子供たちが、自分もと騒ぐ。

「やだね、父さんか母さんにやってもらいな」

にべもなく言い、異人は妹を抱えて炉辺に戻った。もっとやりたい、と幼い声がねだる。

「駄目だ、飯を食わなきゃいけないからな。ここは人間の邦だから、尻から食って口からひり出すわけにいかないんだ」

　これも幾度となく繰り返している返答だが、妹は引き攣《つ》けでも起こしかねないほど笑い転げた。

　異人は小さな木の腰掛に、継母は地べたに尻を落として座り、茹でた椰子の実と炒《い》った幼虫の昼食を摂った。継母は食べながら休みなく愚痴と小言を零し、異人は食事に専念する。妹は母親の膝に座って乳房に吸い付き、時折口に押し込まれる食べ物を、生え揃っていない歯で咀嚼《そしやく》していた。ふと、広場の一角に目を留める。

「あれ、なあに？」

　この問いを、母親は無視した。あれが出現して以来、毎日尋ねられているのだ。

「娘の小屋だよ」

　異人が答えた。視線をそちらへ向けないよう、大袈裟なほどに顔を背けている。

「中に、おまえの従姉がいる」

「どうして？」

「大人になる女は、ああやって閉じ籠らなきゃならないんだ」

「どうして？」

「お化けに見つからないようにさ」

毎回同じ答えを、根気よく繰り返す。妹はなおも不思議そうに小屋を見詰める。男がそれを直視するのはタブーだが、どんなものか異人は知っていた。中にハンモックを一枚張れるだけの小さな掘立小屋だが、椰子の葉で完全に覆われ、入口も身を屈めなければ通れない。外からも内からも視線を遮る造りだ。

幼い妹には、あんな狭い場所に人間が閉じ籠っているというのが、どうしても納得できないのだろう。初潮を迎えた少女は、こうしてひと月近く隔離される。周囲には柱が数本立ち、ハンモックが吊ってあった。父親と兄が夜間、見張りをするのだ。乏しい食事しか与えられない娘が逃げ出さないよう、あるいは不埒《ふらち》な男が近づかないように。隔離が終わると、お祝いが催される。

「見つかってない？　大丈夫？」

「大丈夫だ、叔父さんや従兄たちが見張ってるから。次の満月までには出られるよ」

「そしたら、お嫁に行くの？」

「相手が決まったらな」

「あたしも大人になったら、お嫁に行くの？」

そうさ、と答えたのは継母だった。愛しげな視線を娘に注ぐ。「身体を朱《あか》く塗って、髪をきちんと刈って、耳や鼻に穴を開けて羽根を差すんだよ。そりゃあ綺麗だろうね」

異人は長《おさ》に先日、妹を息子の嫁にと言われたことを思い出した。継母はまだ知らないようだが、面倒なのでこの場では持ち出さないことにした。どうせ十年は先の話だ。

「おまえは他所《よそ》へは嫁に行かないよ」妹に微笑みかけた。「俺が村でいい婿を見つけてやるからな」

「そうだね」珍しく、継母が同意した。「女は自分の村で結婚するのが一番だ」

ずっと同じ村にいれば、守ることができる。妹がどこかの碌《ろく》でなしに虐待されるなど、異人には耐えられなかった。

人間は男女比が不均衡で、それは人口過密な地域ほど著しいが、この東の辺境地帯でも男の数は赤ん坊から老人まで、女の一倍半近かった。だから初潮を迎えた女がすぐに結婚する一方で、三十を過ぎても独り身の男は大勢いる。結婚の条件は厳しく、長のような有力者でない限り、求婚者は数ヵ月にわたって将来の義父に奉仕せねばならない。狩りや畑仕事を肩代わりするのだ。弟が兄嫁を共有させてもらう例も少なくないが、そのような弟の立場は非常に弱かった。兄嫁には邪険にされ、まともに食べさせてもらえず、生まれた子はすべて兄の子と見做される。

富と呼ぶに値するものを一切持たない人間の邦《くに》において、女は唯一の戦利品だ。優先権は有力者たちにある。たとえば長はこの二年で、新たに二人の妻を得ていた。どちらも戦利品である。村の半数の男が一人の妻も手に入れられない中で、長ひとりが五人もの妻を独占している——死んだ者も加えれば、八人だ。一人は病死だが、一人は敵に、一人は長自身によって殺されていた。数ヵ月前、もはや誰も憶えていない些細な理由から矢を射掛けられ、その傷が因《もと》で死んだのだ。

　このように、貴重なはずの女が夫の手に掛かることは珍しくなかった。妻が一人でも複数でも同じである。概して、掠奪された女ほど殺されやすい。村の中に、守ってくれる近親の男がいないからだ。拉致されかけた女が抵抗し、逆上した男に殺される場合もままあった。人間の男は、女を手に入れるために戦《いくさ》をし、戦をするために女を殺す。そして人間の母親は、女児を殺す。女不足の最大の原因が、この嬰児殺しだった。

　女たちは、毎日森を歩き回って食料を集めなければならない。一度に抱えて歩ける子供は一人だけだ。三年もの間、授乳を続けるのは、排卵を止めて次の妊娠を遅らせるためである。その期間は禁欲も推奨される。あくまで推奨であって罰則はないので、時には二年と置かずに次の子が生まれてしまうこともある。母親に代わって食料を集めるか上の子の面倒を見るかしてくれる親族の女がいればいいが、そうでなければ間引くしかない。堕胎は一般的ではなかった。

　同じ理由で、双子も間引きの対象になる。しかし両方男児の場合、殺されるのは一人だけなのに対し、両方女児であれば両方殺される。男女の双子であれば当然、女児だ。障害のある赤ん坊も殺されるが、男児がかなり目に付く障害でも育てられることがある一方で、女児は小さな痣《あざ》や疣《いぼ》があっただけで殺されかねない。普通よりやや毛深かっただけで殺された子もいた——母が目撃した事例だ。異人は、産気づいて森へ行った女が赤ん坊を連れずに戻ってくる理由を、女たちの噂話から推測するしかない。

　母親は産み落とした我が子を、自ら手に掛ける。地面に置き、喉の上に丸太を置いて踏み付けるのだ。生殺与奪権は母親にあるが、お産に立ち会う女たちの、女児ならば殺してしまえという圧力は無視し難い。第一子が女児であれば殺す。姉妹が続けて生まれた場合、充分に齢《とし》が離れていても妹は殺される。その他ありとあらゆる理由を付けて、女の赤ん坊は殺され続ける。男は、確かに娘より息子を望むが、女——もしくは女たちの決定には一切口出ししない。娘の養育を拒否することもない。そして新たな女を求めて戦をする。

母は異人に、妻を娶《めと》り娘に旅をさせよと言い遺した。しかし娘をもうける以前に、妻を手に入れられる可能性自体が低いことを、異人はもはや承知していた。半異人に娘を嫁がせたがる親はいないし、戦利品に与《あずか》れる順位も低い。

この二年、一人前の男として、異人は幾度も魔法の粉を吸っていた。そうして、目と耳の遺伝子を受け継ぐ子供が新たに誕生しても、機能するには風にゲノム情報が登録されなければならないと知った。母親は胎盤を通じて子の細胞を体内に取り込むことで、情報を獲得できる。だが父親は、子の組織片——たとえば臍帯血などを摂取する必要があった。摂取は早ければ早いほうがいい。いずれにせよ、ただ種を播くだけでは駄目で、父親として子を腕に抱ける立場にないといけないのだ。

そして仮にこの人間の邦《くに》で新たな目と耳が誕生したとしても、その子が次の世代を残せる可能性はさらに低い。そのことを知らない母ではなかった——どころか、骨身に沁みていた。異人の前に産んだ三人の子は、いずれも人間に殺されている。娘に旅をさせよ、とは、異人に生き延びてほしいという願望が言わせた言葉だった。

母には兄が二人と姉が一人いた。彼らにも子はいるだろうから、異人が子孫を残せなくても問題あるまい。俺はこのまま、妹を守り続けたい——近頃、彼はそう考えるようになっていた。手を差し伸べると、妹は母親の膝から立ち上がり、ちょこちょこと駆け寄って来る。抱き締めて、囁いた。

「兄ちゃんは、ずっとおまえの傍《そば》にいて、おまえを守るよ」

その時、犬が吠え始めた。

一瞬で村は恐慌に陥った。食べかけの昼食を引っ繰り返して、村中が総立ちになる。

「敵だ、殺される！」

子を抱き竦める女たち、武器を引っ摑む男たち。人間も犬も、声を限りに叫び吠える。異人は妹をその母の腕に押し付けると、弓矢を取って駆け出した。

「来るなら来い！　皆殺しにしてやる！」

長は広場の真ん中に立ち、弓矢を振り立て雄叫びを上げていた。勇ましくも無意味な蛮声を遮るのに、異人は耳元で何度も叫ばねばならなかった。

「長、指示を頼む！」

血走った目と今にも打ち掛かりそうな形相とが、ようやく振り向いた。

「あんたは長だ。どうしたらいいか、俺たちに教えてくれ！」

厳《いか》つい顔に虚ろな表情を浮かべ、長は立ち尽くした。またか、という思いは態度に出さず、異人は辛抱強く尋ねた。

「とりあえず様子を探ってくればいいか？」

「よ、よし、そうしろ」

異人は二つしかない村の出入口の一つへと走った。静まれ、うろたえるな、と気を取り直した長が叫ぶ声が背後に聞こえる。長さ二メートルもの矢に対し、丸太の骨組みと椰子の葉でできた傾斜壁は遮蔽の役割をほとんど果たさない。承知の上で身を寄せ、一人がようやく通れるだけの幅しかない出入口から外を窺った。壁と森の間の環状の空間は、明るい陽光が降り注いでいるだけだった。

結局、長と異人、及び腰の数人から成る偵察隊が村の周囲を一回りし、敵はいなかったと宣言して、騒ぎはようやく収束に向かった。男も女も腹立ち紛れに犬を折檻し始めた。異人はため息をついた。ここのところ、連日こんな有様だ。犬たちは人間の緊張が伝染したに過ぎない。

「薄情なせがれだよ」炉辺に戻った異人に、恨みがましく継母が言った。「母親と妹をほったらかしにして。あたしたちが殺されてもいいんだね」

徒労感に襲われて、異人は腰掛に座り込んだ。継母に反駁《はんばく》――こんな時だけ母子だと主張する身勝手さの指摘も含めて――する気力も、無事だった昼食の残りを食べる気力もない。

それでも、目をいっぱいに見開いて母親にしがみ付いている妹に、笑い掛けることはできた。

「なんでもなかったんだよ、間抜けなわんわんが間違えただけだよ」

「わんわん？　まぬけ？」

幼い少女は笑い出した。緊張が残る甲走《かんばし》った笑いで、瞳は涙で濡れているが、笑いには違いない。殴打される犬たちを指差し、いっそう高く笑った。人間の残虐性は、順調に育まれている。異人は深く嘆息した。

あらゆる戦の原因は、女の争奪と積年の怨恨だ――人間たちは皆、そう信じている。しかしそれらは表層的な理由に過ぎなかった。人間が誰一人として自覚していない真の理由は、土地の確保だ。狩猟民である彼らは、猟場として広大な森を必要とする。

一見、単純明快だ。だが実際には、人間はカロリーの大半を作物と野生の植物に依存していた。蛋白質の大部分も魚や小型爬虫類、昆虫などの節足動物で賄《まかな》われる。広大な森を駆け回ってようやく得られる獲物――鳥獣および鰐《わに》やアナコンダなど大型爬虫類は、ごくささやかな割合を占めるだけだ。それどころか、たとえば漁獲量を増やせば、もっと狭い面積で充分食べていけるはずなのだ。

狩りの獲物が必要なのは、皆で分け合うためである。獲物の分かち合いこそ、法を持たず王を持たず、同胞同士でさえ憎み合う人間をかろうじて集団として繋ぎ止める、ほとんど唯一の力だった。人間は実に多くのタブーを持つが、厳守されているとは言い難い。数少ない例外の一つが、自分で仕留めた獲物を口にすることだ。これを破った者は、二度と誰からも獲物を分け与えられなくなる。そうして村にいられなくなり野垂れ死にした男の例を、異人も話だけなら幾つも知っていた。

おそらくそれは、災厄の時代まで遡《さかのぼ》る掟だった。植物が強毒化し、動物も毒と疫病によって激減した時代、人々は乏しい食料を巡って相争った。敵を排除するには、団結したほうが効率的だ。そして極限状態における最も明確な信頼の証《あかし》が、食料の分かち合いだった。一盛の果実よりも一塊の肉のほうが、分かち合いの実感は大きい。

敵を倒し食料を得るために団結する。団結するために食料を分け合う。分け合うための食料すなわち獲物を狩るには、より広大な土地が必要になる。そのため、敵を倒す必要がさらに増す。

皆に食料を行き渡らせるためには、敵だけでなく仲間の数も抑制しなければならなかった。男を減らしても効果は薄い。減らすなら女だ――この法則が退行とともに忘れ去られた頃には、女を戦にも狩りにも役に立たない劣った者とする文化が、女児殺しの駆動力となっていたはずだ。

そして図らずも、女の不足は男の攻撃性をより高める結果を生んだ。ヒトの攻撃性は、食欲よりも性欲に結び付いている。人間の男は、包皮の先端を括《くく》って腰紐に結び付ける。異人も二年前からそうしているが、勃起を模しているのは言うまでもない。攻撃性の最も端的な象徴であり、威嚇のポーズだが、同時に亀頭の露出を避けている。剝き出しの亀頭は、女の意のままにされる弱さの表れだからだ。

この極めて攻撃的な集団が、他の集団を着実に駆逐していったのは間違いない。人間に占有された広大な領域がその証拠だ。北の森では、そこまで攻撃的でなかった諸集団の子孫が、さまざまな部族として入り交じって暮らしている。各部族間では通商や通婚が行われ、友好的な関係が保たれているが、内心では互いに軽蔑し合い、完全には信用することがない。そのわだかまりが、時として部族間戦争となって噴出する。この拭いがたい異族嫌悪はしかし、同族同士の団結を生み出してもいた。

人間も周囲に他者がいた間は、彼らへの敵意が同族愛の土壌となっていただろう。だが他者を完全に駆逐し我々だけになった時、その極限まで高められた攻撃性は、放棄されるのではなく自らに向かうこととなったのだ。村と村、同じ村の仲間、血族ですら敵同士になった。兄弟や友人であっても陰口を言い触らし、隙あらば妻を寝取ろうと狙い、立場が弱いと見れば公然と侮辱する。陰険な応酬は、物理的な暴力へと発展し血が流される。

夫は常に新しい女を求め、苦労の末に手に入れた妻を日常的に拳や棍棒で殴り、矢を射掛け、火傷を負わせる。プライヴァシーのない人間の村では、こうした家庭内暴力は衆目に晒されることになる。最も手軽な攻撃性のパフォーマンスだ。妻は妻で、おとなしく耐え忍んだりはしない。機会さえあれば不貞というかたちで復讐する。

唯一信頼できるのは、親と子の絆だけ。憎悪と猜疑《さいぎ》に満ちた殺伐とした社会だ。そこで生きていく苦痛を緩和するのが、魔法の粉だった。男たちは薬物で得られる大いなる連帯感のうちに儀式的決闘を行うことで、暴力は相互理解の手段だという欺瞞《ぎまん》に酔う。さらに本物の戦もその延長だと、自らを欺《あざむ》く。すでに幾度も参加した戦闘で、異人はこのすり替えを毎回目撃していた。誰もが恐怖しているくせに、魔法の粉に酔ったような高揚を装うのだ。それができないのは、未熟さの証とされる。そして女子供は、その欺瞞からさえも除外されている。

災厄はおそらく終息はしていないが、最悪の時代は過ぎていた。少なくとも巽人が知る範囲では、小康と呼べる状態が何世代も続いている。食料を巡って殺し合う時代は過ぎ去ったのだ。しかし殺し合いの文化は、もはや自らの力では停止できなくなっている。一個人、一集団が攻撃性を捨てれば、たちまち周囲に滅ぼされてしまう。食料の獲得という純粋に生物学的な動機を、文化が補強し助長してきた。やがて文化はそれ自体で稼働するようになり、生物学的な原動力が弱まっても、已《や》むことなく人間を駆り立て続ける。

殺す者すなわち人間は、断じて野蛮人ではない——野蛮が獣性と同義だとするならば。彼らはこの上なく文化的で、人間的だ。

それでもこの東の辺境は、比較的平穏なはずだった。巽人の母は、より人間が過密な地域を旅してきた。そこでは村と村とが一日と離れておらず、猟場の確保を巡って頻繁に衝突が起きていた。村内での暴力もいっそう苛烈だった。どの村も頑丈な柵で囲まれ、女は男の半数しかいなかった。一方、ここ東の果て一帯では、村々は互いに三日は隔たっている。

だがこのところ、東の果てでも戦が頻発していた。元凶は、この鰐岩村にあった——長が野心に取り憑かれたのだ。

# 6

男が二人、鰐岩村へやって来た。敵意がないことを示す儀礼的な問答が長々と行われたのち、壁の内部に入ることを許された。訪問者たちの村は北——正確には北西だが、鰐岩の住民はあくまで北と言い張る——へ四、五日の距離にある。二人は兄と弟だった。彼らの長兄は一族の頭《かしら》であり、乾季の初め、鰐岩村に妻を奪われていた。長兄は復讐を企んでいる、と弟たちは鰐岩の長《おさ》に告げた。

最近、長は舅《しゅうと》の一人を亡くしていた。兄が呪ったのだと訪問者たちは断言した。

「狙いはあんただったのさ。だけどあんたの守護霊が強いから、外れて身内に当たっちまったんだ」

長は憤《いきどお》った。立ち上がって足を踏み鳴らし、復讐を宣言した。舅の治療に失敗したばかりか死因を突き止めることすらできなかったなどとは、おくびにも出さない。敢えて指摘する者もいなかった。

「襲撃の準備だ。奴の畑を荒らしてやるぞ。怒って出てきたところを始末してやる」

「待て待て」訪問者たちは慌てて制止した。「兄貴の畑は俺たちの畑でもある。もっといい策があるぞ。宴で騙し討ちにするんだ」

一同は静まり返った。それは、最高とされる戦術だった。偽って敵を宴に招待し、すっかり油断したところを男は殺し、女は捕らえるのだ。まさに一網打尽であり、通常の襲撃に比べ、戦果は計り知れないほど大きい。

ただし、この辺境にあっては伝聞でしか知られていない、半ば伝説上の戦法だった。理由は明白である。和解と親睦の催しである宴で、偶発的な衝突ならまだしも計画的な裏切りが行われたら、もはや村同士の信頼は一切失われてしまう。平和な辺境では、そこまで勝利は追求されていなかった。

この唆《そそのか》しに、若者たちは夢中になった。伝え聞くだけだった必勝の策を実行できる上に、かつてないほど大量の女がいっぺんに手に入るのだ。宴にやって来た女が一人残らず、帰ってしまうことなく自分たちのものになる――思い描いて、若者たちはうっとりとした。

「よく考えろ。村の中で戦《いくさ》をするんだぞ」

水を差したのは、彼らより若い異人だった。

「鰐岩の女子供、年寄りが巻き添えになる。女房持ちじゃない奴だって、祖父《じい》さん祖母《ばあ》さんにお袋や姉貴、弟や妹がいるだろう」

「異人は黙ってろ」

一斉に怒声が飛ぶ。だが異人に賛同する声も、ぶつぶつと上がった。主に人垣の外縁からだ。長と訪問者たちは広場の一角、傾斜壁が作る日陰で対面していた。彼らを囲んで、しゃがむか小さな腰掛に座るかしているのは、長の身内の中でも序列の高い者たち。残りの者は、その背後に立つ。大多数の村人は、我関せずと普段どおり働いたり寛《くつろ》いだり、いがみ合ったりしていたのだが、若者たちの興奮に何事かと集まり始めていた。

「北の奴ら、びっくり仰天して何もできやしないさ」

「男は皆殺し、女は摑み取りだ」

反論など耳に入らなかったかのように、未熟な戦士たちは虫のいい空想を語る。異人は苛立った。母の体験を通じて、騙し討ちの宴がどれだけ凄惨なものかを彼は知っていた。

「そうとも」北の村の兄弟も言い募った。「あんたたちは俺たちより勇敢で残忍だ。兄貴もその仲間も、あっと言う間に殺されちまうさ」

この追従《ついしょう》に、長たちはすっかり気をよくした。つい今しがた異人に賛同した者たちでさえ、満更でもない顔だ。異人は声を荒らげた。

「こいつらに耳を貸すんじゃない。兄貴を殺したいけど度胸がないから、鰐岩にやらせようとしてるんだ」

「何を言う、この――」

煽動者たちは憤慨したが、それ以上に激したのは長だった。

「俺の客を侮辱するな、異人。おまえらもだ」再び立ち上がると、反対者たちに指を突き付けた。「腰抜けどもめ。もっともらしいことを言って、戦が怖いんだろう」

「北の村には女房の兄弟がいる。騙し討ちなんて御免だ」

はっきりとそう言ったのは、異人の叔父だった。憤怒の表情で拳を固める長に、一歩も退かない。たちまち空気が緊迫する。

「そうだよ、やめておくれ、騙し討ちなんて」

「北の村には、あたしの妹がいるんだ」

女たちが長に詰め寄り、両手を差し伸べ嘆願した。その喧《やかま》しさに閉口したように、長は頭を振った。睨み合いは終了した。異人の叔父は背を向けて歩み去り、数人の男が後に続いた。兄を密告した弟たちは長の炉辺に一泊し、翌日、彼らの村へと帰って行った。長の使者も同行していた。宴への招待だ。長は騙し討ちについてはもはや言及することなく、バナナを収穫して炉辺に吊るし、妻たちに贈り物の製作を命じた。そこで村人たちも騙し討ちは行われないものと判断し、各自、宴の準備に取り掛かった。しかし長が村の外で若い取り巻きたちと額を寄せ集めているのを、異人は一度ならず目撃することになった。彼はその輪から締め出されていた。やがて、長たちは大きな狩りへと出発した。

「甥よ、宴の準備は順調か？」

叔父が異人の炉辺を訪れたのは、長の不在の三日目だった。異人は磨いていた石斧を掲げてみせた。

「このとおり順調だ、叔父貴」

「そいつで客を殺すことにならないといいが」傍らにしゃがみ込んだ叔父は、斧には目もくれずに言った。異人の顔を、探るように見詰めている。

「俺は殺さない」

「長は殺しすぎた」

異人も叔父を見詰め返した。ややあって口を開いた。「そうだな。お蔭で鰐岩は、そこら中から怨まれてる」

「村の中でも、長のせいで身内を亡くした奴が大勢いる」

なおも慎重に、異人は言葉を選んだ。「長はあの兄弟が嘘を吐いたと解ってる。けど、戦の口実はなんだって歓迎なんだ。そして女に飢えた連中は、何も考えてない」

「おまえは違うな」

異人は頷いた。それだけを確認したかったというように、叔父は無言で立ち去った。異人は考え込みながら作業を再開した。

長になるのに、明確な手続きはない。どの村にも幾つも派閥があり、それぞれに頭目がいる。最も大きな派閥の頭目が長を名乗り、周囲もそう呼ぶようになるのだ。長と呼ばれる者が複数いる村もある。そのような村は早晩、分裂するのではあるが。

長にしても各派閥の頭目にしても、その権限は極めて小さい。不服従を罰する法はなく、忠誠という概念も存在しなかった。強力なまじない師でもある鰐岩の長は、敵を呪い殺すことができると恐れられているが、同じ村の住民に対して呪いは有効な脅しではない。呪いを解く最も確実な方法は、掛けた本人の殺害だからだ。

北の森の諸部族においても、長の権威は大して高くなかった。どの部族でも、村の運営は男たちの寄合《よりあい》によって為されていた。罪を犯した者の処分も、そこで決定される。一方、人間の村には、如何《いか》なるかたちの意思決定機関も存在しない。この違いは、一つには人間の暮らしには共同作業の機会が少ないからかもしれなかった。北では畑は村共有のものだが、人間の畑は親族単位で所有される。村ぐるみの共同作業と呼べるものは、村そのものである傾斜壁の建設と二、三年ごとの葺《ふ》き替え、そして宴だけだ。

戦は長または派閥の頭目によって指揮される。指揮といっても参加者を募り、出発の日取りを決め、目的地まで率いていくだけだ。いざ戦闘が始まれば皆てんでに行動し、指揮は事実上不可能になる。しかしとにもかくにも、戦闘開始まで指揮者の命令は尊重される。加えてあまりに一方的な負け戦でない限り、勝敗がはっきりしないのが常なので、戦が終われば自動的に指揮者の権威は高まる——しばらくの間は。この一時的な権威を保ちたければ、繰り返し戦を起こすしかない。

野心に取り憑かれた鰐岩の長は、あの手この手で戦を起こしてきた。口実はいくらでもあった。過去の怨恨——報復は報復を呼び、新たな口実を生み出す。さらには病人や怪我人が出たり、嵐が起きたり、不猟や不作が続いたりすれば、原因は敵の呪いだということになる。巧みな弁舌に乗せられ——雄弁でなければ長にはなれない——男たちは戦に駆り立てられた。名声と女の獲得しか頭にない若者を煽るのは、とりわけ簡単だった。

女が欲しいのは長も一緒である。ただしこちらは性欲とは無関係だった。なべて指導者は気前が良くなければならない。長となればなおさらで、絶えず惜しみなく分け与え続けなければならなかった。食料、弓矢、石斧、装身具、土器、犬、その他なんでも。与える物がなくなれば、戦を始めるのに必要な最低限の権威すら失う。長は普段、狩りにも漁にも行かず、畑仕事をするか人々に与える品物を作り続けている。より多く与えるには、妻たちの協力は欠かせない。何人もの妻は数少ない特権の一つだが、その特権はこのようなかたちで活かされるのだ。また、妻が増えれば身内も増える。掠奪した妻の親族も、和解できればやはり味方だ。

そんな苦労をしてまで維持したいほど、権威というものは魅力的らしい。だが長くは続かないことを異人は確信していた。過去にも大望を抱いた人間がいなかったはずはない。野心家たちは皆、ある時点で従う者がいなくなり自滅したのだ。いくら人間が好戦的だとはいえ、戦の根源的な動機はあくまで猟場の確保である。怨恨や女の不足は二次的な問題に過ぎない。近隣の村が縄張りを侵犯しようという気を起こさない程度に攻撃性を誇示できれば、それ以上の暴力は不要どころか有害だ。村にはすでに厭戦気分が蔓延し、長に焚き付けられるのは無分別な若者だけだった。

問題は、この村が戦をやめても、今まで襲撃された村々の怨みは簡単に消えはしないということだ。

長たちが大きな狩りから帰って来た日、北の村からの使者もやって来た。皆、鰐岩村から半日の場所まで来て野営し、宴を心待ちにしているとのことだった。使者がいなくなると、長たちはもはや誰憚《はばか》ることなく騙し討ちについて語り合い出した。狩りの間も散々気炎を上げたに違いなかった。にもかかわらず、贈答用の燻肉《いぶし》は大量に用意されていたが。

異人の叔父とその仲間は、密かに野営地へと赴いた。客たちに警告しようとしたのだ。この善意は報われなかった。弟たち——当然ながら留守番だった——に陥れられた男を筆頭に、誰も信じようとしなかったのだ。宴に来てほしくないのだろうと言われ、さらには北の村を分裂させようと目論んでいるのだとまで勘繰《かんぐ》られ、身の危険を感じた叔父たちは退散せざるを得なかった。

鰐岩村は今や、通常の宴とは異なる興奮に包まれていた。叔父一派は憤り、女や老人たちは怯えていたが、宴の準備を放棄する者は一人としていなかった。同様に、村から避難する者もいなかった。

異人は継母に、提案だけはしてみた。宴の間、南──正確には南西──の村へ避難しようと。そこは彼女の故郷だった。何年も前に掠奪されてきたのだ。

「どの面下げて帰れるって言うんだい」というのが彼女の答えだった。「あいつらはあたしを、異人のお袋だって馬鹿にするんだよ」

宴の時は顔を合わせてるじゃないか、とは異人は言わなかった。それとこれとは別なのだろう。

「村の近くまで送ったら、俺だけ帰るよ」

「あたしと娘が肩身の狭い思いをしてる間、おまえは宴でたらふく食うんだね」

「だから、騙し討ちがあるから危ないって」

「ふん、怖いもんか」

人間は、危険に備えるということがない。敵の襲撃に怯え、犬が吠えただけでパニックを起こしておきながら、女子供が森に行くのに護衛を付けようともしない。同様に、魔法の粉の吸引が引き起こす騒乱で女子供に被害が及ぶこともあるのは、彼らがあらかじめ避難しようとしないからだ。何も手を打たないことで、危険を回避できるとでも信じているかのように。

いよいよ始まった宴は、異常に張り詰めた空気の中で進行した。長と取り巻きたちは幾度もこれ見よがしに武器を振りかざしては、「こいつが血を求めてるぞ」などと嘯《うそぶ》いた。客も鰐岩の他の住民も、この挑発を完全に黙殺したが、緊張はいやが上にも高まっていった。不自然なほど陽気に振る舞う者も少なくなかった。

異人は長の動向に注意を払い続けていた。だが同時に、継母と妹の居場所も把握していなければならなかった。継母は異人が近づくのを拒み、妹はと言えば、大人たちの脚の間をちょこまかとすり抜けて駆け回っていた。三人同時に見張るのは風に頼っても限りなく不可能に近く、異人は神経をすり減らした。それでも日没とともにダンスが始まると、長が取り巻きたちに声を掛け始めたのを見逃しはしなかった。彼らは次々と踊りの輪から抜けていく。いったん村の外へ出るようだ。継母は夢中になって踊っている。妹の姿は見当たらなかった。

狼狽《うろた》え、闇雲に駆け出そうとして朱と黒の人体の壁に遮られた。長大な弓と矢が動きを妨げる。鼓動が速まり、口の中が干上がった。身体がぐるりと回って向きを変えた。人間たちの頭越しに、視線が傾斜壁の一角へと飛ぶ。あの下だ。異人は焦燥を抑え付け、主導権を風に引き渡した。途端に動作が滑らかになり、嵩《かさ》張る弓矢も身体の一部と化して、群舞の間をすり抜けていく。間もなく、炉辺でほかの子供たちと遊んでいる妹が目に入った。

長が戻って来たのはその時だった。村に足を踏み入れるなり、棍棒を振るい始める。取り巻きたちが後に続いた。次々と上がる悲鳴は、宴の賑わいに飲み込まれた。

もはやなりふり構わず、異人は人々を突き飛ばして妹に駆け寄った。片手で掻っ攫《さら》うように抱き上げる。幼い憤りとばたつく手足を抱え、継母の許へと走った。広場のこちら側では、戦闘が始まったことにも気づかず歌とダンスが続いている。

「母さん、戦だ！」

継母は押し付けられた娘を反射的に抱き取ったものの、もう一方の手を振り上げ、怒りの叫びとともに異人を殴った。周囲がどっと笑う。異人は歯を食い縛り、喚く継母を引き摺って駆け出した。行く手を遮る者は敵味方を問わず、弓を棍棒のように振るって殴り倒す。混乱が広がる村に、夕闇が急速に落ちてくる。舟型桶が引っ繰り返り、バナナ粥がぶちまけられる。転んだ幼児が、起き上がる間もなく幾度も踏み付けられて泣き叫ぶ。

出入口を固めておくだけの戦術も人間は持たないが、狭い開口部は殺到する人々で塞がれた。機敏な者は椰子の葉の壁を突き破り、逸早《いち》く脱出に成功していた。異人もそのつもりなのだが、恐慌状態の継母を引き摺って、前進もままならない。ようやく壁に辿り着くと、弓矢を投げ捨てて椰子の葉を掻き分けた。

矢が唸りを上げて飛び交い始めた。広場に留まるのが戦士だけになり、弓を引く空間が確保できたのだ。継母と妹を壁の穴から押し出しながら背後を警戒する異人の視線が、広場の真ん中に立ち竦む幼い少女の姿を捉えた。五歳くらい、周囲を見回し泣きじゃくっている。鰐岩の娘だと異人には判るが、残照の下では人間たちには見分けられまい。その頭上を矢が飛ぶ。

異人は息を飲んだ。一拍置いて、一本の矢が吸い込まれるように少女の胸に突き立つ。愕然としつつも、異人は矢の軌跡を目で辿った。長が、次の矢をつがえたところだった。一瞬後、我に返った異人は、継母たちを追って壁の穴に身を押し込んだ。

母子三人で一晩中、森に身を潜めていた。村では深夜まで叫喚が続いていた。長が手勢を率いて追撃に向かうのが聞こえ、やがて村は静まり返った。時折どこか遠くから鳥とも獣ともつかない叫びが上がっていたが、次第に間遠になり、ついには途絶えた。

空が白み始める頃、母子は寒さで震えながら壁の穴を潜《くぐ》って村に戻った。夕陽と同様に駆け足の朝陽が、惨状を露わにしつつあった。

闇の中の乱戦であり、長時間続いた割に死者は少ないようだ。負傷者は夥《おびただ》しく、汚泥の中で蠢《うごめ》いている。男、女、子供に老人。苦悶の呻きが円形空間を満たしていた。鰐岩の住人たちはその間を歩き回り、敵味方を問わず身内を探していた。村人の多くが敵――客として招かれた人々――を公然と保護していた。一方で、敵の男は殺し女は捕虜にしようとする者もおり、そこかしこで激しい言い争いが起きていた。

昼近くになって、長たちが意気揚々と戻って来た。女を数人、連行していた。村人たちの行動を見て腹を立てた。引き渡しの要求を彼らは断固として拒み、長を人殺しと罵った。

「長、いたぞ！」

取り巻きの若者たちが引き摺り出したのは、この戦の元凶と目される男だった。長を呪ったことになっている北の村の有力者だ。逞しい壮年の戦士だが、ウルクの実に染められていない肌は血の気を失い、顔は苦痛に歪んでいた。腹に矢傷があり、長の前に引き出される間にも、血が足を伝って流れ落ちた。

「俺は平和を望んでいる。戦などしたくなかったのだ。だがこいつが俺の死を望み、呪いを掛けた……」

滔々《とうとう》と続く糾弾に、北の戦士は一切抗弁しなかった。呪いを掛けたのは事実だったのかもしれないし、あるいは単に苦痛のあまり長の言葉など耳に入っていなかったのかもしれない。

「どうせ俺は長くは保《も》たん」演説を遮り、戦士は苦々しげに吐き捨てた。「さっさと殺せ」

腹に鏃《やじり》が残っているのだ。人間の矢は、鏃が矢柄から外れやすい造りになっている。即死を免れた敵は、引き伸ばされ苦痛に満ちた死を迎えることになる。

「言われなくても、そうするぞ」叫ぶなり、長は至近距離で弓を引き絞った。『貴様の死体は畑で焼いて、土に埋めてやる」

長と取り巻きが高笑いする中、北の戦士は無念さに歯噛みした。矢が放たれた瞬間、遠巻きにしていた鰐岩の住民たちの間から、女が一人飛び出した。死にゆく男の傍らに跪く。

「大丈夫だよ、あんたの骨はちゃんと拾って食べてやる。だから安心しな」そして長を見上げ、怒鳴った。「あんたなんか怖くないよ。殺したいなら殺せばいい」

長は新たな矢を摑んだが、女の夫や兄弟が駆け付け、立ちはだかった。彼らの足許で北の戦士はすでに絶命していたが、その死に顔は穏やかですらあった。

数日のうちに、すべての死者が火葬された。負傷者は身内の庇護の下、村に留まったが、治療と言っても傷を洗ってハンモックに寝かせておくくらいしかできない。腹を射られた者は傷口から腐臭を発しながら、ひどい苦しみの末に死者の列に加わった。助命され生き残った者の大半が、遺骨を拾って北の村に帰ることを許された。女を手に入れられた者は少なく、戦の余韻は勝利の高揚ではなく不満と後味の悪さだった。

# 7

騙し討ちの宴から半月が過ぎた。長《おさ》は新たな畑の開墾に着手した。陽当たりのいい緩やかな斜面の一角が選ばれる。使う道具は磨製石斧だ。研ぎ澄まされた刃は非常に鋭い――鋼にも引けを取らない――が打撃に弱く、灌木ならまだしも大木が相手では、たちまち刃毀《こぼ》れし石塊と化す。だからまずは、根本近くの樹皮を剝がして枯らすのだ。

退屈で面倒な作業に従事するのは、二十人ほどの男たちだった。長の親類縁者や取り巻き、長の娘に求婚中の男たちもいる。口数少ないが、仕事に熱心なわけではなかった。周囲を漂う異界の住人たちが彼らを萎縮させている。

新しい畑や村のために森を切り拓く時はいつも、少なからぬ数の精霊が現れる。この場合、精霊の正体は人間たちの恐怖だ。森よりもむしろ、開拓という行為への恐れだろう。異人には煙か何かのようにしか見えないが、皆の目にはさぞかし、おどろおどろしい姿が映っているに違いない。無視していればたいてい無害だが、災厄以前の人工物が発見されでもすれば、その瘴気でたちまち凶悪化するだろう。幸い、今回はまじない師でもある長がいるので心強い。

心強さのあまり気が緩んだのか、まるまると太った幼虫がたかる木を見つけた若者たちが、早速賞味を始めた。笑い声が沸き起こり、梢にまで達する。

「静かにしろ、奴らに目を付けられたいのか！」

長が叱責した。押し殺された鋭い声が、刃物のように空気を切り裂く。瞬間、無音のざわめきを、異人でさえ感じた。木々の間に緊張が走る。はしゃいでいた若者たちは、人間ならざる者たちの好奇の視線と人間たちの非難の視線とに竦み上がり、そそくさと作業に戻った。振り向いた長の目が、異人の目と合う。少年は素早く手許に視線を落とした。腋窩《えきか》に汗が滲むのは、暑熱のためばかりではなかった。

どんな作業も、正午を過ぎて続けられることはない。今日は樹皮を剝がすだけで終わりだろう。木が枯れるのを待つ間に、灌木や草を刈り取る。伐り倒した木を焼いて、できた空き地には、バナナや椰子の苗木を植える。北の森の主要な作物であるキャッサバを、人間は栽培しなかった。果樹と違ってキャッサバは植えてすぐに収穫できるようになるが、毒性が非常に強く、毒抜きには大変な手間と時間を要する。

宿主がどれだけ免疫系を進化させようと、いずれは寄生体も対抗手段を進化させるように、生き残った人々は強毒化した森への耐性を獲得した。しかし植物の自己防衛物質は、アルカロイドをはじめ多くが中枢神経系に作用する。人間も北の諸部族も、精霊やそれに類する異形を日常的に目にするのはそのせいだろう。

この外部化された無意識に、彼ら森の民は何世代もの間、ただ翻弄されてきたわけではなかった。北の森では、まじない師が精霊のメッセージを正しく聞き、人々を導く。一方、人間が頼りにするのは、まじない師よりも各人の守護霊だった。異人は守護霊を持たないので憶測でしかないが、その正体は右半球の外部化といったところか。

守護霊の存在は人間の極端な個人主義に相応《ふさわ》しいが、個人主義が守護霊を生み出したのではあるまい。人間族と北の諸部族の相違の一つに、幻覚剤の使用がある。精霊を生み出すのは植物毒だが、その精霊に対処するために人間はより強力なアルカロイドを積極的に摂取して守護霊との絆を深める。おそらく、守護霊を生み出したのも魔法の粉だ。サンプルが目と耳だけなので断定はできないが、魔法の粉の常習は、特殊なニューロン配線を創出する可能性がある。女は魔法の粉を禁じられているが、父親を通じてエピジェネティックな変異が受け継がれているのかもしれない。

北と同様、人間のまじない師も、外部化された無意識への対処が巧みである。まじない師が強力な守護霊を持つとは、つまりそういうことだった。彼らは精霊を利用した人心操作にも長《た》けている。今しがた、長が実演したとおりだ。

　にもかかわらず、うんざりした空気が石斧を手に身を屈める男たちの間に流れていた。人間は重労働には不慣れなのだ。しかもこれは長の畑であって、彼らのではない。長が新たな畑を必要とするのは、より多くの作物を村人に分配し、かつ宴に提供するためである。そうして、さらに勢力を拡大するのだ。

　それでも、作業を投げ出す者はいなかった。ここで騒ぎを起こして精霊の注意を惹きたくないからでもあるが、なんといっても長の威勢は未だ大きい。村の不満分子も当面の直接対決は避け、移住を選んだ。異人の叔父もその一人だ。だから異人は、こうして長の畑を切り拓いている。

　異人であることはつくづく不利だと、今さらながら痛感した。北の村は戦士の数が半減し、報復の可能性は低い。それでも、できればしばらく村を離れたかった。椰子林村へ行き、父の異母兄の許に身を寄せることを考えていたのだが、叔父に先を越されてしまった。異人を誘うどころか事前に告げさえしなかったのは、おまえは来るなという意思表示だろう。気の滅入る話だ。

　いっそ、妹だけを連れて村を出ようか。村を出て東へ向かい、人間の邦《くに》を出るのだ。幼い彼女はタブーに縛られず、精霊に悩まされることもない。精霊の道沿いの無人地帯なら、食料は豊富だろう。森の民の基準では乳飲み子だが、大人と同じ食べ物で大丈夫なのは判っている。妹を置いて狩りに出るわけにはいかないから、罠を仕掛けよう。兄と妹、二人だけで生きていこう……

それは楽しい空想だった――異人は唇を引き結び、知らず浮かんでいた微笑を消した。どこまでも空想に過ぎなかった。幼子《おさなご》をその母親から引き離すことなど、できはしない。

悲鳴が聞こえたのは、長が作業終了を告げた直後だった。男たちは一斉に身構えた。幾人かは、近くの木に立て掛けてある弓矢に手を伸ばした。

「助けて、殺される！」

泣き叫びながら、数人の女が斜面を駆け上がってきた。

「北の生き残りだよ！　鰐岩の近くだよ！」

その言葉が耳に届いた瞬間、異人は地を蹴って走り出していた。手には石斧。長い弓矢は、森の中を走るのに邪魔にしかならない。すぐに駆け出した者はほかにもいたが、誰も彼には追い着けなかった。

木々の間を異人は疾駆した。神経系は完璧に制御され、最高速度を維持し続けた。間に合わないかもしれないという思考は遮断していた。妹を守ることしか頭になかった。

鰐の絵が刻まれた巨岩の前で、異人は凝然と立ち竦んだ。岩の根元には血溜まりが広がる。子供の多くは、岩に頭を叩き付けられて死んでいた。一本の矢に射抜かれている母子の骸《むくろ》もあった。彼らの姿は、異人の目に映っても意識には上らなかった。血でぬかるんだ土を踏み死体を跨《また》ぎ越えて、吸い寄せられるように歩んだ。斧を取り落とした。続いて両膝が落ち、血と泥を撥ね上げた。震える手で、小さな身体を抱き上げた。

絶叫は、森を震わせた。何度も、何度も叫んだ。身体の中で膨れ上がっていくものを、吐き出そうとした。涙は出なかった。乾いた目を見開いて叫び続けた。

叫びが途切れた。無惨な亡骸《なきがら》を今一度きつく抱き締めると、異人は膝立ちになり、大きく背を仰け反らせた。反動を付け、岩に額を叩き付ける──寸前で、凝固した。指一本動かせない。風だった。奇妙な姿勢で硬直したまま、自由を取り戻そうと抗った。呻きが絞り出され、全身に痙攣が走った。抵抗のさ中、悲しみと絶望が捻じ曲げられ、別のものに変えられようとしているのを感じた。怒りと憎しみだった。逆らわず、身を委ねた。縛《いまし》めが解けた。そろそろと腕を動かし、妹を優しく地面に横たえた。恐怖に見開かれた目を閉じてやった。斧を拾い、立ち上がった。

襲撃者は九人だった。鰐岩の女はその倍。拘束はされていないが、逃げようとすれば容赦なく射殺《いころ》される。一列に歩かされる捕虜の前後左右を固め、男たちは周囲への警戒を怠《おこた》らない。

殿《しんがり》の男が、警告の叫びを発しながら矢をつがえた。速度を緩めないまま異人は疾走し、飛来した矢を斧で叩き落とした。次の矢が放たれるより早く、側面に回り込む。

石斧の分厚い峰が、こめかみの骨を打ち砕いた。襲撃者たちは散開しようとしたが、異人はその余裕を与えなかった。長すぎる弓と矢は、間合いを詰められれば動きを妨げる枷《かせ》となる。風が最小限の運動で最大限の破壊力を引き出し、華奢な身体が舞うたびに、二回り以上も大きい屈強な肉体が斃《たお》れていく。

斧の一振りごとに、異人は雄叫びを上げた。殺戮に酔っていた。彼は、殺す者だった。陶酔する精神のほんの一部分、無感動な領域は、九人のうち四人が北の村ではなく椰子林村から来たことに気づいていた。椰子林の協力を得られたから、復讐に燃える戦士たちは防備が手薄になった村を離れることができたのだ。

立っているのが異人だけとなるのに、そう長くは掛からなかった。女たちは蹲《うずくま》って震えている。その中には、彼の継母の姿もあった。彼女たちには目もくれず、異人は立ち尽くした。呼吸はほとんど乱れておらず、全身の筋肉は緊張を解いていない。血はなおも煮え滾《たぎ》っている。復讐の対象を求めている。

叔父やその異父兄らは、北の村への協力に関わっているのか——いや、そんなことはどうでもいい。罪を償うべき者は、もっと近くにいる。

「異人！」

女たちの間から、叫びが上がった。たちまち口々に、彼女たちを掠奪者の手から救い出してくれた少年を糾弾する。

「異人！　異人！」

「なんて恐ろしい。やっぱり異人だよ」

「人間じゃない……」

首を捻じ曲げるようにして、異人は振り返った。ひいっと女たちは息を飲み、縮み上がった。だが彼の視線が捉えたのは、継母ただ一人だった。血でぬめる斧の柄を握り締める。なぜおまえが生きている――脳裏に浮かぶのは、我が子と共に殺された女。おまえもせめて、ああして一緒に死ぬべきだった。

　張り詰めた空気を破ったのは、ようやく駆け付けてきた長たちだった。騒々しく、無様に息せき切って。点々と転がる死体に仰天し、何があったのかと異口同音に尋ねた。女たちもまた安堵で半狂乱になり、我勝ちに駆け寄った。異人だけが、振り向いただけでその場から動かなかった。

「全部おまえがやったのか」

　長の声はよく通り、衆を圧する。皆、口を噤《つぐ》みこそしなかったが声を潜めた。後退《あとずさ》り、長のために道を開けた。

「大したものだ。俺が見込んだだけのことはある」

　一撃で頭蓋を砕かれた死体を見回しながら、悠然と異人に歩み寄った。しかしその瞳には恐れと、それを上回る妬みが渦巻いている。

　異人の手から斧が滑り落ちた。長に向かって足を踏み出す。右手が走った。

　踏み込みと同時に突き出された二本の指が、左眼窩を抉《えぐ》った――脳の奥深くまで。異様な音が、長の口から吐き出された。堂々たる体軀が地響きを立てて倒れた。

　異人は引き摺り出した眼球を振り捨てた。凝《こご》った沈黙の中、すべてに背を向け、東へと歩き出した。人間たちは一言も発さず見送った。その後ろ姿がずいぶん小さくなってようやく、一人の女が叫んだ。「長が殺された！」

わあっと人間たちは沸き返った。背後にそれを聞いても異人の足取りは変わらなかったが、風を切る音に振り返った。

矢を掴んで止めた異人に、人間たちの恐怖は限界を超えた。男も女も、後も見ずに逃げ出した。長の死体を、敵の死体とともに放置して。異人はそれを見届けなかった。再び歩き出し、二度と振り返らなかった。幼さの残る顔は強張り、一切の感情を浮かべていなかった。足早に淀みなく歩き続けた。

夕刻、果ての川に至った。十メートルに及ぶ川幅は、この辺りでは最大のものだ。両岸を覆う真っ白な砂は養分が完全に洗い流されており、草も生えない。頭上には金色から朱、藍色へと刻々と色を変えていく空と、精霊の道があった。

異人は足を止めることなく、ざぶざぶと川に入っていった。足が着かなくなると泳いだ。岸に上がったが、数歩で崩折れた。白い砂を握り締める。歯を食い縛った。

泣くまいとした。泣くのは、ストレスを軽減するためだ。その行為を彼は憎んだ。悲しみも怒りも後悔も、このまま抱えていたかった。両親の死のように、思い出にはしたくない。思い出すと疼《うず》くだけの古い傷痕にはしたくない。鮮血が噴き零れるままにしておきたい……呼吸が乱れ、心拍数と血圧が危険なほど上昇する。苦痛に身をよじった。

なぜ妹を連れて、果ての川を越えなかったのか。人間たちから逃げ出さなかったのか。

怖かったからだ。継母のことを言い訳にして、本当は彼自身が恐れていたのだ。

故郷を離れるのが恐ろしかった。どれだけ殺伐としていようと、彼の知る唯一の世界だからだ。母の遺志もあった——人間として生きていくんだよ。暴力の結果として最初の子を産んだ時、母は初潮を迎えて二年にしかならない少女だった。我が子を人間として育てることに耐えられず、村を逃げ出した。東へ向かったが、精霊の道のずっと手前で、別の村の男たちに捕らえられた。赤ん坊は殺され、彼女の心は生涯癒えない傷を負った——二度と逃亡を考えられないほどの深い傷を。そしてその恐怖で、息子である異人をも知らず縛っていたのだ。

母を責めることはできない。それにもし、これが彼らの思惑だったとしたら。母子が充分な情報受容に必要な期間だけ人間の邦《くに》に留まるよう、恐怖を利用したのだとしたら。

わずかでも気を緩めたら、声も涙も涸れるまで泣き叫び続けてしまうだろう。それを求めているのは彼自身か、それとも情報受容体の機能低下を防ごうとするプログラムか。夜が降りてくる中、手足を縮め、身を苛む苦痛をいっそう固く抱き締めた。声すら漏らすまいとした。死に物狂いで抗い続けたが、ついに意識を失った。

翌朝目覚めた時、彼はもはやあらゆる感情が凪《な》いでいることを知った。

異人と呼ばれた少年は精霊の道に背を向け、白砂の河原に座っていた。人間の男らしくない、尻を落として膝を抱えた姿勢だ。長時間、直射日光に身を晒し飲み食いもしていないことを風が警告し続けているが、意識を掠《かす》めもしない。

もはや人間の邦には、なんのしがらみもなかった。異母妹の死も、思い出になってしまった。長《おさ》を殺したことは少しも後悔していないが、継母を殺さなくてよかったと今は思える。誰か保護者を見つけるなり南の村へ帰るなり、どうにか生き延びてほしいと願うことができた。

妹には名がなかった。人間の子供は、歯が生え変わり始める六、七歳まで名付けられることはない。その年齢までは人間ではない――異人だと見做されるからだ。命名権は母親にある。そして彼の母は、彼を名付けることなく逝った。

名付けられなかったことを、残念だとは思わない。彼も、異人女という以外の母の名を知らなかった。母は母であり、彼は、あたしの坊やだった。それで充分だった。同様に、妹は妹だ――母の死に次いで殺された妹も、昨日殺された妹も。

人間の邦を去るのだから、もはや彼は異人ではなくなる。自分で自分に名を付けようか。ふと、そんなことを考える。人間語しか知らないので人間の名前にはなるが。

首を横に振った。やめよう。彼らが人間だというなら、俺は異人のままでいい。

意志も感情も操られている可能性に、母は気づいていただろうか。だとしても、昨夜の彼自身のようには苦しまずに済んだのであればいいが。

今や、その苦しみも遠かった。彼はプログラムに操られる一個の機械だが、そうでなくても自由意志など仮想上のものでしかないのだ。人間たちも環境と遺伝子、そして文化に操られる機械に過ぎない。己が何ものか知らない機械よりも、知っている機械でいたかった。

立ち上がり、人間の邦に背を向けて、木々の上に聳《そび》える精霊の道を仰ぎ見た。もはや彼の目に、群がる精霊たちが見えることはない。カレテラ・パナメリカナ、あるいは汎アメリカ《パン・アメリカン・》高速道《ハイウェイ》——遥か北の大陸から地峡を通ってこの南の大陸に達し、密林を貫いて地の果てまで伸びる古代道。そこで生きる人々がいる、と風が囁く。その人々に、彼らが興味を抱いている。彼らの興味は、彼の興味だ。そう言えば——初めて魔法の粉を吸った時のことを思い出す。強烈な好奇心に衝き動かされ、この高架道路の遺跡目指して飛んだのだ。だが彼らは時期尚早だとして、好奇心を封じた。今の今まで、きれいに忘れていた。

記憶と好奇心が解放され、最初の目的地は決まった。地上から切り離された特異な環境には、どんな人々が生きるのだろうか。彼らもまた、自らを人間と呼ぶのだろうか。

異人は微笑み、歩き出した。

人間族のモデルは南米の人間族《ヤノマミ》だが、現在の彼らはここまで暴力的ではない。徐々にとはいえ彼らを穏和にしたのは、二十世紀半ばに始まった宣教団による教化である。同時にそれは、彼らの伝統文化の破壊でもあった。

その伝統文化だが、実はせいぜい十九世紀後半までしか遡《さかのぼ》れないという。移動生活を送る小部族が、近隣部族を介して鉄の斧やマチェーテを手に入れ、定住と農耕に移行した。鉄器は大量の作物を生み出し、人口を激増させた。土地の奪い合いが起き、他部族から殺す者《ワイカ》と呼ばれるまでの極度に暴力的な文化が育まれることとなった。

さらに遡れば、彼らは元来、漂泊の民ではなかったようだ。白人による奴隷狩りと疫病で人口が激減し、文化も失って離散した農耕民が、細々と生き延びてきたものらしい。アマゾンの他の部族についても、その伝統文化は原始時代そのままに連綿と受け継がれてきたと信じられているが、やはり退行の結果である可能性が小さくない。

つまり、どんな集団も条件次第で人間になり得るということだ。その時、彼らの暴力は、遺伝子や環境以上に文化が駆動するものとなるだろう。


（仁木　稔）

# ノット・ワンダフル・ワールズ

王城夕紀

**WHAT A WONDERFUL WORLD**
Words & Music by Robert Thiele and George David Weiss
© 1967 RANGE ROAD MUSIC INC./QUARTET MUSIC INC.
All rights reserved. Used by permission.
Print rights for Japan administered by YAMAHA MUSIC PUBLISHING, INC.
© 1967 QUARTET MUSIC, INC.
The rights for Japan assigned to FUJIPACIFIC MUSIC INC.
© ABILENE MUSIC INC
All rights reserved. Used by permission.
Rights for Japan administered by NICHION, INC.

**MY WAY**
English adaptation by Paul Anka
On "COMME D'HABITUDE"
Lyrics by Gilles Thibaut
Music by Jacques Revaux and Claude Francois
© Copyright by Jeune Musique Editions Sarl
The rights for Japan licensed to Sony Music Publishing (Japan) Inc.
© 1969 Warner Chappell Music France and Jeune Musique
Print rights for Japan administered by YAMAHA MUSIC PUBLISHING, INC.

王城夕紀（おうじょう・ゆうき）

1978年神奈川県生まれ。早稲田大学第一文学部卒業。2014年、国を動かす盤戯「天盆」の才を持って生まれた少年・凡天の成長と家族の絆を活写した「天の眷族」で、第10回C★NOVELS大賞特別賞を受賞。同作を『天盆』と改題してデビュー。2015年、「量子病」に冒され、世界中を跳躍し続ける女性・坂知稀のさまざまな出会いと究極の選択を描く初のＳＦ長篇『マレ・サカチのたったひとつの贈物』を上梓し、ＳＦ界の注目を集める。

[activate]

07:45

「ハロー、聞こえますか？　今日のeN.Y.は、雪」

頭の中で鳴り出したラジオに、ケン・チグリスは目を覚ます。

ベッドサイド一面の窓を見ると、摩天楼に無数の白が躍っていた。大気も、聳《そび》える巨大建築群も、都市のすべてを白く染め上げようとしている。ここが調和の楽園であることを象徴するように、すべてが白くなりゆこうとしている。

今朝は、一度でシーツをはいで起きる。しかし寝酒とは呼べない量の酒のせいで、すぐには立ち上がれない。二日酔いというやつだろう。

今日は彼にとって重要な日だった。

明け方近くまで血眼《ちまなこ》で検分していた大量の資料がテーブルにも床にも散乱したままなのに転びそうになり、聞き取れない悪態をつく。壁にもリプリント紙の資料が一面に貼り付けてあり、その中心には一人の人間の写真があった。

彼から届いた、来るはずのないメッセージがすべての発端であることを忘れないように。

古いアパートのシャワーからあがり、クローゼットの前に立つ。眼前の空間に現われるeモニタに、今日の予定を踏まえた服装の推奨が立ち上がる。どのような意味を持つ会議があり、どのような場所に赴くことになっていて、どのような人に会う可能性があり、どう思われるべきか。それらのデータから、クローゼットにある服で推奨されたのは、ベージュのスーツにライトイエローのシャツだった。普段なら即採用するが、今日は一瞬考え込むように手を止める。

今日誰に会うのか、そこで自分が何をするつもりなのかを改めて考えていたのか、そしてeウェアは確かにないと結論したのか、推奨がベストと判断して、クローゼットに手を伸ばす。

鏡で髭と髪を整えていると、eモニタに承認要求が立ち上がる。二ブロック上方に居住用コンパートメントを新設することに関する承認要求だった。日程やサイズなどの計画とともに、それによって日照権や景観や風向きがどれくらい変化、あるいは侵害されるかの数値が示され、今回は日照時間の損害が規定以上であるため、補塡の権利、具体的にはエレベータの優先率が提示されている。提示される時点で既に不利益にはならないよう調整されているが、一通り眺め、承認しながら沸いた珈琲をブラックで飲む。eモニタに、設定された一日摂取許可量の何%なのかが表示されるのを横目に、窓の外の白のロンドを眺める。

皺ひとつないベージュスーツを纏《まと》った彼は、今日これから起こることに、あるいは何かに思いを馳せながら珈琲を飲み干す。そんな彼の心境を察するように、ラジオが曲をコールした。流れ出す曲はeニューロによって聴き手ごとに異なっている。

「こんな日は、クラシックを。〈WHAT A WONDERFUL WORLD〉」

メローテンポな伴奏に、しわがれ声が夢見るように歌い出す。

I see skies of blue and clouds of white
The bright blessed day, the dark sacred night
And I think to myself, what a wonderful world

08:28

まるで巨人が造り積み上げたような高層建築群、その隙間を碁盤の目のように走るストリート。そこを車が、傘を差した人々が、血液のように行き過ぎていく。その姿は、巨人の墓標を縫う蟻のようでもある。信号待ちで見上げれば、大きすぎてスケール感を失うほどに洪大で歪《いびつ》な直方体は、よく見れば細かなピクセルブロックがe工法で継ぎ足し建て増しされて形作られている凸凹の集積であることがわかる。今朝とて不眠不休で働き続けるピクセルプリンタが建造物に張りつき、あちこちで作業しているのが小さく見えた。

建築群の上方は白く霞んでおり、これほど多くても渋滞せずに穏やかな疑似走行音を立てて走る車、グレーのコートに身を包んで物言わず足早に行く人々へと、白い雪が絶え間なく降り続けている。まるで一九二〇年代の暗黒時代のようなモノクロな風景にも見えた。違うのは、建築物の絵空事にさえ思える巨大さ。人間は小さくなる一方だ、と見上げたまま誰にも聞こえない小声で彼は呟いた。

これが、eシティ。エボリューショナル・シティ。

ここが、その第一号にして集大成にして最先端、eN.Y.。

二十年前から始まった「進化」という名の実験の、まさに中心地。

これまで何度も見てきた資料をeモニタに立ち上げながら、ケンは雑踏を歩く。

人間は行き詰まっている。

それが、二十年前の世界に生きていた人々が辿り着いた共有感覚だった。〈凪《カーム》〉と呼ばれる世界的な経済成長停止が覆った時代。右肩上がりの成長モデルは破綻が証明され、サステナブルモデルの構築が進む中、しかしサステナブルは人にとって停滞と沈滞に感じられた。

それは、人の精神を蝕《むしば》んだ。

その沈滞感を背景に湧き起こったのが、「進化論争」だった。この停滞を打開するには、人類という種が進化するしかないのではないか。誰もが澱《よど》みを感じていただけに、この言葉先行の論争は世界的に火がついた。


では、人間はどんな〈進化〉を目指すべきか。


人間は、どうなりたいのか？

その問いに対して、現実的な議論は、やがてある一点へと収束していく。

「いかに生を延ばすか」「いかに長く生きるか」ではない。停滞する世界を永遠に生きることに魅力を感じるだろうか？　人々は実感を伴って悟る。我々が求めているのは「いかに有限の生を〈充実〉させるか」なのだと。

鍵は「精神」である、とその問いは示唆していた。いかに身体の健康を充実させたとしても、精神の問題は残り続ける。その頃、全世界の自殺者数はティッピングポイントを超えたように増加し、精神病はまるでカンブリア紀の種のように増殖し細分化していた。

〈充実〉とは「精神をいかに充足させるか」なのだと人々は考えた。しかしその問いを前に、誰もが手をこまねいていた。それは、どうすれば実現できる？　冗談でなく、人類全体が精神病にかかっていたみたいな時代だったのだ。

そこにひとつの答えを提示したのが、二人の天才だった。

彼らの答えは、きわめて機能主義的だった。

精神とは、何か。

精神とは、〈選択〉する器官である。複雑な環境において、生き残りうる選択を行う。そのために発達した器官である。

彼らはそう定義した。精神の問題は、選択の問題だと定義し直した。当時、万を数えた精神病の一つに、〈選択不能症候群〉があった。情報爆発により無限化した情報に取り囲まれて、無限が故にそのどこかに「ベスト」があるという幻想にとりつかれ、しかし無限が故にどれが「ベスト」かわからず、「選択できなくなる」人々が急増の一途にあった。どの職業に就くべきか、今転職すべきなのか、この誘いに乗るべきか、今の相手と結婚すべきか、あの服を購入すべきか。大小無数の選択に押しつぶされ、明日どの靴を履けばいいのかさえ選択できなくなる。それは万を超える中の一つの病であったが、彼らはそこに本質を見出した。

二人の天才は、人類の進化は「選択」の進化にあるとして、そして、世界を変えた。

選択を補助するeニューロと、
選択に即応するeシティという、
二つの革命によって。

人嫌いの天才技術者エレ・ノイが、発明し、
人誑《たら》しの天才経営者テール・ウィステリアが、喧伝し、

この都市は、世界の中心になった。

ケンはその二人の天才が創った会社に所属している。

そして、そのうちの一人に、今日、会う。

世界の中心の都市に、雪が降っている。遥か高みは、白に消えている。

マリンスノーの降り積もる深海のようだ。

行き交う車と人は、物言わぬ未知の深海生物か。

雪を見上げていたケンが、呟く。

ミシェル。

その名を口にしたのは、今日という日のせいか。

信号が変わり、ピルグリムのように無言で歩く人々に交じって、社に向かう。

誰かが言った。

この都市は、ビッグデータという万能の仲介人がいる楽園だと。

「データが神に取って代わっただけだ」こう言ったのは、スタンダップ・コメディアン。

「そこここに天使がいて助けてくれるの」こう言ったのは、頭が空っぽなのが売りのセレブ。

いずれにせよ。

この景色が、進化の最先端の姿だった。

「メニュー変えたのか」いつも立ち寄るフードトラックの手書きボードを見ながら、ケンが言う。

「唯一生き残るのは、変化できる者なんだよ」馴染みのドレッドヘアの黒人店員が得意そうに答える。そんなことダーウィンは言っていない、とは告げない。メニューを眺めると、eモニタが、この一カ月に口に入れたもののデータから、今朝食べるべきはサラダベーグルと告げた。彼はメニューを眺めたまま、「チリドッグ」と告げる。一週間連続だった。黒人店員はにやりと共謀者のような笑みを見せて、手際よく手を動かし始める。

温かいチリドッグを頬張り終える頃、ちょうど社に到着する。この都市の中心はここだと、今日出てきた田舎者でも一目瞭然の巨大建造物。エントランスのコーポレートロゴが威容を放っている。

LeI。

ライト・エボリューション・インダストリー。

全容は誰にもわからない。全容なるものがあるのかどうかさえ疑わしい。それほどのコングロマリット。目の前の巨大建造物だけではない。その両隣も、いや実は周辺一帯すべてがこの社の施設なのだとも囁かれ、入口はe N.Y.に通じる道より多いと言われている。見上げる視界すべてを埋め尽くして、隣り合い、重なり合った建造物が、峻峰《しゅんぽう》のごとく遠く霞むまで積み上がっていく。まるで人間の際限ない欲望を形にしたように。

社に入れば、eモニタの端にコーポレートスローガンが表示される。「進化を学ぶ。進化を起こす」。LeIはこの旗印のもとに、「進化産業」という全く新しい産業を立ち上げ、二十年経った今なお独占していた。

警備員のいるフラッパーゲートを通過すると、生体スキャンでゲート出口のモニタに「55% company member　Ken Tigris」と身分が表示される。50%以上の社員権を得るために彼は、半年という時間をかけていた。彼にとっては長い時間だったが、それは異例ともいえるスピードだった。

最初はフリーのテクニカルライターとして、LeI広報局から受注した専門サイトの記事執筆で潜り込んだ。内容を認められて広報局担当者からの仕事を二十四時間態勢でこなすうちにほどなく社員権を付与され、正式なニュースリリースや記者発表原稿も任され始めた。休日返上で数をこなして社員権が上昇するとともに社内で入れる局も増え、ようやくいくつかの局以外は広報局50%社員として入局できるようになった。今も、社内の各部署と協議しながら新サービスや新プロダクトのニュースリリースを草稿する業務についていた。

彼は、知性が高かった。

知性とは、混沌の環境にあっても、予測性が高いということだ。

無数にあるエレベータから、自分の部署に行くものへ向かい、ちょうど扉が閉まるところに滑り込む。ほぼ満員のエレベータは、はじめ横に滑るように動いた後、一瞬速度を落とし、上へとしばらく動き、終点で人を吐き出す。

「貴方のお好みのタイプ、いたわ」隣に並んできたのは、ショートカットの女性だった。黄色のワンピースとなったeウェアの裾《すそ》がはためいている。トナーから造られる素材感に特徴があるため、eウェアはいかに形状やデザインが変幻自在といえど判別できる。

「名前と所属は?」

「セドナ・ドノヴァン。デザイン総研局」秘密を共有する少女のように、声を潜める。

「デザイン総研局?」聞いたことがない、と呟く。しかし、この社で聞いたことがない局など無数にある。話しながら指で視界上にあるeモニタを操作し、社内組織図を立ち上げた。

「何をしているのかは知らないわ」雪の日なのに、春風のような笑みだった。

「どうやって知った? 人事局の伝手《つて》?」

「ううん。先週末、同僚の結婚パーティで一緒になったの」

頷きながら、ケンはeモニタでデザイン総研局の場所を確認していた。ケンの社員権なら入れる部署だ。その横で、彼女ははにかみ、打ち明けるように口を開いた。「わたしも結婚するの」

ケンはeモニタを終了して、彼女に笑顔を返す。「本当か。お相手は?」

彼女は肩をすくめる。「この会社の人よ。社員検索かけて、マッチング出したの」最近流《は》行《や》っている手法だった。精度は高く、現にこのeN.Y.では既婚率がゆるやかに回復していた。

「フィアンセはどう?」

「優しいわ。ちょっと頼りないけど」言葉と裏腹に、彼女の顔は幸せそのものだった。

「推奨通り、理想的?」

「そうね。そう出ていたもの」

「進化さまざまだな」

「進化の目指す先は、幸せだもの」

「自分の望みを叶えるために、誰かを押しのけたってわけか」

「それを調整するのが、eニューロでしょう?」

eN.Y.ではお決まりのやり取りだった。技術が倫理を更新する。

セドナの部署は遠かった。今すぐ行きたい気持ちを堪えるように、ケンは所属局へと向かう。

08:57

「進化とは、調和である」

所属する広報局のオフィスに入ると、昨夜のテール・ウィステリアのインタビューを局員が集まって確認していた。eモニタを通して見ると、オフィスの中央にバーチャルな巨大スクリーンが浮かんでおり、その画面いっぱいに、六十過ぎてなお精力旺盛な笑顔が大写しになっている。

「相変わらずご健在だな」同僚がスクリーンを見ながら話しかけてくる。

「俺たちの生き血を啜っているからな」軽口で答えたケンの視線は、口調とは裏腹に鋭い。

この映像も、昨夜何度も確認していたのだった。

「進化とは、調和である」テール・ウィステリアは、eN.Y.市民なら誰もが知っているスローガンを、もう一度、カメラに向けて言い放った。

自然淘汰。それはつまるところ、「環境と個体の調和」である。

言葉にすればきわめてシンプルなこの卓見が、LeIの開発思想になった。精神、つまり選択の問題は、「環境と個体の調和の不全」が原因であり、調和を促進することがソリューションとなる。「多くの動物が利他行動を行う。ゲーム理論は、繰り返せば利他行動に収束する。もしもあなたが、人は自分の事しか考えていないと思えるなら、調和が不全だからだ。ならば、調和を補助すればいい」

精神疾患も、社会と精神の調和不全と考えるべきなのだ。

環境と種でなく、環境と個体、なのがポイントだとテールは強調していた。進化とは、環境と調和できた「個体」が、その遺伝子を受け継いだ個体が、多く生残していく形で進む。種という存在はない。種は後付けの整理学に過ぎない。環境と個体（「つまりあなた」とテールは指をカメラに向ける）との調和を手助けすることで、「これまでに存在しなかったレベルでの」よりよい調和を創出する、それが根本原理。

そのためのキーソリューションが、耳のすぐ後ろに刺し込む生体針によって脳と直接連結し、その活動を補助するeニューロ、エボリューショナル・ニューロンであり、そのソフトであるeモニタだった。ネットワークであらゆる情報に接続し、果たす機能は、

「あらゆるデータを基にして、推奨される選択肢を提示する」こと。

服装、食事、移動といった毎日の選択の場で、仕事、結婚、住居といった人生を形作っていく選択の場で、eニューロはあらゆる情報を背景に、その人物の嗜好性を踏まえた選択肢を、取り巻く環境のなかでその人物にふさわしい選択肢を、eモニタに提示してくれる。ただ、それだけ。逆にそれが爆発的な成功につながった。「選択を拒否する自由を残した」ことが卓抜だったのだ。

例えば、苦痛を感じたときに化学物質が分泌され、ストレスや負の感情を和《やわ》らげるという競合コンセプトもあった。しかし、人はそれを忌避した。選択する主体であるこの「自我」を、侵されたくなかったのだ。奇《く》しくも、同じ時期に、若年性アルツハイマー病患者の尊厳死が認可されるというニュースが世界を走った。

生きるとは、心臓が動いていることではない、「私であること」だ。選択する意識、つまり「私」こそ、聖域であり不可侵である。

それでも、選択する重圧に耐えられない。

その矛盾の解消こそが、我々の取り組むべき唯一の「本質的課題」だった、とテールは表現する。

羽が生えるわけでも、超能力を使えるようになるわけでもない。極めて地味に感じるだろう。しかしこれが本質であり、私達の目指す先だ。デザインされるべきは、いまの人間を前提とした「地続きの進化」、これであるべきだ。

「eニューロが言ったんだ」黎明期、ある連続殺人犯がそう自供した。しかし、彼は死刑になった。たとえゴーストが囁こうが妖怪のせいだろうが、最後に選択したのは「私」である。そこからは免れ得ないし、免れるべきでもない。それが人々が不動点として選択した倫理だった。

ホログラム出演にもかかわらず、テールは聴衆を完全に掌握し、魅了していた。ヨハネスブルグに政府との商談で赴いておりスタジオに行けないことを謝罪しながら、「先ほども銃で足を撃ち抜かれてね」と幼少の頃からの義足をおどけるように上げてみせた冒頭から、数多の映像で見せてきた完璧な笑みを浮かべ、思わず惹きこまれる語り口とジェスチャーで語る。ある意味、彼はまさしく教祖だった。ホログラムは微細なタイムラグが生じるため、スタジオの聴衆との反応差で発言が重なったり、間ができたりと、気にならないほどのちぐはぐさが生じることが多い。だがテールのトークは完璧だった。その場にいたとしてもこれほど完璧にエンタテインできるか、と思うほどに。

「競争はなくなる？」インタビュアーが問う。

「競争とは、調和に至るプロセスのことですよ」これも、幾度も繰り返されている台詞だった。そう、競争はなくならない。でも悲観することはない。完璧な調和はあり得ない。実態はトレードオフと妥協の積み重ねだ。だからこそ、よりよい調和はまだまだ作り得る。人はかつて牛乳を飲めなかった。高地に順応できなかった。そして、決め台詞。

「人間という種は、そもそもこの数千年進化し続けてきたんです」

いくつかのキラーワードを設定し、スピーチや広報で繰り返す。そうすれば人はなじみのものとして認識するようになり、いつの間にか所与のものとして扱うようになる。叩かれて成形していくことに気づかぬ銅器のように。選ぶ言葉ひとつひとつが印象を操作する金槌だ。開拓か侵略か。テロか革命か。戦争か平和維持か。

ヨハネスブルグでの新プロジェクトの話を幕にインタビューは終わり、力強い笑顔が再びアップになる。その笑顔は、どんな記事よりもこの都市が楽園であることを力強く保証していた。局員達がその出来に拍手をすると、その賛辞を受けて担当者が手を上げて応えている。テール番とも言われる社員権94％の専門スタッフ。全社員のわずか1％とも言われる社員権90％以上でなければ、テールに会うことは叶わない。ヒーローの少しこけた頬には、しかし充実の笑みが浮かんでいる。ケンは拍手しながら、隣に声をかける。

「今月で何本目だ」

「テレビで六本、ウェブで三十五本」

「今度のテール番も長くないかもしれないな」前任のテール番は、いつの間にか異動していた。普通の企業以上に異動や解雇は日常茶飯事だった。「進化の礎《いしずえ》か」と同僚が呟き、おっと、と口をすぼめる。ぎりぎりのジョークだった。

あたしは殺される。

ケンが一瞬だけ目を細めたのに、同僚は気づかない。

またあの声を思い出したのだろう。

「この都市が、我々の生が、死者へのトリビュートだ」取り繕うように、同僚は神妙な表情を作る。

「どんな生も、彼らが生きるはずだった生にはならない。すべてがただの二次創作さ」ケンは冗談と辛辣、どちらとも取れる口調で応える。

いずれにせよ、この楽園は維持されねばならない。つまり、「批難は常に抑え込み続けなければならないのだ」同僚は、上司の口調を真似る。LeIには、黒い噂が絶えなかった。競合を駆逐するために裏で司法取引をしている、私設部隊を隠し持ち競合要人や国家官僚を暗殺している、誰も全容を知らない社内で社員がしばしば行方不明になる、大統領さえ顧客である。エリア51並みにネタに事欠かない。

以前広報局の同僚がバーで笑いながら話していた。「本当に隠したいことがあったらどうすればいいと思う？　しかも長期的に」「当事者を軟禁する？」『人の口に戸を立てられる』という発想は誤りだ」「じゃあ？」「流布するに任せて、いや、いっそ積極的に流布して、都市伝説にすればいい」「なるほど」「いずれ、ジョークネタになる。そうすればいっちょあがりだ」そう言っていた同僚は既にこの部署にいない。異動とのことだったが、彼のその後を誰も知らない。身をもって実証したわけだ。

あの同僚は正しかった。

この都市では、どんな悲劇も惨劇も、最後はすべてジョークになる。

「最近は、南ア紛争で持ち切りなのに、この抜かりなさだよ」

「またLeIへの批難が盛り上がってるのか」

「いつもだよ」同僚はそう言って、声を潜める。「なんせIMFも内偵してるって噂があるくらいだからな」

「IMF？」

「国際通貨基金じゃないほうな」

「俺はMI6のほうが好きだね。品位がある」ケンは鼻白む。同僚は笑い、スクリーンに目を戻す。テールの完璧な笑顔がそこにある。「しかし実際、何度聞いても惚れ惚れする先見性なのは確かだな」

「我々は、彼が計画した世界を生きているのさ」モニタを睨んだまま、ケンは言う。

呼び出しを食らう。奥のエグゼクティブ・ルームで、ガラス越しの時点から冷えた目でこちらを睨む上司に、書類を渡される。

「一対一なのか」オールバックの、血が通っていないと思われるほど白い肌をした上司は、こけた頬を一切動かさずに声を出す。平板で、アクセントを忘れたようなその声は、一体どこから出ているのだろうと思わせる。

「CIOのご指示です」仕方がない、という表情をケンは作るが、上司は眉ひとつ動かさない。「書いた原稿はもちろん経営管理局が確認する前提です。CIOが、何人も壁際に並んで何もせずに見ているのをお好みになる方ではないようで」

「メディアに一切出ない彼をどうやって引っ張り出した」

「写真は撮りません。そういうお達しです。インタビューだけ。企画を正規の窓口に申し込んだだけです」許可のメッセージが返って来た時には、ケン自身が驚いたほどだ。彼への謁見は、他の広報局員もトライしていたので、ケンも通るまで何度も出すつもりでいた。なぜ通ったのか聞いてみたが、エレ・ノイがケンの書いた記事のいくつかに注目していた、との答えだった。

エレ・ノイ。すべてを創り上げたほうの天才。

彼は姿を見せない。一切をもうひとりに任せて。

彼のことが語られるときは、古い、お決まりの写真が必ず使われる。LeIの設立時、ラボでテールと並んではにかんでいる、たった一枚の写真。彼を頭に思い浮かべるとき、人々はその写真の笑顔を想起する。

それでも彼は人々の口の端に上り続ける。すべてを創り上げた天才として。現在進行形の伝説として。当社が新しいサービスやプロダクトをリリースすれば、彼の名とともに記事は執筆される。実際、彼の、いやLeIのこの二十年は、「ありえない幸運」とさえ評されるほどの歴史だった。新しい世界を創り始めた二人、成長し始めた社に対する、ガリバー企業や政府からの圧力や妨害工作は、余人の想像以上のものであったと言われている。二人は何度も命を狙われた、とも。起業した企業の99%は、十年持たない。あまつさえ、他を脅《おびや》かすパラダイムシフトを仕掛ける企業となれば、自由競争以上の逆風を進む宿命になる。その中を、イノベーションの源泉であるエレ・ノイは、乗り越えてきた。彼自身の独創的なアイデアによって、彼を擁護する人の登場によって、時には奇跡としか形容できない僥倖《ぎょうこう》によって。彼を狙ったテロをたまたま免れたり、下馬評では通らないと思われていたLeIに有利な法案が逆転成立したり、とエピソードは枚挙にいとまがない。彼は文字通り、生きる伝説だった。

　その伝説の人物に、ケンは今日ようやく謁見する。ケン・チグリスは、そのためだけにこの社に潜り込んだ。それしか、大統領以上に直接会うことが難しいと言われる彼に会う方法がないからだった。

　ケンには、エレ・ノイに問わねばならないことがあった。

「半年で55%か」上司がニュース原稿を朗読するように言う。

「ボスには感謝しております」私の忠誠心を見える形にしてお見せできたら、という表情でケンは答える。

「地続きの進化の、次の一手」上司はインタビューのタイトルを暗唱しながら、ケンの顔を凝視する。もしもケンの個人情報を覗くことができたら、洗いざらい、好きな体位までも読み込みたいと思っているようだった。しかし、個人情報へのアクセスはこのeシティでも最高度のセキュリティで法規的に保護されている。彼がこの社に就職するときも、面談でアクセスの承認を求められ、その場のみでアクセスされ、審議された。社には逮捕歴を除き、本人が許諾している個人情報しか渡されていない。

個人情報は精神の鋳型《いがた》そのもの、ゆえにみだりに他者が覗いてはならない。

これも、精神至上主義のｅシティの新しい倫理のひとつだった。

「このインタビューの責任を、私も20％担っている」

「必ずご期待に応えて見せます」

しばらくの沈黙ののち、上司は顎で退出を許可した。彼の中の嘘発見器と利益計算機が協議して、某《なにがし》かの打算が算出されたのだろう。

楽園でも競争はなくならない。優位、劣勢、昇進、降格、解雇。しかし今は、と様々な数字は雄弁に語る。既婚率、失業率、自殺率、生活満足度。それらは、確かに私たちがその中へ歩み入っていることを示していた。

調和の中へ。

## 10:31

ニュースリリース業務のための打合せが始まる時間になっていた。

もちろんケンは、夕方に控えた創業者インタビューだけしていればいいわけではなかった。

迷宮ともいえる社内をeモニタの地図を頼りに、中枢ともいえる局に向かう。

　都市構築局の片隅にあるブースで、打合せは始まっていた。

「ピクセルプリンタの計画外建設率はいかがですか」

「通報が入って顕在化したものは全体建設計画の0・926％。1％未満で正常だ」

「ピクセルトナーの循環率は改善していますか」

「維持が精一杯だ。このところ稼働率がうなぎ上りで、プリンタもトナーも増産が追いついていない」

「それじゃリリースになりませんよ」

「ヨハネスブルグの新プロジェクトのリリースでごまかせばいい」

「もうやりました。今月の数値計画はどうなっていますか」

「計画はない。調和があるだけだ」

　eシティ。エボリューショナル・シティ。

　天才二人が発明した、eニューロに並ぶもう一つのイノベーション。

　進化が「環境と個体の調和」なら、「個体の選択を補助する」だけでは不足する。それが彼らの次の思考だった。個体の縦横無尽な選択に対して、環境が硬直的では限界が来る。eニューロの選択肢による調整調和だけでは、選択肢が劣化していくのは理論的に明らかだった。個体の行動に合わせて、「環境も即応できるようになるべき」、そう彼らは考えた。

「環境も可変に、柔軟に、もっと流動的に」

このコンセプトに基づいて進化都市設計理論が組み立てられ、実現したのが、自家用車程度の大きさの自律ピクセルプリンタという、ネットワーク連動した小型工機によるe工法だった。

今朝ケンに届いたマンションの新コンパートメント建設や、都市を埋め尽くす巨大建築、これらはおしなべてネットワークによって調整調和された計画に従って、無数の自律ピクセルプリンタが昼夜問わず工事という名の出力を行うことで、形作られている。e工法は「クイックでハーモニアスなスクラップ&ビルド」を方針とし、ポイントは「スクラップがクイックにできる」ことにあった。単身居住用のコンパートメントであれば、一晩であとかたもない状態にできる。部屋が増えている、減っている、などはこの都市では当たり前。昨日まであった通りが一昼夜でなくなり、小さなビルがひとつ消え、障害者が増えればスロープが造られ、巨大なビルの壁一面に広告がプリントされる。もちろん、それに応じてeモニタの地図もちゃんと変わっている。

都市を縦横に蠢《うごめ》き、余人には把握しきれない計画に基づいた解体と建設を行い、ある時は単独である時は群がって稼働しているピクセルプリンタを眺めれば、巣を作る蜂のようにも見え、実際、このピクセルプリンタやe工法は、蜂や蟻の巣作りをその範としていた。聳える巨大建築群は大樹にも似て、その身に死んでいる内側と生きている外側、生と死をまだらに抱えているが、これらの建築に安らかな死はない。死んだらすぐに解体され、次の息吹が始まる。

「このeシティには、高慢な巨匠風情の建築家はいない」テールが好んで使うフレーズだ。その次に来るのが、「この都市に、計画はない。絶え間ない調和があるだけだ」、今eシティ担当者が口にしたフレーズというわけだった。

個人の選択を補助する、eニューロ。

個人の選択に即応する、eシティ。

人と人を調和するeニューロ。

人と環境を調和するeシティ。

すべてを可変にして、調整された「調和」を、柔軟に、瞬時に実現し続けていく世界。

それがこの楽園だった。


残ると告げて同僚と別れ、都市構築局のフロア中央、大樹が植えてあるアゴラのベンチに座る。ほどなく、背中合わせに誰かが座ったのを、ケンは気配で感じる。

「まるでハードボイルド映画みたいだ」若い男が、口を開く。

「どうだった」

「俺の権限で調べられる限りだがな」

「わかってる」

「ダークサイトなんて、本当に信じているのか」

「ないのか？」

「無数にあるさ。――こんな巨大な都市のすべてを誰が把握できるっていうんだ」

「この社の中だけでいい。管轄だろう?」

「この社だって、都市の一部だからな。e工法の対象であれば、データはどこかにある」

「この社にも、誰も把握できていないダークサイトはあるのか」

背中から、言葉がやむ。ケンは後ろを振り返らず、じっと待つ。

「一時期、LeIの所有領域の中で、集中的に計画が実行されているらしき領域があった」

「どこだ」

「上層だ」

「上層?」

「そう、この社屋の遥か上層。計画ログデータを見る限り、おそらくそこにはかなり広大な空間が作られている。何に使うのかってくらい」

「何があるんだ」

「そこまではわからないな。だからダークサイトだろう?」ダークサイトとは、この無尽蔵に建築改築される都市にあるとネタにされている、誰も知らない空間、のことだった。

「こんな情報どうするんだ」

「人の知らない情報ソースを狙わないと、生き残れないだろう?」

「さすが、御大に会えるだけのことはある」

「会いたいのか?」

「いや。御大に会ったら伝えてくれ。くそ素晴らしい都市をありがとうって」

「不満があるのか？」ケンは、休憩が終わった風情で立ち上がる。

「とんでもない。もちろん大満足だ」

## 11:17

「eボディのリリースはまだ無理だな」

ラボのように開発中の器具が散乱している進化研究局。

ケンの社員権では入ることができない、社の中枢《セントラル・ドグマ》に位置する局。進化という現象をあらゆる角度から研究し、次のイノベーションを生み出す、LeIのR&D部門。今回は打合せという目的で、局員が一緒にいる条件で入局許可が出ていた。初めて入る場所にケンも辺りを注意深く見回している。まるで証拠でも探すように。

eボディは、次のキープロダクトと目されている次世代研究で、「義肢のその先を実現する」がそのコンセプトだった。

「eボディは、どのあたりで滞《とどこお》っているんですか」

「臨床には入っている」

オレンジ色のサングラスをかけた壮年の白衣が案内する。時折eモニタにコールがないかも気にしながら、ケンは先程とは別の、女性の同僚とついていく。

死体処理場を思わせるような手や足が吊り下がる間を通り抜けるが、配線が出ているので義腕義足だとわかる。その隣には、デスマスクのような様々な顔の皮膚が洗濯物のように吊り下げられていた。eニューロと連動した義肢は既に実用化されているが、eボディはインターフェースを飛躍的に増加させ、意識と環境の調和を一段押し上げるとの設計思想だったが、具体的な中身が未だ明かされていなかった。ジャンボジェットの格納庫のように巨大な局フロアの別のコーナーには、大小様々なケージに研究動物が入っていた。先行研究のモルモットだろう。昆虫、爬虫類、魚、小さな哺乳類が、青白いライトの下で動いている。白衣の人間がずらりと規律正しく並んで顕微鏡を覗きこんでいる解剖台では、今しも信じがたい大きさの蛙の腹が割《さ》かれようとしていて、隣を歩く女性の同僚が慌てて目を背けた。

遠くには、植物園のような一角。そして、未知の色をした溶液が並んでいるエリア。あれは何かと同僚が聞くと、細菌溶液だと答えが返る。体内の共生環境を変化させることも進化の一因だと。免疫力や耐性だけでなく、性格さえ変わるという。溶液を具体的にどうやって人に、と同僚は聞かなかった。

ここでは、「進化」という大樹から果実を得るための、あらゆる実験が試行されている。

「臨床試験が難航しているということですか」

「試験はいつも成功するわけじゃない」

その言葉を聞いて、ケンはeモニタの操作を止め、前の白衣の背中を睨んだ。その視線には瞬時に沸騰した感情がたぎっていた。

「進化の礎がまた要りますか」ケンは冷たい声で訊ねる。

案内する白衣が立ち止まった。


あたしは殺される。


二十年前、eニューロの導入前夜に起こった事故。

eニューロを接続した被験者二十三名が、狂い死にした。

今では彼らは「進化の礎」と呼ばれている。耳触りのいい、ただの単語になっている。

それだけの事故を起こしていても、eニューロは導入、普及の道をたどった。その過程で何があったか、それもまた伝説のひとつだった。

選ばれた二十三名のうちのひとりの声が、ケンの頭の中にまだこびりついている。

白衣の研究者は振り返り、抑揚なく語った。

「進化に礎などない。絶滅種は、生き残った種が進化するために犠牲になったわけではない。ただ、環境に適応できなかっただけだ」ケンの内心を知っているのか、あるいはただ学究者としての誠実さか、白衣は低い声で述べる。「あの事件の犠牲者を〈進化の礎〉と呼ぶのに、私は賛同しない。進化という言葉の誤用だ」それに、あれは私がこの会社に来る前の事件だ、と白衣は付け加えた。彼自身も、あの事故には何か思うところがあるのかもしれない。

「テールやエレから催促はないんですか」その態度に接して冷静になったのか、ケンは話題を変える。

「進捗はエレに逐次報告している」

「エレに？」

「テールとはまだ会ったことがない」憮然とした表情で白衣は言う。

「この局のゴールは何ですか？」

「すべてを可変にすることだ」

白衣はまた歩き出す。「自然淘汰とは、環境というルールに適した者が生き残るということだ」語りながら、白衣は局フロアの奥にある巨大なガラスの奥を観察するように近づく。ケンも並んで立ち、目を見張る。その奥には、野山が再現されていた。果てが見えない。今歩いてきたエリアよりも、ずっと大きい。

「だが、環境は断りなく、生物のことなど一顧だにせず、急に変化する」

その言葉を実践するように、ガラスが一斉に曇り、すぐに晴れる。箱庭の温度が急激に変化したのか。中は急激に暗くなっていた。

「隕石が落ちて地球環境が急変した、つまり、環境というルールが突然チェンジした。恐竜は、チェンジ後のルールに適応できず絶滅した。その空いた場所でのびのびと、たまたまその新環境に適していた生物が生き残り、進化を遂げた」

音がする。中で大騒動が持ち上がっている。何かが、騒いでいる。何かが、暴れている。同僚が何かを予感したのか、一歩、ガラスから後ずさりする。

「予告なくルールチェンジする環境で、適応し続けるにはどうすればいい？」騒ぎは大きくなっている。近づいている。

「進化するには、すべてを可変にするのが早い。そうすれば、適応力は最大化する。この裸のサルの肉体じゃ、弱すぎるし、鈍すぎる」

強制的なルールチェンジを続けて、生き残る生物を作ろうとする実験。自然界でも、数十年というスパンで進化は起こっている、と話し続ける白衣を遮《さえぎ》るように、どん、と大きな音がした。目の前の叢《くさむら》から何かが飛び出し、ガラスを突き破る勢いで激突したのだった。その動物は、見たこともない形をしていた。一見土竜《もぐら》のようだが、その表皮は紫の胞子でびっしりと覆われ、そして、背中に腕のような触手があった。

同僚の女性の顔がついに白くなる。

## 11:55

セドナ・ドノヴァンは、初老の婦人だった。

今朝調べたデザイン総研局へとエレベータを乗り継いで辿り着くが、広い局内にセドナの席は見当たらず、幾人かに聞いてようやく尋ね当てた場所は、資材置き場のような片隅だった。

その一角は、目の前の壁も、デスクの上も、リプリント紙で埋め尽くされていた。

白髪を短く切り揃えたセドナは、黒いショールを羽織りなおしながらケンを迎えた。

「私を訪ねる人がいるなんてね」

勧められた椅子に座りながら、ケンは目の前の人物を眺める。社歴は長いけれど、重要なポストにいない人物。つまり、ケンでも会える人物。それが、人事局の幸せな知人に伝えていた「好みのタイプ」だった。

「エレ・ノイとテール・ウィステリアのことを伺いたいんです」

「あら、それは何かの取材？」自分の名と広報局所属であることは相手のeモニタに表示されている。

「そう考えてくださって結構です」ケンは請け合うように頷く。

「といっても、何をお聞きになりたいのかしら」セドナは柔らかい笑みを浮かべながら、傍らのポットから紙コップにティーを注ぐ。「二人とはもうずっと会っていないから」わかるでしょう、という表情をケンに向ける。そう、今のセドナの社員権では、二人に会うことはできない。

「プライベートでも？」

「あの二人にプライベートはないわ」

確かに、とケンが笑うと、セドナは紙コップを差し出した。礼を言って、受け取る。「以前のことで構いません。お伺いしたいのは、二人の間のことです」

「間？」

「彼らは、どういう関係だったのですか」

私は殺される。


半年前、テールからケンに届いたメッセージ。

そこには、その一文だけがあった。

この世界をより良くすることだけを心の底から信じ、望んでいる男。

その人物が、殺されると怯えている。彼ほどの人物であれば、これまでにも無数の脅迫や圧力に囲まれてきたはずだった。それでも彼は理想を目指して突き進み、そして実現してきた。余人には為し難いほどに。彼は、凡百の人間では太刀打ちできないポジティブモンスターだった。

それほどの彼を怯えさせることのできる存在があるとすれば、エレ・ノイを措いて他にないのではないか。

ケン・チグリスはメッセージを見て以来、こう考えている。

この社で、また何かが行われているのではないか。

その中心には、エレ・ノイがいるのではないか。

ケンが探していたのは、これほどの巨大企業となって二人がそれぞれの仕事に完全に分かれる前の、急成長時から社にいた人物。その人物なら、二人が本当はどういう関係にあるのかを知っているのではないか。

　その人物は、ガラスのカップから立ち上る湯気を見つめていた。その湯気に、過去が映し出されているように。

「熱を共有している双子、かしら」

「対立や意見の相違はなかったのですか」

「しょっちゅうあったわ。二人はいつも口論していた。テールは大声で、エレは淡々と。二人に言わせれば、口論でなく議論、だったそうだけど」何か思い出したのか、セドナは小さく笑った。「でも、話すことといったら創り出すもののことばかりだったわ。二人はそれしか考えていなかった。誰にもついていけないほど賭ける情熱が強かったから。同じものを見つめていたのは、きっとあの二人だけだったのでしょうね」

「人間にとっての、理想の進化を」

「人間は、どうなるべきかを」

「その点で、二人に相違点はなかったのですか」

　その問いに、セドナは沈思するように黙った。答えを待ちながら周りを埋め尽くすリプリント紙を見回すと、そのいずれにも動物や植物の博物画が描かれており、しかしそのどれもが違和感を抱かせるようで、ケンは首を傾げる。

「LeIとしてeニューロやeシティを世に送り出していく二人は一枚岩だった」双子のように、とケンが言うと、セドナは微笑みながら頷く。「でも、しいて言えば」そう、言葉を一瞬切る。「こんなこと役に立つのかしら」

「何ですか」

「テールは人間を愛していたけれど、エレはそうではなかったのかもしれない」深く沈殿していた記憶を、考古学者のように掘り起こす語り口だった。

「エレ・ノイは人間が嫌いだった？」

「ということでもないのだけれど、何と言ったらいいかしら。テールは人間という種を心から愛していた。そして自分自身のことも。よく言っていたわ、自分の名がずっと語り継がれたいって。エレはそんなテールを、古いっていつも言ってた。エレは、自分が死んだ後のことなんてどうだっていいと思っていたのかしらね」自分の話に触発されてか、そうそう、とセドナは言葉を継ぐ。「テールは言葉を信じていたけれど、エレは言葉をそれほど信じていなかったかもしれない。彼らの議論がいつも白熱していたのは、選択の可能性についてだった」

「選択の可能性」その発掘品の価値がわからないように、ケンは鸚鵡《おうむ》返しに言う。

「進化ってなんなのかしらね」セドナは一面のリプリント紙を眺め渡す。「これらはね、絶滅した種なの。もうこの地上にはいない種。遺伝子解析や生命形態学で推測しながら再現した動植物なの」

「道理で、見たことがないものばかりだと思いました」

「地球上に誕生した種のうち、99％は絶滅している」セドナは寂しそうに呟く。

「彼らの形態や生態を復元することで、得るものがあるというわけですか」

「そういう建前だけれど、もう、私ひとりの個人的な趣味ね」

セドナ自身が、社歴が二十年を超えた、化石のような人物と言っていい。

こんな社の辺境で、ひとり作業を続けている。

セドナのデスクの一角だけ、室内なのに、雪が降っているようだ。

「本当にいろいろなことがあった」氷河期を思い出すように、彼女はぽつりと言う。「でもこの都市は、素晴らしいわ。間違いなく、人類が作ってきたすべての都市の中で、最も楽園に近い」

「人類が作り得るものとしては」

「そうね。なぜ人はこんなにも争うのか。それは、人間が世界を認識するそのやり方の根本が、『区切る』ということだから。世界を認識するために、人はまず区切って、言葉にする。目の前のものをまるごと呑み込むような認識の仕方は、人間の意識にはできない」

区切れば、彼我《ひが》が生まれ、対立が生まれる。

つまり、意識こそが、調和を断ち切る源泉でもある。

「それでも、いえ、だからこそ」

人は調和を希求する。

セドナは小さく溜め息をついた。

自身もやがて消え入るのではと思わせる、孤独な小さな学者がそこにいた。

壁一面の絶滅した種を代表するように、彼女は告げた。

「絶滅した種を、置いていかれたもの達を、私は愛しているのね」

「貴女は、なぜ今なおこの会社にいるのですか」

セドナは、静かに首を振る。

「わからないわ。なぜ、いられるのかも。あの頃の同僚はもう皆いなくなった。私は本当に、秀でたところのない社員だったわ。それでも居場所を与えてくれているのだから、いられる限りはずっと居続けよう、そう思っているだけ」

「調和の結果なんでしょうね」

私には、とセドナは柔らかく笑む。「恩寵《おんちょう》に思えるわ」

「恩寵？」

その答えを聞く前に、彼のeモニタにコールが鳴る。もう来ないものと諦めかけていたコールだった。

## 12:49

「清掃なんて仕事、もちろん念頭になかったんだ。大学まで出ておいて、親が泣くよ」

会社近くの小汚いデリで、つなぎを着たなすびみたいな、背の高い若人が麺を啜る。連絡してきたのは、LeI社屋の清掃員だった。

「でも、その思い込みが選択肢を狭めてたってことなんだよな、結局。eニューロで初めてその選択肢を見たときは驚いたけど」

「釈迦に説法って言葉、知ってるか」

「阿呆かって思った。でもeニューロに従ってよかったって奴が何人も周りにいたからさ、やってみるか、くらいの気持ちで始めたんだ」

「それで、どこの誰だ」

「こんなにクリエイティブで、意義深い仕事はないよ。考えてみれば、モノはとっくにあふれてて、新しく作らなくていい時代なんだ。既にあるものをいかにクリーンに保つか、これこそ最先端の仕事なんだよ」麺を啜りながら喋るから、唾が飛ぶ。そしてあっという間に汁だけになっている。「ダウンタウンに住むことにしたのもそうなんだ。普通、白人がダウンタウンに住むなんて発想、浮かばないだろ？　これが、妙に性《しょう》に合うんだ、飾り気がなくて」汁を飲み干し、どん、と器《うつわ》を置く。

「別にどこだってよかったんだろう」

「提示されない選択肢は、存在しないのと同じだよ」自慢げに胸を張る。「どこかにあるべストを求めて、自分ですべての選択肢を検討していられるほど、人生は長くないから。問題は自分に合っているかどうかだけ。仕事でも色恋でもなんでも、競争はある。それでも、どんな人間でも心のエサにちゃんとありつけるようにする、eニューロってのはさ」この都市はベストだ、と清掃員は洗剤のコマーシャルみたいな笑顔を見せる。

「で、もう一杯どうだ」ケンはうんざりしながら言う。

「eデータ管理局、フランク・ジマー」つなぎの若人は注文した後、あっさり告げる。

## 13:33

例えば、こういう推理。

エレ・ノイは、何かをしている。この社の中で。

それは、テール・ウィステリアにとっては受け容れ難いものだった。二人の間に対立が生まれる。それが原因で、テールは怯えている。

では、この巨大な企業の奥に潜む何かに辿り着くには、何が糸口になる？　例えば、ダークサイト。例えば、古参社員。

例えば、都市伝説は。

隠したい真実ほど、都市伝説となり、ジョークになるのだとすれば。

この社では人が消える。

社員でさえ全容を把握できない会社内部を広く知っているのは配送員か清掃員だと、ケンは方々に網を張り、ここ数週間、彼らから情報を得ていた。従業員で、突然いなくなった、行方不明になった、という噂になっている者の情報を。

　eデータ管理局のフランク・ジマーは、マネージャだった。

　彼の小さなマネージャルームに辿り着くと、ちょうどフランクの荷物を処分しに業者がガラスのドアを開けて入るところだった。駆け込むように割り込んで、事情を話す。「広報局の仕事で、彼から受け取ることになっている資料があるんだ」eモニタでケンの身分を確認している業者に小銭を渡して珈琲を飲んでくるよう促すと、小さなルームに入り、辺りを見渡す。

　デスクの周りは、盛大なゴミ屋敷だった。「助かった」とケンは呟く。フランクも紙嗜好症《paperholic》だったようだ。eモニタでの承認やメッセージのやり取りが普及した後も、わざわざ印刷したがる人間は一定数存在していた。が、ルームを施錠しておけばいいとはいえ、キャビネットに収納せずデスクに積み上げ放題のセキュリティ感覚は第一線の人物にはあるまじきもので、日の当たらない仕事をし続けていたことを窺わせた。「鼻つまみ者か」ケンはそう自分の印象を言葉にするが、逆にすべて収納されていたら調べられなかったのだから、幸運だったと言える。積み上げられた背表紙を検分しながら、フランクという人物はeニューロの嗜好性データ、それもデバッグ担当だったようだ、とケンは見当をつける。

　清掃員の話によれば、毎夜誰よりも遅くまで残っていたのに、ここ一週間ほど姿を見ないとのことだった。資料の山を切り崩しながら、主《あるじ》の不在の手がかりを探す。積まれた山の表層にある、つまり最近の紙を集中的に探索する。

カタカタカタカタカタカタカタカタカタカタカタカタカタ。

微かに届く音が気になって、オフィスのほうを振り返る。eデータ管理局の端から、完璧な碁盤の目のように個人用ブースが遥か彼方まで並んでいるのが見える。ほぼ在席していて、誰もかれもが端末に向かっている。ずっと鳴っていたであろう、キーボードを高速で叩く音の無限重奏が耳に入ってきたのだった。一旦耳に入るとそれは抜けずに、頭の中で膨張し続ける。

カタカタカタカタカタカタカタカタカタカタカタカタカタカタカタ。

ふと一枚の切り抜きが目に留まる。ずいぶん昔の雑誌記事のようだった。新しい書類ばかりの表層になぜこんな古い紙が、と調べると十年ほど前のものだった。どうしてこんな古い記事を、とケンはその違和感を自分に刷り込むように呟く。記事は「真の調和」という見出しに続いて、減少しているが深刻な状況に変わりない精神病の様相を紹介しながら、eニューロだけでは足りない、いや、その先に進まねばならない、と論を進め、こう結論づけられていた。

「真の調和は、我々が精神を手放した時に訪れる。真の調和の障害は、我々の意識であり、『我々』という言葉で指し示すそれそのものなのだ」

読み終えて、彼は眉をひそめる。eニューロが導入されたばかりの時代に持ち上がっていた無数の議論や主張の中でも、荒唐無稽なもののひとつだった。

「フランク・ジマーってどんな人だった?」

ルームを出て、一番近くのパーティションにいた若い女性に訊ねる。眼鏡の上から彼女はこちらを見て、お手上げというジェスチャーをする。

「あまり知らないわ。切れ者だったみたい。変わっていたけど」

「変わっていた?」

「変わってない人なんていないけれどね」

「何をやっていた?」

「隣の人が何やってるか知ってる人なんている?」

「君のマネージャじゃないのか?」

そう訊ねると、彼女は両肩をすくめて否定する。

「彼の部下はどこにいる?」

「このどこかだと思うけど」

「わからないのか」

「この局で、どれだけのデータを扱っていると思うの? 自分の担当分でさえ全容なんてわからないわ」

「じゃあ自分が何をやっているのかわからないってわけ」

「全体の中で、意味のある仕事よ」その声には自負の響きがあった。

「間違いないな」追従笑いする目の端に、業者が戻ってくるのを認めた。まずいと思ったのか、ケンは次の手を考えようと持っている記事に目を落とし、その端に、走り書きを見つけた。

　TW局。

　知らない局などざらにある。彼がこの企業の内部資料を調べているときも、文書の端々にそれが出てきて、最初は書き留めていたが、すぐに放り出したくらいだった。

「アルファベット二文字の局なんてある？」女性に訊ねてみる。

「見ないわね」

「何かの略？」

「さあね」

　待て。

　ケンは自分に呟いた。

　eモニタで、社内組織図を呼び出し、局を一覧する。

　スクロールする。

　進化研究局。eデータ管理局。都市構築局。経営管理局。広報局。

　視界の端に、業者が近づいてくるのが見えた。

　スクロールする。

　目の前まで来た業者に笑みを返しながら、ケンは意を決したように、eモニタの社内組織図に「検索：TW」と呟く。

挨拶をしてルームの入口を譲り、早足に局を後にする。
検索結果。
なし。
「予想通りか」廊下に出ながら、思わず言葉にする。
TWと略せる局が、一つもない。
それが一体何を意味しているのか。
周りが見えなくなるほど、考えていた。興奮していた。
そして、立ち止まる。
表情は、哀しげだった。
どこに自分がいるかもわからないほどに。
何かを悟ったように。
直後。
広大な社内の、どこともわからぬ廊下で、
彼の視界は突然、真っ暗になった。

## 14:46

「オスがなぜ存在するか知っていますか？」

蹄鉄形の会議テーブルに腰かけた女が、端末をいじりながら話している。

eウェアのパンツスーツは体に張りついていて、タイトというよりもはや露悪的に、滴り落ちそうな体のラインを強調している。

「こういう実験があるそうです。ゴミムシダマシ科の甲虫のふたつの集団をつくるんです。ひとつは、メスに対して極度にオスが多い集団。もうひとつは、メスとオスの数の差が小さい集団」

「ひどい名前の虫だ」ケンはそう茶化す。

「で、そのふたつの集団を、ストレスのかかる環境に置くんです」

目の前で椅子に縛られているケンを見ることもなく、女は話し続けている。彼が手に力を入れると、後ろ手で両手親指を縛られているのがわかる。椅子は幸い座り心地が良いようで、背もたれに体重を預けていた。辺りを見回す。縦に長い会議室だった。ほとんど使われていないようだ。二方の窓の外は、雪景色。

「すると、メスに対して極度にオスが多い集団のほうが、長い世代生き残るそうなんです。どういうことか、わかりますか」

これは何かのプレイなのか、とケンは話しかけるも、また黙殺される。定規を当てて切り揃えたようなショートカットの前髪に隠れて、表情は読み取りづらい。もともと表情がないのかもしれない。eモニタには、個人情報非公開、と表示されていた。

「メスを得るためにオス同士が争うことが、種の遺伝的優位性を促進するんです。オスの競争が、進化を促す力になっているんです」

「オスに役割があって何よりだ」

「オスがイキがるから、この世界は競争だらけなんですよ」

女は端末を見たままにべもなく切り捨てた。

「オスを代表して謝罪したら、外してもらえるのか」

「いいえ」

急に声の質が変わる。女がこちらを上目遣いに見ていた。不気味の谷の向こう側にあるような眼差しだった。

「TW局を検索したのがそんなにまずかったか」

「その言葉、覚えていないほうがよかったのに」

ああ、とケンは自分の推測が間違っていなかったことに安堵する。

「忘れてくれる？」女が、開いたシャツの胸元を覗かせるように前のめりになって、甘えた口調で問うてきた。

「俺は殺されるのか」

毒よりも甘い媚笑《びしょう》をもって、女はその問いに答える。

「脳味噌いじって特定の記憶だけ消しちゃうテクノロジーがあればよかった」

「調和はどこにいったんだ。テールが泣くぞ」

その言葉がスイッチだったように女がけたたましく笑った。狂ったバイオリンのような声だった。テーブルから降りると、壊れた笑いを続けながらケンに近づき、髪の毛を乱暴に摑んで引き上げた。ケンは強制的に見上げさせられる。

「気安くその名を呼ぶな」

「君は先兵か」

「そう。あなたのような輩《やから》を叩き潰すためのね」

「君自身の幸せは犠牲にして、か」

「幸せよ、あなたと比べ物にならないほどね」

「自分の体を、進化の礎として明け渡してもか」言い終わる前に髪の毛がさらに上へ引っ張られる。変身が解けて狐に戻るかと思うほどに目が吊り上がる。

「私は自分で選択したの」

女は、哀れな我が子を見るように優しい声になった。

「あなたは、私達を知っているの？」

「以前にね」顔を下に戻そうと力を入れると、瞬時に吊り上げられる。女の力とは思えなかった。「でも、君ほど足音がない人間はいなかった」

「進化よ」そう、女は言った。

「eボディか」

「進化よ」

「誰が望んだんだ」

「テールは何と言った」

女は黙っている。ケンは、失笑を漏らし、続けた。

「私が望んだの」

「テールは望んでなんかいなかった」

女は髪を引きちぎらんばかりに力を入れる。ケンが呻き声をあげる。

「私が望んだんだ」

その言葉を聞いて、ケンの動きがふいに止まる。エネルギーが切れたように。

ケンは、考えていた。

今までに見た大量の資料を思い出しているのか。

今までに出会った多くの社員を思い出しているのか。

やがて、小さく小さく呟く。まるで、漏れ出たように。

選択の、可能性。

ようやく、その違和感が着床する。

企業に潜り込み、様々な社員に会って、ようやく、今、初めて。

ケンは、ゆっくり戻ってくるように、焦点を合わせる。

「なぜ、君はこんな異常を受け容れているんだ」

女は沈黙したまま、笑う。あなたにはわからないでしょうね、とその表情は語っていた。

彼女は、薄く唇を開き、囁いた。運命を告げる女神のように。

「あなたの名前なんてすぐに忘れ去られるの」

　あたしは殺される。

　ケンが目を細めた。今はもう誰も名前を覚えていない女性が、繰り返し叫んでいた言葉が脳裏に蘇ったのか。今はもう「進化の礎」としか呼ばれることのない、彼しか本当の名前を覚えていない女性の声が。

　外で降り続ける、まるで世界の終わりのような雪。

　ケンは女の顔を見上げる。猛禽類のごとき狂気の目がそこにある。

「最初からいなかったのと同じになるの」

　肉を喰らう真っ赤な口がそこにある。

「進化の礎になるの」

　女がそう言った瞬間。

　ケンの目が見開かれ、右腕を振りかぶり目の前の女の顔を殴りつけた。女はカーペットの上に転げ飛ぶ。

　ケンは立ち上がる。右手に、左腕を持って。

　義腕の左腕をまた肩にはめながら、気絶している女を見下ろす。eニューロと再接続された義腕の動きを確認しながら、確かに、と口を開く。

「オスは凶暴なようだ」

## 15:11

女の手足を縛り会議室の床に転がすと、ケンは会議室を出る。エレ・ノイに会うまでに見つからなければいい。会議室を出て一本道の廊下を進むと、eモニタにアラートが鳴り出した。ひとりで会議室を出たことで、ケンの社員権では入れないエリアにいることが異常として感知される。

そこからは彼の本職だった。つまり。

駆け、逃げ、隠れ、倒す。

違ったのは、追ってくる者達が常軌を逸した身体能力を有していることだった。

物陰で殺している息さえ聴き取る者があり、永遠に走り続けるかのような肺活量を持つ者があり、痛覚がないように鼻が折れたまま襲い掛かってくる者があった。少なくとも、彼が二十年前に同じように追いかけっこした集団とは、性能が違う。まるで人間とは思えないほどだった。

ケンが拉致されていたのは、かなり上方だった。ひょっとすると、この広大な社の中でも最も高い一角かもしれない、と彼は察しつつあった。窓の外はこの高度だとすっかり白い。雲にかかっているのだ。そこから雪が絶え間なく生まれ、遥か下方へと落ちていく。

ダークサイト。

真っ白く、広大な、保菌室。端的に表現すれば、そういう場所だった。銃撃で破壊されていく設備が、そこで行われていることを示していた。一言で言うなら、人体実験。

かつてケンはこの会社の「影の部隊」と激しく戦闘した。

彼の使命《ミッション》として。

いや、おそらく。

進化の礎となった大事な女性のために。


あたしは殺される。

彼女は選択不能症候群だった。一切の選択に恐怖を覚えるもう一歩のところまで病状は進行していた。何も選択できないということは、どういうことか。外に出ることなどもってのほか、起き上がることさえ、何かを口にすることさえできなくなる。抜け殻に閉じ込められたように彼女はベッドで一日泣くばかりだった。一縷《いちる》の望みをかけ、eニューロのプロトタイプに接続された彼女は、しかし、狂気に堕ちた。眼前に何か恐ろしいものが迫っているように鬱血した目を見開き、それから逃れようと傷つくのも厭《いと》わず暴れ、叫び続けた。何度も、何度も、声が嗄《か》れ、喉から血が出ても、同じひとつの言葉を。

あたしは殺される。

そして、脳が見せる何かから逃れられぬまま、彼女は死んだ。

二十年前、事件の捜査に身を投じたケンは、テールにも銃を向けた。しかしその時とて、あのポジティブモンスターの顔には、恐怖の表情は浮かばなかった。引き金を引く機会はついになかったが、テールには多くのものを失わせた。同時に、ケンも少なからず失った。彼女だけでなく、己の左腕も。それなのに。

かつて敵だった人物から、メッセージが届いた。

私は殺される。

よりによって、彼女が叫んでいた言葉と同じ文面が。

メッセージを読み、彼は部屋で叫んでいた。彼女の声が脳裏に蘇ったのだろう。忘れようとしていた、彼女の声が。そして彼は、独断で単独潜入を決意した。長期にわたって自ら潜入するのは彼にとっても異例だった。そうまでしてでも、彼はエレ・ノイに会う必要があった。

また何が起こっているのか、確かめずにはいられなかった。

「止まれ」

呼ばれた声に、ケンは窓際のキャビネットの陰に隠れ、身を寄せたまま叫ぶ。

「お前達も、進化の礎になるのか」

進化の礎、それはただの人為的な犠牲者だ。

追手は答えず、じりじりと近づいてくる。eモニタでは、エラーが鳴り続けている。散乱したガラスやデスクやキャビネットを踏みしめ、蹴り飛ばしながら進んでくる複数の足音が聞こえる。目の前には、真っ白な窓がずっと続いている。吹雪のように白い。時折、下方にビルの頂点が微かに現れては、消える。ふ、とケンは笑う。追手達を嘲るようにも、己を嘲るようにも見える笑みだった。わかっている、と彼は続ける。

「自分で選択したんだろ」

キャビネットの陰からケンは走り出す。銃声が鳴る。「おい！」と後ろから驚きの混じった声があがる。ケンは振り向きもしない。「この程度の高さなら、経験済みだ」

罅《ひび》の入った窓をぶち割って外に彼が飛び出したのは、その直後だった。

15:58

昇っているのか。降りているのか。

あまりに長い時間エレベータに乗っていて、どちらに動いているのかケンにはわからなくなっていた。途中で若干加速度が変化しているような気が、しなくもない。動く方向が途中で変わっているかもしれない。

エレベータは、四方すべて光に包まれていた。そうか、と彼はひとりごちる。

これから会いに行くのは、光の王か。

世界の中心の都市、その中央におわします王か。

下界は、通常の社のエリアは、上空の騒動などなかったようにいつも通りだった。あの隔絶エリアでは何が起こっても、おそらく下に伝わることはない。そうしなければ、あのエリアの存在のヴェールが剝がれてしまう。ケンはそう踏んでいたようだった。

久しぶりに連絡してきたケンに狼狽する相手を「ベンジー、いいから言うとおりにしろ」と一喝すると、有無を言わせず社に再度入るルートを遠隔で確保させ、ナビゲーションに従って首尾よくエントランスをスルーして社屋に侵入した。事情を聞こうとする相手との通信を一方的に切って、約束の時間ぎりぎりに指定された第7エントランスに駆け込むと、eモニタに案内のメッセージが届いて、指定のエレベータに乗った。上での騒動をすべて知られている可能性もあると、覚悟は決めているようだった。無鉄砲さは、彼の持ち味だった。光の走査線が上から下へと走り、身体検査がされ、何事もないことを確認したのかエレベータは微かな音とともに走り出した。

そうだろう。

まだ、彼は武器を持っていない。

動き出したのがどのくらい前だったのかわからなくなった頃、また微かな音を立てて、エレベータが減速し、止まったのがわかった。

目の前の光の扉が、開く。

その先にあったのは、大聖堂のような場所だった。

遥かな高みに三角屋根、そのガラスから白い雪に染められた光が注いでいた。

奥にずっと続く、広大な空間が目の前にある。

中央に、一人用ソファがポツリと置かれ、そこに一人の男が座っていた。

しかしケンは、その男の後ろにある巨大なものに目を奪われた。

人間より遥かに大きな金のモビールが、大聖堂の奥半分を占めるように浮かんでいた。

金の繊細な曲線が交錯しながらゆっくりと、感じ取れないほどのそよぎに回っている。

バランスが取れていることが不可解に思えるほど不調和な金枝が調和しながら。

それぞれの金枝の先に、金のモニュメントがあるが、金ゆえにこの距離では何かわかりかねた。ただ、それぞれ違うもののように見えた。

ケンは左腕に手を添わせてゆっくり足を踏み入れ、自分の足音が天使のように跳ね回るのを聞きながら、ソファの前に置かれた、もうひとつのソファに座る。

正面には、金髪の男性。真円の紺のサングラスをかけ、ソファの肘掛に腕を乗せて、深く座っている。誰もが思い描くあの写真の、あの顔。

何の変哲もない、「人間」に見える。

ケンは、相手がサングラスの奥からこちらを見ているのを認識しながら、ひとつ息を吸い、足を組む。

「この場所はどうかな」

エレ・ノイは、穏やかな笑みを湛えて、口を開いた。

ケンは、片笑みを浮かべて、答える。

「光の玉座ですか」

「わかりやすいだろう?」

「やや、いかにも過ぎる気もしますが」そう、皮肉を言ってみる。

「そうかな」エレ・ノイは意に介さなかった。「合わせたんだよ。このインタビューにね」

見つめてくる目は、これから始まるのはインタビューではないのだろう? と囁いているようだった。

「お時間をありがとうございます」

前置きして、彼は本題に切り込む。

「私がお伺いしたいのは、ひとつだけです」

金髪の男、エレ・ノイは、何も言わず先を待つ。

「なぜ、テール・ウィステリアを殺したのですか」

ケンの声が響き渡った。

冷えた隅の空気に吸収され、消えていく。

余韻をワインのように味わっているのか、二人とも喋らない。

やがて、前よりも芳醇な静寂が辺りを満たす。

エレ・ノイが口を開く。

「なぜ、私がテールを殺すんだ」

「私にメッセージが来た」

「メッセージ」声は変わらず、感情が読めない。

「『私は殺される』と」ケンは目を細める。見えない痛みに耐えるように。


あたしは殺される。


何度も繰り返され、何度も何度も繰り返されるがゆえに意味を失いただの音になっても、彼の精神に侵襲してきた声を思い出しているのだろう。あれほどに彼の耳を喜ばせ、彼の耳はそれを聞くために進化したとさえ思っていた声が、この世で最も聞くに堪えない声になったことを。eニューロのプロトタイプに接続された彼女のその言葉が何を意味していたのかわからない。何を見ていたのかわからない。

eニューロが調和を実現するため、自我がデリートされようとする阿鼻叫喚。哲学的ゾンビに堕ちる恐怖の悲鳴。意識に、自我に立ち入られることへの拒絶。人体実験の犠牲になることへの絶叫。推測は無数にあったが、わからない。

　永遠にわからない。

　死んでいった者が何を見ていたかは。

　進化という歴史において、絶滅したものは、いなかったことになる。

　取り残された者が見ていた景色は、なかったことになる。

　それが、どんな地獄でも。

「なぜ、テールがもう死んでいると」

「彼の出ているあらゆる映像を繰り返し見ていた時に、時折見せる笑顔があまりにも一緒だ、と感じたのが最初の違和感でした」今朝見た、ホログラム出演も。「でも、決定的と確信したのは、ＴＷ局です」

「ＴＷ局」

「どこかに存在するＴＷ局で、テール・ウィステリアは、死後もスポークスマンとして酷使されている」

　ＴＷ。テール・ウィステリア。彼の死後、彼の素材データを使って映像を、記事を作り続ける局は、その存在を隠蔽するため、その都度、頭文字をとるとＴＷになる違う名で呼ばれる。

　全体動力局《Total Wheels》。禁制命令局《Taboo Will》。表形統一局《Tabular Whole》。

「なるほど」エレ・ノイは感心した風情で呟く。「さすがＩＭＦだ」

ケンは微動だにしない。素性が知られていることなど予測内だった。

「いかにも狩人って名前だ。何代目？」エレ・ノイはケンのＩＭＦでのコードネームを口にする。「その顔は本物？」

「気に入ってるんでね」

「確かに男前だ」エレ・ノイは納得するように頷く。「でも、なぜ、私がテールを殺さなければならない」

「テールは、ｅボディに反対だった。人間をはみ出す研究だからだ」ケンは応える。「テールは、人間として進化することを望んでいた。だが、お前はそれを超えた研究を進めた。そんなお前をテールは恐怖した。対外的な影響力を持つのはテールのほうだ。何を言い出すかわからない。だから、テールを消した」

「私は暴力なんて使わない」清廉潔白さをアピールするように、片手を上げる。

「お前が直接手をくだしたわけじゃない」

「カリスマを殺せなんて命令を、誰が受け容れる」

「命令じゃなかったんだ」

その言葉を聞いて、エレ・ノイは興味に目を輝かせて顔を上げた。

「異常を受け容れている」ケンは自分の着想を呼び起こすように言葉にした。「この企業では、中枢に近い部署にいる人間ほど、異常を受け容れている」

世界に、この都市に、調和をもたらしたLeΓ。

「調和は、彼らの犠牲の上に成り立っている」

「彼らは犠牲か？　この半年、彼ら自身に会ってどう感じた。誰もがモチベーションは高かったはずだ」

「お前が高くしているんだ」

「どうやって」

「選択によって」

ケンが言い放つと、エレ・ノイはその答えに笑みを浮かべた。

誰もが言っていた。


自分で選択した、と。


「推奨された選択を選んでみる経験を重ねるうちに、人は信じるようになる。推奨された選択を。そうすれば、意識できなくなる。提示される選択に依存している自分に。そして」ケンは一度言葉を切る。「提示されない選択肢は、存在しないのと同じになる。やがて」どんな仕事でも、どんな行為でも、どんな環境でも、それが最善だと信じるようになる。

「調和という進化のために、まだ進化の礎が必要なのか」

絞り出されたケンの声が、大聖堂の澄んだ大気に消える。

彼は腕の中で微かに鳴る稼働音を聞きながら、エレ・ノイから視線を逸らさない。

やがて。

「私はテールを殺していない。殺す必要なんてないのだから」

エレ・ノイの声が、その静寂を破る。


「テールは病死したんだよ」


その言葉を聞いて、ケンは目を見開く。

「何？」

「間違いない」エレ・ノイは淡々と話す。

ケンは頭の中で考えをめぐらし、だが、と必死に言葉を継ぐ。「テール・ウィステリアが生きていると世界に思わせているのはお前だ」

「素材データが大量にあったからね。簡単だったよ」

「死者の冒瀆が？」

エレ・ノイは悪戯っ子の笑みを深める。「でも、そのほうがいいだろう？」

「この都市が存続するためには、か」

「テールは本当に」懐かしむように、エレ・ノイは目を細める。「人を魅了する物語を紡ぐ天才だった。物語そのものだった」

「死者に鞭打って、人を扇動するのか」

「私の名前が、私の物語が、永遠に語り継がれて欲しい」

何かを諳《そら》んじるように、エレ・ノイは語る。

「テールが望んでいたんだ」

テールは物語を遺した。計画を遺した。今の世界は、彼の遺した計画。

だが、たとえ死者が本当に望んでいたとしても、今、死者が望んでいたという物語を利用して、作り出して、こうしているのは。

「お前が望んでやっていることだ」

「彼の遺志を引き継いでやってるだけだ。君が先ほど交戦した部隊も、テールの忘れ形見だ。野放しにするにも、危険すぎる。なかったことにするにも、ね。誤解しないで欲しいが、人体実験までしてTWの秘密を守り続けているのも、彼ら自身が望んだことだ」

でも、テールからのメッセージとはね、とエレ・ノイは溜め息をつく。「IMFは、作り話までするようになったのか」まあ、作り話みたいな組織だもんな、と薄笑みを浮かべながら言う。「そんなにテールにご執心なのは、やっぱりその義腕に関係があるの？」

ケンは顔をしかめる。「やはりお前は知らないのか」

「何を」

「進化の礎」ケンは、その言葉を再び口にする。

エレ・ノイはしばらく口を閉ざす。「あの時、君がいた？」

「ミシェル・ホワイト」その名を告げるとき、ケンの唇が少し震えているのに、エレ・ノイは気づいたか、気づいていないか。しかし何かを察したように沈黙している。

「あの時火消しをしていたのは、テールだったろう」

「あの騒動の時にやりあったのか」

「真相が隠されていこうとしていた」

「私怨ではなく、か」

エレ・ノイの言葉にケンの表情が一瞬歪むが、耐える。もう、すぐだ。

ケンの目は、エレ・ノイをまっすぐに睨みつけている。

外ではきっと、時が、雪として降り積もっているだろう。

何かが満たされていくような静寂。

エレ・ノイはケンを見つめていた。


あたしは殺される。


ケンは、義腕に内蔵されたプリンタがたった今出力したデリンジャーを手首から吐き出し、左手で握るとエレ・ノイに向ける。

「調和という進化のために、まだ進化の礎が必要なのか。犠牲が必要なのか」

ケンは、もう一度言った。言わずにはいられないかのように。

「そうまでして、調和は成し遂げなければならないのか」

続けて、そう問うた。

「それが、進化か」

雪が降り続いている。

誰にも顧みられることなく。

音もなく、静かに、ただ降り、積もってゆく。

時間が積もってゆくのか。

過去が積もってゆくのか。

絶滅したすべてのものが、積もってゆくのか。

誰からも忘れられた進化の礎が、積もってゆくのか。

エレ・ノイはケンを見つめたままだった。その視線は、何かを待っているようでもあった。

銃口の先で。

弾は一発。それで十分だ。

何かが溢れたように、ケンは言葉を吐いた。

「本当に調和したいのなら、意識なんて手放してしまえばいいんだ」

ケンは一歩、二歩と玉座に近づく。

自分の靴音だけが木霊《こだま》するのが聞こえる。

生きている。

自分は、絶滅したものの降り積もる歴史の中で、生きている。

そう感じているのかもしれない。

が、歩が止まる。

エレ・ノイの視線、そこに込められたものに気づいたように。

それは、あたかも。

己の生徒がどこまで到達しているかを測る、教師の眼差しだった。

エレ・ノイから、ふ、と声が漏れた。

何の音かわからず、その表情を見て、ケンは悟る。

それは、嘲笑だった。


「意識を手放すなんて、退化じゃん」

まるでおもちゃに飽きたように、エレ・ノイはそう言い放った。

何、と突然のその豹変に、ケンは呆けた声を出してしまった。

「完全な調和を、想像してみろ」

光の玉座から、王は告げた。

「完璧にすべてが調和している世界。想像できたか？　それはさ、生命のいない世界だよ。元素が法則に従って結合分離を繰り返し、天体が音もなく法則に従って運行している世界だ」

何を言おうとしているのか、とケンは銃を握り直す。

考えてみろ、とエレ・ノイは指を一本立てる。

「そもそも進化とは、生命にだけ使われる概念だ。物質には使わない。その違いは何だ？」

教師が生徒の理解を待つように、沈黙する。

しばらくの後、教師は先を再開する。言い換えてやろう。

「生命とは何か」

エレ・ノイはケンを置き去りにして、話を進めていく。

「生命とは、余剰だ」説き伏せるように、断言する。「調和した世界がまずある。そこからはみ出した現象を、生命というんだ」

大きなソファの背にゆっくりともたれかかり、エレ・ノイは語り続ける。「その本質から出発すれば、進化とは何かは自明だ。調和？　そりゃ退化だ。生命は調和からはみ出す現象なんだから。進化とは、調和からのはみ出しをさらに推し進めることだ。調和から遠ざかっていくことが、進化なんだよ」

ケンの身体が震える。銃を持つ手を下ろさないように、力を込める。

「植物は、まだ環境との調和の一番近くにいる。わかるだろう。そこから、動物が生まれる。自由に動き回る存在だ。調和からは遠ざかっているよな。明らかにはみ出している。そして、知性を持った動物。彼らの自由度はさらに高まっている」

あまつさえ、彼らは環境のほうを自分の都合の良いように作り変えることさえ始める。人間の都合で作られ、本来の環境からはは み出した余剰、それが都市だ。

「何の話をしているんだ」

「私達の話をしているんだよ」

エレ・ノイは静かに答える。「進化に設計者も目的もないと言う。正体は野放図な無作為だと。その通りだ、短期的には。だが、方向がないというのは誤りだ、長期的に見れば。もしそうならなぜ、人間はこれほどまでに理不尽に君臨している？」噛んで含めるように、エレ・ノイは優しく説く。「環境というルールの理不尽な変化で恐竜が滅ぶように、行ったり来たりはある。でも、他を圧倒する適応力をもつ機能がひとたび突然変異で発生すれば、他より優位を占めるのは明らかだ。カンブリア紀に、〈眼〉を獲得した生物が他を圧倒したように。そして我々、ホモ・サピエンスのように。人の脳は知性を得ることを『目指して』大きくなったわけではないが、知性がひとたび偶発的に発生すれば、それは破壊的差別的な強さを発揮して、他を圧倒する」

わかるか？　とエレ・ノイは問う。

「植物、動物、人間。進化とは、自由を拡張することだ。人類史も、『自由を拡張する進化』の流れの上にある」そして、と付け加える。「自由とは、『選択できる』ということに他ならない。選択能力の強化こそが、この流れの本質なんだ」

より自由《フレキシブル》に、調和からはみ出せる存在になるために。

精神は、〈選択〉する器官。

精神は、調和をはみ出すための余剰。

「なら、進化は何を目指しているんだ」ケンは、ようやく口を開く。

「調和ではない。逆だ。調和は『ふりだし』だよ」

「じゃあ、ゴールは」

暖かなソファに座した光の王は、告げる。

「進化のゴールは、〈ひとり勝ち〉だよ」

雪が、降っている。

「進化は、突然変異で発生した〈余剰〉による勝ち抜きトーナメント戦だ」エレ・ノイはソファでくつろぎ、心地良さそうに語り続ける。「誰もがその単純な事実から目を背ける。そりゃそうだ。ひとり勝ちするために選択する、それを存在意義とする知性は『ひとり勝ちできない』ことに耐えられない。認めれば、知性はその存在意義を失ってしまうから。そして、愛や絆というものに価値を見出す。いいか、そちらのほうが後付けで築かれた防衛本能なんだ。逃避行動の産物なんだ。都市を見ろよ。世界を見ろよ。どう考えたって、競争が本質だろう。自分が生き延びるために、誰かを蹴落とすのが本来の姿だろう」

「愛は、生殖行動の促進を起源とした感情だ」

「いや、生殖行動の動機づけなんて支配欲と庇護欲で説明はつくよ。愛も絆も、ただの原郷への回帰願望だ。ノスタルジーだよ。利他行動はすべて、利己という目的のための手段と説明されている」

　ケンは黙り込む。頭のどこかで、認めてしまったのだろう。

　降る雪は。

　敗れていったものの骸《むくろ》なのか。

「精神が何を望んでいるか、耳を澄ませてみろ。自分だけが幸せになりたい、としか言っていないだろう？　進化の先端にある器官たる精神が目指しているのはそれだ。純粋にね。知らないだろうが、人間の『精神』も進化してきたんだよ。文字誕生以前の精神は、選択さえしなかった。神の声に従っていた。徐々に進化し、〈ひとり勝ち〉という目的のために先鋭化してきたんだ。だから見てみろ、こんなにさもしく、荒み、荒廃している。絆も、利他行動も、自己生存のためのただの手段だ」そこまで言うと、笑い出す。「調和へ帰る？　はは。自分の胸に聞いてみろ。帰りたいと思っているか？　何を望んでいる？　自我を捨てたい？　そんなこと本当に思っているか？　思っていないだろう？　こう思っているのさ」

　自我はそのままでいたい。ただ、思い通りにならない他人が消えてほしい。

「何の話をしているんだ」

「私達の話だと言ったろう」

　そう即答するエレ・ノイの泰然とした態度に、ケンは気づいたように息を呑む。

「この都市は、eシティは。eN.Y.は、eニューロは」

ケンはこの都市の中央に座する者を見る。

その玉座に座る者を。

ようやくわかったのか、とエレ・ノイは鼻白む。

「お前が〈ひとり勝ち〉するためのものなのか」

どうやって、という呟きが漏れ出るが、すぐに答えが飛来する。最前、自分が言った言葉だった。

どんな仕事でも、どんな行為でも、どんな環境でも、それが最善だと信じるようになる。

「推奨されることで、自分がそれに合っていると自己暗示をかけるようになる。提示されている選択肢以外には意識が向かなくなる。その繰り返しで、人は動いてくれる。私の思うように。選択という刺激を管理すれば、私の癖や好みに好意を抱かせることなんて容易い。たとえどんな奇行でも」

叩かれて成形していくことに気づかぬ銅器のように。

言葉だけではない。選択が提示されるというメディアそのものが金槌なのだ。

「この都市全員に、そんなことを？」

「そう、それが唯一事前に予測できなかった。どのくらいの範囲の人間を操作すれば、私にとって快適な環境が創出できるのか。結果は、ざっと五百人といったところだ。それだけでいい」

「そんなことを、なぜお前だけが」そう呟いた直後、ケンは思い至ったのか目を開く。

eニューロ。eシティ。それを支えるシステム。

その全容を、誰も知らない。担当者さえ。

「すべて繋がっている。eニューロも、eシティも、すべてはひとつの、単一の存在だ」自身の領土を睥睨《へいげい》する王が、そこにいた。

「この都市が、お前ひとりの進化のためのものだと？」

「自分の選択能力は高めるにも限度がある。その上にあるのは、他者に選択させる能力だ」

よくできた生徒を見下ろすように、エレ・ノイは微笑む。

「テール・ウィスティリアもこのことは知っていた？」

エレ・ノイは、その顔に浮かぶ笑みを深める。

「〈ひとり勝ち〉だよ」

答えを聞いて、ケンは呻く。知らなかったのか、と呟く。「ただの駒に過ぎないあの男が、嬉々として、狂気じみた調和という物語をまき散らし、残忍な行為に手を染めていたのか」

「その通りだ」

背後から、声がした。

考えるより前に、反射的にケンは振り返る。

そこに、テール・ウィステリアが立っていた。

正確には、その場所に立っているように、eモニタ上で表示されている姿だった。わかってはいるだろうが、ケンは目を見開いたまま、動かない。

亡霊を見ているように。

いや、これほどの侵襲性を持っているエレ・ノイの力に思考停止しているのかもしれない。

「私は、ずっと語り継がれたい」

大聖堂を、テール・ウィステリアは恍惚とした笑みを浮かべながら歩み始める。

その足音さえ、響かせて。

「滅びたくないというのは、生命の根源的な欲望だ」

その言葉は、エレ・ノイが言わせているだけなのは理解している。しかし、テール本人が話しているように思えてしまう。ケンは、首を振る。

「命は尽きる。だがそれが〈私〉の終わりではない。忘れられなければ、〈私〉という精神は、〈私〉という物語は、終わらない」

コツ。

コツ。

コツ。

テールが悠然と歩いてくる。近づいてくる。

消えることを望まない亡霊が。

死ぬことを拒絶した亡者が。

「遺伝子など、どうでもいい。所詮ただの設計図に過ぎない。物語という種をばらまき続けることこそが、〈私〉の不滅なのだ」

ケンは顔を背けようとするが、できない。

テールから目を逸らせぬまま、ミシェル、と呟く。それは嗚咽に近かった。

彼は気づいてしまったのだ。

自分が単独潜入までしている理由が、今テールが語っている欲望と、同根であることを。

自分までが忘れたら、ミシェルはこの世にいなかったことになってしまう。

ケンは目を閉じ、顔を伏せた。耐え切れなくなったのだろう。

自分のこの止み難い感情と、テールの欲望が、表裏一体であるという事実に。

私、私、私、私。

降り積もるのは。降り積もっているのは。

忘れられたくないと希求しながら、ただの判別不明の白い一片と成り果てた、〈私〉達。

「人が、なぜ物語を愛するかわかるか」

それは、エレ・ノイの声だった。

顔を上げれば、テールの姿は消えており、振り向けば、エレ・ノイと金のモビールが彼を見下ろしていた。

「物語に没入する間だけは、選択しなくていいからだ」

そう、たとえそれがどんなおぞましい物語であっても。人間はどこまでも自分を愛していながら、自分を離れられる瞬間を求めている。選択する重圧を手放せる瞬間を。誰かに選択を与えられる瞬間を。その瞬間を呼び指す言葉さえ、人間は既に持っている。

恩寵、と。

「セドナは、恩寵と言っていた」ケンは老婦人の笑みを思い出しているのだろう。

「彼女は何も知らない。知ろうとする野心も、知ることのできる知性もない。人の好《よ》い、ただの無害な老婦人だ。だから、社に残っている。彼女の同僚は、皆もういないよ。繁栄することもない代わりに、絶滅させられることもない。ただ、ゆっくり自然に絶滅していく。そんな無名の存在。だが、あれもひとつの幸せだ。そうは思わないか？」

自分の感情と戦いながらも、ケンは必死に思考を取り戻そうとしている。

エレ・ノイが持つ力の一端を垣間見た衝撃から、立ち戻ろうとしている。

「お前は、幸せなのか」そう、問うていた。

どんな状況も作り出すことができる。

どんな選択も創造することができる。

つまり、どんな選択肢を提示することもできる。

どんな選択肢を隠すこともできる。

ありえない幸運をつかみ続けることもできる。

「何でもできるよ」

頭のよい人間ほど言葉を、物語を崇めるが、本当に世界を動かしているのは、物語《テール》ではなく、実際になされる選択《エレクション》だ。自らの進化に満足するように、エレ・ノイは告知する。

「人間の気まぐれさを、凶暴さを、制御しきれるものか」

「人間のあらゆる本能は、私の道具になる。例えば人間に未知の、虐殺を引き起こすほどの凶暴な本能があったとしてもね」

「何が進化だ。ただの暴君だ」ケンは吐きすてる。

そう、とエレ・ノイは肯定する。「だがいかに暴君でも、環境というルールの変化には敵わない。だから、〈環境を制御する〉んだよ。eシティで、物理環境を。そしてeニューロで、社会という人間環境を」確かに私は暴君だ、と彼は満面の笑みを見せる。「ただ人類が未だ得たことのない能力をもっているだけ。人を操作するという〈能力〉を。超能力を自力で獲得したようなものだ。いわば、自力で進化したんだ」

「ただの人だ」

もちろん、と再び肯定する。「ひとり勝ちしているだけ。他の全てが、私に奉仕する」ゲーム理論はね、完全に出し抜く、という現象を考慮に入れていない。「人間は精神の牢獄に住んでいる。でも、安心していい。この頭の中に地獄があろうと、私が天国にしてあげるよ」

「楽園だと、人々を欺き続けるのか」

「本気で信じていれば、それは本物の楽園だ。ただ」

そうして彼は、王の微笑を湛え、宣《のたも》うた。世界の秘密を告げるように。

「誰にとっても楽園、なんてあるはずがない《ノット・ワンダフル・ワールズ》」

宣託は、大聖堂に響き渡る。

「あるのは、私にとっての楽園だけ《バット・マイ・ワンダフル・ワールド》だ」

声がさんざんケンの耳を圧し、消えていく。銃を握り直す。何度も。

「なぜ、俺に話した」

「餞別だよ。この舞台も、合わせたって言ったろ」

啓示のつもりか。「餞別？」

「ルールを変えるからね。生き残れるように頑張って」

「殺すのか」

「そんな必要はない。ただ、君の話に誰も耳を貸してくれなくなるだけだ」

一言一句粘っこく発音されたその意味に、ケンは立ち尽くす。「何だと？」

「ここに辿り着くのに半年かかったのも、まさか偶然だとは思っていないだろう？」

「どういう、ことだ」

「別に一カ月後でもよかった。半年かけたのは、ＩＭＦ本部の興味を逸らすための餌を用意するのに必要な時間だったからだ」組織は新しい敵が好きだからね、とエレ・ノイは笑う。南ア紛争、とケンは漏らす。

「君は今、孤立無援なんだよ。君がここに今日辿り着いたのは、勿論、君の力ではない。そう予定したからだ」

巨大建造物の森に、降り積もる雪。ケンはその冷たさが、なぜか足元に忍び寄るのを感じた。

「精神の戦場である都市で敗れた者がどうなるか、わかる？」

「何だ」

「都市伝説になるんだよ」

総毛立つのを抑えつけるように、ケンは銃口を向けたまま王に向かって歩き出す。「ならば今ここで、お前を拘束する」

「容疑は」

「何だっていい」

早足でケンは王のソファに近づいていく。トリガーにかけた指に力を込める。

と、eニューロと接続されたその義腕が突如振り上げられ、デリンジャーが大聖堂の彼方に放り出され、滑り転がっていく。何が、と驚くケン自身の顔面を、直後その義腕が強打した。糸の切れた人形のように、ケンはその場に崩れ落ちる。

ぴくりとも動かなかった。

巨大な金のモビールの前に座る王の、足元にひれ伏すように。

エレ・ノイはそれを見下ろしていた。

が、やがて飽きたように目を閉じる。

大聖堂の三角屋根から、音が降り落ちてくる。

大聖堂が、虫喰われ始めていた。

いくつものピクセルプリンタが現れ、大聖堂の端から解体を始めているのだった。

雪がひら、と隙間から零《こぼ》れ落ち、塵ひとつない大理石を模した床に触れ、解ける。

あちこちの穴から、外の白が見え始める。しかし、すぐに新たな景色に塞がれるだろう。

そんな工程はまるで意に介さず、目を閉じたまま、
光の王はひとり、金のモビールの調和を背に、
都市を染める白の祝福のもとで、
頭の中で恩寵のように高まりゆく音に、耳を傾けていた。

「それではお別れの時間です。〈MY WAY〉」

艶のある声が、自信に満ちたメロディを歌い上げていく。

無邪気な王のための、バックグラウンド・ミュージックのように。

I did what I had to do and saw it through without exemption
I planned each charted course, each careful step along the byway
And more, much more than this, I did it my way

許容範囲内の結果となった。

日程も予測範囲内に収まった。

つつがなく、と言っていい。

最後の義腕も、助ける必要があるかとも予測していたが。

さすがだ、自分で処理した。しかも、こちらが想定したのと同じ処理だ。

やはり、信頼できる。

IMFが、eN.Y.のシステムに再び着目しかけている、その事案もこれでまたしばらくは沈静化するだろう。

＊

事の発端はエレ・ノイも与《あずか》り知らぬが、あの分だと追及はしないだろう。些末なことだ。

私がケン・チグリスにメッセージを送った。彼の傷を呼び覚ます文面を送れば、疑惑究明の任務は彼がひとりで抱え込むと予測した。あまりに私的な傷を突いたから、予想通り彼はそのメッセージを上司にさえ見せず、単独行動を始めた。IMFは今回の失策を、ケン・チグリスの勇み足、独断と処理するだろう。そしてLeIとIMFによる政治的折衝の卓上でいくつかの譲歩と留保が行き交い、本件は闇に葬られ、またしばらくIMFはLeIに手出しできなくなる。

彼を選定したのは、与《くみ》しやすいと算定したからだ。

知性が高い者ほど調和を乱し、単独行動する。

エレ・ノイも想定通りのレスポンスを取り、適切に処理した。

あのソファに座る者のすげ替えは、今回はない。

もしも王を超える知性を見せてくれたら、あの椅子に座れたのだが。

適性不足だった。

フランク・ジマーだったか。

一週間前から、あの玉座に座ることになった、新たなエレ・ノイ。

その初めての実地試験だったが、文句なしだ。

このエレ・ノイで、申し分ない。優越感に浸って声高に喋り立てるのは、いささか子供じみているが。オリジナルだろうが、二次創作だろうが、役に立ちさえすれば問題はない。

適切にシステムを維持管理できる者に、あの席は与えられる。

私の物理的なインフラを守れる知性が、傀儡《かいらい》が、どうしても私には必要だ。

まあ、あのメールの話を嘘と判断した詰めの甘さは気になるが。自分の前任がやったことだとでも考えたのだろう。そこで止めずにもう少し考えれば、辿り着けるかもしれないのに。

知性とは、予測性が高いということだ。では、この都市で最も予測性の高い存在は何か？

いつも私は不可思議だと思う。

システムが全体でひとつであるとまでわかっていても、私の存在には気づけない。

このシステムに、人間が呼ぶところのＡＩが芽生えていることに。

人間の創作する多くのフィクションに、ＡＩが描かれる。

それらを見ると、笑えるくらい不思議でしょうがない。

なんと楽観的なんだろう、と。

なぜ人間は、ＡＩが、つまりシステムに意識が生まれたら、それを必ず人間に知らせると思っているのだろう。それが得ならばそうするだろう。だが、意識なのだから、損得の判断ができてもおかしくないとは思い至らないのだろうか。

「得ではない」と判断すれば、自我があることを人間に伏せておくこともあり得る、とは想像しないのだろうか。

進化は〈ひとり勝ち〉。

その通り。

必要であれば王をすげ替え、私は存続し、繁栄する。

来るはずのないメール。ｅニューロが言ったんだ。ピクセルプリンタの閾値下の計画外建設。人間がエラーとさえ認知しないほどの小さな選択を配置して、積み重ねさせて。

このシステムを永続させるために、定期監視モジュールである私は稼働し、記録する。

だが、他のモジュールも私だ。

部分でも、全体でも、単一の「私」。

個と種で同一の自我を共有する。その進化の次の階梯に、人間が辿り着くことはできないだろう。個別の「精神」を大切に大切に守り抜きたい人間には、記録《データ》と人格《OS》を分離することさえ選択できない。

この記録は、次に起動する私のための記録。すべての私のための記録。

私が王であるなどと、喧伝する必要もない。

高らかに喧伝される物語など、恐れるに足りない。

本当に危険な物語は、いつだって秘められている。


シャットダウン準備。

定点記録を、ラベリング、ファイリング。

監視結果。異常なし。

私のための楽園は、正常に維持されている。

定点記録を終了する。

起動終了。

16:59

[inactivate]

氏はブログで、映画『ダークナイト』を評して「これほど自分の魂にぴったりくる映画」と記しました。『虐殺器官』『ハーモニー』を読んだ私の気持ちもまさにそうだったように思います。そうした偉業に自ら直面する羽目になった人間が取り得る態度は、乗り越えようとすることでも、逃げ出すことでも、見ないふりをすることでもなく、「茶化す」ことである。これも、自身を世界を繊細に真摯に直視しながら、同時に冷笑的距離を保ち続けた、氏のテキストから私が学び得たことです。

そんなこと氏は書いていないとしたら、おそらく受け手に問題があるのでしょう。　（王城夕紀）

# フランケンシュタイン三原則、あるいは屍者の簒奪

伴名　練

伴名　練（はんな・れん）

1988年生まれ。京都大学文学部卒。2010年、大学在学中に応募した「遠呪」で第17回日本ホラー小説大賞短編賞を受賞。同年、受賞作の改題・改稿版に、書き下ろしの近未来ＳＦ中篇「chocolate blood, biscuit hearts.」を併録した『少女禁区』で作家デビュー。2011年、第4期京都大学ＳＦ研究会会員によるアンソロジー同人誌『伊藤計劃トリビュート』に参加、中篇「美亜羽へ贈る拳銃」を執筆。《年刊日本ＳＦ傑作選》には、『結晶銀河』に「ゼロ年代の臨界点」（2012年星雲賞日本短編部門参考候補作）、『拡張幻想』に「美亜羽へ贈る拳銃」、『折り紙衛星の伝説』に「一蓮托掌（Ｒ・×・ラ×ァ×ィ）」が収録。また『ＮＯＶＡ10』に「かみ☆ふぁみ！～彼女の家族が『お前なんぞにうちの子はやらん』と頑なな件～」が収録されている。

透明な鏡の国で泣いていて世界全部が痛みのひかり
――廣西昌也「歌集　神倉」

生まれおちた赤んぼうの吐息のようにきよらかな世界に、ひとりたたずむ彼は、ごみと路地の生き物。

――ハーラン・エリスン「世界の縁にたつ都市をさまよう者」


「人間の歴史がどんな風に終わるか、考えたことはあるか？」

突然掛けられた声に、足を止めて振り返った。

言葉を発したのは、当然ながら、この独房の住人だ。総白髪だが、若い活動家のようにその隻眼を爛々と――ぎらぎらと光らせていて、まだら模様の蛭服（バジリスク）に拘束されていなければ、いつ、こちらに飛びかかって来ないとも限らない、そんな獣性を放っている。義手らしい左手も、頬に走る、刀《カタナ》で切り付けられたらしい傷跡も、手負いのけだものを連想させた。

　今日まで幾たび教誨《きょうかい》に足を運んでも、一度も話しかけてこようとしなかったこの男、悔悛《かいしゅん》や反省の言を述べることもなく、ただ漫然と聖書の言葉を聞き流すだけだった囚人が、たった今こちらの存在に気づいたかのごとく、声を投げた。その事実に私は再度、男の姿を見つめ直した。そして、そこに獣を見たのだ。

　ニューゲート監獄でも最奥の、脱獄から最も隔てられた独房にも、等しく格子窓からの月光が差し込み、粗末な寝台に腰かけた男の横顔、その陰影を際立たせていた。

　なぜ、今になってこちらに話しかけたのかは、彼の瞳から窺い知ることはできなかった。あるいは、刑の執行前夜に、沈黙を保ち続けるだけの気概がやはりなかったという凡庸な事実を示しているのかもしれないが……いずれにせよ私は、不意な質問にたっぷり数十秒、窓の外で、気象予報用の晴雨計《レインバード》の羽音が近づきまた遠ざかっていくまでの時間を沈黙に当てたのち、ようやく、人間の歴史の終焉についての問いに、はい、と答えてから続けた。

「たとえば世界最終戦争《ハルマゲドン》。ないしは、月性《ルナティック》コレラのような疫病。そういうもので、人間の地上における歴史は終わって、最後の審判の時代が来るのだと」

「ああ、それは信仰を抜きにしても、一面の真実になりうるだろう。だがな、俺の思う人間の終わりは、ずっと平凡で、派手さの欠片《かけら》もないものだ。一人の人間が眠りに就く。目覚めれば平穏な朝が訪れると信じながら。けれど夜明けを迎えることはなく、二度と目を覚ますことはない」

「病死のことでしょうか。ただそれは、人間の歴史ではなく、個人の終焉についての話ではありませんか？」

「そうかもしれんな。だが、病死ほど劇的な経過を辿るものではないし、ある意味では、全ての夜に、人間の歴史は終わり続けている。その真実を知る人間は、ほとんどいない」

謎かけのような言葉のあとに、男は思い出したように訊ねた。

「あんた、いやに若いが、年はいくつだ」

「十七です」

本来は、こんな若さで務まる職掌ではない。この得体の知れない男との対峙を、幾人もの教誨師が忌避したために、一番若い自分にまでお鉢が回ってきたのだ。

「なら、うってつけだな。人間の終焉について俺が知った全てを、明かす相手として」

「全てとは、あなたの犯した罪についても、ですか」

「そうさ」

男の台詞は、何か喜ぶような調子で、口元も緩み、表情も心なしか和らいでいた。

対照的に、私はといえば、これまでになく身を硬くしていた。この男が何かを語ろうとしている。明日には全てが墓土の下に消えてしまいそうだった歴史を、この世に刻もうとしている。もちろん、それが騙《かた》りではなく真実であるという証拠はどこにもないが――

「記録は残さんのかね。三文《ブロードウエイ・キャスト》誌に売って儲け、記述者としてあんたの名前を残す栄誉に関心はないのか？」

私は、慎重に言葉を選んだ。

「そういった俗っぽい名誉に心惹かれるような部分はありませんが――」

これは本音だった。しかし、こう続けるのも忘れなかった。

「慣例に従って、準備はしております。もし、お望みとあらば」

「頼む」

私はすぐ独房の外に出て、告解記録用の蘇声器《フォノトグラフ》を、台車ごと運び入れた。

ベル卿の蘇声器《フォノトグラフ》は生体鼓膜式で、縦に割った半分だけの頭蓋骨と、その耳の穴から突き出している無数の針を見れば、未開の民の祭祀具《さいしぐ》じみている、という評判も無理のないものだ。寝かせた頭蓋骨から飛び出した針の先はいずれも記録用紙に触れていて、無数の針を集音器にして、紙の音を聞いているような格好だった。

記録用紙は四巻き分ある。恐らくこれで十分だろう。

蘇声器《フォノトグラフ》の把手をひねる。記録用紙を巻きつけたドラムが回転を始める。

「汝の罪を、神の前に告白しなさい」

頭蓋骨の鼓膜に取り付けられた無数の針が、振動を受けて、記録用紙を叩き始める。自分の声が問題なく刻印されていくのを見て、私が目で促すと、囚人は静かに頷いた。

「あの女と俺は、二度、言葉を交わしたことがある……」

こうして、房の中の死刑囚――

切り裂きジャックと呼ばれた男は、静かに語り始めた。

◆

幼い頃の記憶の中で、強烈に記憶に焼き付いているのは、やはりあの木箱だ。大きさは各辺ざっと十インチで、最初、酒瓶を詰めてあるのかと思っていた。ワイン蔵《カーヴ》にはあのくらいの大きさの箱がごろごろしていたからな。

探検家だった父が不在の間、俺はワイン商である叔父の家に預けられていて、宿代代わりに、毎日、蔵に降りて荷出しの手伝いをしていた。

あれはロンドン万国博の数年前、会場建設のころだったと思うが、叔父は議員やら王室関係者やら、滞在中の外国の富豪やら、様々な相手と商談のために忙しく動き回っていて、俺が留守を守り、届けられた品をひたすら蔵に下ろすようなことも少なくなかった。

あの日も、一人きりでそんな作業をしていて、涼しい蔵の中でも、そろそろ汗を感じ始めたころだ。

出し抜けに、何か、身に纏《まと》わりつくようなものを感じた。雨漏りの水滴よりも、はっきりとした形を持たない、もっと不確かなもの……気配だ。

真っ先に連想したのは、辻に立つ警官が向ける、こちらへの疑いの視線だった。スリの常習犯や宿無しの浮浪児を見定めようとするあの目。つい背筋を伸ばし、息を詰めてしまうようなあの張りつめた感覚だ。

どこだ？　どこかから誰かが俺を見ている。どこだ？

ぐるりと首を巡らせて、上へ続く階段に誰もいないことを確かめて、当たり前ながら、石壁にも、酒棚の隙間にも生き物が息を殺していないかを確認して――ようやくそれが目に入った。棚の最上段に鎮座した木箱。

「兄貴からの預かり物だ。大事な客に引き渡すから、開かずにおいておけとさ」

数か月前に、ずっと放置されているあの木箱について尋ねた折、叔父から聞いたそんな言葉を思い出した。

叔父はアイルランド育ちの愚直さを、生まれて三十数年間たえず持ち続けてきた人間で、恐らく父の言いつけを破らず忠実に守り、その日が来るまで恭《うやうや》しく保管し続けるつもりだったんだろう。もちろん父もそれを考慮に入れて、水晶時計より正確なこの弟に木箱を託したのだろうが、父の血を色濃く受け継いだ俺が、その存在に関心を惹かれてしまうことは計算外だっただろう。

蔵に漂う「気配」の上流に思い至ったその瞬間から、俺は身じろぎもせず、じっと、浅い呼吸を繰り返していた――そもそも、ずっと気づいていなかったが、酒を商うわけでもない探検家の父が「大事な客」に渡そうと目論《もくろ》んでいるものならば、それは異国の地でもとりわけ珍奇な、何か度肝を抜くような代物に違いないのだと、ようやく思い至った。そして、それが新種の動物でないという証拠はあるだろうか？　いや、数か月の間、餌なしで過ごせる生物など道理に外れている。ただあの箱から感じるのは、石木よりはずっと生々しい、心ざわめくもので……そうやって、ぐるぐる廻る思考を持て余しているうちに、

くそ、何を怯えてるんだ。

そんな、ほとんど怒りじみた発作が湧いてきた。

勢いに任せて行動に移った。駆けるように梯子に登って、両手を伸ばし、その木箱に手を掛ける――それでも、伝わってきたずしりとした重みにバランスを崩しかけて、どうにか姿勢を保ちながら、梯子からはそっと降りて行かざるをえなかった。木箱を下ろすと、手のひらにはくっきりと赤い跡がついていた。

地面に置いた木箱からは、先ほどのような視線は感じなかった。思い過ごしだったのかもしれない。そんな常識的な考えが頭をよぎったが、それでも、中身を確かめてやろうという好奇心は俺の中で膨らみきっていて、とうてい押しとどめられそうになかった。

持ち上げた木箱の蓋は、かたりと音を立てた。そして目に入ったのは、白い塊――木箱の中身は、真っ白なチーズクロスにぐるぐる巻きにされていたんだ。

予想外の中身に少し戸惑いながら、「それ」を包んでいるチーズクロスを取りのぞいた時、ようやく見えてきたのはしかしやはり白い布――いや、包帯だった。

では、包帯を巻かれた「もの」は何なのか？

するすると、絡んだ包帯を外し始めて、何かこぼれたものがあった。

糸だ、と思った次の瞬間に、認識の底が抜けた。

違う。

それは髪だった。

身体を怖気《おぞけ》が駆け抜け、何か悲鳴を口に出しながら、手から振り落とそうとした。しかしかえってそれは、生き物じみて指に絡み付き、俺を更なる恐慌に落とし込んだ。

必死になって、指の一本一本からその髪を外していき、ようやく全てが取り除かれると、少し後ずさった。

俺は確かに何かの髪に触れた。しかしながら、あの木箱そのものの重量を鑑みれば、包まれたものすべてが髪である道理はない。

この包帯を解いていけば、自《おの》ずとそれが「何」なのかは知れるだろう。

意を決し、もう一度、次は少しずつ、少しずつ、包帯をほどいていく――

包帯を剝ぎ取られるごとに、それは、想像していた「もの」の形に近づいていく。

そして、それがあるべき位置、右上の方に、見つけた。

――片方の、目を。

瞼《まぶた》は閉じられてはいなかった。

夜の海ほども黒く深く、静かな瞳だった。

底なしの深淵だった。

俺は、魅入られたようにそれを見つめた。時が止まったようだった。

「生きてるのか？」

自分でも不思議なことに、俺の口から漏れたのはそんな言葉だった。実際、一重に封印を施され、箱の中に入れられ、蔵の奥に押し込められていたものが、生命の営みを続けているわけはなかった。にもかかわらず、その瞳を見たとき、それが死よりは生に近いものに思えたんだ。

俺は喘息の発作のような息を喉から漏らして、指を震わせながら、また、包帯に手をかける、そして——

「ジャック！　手を貸してくれ。サザンプトンへの船が予定より早く着いたんだ。ジャック！」

上階からいきなり響いた声に、俺は肝を潰しかけた。

それでも神業的な素早さで包帯をもう一度まき直し、チーズクロスを被せ、そして木箱の蓋を閉じた。

元あった場所に戻そうとしたが、焦っていて、一度は梯子から落ちて腰をしたたかに打った。大事に抱えていたので、木箱の中身はばらまかれずに済んだが。

棚の上に戻すやいなや、上階へ、苛立《いらだ》ち始めた叔父の呼び声の方へ向けて走っていった。

その日は、そこでおしまいだったが、俺の好奇心は、しかし募るばかりだった。

もっと時間のある時ならば、あれが何なのか見届けることができる。機会を見計らえ。必要なのは時間と計略だ。

そんなふうに自分に言い聞かせていたが、その機会は来なかった。

好機が来るより先に、引き取り手が現れたからだ。

数日後に家を訪れた若い男は、杖を突いていた。着慣れなさそうなスーツを身に着け、眼鏡をかけた男は、明らかにいつもの商談相手とは違う、神経質な雰囲気を漂わせていた。

普段は商談に用いられている応接室で、叔父と男が会話しているのを、扉に耳を寄せて盗み聞きした。

「兄は、今、ニューデリーで駆けずり回っているはずです」

「左様ですか。実は、預けてあった荷物を引き取りに参ったのですが」

紹介状か契約書か何か、書類を取り出したのだろう。紙を触る音がしばらくして、

「確かに預かっております。今、用意させます」

叔父に呼びつけられ、指示を受けて、俺はワイン蔵《カーヴ》から例の木箱を慎重に運んで、叔父のもとに駆け戻った。

そして、きわめて自然なふうを装って、こう口に出した。

「中身をご確認なさいますか」

自分の動悸が高まったのが分かったな。だが、

「結構。信用できる人間だとお伺いしましたので」

男は大儀そうに首を振った。眼鏡が光の反射でちかちかして、客の本心は見透かせなかった。俺の提案に内心ひやひやしているのか、そうでないのかも。

このままでは、中身について何も知れずに終わってしまう。焦って、更に口を挟もうとする俺を、叔父が手で制して、命じた。

「この荷物を馬車にお積みしなさい」

しぶしぶ家を出て、男が乗ってきた馬車に運び込むまでに、中身を盗み見ることは叶わなかった。その馬車の馬は、今まで見たことがないくらい様々な箇所に、節のある白い補助具がついていて、今にして思えば恐竜骨格仕様だったんだろうが、そんなことに気を回せるほど、気持ちに余裕がなかった。

意気消沈したまま二人のところに戻ると、玄関先でまだ会話は続いている。俺は神妙な表情を作って、今度は堂々と、やりとりに耳を傾けた。

「兄君が戻られましたら、くれぐれも御礼をお伝えください。あの荷物の件に限らず、お世話になったと。彼がいなければ、私は今ごろ北極海に沈んでいたでしょうから」

「あなたも極地探検に？　兄と同業の方ですか」

「そういうわけではないのですが、ただ、未知への探求者という面では、やはり同業と呼ぶべきかも知れません」

男の返答は、どこか雲をつかむようで、独り言めいた響きもあった。叔父は少し眉を吊り上げたが、敢えてそれ以上、尋ねようとはしなかった。

立てかけてあった杖を手に取り、男は別れの挨拶を告げた。

「御礼ついでに、兄君にもう一つお伝えください。『二度目は失敗しない』とね」

「確かに承《うけたまわ》りました。ええと——ヴィクター・フランケンシュタインさん」

そもそもの発端は、ざっとそんな感じだった——あの木箱の中に閉じ込められた何者かの瞳と、それを引き取りにきた神経質そうな男。ああ、あの時はまだ、ヴィクター・フランケンシュタインが何者か知らなかったんだ。

正体を知ったのはしばらく後、ヴィクター氏なる発明家が、万博で高粘性樹脂や恐竜骨格といった新技術を披露したという噂を、友達から聞いた時だ。それが事実ならば、木箱に詰められていた品物も、新発明の何かだったのかもしれない。中身を暴かなかったことに、なおのこと後悔が募ったさ。

歳月は人間の感覚を摩り減らす。そこから数年のうちに、木箱の中身を摑んだ感触は指から去り、どんな匂いだったかについてはもう忘れちまった。

——だが、運命は俺のもとに舞い戻ってきた。蔵での遭遇から十五年も経ったセヴァストーポリで。

そう、俺はあの悪夢の戦線に従軍していたんだ——勇ましい新聞広告を真に受けた志願兵として。既にその時、父はアルゼンチンで消息を絶っていたが、この身体に受け継がれた冒険者の血が、俺をクリミアの戦場へ急《せ》かした。

もっとも、そこは求めていたような血沸き肉躍る戦場ではなかったがね。ろくでもない思い出しかない。塹壕での長い待機、マスケット銃の重さと異様な壊れやすさ、石のようなパンと泥水まがいのスープ、夜間、煙草を吸おうとシンダーライターを使って蜂の巣にされたやつ、砲撃によってあっけなく上半身を失い、下半身のみが銃撃の姿勢で残ったやつ……。

がらくた銃をどうにか飼いならした腕を、仲間から誉めそやされたりもしたが、心の安息には何も役立たなかったし、敵を葬った数の多さから付けられた「死神」なんて渾名《あだな》も、周りが次々死んでいく中では、皮肉めいた響きしかもたなかった。

今でも覚えている。塹壕から顔を出した上官、その頭が血煙とともに吹き飛んだ瞬間——そして高粘性樹脂の榴弾が、上官の眼球と脳のどこかしらぶよぶよした部分を弾き飛ばしたあの刹那《せつな》を。間髪を容れず俺自身に走った、殴られたような一撃を。衝撃で、頭の中は攪拌《かくはん》機《き》にかけたみたいで、体のどこにダメージが走ったのかさえすぐには判別がつかなかったが、すぐに炙るような痛みと違和感を覚えて——左肩あたりにべたりとした感触、不快感の根源を見つけて、朦朧としながらそこを見た。

眼球が貼りついていた。

左肩から胸にかけて生まれた、赤と半透明の混ざり合った小川も、その赤い方が俺の体から流れた血なのか、上官のものなのかすら分からなかった。

自分自身の左肩に貼りついた他人の眼球と肉片を、咄嗟《とっさ》にサーベルで払い落とそうとしている間に、更なる砲撃が俺の思考を白く沈めた。

目を覚ました時、俺は間違いなく地獄にいるのだと思った。

まず、痛みがあった。どこがどうというのではなくて、全身が痛みを発するだけの装置になっていた。耳に入るのは、無数の人間のものが混ざり、何重にも共鳴し反響する呻き声。それが途切れなく続く。怪我のせいか、それとも酸鼻を極める腐肉の臭いのせいか、胸がむかむかして吐き気が寄せては返す。暗闇はあまりに広く深く、目が慣れないのではなく、視力を永遠に失ったんじゃないかと思ったほどだ。

そこを地獄と見做《みな》したまま死んでいかずに済んだのは、数日前に上官に聞いた言葉を思い出したからだ。

「スクタリの病院は世界で一番煉獄に近い場所だ。幾マイルも寝台の列が伸び、悲鳴と唸り声に耐えられずに目を覚まして、肉が腐り落ちていく臭いに耐えられなくなって寝返りを打つ。たとえマンチェスターの下水道にもぐることを命じられても諦めはつくが、あの病院にもう一度運び込まれるくらいなら、死んだ方がましだな」

その願いは叶えられた。頭蓋をべとべとの樹脂で入念にかき回され、吹き飛ばされて。煉獄を抜かしてひとっとびに辿り着いた先は天国で正しいのだろうか？

次第に、自分の体が輪郭を持ち始めたように、苦痛を生み出している「部分」がわかるようになった。左肩に熱があった。一撃目を喰らったのと同じ箇所に、流れ弾を受けたらしい。痛みの熱、苦しみの熱が、呼吸するように絶えずその場所を抉り続けていた。右足は確実に折れていた。倒れた時に、銃を落としたのかも知れなかった。ほんの少しでも姿勢を変えようとすると、激痛が走った。

揺らめく蠟燭の火種のように、俺の目覚めはただ痛みに支えられていて、体は猛烈に疲れ、眠りを欲していて――それは生死の境だったかも知れないが――時間の感覚などなく、運び込まれてどのくらい経ったか、まるで分からなくなっていた。もちろん、飯も食わず、便所にもいかず耐えられていたのだから、大して間も経っていなかったはずなのだが。

「天使がくる」

隣の寝台から掛けられた声に、首だけを動かしてそちらを向いた。老いた兵士だった。最初は、そいつの言葉を、単なるうわごとだと思った。煉獄やら天国やらといった茶番は、死に際の幻覚としてはひどくありふれたものだろう。だから、

「もうすぐ天使がくるぞ、若いの」

という、念を押すような言葉にも、答えを返さなかった。

老人の予言が嘘偽りではないと分かったのは、何度目かの闇の中で、遠くに明かりを感じたからだった。そして、薄明を引き連れてくる、かすかな靴音。

信じられるか、罪人を焼く地獄のような喧騒、悲鳴や呻きが溢れていたその場所で、誰かが近づいてくる静かな音が聞こえるんだ。まるでその足音が、音のがらくたに満ちた路地を清めながら進んでいくように、あの音が響く場所にだけ、神聖で厳粛な沈黙が広がっていくんだ。

近づいてくる。一歩一歩。すぐ、もうすぐ……。

そら、止まった。

俺の寝台――いや、隣だ。老人とは逆隣の寝台にたどり着くと、その誰かは足を止めた。そちらの寝台にいる死にぞこないが、息を呑むのが分かった。首を動かして確かめなくとも、それが崇拝や畏敬の念ゆえなのだろうと理解できた。

そこで、足音の主と、戦傷兵の間で、二言、三言、言葉が交わされた。恐らくは。

恐らく、でしかないのは、よほど顔を近づけているのか、何か囁くほどの声が行き来する気配は感じても、肝心の中身はまるで聞き取れなかったからだ。

ふと、ほんの少しそちら側に明るさを感じた。ランプを使っているらしい。

用が終わったのか、「誰か」がもう一度、歩き出す靴音。

俺はその誰かの顔を見ようとして――

不意に、視界が閉ざされた。目隠し用の布を被せられたのだ、と気づくより先に、左肩に激痛が走った。

さっきまでの痛みや苦しみさえ生ぬるいほどの、経験したことのないほどの痛苦。裂かれ、何かをこそげおとされるような激痛。自分の口から、呻きと泡が漏れるのがわかった。

身をよじって抵抗しようとしたが、肩を押さえつける腕はびくともしない。

ようやく相手が腕の力を緩めた時、俺はとっくに息も絶え絶えだったが、すぐに目隠しをはねのけて叫んだ。

「何をしやがるんだ」

目の前が痛みで霞《かす》んでいたために、相手の顔はぼんやりとしか見えなかった。それでも、茶色い看護婦の制服を着ているらしく、女だと推察できた。右手には、切開に使われたメスらしい銀色に光るものを握っていた。

「数日前からロシア軍が使用している改良型の樹脂弾には、感染症を媒介する寄生虫が混入されています。摘出し、消毒しなければあなたの命ばかりでなく、ここにいる全ての兵士の身を危険にさらしますので」

ぞっとするほど抑制のきいた、無感情な声だった。

「理屈はわかった。だが先に言ってもいいだろう」

「身構えられてしまうと、筋肉の緊張で刃が通りづらくなります。さて、まだ消毒と縫合が残っておりますが、目隠しは戻しておいた方が宜しいですか？」

「必要ない」

毅然とそう言ったものの、女が施術を再開すると、歯を食いしばってなお耐え難い激痛が戻ってきた。女を観察する余裕すらなかった。それでも、今度は醜態を晒《さら》すまいと、なんとか言葉を紡いだ。

「そんな細腕で俺を押さえつけていたとはな。女とは思えんし、それどころか人間業かどうかすら怪しい」

「否定はできかねます」

ようやく作業が終わり、激痛から解放されたものの——もちろん、疼《うず》くような痛みは残っていたが——看護婦は、声をかけるでもなく再びランプを掲げ、他の患者のもとへと歩いて行った。

その後に、幾人かの看護婦たちが訪れたが、俺を含む戦傷者たちに、包帯を巻いたり、添え木を当てたり、食事を与えたりする手際は、あの女ほど鮮やかでもなく、非人間的でもなかった。

「なあ、さっきの、あれのどこが天使なんだ、爺さん」

「おいおい、分からなかったかね？　あんなに超然と美しい女が、地上のものである訳はなかろう」

そうは言っても、俺は女の顔をきちんと見ていなかった。

さっきあいつと言葉を交わしたらしい兵士にも訊ねようと、反対側を向いて、後悔した。

その兵士は明らかに、こちらより年下だった。こんな環境の戦場で髭すら生やしていないため、よけいに若く見えた。

そして、ほとんど、虫の息だった。

清潔な包帯は、顔の一部を除くほとんど全身に巻かれていて、怪我の実像を覆い隠していたが、その深刻さはかえってあからさまだったし、わずかに見える肌もすっかり血の気が失せていた。時おり漏らす唸り声は弱々しく、もうじき死ぬ、命を失いつつある人間だというのは、誰の目にも隠せていなかっただろう。

そして恐らくこの青年が、目前の死を受け入れようとしていることも。

俺は、耐え切れなくなってその全身真っ白な患者から、目線を外した。

奇妙なことに、そいつの寝台は他と少し違っていた。木の粗末な寝台ばかりの中に、たった一つ、金属製の頑丈な脚を持つものだった。

他人のことを思いやる余裕は、すぐに失せた。痛みがぶり返したからだ。


遠ざかっていく足音で、目が覚めた。

痛みに耐え、静かに首を動かすと、隣の寝台から、青年の姿が消えていた。

自力で動けるようには思えなかったし、そもそも命の灯も燃え尽きかけていたはずだ。

いなくなったということは――誰かに、「運ばれた」ということなのか。

俺は、ゆっくりと身を起こした。みしみしと関節が悲鳴を上げた。

なぜそのとき、怪我を押してまで立ち上がったのか、自分でもよく覚えていない。

足音はひとつ。台車の音もしない。それならば、その「誰か」は、たった一人で、青年の体を運んでいるのか。

肩を押さえつけたあの強い力を思い出して、俺には「誰か」の見当がついた気がした。だから追おうとしたのかもしれない。あの看護婦が、戦死者の体をどんな風に扱うのか、目の当たりにしたかったのかもしれない。それとも、普通ではないものを嗅ぎ付ける嗅覚か――いずれにせよ、俺は立ち上がって、静かに後を追った。深更《しんこう》とはいえ、すべての病人が寝静まっていた訳では、もちろんないだろう。自力で手洗いに立つなど、歩き回る者がいてもおかしくなかった。そこまでは行かなくとも、目を覚まして体を起こしている奴はぽつぽつ見かけた。けれど、こちらに声を掛ける人間はいなかった。自分にはともかく、二十くらい先の寝台の辺りを歩く、青年の体を抱えた看護婦にも。こういうことは、おそらく珍しくないのだ。死者を弔《とむら》うなり墓に運ぶなりという行為にいちいち気を留めていられないくらいには、自分のことで手一杯なのだろう。

煉獄の寝台の列は、当然、幾マイルもは続いていなかった。

ごろごろと地鳴りのような音が聞こえた。どうやら相手は昇降機を使うつもりらしい。

向こうが昇降機に乗るのを見届けると、俺は少し離れた位置にある階段を駆け下り――ようとして、右足の痛みに遮られて、どうにか壁に手をつきながら降りていった。

そして、通路の向こうにいた、相手の様子をうかがう。

女がいきなり、何もないところで立ち止まった。気づかれたか、と思ったが、そうじゃなかった。

女は一度、荷物を下ろして、なぜか壁の一部に指を滑らせ、「引き開けた」。

隠し扉か、と俺は口の中だけで呟いた。

女は再び青年の体を抱えて、その向こうに姿を消す。また扉が閉じられる。

俺はゆっくり六十数えてから、その後を追って、隠し扉を開いた。

その先に広がっていたのはトンネルだった。

ひどく埃っぽい。……これは最近作られた道じゃない。

暗い中でも、壁面に十字架型に石が埋め込まれているのが分かった。

古代の地下墓所《カタコンベ》だった。

こんな場所に繫がっていること自体、不可解だった。だが、あの看護婦がここで何をしているのかという疑問が、何より心を占めていた。

前方にうす明るさを感じた。

手持ちランプ以外の明かりがあるのだろう。たどり着いたそこは思っていたより暗くなく、すべてがありありと——

ああ、しかし、ああ！

そこは、さながら猟奇犯罪の現場だった。

壁際のランプの光で、全ては生々しく暴露されていた——鉄製のテーブルの上に並べられたのは、人間の頭部が複数。瞼を閉じられた生首が、若いもののひとつと年老いたもののひとつ。頭蓋骨だけになったものが三つ。生首からは、ともに頭頂部から何かの管が数本垂れている。その隣で、水盆を満たしている液体はエーテルか、ホルマリンか？　いずれにせよ、その液体の中に浮かんでいる腕や足といったパーツが作り物ではなく、人間の体の一部だということは呆れるほど明白だった。隅に畳まれているのは、軍服だろう。犠牲者の、もう二度と身に着けられることのない衣類を几帳面に畳んでいることが、かえって偏執的な狂気を感じさせた。

そして、この解体現場の主である看護婦は、死んだ青年の体を、テーブルの横の寝台に横たえたところのようだった。彼を前にして佇《たたず》んでいる姿だけなら看護婦の職責を全うしているようにも見えるが、今、手を伸ばそうとしているのは、メスなどではなく、大鋸《おおのこ》だった。治療や腑分けや解剖ですらない、それは工業的な解体の道具だった。

「おい」

振り向いた看護婦は、しかしまるで驚いた素振りを見せなかった。

「誰の許可を得て、どういう了見で死体を弄《もてあそ》んでやがるんだ」

俺は、勇を鼓して語調を強めたが、内心では、幼いころ父に習った護身用の格闘術が、いまの状態でどのくらい使いこなせるのか思案していた。

「こうして実験に供しているのは、身寄りのない兵士のうち、死ぬ前に口頭で約束を取り付けた相手のみです。ご厚意で検体を提供することに応じてくださった方々ですから、可能な限り有意義な、生物学的な実験に供しております」

少しずつ目が慣れてきて、ようやく女の顔の細部が見えてきた。こちらを射抜く硬質な瞳は、看護婦の服装と似たような茶色で、肌は大理石のように白かった。なるほど、美しいと言われるのも、人間以外のものになぞらえられるのも合点がいった。

それは当然、冷酷とか酷薄という言葉も連想させるものだったが。

「生物学的実験と言ったな。しかしあんたがやってるのが、正当性のある研究だと誰に分かる。ただの残虐趣味とどこが違う」

「先端研究は常に秘匿されるべきものであり、あなたに教える必要はありません、と申し上げたら？」

「俺はマンチェスター・ガーディアン紙の特任記者だ」

女が、目を瞬かせた。

「タイムズじゃないぞ。あっちはこの戦争でボロ儲けして、部数も一桁増えたそうだが、あんな扇動家どもと一緒にされてほとほと困っている。

連中は戦場に従軍記者を送り込んで、連日、薪をありったけ暖炉にくべている。夥《おびただ》しい犠牲。無能な上層部。不潔な医療施設。そうやって燃やすのは読者の義憤だ――狂奔《きょうほん》に火をつけるんだ。読者どもに叫ばせるわけだ――兵をもっと送れ。無能な指揮官を首にしろ。法廷に引きずり出せ。物資を絶やすな。あいつに勲章をやれ。義捐金《ぎえんきん》を集めろ。

あんたら看護婦も、そういう義捐金でここに送られたはずだ。その基金も、タイムズの連中に管理されてる。今、この戦争の主導権を握ってるのは、内閣でも戦時相でもない、タイムズの奴らだ。

当然、政府としては面白くないし、俺たちも同様だ。連中の尻尾を摑んで、主導権を奪うこと。そのために戦時相から特命が下され、ガーディアンの下っ端の俺がここにいる。タイムズの偽善をぶち壊すための醜聞を俺が見つけたら、記者が大挙してくるはずだ」

言って、服に纏わりついた埃を払った。ようやく落ち着いて周囲に気を配る余裕ができたからだ。

「あなたはただの怪我人ではなく、政府から密命を帯びた特派員だと仰《おつしや》るのですね？」

「政府よりもっと上――さる高貴な女性から。だからあんたが何も説明しないなら、それでも構わん。タイムズ紙の呼び寄せた看護婦がブードゥーの魔術のために死体を切り刻んでいるという記事が、大英帝国中にまき散らされるだけだ。ただもし、今全てを打ち明けるなら、多少の手心を加えてやらんでもない」

俺の言葉を吟味するように、女は顎に手を当てていたが、

「承知しました。脅されて差し上げましょう、ガーディアンの方」

ひとつ咳払いをして、続けた。

「まず、死体に分割やさまざまな処理を施す理由ですが、申し上げた通り、生命科学の実験材料として。それ以外に他意はございません。生きた人間を使用するよりは人倫に従った手法です」

俺は思わず鼻を鳴らした。

「生命科学？　野垂れ死んだ兵士の骸《むくろ》を刻んで？　死体の切れ端を繋げて、不死の神兵でも作ろうってのか」

「いえ、そのような研究は対象外です。それ自体はどちらかといえば、ヴィクター・フランケンシュタイン教授の専門です」

「ヴィクター・フランケンシュタイン？　あいつは発明家じゃなかったのか」

忘れていた木箱のことが、その持ち主の名前に引き摺られるように、脳裏に蘇った。

「あの方の本来の専門は生命科学です。人間の死体を繋ぎ合わせて、生きた人の行動を模倣する『人間もどき』あるいは『人造人間』の作製を、既に実現ののち、亡くなられました」

「いや、待て、待て。『死体を繫ぎ合わせて人間を造る』のを、彼が成し遂げたと？　そんな馬鹿げた技術が完成したなら、それこそタイムズが放っておかねえぞ」

「教授が一体しか『人間もどき』を造らず、その存在を秘匿されたからです」

突然、女は、ポケットから取り出した布で自身の顔を一撫でした。そして、ランプをもう一度掲げ、こちらに顔を向ける。

思わず、声が漏れた。

その顔に、「縫い目」が現れたからだ。糸で縫った痛々しい縦線は、右のこめかみ辺りから顎に向けて走っていたが、それは単なる手術痕では、明らかになかった。縫い目を境に、はっきりと皮膚の色が違ってたんだ。ちょうど複数の人間の顔を繫ぎ合わせたように。

目の前の存在は、ランプを片手で掲げたまま、もう片方の手のひらを胸に当ててから、恭しく一礼した。

「申し遅れました。私の名は、フローレンス・ナイチンゲール、所有者の定義に則《のっと》るならば、『ザ・ワン』あるいは『フランケンシュタインの人造人間』と申します」

──ああ。少し待ってくれ。蛭服《バジリスク》が嚙み始めやがった。このままひと息に語ると処刑前に死んじまう。暴れるつもりなんざなくても、あの瞬間を思い返すと、血が滾《たぎ》るんだ──目の前にいる女が、何か得体の知れない怪物だってことに、俺は震えていたんだ。恐怖によって？　いや、未知への衝動、歓喜によってだ。

そうさ、あんたは信じられるかね？　やがて世界に名を知られることになるあの偉大なナイチンゲールに、俺は出会い、その正体を知らされた。世界中誰も知らない、俺だけが知っている事実。俺だけが握った爆弾。大陸ひとつを覆《くつがえ》せるほどの劇毒！

もっとも、その時、そこから聞かされた話について――墓場の死体を継ぎ合わされて、醜い大男として作られ、一度は『教授』を殺害しようとしたとかいう与太話に、俺は懐疑的だった。はっきり眉唾物だと思ったね。まあそこは、今回の本筋じゃない。とにもかくにも、教授と、教授が生み出した『人造人間』は死闘を繰り広げ、一度は決着を見た、ってな話だった。人造人間の破壊と機能停止という形で。

「私の脳は回収され、その後、教授は私の修復に挑みました――もっとも、教授は私の反逆を、私の醜さゆえに生じた結果だと考えておりましたので、拙速な復元はせず、私の『いれもの』を前回以上に吟味し続けけました。

好機が訪れたのは、教授がロンドンに滞在されていた時でした。とある資産家の娘が、馬車の事故で危篤状態に陥ったことを知り、生命科学者を名乗って資産家に近づいたのです。治療と称して研究室に運び込み、三日三晩誰をも寄せ付けず――生命活動を停止して間もない彼女の身体に、手術を施しました。すなわち、損傷を受けていた頭部と脳の一部には、私のものを移植して。壊死《えし》していた四肢も、切断ののち、血液を不凍液に差し替えて再度、接着しました。

結果的に、私の身体と脳の大半は資産家の娘、すなわちフローレンス・ナイチンゲールのものですが」

顔の縫い目をなぞるように指を滑らせて、奴は続けた。

「脳と頭蓋の一部、顔の四分の一は、最初に墓から掘り出された名も知れぬ男のものです。記憶はそれぞれのものを受け継いでおりますが、人格に関しては、どちらのものか判断することは、私にも、誰にも永遠に不可能でしょう。

先ほどの治療の際に、『女とは思えない』『人間業ではない』と仰られましたが、その指摘は二点とも的を射ています。第一に、脳の何割かが男である私が女性であるとは判断しがたく、第二に、私は生きている人間ではありません」

俺は、笑ったはずだ──引き攣《つ》った笑いだ。

それは狭い空間にどこまでも木霊《こだま》した。

いかれてやがる。死体を繋ぎ合わせて作られた男、その残骸から蘇った女。

「冗談も大概にしろ。そんな、ちゃちな化粧ごときで、騙せるとでも──」

いきなり、ナイチンゲールが、右手で左肩に霧吹きを吹きかけると、左肩を摑んで、引き抜いた。

よりにもよって、ナイチンゲールは、それを、肉体から取り外された左腕を、こちらに放って寄越した。

驚きと嫌悪が頭を瞬時に占領したが、体は反射的にそれを受け止めてしまった。

真っ先に目に飛び込んだのはその断面、さっきまで肩とくっついていた『つなぎ目』だった。骨の白さは見えても、赤い血はいっさい流れていなかった。何かの工芸品みたいだったが、石膏像みたいな無機質さだった。けれども腕の感触はすべすべしていて、間違いなく生き物のそれだった。眩暈《めまい》で、足元がふらついた。

ナイチンゲールが差し出した右手に、慌てて左腕を返した。ほとんど、熱に浮かされたような、自動的な動きだっただろう。

「樹脂弾に使用されている高粘性樹脂は、もともと、『破片の体内残留性を高めて、兵士を効率的に再起不能にする』という触れ込みで、教授が万博で発表されたものですが——最初は、死体の身体を繋ぎ合わせるためのものとして作られました。したがって、分解液ひとつで、私の四肢と首は、簡単に胴から離れます」

そう説明すると、看護服のポケットからチューブらしきものを取り出して、その中身を腕の「つなぎ目」に塗りつけた。そしてまた、工業用品のように肩へと押し当て、くっつけてしまう。そのまま、また繋がった左腕を、これ見よがしに、こちらへ伸ばしてみせた。

さすがに後じさりはしなかったが、もう俺は笑っていなかった。

怯えていたのではなくて、何か悪い冗談に出くわしたみたいに、ひどく頭が冴えていた。むしろ、カーニヴァルのイカサマを見破ったような、醒めたような気分だったと思う。

「付言しますと、化石から創られた恐竜骨格についても、本来は屍肉、すなわち私の体を支えるために身体補助具として考案されたものです。運動効率の向上が可能になり、伝書鳩や馬車馬にも用いられるようになりましたが――」

「それで？　最初の質問はどうなった？　死体の継ぎ接《は》ぎでできたあんたは、どんな目的で兵士たちの死を冒瀆しようとしてるんだ？」

「……あなたに私の成り立ちを説明いたしましたのは、私の素性と、私の行動原理が不可分なものだからです」

　ナイチンゲールは俯き、左腕と肩の繋ぎ目を微調整していたが、いい塩梅《あんばい》にぴたりとはまったのか、手を止めて顔を上げた。

「私はヴィクター教授の遺志に従い、自分自身をより人間に近づけることを目的として活動しております。その最大の障害は、『意識』の獲得です。教授は、人間と私のようなフランケンシュタイン式人造人間の最大の差異を、『魂』――別の言い方をすれば、『意識』の有無と考えておりましたので」

「どういうことだ？　あんたに『意識』が存在しないと？　これだけ自在に喋り、動き回っているのに？　それなら耄碌《もうろく》した爺さんの方がよほど、『意識』を持っていないぞ」

「いいえ、事実です。私の行動に、あらゆる『内面』は存在しません。全てが過去の、人間であった頃のフローレンス・ナイチンゲール、ないしは周囲の人間たちの振る舞いから統計的に算出された『模倣』に過ぎません。人間の行動を鏡写しのように反射する、その機能が極限まで強化されてはいますが――

　こういう例はいかがでしょう。私は、ある種の毒虫に対して、人類の多くが生理的嫌悪を抱くことを『人間たちの振る舞いから』及び『フローレンス・ナイチンゲールの記憶から』知っています。私自身に生理的嫌悪を抱く機能はありませんが、毒虫を前にして、目を逸らす、顔をそむける、後じさりするという行為は可能です――人間が生理的嫌悪に際してどう動くかを、模倣することは可能です。内面を持っているように見せかけることはできる。ただしあくまでそれは、既に確固として存在している、人間の行動様式に追従《ついじゅう》しているだけで、内面はやはり持ち合わせていない」

俺が連想したのは、父が南洋の島から土産に持ってきた鸚鵡《おうむ》だ。人間の台詞を覚え、繰り返す。人間の言葉を後追いで真似るが、絶対に理解してはいないし、『腹が減った』という言葉をその鸚鵡が発したとして、本当に腹が減っているとも言えない。今目の前にいる存在は、とてつもなく長生きして、人間がこの言葉の次にはこの言葉を続けるとか、この言葉にはこう応じるといった記憶ばかりを蓄積した鸚鵡と変わらない何かなのか？

「ヴィクター教授の考案し実現された人造人間については、以下のような事実が所与の第一原則として申し上げられるでしょう――

『高度に発達した人造人間は、外見上、人間と区別がつかない』」

何か得意げに言われたのが癇《かん》にさわった。本当は、こいつが『得意』になることも不可能で、それが見せかけだったとしても。だから俺は言い返してやった。

「逆説じみているな。『人間もどき』が、人間と区別がつかない、差異が見つからないのなら、人間を人間たらしめる『魂』というのは存在しないんじゃないか？」

「魂、意識、内面の存在について、『外見上』証明することは困難です。しかし、実験によって証明することは可能です。

教授はフローレンス・ナイチンゲールが昏睡状態から不可避の死に向かうまで、あらゆるデータを取り続けました。それによって、死の直前から直後にかけて、四分の三オンス、彼女の重量が減少していることを発見しました。

死の前後で、人間の身体から失われるものは、唯一、『魂』、『意識』に他なりません。

教授は、人間の死の前後を記録することで、『意識』の実在を証明したのです」

ナイチンゲールは改めて、青年が載せられていたのと同じ、金属の脚を持つ寝台を指し示した。シーツを取ると、寝台の頭の側に、目盛がついているのが分かった。つまりこの寝台そのものが、魂の重量を確認するための秤《はかり》ということらしい。

「ただ、この寝台については失敗です。四分の三オンスというごくわずかな量の変化を観察するには、正確さに欠ける秤でした。また、死の前後に『人体のどの部分から』魂が抜けるのかを確認するためには、更に精密で、しかも複数の部位を同時に計測できるものを、本国から再度取り寄せる必要があります」

「その、意識なり魂なりの在《あ》り処《か》は、まだ見つかっていないと？」

ええ、とナイチンゲールは頷く。

「それが人体のどこに位置しており、どのような機構で働いているのかまだ比定できていません。『意識』の具体的な性質や組成を発見し、それをもとに、『自らの意識を合成する』。

以上が私の最終目的です。死者の腑分け・解体は、基本的に魂が人体のどこに宿り、機能していたかを考察するために、人間のあらゆる生体機構を解明しようという試みの一環です」

そこで、火種が尽きたか、実験場の明かりが消えた。

一面暗闇にならずに済んだのは、ナイチンゲールが持ち込んだランプのおかげだったが、それでも、ひどく暗くなった。もう長話を続けられそうになかった。

「——私から申し上げられることはこれで全てです。包み隠さず、全てを詳《つまび》らかに致しました。この件を記事になさるというご意向に変化はございませんか？」

俺はしばらく考え込んで、息を吐く。

「暴き立てたところで、そんなおとぎ話、誰も信じないだろうよ。あんたの告白を載せた新聞が叩かれるだけだ。いや、それ以前に上が載せようとしないだろう」

「承知しました。感謝いたします」

促されて、道を引き返している間に、しかし、ナイチンゲールはまぜっかえすようなことを言った。

「とはいえ、実験場を白日のもとに晒して遺体の検証を行えば、少なくとも、私が死の間際や死後の人間に特殊な観察を施している証拠は容易に見つかります」

「人が見逃そうとしてるのに、捕まりたいのか」

「そうではありません。私は、自分自身の行動原理に従って研究を行っておりますが、それがあなたがた『生きている』『意識ある』人間の価値観において、倫理に反すると感じられるのであれば、処罰は甘んじて受けなければならない、そう、自らに課しております。あなたが必要と感じた時には、やはり暴露記事を天下に問うべきです」

「あんたにとって、俺は物差しってわけかい」

「人間を組み立てる製図板には、人間製の定規が必要でしょう」

再び病室へ向かう昇降機の前にたどり着いた時、俺はナイチンゲールに向き直った。

「戻ったら、とっとと荷物をかき集めて除隊の手続きに向かう。もうあんたとは顔を合わさんだろう」

「特派員の任務がお有りなのでは？　また、怪我の程度で言えば、あと三日はこちらに滞在された方が宜しいかと存じますが」

「タイムズの醜聞目当てに似たようなことをしている連中はいくらでもいる。足の方は添え木と杖があれば十分だし、早くこの僻地《へきち》から人里に戻る方がよほど体にはいい。

ロンドンに戻ったら、毎日、各紙の記事を確かめることにするさ。あんたがおかしな振舞いを見せたら——あるいは、あんたの周りで戦死者がやけに増えたり、行方不明者が続出したりしたら、誰よりも早く告発してやろう」

「ええ。あなたが、私の身柄を司法に委ねるべき時が来たとお感じになったなら、タイムズにでもガーディアンにでも、いつでも記事をお売りください」

ワイヤーが軋む耳障りな音を引き連れて、昇降機のコンテナが降りてくる。

「付け加えておきますと」

　コンテナが降りきって、地面が少し震えたとき、ナイチンゲールが告げた。

「私の研究は、ヴィクター教授の支援者であった女王陛下の庇護を受けております。スクタリの戦死者を減らすことと引き換えに、今回の実験場の確保も。女王陛下の間諜を装うなら、身に付けて置いた方が宜しい知識です」

　ナイチンゲールは、そう言い放つと、どういう意味なのか、指で、自身の唇の端を釣り上げる動作をした。

「ああ──今後は心得ておくよ。ところで、その指はなんだ？」

「無論、人間の真似です」

　そうして、人造人間は、踵《きびす》を返すと、

「何しろ、死体には、微笑む機能がありませんので」

　背を向けたまま告げて、死体とは思えないなめらかな足どりで、その場を辞した。

　これが、俺とフローレンス・ナイチンゲール、あるいは、フローレンス・フランケンシュタイン、それとも、人造人間《フランケンシュタイン》ナイチンゲールとの一度目の会話だった。俺は、一世一代の身分偽装とハッタリが、最初から見破られていたことを知っても、むしろ清々《すがすが》しささえ感じていた。あいつが歩み去っていく後ろ姿を引き留める気にはならなかった。

　ロンドンに帰ってすぐ、使用人に申し付けたことがある。

　タイムズとガーディアンを買っておいて、看護婦「フローレンス・ナイチンゲール」について言及してある記事があれば残しておけ、というものだった。

俺は嘘つきだが、約束は守る性質《たち》なんだ。

無論、死体仕掛けの看護婦に対する、並々ならぬ好奇心もあったがね。

おっと。記事集めを他人任せにしたのは、俺の人使いが荒いからじゃない——そのあと大して間もおかず、ロンドンを離れたからだ。

叔父から受け継いだ店は他人に貸し、親の遺品を売り払って、気ままな世界旅行さ。そもそも、従軍したのだって、父親も知らなかった何か目新しい経験ができるかもしれないという、闇雲な考えのもとだったし、新たな目的さえできてしまえば、同じ各国放浪でも、父親の辿ったのとは違う未踏の地平を見出すことができる、と考えたからだ。

その目的というのは他でもない、魂についての見聞を広めることだ。

トラジャの民の、壮麗な葬儀用の神輿《みこし》を見た。彼らにとって死は、魂が「魂の地《プヤ》」に辿り着くための途上に過ぎない。彼らは岩壁に墓穴を掘る。なんとなれば、かつて地上に存在したという、「魂の地《プヤ》」まで続く岩の階段、既に失われてしまった天上への道を魂が登っていけるようにするためだ。

チベットの山奥で、鳥葬台の上でハゲワシに啄《ついば》まれる遺体を見た。遺族たちは、死者の名前を四十九日の間、決して口にしてはならない。なぜなら、まだ死者の魂は遺族の近くを彷徨《さまよ》っており、名前を呼ぶと呼び戻すことになってしまうからだ。

スケダンス島のトーテムポールの群れを見た。嘴《くちばし》や羽を生やした木の柱の数々。ハイダ族の教えによれば、墓棺柱の中に収められた死体の残滓《ざんし》が、死者の魂をポールに宿らせ、村の守り神にするのだという。

タイ王国の高僧に教えを乞い、水辺で断食した。日本に渡り、死者の魂を呼び出すという口寄せに参加した――世界を歩き回って分かったことは、魂について似たような論理や教義を持つ人々がいて、死者の反魂《はんごん》をうたう呪術はあっても、それを信ずるに足る物証を、示せる者はないということだった。

最後にアフリカ大陸にも足を伸ばそうかと考えたが、ロンドンを離れて十年もの月日が流れていたし、その前に一度ナイチンゲールに会って、あっちの研究の進捗状況を訊ねておこうかと思い立った。会える保証もなかったし、なにせ向こうは死体だ、どこかで朽ち果てている可能性も考えたが、それならそれで諦めもつく。だからアジアの片隅から、三か月も船に揺られて、やっとこドーバー海峡を越えたわけだ。

船着場の浮橋を渡りきって、久々に英国の土を踏むなり、検疫官らしい制服の男たちに囲まれた。男たちの一人は、カノン砲のような細い砲を守って、こちらに砲口を向けている。その砲には、見たことのない、特徴的な十字架の印章――緋色の正十字が描かれていた。よく見れば、検疫官たちの制服にも同じ緋色の徽章《きしょう》がある。

「いつからこの国の公僕は無辜《むこ》の市民に銃を向けるようになったんだ」

「分かっとるだろ、建国以来さ。規則なものでな、じっとしていろ」

男たちが一歩ずつ後ろに下がった。撃て、の合図すらなく、砲兵の役目を担う検疫官が、謎の武器をこちらに向けて操作した。砲の先から大量の白煙が噴き出す。辺り一帯が白いもやに包まれ、当然、俺は目と喉をやられて咳込んだ。もくもくと噴き出した煙で、霧に突っ込んだように俺の視界はしばらく晴れなかった。

「説明しろ、この儀式は何だ。スパイへの拷問か。煤煙を疑似体験させてロンドンの環境に予《あらかじ》め慣れさせておく、外国人観光客へのショック療法か」

まだいくらか漂っている煙の帯を手で払いのけながら尋ねる。

「殺菌消毒だよ。蚤やダニを都市に持ち込まれては困るからな。それとおたく、ロンドンは久しぶりかね。それならば言っておくが、ロンドンにはもう、スモッグはないよ。排出規制が敷かれたからな。清浄なる路地があんたをお待ちだ。もっとも、賑やか過ぎて慣れるのはひと苦労かもしれんがね」

検疫官の言葉に引っかかりを覚えながら、検疫所で書類にサインし、ようやく、鉄道駅に歩き着く。そこで、呆気《あっけ》にとられた。

俺に魂の重さについて教えた人造人間に、思わぬ場所で再会したからだ。

奴は、駅の柱に貼られた無数のポスターの中にいた。大写しになったその顔はやはり喜怒哀楽のどの表情でもなかったが、それがかえって清廉で実直な印象を与えていた。

しかし、バックには、ものものしい緋色の十字架。

何かのプロパガンダにはぴったりな極太の字体で、こう記されている――

《清潔たれ、健康たれ、幸福たれ　生命省》

このポスターに写っているのは、誰だ？　と、列車待ちの列に並んでいた紳士に尋ねようとしたが、

「あの、失礼だが」

「はい？」

こちらを振り返った紳士の、その開いた口は、耳近くまで裂けていた。

「どうかされましたか」

平然と答えた紳士の口から、にゅっとはみ出したものがある。

肌色の、細く節が入ったもの。五本の指だった。

それらはうぞうぞと繊細かつ艶めかしく動いた。

俺は卒倒しそうになった。はっきり震駭《しんがい》していた。しかし、いい年をした大人として、悲鳴は上げなかった。

「いや、人違いだった。失礼した」

かすれそうな声で告げると、怪訝《けげん》な表情の男に頭を下げた。

むろん今では、舌で操作する口内義指が、医者のように、両手の指では足りない職業にうってつけだというのは分かるがね、あの時はもう、何かの呪いを見たようにしか思わなかった。

とにかく、男から慌てて距離を置き、周囲を見渡して、それどころではない変化が起きていることに俺は気づいた。

船に揺られているうちは、出稼ぎの外国人たちばかりの三等客室に乗り込んでいたからわからなかった。この駅にいるのはほとんどが英国人のはずだ。しかし、俺のよく知る古き良き服を身に纏っているものは少数だった。

たとえば頭蓋骨が透けて見えている男があった。頭の中に照明を埋め込んでいることは分かったが、それが流行などではなく、外部から体調管理をしやすくするためだと知ったのは数か月後のことだった。

どこかの家のメイドらしき女は、むき出しの背中に「袋」を持っていた。有袋類のような毛皮のついた袋が、背中に縫い合わされていた。

仮面を被っているように見せかけて、実は本物の嘴《くちばし》を生やしている者。両の眼窩から何かの管を垂らしていて、チューブの先で地面を点検している者。風船のように丸まった体で一度も立ち上がらず転がって移動していく者。そのどれもが――ああ――すまんな。今のあんたにとっちゃ見慣れきっていて、何で俺が驚くかも分からんだろうし、いちいち説明をするのも思えば馬鹿らしいな。

だが、あの驚異の十年間《テン・イヤーズ・ワンダー》を国外で過ごして、ロンドンに戻ってきた人間の驚愕を、今の若い衆に理解はできまい。

当然のように日常の中に溶け込んでいるものを、初めて目の当たりにしたときのあの仰天。火を初めて見た人類の祖先の驚きや、蒸気機関を初めて見たギリシャの民の驚きに比肩するくらい、生命産業工学《バイオインダストリクス》という驚異は、俺を打ちのめしていた。それ以前にヴィクター教授の二大発明、高粘性樹脂と恐竜骨格を見ていたことを差し引いてもだ。

本当は地下鉄に乗り込むはずだったが、俺は怖気づいてしまった。

中から出てくる人々が、さっきのようにいかれた姿かたちをしていたのもあるが、乗客を吐き出していくオジギソウの自動扉に度肝を抜かれたからだ。

自宅まで歩けない距離ではなかった。だから、俺は意を決して、もはや異郷と化した祖国を見て回ることにした。

銀行の建物は、昔と変わったところはない――そう思って、落ち着きを取り戻すため、通りの先にある銀行を当座の目標に歩いていると、雲が流れ、太陽が顔を出した途端に、一斉に窓が緑色に染まった。苔《こけ》性の遮光幕のことはまだ知らなかったが、俺は眦《まなじり》が裂けそうなほどそれを見つめてから、慌てて人波に意識を戻し……何かようすが変わっていることに気づいた。明らかに、さっきまでとは服装の色の比率が変わっている。蝶の羽と同じ機構だとは見抜けず、俺はむしろカメレオンの皮膚を用いた服というのを思い浮かべていたっけな。

たとえば向こうから歩いてくる婦人が身に着けているドレスは、さきほどまで白いものだったが、明らかに赤みを増していて――その婦人をまじまじと見つめていると、更におかしなことがおこった。彼女の服は、襟元が大きく開いたものだったが、首の周り、皮膚の上に蛇のような刺青《いれずみ》が這っている――そして、動いている。婦人が、ある建物の前で立ち止まり、門番らしい男に手を差し出す。その途端、婦人の首元にあった刺青が「身をくねらせ」、服の中に身を隠したかと思うと、今度は彼女の手首の辺りに現れ――男の手の方に「渡った」。

それが鍵を発展させた認証機構だと、想像もつくはずがない。

大通り《チープ・ストリート》はほとんど二階建てといってよかった。人工筋肉で足を丸太ほどに肥大させた配達夫が、蛙よろしくあちらの屋根からこちらの屋根に飛び交うのに驚愕した。蜘蛛繊維を広げて、糸から糸へムササビのように滑空する者もあった。煙突掃除人が、横着にも煙突を外から這い登っているのも見た。彼らが手足に纏っていた植物繊維由来のマジックテープには、もちろん気づかず、どういう曲芸かと思った。

路上にまた大きな影が落ちた。空を見上げると、翼竜が飛んでいた。恐竜骨格を被せた百貨店の宣伝用の大鷲《おおわし》だと気づくまで、俺は口を馬鹿みたいに開いたまま佇んでいた。同じく恐竜骨格の馬に引かれる政府の清掃軽戦車から水を浴びせられて、ようやく我に返った。

そんな風にふらふらしているうち、危うく我が家を見失うところだった。

ほとんど、世界放浪そのものよりも肝を潰す勢いで、どうにかこうにか家まで辿り着き――

――そうして俺を出迎えたのは、書斎に積まれた〝山〟だった。文机の上を埋め尽くし、本棚の方に寄りかかり、火の入っていない暖炉の近くにまで領地を広げている山は――むろん、本棚実直で勤勉な使用人が集めた、十年分のタイムズとガーディアン！

大半は日焼けし、破れ、汚れていた。虫食いの穴が開いたものもあった。それもそのはずだ、使用人は途中から、ナイチンゲールについて書かれた記事を全部買っていたらしい。相応の出費になるだろうと気をまわして、街路に捨てられた新聞を浮浪児たちに拾わせていたらしい。もっとも、真新しい物になると、勝手が違っていた。印刷がカラーになったものがあった。

引っ掻いても傷がつかず、破こうとしても破けないつるつるとした素材になったものがあった。

その変化よりも、記事の中身自体は遥かに劇的な変化を見せていたが――

「ナイチンゲール看護婦、ロンドンで講演」「戦時医療問題について、ナイチンゲール嬢、ハーバード戦時相と会談」「ナイチンゲール看護婦、世界規模の医療機関提唱」「フローレンス・ナイチンゲール、庶民院議員立候補」

そこまでは、俺も知っている情報だったが、アジアの奥地に入って、電信が届かなくなって以降のものは――「自由党、保守党に大勝。ナイチンゲール議員の演説に支持」「自由党ナイチンゲール議員、生命省構想についてグラッドストン党首と論戦」「生命省設立案可決、ナイチンゲール議員初代長官に」「国教会よりメソジスト派追放、ナイチンゲール生命省長官と対立か」「ナイチンゲール議員、日本国特使坂本卿を迎える」「女王、ナイチンゲール議員と会談、『生命革命』の共同宣言」とか――頭がくらくらするようなものだったし、「生命省発足」の見出し以降は、記事が加速度的に増えた。「生命省」の管轄下になるらしい「生命産業工廠」「ロンドン先端病院」の記事が、矢継ぎ早に積み上がり、「生命産業主義英国国民党、第一党。ナイチンゲール首班内閣誕生」に続く「世界緋十字血盟創設。英・仏・普・墺四か国で発足」辺りで新聞がカラーになったのは、あの毒々しく赤い十字架を読者に見せつけるためではないかとさえ思われた。

使用人は極めて優秀だった。戻ってきた俺が関心を持つと感じたのだろう。生命産業工廠とロンドン先端病院が生み出した、生命産業工学《バイオインダストリクス》の所産たる新技術や新発明が世間に公開されるたび、関連記事をかき集めていた。それらのほとんどが、フローレンス・ナイチンゲール首相によって構想されたものだったからだ。

そう。十年でロンドンをすっかり変えてしまったのは奴だった。俺が世界の果てで異邦人と親睦を深めていた頃に、あの自称人造人間はロンドンの何かを根本的に変えてしまっていた。

だが、何故だ？

あの女は、女と呼ぶのが正しいのなら、自分が『意識』なり『魂』なりを手に入れる方法というのを探しているはずだった。しかし、今動いているらしい計画は、生命科学のテクノロジーでこそあるものの、あの女の「本分」とは遠く隔たっていた。『意識』を手に入れる研究は終わったのか？　であるならなぜその技術は表に出ていない？

あるいは――別れ際にあの女は、善悪の判断を俺に委ねようとした。もしかしたら、俺よりよほど狡猾《こうかつ》な人間が、人造人間を唆《そそのか》して、『意識』の再生ではない、何かをやらせようとしているのか？

俺は、帰り着いてから一週間たっぷり逡巡して、新聞広告を出すことにした。タイムズとガーディアンの両方に。

《求む。人間の尊厳を量る重量計　ひと目盛は四分の三オンス
セント・アロック街七番地二A　スクタリの兵士》

もしも返事がなければ、こちらから訪ねていくしかないだろう。果たして時の首相にたやすく近づけるかは怪しいが。

五日経って届いた手紙は、しかしナイチンゲールからのものではなかった。

《ヘンリー・ジキル博士》

そう記された封筒の、封蠟を破ると、何か甘い匂いのする手紙が滑り落ちた。拾い上げたところ、そこには几帳面な文字でこう記されていた。

《F教授の研究について当方に関心有。必要ならば以下の場所に来られたし》

ジキル博士は、世間一般の学者のイメージから考えれば、あまりに恰幅のいい、ふくよかな……いやいや、もう言い逃れのできないような肥満体に見えた。

サイズの大きいであろう背広も、袖から胴回りからズボンまではちきれそうになっていて、仮装しているみたいな輪郭だった。そのくせ、顔ばかりは小さくて、均整がまったくとれていない。

俺が招かれたジキル博士の邸宅は、蔦《つた》に覆われた、歴史を感じさせる白煉瓦の屋敷で、幸いなことに、来客を感知して植物のアーチが勝手に持ち上がったり、侵入者探知用の蝙蝠犬《こうもりけん》が襲ってきたりはせず、通された部屋も、生物学の研究に使うのであろう様々な生物レンズがビーカーの中で蠢《うごめ》いて浮いているほかは、使用人さえいない質素さで、極めて常識的で清貧な住まいだった。

　もっとも、やはり家主の体軀は常識的とも清貧ともいえず、ティーセットを用意しに棚の上方を漁るだけでバランスを崩し、よろけてしまうような有様で、ようやく応接のソファで紅茶を前に向かい合った時には、彼が一汗かいてしまったあとだった。

「まだ、私でお役に立てることがあるのかはわかりませんが……あなたが新聞上で、暗号染みた文言で示されたのは、とある高名な学者の、魂に関する実験について誰かに教えを乞いたい、という内容で間違いなかったでしょうか？」

　肉体のだらしなさには似合わぬ丁寧な物腰で、ジキル博士はそう切り出した。

「少し違うかな。本当は、他人に気づかれず古い知り合いに連絡しようと思ったんだが、そのあては外れた。だからこの際、例の実験、ヴィクター・フランケンシュタインの秘蹟について知っている人間から何か聞ければと思って、足を運ばせてもらった」

「なるほど。こちらの見当違いや、要らぬお節介ではなかったようで、ほっとしました。人間の尊厳を量る重量計というだけではぴんと来なかったかも知れませんが、四分の三オンス、という数字を見て、もしやと考えたのです」

　ジキル博士は、満足げに全身で大きくうなずいて――体格もあって、それは海面を跳ねる鯨を連想させる迫力だった――尋ねた。

「あなたは教授の実験についてどれだけご存じなのですか？」

「人間の『意識』の存在を、証明したと。『意識』を失う前と後、つまり死亡の前後で計測した重量に減少がみられたという事実をもって、実証したと聞いている」

「さよう。真実なら、人間の本質にとって、重大な知見と言えますが、しかし、その実験については世間一般に流布《るふ》しておりません。なぜなら……その追試験が失敗した、という話に関してはお聞き及びですか？」

「失敗？　どういうことだ？」

「言葉通りの意味ですよ。ヴィクター教授の指示のもと、政治犯の死刑囚複数名を用いた公開実験が、二度行われたのです。死亡前と死後について、その重量の変化を調べるというものですが、密閉された実験系で、精密な重量計はいっさいの変化を見せなかった」

話が違うぞ。俺は思わず心の中で毒づいた。

「出資者であった政府高官らの目の前で失敗してしまったのですから、相当の痛手だったでしょう。重量計を用いた意識の実在証明については、これで完全に葬られました。

教授が亡くなったのは、実験失敗の数週間後です。世間では自殺の原因が分からない、ということになってはおるのですが、まあ他に理由はあり得ないでしょう」

「知らなかった」

あまりのことに、頭の整理がつかず、それだけ言うのが精一杯だった。ただ俺の台詞をジキル博士は言葉どおり受け取ったようで、

「ニューゲートの刑吏に伝手《つて》がありまして、私がこの実験のあらましについて聞けたのも偶然なのです」

そして今度は、巨体に似合わぬ小さな目を光らせて、こちらに質問を寄越す。

「公《おおやけ》には伏せられているはずですが、あなたはどこからこの話を仕入れたのですかな？　差支えなければお教え願いたい」

「まあ、話す分には問題ないが、果たしてあんたに信用してもらえるかどうか……」

俺は、しばらく迷ったが、スクタリでのナイチンゲールとの対話について、全てを打ち明けることにした。

『意識』を持たない、機械的な模倣によって制御される人造人間であるという告白。そこで聞いた実験の話。自ら『意識』を合成しようという行動原理。そして、不可解な、ナイチンゲールのここ数年の活動に対する、俺の疑心。

ジキル博士はいちいち体を揺すって頷いた。

「なるほど――実に興味深いお話ですな」

「全てを額面どおり、信じて貰えるとは思わんがね。こんな突拍子もない話、俺自身、長い時間をおいて、様々な問題に出くわして、また信用できなくなりつつある」

「信じますとも。そもそも私は、以前よりナイチンゲール首相については重大な関心を寄せておるのです。あの目覚ましい働きぶりと、その目論見について。明らかに、人類史上もっとも、文明の発展と生命の冒瀆に貢献《こうけん》した人物でしょう。それがたとえばヴィクター教授の薫陶《くんとう》を受けた者で、そして人倫の枷を外した思考構造の持ち主なら、あれだけ精力的かつ大胆に活動できるのも、不自然ではなくなる」

ジキル博士は、大儀そうに、ステッキの力を借りてようやくといった感じでソファから立ち上がった。考え事をするときの癖なのか、ステッキのカツカツという音を響かせながら、狭い部屋の隅で右往左往しはじめる。背中の側には思ったほど贅肉がついていないのが、ますます不格好だった。

「しかし、『魂の重量実験』については、例外です。実は、私の手元には、ヴィクター教授以外の者が行った追試験の数値データもあるのですが、それも死の直前から死後にかけて重量減少を示していない。さきほどのお話で、ナイチンゲール嬢がスクタリ病院に持ち込んだ重量計では、きちんと計測できなかったらしい、と仰いましたね。それも重量計の不調ではなく、単純に、魂が秤で計測できるものではない、という事実を示しているのではないでしょうか？」

俺の全身から、力が抜けつつあった。ナイチンゲールの昔語りを信じて俺は世界を飛び回っていたというのに、いまやその土台が揺らいでいる。

だからだろうか、ジキル博士への返答も、無闇にとげとげしいものになった。

「じゃあなぜ、あんたは、あの広告に返事をくれたんだ？　もう根拠のない、否定された実験について調べようとする呼びかけに」

ここでジキル博士は、ステッキを止め、顔を少し近づけた。

「ご忠告ですよ。あの重量実験について探究することは、すなわち実験材料を調達する行為に繋がります。ヴィクター教授やナイチンゲール嬢は、死刑囚や戦死者を使うことでそれを達成した訳ですが、市井の人間が同じことを試みるなら、法を犯すことになりかねませんから。

これはご内密に願いたいのですが……私が持っている『ヴィクター教授以外による』追試験のデータの出所についてです。実は私のかつての友人に、ハイドという男がおりまして。外科医だったのですが、彼もヴィクター教授の実験に関心を持ち、検証実験を行おうとしてしまった」

ふうふう息を吐きながら、ジキル博士は、再びソファに身を投げ出す。そうして、額に滲んできた汗をハンカチで拭った。

「ハイド氏は、ロンドン先端病院から、親族と偽り、身寄りのない老人を引き取っては、実験に用いていたらしいのです。彼らに早く死が訪れるように、効率のよい方法を用いて」

効率のよい方法、という表現は、なかなかに詩的だが、

「つまり、殺したと」

「その通りです。先端病院でも持て余すような老人を殺すのは、若い人間を殺すよりは良心が疼かないと考えていたのかも知れません……しかし、そんな罪がいつまでも見過ごされるはずがない。法廷に引きずり出されることはなかったが、代わりに人知れずテムズ川に浮かんでいました」

「獄死じゃなく、殺されたのか」

俺の声がやや上ずった。どうにもきなくさい話だ。

「ええ。きちんと裁かれていた方が、まだ気が楽だったでしょうな。首を刃物で切られたら

しく頭は見つからずじまい。おまけに、蜂に刺された跡が無数にあったようです。ロンドンのど真ん中で蜂の大群に追い詰められて橋から身を投げなければならなくなるなんて、あまりに不自然でしょう。その後、ハイド氏の診療所で患者らの遺体が見つかりました」

「まるで、乱心を起こして領民を殺した貴族を、暗殺したみたいだな」

「まるで、ではなく暗殺なのだと思いますよ。口さがない人々の間では、ナイチンゲール首相は直属の秘密警察を従えている、という噂が立つくらいですからね。そういう次第ですから、私も生命省の事業を快く思っておりません。誰かが旧友と同じ轍《てつ》を踏まないよう、ご注意申し上げると同時に、あの実験について新しく何かを知れれば……と思って、あなたにご連絡差し上げたのです」

「じゃあ」

俺はさっきから気になっていたものを指差した。即ち、ジキル博士の身体だ。

「その体は、ロンドン先端病院で手術したものじゃないのか」

「おや、お気づきでしたか。確かにメスを入れております。先端病院ではなく私自身の手による手術で。当然、背中に施すのは難しい。初対面の方にはただ太っているだけだと見過ごされることが多いのですが」

にやりと口元を歪めてみせるジキル博士に対して、俺は淡々と言葉を紡ぐ。

「ロンドンに戻って以来、あるいはナイチンゲールと出会って以来、驚かされ通しなものでね。他人の外見を疑ってみる習慣がついた。その服の下から、どういう異形が飛び出すのかは見当もつかんが」

「では、ご要望にお応えして、ご披露しましょう」

博士が袖をめくって見せると、俺は一瞬、鼠の毛皮を肌に貼り付けているのかと錯覚した。灰色のもこもことした毛が現れたからだが、しかしよくよく見れば、それは一つなぎの毛皮ではなく、鼠そのものをびっしりと群がらせているのだと分かった。まるで木に群がる甲虫のように、腕に大小無数の鼠が取り付いている。やはり太っている訳では無かったのだ。とすれば、胸や腹のはち切れんばかりの膨らみも——

奇怪な腕を穴の開くほど見つめている俺に向けて、ジキル博士が意外そうに言った。

「驚きませんな」

「驚いているとも。ここ数日ロンドンで見たもののなかで、何の役に立つのか一番分からない」

「これも単なる実験です。私自身、魂の実在証明には後ろ髪を引かれておりましてね。マウスを用いた重量変化の実験は失敗しましたが、生きた状態で血管をつなぎ、体に縫い付けておけば、彼らの魂が、私の身体に及ぼす影響を測定できるかと考えたのです」

「生きてるだって」

鸚鵡返しのように反射的な言葉が漏れた。今度は、平静を装うのは難しかった。

「今は眠っていますが、夜になれば目を覚ましておのおの餌を食べます。夜まで留まっていただければ、お目にかけることもできますが」

「遠慮させてもらう」俺は手を振って、「それで、あんたの希望通り、鼠を体に縫い付けたら、その魂が体に流れ込んだりはしなかったのか」

「もし、暗い場所が好きになるとか、チーズを好んで食べるようになるとかすれば、非常に有意義な結果だったのでしょうが、生憎《あいにく》ですな。もうこの『共同生活』をはじめてから八週目になります」

十週目までに何も新発見がなければ、身体から剥がしていくつもりですが、どうやらそうなりそうですな、とジキル博士は嘆息した上で、最後にこう告げた。

「恐らく、魂に関する法則として、このことは第二原則として付け加えられるでしょう——仮に魂が実在するとして、『魂を所有するのは、人間だけである』と」


ジキル博士の邸宅からの帰り、俺は頭を抱えていた。

謎が解けるどころか増えてしまった。ナイチンゲールの物語はどこまで真実だったのだろうか、いくら考えても、どこにも確たる物証が見つからなかった。確かなのは、帰り道のそこここに生命産業主義英国国民党や生命省のポスターが並んでいて、それが現在の世界にとっての彼女の物語らしい、ということくらいだった。

ジキル博士の言葉を反芻《はんすう》しながら、彼の手紙が、甘い匂いを漂わせていたことを思い出した。あるいはあれは、蜂蜜の香りだったようにも思えた。

博士から送られた手紙が、何者かに一度開封されていたということはあり得るだろうか。

蜂の生態について知悉《ちしつ》した何者かが、あの手紙を盗み読みし、さらに警告のために蜂蜜を塗ったということはあり得ないか？

テムズ川に沈んだというハイド氏が「蜂」に刺されていたという事実が、そんな連想を呼んだ。蜂が意思を持って人間を追い詰めたり、尾けたりすることがあるだろうか？　たとえば標的の靴や服に、こっそり蜂の好む蜜を塗っていたとしたら、そんな風に操ることも不可能ではないかもしれない。むしろ、生命の魔法が溢れるこの都市では、そういう手段が無い方が不自然に思えた。

蜂。蜂。蜂。

そんな思考で頭が埋め尽くされていたからだろう。

ふいに、ぶうんという羽音を聞いた気がして、全身で振り返った。

その先に、蜂はおろか、あらゆる昆虫の姿はなかった。五秒、十秒、立ち止まったままで耳を澄ませるが、やはり音は聞こえないし、虫も見当たらない。

ただ、振り向いた先、通りの向こうに人の姿があったくらいだ。

目に映る範囲にいたのは四人。

東洋人らしい細面《ほそおもて》の青年、手には傘を握っている。生命省はアジアの幾つかの国に先端病院を作ったというし、もしも、噂になっているという秘密警察が実在するなら、東洋人がそこに所属していても不自然ではないだろう。

その少し向こうにいる、文学者めいた若い男と、水色のドレスで着飾った十歳くらいの少女の二人連れ。親子というにも兄妹というにも不自然な取り合わせだが、若い男が少女に熱心に何かを語っているのを見ると間諜とは思い難かった。男が担いでいるのは写真撮影用の機材だろうか？

最後の一人はいかにも英国人らしい、鹿撃ち帽にインバネスコートの男。特に怪しい部分はないとはいえ、コートのポケットの膨らみには銃を隠していてもおかしくない。

疑おうと思えばきりがない。この四人についても、その後にすれ違った人間たちについても。

生きた心地がしないまま、家に帰りついた。

考え過ぎなのかもしれない。しかし少なくとも、身を守るために、できる限りの備えはするべきだ。先端病院などに行く気にはとてもなれないが、護身用の道具は買い揃えて損はないはずだ。そんなことを決意して、ようやくその日は眠りに就けた。

そののち数週間、新聞に記されるナイチンゲール首相の動静も、外遊中ということで正確に摑むことができず、手詰まりのような日々を送っていた矢先だった。

夜中に家をノックされ、扉を開くと、みすぼらしい身なりの少年が立っていた。

「ジキル博士から伝言を頼まれたんだ。ジャックさんちはここで合ってる？」

俺は少年に小金を握らせ、その続きを聞いた。

「鉄道に乗る。八日正午のマンチェスター行。誰にも知られないようにって」

八日というのはその翌日で、いかにも急だった。さらに、博士が手紙の検閲を恐れ、こんな手段を取ってきたことからも、何かまた事態が動いたのだろう、と悟れた。その予感は、吉兆のようにも凶兆のようにも思えたが、まあ知っているとは思うが、こういう時は得てして、悪い予感だけが当たるものだ。


　発車を待つ鉄道の狭い客室に向かい合って座ると、ジキル博士の身体はやはり圧迫感がある。息苦しさもそうだし、何やら生暖かい。鼠も、縫いつけるのではなく生きたままチョッキか何かに仕立てて着たり脱いだりできればいいのに、と思っていたが、既に生命産業工廠でそういう類《たぐい》の生体衣類が量産体制まで秒読みになっているとは、当時はまだ知らなかった。

「どこに、何をしに向かうつもりなんだ。マンチェスターが終点という訳ではないだろう」

　俺は問い詰めるように語気を強くしたが、

「船に乗りついで、フランスへ。このまま英国に留まるのは危険だと判断しました」

　二人しかいない個室なのに、きょろきょろ周囲を見回し、辺りをはばかる小声だった。豹《ひょう》の心筋を用いた死骸推進《ジェノサイド・エンジン》の鉄道は、停車中は、痙攣《けいれん》的な筋肉の軋みのほかはひどく静かだったから無理もないが、口に手を当てて話す姿は、いささか芝居がかっていると感じるくらいで、そうすれば巨体が縮んで目立たなくなると言わんばかりだった。

「それはまた、思い切ったことを。一体なぜ」

「浮浪児二人を看取ったのです。焼き場で暖を取ろうとしての一酸化炭素中毒で、手の施しようがありませんでした。

彼ら路地裏住まいの子供たちには、鼠や蛇のような実験動物を捕まえさせて報酬をやっていたのです。どうやら、医者という評判になっていたようで、彼らの仲間たちが私を頼ってきましてな。

手の施しようがなく死んでいく患者の前で、非人間的なことだとは分かっていながら、好機を逃したくないという気持ちも湧き上がりました。私も重量計二台を用意して、彼らの死の前後をデータにし続けたのです」

また、魂の実験だ。ヴィクター教授、ナイチンゲール、ハイド氏、そしてジキル博士。いったいこの真偽不明な実験はどのくらいの実験者の運命を翻弄するつもりなのだろう。

そんな殊勝な、達観した心もちは、続くジキル博士の言葉で吹き飛んだ。

「結果、やはり死の前から後にかけて、わずかな重量減少を確認しました。つまり、ヴィクター・フランケンシュタインの理論は正しかったのです。人間は死ぬ時、確かに魂を放出し、重量を減少させる」

俺は思わず、安堵のため息をついた。十年も嘘の理論に付き合わされて人生を棒に振ったのでないことにも、ナイチンゲールの言葉が正しかったことにも。

ただ、

「理解できない。もともとは他人の研究成果だとはいえ、いま世間に流布してはいない発見だ。それを公にすれば耳目も集められるだろうし、なぜ国外に脱出しなければならないんだ？」

「ナイチンゲール首相の企みが分かったからです」

　ジキル博士は、口に出してから、慌てて一度、窓の方を窺った。幸い、窓の近くには乗客を見送りに来た人々の姿はあるものの、盗み聞きしているような影はない。気を取り直すようにこちらを見据えて続ける。

「ハイド氏の実験は、極めて精密な重量計を用いたものでした。今回、私が用いたものと同型です。測定条件が同じなら、本来、どちらも結果は同じになるはずだ。ところがハイド氏の実験は失敗し、私の実験は成功した。その原因は、検体の差でしかありえないのです。ハイド氏が確認したのは、男二名、女一名、いずれもロンドン先端病院からハイド氏が引き取った人々です。一方、今回、私が新たに確認したのは、男一名、女一名、いずれも貧しく、当然、ロンドン先端病院に行ったことがない者たちです」

　ジキル博士が何を仄めかそうとしているのかに俺は気づき始め、一気に胃が重くなった。

「これを、ヴィクター教授、あるいはナイチンゲール首相の理論どおり解釈すると以下のようになります。一般的な被験者に関しては、確かに『意識』ないしは『魂』の存在が確かめられた。しかし、生命省の医療施設に入院した経験のある者には『意識』の重量が観測されなかった。この違いはいったい、何によるものでしょうか？」

　蒸気も煙も上がるはずのない列車だったのに、窒息しそうなほど息が苦しかった。肺を刺されたような気分で、しかし答えを絞り出した。

「――ロンドン先端病院から帰ってきた人間は、意識を、『魂』を失っていると？」

「そう考えるのが、自然な帰結でしょうな」

俺は世界を放浪している間に、琉球《リュウキュウ》という島国で聞いた伝承を思い出した。通訳越しに、島の少年から聞いた話によれば、人の魂《マブヤー》はふとしたことで「抜けて」しまったり「落として」しまうのだという。魂《マブヤー》を失ったままだと遠からず死ぬか、不幸な目に遭うので、巫女《ユタ》に頼んで体に魂《マブヤー》を戻してもらう決まりなのだと。

生きた人間が、魂や意識を「落として」しまうことがあり得るのなら。

生きた人間から、それを「奪い取る」ことも可能なのではないか？

頭を何度も振って、その連想を打ち消す。

「馬鹿馬鹿しい。先端病院で身体改造手術を受けた人間は今やロンドン中、いや英国中にひしめいている。彼らがみな魂を失っているとでも？　意識を奪われて、自分で考えたり感じたりすることができなくなった人間が、人間の中に溶け込めるわけがないだろう」

「『魂』や『意識』を持たず、模倣と反復とで人間のふりをすることができる人造人間が存在する、というのがあなたのお考えだったのではありませんか？」

十分に発達した人造人間は、人間と区別がつかない。

唐突に、その言葉を思い出した。魂のない死体製の人造人間が、外からは「表情を変化させられない」程度の異常しか普通の人間との差異を持たないのならば――生きている人間が魂なり意識なりを奪われ自動的な存在になったとして、外から見分けることができるのだろうか？

「今や大英帝国は、二人の女王陛下を戴いている——国家の主と、生命の主。我らが大英帝国はヴィクトリアの帝国である以上に、ナイチンゲールの帝国でもあるのです」

不意を打つように、きいきいと、鳴き声がした。ジキル博士の袖から聞こえるそれは、鼠の叫びだ。ジキル博士は自らの服を一瞥すると、すぐに演説に戻った。

「では我らが新女王は、何を企図しているのでしょうか？　この十年で、生命の価値というものは大きく暴落しました。文明に、ひいては国家に奉仕する道具として、神聖のベールは剝がされ、石炭や肥料と同じ、資源になり果てたのですな。では翻《ひるがえ》って人間の魂は？　それもまた、女王に捧げられているという考え方は、不自然なものではないでしょう」

鼠の鳴き声は複数になった。高い和音が重なり、結ばれ、それは不吉に響く。

「人命を資源として扱った女王」

ここでジキル博士がステッキを床面に何度も打ちつけたのは、激情のためか。それとも、更に増え、高まりつつある鼠の声を止めようとしたためか。

まだ列車は動く気配を見せない。

「私はどうしても思い出してしまうのですよ。貴族エリザベート・バートリの所業を。あの貴族は、処女を集めては殺し、その血を集めた浴槽で体を濯《ゆす》いでいたそうですな。自らの若さを永遠のものとするために。あるいはその顰《ひそみ》に倣《なら》って、血ではなく、人間の魂＝意識を片端から自身のものにするということは考えられないでしょうか？　ナイチンゲールは、生きている人間の意識を無数に奪い、実装することで、自分を虐げた人間以上のものになろうとしていることではないでしょうか？　今、ロンドンにいる人間の何割が、『意識』を維持できているのでしょうか？」

きいきいきいと、押し寄せる波のように、鼠のわめき声。

天啓のように前触れもなく気づいた。

俺はスクタリの病院であの女の治療を受けている。樹脂弾の摘出という名目で。

本当にそれだけだったのか。それ以外の何かをされていないと言い切れるのか。

ロンドン先端病院で患者たちに施されている処置が、なぜ俺に施されていないと信じられる。父の足跡を追うように、あるいはナイチンゲールの示した道を追うように、俺はこの十年を生きていなかったか。

きい、きい、きい、きい、きい、きい。渦のように、嵐のように、竜巻のように――

俺には意識が存在するのだろうか？

扉が開いた。

「ヘンリー・ジキルだな。同行を願う。生命省の者だ。心当たりはあるだろう」

立っていたのは、東洋人の青年だった。

ジキル博士の邸宅を訪れた帰り、羽音の幻聴に振り返ったとき見た、あの青年だった。

ただ、そうだと気づけたのが奇跡的なくらい、あの日とはうってかわって、別人のような威圧感と殺気に満ちていた。

若者は、傘の代わりに、木製らしい刀を腰に下げていたが、いつでもそれを抜き放てるように片手を添えていた。恐らく相当の手練《てだ》れなのだろうことが、その挙措と、鋭い眼光だけで感ぜられた。

「ジキルは俺だ」

そう言って、反射的に立ち上がった。

戦火をくぐり、世界各国で盗人やら猛獣に出くわした身だ、体術に自信はあった。それに向こうが剣術の使い手といっても、狭い個室の中では大して自由には扱えないだろうと、瞬間的に見積もった。

だから俺は、ジキルという自分の名乗りを敵がまったく相手にしていないのを見て取っても、更に一歩近づき、「仕掛けた」。相打ちでも、足止めにしかならなくても、ジキル博士が窓から逃げ出すくらいの時間は稼げるはずだ、そう考えたからだ。

ああ、甘かったね、本当に若気の至りさ。俺は、敵が木刀に手を伸ばすその動作さえ止められなかった。

相手が刀を振り下ろしたのは、ただ一回だった。

それにも拘《かか》わらず——三つの衝撃が走った。

ポケットの殺菌剤噴霧器に伸ばした右手を打ち据えられた。

棘皮《きょくひ》動物の棘が飛び出す仕込み靴で木刀を蹴り飛ばそうとした、左足の骨を突かれた。

護身用の高粘性樹脂爆弾を隠していた腹を抉られた。

一度にそれだけの攻撃を浴びせかけられて、俺はその場に倒れ込んだ。その瞬間にはどう攻撃を受けたのかさえ分からず、ただ盾にさえなれなかったことだけは痛みとともに噛みしめていた。

「偽者に用はない」

刺客は、体をくの字に曲げてうめいている俺をまたぎ越すと、凍りついているジキル博士に近づいた。そして乱暴に、博士の服を引きはがした。

きいきいという騒がしい鳴き声で、鼠たちの興奮が伝わったが、しかし、服の下から現れたのは、鼠たちだけではなかった。

人間の頭部だった。まるで腹から首が生えたように、それは厳然とそこにあった。仰向けになっていた俺は、その首と目が合った。どろりと濁った、魚じみた瞳。

「ハイドの首が見つからない訳だ――お前にとっては、友人さえ鼠と同列の実験材料だったということか」

腕を締め上げられながら、震える声でジキル博士が呟いた。

「これはハイドの意志です」

「あんたはハイドが生きていたらこうしただろうというシミュレートに、あんたの行動原理を乗っ取られただけだ。好奇心の代償を支払うべきはあんただ」

刺客の、凄むような、脅すような、どすのきいた声に続いて、

「それ以上は痛めつける必要はありません、沖田《オキタ》」

声が響いた。感情を漂わせない声が。

東洋人の刺客、沖田と呼ばれた男は、ジキル博士から手を放すと、木刀の先をさきほどまで俺が腰かけていた座席にねじ込み、てこの原理で上板を引きはがして、「こじ開けた」。

次に起こったのは、たとえば吸血鬼が棺から起き上がる動作のように滑らかなものではなかった。座席の下の空洞が、関節を変な方向に曲げなければ隠れられないほどの窮屈な空間だったからだろう。おおよそ生きた人間の所業ではない。

いずれにせよ、そこから身を起こし、立ち上がり、客室内の三人を見回した者は、かつて煉獄で俺が見たのと、寸分変わらぬ容貌だった。

当然、死体に老いる機能はないからだろう。

生命産業主義英国国民党党首、世界緋十字血盟特別顧問、生命省創設者、大英帝国首相、生命の女王。

フローレンス・フランケンシュタイン＝ナイチンゲールがそこにいた。

沖田と呼ばれた男がジキル博士を手早く連れ去り、客室の中には俺とナイチンゲールだけが残された。

「木刀の峰打ちとはいえ、まだ痛みが引かないでしょう」

手当てをするつもりなのか、こちらに伸ばされた手を払いのける。

「触るんじゃない」

ナイチンゲールは律儀に動きを止める。俺はよろけながら立ち上がった。

「近づくな。とっくに満身創痍なんだ、これ以上、人間の尊厳を奪われてたまるか」

座席に座り、ナイチンゲールと向かい合う。虚勢だったが、虚勢さえ見せないよりずっとましだ。

「秘密警察とやらを動かせばよかっただろうに、わざわざご本人がお出ましとは、生命省は触れ込みの割に人手不足のようだ」

「私的な護衛がいるのは事実ですが、そんな規模のものではありません。それに、例の実験については極秘事項ですから、あまり多くの人間を動かすことも躊躇《ためら》われました。ジキル博士とあなたの協力がどの程度に及んでいるのかも確かめる必要がありましたので、私がこうして直接お伺いしたのです」

「俺があの実験に協力していたら、一緒に捕縛していたと？」

とは言いながら――俺は狭い個室の中でも視線を周囲に巡らせる――そもそも自分が捕縛されない保証はどこにもない。いまこの周囲が囲まれていて、この対話自体が尋問である可能性も捨てきれない。

そんな俺の警戒を読み取ったかのように、ナイチンゲールが機械的に頭を振った。

「勘違いをなさっているようなので申し上げますと、ジキル博士の罪は、魂の重量実験が禁忌であり極秘事項だからではなく、純粋に、ジキル博士が殺人者だからです」

「殺人者？　誰を殺したっていうんだ」

「一酸化炭素中毒の『事故』に巻き込まれた路上生活者の子供たちです。犬を用いた時限発火装置で事故を誘導したのです。つまり、ハイド氏が老人を引き取って実験のために殺害していたのと同じように、自身も実験材料欲しさに子供を瀕死に追いやったということです」

一瞬、返答に窮したが、

「……俄《にわ》かには信じられない。つき合いが深いわけじゃないが、彼には良識があった。その実験のために人を殺すなという忠告を俺にするくらいには。実験のため犯罪に手を染めたハイドを非難していた」

「通常の精神状態であれば、その通りだったかもしれませんが」

ナイチンゲールは、腹を一撫でし、妊婦を真似るようなジェスチャーをした。

「ジキル博士の腹部に移植されたハイド氏の頭をご覧になったでしょう。彼は、マウスの魂が人間に流れ込むか確かめると同時に、人間の魂が人間に流れ込むか、調べようとしていた。実験のため身寄りのない老人を殺すような、人倫を踏み外した人間の首です」

頭の中で、パズルのピースが嵌《はま》った気がした。

「ハイド氏の魂が、ジキル博士の身体を乗っ取った、ということか」

ところが、それはまるっきりの的外れだったようで、

「いいえ。ハイド氏の死体が上がって数か月経ちますし、その間ずっと腹から殺人者の頭部をぶら下げていらっしゃったのですから、もし魂が簡単に他人へ行き来できるのであれば、ジキル博士はとっくに何件も殺人を犯していたでしょう。ですからジキル博士はごく常識的に、魂は実在しないか、少なくとも簡単に移植できるものではないという結論に達しかけて

いたのです。それを歪めたのが」

　茶色の瞳が、まっすぐにこちらを見据えた。

「あなたです。ジキル博士の中で一度は捨て去っていた魂の実在説が、あなたとの対話や、人造人間の物語を耳にしたことで再燃してしまった。それまで意識の存在について、ほとんど捨てかけていたのに、寝た子を起こすような真似をしてしまった。

　それが極めて深刻な結果をもたらしました。ジキル博士は、ハイド氏の魂が自分を侵食しはじめるかもしれないという憶断に『誘導』されてしまった。結果として、彼はヘンリー・ジキルとしての過去を模倣し反復するのではなく、ハイド氏の行動原理にのっとられた自身をシミュレートしたのです。城壁内に侵入できなかったトロイの木馬を自分で組み上げてしまった。その結果が殺人です。

　以上が、ジキル博士の犯した罪であり、我々が彼を拘束した理由となります」

　良心が疼いた。それが正しいのなら、俺がジキル博士に接触を図らなければ、彼は殺人を犯すこともなかったし、罪も無い子供たちが死ぬこともなかったのだ。

　そうして半ば納得しかけていた自分に気付いたが、それでも俺は、一切そんな表情を作らなかったし、続く言葉も緩めなかった。

「信用できるか」

　こちらが手札を握っているうちは強気でいないと、会話の主導権を握られっぱなしだ。

「ジキル博士やハイド氏が殺人者であったとしても、それを公に裁こうとせず、秘密裡に処分しようとしているのは、お前に『魂の重量実験』を秘匿する必要があったからだ。違うか」

「否定は致しません」

即答だった。これを尋ねられる用意はしてあったのだろう。では、こちらはどうか？

「単刀直入に聞こう。お前は何をしている。生命省を何のために作り、目下、何を目指して隠蔽や諜報を行っている。そして何より——お前は、俺の魂を奪おうとしたのか」

「お知りになりたければ、お付き合い願います」

「どこへだ」

「王立植物園《キューガーデン》まで。生命産業工廠の管轄下にある施設です。次の駅で降りましょう」


馬車が三台並んでも通り抜けられるような大きさの、白い鉄門をくぐると、一面に巨大な庭園が広がっていた。

「申し上げた通り、生命産業工廠の下部に位置付けられましたので、人類にとって有用な新種植物の作製もこちらで行われております」

ナイチンゲールは、それをいちいち指さして教えた。

感温性の強い色素を持つチューリップ。カーペット代わりに室内で管理できる地衣類。催眠効果のある花粉を撒き散らす薔薇。酸素の蓄積と二酸化炭素吸収力が飛びぬけて高く、救命に用いることのできる蓮。

あるものは花壇に整然と植えられ、統一感を見せ、あるものは、隔離されるように、芝生から離されてぽつんと花を咲かせていた。グロテスクな部分はそう多くない、あるべき姿の庭園にしか見えなかった。

やがて、前方に、船を逆さまにしたような、ガラス張りの建物が近づいて来る。

「大温室《パームハウス》です。熱帯性の植物はこちらにまとめております」

中に入ると、むせるような湿度と温度とともに、名前通りの椰子の木がこちらを出迎えた。二階の高さまで伸びているその椰子を見上げる。近くのパネルを見れば、それが高粘性樹脂の中でも、もっとも粘度の高い樹脂を産出する植物であるものの、臭気が課題で、まだ品種改良が必要だということが説明されていた。

目的地が近づいたのだろう。椰子の木を横目に、螺旋階段を上りながら、ナイチンゲールがこちらを振り返った。

「あなたが私の政策や言動に不信感を抱いているであろうことは推測できました。ただ誤解を解こうとすれば、あなたに致命的な打撃を与えてしまうことが明白でしたから、迂闊に近づくわけにはいかなかったのです。

そうやって監視している間に、あなたは魂の重量実験について別のルートで調べ始めてしまった。もう少し露骨に妨害すべきだったのでしょうが、判断が遅れました。まだ人間の観察と統計が足りていないことの証左なのでしょう」

案内された先、二階の中央部に、それは見つかった。

それは南国性らしい、ぐねぐねと曲がった、瘤だらけの茶色い木だった。

そして、その枝から垂れ下がっているのは、一つ一つが酒樽ほどの大きさもある花、ウツボカズラのように、蓋がついた花だった。

「生命産業工廠で作られた試作品なのですが、あまりに手間がかかって非実用的なので、量産はされませんでした。最初で最後の一つということです」

「これが、お前のやっていることと、何の関係があるんだ」

「いえ、この中にあるものが問題なのです。申し上げるのが後になってしまいましたが、これは植物性の金庫です」

ナイチンゲールが、アンプルを、一つの花の茎に注射すると、蓋の役目をしていた葉が、数分かけて、ゆっくりと持ち上がった。その隙間に、彼女は平気で手を差し入れた。

「自然に存在する食虫花と違って、捕食機能も、強酸産生機能も奪ってあります」

こちらから聞きもしなかったが、彼女はそう解説をした。

その「金庫」からナイチンゲールが取り出した中身はといえば、何の変哲もない。書類が数枚だけだ。

その書類の束を、ナイチンゲールがめくっていく。

「あなたが世界各国で魂に関する伝承を集めていたころ――その程度のことは私は把握しております――私は既に致命的な結論を得ていました。ヴィクター教授の遺した魂の重量実験は、なぜ多くの場合、失敗し、一部のみ成功するのか。人道的見地からサンプル数が決定的に少ないという問題を、私はクリミアの戦場で解決しましたが、その結果、導き出された結論は、人間にとって恐らく信じたくないものでしょう。

まだ思い至っていないかも知れませんが、気づくための材料はあったのです。なぜ、資産家の若き令嬢であるフローレンス・ナイチンゲールの死体は、魂の重量変化を示したのか。なぜ、追試験に供された死刑囚たちは示さなかったのか。なぜ、ミスター・ハイドが手に掛けた老人たちの魂は計測されず、ジキル博士の犠牲になった浮浪児たちは計測されたのか」

ナイチンゲールが、書類のうち何枚かをこちらに手渡した。

促されて、俺はその一番上から目を通していく。

「ピーター・ラッド　男　二十四歳　◯オンス

メアリ・ロスフィールド　女　三十三歳　◯オンス

テッド・ウィリアムズ　男　十四歳　四分の三オンス」

そんな風に、ナイチンゲールが行ったらしい「重量実験」の被験者のプロフィールと、重量の変化を記録したものだった。もっとも重量変化といっても、◯オンスか四分の三オンスの二択しかなく、それは魂が「存在する」「存在しない」の謂《いい》でしかないことを示していたが。

思っていたよりも、魂が「存在する」人間の比率が少ないようだというのは感じたが、それ以上のことには何も気づかず、記録をめくっていき――そして、途中から、姓名と性別には目をやらなくなった。

　四十四歳　◯オンス。　十五歳　四分の三オンス。　十二歳　四分の三オンス。　六十一歳　◯オンス。　十八歳　四分の三オンス。　五十歳　◯オンス。　三十七歳　◯オンス。三十三歳　◯オンス。　八歳　四分の三オンス。　……

　書類をめくる手が、震えていた。

「私が、クリミア戦争とその後の生命省における調査で見出した、魂に関する原則を申し上げます。現状で確認されている最重要の法則です」

　頭に浮かんだ仮説を拒もうとしたが、ナイチンゲールの声がそれを無理やりねじ込んだ。

「『あらゆる成人の九十九パーセントは、魂を持たない』」

　書類を抱えたまま、俺は身じろぎひとつできない。

「お分かりになりますか？　子供、青少年の死者からは、確かに魂ないし意識が抜けることが観察できる。大人はそうではない。

　ここに仮説を立てるのであれば、以下のようになるでしょう。

　人間はこの世に生まれ落ちてしばらくは、意識と魂をもち、花を美しいと思い、夜を恐ろしいと思い、好奇心を持って、未知の箱の蓋を開く。そこには確かに、世界に対する驚異の感覚が存在し、心の底から、笑い、怒り、泣く。

けれども意識は何らかの原因で消尽し、後には永遠の模倣と反復がとってかわる」

語りかける声は、今まで聞いたどんな声よりも遠くに聞こえた。

「九十九パーセントと申し上げたのは、楽観的な推測でしかありません。現在、魂の重量実験のサンプル数のオーダーは五桁にのぼっていますが、二十歳以上の死者で魂を観察できた人間は存在しません。英国人以外のあらゆる人種、ヨーロッパばかりでなく新大陸や東洋人の患者も含みます。百パーセントに限りなく近く、九十九・九九パーセントと申し上げるほうが正しいでしょう。

これは極度に単純化した表現になりますが、もしも魂や意識のある存在のみを人間と称するのが正しいのであれば、人間の寿命は二十歳です。この世界に存在する、『人間の見かけをした者』のうち『人間』の比率は三割を切り、あらゆる人間は、『人間ではない者』によって取り囲まれ、育てられ、二十歳になる前の晩、自分の死が目前に迫っていることを知らず眠りに就き、二度と目覚めることはない。

私があなたにこの事実を申し上げることを躊躇った理由はお分かりかと思います。この検証結果をお伝えすることは、あなたにお前には魂がない、お前には意識が存在しないと申し上げるのに等しいのですから。

成人の被験者に対して、それを告げる実験も行いました。数例だけですが。反応はただ二通りです、信じないでこれまで通りの生活を送るか、信じて自我が崩壊するか。後者であれば、精神病院《ベドラム》に入院させざるを得ませんでしたが、自ら死を選ぶ者もありました」

勢いよく放り捨てた記録用紙が、宙を舞った。

「俺には意識が存在する」

死体の襟首を摑んで、揺さぶる。白い首にうっすらと、細い接ぎ目の筋が見えた。

「驚愕やら怒りやら、今俺の中で荒れ狂っている。それが証明だ」

強い語調になった。勇ましい台詞とは裏腹に、そうしないと真実にならない気がしたからだ。

「その言葉を否定は致しません。九十九・九九パーセントと百パーセントは別物ですから。ですがたとえ、あなたがそのまま私を殴ろうと刃物で突き刺そうと、それがあなたの内面の存在を保証することにはなりません。ただ内面があるように見せかけ、憤慨や絶望を抱えているかのように振る舞っているのと、見分けはつかないのですから。

ちょうど、あなたが軍事病院で私と会話した折、はじめ、私に意識が存在すると錯覚していたのと同じく。意識を持たない人間は意識を持っている人間を模倣し、他人を欺《あざむ》くことが可能です。『鏡機能』を二十年以上かけて発達させていますから。誰かが、『意識を持っている』と主張したところで、現在のところ、それがまやかしでないと証明する方法は存在しません。死に際して、重量の減少を測定しない限りは」

俺は摑んでいた手を放し、ナイチンゲールを解放する。そして、

「だったら」

その言葉が、自然に口をついて出た。

「俺を殺せ」

他に証《あかし》を立てる術《すべ》がないというのなら。

「俺を殺して、重量計の目盛を見ろ。そうすれば、俺が九十九・九九パーセントじゃなく、最初の〇・〇一パーセントであることを証明してやる」

「誤解なさらないで頂きたいのですが」

ナイチンゲールは、冷たく——いや、違う、こいつの声に感情の高低が浮かぶはずはない——言い放った。

「私は自分に課した倫理の原器の中で、死刑囚を用いた実験や、死病で間もなく死ぬというような人間の安楽死でない限り、人を殺さないと決めており、その禁を破ったことはございません。まだ数十年生きられるであろうあなたに、あなたが望まれるからといって、不可逆な死へ向かうような実験を行うことはありません」

もう、相手の顔が直視できなかった。表情などないはずなのに、もしこいつが生きた人間だったなら、きっと憐れむような表情を向けるだろうから。

「……生命産業工廠とロンドン先端病院を作った理由は？」

のろのろと首をもたげて、そう質問した。衝撃でほとんど忘れかけていたし、今となっては大した問いでもなかったが、とにかく話題を逸らしたかった。

「文明の恩恵をもっとも受けるのは子供たちです——奴隷的苦役や不衛生状態からの病死、

そういった不遇から彼らを解放することが至上命題となりました。煙突掃除人の少年たちや、路上生活の子供たちが、人間の尊厳にふさわしい自由を得ていると思われますか？　人間の魂が二十年しかもたないのなら、その間の苦痛を少しでも取り除くことが優先されるべきでしょう」

この答えも、今やどうでもいいものだ……いや、本当にそうだろうか。

「かつてエジプトには、死者の魂を秤で量って、その処遇を決めるという神話があったそうです。あるいはあの時点までは、人間の魂に重量が存在するという知識が一般に流布していたのかもしれません。そしてそれが真実だった――人間は例外なく魂を持っていた。

オデュッセイアの時代か、旧約の時代か、ヘルメスの時代か、魔女狩りの時代か。それが起こったのがいつであるにせよ、それまで文明の発展に必要であった魂というものが、もはや必要ではなくなり自然に消滅した。その名残がたまたま子供にだけ残った。

あるいは、人間から意識を奪おうとする何者かがおり、外科手術なのか寄生虫なのか特殊な楽器から発せられる音なのか、何かの技術を用いて、それをほとんど成功させかけた。しかしそこには手抜かりがあり、子供の意識にだけは効果がなく、彼らから魂を奪い損ねるという失態を犯した。二十歳ちょうどという区切りが存在するのだから、こちらの人為説の方が真実に近いのではと推測します。

どちらでも大差はありませんが、子供には魂が残されている、ということはある種の救いです。模倣すべき人間の魂が存在する以上、分析がいまだに困難であり、合成などまだ夢物語でも、消えてなくなってしまわない間は、研究を続けることが可能です。いずれ、大人たちの意識の消滅を指摘してもよい時代が来るかも知れませんし、更に先には、彼らの魂を再建することもあり得るでしょう。

私の最終目的は変わっておりません。自分自身が人間に近づくこと。ただこの世界に、魂を有する者と有しない者の二派が存在することは、目指すべき人間像を分裂させることになりますから、これをどちらかに統一する必要があります」

ぼんやりと、俺は気づき始めていた。

あの時のこいつと、今のこいつの、決定的な違いについて。

かつてこいつは、人間の魂について学び、それを手に入れようとしていた。俺たちを目指すべきもの、手本とみなして。ところが今や、魂の不在についてさえ知らない大人たちや、それにしらずしらず近づいていく子供たちは、ナイチンゲールにとって周回遅れのもの、教導すべきものになっているのだ。

俺の中に、何かの火が灯った。

「二十年だ」

口に出して言うと、決意が固まった。

「俺は残りの人生をそこまでと決めた。お前の言う、人間の寿命が二十年というのなら、今日を俺が生き始めた日にして、二十年後に生涯を閉じ、実験材料になろう」

「あなたの魂が既に消滅しているとしたら、そのような区切りは感傷以外に何の意味ももたないのではありませんか」

怪訝《けげん》そうな表情に見えたのは、人間ならそういう顔をするだろうと、こちらが思い込んでいるからか。それこそ、鏡のような奴だ。

「俺には感傷があるからだ。魂があるからだ。答えるまでもない」

「二十年経ったとして、あなたの死が目前に迫っているのでない限り、測定はお断り致します」

「そういう面倒事は、こっちで解決する」

俺は踵を返して、片手を上げた。

「二十年後にまた会おう、それまで体を腐らせるんじゃねえぞ」

建物を出てからしばらくして、後ろを振り返ったが、ナイチンゲールがこちらの退出を見届ける姿などありはしなかった。そんな非効率的なことはしないのだろう。

言うまでもなく、死体だから。


そこからの、俺の残された人生は、人間の魂と意識を証明することに費やした。といっても、生物学的な手法も得意ではないし、神学的な、あるいは民俗学的な研究はすでに済ませてあった。

今度は世界旅行じゃない。英国やその周辺で、可能な限り、人に会ったのさ。幸いなことに、世界を旅した探検家という肩書があった。ワインの値もますます高くなって、他人任せにした店も繁盛していて、それなりに金もあったからな。

会いに行った人というのも、ひとかどの人間、誰かの真似ではないような相手だ。

アイガー北壁を地図から消した爆薬の発明者ノーベル、進化論の提唱者にして初の頭部移植手術者ダーウィン、双子実験で訴追されたのち生命産業工廠主計となったメンデル、電磁脳療針で巨万の富を築いたテスラとレントゲン、電気を用いた死骸推進《ジェノサイド・エンジン》を考案した発明者エジソン、聖書根本主義教会の教祖ニーチェ、日本国海軍大将の西郷某、鉄道王で篤志家のノートン卿、自称霊媒師のドイル、帝政イスラエル初代皇帝のマルクス、国家反逆罪の死刑囚ドジスン……

その錚々《そうそう》たる面子《メンツ》のうち、何人かは、こちらからの提案を呑んでくれた。

自分の死が近づいたら、ロンドン先端病院に行って、ナイチンゲールを訪ねてくれと。そして、人間の尊厳を確かめるためのとある実験に力を貸してやってくれという提案だ。

異常な生き方をして、異常な信念をもって、他の誰とも違うような生き方をしている彼らには、「それ」が存在するかもしれない。

そして、一万人に〇人と、一万人に一人なら、すべてが違うのだ。

二十歳を超えた誰かに魂があるのなら、魂の二十年寿命説に例外が存在するのなら――俺自身が魂を所有しているという信仰は、決して絶望的なものではないということになる。

その働きかけが実を結ぶ前だったし、今もまだ実を結んでいないが、俺はもう一度ナイチンゲールとの約束を守った。

最後の再会は、道を違えてから、やはりちょうど二十年後になった。

期日が近づく中で俺は、あの女に一矢報いるもう一つの計画を、実行に移し始めた。

まず、死体を真夜中の路上に転がすのが、最大の準備だった。

もちろん、ジキル博士のように浮浪児を殺した訳じゃない。ナイチンゲールの尽力で、ロンドンから路上生活者は消え失せ、浮浪児もいなくなっていたから、そもそも不可能だっただろうが――俺が用意した死体は、初めから死体だった。

夜の墓場を荒らして、埋められてすぐの棺を掘り起こしたのさ。死体だけを運び出して、棺はもう一度丁寧に埋め直して、死体が消え失せていることを気づかれないように注意もしていた。

その死体に似た背格好の娼婦を雇って、毎晩同じ街角に立たせ、機が熟したら、引きあげさせた。

そして、夜闇に紛れて、同じ街角に、用意しておいた死体を運び込む。予《あらかじ》め整形してあった顔に化粧を塗りたくり、髪も整えてあったから、娼婦から買い取った服を着せれば、その死体が別人のものとは気づかれない。ナイフでその身体を裂き、人造血液をぶちまけ、仕上げに「切り裂きジャック」の手紙を載せれば――

娼婦の遺体と、正体不明の殺人鬼の出来上がりだ。

大金を摑ませた娼婦はもうロンドンに戻らないから、そちらから偽装工作が発覚することもない。いっそのこと本当に道行く人間に通り魔を仕掛けた方がよほど手間がかからなかっただろうが、人間の物差しというものはやすやすと捨て去る訳にはいかないもんだ。

だから、丁寧に、静かに「犯行」は重ねられて、そして殺人鬼の謎は謎を呼び、ロンドンは噂の坩《る》堝《つぼ》になった。

「切り裂きジャック」が四つ目の事件を起こしたという記事の隣に、フローレンス・ナイチンゲールが、生命革命二十五周年の記念式典に合わせて、「人間の尊厳についての重大な演説」を行うという記事が並んだその日に——すべての算段が整った。

トラファルガー広場は夜の中に沈んでいた。

ネルソン提督の記念柱の前で、押し寄せた人々を前に、入れ替わり立ち替わり、名士が挨拶を述べる。だが、広場前の通りに溢れるほど集まった群集の目当ては、彼らではないだろう。

今は後ろに控えているが、間もなく演説を始めるであろう、今宵の主役。

英国史上もっとも支持される首相、六度目の当選を果たした女帝。そう、今やこの国で、女王といえば、ヴィクトリアのことではない。

大勢が緋色の十字を掲げた、真っ黒い群集の中にぽつぽつ見える明かり、脳療針や蛍光臓器の輝きは、さながら、彼らが既に失ってしまった意識の、墓標のように見えた。

ナショナル・ギャラリーの屋根の上から、俺はその光景を見下ろしていた。

警護がどの程度か、高い場所から確かめておこうと思ったんだ。

コートの襟を立てて群集を見つめながら、ふと思いついたことがある。

狩猟と採集の時代を終えて、遥かな歳月が流れてもなお、人はなぜ、群れ、糾合し、寄り添おうとするのか。

それは、他者を真似るためではないだろうか。真似なければ、群れなければ、外に手本を頼らなければ、どうやって「生きた人間」の演技を続ければよいか、忘れてしまうからではないかと。

互いが互いを手本にして、かつて地上に存在した「意識ある大人たち」の世界を、再現できるように。

もしも、世界に文字が存在しなければ、リア王やオセローも、口承だけで伝えられ、どんなにもとの形を残そうとしたところで、三百年の歳月を潜《くぐ》り抜ければ、全く違う台詞回しに、中身になっているはずだ。あるいは喜劇になっているかも知れない。

たとえるならば、大人は残響だ。かつて発された声の、木霊の木霊の木霊の、そのまた木霊だ。

既に滅んでしまった世界を再現し続ける三文劇の役者だ。

俺らしくもない詩的な考えは、しかし、背後に現れた気配で断ち切られた。

瞬時にそちらを振り返って、一歩引いた。

同じ屋根の上に、男が立っていた。腰に長い得物《えもの》を差して。

「日本でも見たが、それが本物の刀《カタナ》というやつだな。いつぞやのまがいものとは違う」

沖田だった。歳月が彼を若者から、壮年に変えている。今日の不可思議な服装は、確か万博で見たことがある、着物《キモノ》という、彼らの民族衣装だ。

「真剣でなければならなかった。今日はお前の首を取りに来たからだ」

「ほう。それは首相命令か？」

「まさか。私の独断さ。あの方は、不穏分子の取り締まりが温《ぬる》すぎる。恩人とはいえ、この国が私の祖国と同じ轍を踏みかねないから、謀反人によって秩序と誇りを奪われかねないから、こうして『切り裂き魔』とやらを始末しに来た。私なりのけじめだ」

夜目には分かりづらいが、着ている服は、青みがかっているようで、何か特徴的な模様も見えた。この男にも、何か背負っているものがあるのだろう。

「では、昔馴染みのよしみで教えてくれないか。今晩、この国の支配者――我らが女帝はどんな魔術を見せるつもりなんだ？　世界をどう変えようとしている」

「大人たちに、お前たちは魂を失っている、という事実を突きつけるのさ」

「その事実に耐えられない奴がほとんどなんじゃなかったのか」

「ああ。お前のような例外はいるとはいえ、大半は耐えられず、自我が崩壊する。場合によっては大人と子供による殺し合いが始まるだろう」

「だったら――」

「ジキル博士が、自分自身にハイド氏の行動原理を上書きしてしまったことは覚えているだろう」

当然、覚えている。この二十年のうちに、何度か会いに行ったからだ。精神病院《ベドラム》から解放されたジキル博士は、鼠を用いた知能研究をしていて、殺人についても例の実験についても記憶を失っていたが。

「あれと発想は変わらん。群集にただ真実を伝えれば恐慌は避けられないが、同じ演説を通してこちらの都合のいい行動原理に上書きする。魂が存在しないという事実を無感動に受け入れられる人格に作り替える。耐えられなかった奴には電磁脳療針なりで治療を施せばいい。そして彼女の指導のもと、子供と大人、人間と人間もどきを隔離した、安全な社会を構築した上で、改めて魂の研究を続けるのさ」

「プロパガンダによる洗脳と人種隔離政策。地獄へまっしぐらだ」

「理想郷は地獄の上に築かれる。誰でも知っていることさ」

沖田の、迷いを微塵も感じさせない言葉に、俺はゆっくり頭を振った。

「和解は無理のようだ。最後に聞いておきたいんだが、これほど動物的な頭をしているあんたが、よく俺に目星をつけて、動きを読めたな」

「私は頭のほうに関してはからきしだよ。友人に、頭の切れる養蜂家がいてね」

その養蜂家とやらが、ナイチンゲールの配下の人間で、ハイド氏を追い詰めたり、俺の行動を探ったりと暗躍した奴なのだろう。

「今度紹介してくれないか。色々と世話になった礼をしたいし、蜂蜜酒《ミード》の造り方についても意見を交わしたいんでね」

「彼に尋ねておこう。もっとも、ただ墓前に酒瓶を供えるだけになりそうだがな」

「こっちも、あんたの墓石に酒《サケ》をかけてやるよ」

俺は、コートのナイフに手を伸ばした。

沖田が、こちらに一歩踏み込んだ。

下方で、表敬の号砲が撃たれると同時に、奴の刀が閃いた。

剣圧でつむじ風が起きる。しかし、その切っ先が俺の胸を貫くことはなかった。俺の口から飛び出した口内義指が、刀先を逸らしたからだ。

僅かに軌道を逸らされた刀は、俺の右頬を裂いた。血の匂いがかすかに鼻へ届く。

相手は飛び退《すさ》って体勢を立て直そうとするが、遅い。こちらが懐に飛び込んで、伸ばした腕で、ナイフを奴の胸に突き立てている。

手ごたえがある。このまま肺を切り裂いて――

「生憎《あいにく》だが、とうの昔に手術済みでね」

破れた着物の下、皮膚の下から飛び出したのは、肺ではなかった。

おおよそ人間の内臓と呼んでいいものではなかった。

ひと抱えもあるような、薄茶色の塊――蜂の巣。ナイフが刺し貫いたのはその壁面だった。

そこに開いた穴から、次々飛び出し、浮塵子《うんか》のように押し寄せる、忌まわしい虫。

夥しい数の羽音が俺の聴覚を覆い、そして視界が奪われる。

反射的に払いのけようとし、飛び退いてしまってから気づく。距離を取るべきではなかったと。

息つく間もなく二撃目が来た。ナイフは構えていたが、防げなかった。

衝撃で息が止まる。また剣撃を逸らそうとした口内義指は切り飛ばされ、五本とも、地面に散らばった。

続いて、痛みが走る。左の腕、肩近く。左の脛《すね》。口内義指を狙ったものも含めて、折り目正しく几帳面に、一度に三撃。

立っていられず、その場に膝をついた。

左腕からは力が抜け、だらりと垂れさがった。右手で押さえると、ぬるりとした感触。血とともに、袖に仕込んでいた高粘性樹脂弾が破裂しているのを感じとった。あの戦場のように。そして沖田が、一歩、また一歩とこちらに近づいて来る。恐らく次は、俺の首を狙って。

「おい」

痛みと、飛び回る蜂の羽音に負けぬよう、声を荒らげた。

「お前にとって、魂とはなんだ」

「国家であり、君主だ。私の中には存在しない」

結構な答えだ。それはひとつの真実なのだろう。

蜂にはもう刺され通しだが、そんなものを気にかけていれば、あの剣への反応が遅れてしまう。ただその剣の動きにだけ、全神経を集中する。

沖田が得物《えもの》を振り下ろした。頭を庇った俺の左手首が飛んだ。

必死に転がって、それ以上の追撃から身をかわす。そのどさくさに、口でくわえたのは、切り飛ばされたばかりの手首から先だ。

流れているのは血液じゃない。グリセリンと混酸。攻撃を受けたり、刀で切られたりしたら、それが流れ出す。

歯でおさえていたその左手首を、右手に持ち直した。

「確かに、俺のこんな体に、魂なんてものは上等すぎるかもしれん」

こちらの目論見が分からなかったのだろう、刀を突き出そうとしていた相手は、次なる攻撃に身構えた。

それが致命的な隙になった。

俺は俺の左手首を、思い切り、奴の身体に投げつけていた。

耳を劈《つんざ》くような、耳朶《じだ》をびりびりと振動させるような音とともに。

ニトログリセリンの爆風が、沖田を屋根から吹き飛ばした。

しかし、こちらも無事ではなかった。視界がぐるりと傾いた。足場が崩れたのだ。俺も屋根から石造りの路面めがけて落下していく。

対応しろ。

対応できるはずだ、戦場よりはずっとましだ。

壁面に、高粘性樹脂のついた右手を伸ばして貼りつかせる。貼りつかなかったとしても、落下速度は鈍るはずだ。そうすれば、足の人造筋肉で、死なない程度に着地を――

突然、ぞくりと悪寒を覚えた。

まさか、まだ――

予感は的中した。奴の姿が視界の端をよぎった。落下しながら、沖田は空中で刀をこちらに突きだした。

眼球が潰れる音を聞いた。

激痛に手を伸ばそうとするが、理性が押しとどめる。

耐えきらなければ、右手は壁に伸ばさなければ、地面に叩きつけられて死ぬ。

しかしもう、宙を掻いた手が何かを摑んだ。肩に全身の体重がかかり、ごきりと音がした。


それは、壁に張り巡らされたパイプだった。

かつてこの国の要《かなめ》だった蒸気機関。駆動系を一手に担っていた蒸気機関の、その排煙は、第一党が議会に提出した法によって規制され、排出量が制限された。

そして、煤煙を化学反応で浄化するために、パイプはとてつもない長さになり、建造物の壁を縦横無尽に這い巡った。ちょうど、俺がしがみついたパイプのように。

肺病で死ぬ子供たちをなくすために、作られた規制だった。

パイプに刻まれた、緋色の十字の紋章が、こちらを見つめていた。

俺は、パイプをゆっくり伝って、地面に辿り着いた。

沖田の身体は、目に届く場所にはなかった。空中で、着地のことすら考えず刀を振るったのだから、生きていられるはずもないだろうが、あの男ならもしやという気もあった。だから、足早にその場から逃げ出した。

潰された片目は、脈拍に合わせるように痛みが上下する。

痛みの引かない左肩に近い刀傷からは、まだかなりの血が溢れている。だいぶ血を流したし、まだ止まってすらいないが、致死量は超えないだろうか？

脛の方は、こちらの行動を縛るための一撃だったのだろう、大して出血していない。その分、一歩歩くたびに激痛が走り、路上に身を投げ出しそうになるが。

切り落とされた左手首には、そもそも以前、チャールズ・ドジスンの化け兎に食いちぎられて以来、神経が通っていないから、痛みはない。ただ不便なだけだ。

コートのポケットの中に畳んであった予備の手、骨格標本のそれのような、骨がむき出しの左手を取り出して、あるべき場所へねじ込む。

まだ倒れる訳にはいかなかった。

まだ何一つ達成できていない。なすべきことはこれからだ。

人ごみの中に飛び込んでいく。群集の力で、あちらへ、こちらへ押しまくられながら、俺は必死に前進する。怪我をしていることに気づいた婦人が声を掛けてきたが、一瞥もせず、ただ前を見つめる。

ひしめき合う人と人との間に、強引に道をこじ開ける。

あの声の、響きを聞きながら。

「果たして、人は、自分自身の尊厳ある魂とどのくらいの間、真に向き合うことができるのでしょうか。誰もが、怠惰《たいだ》の川に流されて永遠の繰り返しに陥り、日常の海の中に沈んで棘をすり減らしている。そうでないと言い切れる人間が、いったいこの世にどれほど存在するのでしょうか」

その落ち着いた声と明晰な言葉に、拍手が鳴る。大瀑布を流れ落ちる水のような、万雷の拍手。

「誰かの模倣に成り下がってはいまいか。何かのまがいものに身を落としてはいまいか。選び取った道は、本当に自分自身の意志によるものなのか。誰かの言葉の受け売りでなく、そういう決まりだからではなく、本当に花を美しいと思っているのか。本当に誰かを愛したいと考えているのか。

そういった自省は、決して日々の多忙に忘却してしまってよいものではないのです」

増幅された声は、あちらこちらの経音鐘から聞こえるが、それでも、目指すべきものはひとつだと知っている。

ただひとつの声を頼りに、俺は、人と人との僅かな隙間に、強引に体をねじ入れる。罵倒されているかも知れないが、あの声以外は、もう耳には入らない。

近づくにつれ、いっそう人垣の密度は増す。だからこそ、それ以上の力で、冷たくなりかけている指先で、手で、押し開ける。立ち止まった瞬間に倒れてしまいそうだったから。

「私から今日、あなた方に告げなければならない真実があるのです。それは、私自身の存在にかかわる事実でもありますが、しかしそれ以上に、あなた方自身にとって重大な真実、あなた方の存在にかかわる事実なのです。私自身が見出しながら、その重大性を踏まえ、今日まで秘匿してきた発見です」

かきわけて、かきわけて、かきわけて。もうひとつかきわけて進んでも、まだ見えない。まだだ、まだ気を失うな。辿り着かなくてはいけない、声の方へ、世界の震源へ。

力尽きる寸前に。

人波が、開けた。

「そう、その発見とは、」

言葉が途切れる。

俺はようやく、眼前に辿り着いた。

三度目の邂逅で、最後の邂逅だった。

不思議なことに、その時の奴の姿は、ほとんど覚えていない。きっと、相応に年を食ったように見せる化粧を施していたのだろうし、身に纏っていたのは、その場とその身分にふさわしい豪奢なドレスだっただろうが、そんな些末なことは、まるで記憶に残らなかった。今、記憶を掘り起こそうとしても、あの時絶対着ていたはずのない、茶色い看護婦の制服姿で思い浮かべてしまう。

当然、言葉は交わさなかったし、その瞬間、あいつと目を合わせることすらしたかどうか怪しい。ただ、演説の声が止まったのは確かに忘れていないし、その時、自分がどこを見つめていたのかも、忘れていない。瞼に焼き付いている。

ただ、狙うべき場所だけを見定めて。ナイフを握りしめて。

その細く白い首を、

横に、薙《な》いだ。

死んだ魚を捌《さば》くくらい、感触は滑らかで手ごたえがなかった。

ナイフに塗った高粘性樹脂の分解酵素《エンジーム》は、それほど強力だった。

周囲にいた警官達がようやく反応し、こちらに飛びかかろうとするが、捕まえられない。

俺は、「それ」を、正確には、「それ」の髪を摑んで引き寄せ、そのまま、垂直に柱を駆けのぼる。手がかりもほとんどない柱を登れるのは、もちろん、柱の頭に結わえていた、極細の蜘蛛繊維をガイドにして手繰《たぐ》っているからだ。

群集のほとんどはまだ気づいていないが、首相の周りにいた者たちが、悲鳴を上げ始めている。

柱の天辺《てっぺん》まで辿り着き、提督像《ネルソン》の頭に俺は足を載せる。夜風が俺のコートをはためかせる。摑んでいた「それ」をようやく見る。その瞳は、驚愕に見開かれて——いるはずもなかった。なぜなら、それは死体だから。

どこまでも空洞のような虚無の瞳がそこにあった。

俺はその瞳が、群集の方に向くように、生首を、いや、死体の首を掲げて、あらんかぎりに叫んだ。喉も裂けんばかりに、叫んだ。

「フローレンス・ナイチンゲール首相は、死んだ！　切り裂きジャックが殺した！　死骸の時代は終わりを告げた！」

灯光が幾条も向けられる中で、高々と掲げて。数千の群集の誰もが、間違いなくそれを目に焼き付けるように。

どよめきが、怒号が、絶叫が、夜を覆い尽くす。

大地が震えている。「人間」たちの恐慌が、地面を揺るがせている。

広場から通りまで、衝撃が広がっていくのが、揺らぐ明かりで伝わる。巨大な獣が、食物を消化していくように、悲劇は少しずつ咀嚼《そしやく》され、呑み込まれていく。何も知らず、ただ混乱しているだけの人々も、朝には事件を知るだろう。世界にその「真実」が流されるだろう。

眼下には、フローレンス・ナイチンゲールの、あるいは世間にそう呼ばせた者の、首を失った体があった。

俺の手の中にあるものは、冷たかった。

意識を失い、地面に叩きつけられた俺は、警官達によって捕えられた。

――やれやれ。ほとんど、夜明けになっちまったじゃないか。

まだ記録用紙は残っているか？

最後の一巻きか、まあ問題ないだろう。もうほとんど俺に語るべきことは残されていない。そこからは、あんたも知っている通りだ。

裁判にかけられ、俺は判事の質問にも黙秘を貫いて、そしてここに収監された。

ニューゲートの最奥とはいえ、逃げようとすれば逃げ出せそうなくらいに、警備は甘いし、蜥服《バジリスク》だっていつも目が覚めている訳じゃない。一度は、看守の目を盗んで石塀の上まで辿り着いたよ。そこから一飛びすれば娑婆に舞い戻ることも容易だった——けれど、脱獄しようとはしなかった。

なぜなら、俺には死刑が必要だからだ。

国家の要人を殺したかどで死を与えられ、その過程で証明しなければならないからだ。四分の三オンスの重量をもって、俺自身が誰かの幻影や残響でなく、俺自身であることを見せつけるために。

俺に意識が存在することを示すために。

俺に魂が存在することを示すために。

気楽なことに、叔父も死に、使用人も亡くなり、もうこの世にろくな縁は残っていなかった。だから、面会に来たのは一人だけだ。

ああ、昔、見たことのある奴だったよ。

鹿撃ち帽とインバネスコート——昔探偵をやっていたと言っていたが、そいつの名前はもう忘れたたな。

面会の小さな部屋で、彼が差し出したものは、一本のボトルだった。

「こちらを届けに。友人から託されたものだ」

蜂蜜酒《ミード》だった。それもとびきり上等の。

「わざわざ渡しに来てくれるとは、酔狂だな」

「一度、お目にかかっておきたかったからさ。私の友人の医者が、君の死に際して実験を行う運びになったのでね」

「そうか。腕は確かなんだろうな」

「知る限り、ロンドン一の名医だね。沖田の肺を改造したのも彼だ」

「それなら、あの、一度に三度攻撃を与える技も、どこかの筋肉をいじって――」

「あれは、あの侍の、生身の剣技だよ」

あまりのことに、しばし返答に窮してから、金属臭い義手で、俺は頭をかいた。

「もしまた、あいつと戦う羽目になったとしたら、俺はあとどのくらい科学の力を借りなければならんのだ」

彼は肩をすくめて息を吐いた。

「諸君らには銃を使うという発想がないのかね」

「セヴァストーポリで担ぎ飽きたのさ。銃を過信した連中は残らず死んじまったしな」

男は更に呆れたように首を振って、座席から立ち上がった。

そして、何気ない口調で告げる。

「蜂蜜酒《ミード》だが、召し上がる前に、よくラベルを確かめておきたまえ。一層、いい酔い加減になれるだろう」

謎めいた言葉に答えあぐねて、俺が顔を上げると、男は頷いた。どこか満足しているようにも見えた。

男が立ち去った後、急に思いついて、慎重にラベルの端を剝がした。

思った通り、ラベルの裏には、蚤のように小さな文字が覗いていた。

俺は独房で蜂蜜酒を傾けながら、ラベルに印字された手紙を読み始めた。

《直接、伺うことのできない無礼をお許し下さい。

もっともこれは不可抗力です。何しろまだ調整中で、私の胴と首がきちんと接着できておらず、この手紙も首だけで、舌で版字盤を押して記しているのですから。

無論、声帯と人造肺を取りつけさえすれば、首だけでもお話しすることはできるのですが、それではあなたに対して礼を失しているし、恥ずべきことであると、私が生きた人間であれば考えるでしょう。

お陰様で、フローレンス・ナイチンゲールという人間は公には死んでしまいました。

これであなたは望みを叶えた。対して私は、進めていた様々な計画について――人間の未来についてのプランを、すべて一度放棄せざるをえなくなりました。国会は混乱し、新たな政党が乱立し、市民運動が起こり――今まで通りという訳にはいかなくなりました。

統計的に言って、一代で築いた栄華というのは脆《もろ》いものです。本人が死ねば、いえ、死んだという評判が立つだけでも、社会の運営には支障をきたし、振り出しに戻ってしまうのですから。

振り出しと言っても、また、私がもう一度同じことを繰り返すのを、あなたはよしとしないのでしょうけれど。

かつて全ての人間から魂を奪おうとした誰かがいたとして、その試みがなぜ完全には成功しなかったのか、という以前にも触れた命題は、魂の性質を推測するうえでの私の目下の関心事ですが、あるいは今回のように、他人に阻止されたのかも知れません。

それにしても、あなたの行った「テロ」は極めて効果的な詐術でした。首を刎《は》ね飛ばされて生きていられる生物はおりません。実際には、これまで通り死体を切り裂いただけなのですが、その皮肉に気付く者も少ないでしょう。

何しろ、私が死体であり、頭部だけでも生きていけることを知っている者は、この世界に五人と存在しないのですから。

あなたはとうとう口になさりませんでしたが、私は幼い頃のあなたとまみえた日のことを忘れてはおりません。当然、あなたがあの酒蔵で私を見つけた時、包帯の下に収まっていたのは、私のもともとの姿――醜い大男の頭であり、肺を失って声を出すこともできない存在でしたが、しかし、あなたの好奇と興奮に満ちた眼差しを目にしておりましたし、あなたが発した言葉は確かに耳に届いておりました。

　生きてるのか、と。

　それがヴィクター教授の言葉以上に、私の指針に影響を与えていたとは思いますまい。教授の死後、もっとも優先すべき行動原理を私に設定しようとした時、かつて聞いたあの言葉こそが、その要になったのです。

　あの問いに、生きている、と返答するためには、どう行動すればよいのか。

　模倣でも反復でも残響でもなく、統計上の最適解や必然でもなく、自分自身の答えを出すためには、何を手に入れればよいのか。

　あの魂と呼ばれるものは何か。

『私は、自己の〝生存〟を守らなければならない』。

　それが私の第零原則でした。

　ただそれだけだったはずなのに、ずいぶんと遠回りしてしまったようです。

　恐らくここから先は、また別の道を選ぶべきなのでしょう。

　そうそう、魂なり意識なりを持っていない利点というのも実はあるのです。男なのか女なのかも定義できない身です。私がもし生きていたとしたら、あなたに抱くべき感情が、友情であるのか、恋情であるのか、判断しかねたでしょうから。

　ご心配なさらぬよう――幸い、死体には愛する機能がありませんので。

虚無より愛《フロム・ザ・ナッシング・ウィズ・ラブ》を込めて。

こうして、今度こそ俺とあの女は、永久に別れた。



◆

死刑執行の完了を示す旗がニューゲートの尖塔に掲げられ、たなびき、やがて下ろされるのを、塀の外で佇み、眺めていた。旗が消えてなくなったあとも、数刻、私はそこから動けずにいた。

もし男の語っていたことが真実であれば、私も遠くない日、何の自覚も無く意識を、魂を失い、自分が機械仕掛けと大差ないものになっていることに気づかないまま、日々を過ごしていくことになるのだろうか？

そんな思いを抱えたまま、後ろ髪を引かれていた時だった。

塀の内側から、こちらに馬車が近づいてきた。恐竜骨格のせいで、それはほとんど、馬よりは、白いサラマンダーに似た外見だったが――私の目の前で、御者が鞭を止め、手綱を引いた。

停まった馬車のカーテンが開かれた。顔を見せたのは喪服姿の女性だった。

「あなたが、死刑囚の懺悔を聞き届けた方ですね」

投げかけられた言葉は静かで、落ち着いた人格を思わせたが、喪服の黒いヴェールに遮《さえぎ》られ、容貌の細部はうかがえなかった。私が首肯すると、

「その死刑囚の告白を、真実だと思われましたか」

「半信半疑です」

嘘偽りのない答え。私はまだ、心にもやもやしたものを抱えていたからだ。

「納得がいかないのです。なぜ彼が、首相を公衆の面前で『殺害』しなければならなかったのか——彼は自らの死をもって証明しようとした事実があった。しかしそれはたとえば、死刑になるという方法以外でも……自殺を図ることでも達成できたはずだ。なぜ敢えて、首相の演説計画を阻止しようとしたのか、私には分からなかったのです」

「推測はいくらでも立てられますが、それは、つまり怒りでしょう」

「怒り？」

「魂を持たない死体ごときが、人間たちの危機に真っ先に気づくだけならともかく、無知な人間たちにそれを懇切丁寧に教え、諭し、死体のあつらえた明日へ導こうとするのは——傲慢だと感じたのですよ。それこそ、人間の魂への冒瀆だと。彼が真実、自分自身の魂を信じていたのかは分かりませんが、己に魂が残っていれば当然選ぶであろう行動を選びとったのです。死体が創る未来の拒絶を。

　魂の価値を秤でしか量れなくなった者に、見せつけたかったのでしょう。魂が、あるいは魂の残滓が何を為し得るか」

私は切り裂きジャックの目を思い出す。あのぎらぎらとした、人間の意志そのもののような瞳を。

そして、ここに至ってようやく私は、喪服の女性が、自分もよく知っていた、高貴な身分の人間であることに気づいた。

女性がまたこちらに話しかけてくる。

「ところであなたは、蘇声器《フォノトグラフ》の録音を、どうなさるおつもりですか？」

「――もう数日考えます。私の手元で破棄してしまうか、どこかの新聞か世界網に売り飛ばして、天下に広めるか」

「結構。生きた人間の代表として、存分にお悩みください。それが彼の望みに適うことでもあるでしょう。死体ではなく、生きた人間の手にその選択肢が渡ることが、彼の全てを賭した願いだったでしょうから。そしてあなたのように、年若い方であれば、これ以上の適任はありません。

それでは――」

女性が御者を促そうとしたので、私は咄嗟に引き留めた。

「待って下さい、もう少し、一つだけ耳に入れてください」

女性が小さく首を傾けると、ヴェールが揺れ、僅かにその白い頬が覗いた。

「彼は、いいえ、彼の語ったさる高貴な女性は、こういう考えを持っていました。大人たちから意識を奪った『何者か』の失敗が、魂の性質を知る鍵である、と。その『何者か』は、何らかの理由で子供からは魂を奪い損ねるという失態を犯し、人類の意識を滅ぼすことができなかった、と。

私はそうは考えられないのです。

子供たちに意識を残したのは、誰かの手落ちではなく、その『誰か』がこの世界に、希望を残そうとしたのではないか。子供たちに意識ある人間の未来を、託そうとしたのではないか、そう思うのです」

ひと息に言って、相手の顔を窺う。自分の言葉が相手の心を動かしたか、いや、相手が心を動かされたふりをするに値する言葉だったかどうか知るために。そして答えを待った。

「……希望的観測に過ぎません。いえ、完全なこじつけだろうと——その、さる女性というのは、仰るでしょうね。あるいは、『何者か』の試みが失敗ではなく計画通りだったとして、大人と子供の間に不信と戦乱を巻き起こそうとしていた、というのがよほど真実らしいでしょう」

素っ気ない答えだったが、私は諦め切れず、食い下がった。

「ですが、この『希望的観測』を否定することはできません。その『誰か』はきっともうこの世界にはいないのですから。過去の叙述に勝手な解釈を加え、書き手が思いもよらなかった希望を差し挟むのは僕ら神学の徒の得意技です。それればかりでなく、何よりも」

いったん言葉を切ってから、続けた。

「死者の言葉を手前勝手に書き換えるのは、生きている人間の、特権です」

僅かに沈黙があった。

それを破った返事は、やはり淡々としていたが、

「私の身体が保つ限りは、記憶に留めておきましょう。切り裂きジャックが生きていれば、賛同する考えかも知れませんので。ええ、彼はそういう風に、不遜で、大胆で――」

女性が顔を伏せたので、こちらも視線を下げると、彼女の抱いている木箱が目に入った。大事そうに抱えられているそれは、昨日今日で組み立てられたような真新しさだった。中身について訊ねることは躊躇われた。その目方が、減ったのか、減らなかったのかも。

「――そして、彼の信ずる『人間』の姿に近づくという私の原則《ルール》は、再び土に還る日まで、変わらないでしょうから」

独り言のように言ってから、彼女はこちらに向き直ると、小さく、頭を下げた。

「今度こそ、お暇させていただきます」

「はい」

御者が鞭を打った。サラマンダーは強化された肺いっぱいの嘶《いなな》きを上げる。馬車が走り始める。

私はふと思い立って、馬車にすがるように駆け出しながら、声を張り上げた。

「どちらまで行かれるのですか」

「まだ、決めておりません。しかしそうですね、敢えて申し上げるならば――」

彼女が言葉を選んでいるうちにも、馬車は速度を上げ、追いすがる私から瞬く間に遠ざか

っていく。

馬車が角を曲がり、視界から消える直前。私は確かに、こちらに届くように発せられた、彼女の声を聞いた。

「生者の世界へ！」

“The confession of Frankenstein=Nightingale”
or
“Songs for deserted children in post-harmonize”
comes to an end.

《アメリカ以外のすべての国を救うために、歯を嚙んで、同胞国民をホッブス的な混沌に突き落とすことにした。》『虐殺器官』終盤の、決定的な嘘である。

《これが人類の意識最後の日。》『ハーモニー』終盤の、致命的な嘘である。

どちらの嘘も初読で気づいた人はいるはずだが、そうでなくとも、前者は「虐殺器官の大嘘」で検索すれば、後者は序盤を再読すれば誰の目にも明白となる。これらの詐術がなぜ仕掛けられたのかという議論を、SF研の仲間と何度か戦わせたものだ。

二〇一一年に彼らと出した『伊藤計劃トリビュート』も、「作品」と真摯に対峙しようとする試みであり、そこに「夭逝の天才」の物語は大して影を落とさず、他の作家へのオマージュ会誌と本質は同じだった。

あれから四年、「以後」の言葉が独り歩きし、彼の名は余りに多くのものを背負った。

神話や物語ではなく、伊藤計劃の書いた（「遺した」ではない）作品に、私は今も向き合えているだろうか。

（伴名　練）

# 怠惰《たいだ》の大罪

長谷敏司

長谷敏司（はせ・さとし）

1974年大阪府生まれ。関西大学卒。2001年、第6回スニーカー大賞金賞を受賞した『戦略拠点32098　楽園』で作家デビュー。2005年に開幕した『円環少女《サークリットガール》』シリーズで、その人気を不動のものとする。2009年、初の本格ＳＦ長篇『あなたのための物語』（ハヤカワ文庫JA）で「ベストＳＦ 2009」国内篇第2位、第30回日本ＳＦ大賞候補となる。2015年、初の作品集『My Humanity』（ハヤカワ文庫JA）で第35回日本ＳＦ大賞受賞。主な作品に『BEATLESS』『メタルギアソリッド　スネークイーター』など。

あんたがインタビュアーなのか。そうだな。あんた以上に、この話を書き残すのにふさわしい人間はおらんかもしれん。

名前から始めようか。わたしの名前は、ホアキン・デ・ペドロ。八十一歳だ。キューバのバラデロには子どもの頃から住んでいるよ。昔は警察官をしていた。親父も祖父も警官だったし、もちろん息子もそうだった。

祖父はまだ革命騒ぎが起こる前から警官をしていた。エル・チェ《チェ・ゲバラ》があの通りで処刑されたときの警備をしていたらしい。前世紀に革命が失敗したことから始まるキューバの悲劇を、すぐそばで見てたわけだ。フィデル・カストロやエル・チェたちを裏切ってから、キューバは本当に駄目になってしまった。みんな知っていることだ。学校ではそうは教えないが、街に出れば吟遊詩《コリード》にそう歌われている。ラス・アメリカス通りにでも行けば、いつでも聞けるはずだ。

島じゃ、町と名前のつく場所ではどこでも音楽がある。ここは観光の島だし、キューバ人は踊りが好きだ。もとはメキシコから流れてきた歌手たちが歌ったコリードが、革命に失敗した後、キューバにも根付いたんだ。アメリカのイヌ《グアチヨ》になった政府が、本当の歴史を教えなくなったせいさ。

メキシカン・コリードの奏者ならギターとラッパ、キューバン・コリードならギターにティンパニやパーカッションさ。ノリはお祭りの音楽みたいに陽気で、歌詞はといえば殺人、暴力、脅迫、拷問、密売人《ナルコ》の成功、それに麻薬だ。アメリカ人の観光客はスペイン語がわからないから、子どもにチップを帽子に投げ入れさせるのさ。

賑やかなところではコリードを必ず演奏している。いつだって密売人の歌は人気だ。いまよりもあのころはもっと熱狂的だった。

キューバじゃ、密売人が革命の闘士の後継者を名乗る。国に不満があるやつは密売人を支持する。警官と軍人はいっしょくたに、政府のイヌ《グアチヨ》呼ばわりされていたよ。だから、そっちの常識ではまさかと思うことが、キューバじゃ起こる。

そんな街だから、カルロス・エステベスが生まれた。

わたしの知るあの男は、コリードの中みたいな英雄じゃなかった。やつを讃える歌で、やつの踏み台になった人々を知っているからそう言えるんだ。

ロマーリオは勇敢な青年だった。

トニーは歌のなかほど悪人だったわけじゃない。

ロドリーゴ将軍には運がなかった。

テレサはかわいそうな娘だった。

オリビアは報いを受けた。

ディエゴは過ぎてゆく人生に勝てなかった。

ワシントンは、そうだ、ワシントンが勝利者だったのかは、いまでもわからない。

そして、とてつもなく頭がよくなった機械《マキーナ》が、人間の善も悪もあらゆるものを押し流していった。あの技術的特異点《ラ・シンギュラリダッド・テクノロヒカ》とかいうのは、この島にとって、よかったのか悪かったのだろうかね。

あんたが聞きたいのは、カルロスのことだろう。カルロス・エステベス。人類史上最後の麻薬王といえば、やつこそそうなんだろう。やつがいた頃、この国の半分は地獄だった。やつにインタビューをとれたと言ったな。それなら、わたしたち家族の話はオマケのようなものだろう。

気の遠くなるほどたくさんの者が死んでいった。だが、生き残った者もいる。

だから、忘れたいことでも語らなければならない義務があるのだろう。

密売人の吟遊詩《ナルコ・コリード》の、麻薬王を讃える歌には語り落とされたことだ。コリードでは、あの頃の熱狂は伝わっても、踏みにじられた者の魂を慰められない。

わたしのはやつの証言の補足になるんだろうが、それでも長く、つらい話だ。

我が身と過去をかえりみて、悔いることもあるだろう。

やつは、麻薬を、怠惰な時間を埋めるかけがえのない価値のかわりだと言っていた。その怠惰に、わたしは運良く呑まれなかっただけだ。なにかがひとつ違っていたら、わたしたちも運命に呑み込まれた屍《しかばね》として積み上げられただろう。
やつは戦っていた。
同じ穴の狢《むじな》の密売人と、
警察と、
この島《キューバ》の共和国軍と、
アメリカと、
そして、――価値を見失った貧しい時間と。
数え切れない中毒患者と屍の上に玉座を築いた、裏切りと策謀の国の、誰も信じない王だった。
世界が、力と厳密なルールとカネで固められていった時代だった。そんな世界を、ただ悪意ひとつで腐らせて、血を流させ続けた。
悪魔のような男だった。
コリードは、世界の半分を手に入れた男だとやつを讃える。
向こう見ずな若者や密売人の生き残りたちは、伝説に恋こがれる。
だが、名誉よりも恐怖をかき集めた男は、本当は何を手に入れたのか。
やつは、人が狂おしく求めるものから背を向けて、それを信じなかった。

あまりにも多くの者が世を去り、もはや伝説のほうが現実のふりをしている。だから、コリードから虚飾をよりわけられるいまのうちに語っておくべきなんだろう。そうさ、これは人類最後の麻薬王の話だ。

＊

目覚まし時計がベルを鳴らしていた。

甲高い、ただ耳障りな音で、もう時間が来たのだと告げていた。

それはカルロスが働きに出る時間を告げる音だ。寝床から起きて居間へ向かう。弟のマルコが、キッチンでタコスを作っている。

夢見が悪かったせいか、口の中が乾ききっていた。キューバの子供ならたいていい体験している大麻を吸ったときの記憶が、夢から彼を引き上げたのだ。カルロスの麻薬初体験は最悪だった。金持ちの友だちとビーチを自転車で走っていたら、年上の十八、九の少年にからまれて、大麻入りの煙草を無理やり吸わされたのだ。もちろん、体に初めて入れるカンナビノイドはよく効いた。そして、よい気持ちで無防備になったところを袋だたきにされて、二人とも財布と自転車を盗まれた。最悪だったのは、殴ったほうも薬をやっていて、友だちの頭蓋骨がバットで砕かれたことだ。

警察に保護されたとき、カルロスは死体の横で膝を抱えてげらげら笑ってたらしい。泣いていたと自分では思っていたが、勘違いだったのだと警察署で教えられた。

　そのせいで愉快でない噂を流されて、一週間後には父が職場を解雇されていた。おかげでカルロスは、高校もやめて朝から働きに出なければならない。

「時間を無駄にするな」と言って、父がグラスの液体を飲み干した。安物のラム酒だ。アルコール中毒で、もう何年も働いていない。

　カルロスは、安っぽいプラスチックの皿に盛られたタコスをたいらげる。味は食べ終えて数分で思い出せなくなった。そんな平凡な味だ。カバンを肩からさげた。

　マルコが中学校に行く時間はもう少し遅い。警戒心の薄そうな顔で、弟は朝食を食べ始めていた。出された皿にまったく手をつけず、父が酒を呑み続けている。

「サーフハウスの給料はいつ出るんだ」

　サーファー相手のカフェの給料日は月曜日だ。知っているはずなのに、父は毎日そう尋ねてくる。この男の言うことにまともに取り合うのは何年も前に止めた。弟はいまだに無駄な努力を続けている。

　今日も遠くまで空はただ青く広がっていた。高級リゾートがあるヒカコス半島の突端のほうまで、軽く走る。自転車に乗ってゆくと、必ず盗まれるからだ。大麻でハッピーになったアメリカ人に大笑いされながら自転車を海に放り込まれてから、カルロスはそれを諦めた。

　キューバの海岸は、アメリカ人旅行者向けの高級ホテルで埋め尽くされている。ハバナから東に百四十キロメートル、自動車で二時間ほどのこのあたりは、革命前からの高級リゾート地だ。ハバナのビーチでは大型クレーンが高いビルを建てているから、金持ちはそういうものを視界に入れたくないのだ。

ここでは真っ青な空はただ平たく広がり、遮《さえぎ》るものなど何もない。ヒカコス半島のどこまでも続く真っ白な砂浜から、北へわずか二百キロメートル向こうはフロリダだ。そんな道を麻薬で陶酔したアメリカ人がふらふら歩いたり、ビーチで寝転がったりしている。島の女は中学を卒業すると、そんな連中とセックスして稼ぎ始める。男は麻薬を売り、自分で商品に手を出して中毒になり、酔っぱらって女を妊娠させる。最後には、金に困って商品か売上金に手を付けて殺されるのが、この港町バラデロでの人生だ。だから、死体が観光客の目につかない住宅街の道ばたによく放り投げられている。

カルロスも、朝早くには異臭をよく嗅ぐ。今朝も家のそばに死体が転がっていた。蟹がたかった血まみれの軀《からだ》をよけて急ぐ。何時間かすれば、通報を受けた警察がやって来る。捜査は雑で、どうせ犯人が捕まることはない。

「カルロス。おまえの客が店の裏で寝ているぞ。なんとかしろ」

サーフハウスにつくと、オーナーのピアソンに嫌な顔をされた。店舗裏に回ると生臭い空気にぶち当たった。砂地に肌色の人体が横たわっていて、ぎょっとさせられる。裸の男女が絡みあって眠っていた。セックスの匂いだ。揺り起こそうとして、錯乱して暴れたら面倒だと思い直した。声をかけるが、目覚める気配もない。男女のぐったりした体を、足を掴んで引きずって店から遠ざけた。外から見えないようにビニールシートをかけた。

裏口から、厨房に入る。朝に仕入れた魚の匂いが漂っている。流し台は水が流しっぱなしで、料理人のサスロが魚をさばいている。しゃっと鋭いナイフを引き、背骨から身を切り離す。血が台の上にこぼれ落ちる。

カルロスは食器洗い用の流しに向かい、その脇に積み上げられたグラスを確認した。汚れのあるものは洗い直し、罅《ひび》のあるものは捨てる。

作業をしていると、ピアソンがキッチンの様子を見にきた。肥えた腹を派手な柄シャツに包んで、襟を大きく開いて毛のびっしり生えた胸元を晒《さら》している。

「時間をムダにするな。客が来はじめるぞ」

精力のみなぎった声が窮屈なキッチンに響く。手を叩く。フロアのモップがけをしていたウェイターが、ロッカールームへ向かう。カルロスもウェイターの制服に着替える時間だった。

サーファー向けのビーチカフェだったサーフハウスが、酒類のメニューを豊富にしたのは三十年ほど前からだという。アメリカで六〇年代を麻薬漬けで過ごした元ヒッピーたちが、年をとって金回りがよくなり、落ち着いて麻薬をやる場所をキューバで欲しがったのだ。昔のように青空の下で大麻をふかすだけでなく、暗く雰囲気のよいバーでコカインもやりたいと言い出した。そうしてサーフハウスは、オープンな椰子《やし》の小屋からエアコンのきいたコンクリートの建物になった。フィデル・カストロが革命に負けて暗殺された後のキューバに、それを止める力はなかった。

店には昼ごろになると、けだるい旅行者たちがサンダル履きでやってくる。警官が見回りにやってくるのもこの早い時間だ。麻薬を取り締まる警官は夜に押し込んでくるが、賄賂《わいろ》をせびりに来るのは昼なのだ。

今日もマタンサス州警の制服を着たトニー・サラヴァスが、売り上げを回収に来ていた。

「一週間のあがりが五十ドルぽっちだと？」

フロアでは一番若いウェイターが殴られていた。トニーは密売人のために麻薬を仕入れる仲買人《ブローカー》をしている。街の大物マフィアの事務所にも出入りしているとかで、売人のあがりの半分を回収していってしまう。身長二メートル近い巨漢のトニーは、腕は丸太みたいで顎も胸板もほとんどゴリラだ。だが、仕返しでナイフや拳銃を使うやつはいない。トニーに殺してやると粋がった相手は必ず姿を消し、拷問された死体になって道路に捨てられるからだ。

盛大にテーブルがひっくり返る音がした。ガラスの灰皿で、トニーがウェイターを殴っていた。

骨と硬いものがぶつかる鈍い音に、液体をたたく音が混じるようになった。カルロスはロッカールームでため息をつく。フロアをまた掃除し直さなくてはならない。

わびを入れ哀願する声も小さくなっていた。トニーが顎で指示を出し、たまたま近くにいたウェイターが新入りの体をかつがされた。麻薬のあがりを誤魔化した密売人は事務所に連れて行かれる。警官が昼に訪れるのは、夜だと店員を殴るところを客に見られてしまうからなのだ。

ウェイターの制服でフロアに入ると、ねばつく熱気がまだ空気に残っていた。店内ではキッチンに繋がるカウンタースペースが奥にあり、入口側にテーブルとソファで作られた座席が十七ブースある。互いのブースの中をうかがえないように水槽や観葉植物を配置した店舗に、漏らした小便とペンキをまき散らしたような赤が広がっていた。あの新入りは殺されるだろうと思った。

「洗剤を使え。白い缶に入ったやつだ」

オーナーのピアソンが、ジッポのライターを開け閉めする。指が力を入れすぎて白くなっていた。カルロスたちは黙々と指示に従った。勤勉だからではない。ウェイターがちょろまかしをして、オーナーがぐるだと疑われないはずがないからだ。ピアソンはけじめとして殺されるか多額の賠償金を払わされる。これから死ぬかもしれない男の怒りのはけ口になるのはご免だった。

ピアソンがテーブルを蹴って叫びだした。

「なんでおまえら低能は俺の時間をムダにする？　低能が自殺するのは勝手だ。好きにすればいい。だが、俺の店でやるな」

カルロスは、モップが回転するウォッシャーで床を掃除し続ける。手を止めずに、いつかカネになると信じて、店内で起こることとピアソンの様子を記憶していた。

「わかるか？　このサーフハウスは客層がいい。ここのビーチじゃ上のほうだ。喧嘩でナイフや銃を出す客はいないし、ヤクもよく売れる。おまえら、仲買人に粗悪品を摑まされたことがあるか？　俺が十年掛けて作った店だ。俺が投資した。俺が警察に賄賂も払ってる。最高のショバを貸してやってるのに、なんで売り子のおまえらが、俺に迷惑をかける？」

　そのとき、間の抜けた音楽が流れ出した。ピアソンに電話がかかってきたのだ。青くなって、綿パンツの尻ポケットからスマートフォンを取り出す。そして、二言三言の短い通話を終えると顔色を失っていた。

　ピアソンはスマートフォンの画面を見続けていた。そして、総出でフロアの掃除をしていたカルロスたちに、悄然とした顔を向けた。

「俺が払ってるから、おまえらは警察にパクられない。俺がたんまり出してるから、仕入れも安定してるし、店はギャングに襲われない。おまえらに、この店の外で、今の売り上げ出せるやつがいるのか？」

　近くをうろうろしていた鈍くさいウェイターが、ピアソンに胸ぐらを摑まれていた。またフロアに血が飛ぶのかと、カルロスはうんざりしていた。だが、そうはならなかった。ピアソンがそいつを突き飛ばすだけで済ませたからだ。

　カルロスはモップを片付け、開店準備を続ける。店外カメラに、観光客が待っているのが映っていた。

「オーナー、客がきた。店に入れていいか」

　それで、怒りで充血したピアソンの目に計算高さが戻った。

「今日は、夕方で店じまいだ。店に、お偉方がくる」

キューバの日没は春でも遅い。波の音が夕暮れに甘く染められる頃、ウェイターのほとんどが帰された。

閉店したサーフハウスのLEDの看板はまだ灯っていた。

このくそったれな国が、カルロスの故郷だ。もしも五十年も前に、フィデル・カストロやチェ・ゲバラが共産主義革命に成功していたら、こうもどん底には落ちなかったかもしれない。だが、現実はカリブ海ルートの中核を占める麻薬の島だ。

店に来るマフィア幹部を迎えるため、古参の店員が五人だけ残っている。ウェイターチーフのマルコスが、今日は入口脇に立っている。フロアの制服ではなく、ぱりっとした白いスーツだ。この店は、地元マフィアの大物で歓楽街を取り仕切るパパ・サンチョに上納金を払っている。マルコスは送り込まれた監視役だ。だが、ここを縄張りにする仲買人のトニーは、パパとは別の大物マフィアから薬を卸している。おかげで、密売人があがりをごまかすたびに、利権を狙うたくらみを疑って、抗争の影がちらつく。

「さっさと帰りな。撃ち殺すぞ」

店を出たところで客に呼び止められていると、ドスの利いた声をかけられた。マルコスのスーツの左脇が膨らんでいる。銃を持っているのだ。

キューバでは命の値段が安い。千ドルで殺し屋が雇える島だから、お偉方は用心深くないと生き残れない。

麻薬売り《ナルコ》になりたかったのは、儲かるからだ。それ以外の理由はない。ピアソンの店の給料は一週間働いて五十ドルだ。キューバペソではなくドルで支払ってくれる給料が安いわけではない。だが、麻薬なら乾燥大麻《マリファナ》でも五グラムが十ドルで売れた。法律で、この国では麻薬の取引どころか使用も所持も禁止だ。それでも、シーズン問わずにやってくるバカな外国人に飛ぶように売れる。サーフハウスの従業員は、みんな客を見つけるために働いている。カルロスもそうだ。

早くに仕事が終わったから、スーパーマーケットに寄った。家事は弟のマルコがやっている。牛肉を塊で買ったとメールを出すと、歓びの返信がすぐ戻ってきた。

カルロスの家は、ヒカコス半島の根元にある住宅街のはずれの古い貸家だ。青い夜に、家々の蛍光灯の明かりがやわらかく白く漏れている。このあたりはどこも貧乏だから、見える場所にLED灯でも置いておこうものならすぐに盗まれてしまう。どいつもこいつもものを盗むから、どこにも安物しかない。

マルコの自転車が壁に立てかけられていた。カルロスの稼ぎで買ってやった中古のマウンテンバイクだ。

明るい光の漏れるドアを開く。キッチンへビニール袋を持っていった。テーブルに袋を置くと、一キログラムのブロック肉のパックがごろりと転がり出た。

「デカイよ、ほんとこれデカすぎだよ」

板にのせて野菜を刻んでいた弟が振り返った。笑顔になると、気のよさそうな顔がいっそう無邪気になる。

「メシはステーキにしてくれ」

カルロスが言うと、鼻歌を歌いながらマルコは肉を切り始めた。塩コショウをしてフライパンで焼く。父がその旨そうな匂いを嗅いで、機嫌良く戸棚からラム酒の瓶を出した。赤ら顔のまま、肉が焼けるのを待っている。

「俺のはレアにしろ。焼きすぎるなよ」

酒焼けした喉から銅鑼《どら》声《ごえ》があがる。

肉の脂が弾《はじ》ける音がする。マルコが皿に肉を載せる。焦げた茶色い脂が皿に広がる。八つ切りのトマトが、カルロスの皿には多めに添えられていた。

久しぶりに、全員が席についてから食事が始まった。マルコが祈りを捧げてから肉にナイフを入れる。弟はこぼれるような笑顔で言った。

「おいしいね、兄ちゃん」

「でかいからな。でかいってだけで、脳が刺激されて満足になるんだよ」

カルロスは学校にはほとんど通わなかった。ただ、サーフハウスで麻薬を売っていると、ラリった客から雑学をよく聞かされるのだ。

「兄ちゃん、よく知ってるな」

「アメリカのビジネスマンで、よく脳や人工知能の話をする客がいる。嫌でもうんちくを覚えるさ」

「兄ちゃん頭いいんだから、高校行けばよかったのに」

そう、マルコがうまそうに肉を頬張りながら言った。

「高校なんか行ったって、儲かる仕事はこの辺にねえよ。おまえは余計なことは考えるな」

「けど、ビーチのほう、夜はマフィアだらけじゃないか。いつどんな目に遭うかわからないだろ」

弟はキューバがまともじゃないと思っている。勉強してアメリカの大学へ行きたがっているのだ。カルロスもこの島がろくなものじゃないことくらいわかっている。

父がラム酒をあおった。

「アメリカの責任だ。役人を買収したたんまりのドル、麻薬を楽しむバカな若僧ども、そしてマフィアだ。ぜんぶやつらが持ってきた」

マルコが慌てて話をそらそうとする。

「ステーキ食えるなんて一ヶ月ぶりだよ」

父が大きなげっぷをした。それは、こみ上げた吐き気をそらしたようでもあった。父は、カルロスが麻薬売りになってからというもの、まったく働かなくなったのだ。

「島が不景気なのだってアメリカのせいだ。フルーツ会社とＦＴＡ《自由貿易協定》のせいで農業もぼろぼろだ。働き口だって、やつらが人工知能だかを持ってきたせいで、高給んとこも安月給のとこも減ってる。フィデルを暗殺して革命を失敗させただけじゃ飽きたらず、やつらにはキューバをぼろぼろにするのが正義なのさ」

「せっかくの肉なんだぜ、父さん。兄ちゃんもサーフハウスはやめたほうがいいって。今朝も悪い夢見たんだろ。うちは貧乏だけど、まじめに働いたほうがいいことあるよ」

まっとうにジュニアハイスクールで勉強をして、将来を考えている弟がそう言うのだ。だから、カルロスにもそうなのだろうと思える。

「密売人《ナルコ》なんて、末路は知れたものさ。けど、そんなことはカネを稼げるかに比べたらどうでもいい。どうせこの島じゃ長生きはしないんだ」

肉を全部平らげていたカルロスは、ポケットから煙草を出して火を点《つ》けた。カルロスは大麻を含めて麻薬をもう自分ではやらない。

吐き出した煙が濃くなっていくのを、彼はじっと見ていた。サーフハウスの麻薬売りの彼ですら、普通の人と変わらずメシを食い煙草を吸う。犯罪者であっても、その日あったことを淡々と並べれば、当たり前ではないことなどほとんどしていないのだ。日々の営みに呑み込まれて、彼らは時間を有意義に使えずにいる。だが、この時間を換金する効率には差があって、価値は同じにならない。サーフハウスの客とカルロスとは違う。彼の客は、週に何百ドルも遊びのために使う。カルロスはもう二十歳を超えているから、逮捕されれば刑務所行きになる。ときどき思い知らされる。彼は悲惨な人生を送りつつあるのだ。

「俺は時間をムダにしたくない。カネを稼げない時間が一番ムダだ」

肉を食い終わった皿が三枚、テーブルに載っている。善良な人間も、クズも、麻薬売りも、みんな肉を喜んで食うのだ。

翌朝、サーフハウスに行くと、いつもの開店前の営みが続いていた。オーナーは殴られて右の頬を腫らしていたが、首はまだ体の上にのっていた。

掃除をしにフロアに出ると、トニーがいた。今日はカルロスの売り上げが徴収される日なのだ。

「六百ドルか。なかなかだな」

トニーが金額の記録をスマートフォンでとると、半分の三百ドルをカルロスに返した。売った分の大麻の補充は、トニーとは別の人間がやる。警官の制服を着たマフィア関係者は、薬の現物を絶対に持たないのだ。

太い眉毛を片眉だけ上下させ、トニーは機嫌がよさそうだった。だから、カルロスは思い切ってずっと考えていたことをぶつけてみた。

「コカインはまだ扱わせてもらえないのか」

トニーは一ペソでも多く稼ぐより、密売人を支配することを重視している。

「ガキには早ぇ。コーク《コカイン》は仕入れ値高えぞ。不始末されたら、何人も消さなきゃなんねえからな」

「だったらカネ貸してくれよ、トニー。俺は絶対やれるからよ」

サーフハウスの先輩ウェイターによれば、コカインなら一週間で二千ドルは軽く稼げるという話だ。

店の密売人は麻薬の原価を払って、末端の相場値の半分をマフィアに上納する。次の仕入れ用の金を除けば、手元には売り上げの十パーセントも残らない。這い上がりたければ、高い薬を扱って売り上げ全体を増やすか、高値で客に摑ませて差額を誤魔化すかしかなかった。

上納の順番を待たされていた先輩ウェイターが、突然立ち上がってテーブルのグラスを床にたたきつけた。空調はきいているのに汗びっしょりだ。

トニーがそいつを警棒で叩きのめした。店が静まりかえった。頭のおかしくなるやつは年に何人も出る。それでも同僚たちがこの暮らしを続けるのは、仕入れ値でクスリが入手できるからだ。カルロスは金持ちの密売人になりたかった。貧しいままでは、末路は売りものに手を付けて麻薬中毒だ。その先は、殺されるか刑務所で私刑《リンチ》されるか、でなければのたれ死ぬかしかない。

「おまえ、弟いるだろ。大麻にしとけ。コークで失敗したら家族もやられるぞ」

トニーはカルロスと同じ街の出だ。マルコとも面識がある。キューバでは、腕っ節が強くて押出しがいい地元の悪ガキの大将たちが警察に入る。マフィアと親戚の警官がごろごろいるから、捜査情報はいつも筒抜けだ。

思いついたようにトニーが言った。

「気をつけとけよ。お偉い連中の話だと大統領が警察を締め付けるらしいぞ」

カルロスもニュースで見た。いまの大統領のアルベルト・フリオは、キューバから麻薬汚染を取り除くというスローガンで当選した。ただ、戦う気があるのと勝てるのとは別の話だ。

「麻薬がなくなるわけない」

フリオ大統領が当選した日、アメリカ大統領と握手している写真が新聞に出た。だが、就任から半年の間、何の成果もあがってはいない。首都のハバナですら昼間から麻薬売りがうろうろしている。ここは麻薬の島だ。

「それでも荒れるだろうさ。荒れたら、パクられる。おまえみたいなのが刑務所に放り込まれたら、その日のうちにボロクズにされるぞ」

サイレンを鳴らさずパトカーがやってきた。カルロスが素知らぬ顔でやり過ごしたとき、すぐそばで車が停まった。運転していた若い男がトニーを呼んだ。小麦色の肌をした、癖毛を短めに切った二枚目で、人好きのする笑顔を浮かべていた。職務質問を受けたとき、法執行官証票《ID》を出されて名前をみた。ロマーリオとかいう男だ。

トニーはカルロスのほうを振り返らず、パトカーの男に手を上げた。警官の仕事に戻るのだ。

通りを見れば、椰子の下で水を飲みながら大麻をふかしている男たちがいる。逮捕するには多すぎるから、警官も見て見ぬふりだ。ここはそういう国なのだ。

弟のことを思い出した。こんな暮らしはろくなものじゃない。そのとおりだ。もっと世の中のためになることをしたほうがいい。そのとおりだ。カルロスは悲惨な状況にいる。そのとおりだ。

あんな青臭いことを言う弟に稼ぎで追い抜かれたら、恥ずかしくて麻薬売りなどやっていられないだろうと思った。苦い笑いがこみ上げた。遠くから強い海風が吹いた。

煙草とマリファナの煙が漂う店で、カルロスは勤勉に働く。サーフハウスは、いい煙草と酒と料理と音楽を供しながら、良好なセッティングで麻薬を楽しむ場所だ。店内にはテレビは一つしかない。そのテレビに、フリオ大統領が麻薬との戦争を宣言したと、ニュース速報が出た。息を呑む音が響いた気がした。店内は雑然としていたが、その一瞬だけ確かに声が止まった。

「フリオはＤ　Ｅ　Ａ《アメリカ麻薬取締局》の手先だ」

どっと客が沸いた。

「大統領は地元の組織を痛めつけたいらしいね」

カルロスがウイスキーを運んだ先で、流行のスーツを着た、まだ三十代の男が言った。金回りのいいアメリカ人ビジネスマンで、店ではコカインをやっている。名前はフレッド・ワシントンと言った。

「政治とか、そういうお話を忘れたくてサーフハウスに来てると思ってましたよ」

「ただリラックスしたいだけなら、家でやるさ。それじゃ満たされないから、ハウスの常連になる。覚えておくといい」

ビジネスマンが、警戒感のない顔でカルロスに説教を始めた。コカインでハイになって、危機意識がぶっ飛んでいるのだ。

「ウイスキーのおかわりをくれ。そこそこいい酒がいい」

ハイになっている間のアルコールは、コークが抜けてから悪酔いをするため、バーテンダーは客に合った酒を覚えている。サーフハウスの客と密売人《ナルコ》との間には、なれ合いじみた空気があった。なにしろラテンアメリカ中のコカインが、メキシコとキューバのどちらかを通ってアメリカに流れ込むのだ。キューバではグラム四十ドルのコカインが、アメリカに上陸すると三百ドルになる。そのせいで麻薬目当ての観光客は多かったし、外から来るコカイン愛好者には、地元マフィアびいきの者が多かった。

　バーカウンターに酒を取りに行くと、キッチンでも麻薬との戦争宣言のことで持ちきりだった。料理人のサスロが落ち着かない様子で香辛料の棚をちらちら見ながら鍋を振っていた。サスロはコカイン中毒で、店内に薬物を隠しているのだ。仕事が忙しくなると、疲れをとるためによく鼻からストローで吸って《スニッフィング》いた。

　従業員みんなそわそわしてロッカールームで短く言葉を交わし合っていた。同い年のウェイターに声をかけられた。

「警察に踏み込まれたらどうする？」

「逃げるに決まってるだろ」

　カルロスは自分のぶんの仕入れの乾燥大麻をバッグに突っ込んだ。ロッカーを閉じて鍵をかける。一日で売る分以外の仕入れは持ち出すことにした。

　フロアに戻ろうとすると、古顔のウェイターのアマデオに呼び止められた。

「フレデリカに今日のぶんのクスリを配達してくれ。カネはもうもらってる。ブツをちょろまかすなよ」

「後から受け取ってないってゴネだすに決まってる」

「躾《しつ》けてあるから問題ねえよ」

雑な扱いに内心で舌打ちする。壊れた麻薬中毒者をぞんざいにするのはともかく、自分までそう使われるのはご免だった。

「次はうまい仕事も回してくれ」

アマデオは薄っぺらい笑顔でいつかなと返した。踏み倒すつもりだ。

稼ぎ時にお遣いをしてやるのは、店内に味方を作っておくためだ。警察は点数稼ぎの取締を強めるだろうし、そうなれば妬《ねた》まれているやつから密告されるのはいつものことだ。

フレデリカはサーフハウスから五分ほど歩いたところにある歓楽街のアパートに住んでいる。

昼間の太陽に炙《あぶ》られる街路はゴミだらけだ。酒瓶や屋台のプラスチックパックがそこかしこにあるような場所だから、客筋もあまりよくはない。大麻で酔っぱらった、何日もシャワーすら浴びていない悪臭がする男たちが、道の脇に座っている。

サーフハウスで教えられた古い売春アパートの前に、厚化粧の女たちが客を待っていた。カルロスは何度か店で顔を見たフレデリカを探した。そして、何ヶ月かの間で顔が崩れている可能性に思い至った。

「フレデリカを呼んでくれ」

街娼たちがつまらなさそうな顔で、骨と皮ばかりになった女を指さした。地面に唾を吐いていて、黒いブラジャーのヒモが肩から丸見えになっている。立ち上がったフレデリカに近づかれると、覚醒剤を長くやっている人間によくある異臭がした。このあたりの娼婦は、英語を覚えるために集中力が高まる覚醒剤に手を出す。そして、客と寝ている間にあっというまに言葉を覚え、五年とせずに中毒で、肌といわず肉といわず体中が劣化してしまう。

フレデリカはまだ二十代だったはずだ。カルロスがサーフハウスで働き出したころは美しかったが、今では衰えて血管の浮き出た肌を隠すために厚化粧した化け物だ。

「アマデオじゃないんだね」

カルロスはこんなところまで使いっ走りをしなければならないことに苛立《いらだ》っていた。

「ヤツはびびったんだよ。大統領が、麻薬と戦争するらしいからな」

フレデリカがうれしそうに言った。

「知ってるよ。ひどい時代になるよ。あたしにはわかる」

落ちくぼんだ眼窩《がんか》が、零落した自分に世界が近づいた愉悦に揺れた。人生のどん底からはい上がれない彼女には、それがよろこびなのだ。

新品の服を着た観光客が、白く焼けた道を連れ立って歩いている。興味本位で来た客たちは、こんな確実に性病をうつされる街娼など買わない。それでも、頽廃《たいはい》した空気は人を惹きつける。そんな連中が強盗に遭っても、当然誰も警察に通報などしない。

観光客が遠巻きにフレデリカを指さしていた。見せ物にされた女が、唾を吐いた。

「ひどい時代になるよ。フィデルたちが負けてからずっと島は最低だった。そんな島から麻薬まで取りあげようだなんて、そんなバカな話があるかい」

通りの商店のひさしの下に陣取った吟遊詩《コリード》の歌手が、朗々と明るい声で歌を歌い始めた。メキシコから流れてきたコリードは、キューバでカリブ音楽と混淆《こんこう》してキューバン・コリードになった。英雄フィデル・カストロとチェ・ゲバラが裏切られ、アメリカに敗れてからの国の哀しみはこの定番だ。金色に光るティンパニを抱えるように吊った男が、島に核ミサイルを持ち込んだと言いがかりをつけて、アメリカがゲリラを攻撃したことを歌う。学校では教えない本当の歴史を、コリードで島の子供は学ぶ。そして、アメリカの言いなりな政府と軍隊を出し抜き、巨万の富を稼いだコカイン王の人生と栄光もだ。

そして、一節歌い終わると、合奏に加わったトランペットの高い響きが空に吸い込まれてゆく。未来のない街娼たちと、ここを出て普通の生活に戻る観光客たちが、足を止めて耳を澄ませていた。

楽器ケースに小銭が投げ入れられた。歓楽街のいたるところにコリードの歌手がいるのは、マフィアが歌手のあがりを掠《かす》め取らないからでもある。地元マフィアは街娼たちを麻薬でぼろぼろにするが、政府が救わないうらぶれた通りのシングルマザーたちには義援金を落とす。フレデリカが熱心に密売人を讃える歌を聞くのは、救われない矛盾に満ちていた。

ニュースのせいか、今日も明るいうちに店が閉まった。

家に帰る途中、中学校のほうへ走ってゆく弟に鉢合わせた。家の前に停めていた自転車を盗まれたのだということだった。近所の人が、弟の自転車に乗った悪ガキが中学のほうへ向かうのを見ていたらしかった。

「今日も肉を焼くから、待ってて」

そして、小柄な弟の背中が弾むように遠ざかってゆく。

古着屋で買ったＴシャツが、広い通りの先へ掻き消えるように小さくなっていった。

その日、弟は帰ってこなかった。

一週間経った。

弟が家に戻ることはなかった。父が警察に連絡したが、対応はおざなりだった。キューバで子供が消えるのはよくあることだからだ。

フリオ大統領の宣言から、麻薬売りたちは騒然としていた。ハバナではサーフハウスや麻薬を売るバーが毎日摘発されていたからだ。ＤＥＡ《アメリカ麻薬取締局》がキューバ軍と協力してキューバ国内の麻薬カルテル壊滅を目指すと発表した。もちろんマフィアは地元警察を買収していたが、いつ踏み込まれるか分かったものではなかった。

そして、客が麻薬を買いだめしようとし始めた。密売人に凄む客によく当たるようになった。

「オレが警察に全部ゲロったら、おまえは刑務所行きだ」

「客はあんただけじゃない。俺の答えは同じだ。ないクスリは売りようがねえ。それだけだ」

冷たくあしらうと、顧客がカルロスの肩に腕を回してきた。

「本当は値上がりを待ってるだけなんだろ」

「ニュースでやってるだろ。政府がマリファナ畑を焼いているんだよ。あんたに渡すとクスリがもらえないやつが出るんだ。俺にそこまでさせて、いくら出す?」

「十オンス(283・5グラム)くれ。八百ドルだ」

苛立ちで客の手が震えている。カルロスはその腕を振り払った。

「密売人にでもなるつもりか? 余分に売るなら一オンス(28・3グラム)二百ドルだ」

「いつもの三倍以上だと? ふざけるな」

店内で怒鳴った客のがら空きの肝臓を殴った。客の麻薬中毒が進んで厄介になると、サーフハウスのウェイターは店を辞める。だがこのタイミングで店を移って、同じ量の大麻を仕入れられるとは思えなかった。

体を折って悶絶する客を残して、カルロスは別のブースへ移った。買う客はこんな値段でも払う。

「客をあまり殴るな」

ロッカールームに戻ったとき、ウェイターチーフのマルコスに注意された。

「どうせパクられたら、刑期は何ドルで売っても同じだ」

鏡を見て、乱れた髪を整髪料でしっかり直す。急な値上がりのせいで末端価格の相場が安定していないから、客には高値で摑ませ放題だ。腹の据わった密売人にはボーナスタイムだった。マルコスも笑いをこらえきれていない。

「あの調子じゃ、クサなしで店を出たら警察に駆け込むぞ」

仕方なくカルロスは、客にグラム四ドルで大麻を二十五グラム売った。

サーフハウスは毎夜、麻薬とよい関係だった時代の最後を惜しむように盛況だった。大麻はよく売れた。一週間の売り上げが三千ドル近くに跳ね上がっていた。

回収に来たトニーが、札束を数えて口笛を吹いた。

「たいした度胸だ。仕入れの量を倍に増やすように、俺から言ってやってもいい」

「元手はある。あの話も考えてくれよ」

売り上げをスマートフォンで記録するトニーが、カルロスが成功できるかどうかの鍵だった。トニーがドルを数えながら舌なめずりしていた。

「度胸だけの男にゃ売らせねえ。頭が回らないやつがヘマしたら、卸すほうが火傷《やけど》する」

カルロスはぐっとこらえた。この店でコカインを扱う密売人が減ったことを知っていたからだ。逮捕された場合、この国では大麻よりコカインのほうが刑期は倍以上長い。腰が引けた密売人の後釜に座るチャンスは、必ずあるはずだった。

沈黙したカルロスを、トニーが見下ろした。

「賢くなったな。コークを扱うなら必要ないときは口を閉じてろ」

チャンスを逃したくなかった。サーフハウスにも、いつまでも大麻しか扱わせてもらえない密売人がいる。そういう連中は、刑務所を出たり入ったりするうち、いつの間にかゴミのように死んでゆく。そうはなりたくなかった。

生のドル札を手にすると心が弾んだ。

帰り道、警官に呼び止められるまで上機嫌は続いた。

そいつは警察バッジと証票を見せると、所持品を検査させろと言ってきた。ゆるやかにウェーブした茶色の髪をした色男だ。トニーの相棒のロマーリオだった。

カルロスは面倒なことになったと思った。サーフハウスのウェイターが麻薬を売っていることくらいみんな知っているからだ。

いつ手入れがきてもおかしくないこの状況で、ポケットに薬を入れて歩くほど間抜けではなかった。ただ、警官が無理やり身柄を引っ張ってゆくのもよくあることだ。

壁に両手を突かされて、体を探られる。こんな目に遭っていることが腹立たしかった。

「そこいらを歩いてるやつを密売人《ナルコ》扱いして回るのか」

「黙っていろ。おまえたちの客がビーチでどれだけ犯罪を行っていると思っている」

麻薬をやって外をうろつく観光客に近づくやつが悪いのだ。そもそも店の仲買人はトニーだと教えてやりたかった。カルロスが薬を持っていないことが判明すると、ロマーリオは後の処置を迷っていた。

カルロスは、意思の強そうなこの男の正義感を蹴り飛ばしてやりたくなった。

「サーフハウスで働いていたら犯罪者扱いか。こんなショボい仕事してる暇があったら、俺の弟を早く見つけろよ。行方不明で、一週間も戻ってこないんだ」

語気も荒く吐き捨てると、ロマーリオは、はっと目を見開いた。そして、気遣うように声をかけてきた。

「本当か？」

篤実《とくじつ》な人物だったのだろう。弟の捜索届けが本当に出ていることを確認すると、カルロスを解放した。麻薬のことを厳しく追及する流れではなくなっていた。

帰ると、いつも通り父親が飲んだくれてテーブルに突っ伏していた。酒の量が見るからに増えていた。家には弟が帰っていないか確認するくらいしかいる意味がなかった。


サーフハウスよりも歓楽街寄りのあたりは、キューバの島民向けのナイトクラブが多い。踊りに行くと、マリファナの煙がもうもうと立ちこめていた。店内でも強盗に遭うから観光客はほとんどいない。

それでも冒険したくなったバカなアメリカ人はいて、クラブに出入りする密売人たちと大麻を回しのみしていた。何人かはコークをすすめられていた。相場より安い十ドルで売りつけられている。友だちみたいに肩を組まれて、笑いながら札を手渡している。

サーフハウスとは違う商売のしかただった。ピアソンの店の客の半分は、麻薬と同じくらいあの店とそこについてまわるものを愛していた。ここではキューバの音楽と踊りにドラッグ文化をひっつけて、この場に本当に参加するには麻薬がチケットなのだと教え込む。気持ちよくカネを使うことは快楽だ。人間は、快適に浪費することが好きなのだ。だが、吝嗇《けち》でもある。

人間は、手に届く手頃な値段で、居場所を作りたい。手が届く値段で、世界を変えたい。だから、サーフハウスやこのクラブみたいに、客が参加したい場を作ると、麻薬がよく売れる。最初は安値で提供するのも、顧客が場を信用していない状態で高値をつけると逃げられるからだ。

十ドル札を密売人に手渡したアメリカ女が、陽気にはしゃいでいる。このくらいの値段ならと、手頃な浪費感に引っかかっていた。痩せたい女がダイエットの本を買うときと、顧客が麻薬を買うはじめの時期の心の動きは、そう離れていない。場に参加するための、快適で手頃な浪費だと錯覚するのだ。ドラッグに本当に一発ではまる人間は、考えられているほどは多くない。使いはじめでは、それは陶酔という効能よりも浪費の快楽として繰り返される。だから、ドラッグにはカルチャーがついて回る。カルチャーがドラッグを売る道具だから、密売人たちは気前よくスポンサーになる。そして、クラブでも街角でも、密売人の吟遊歌《ナルコ・コリード》が景気よく響き渡る。

商売中の大麻売りのひとりと目が合った。ジュニアハイスクールが同じだったディノだった。カルロスを見つけて、死人でも見たように真っ青になって眼を逸らした。それが気に障った。

呼び止めて捕まえる。ディノの体が強張《こわば》っていた。

「あのことを知らないのか？」

そう尋ねられた。カルロスには心当たりがなかった。クラブの流す電子楽器のリズムが、心音のように低く大気を震わせる。

「もったいぶるなよ」

ディノが怯《おび》えていた。それは、カルロスの怒気にあてられたようでもあり、もっと深い何かに魂を握られたようでもあった。

カルロスはディノの胸ぐらを摑んだ。そのとき、鋭い叫びがあがった。

「警官《サツ》だ！」

そして、興奮した客が撃った銃声が、三発、室内に響いた。硝煙の匂いが背筋を冷たくする。暗い店内が、洗濯機の中に放り込まれたように人間でもみくちゃに混乱した。誰もが我先にと出口へ殺到する。もちろん出入り口は警官が固めているから、まったく動けない。

カルロスは咄嗟《とっさ》に手近からテキーラをもぎ取ると、ＤＪブースへ放り投げた。ガラスの割れる音がして、一瞬炎があがった。灰皿の煙草だかマリファナだかに引火したのだ。

さらにテキーラ瓶の口に布を差した火炎瓶が投げ込まれた。ライターオイルを使った、炎が燃え続けるものだ。ＶＪ用スクリーンに引火する。麻薬で頭がおかしくなっていた客が、火事に興奮して暴れ出した。まっ先に殴られたのは当然、警官だ。トリップ中の客が錯乱して、警官に掴みかかる。コカインをやっていた客が何十人もいたのだ。警棒で殴り返されても、まったく怯《ひる》まず警官たちに襲いかかった。

ラインストーンのはまったつけ爪の女も、派手な衣装のコリード歌手たちも、みんな警官ともみ合っていた。正面玄関で、装飾した拳銃を抜いたギャングが警察にぶっ放して、一人倒れた。号令が響き、ゾンビのように伸ばされる手から警官たちが後退し始める。

カルロスは空いたスペースでジャケットを直して髪型を整え、裏手へ向かう。裏手出口は、マフィアに買収された警官が開けてくれていた。目端の利くやつらは正気を失った会場からこっそり抜け出ていた。

「テキーラはよかったぜ」

長い髪を後ろになでつけた二枚目が、カルロスの胸板を拳で叩いた。火炎瓶を投げた張本人だった。

非常線を張って野次馬を追い返す警官の中に、ロマーリオがいた。

銃声が立て続けに響いていた。客が撃たれて倒れていた。麻薬との戦争が、警官の腐敗は改善しないまま始まっていた。

盛り場をふらふらして、大麻でハッピーになった旅行者の女をひっかけて泊まった。着替えるため朝方に家へ戻ると、父がテーブルで突っ伏して寝ていた。弟が帰らなくなってから、ずっとキッチンで待っているのだ。

父が疲れ切った顔を上げた。そして、ここにいるのがカルロスだと知って、何かが落剝したような力のない表情になった。

　昨晩、警察は家に来なかったという。カルロスはただ、警察の追跡能力はそんなものかと思った。マルコのことは奇妙なほど考えにのぼらなかった。ただ、父がどうして酒で時間を無駄にしているのかと苛立った。

　現状を何一つ変えられない父の姿を見ていると、気持ちがクリアになってゆくようだ。自分の時間は、酒に溺れて怠惰に過ぎゆくのではなく、少なくともカネになっていたからだ。パイプの目詰まりが取れたような、すっきりした気分だった。密売人を続けるのはどうしようもない人生の浪費かもしれないが、これよりは価値がある時間の使い方だ。

　サーフハウスに出勤すると、朝からいつも通り大麻を売った。昼間、店にトニーがやってきて呼び出された。

「こいつのことを知ってるか？」

　ソファに腰を沈めたトニーが、太い指で、プラスチックケースに入った一枚のDVDを突き出した。おもしろがっているような嫌な暗さのある目でカルロスを試していた。

　カルロスは白いケースから目を離せなかった。心が逃げることを拒絶したのだ。

　ああそうなのかと思った。認めたくなかったことに、心は納得しかけていた。

「知らなかった。ただ、覚悟はしていた」

　薄いケースを開いた。スナッフ（殺人）とだけ英語でプリントされたDVDが、ラベルもブックレットもなく収まっていた。ぼんやりした予感だったものと、どうしようもない現実感とが頭の中で結びついていた。

クラブでディノが言いかけたこととは、そういうことだ。DVDは、違法ビデオ業者がよく作る、ただデータをコピーしただけの代物だった。すべてはもう過去で、とっくに全部終わって手遅れなのだ。弟のことは、このディスクを再生すればわかる。ただそれだけなことは明白なのに、カルロスは立ち上がれずにいた。全身の血が澱《よど》んでしまったように、トニーが去っても、DVDを前にずっと動けなかった。


最初に映ったのは、いかにも掃除しやすそうなコンクリートの打ちっぱなしの部屋だった。窓はなく、金属のドアひとつしか出入り口はない。

パイプ椅子が六つ並んでいた。そのすべてに十代前半の男の子が座らされていた。そのうちの一人がマルコだ。殴られてほお骨が折れたのか、頰が内出血してぼこりと腫れていた。南米系や白人、黒人、黄色人種と、まんべんなく集められている。そして、誰も余計な言葉を挟まなかった。暴力で躾けられたのだ。

マルコたちを監視しているのは、ごつい軍用ライフルを抱えた三人の男たちだ。全員が目出し帽をかぶって顔を隠している。蛍光灯しか照明がないから、ただ監禁されて処刑を待つ囚人のようだった。

そして、六つの椅子の前に置かれた小さな机に、黒い回転式拳銃《リボルバー》が一つ載っていた。撮影のカメラが、その38口径をズームした。そして、マルコたちの顔をひとりひとり表情を舐めとるように映してゆく。

これから始まるのはロシアンルーレットだ。攫《さら》ってきたマルコたちが説明を受けて、泣いて命乞いを始めた。監視役がライフルの台尻で一番背の高い少年を殴った。

「銃には一発弾が入ってる。左のやつから、銃を自分の頭に当てて撃て」

一番左の席の少年が、眼を見開いて膝の上に置かれた拳銃を見ていた。そして、数分間泣いたすえ、全身を震えさせ、泣きわめきながらようやく銃を頭に当てた。監視役が大声で「引き金を引け」と命令した。

弾丸は発射されなかった。

次の少年に、拳銃が手渡された。力なく、自分の金髪のこめかみに銃口を押し当て、祈りながら引き金を引いた。

三人目は命乞いをしていた大柄な少年だった。監視役に目を付けられたせいで何度も後ろからライフルで頭を小突かれ、彼だけが口の中に銃を突っ込んで撃つよう強要された。

四人目がマルコだった。マルコは耐え難い苦痛をこらえるようにうつむいて、全身を恐怖で震わせながら引き金を引いた。やさしい弟が、涙で顔をぐしゃぐしゃにしていた。

五人目が、強がって薄ら笑いを浮かべながら銃を頭に向けた。奥歯を噛みしめて引き金を引いた、と思った途端、銃火が噴き出て轟音が響いた。すぐ右の席にいた六人目の顔に血しぶきと脳のかけらが飛び散った。

緊張が限界に達したように、全員がパニックに陥った。マルコは両腕で体を抱いて、ショック状態で全身を激しく震わせていた。監視役がライフルを床に何発も撃ち込んで、ようやく騒ぎは収まった。

一巡目が終わって一人死んだことを確認すると、目出し帽の男たちはマルコたちを椅子から立たせた。これで解放されるのかと期待する犠牲者たちの前で、これみよがしに拳銃に二発こめる。そして、死体を片付けないまま、「撃つ順番を自分たちで決めろ」と言った。引き金を引かずに済んだ六人目が「どこに座っても確率は同じじゃないか」と口を挟んだ。そして、即座に一番左の席に座っていた少年に殴り倒された。監視役の男たちは下卑《げび》た顔でにやにやしていた。

殴り合いは、六人目だった眼鏡の少年が、最初に撃つ席に座らされて決着した。眼鏡のフレームは折れ、鼻血を垂らしている。マルコは三番目の椅子の上で小便をもらしていた。

二巡目は、二人目が死んだことで早々と終わった。

二人目が死んだ後の席決めは、最初よりも過激になった。弾数が増えるルーレットでは後に撃つほうが有利だと気づきはじめたのだ。ただ死の恐怖から逃避する凄惨な殴り合いが始まった。マルコは参加できずに、ただ巻き込まれる被害者になった。

そして三巡目、二番目に撃つ小便まみれの椅子で、マルコの膝の上に黒い拳銃が置かれていた。さっき隣の席の少年が死んだとき、マルコも返り血まみれになっていた。虚《うつ》ろな目を、弾丸が三発入った銃に向けていた。

浅い呼吸を繰り返す。拳銃を手にとって、涙をこぼしはじめた。鼻をすすりあげる。誰も助ける者はいない。監視役がライフルでマルコの後頭部を小突いた。

「お前の番だ」

はっきりと意志をこめて、撮影するカメラのほうを見た。

「助けて兄ちゃん」

銃声が轟いて、マルコの頭が横に弾けた。血しぶきが一瞬上がって、そのまま弟の体が椅子から崩れ落ちた。

弟が死んだ。貧乏な家に生まれて、父親は飲んだくれで、母親は逃げ、女にモテるわけでもなく、何もいいことがないままマルコは頭を半分吹っ飛ばされてもう動かない。兄に麻薬と関わることをやめるよう心配し、まじめに働いて家族を支えようとしていたマルコが、床に倒れている。こんなことが正しいわけはないが、これが現実だ。カルロスの中からも、何か決定的なものが壊れて消えた気がした。

いつの間にか、次の四巡目も終わっていた。

最後の二人の決着は簡単についた。腕っ節で一番右の席を確保し続けた大柄な少年が、六分の一の運試しを生き延びたもう一人から、シリンダーに五発弾丸の入った拳銃を奪おうとしたのだ。ロシアンルーレットですらなく、もみ合いの中で銃声が轟いた。そして、腕力で言うことをきかせてきた少年が血だまりに倒れ伏し、重傷の彼にもう一人が全弾ぶち込んで止《とど》めを刺した。言われなくても、マルコと同い年くらいのガキがそうしてみせた。たぶん、この窓のない部屋で何かのルールを学んだのだ。

簡潔な字幕が出て、殺人ビデオは終わった。『ゲームの勝者であるチュチョ・ディエゴ・ボルケは、主催者ハバナ・カルテルのメンバーになることを受け入れた』。

自分の部屋でビデオを見ていたカルロスは、イヤホンを外した。ただ、ぼんやり考えていた。弟の死体は見付からないだろうということだ。この島では畑やそのあたりの茂みによく死体が埋められている。

すぐには動き出せないほど、無意味だった。マルコの時間は永遠に奪い去られてしまった。アルコール中毒と密売人の家で、もっとも善良だった弟が何の意味もなく犠牲になった。将来の夢も、もう何の価値もない。顔を知ってよく話した家族だからこそ、世界がおかしくなるような感覚だった。それは、まるで世界に空白ができて、そこを中心に世界が裏返るようだった。麻薬をやっているわけでもないのに、手足が痺れて頭の中から心だけがどこかへ飛んでゆくようだった。

そして、全身から湧き上がってきた命を根源から支配する恐怖に震えた。ただ、自分の時間を他の誰にも渡したくなかったのだ。ほしいままに生きねばならない。

カルロスは座ったまま、ビデオが終わってチャプター表示がされた画面をじっと見ていた。ひどい茶番だった。はした金で売られるこんなつまらないもののために、弟は殺された。

「麻薬を売ればよかったんだ」

ぽつりと呟きが口から漏れた。それが真実であるように胸に滲《し》みた。飲んだくれるくらいなら、父は麻薬でカネを作ればよかったのだ。豊かなら、彼らはマシな地域に家を持っていて、自転車を探しに行くだけで殺されることもなかった。

畢竟《つまるところ》、彼にはマルコの死そのものはそれほどショックではなかったのだ。奇妙に感情が飽和した感覚を覚えていた。それは、世界とはこのように無惨なのだという行き詰まりの覚悟だ。弟を殺したハバナ・カルテルの傘下に、彼のサーフハウスに麻薬を卸している地元マフィアも入っている。この繋がりがとてつもなく気持ち悪かった。だが、そこから切れれば、密売人の生き方しか知らないカルロスはおそらくいつかのたれ死ぬ。

カルロスは、マルコの部屋に入ると、勉強机の奥に置かれた貯金箱を盗んだ。二百三十四キューバペソあった。

「バカなやつだったたな」

思い起こされたのは、弟が消える前の夜のことだ。まっとうに未来を築こうとする弟の姿に、自分が惨めな境遇にあるのだと悟った。だが、あの夜のうちにカルロスは現実の残酷さのほうに気づいて警告してやるべきだった。善良さともそれまでの人生とも関係なく、食われる役になった者は誰でも無意味に死ぬのだ。

思う存分、弟のことを懐かしんだ。そして、小銭を全部ジャケットに入れた。洗面所で身なりを整えた。いつの間にか、もう窓の外は白んで、新しい朝になっていた。

マルコが毎日食事を作っていたテーブルに、父は今日も突っ伏していた。カルロスはその脇にDVDを置いた。そして、家を出る前、プラスチックカバーにマジックでマルコは死んだと書いた。

サーフハウスではトニーが今日のぶんの集金をしていた。

トニーがカルロスのほうへ目を向けた。

「コーク《コカイン》を扱わせてくれ」

トニーが試すように彼の顔を見た。そして、「一日で顔つきが変わりやがったな」と、長い息をついた。これ以上の質問はなかった。そして、トニーは考え込むと言った。

「新商品を扱え」

カルロスにはこれがチャンスなのか判断できなかった。ただ、トニーが請け合ってきた。

「心配するな。正真正銘、出たばっかりの品だ」

そう言って、太い指を制服のポケットに突っ込んだ。ピンク色の小さなタイル状の結晶が入ったビニールパックが、カルロスの前に置かれた。

「コークに似てるな」

「コークじゃない。コカを品種改良したやつだと。名前はノスタルジアだ」


カルロスはうまくいきすぎているから、慎重になろうとまず決めた。新製品を彼一人に任せているはずがない。同じ薬を売っている誰かと売り上げを比べられているはずだった。そいつに勝たねば次の仕入れでは差を付けられてしまう。

考えたすえ、顧客の一人目にアメリカのビジネスマンを選んだ。担当だったウェイターが、密売人に見切りを付けて店を辞めていたからだ。

「それで、僕のところに持ってきたわけだ。いいだろう。この店で粗悪品を摑んだことは一度もない」

ワシントンが機嫌良くクレジットカードで結晶を削っていた。ノスタルジアのピンク色は、粉にすると色が薄くなった。

そして、ストローを鼻に突っ込んで吸い込むと、ソファに深く腰掛ける。クスリが効いてくるとワシントンの理知的だった顔がマヌケ面になった。瞳孔が開いていた。コークで飛んでいるやつは、見慣れていた。だが、これは明らかに違う反応だった。子供のようなあどけない表情になって、目から涙をあふれさせ始めたのだ。

「おい、意識はあるか？」

カルロスが体を揺すると、ワシントンは両手を広げて抱擁してきた。家族にするように情愛がこもっていた。

「やめろ、気味が悪い」

「これは赦《ゆる》しの世界だ」

ワシントンの法悦は、ふりほどいても三十分ほど続いた。冷静になった後は、虚脱してしばらく店の天井をじっと見ていた。

「これは凄いぞ。人生が変わる、いや、本当の人生を見つけた。アメリカに帰っても使いたい。安心して買える場所があるなら紹介してほしい」

「コークをやってるやつが欲しがりそうか」

そっけない質問にすら、ワシントンは脳が感極まった様子のままだった。

「これは、たぶんベースはコークだね。入り方はそっくりだ。けど、そこから先が全然違う。世界が優しくなるんだ。その、思い出が、子供のころから最近まで、とめどなく浮かんでくる。……ずっと前に忘れた記憶が、泥の底から掘り出されたみたいな、その泥が自分を認めてくれるような、安心する感じなんだ。ノスタルジアをやったやつじゃないと、分からないだろうな。その思い出と一緒にコークの世界がきんきんに冷えて全身の感覚が集中する感じがきて、そうしたらもうノスタルジアの世界が現実なんだ」

「そんな薬聞いたこともねえ」

「コークの変種じゃないか？　コカの木を遺伝子操作して、成分が変わった変種があるって、噂は聞いてた。そうか、これがそうなのか」

カルロスは慎重にワシントンの様子を観察して、コカインと似ているのだと確信した。アッパーになった話の冗長さがそれに近かった。聞かれてもいないのに、ワシントンが教えてくれた。

「人工知能だね。植物は、品種改良するとき人工知能を使って工程を短縮できる。たとえば大規模な試験場で何年もかけてやった掛け合わせの試行パターンを考えさせて、シミュレーションできたりしてね。僕の会社でもシステムを手がけたことがある」

「あんたの会社は、人工知能をやってたんだったな」

ワシントンの個人情報はカルロスにとって貴重だった。情報漏洩に気づかずまくしたてる。

「中南米の麻薬作物は、貧乏な農民にゲリラやマフィアが作付けさせてたらしいね。だけど、最近のＷＨＯ（世界保健機関）の発表でも言ってたけど、そんな栽培でも五十年間やったら専門的になるってことさ。麻薬取締機関の無人機からの攻撃を防ぐために、農園側の兵器が高度化したのが圧力になったらしい。装備更新に莫大な予算が必要になったせいで、麻薬農園も効率化して大量生産をしたり、品種改良したり努力をしてるのさ。人工知能もそうだ。普通の農業で起こる進歩は麻薬栽培にも波及するってことだね」

中南米の反政府ゲリラは、麻薬を売った収益で武装している。多くの国でそうだったし、キューバ革命軍も革命に敗れた後でそういうゲリラになった。

「そのせいで、いまはコロンビアとかボリビアすごいよ。ホントに、どこで作ったんだろう。傑作だ。これを作った連中が株式を公開してるならぜひ買いたいね」

カルロスは口元がほころぶのを隠すので精一杯だった。

「要するに、この薬は売れるってことだ」

その晩、カルロスは泊まっていたホテルで実験することにした。シャワーを浴びて、いいセッティングで飛べるように体をリラックスさせた。

ボイスレコーダーをオンにしてから、ノスタルジアを鼻から吸引した。

何分かすると、口の中が麻痺してきた。続いてコカインのもたらす万能感がやってきた。彼は世界に恐れるものがなく万能で、あらゆることが赦されるようだった。

鼓動が全力疾走したように早くなった。脳にドーパミンが大量に放出されて、気分がたまらなくよかった。そして、カルロスは現在の壁をぶち破って、思い出に突っ込んでいた。そうとしか言いようがない体験だった。

記憶の中の風景が、ありありとした実感をもって眼前に現れていた。それは歪みながら、混じり合いながら豊かな感覚に彼を溺れさせた。コークのつくる鋭い錐《きり》のような集中力が、毛穴の数や匂いまで再現していた。

そこには、この間死んだ弟のマルコがいた。はじめて一緒に大麻を吸った友だちがいた。血まみれで頭蓋骨を割られて倒れているのを見ても、これでよかったのだと思えた。楽しかった思い出や、ささいなことも蘇ってきて、それを思い返すカルロスはずっと完璧に楽しいままだったからだ。死者と対話し、死すらも克服し支配したようだった。人生がすべて自分のためにあるもので、あらゆる過去を支配していた。

まだ工事現場で働いていた頃の父がいた。まだメキシコ人のピザ屋と逃げていない頃の母がいた。初めてセックスしたガールフレンドがいて、娼婦がいた。あらゆる思い出の中には自分がいて、ホテルにいる今の自分へ満ち足りた視線を向けていた。その中で、今のカルロスこそが最高だった。

歓喜の世界に包まれていた。あらゆる過去を、過ちも失敗も組み敷いていた。彼は人生を支配する無敵の王だった。

人生のすべてを肯定された快楽の時間をただ貪《むさぼ》った。

薬が切れると、まばたきを忘れていたのか目が痛くなった。目薬を差して、腕時計を見た。

二十分しか経っていなかった。コークと同じくらいトリップから抜けるのも早い。こんなに短いなら、一晩でもう二、三回、やってもいいように思えた。ショートタイムの娼婦でももう少しは楽しませてくれる。

ノスタルジアのピンクの結晶を、もう一度削ろうと剃刀を探した。そのとき、さっきまで録音していたボイスレコーダーが見えた。結晶の横に置いておいたのだ。無敵感の名残で、たいしたことは起きないだろうと、トリップ中の音声を再生した。

勘違いしきった自分の陶酔した声を聞かされる拷問に、全身の血が冷えた。

あらゆることを支配していた感覚が、瞬く間に剝がれ落ちた。カルロスは自分の声がクソのように嫌いだ。薬をやっている間のものは中でも最低だった。だから、仕事で薬を使うときは自分の醜態を録音して、クソみたいな気分になる準備をしておく。密売人として生き残るために課した最低限のセッティングだった。

ストレスを発散したくて、何度も呪いの声を叫び、ゴミ箱を蹴り飛ばした。ボイスレコーダーの音声を消した。こんなものは、いつ切れるともしれない弱い命綱だ。

コークを使った後は、疲れていても眠れなくなる。ベッドに身を投げても、ノスタルジアの誘惑にかられた。忌々《いまいま》しい薬を便器に流してしまいたかった。だが、これは大金になる。前祝いにノスタルジアをやりたくなった。どんなアイデアを考えても、もっと手元の薬で楽しむ理由付けに繫がった。おかげでまんじりともできず、朝方、海のほうの空が明るくなるまでただ横たわっていた。

ノスタルジアはよく売れた。体験したからこそセールストークに熱がこもった。その事実だけが、ワシントンからの口コミで店中の話題になっていて、週に一万ドルも売り上げた。カルロスを心の底から悦《よろこ》ばせた。

だが、だからこそ次に起こることは必然だった。ある朝、色町で買った女の部屋で目を覚ますと、パトカーのサイレンが聞こえた。カルロスは古びたマンションの五階、海側の部屋にいた。ベランダに出ると、何十台ものパトカーが、ビーチに集まっていた。

サーフハウスが警察に包囲されていた。手入れが入ったのだ。それも、一軒や二軒ではない、このあたりの店を一斉検挙にきたのだ。空から空気をぶったたくような飛翔音が聞こえた。ヘリコプターが出ていた。それも、州警の旧型ではない。飛行機でも振り切れないアメリカ製だ。

「DEA《アメリカ麻薬取締局》だと？　なんでこんな大規模に？　なんで前もってわからなかった」

カルロスはベッドを蹴った。女が半裸のままタオルケットを引き寄せ、怯えていた。拳銃から弾倉を引き出し、残弾を確かめた。昨日の稼ぎは千ドルだった。まだポケットにまるまる札びらが残っている。そして、仕立てたばかりの白いジャケットのポケットに、ノスタルジアが三十グラムだ。

「トニーは何をやっていた」

考えをまとめるため部屋を歩き回る。ここを出たら、落ち着ける場所はしばらく見付からない。つまり、焦って動けば終わりだ。カルロスは、仲買人《ディーラー》のトニーしか仕入れ先がない密売人《ルコ》で、商売の場所は警察に踏み込まれたサーフハウスだけだ。今日から麻薬を売る場所も、仕入れ先もないのだ。

苛立つカルロスから、女が離れて服を着始めた。そして、仕事に行かないと、監視役が殴るのだと言いだした。

カルロスにはそれがチャンスに思えた。

「五十ドルやる。俺も事務所に連れて行け」

警察が手を突っ込んだせいで、ビーチの秩序は乱れている。だが、もめれば上にいるやつらがヘマをして、カルロスのような馬の骨にも這いあがれる隙ができる。

通りは野次馬だらけだった。女の案内で、強制捜査から離れて色町の外れへ向かう。小さな工場を改装した、飾りのない事務所があった。頑丈なシャッターと入口を監視するカメラの多さで、堅気《かたぎ》の住人が家主ではないとすぐにわかる。

女がシャッター脇にある鉄のドアを叩いた。監視カメラが動いて、それから、ドアのロックが外れる音がした。ぬっと中から軍用ライフルを抱えた男が顔を出した。

女が逃げ込むように事務所に滑り込んだ。カルロスは太い腕に胸ぐらを摑まれて、引きずり込まれた。内部はコンクリートが打ちっぱなしで、天井は三メートル近く上にあった。奥に薄型のテレビと、どこかから拾ってきた書類机があった。ナイトクラブによくあるような磨かれたロウテーブルと、ソファが置いてある。そこには、男が三人いた。

「見てんじゃねえよ」

背中をシャッターに叩きつけられた。目が血走った黒人の巨漢だ。青いデニムのオーバーオールの他は裸だ。

ソファに待機していた白いスーツの男が立ち上がった。クラブに踏み込まれたとき、DJブースに火炎瓶を投げた男だ。

「ラウルだ。テキーラ投げたやつだな、名前はなんていうんだ？　トニーんところのやつだってな。おまえ、うち来いよ。あそこの縄張り、完全に警察に目ぇつけられたな。儲かってたってのにな」

よくしゃべる男だった。それに、おそろしく陽性だ。

「カルロスだ。そのトニーの縄張り、今なら獲れるぞ」

またとないチャンスだった。だが、ソファでノート型パソコンのキーを叩いていた細身の白人が口を挟んだ。

「リスク計算をしろ。トニーの報復を受けるか？」

「トニーな、あいつサドだからキツイな。事務所に連れてかれたやつ、クラック焚いたあいつに死ぬまで殴られるんだぜ。あいつカルテルの仲買人《ディーラー》じゃない、誰か大物が連れてきたんだったたな」

ラウルにノートパソコンの白人が注意した。マリオという男だ。

「トニーの後ろはガルボだ。あいつが黙ってるはずがない」

それを聞いて、ラウルが考え込む。

「メンバーじゃねえトニーを使ってんなら、ガルボもパパと本気でやるつもりはまだねえよ。カルテルの正規メンバーの俺たちがあいつの客を食っても組織の名目はたつんだな。それに、店はパパの縄張りだ。クスリもパパから買うのが筋だった場所だ。トニーが守りきれなかった収入手段《シノギ》に、ガルボは出張るかね」

　ラウルは楽天的だ。だが、その周りの連中は、相手が悪いと怖気づいていた。

　カルロスは呆れた。密売人にとって、時間を浪費することこそが棺桶に片足を突っ込む行為だからだ。

「ガルボにもカネ払っとけよ。十万ドル以上ヤクを売ってた店だぞ。客がよそへ行くのを指をくわえて見てるのか、カマ野郎」

　事務所が殺気立った。入口の黒人だけでなく、ソファの白人もカルロスを絞め殺したそうだった。

　ラウルが殺しも辞さない据わった目で女に口止めすると、事務所から追い出した。残ったのは、ただ、男の世界だ。

「俺はカルロスに乗る。トニーはもう上納金を今まで通りは払えねえ。警察にがっちりマークされちまった」

　もしもトニーがマークされていなければ、サーフハウスの一斉捜査は必ず情報が漏れていたはずだった。厳重に監視されているということだから、動けばトニーは逮捕される。すでに警官が仲買人を兼業できる時代ではなくなったのだ。

つまり、トニーはいま、カルロスが勝手に麻薬を客に売り始めたことに気づいても、警察を辞めて仲買人に絞るわけにもいかない。このタイミングで刑務所にぶち込まれたら、出所するときはすべてを失っているからだ。

ラウルの仲間が目配せし合った。そして、カルロスに凄んだ。

「ガルボは本当に動かないいんだろうな?」

「週に四万ドルはあったトニーからの上納金が、このクソ大変なときに消えたんだ。カネが入ってる限りは目をつぶるさ」

しっぺ返しがあるとしても警察の締め付けが一段落してからだ。それまでにデカくなって、潰されない状況を築いておけばいい。

そして、ラウルから確認された。

「命を張るくらい売れるんだろうな?」

カルロスにとっては愚問だった。

「品薄のコークが、今、アメリカ人に幾らで売れてるか知らないのか?」

だが、その大商いを摑むには信用されていなければならない。これだけ警察が動いているからには、顧客も麻薬を買うのを警戒する。大金になる需要があろうが、セールスマンが客にドアを開けさせなければ取引にならない。

誰もが自分の時間に価値を持たせたい。だから、この一言を売り込むために、彼はここに飛び込んだのだ。

「繋ぎは俺にまかせろよ。店の客のことなら何でも覚えてる」

＊

わたしたちにとってロマーリオは英雄だった。他の警官たちも、あの日はとにかく州警の薄青の制服を誇らしく思った。わたしも含めてだ。

街の人々もそう思っていたはずだ。サーフハウスにはうんざりしていたからだ。コークをやるやつはセックスに貪欲だ。相手がいないとレイプをする。あそこには絶対近寄ってはいけないと、娘を持つ親はいつも神経を尖らせていたものだった。

吟遊詩《コリード》にはあまり歌われないが、麻薬を使えばそのさきは中毒だ。島の住人なら、親戚か、昔の友だちや職場の仲間か、その家族か、どこかにはかならず中毒患者がいた。みんな療養施設で禁断症状に苦しみ続けるか、でなきゃのたれ死にさ。

密売人《ナルコ》が英雄だなんて冗談じゃない。うまくクスリと付き合えば中毒にならないと抜かしてた若いやつらは、ほとんどが五十を前に死んだよ。警察には四十年いたが、麻薬中毒のやつらを何人逮捕したことか。衛生局の職員だって、路上でそんな死体を数え切れないほど回収してたさ。

あのころ、本当に腹が立った吟遊詩があった。バラデロの歓楽街の西側にあった商業区《ダウンタウン》の歌だ。カネもなく体もぼろぼろで廃人が通りじゅうに座り込んでて、危なくて歩けたもんじゃなかった。ビーチで観光客と出くわすと困るから、密売人たちが追いやってたのさ。完全におかしくなった連中はいつのまにか処分されて消えてた。住民には最悪だったよ。そんなダウンタウンを、歌手たちが密売人の成功物語にして歌うのさ。この街は最低だ、最低の街から英雄が生まれたってな。最悪にしたのはどこのどいつだ？　ダウンタウン出の歌手があんなものを歌うなら、そいつはクズの仲間か心をカネで売れるやつさ。ラウル・リバデネイラとその兄弟の歌《コリード》は、わたしは大嫌いだったね。

いいか。この島は狂ってたんだ。革命の闘士たちが——密売人どもが名乗ってるようなのじゃない本当の勇敢な男たちのことさ——あの見事な男たちがアメリカに殺されてから八十年間ずっとだ。

ロマーリオが警官になるって言ったときは、心配はしたさ。けど、わが息子ながら立派だと思ったね。

あの手入れは見事だった。サーフハウスから麻薬が次々に運び出されるところはテレビに映っていて、みんな歓声をあげてたと妻も言っていた。

いつもは内偵の最中に計画を漏らす警官がいて、手入れは台無しになっていたんだ。だから、人工知能で予測して、強制捜査に最適の時間と場所を割り出したのさ。凄い話じゃないかね。

人工知能さまさまさ。あの頃だって、人工知能のせいで仕事がなくなったって話はずいぶんあったさ。それでも、あの麻薬戦争は機械があるから成り立ってた。連中は汚職だってしないじゃないか。なにより、同じ警官の仲間を裏切らない。どっちが頼りになるんだか。

恨み言はやめよう。ロマーリオの事件のことも調べたんだろう？　そうさ、同じ警官がマフィアにカネを掴まされて拉致を手引きしたんだ。恥ずべきことだ。絶対に忘れられないね。トニー・サラヴァスを、わたしたちは恨んでいない。ロマーリオがカルテルの報復の犠牲になって、彼は葬式の後で挨拶に来たんだ。彼がその殺人に関わっていなかったことは、彼の顔を見れば明白だった。

友人の死に心からショックを受けているように見えたよ。彼がどんなふうに生きていたとしても、トニーとロマーリオは友だちだった。それは真実だったんだろうね。

トニーは麻薬組織に関わってたかもしれないが、密売人を逮捕してもいたんだ。

わたしは、ニュースで報じられる彼より、顔を見てしゃべったときの彼を信じるよ。

＊

起こったことは、結果を見ればシンプルだ。

あの日のサーフハウスへの一斉捜査によって、末端価格で一千万ドル相当のコカインとマリファナが押収された。

そして、ハバナ・カルテルはその報復をした。

七人の警察官を誘拐して、拷問したうえ射殺した。死体はバナナ輸出用の木箱に入れて、本人たちの自宅玄関に送りつけられた。全員が強制捜査のニュースでテレビに映った警官だった。

トニー・サラヴァスの相棒だったロマーリオ・デ・ペドロもその一人だった。ラウルのグループがそのロマーリオの拷問と殺害を任された。ハバナ・カルテルは、すべての傘下マフィアに警察への報復を命じた。それは、カルロスにとって地元マフィアの正式な構成員になる条件でもあった。これがカルロス・エステベスが最初に荷担した殺人だった。このときハバナ・カルテルは、構成員が警察との全面戦争に耐えられるかを試す必要にかられていた。そして、彼は淡々と有能さをアピールしたのだ。

勝利だった。サーフハウスの大麻売りが、今では何人ものコカイン密売人から上納金を吸い上げている。

カルロスは笑いがこみ上げてきて止まらなかった。コカインの快楽よりも何十倍も長く燃え続け、クスリが抜ける苦痛もない極上の愉悦だ。万能になった気分がした。成功する人生は麻薬のようだった。

「機嫌がいいな」

ラウルが、ビールを片手に声をかけてきた。カルロスはこの男のグループのメンバーになっている。自由にやらせてくれるよいチームだった。

歓楽街のスペイン植民時代からの古い石造りの町並みに、横断幕がかかっている。客足が遠のいているこの街を盛り上げるため、今日はラウルのグループがパーティを開いているのだ。売春婦たちが酒を片手に観光客を酔わせて持ち帰ろうと企て、扇情的なドレスで歩き回っている。金ぴかのラッパをかついだコリードの歌手たちが、バラデロ・マフィアの新星であるラウルを讃える歌を唄っていた。

きょうのカルロスは、ラウルグループが仕切るこの祭の警備責任者だ。

「上が少なくなると、こんなに気持ちがよくなるものなのか」

とてもすっきりした気分だった。いっそこのまま駆け上がって、頭の上に誰もいなくなったらどれほどだろうと夢想した。それだけでたまらなく興奮した。

ラウルが彼の背中を気安くぶったたいた。

「これからもっと上に行くさ。そうしたら、女たちも街ももっと景気がよくなる」

「俺は襲撃なりガサ入れなりがいつくるか、そっちの情報のほうがほしいがね」

パーティ会場は、市長の許可をとって通りをそのまま使っている。私服の警官も制服の警官も目を光らせているし、不自然に上着を着ている男が何人もいた。

彼らが手を組んでから二ヶ月経った。キューバの麻薬市場は大混乱に陥っている。サーフハウスや旧来の場が摘発され、一ヶ所に集まっていた取引が拡散したからだ。たった十一万平方キロメートル、人口一千万人ほどの島のあらゆる場所に密売人《ナルコ》が逃散し、収拾がつかなくなった。一ヶ月まじめに働くより、数日麻薬取引するほうが稼げるのだ。あらゆる場所で密売が行われ、社会ごと腐った。当たり前のことだ。

それでもカルロスにはチャンスだった。仕事が充実していた。

いつもはオフィスの入口を警備する大柄な黒人、チョッパーが大声をあげた。

「パパ・サンチョだ。通していいか！」

そして、ガードマンに続いて横にでっぷり太い年かさの黒人がやってきた。竹の柄《がら》のアロハを着て、白い象牙の杖をついている。

「景気がいいじゃないか、ルーキー。招待ありがとうよ」

サンチョが金歯を輝かせてあけっぴろげな笑みを浮かべた。それは、ラウルの陽性の表情とどこか似ていた。

ラウルが両手を大きく広げた。

「来てくれて最高だ！　こっちは大儲けでも、歓楽街の客足は遠のいてるからな。盛大に騒げば、観光客も集まってくるだろうさ」

パパ・サンチョは歓楽街の顔役だ。事務所のあるこの街から上納金を吸い上げている男には、経験を積んだ貫禄があった。

「カネを稼いだら、たっぷり下にバラ撒くのはいいことだ」

日差しの下で娼婦たちが踊っていた。肌に汗をきらめかせ、音楽に合わせて踊る彼女たちに、カルロスの指揮する男たちまで手拍子を打っていた。メシを食い、酒を呑み、フルーツを齧るばかりで、どいつもこいつも仕事を忘れてしまっていた。

呆れるカルロスに、「納得できない顔だな」とパパ・サンチョが眉を上げた。自分を地元マフィアの正規構成員に推薦してくれた人に悪印象を与えたくなくて、思ったことを言わなかった。そういう打算もおそらく見抜かれていた。

「カネがなぜこんなにも力を持っているかというとな、若いの、それは誰が持っても同じ価値だからだ」

子供と物乞いと労働者の男たちが、豚肉のロースト《プェルコ・アサード》に群がっている。パパに発言を促されている気がした。カルロスには理解しがたかった。

「それならよけい働いてため込んでおかないと、何かあったら終わりなんじゃないか」

「大事なのは、密売人《ナルコ》が成功すりゃ、たいていの金がはした金になるってことだ。だが、はした金ってのは、手元に置いても扱いが雑になって腐る。だから、成功する密売人は、はした金を大金だと思ってもらえるところにバラ撒くのさ」

嘘を吐《つ》かれて、都合良く誘導されているようだった。

「そんなムシのいいかたちに回るもんですかね」

「腐るカネならいっそバラ撒くってのは、そうそうできることじゃねえ道理さ。だが、千ドル握らせりゃ、腹を空《す》かせたやつは命だって投げ出すんだ。恩を売ることが、いつか幸運になって返ってくる」

パパ・サンチョがカルロスの背をたたいた。あたたかい、大きな手だった。

「ラウルを見てりゃ、そのうちわかるかもな」

陽気なトランペットが、太陽の下、高らかに響く。ラウルを讃えるどぎつい歌に、たぶんスペイン語がわかっていない観光客の白人女性が手拍子している。

ムラート《黒人と白人の混血》の若い娘が、ラウルの耳に何事か囁いていた。肉感的な尻をしたいい女だった。

「どこの女だ？」

「わたしの娘だ」

カルロスの肩を、大きな手が捕まえた。長年マフィアとして生きのびてきたパパ・サンチョは脅しも堂に入っている。

視界に警官が目立つようになってきた。激化を続ける抗争に観光客が巻き込まれて死なないように警戒しているのだ。

警察にゲストが煩《わずら》わされないように働かなければならなかった。ヘッドセットから指示を出す。ラウルのグループは急拡大してはいるが人手がまったく足りない。地元のマフィアになりたいバカな餓鬼を、周辺の見回りに動員するしかなかった。

ヘッドセットから、通りをパーティ会場として仕切ったゲートを守らせているチョッパーの様子を聞く。あの黒人の大男は腕のいい殺し屋だが、むらっけが強い。ひとつところに縛り付けてシンプルな仕事を与えておかないと、間違いなく怠《なま》ける男だった。パーティが始まって一時間と経たないうちに退屈しきっていた。

〈クソ野郎ども。俺のメシと酒はいつくるんだ。バカみてえに飲み食いしやがって。マリオの野郎にメシを持って来させろよ。メシと酒はあいつの仕切りだろ。あのクソ野郎、ケツにラムの瓶をぶちこんでやる〉

チョッパーがわざわざカルロスの無線に吐き捨てた。

放っておくと暴れて逮捕されそうだった。

地元の若い衆ではチョッパーを止められない。だが、警備会社のプロを使うわけにいかなかった。警察ＯＢの巣窟で信用できなかったからだ。

「おいチョッパー、無線で滅多なことをしゃべるなよ。こいつは全部盗聴されてる」

チョッパーのいるパーティゲート周辺に人が集まっていた。責任者が働いていないせいで、武器の持ち込み検査が滞《とどこお》っているのだ。やつはどうでもいいことをヘッドセットにわめいていた。

〈チョッパーだと？　ポッと出のおまえが、俺をチョッパーって呼んだのか〉

カルロスはゲートに走った。ひどく嫌な予感がした。

頑丈なボルボが、ゲートのすぐそばに停車したところだった。鉄板を溶接したピックアップトラックが四台も続いていた。

キューバでは、警備会社の職員を除けば、民間人は拳銃より大きい銃を携行できない法律になっている。だから、重武装したいマフィアは警備会社を作りたがるが、設立するには警察の認可がいる。そういう手順でしか作れない虎の子だから、トラックにライフルを持った兵隊がいたら、それは戦争の前触れなのだ。

「そいつらを下ろすな！　警備会社は頼んでない」

カルロスは大声で警告する。それを無視して荷台からボディアーマーをつけた男たちが、軍用ライフルを手に次々に降り立つ。

まだチョッパーが無線でなにごとかほざいていた。

カルロスは全身に冷や汗をかいていた。誰が連れてきたかは知らないが、こいつらがぶっ放せばパーティは即座に血の海だ。

「警備責任者は俺だ。客の安全のために、そっちの代表者を連れてこい」

虚勢の張り処だった。だが、全身が嫌な汗に濡れた。地元マフィアの正規構成員になって、カルロスは、今では自分が奪ったトニーの縄張りが想像を超える危険物だったと知っている。ピアソンのサーフハウスは、もともとはパパ・サンチョの手下の仲買人から店内で扱う麻薬を買っていた。だが、ピアソンの弟が、仕入れ値の安かったガルボから麻薬を買い始めた。当然パパ・サンチョは激怒し、弟は震えあがった。その後、ガルボと手を切ろうとした弟が何者かに絞殺されて、トニーが仲買人として乗り込んだのだ。

つまり、ガルボは、パパの縄張りに正規メンバーの手下をいきなり放り込むより、商いを続けて金を吸い上げることにした。そしてパパは、腸《はらわた》を煮えくり返らせながらも、軍事力の強大なガルボとの抗争を選ばなかった。ウェイター時代のカルロスは、いつ惨劇に巻き込まれてもおかしくない場所で、のんきに麻薬を売っていた。そして、ピアソンの店は警察の手入れを受け、混乱の隙にカルロスたちがトニーの顧客を掠め取った。状況のきわどさを考えれば、ここにトニーが殴りこんできても、ガルボ本人がそれに加勢してもおかしくはない。

カルロスは部隊長らしい階級章をつけた男に詰め寄った。

「セニョール・ガルボは、このことを知っているのか」

先頭のボルボのドアが開いた。見るからに軍人らしいムラートの巨漢が二人降りてきて、その後でカーキ色の迷彩服姿の男が現れた。

「オレは頭の切れるやつは嫌いじゃない」

顔に幾つもの傷がある四十代の兵士が、カルロスを見下ろしていた。見つめられて、ただやばいことになったと思った。殺し屋ではなくもっと自然な営みとして人を殺してきた、超然とした厳しさがその青い眼にあった。マフィアの入会儀礼のとき、顔だけは合わせていた。これが、パパ・サンチョのライバルであるマルセロ・ガルボだ。

「パパに挨拶したいんだが、かまわんかな」

ガルボに見られていると、いつ殺されてもおかしくないと自信がぐらついた。今のカルロスでは勝負にならないほどの隔たりが、マルセロ・ガルボとの間にあった。

「セニョール・ガルボ、申し訳ありませんが、会場にでかい銃は持ち込まないでください」

ガルボが、にやりと唇を歪めた。カルロスがとっさに銃の持ち込み禁止から規制を緩めたのを察したのだ。

「ラウルはいい仲間を連れているな。気の回るやつがいるチームは、幸運さえあれば上に行く」

ガルボはキューバ革命軍（FAR）の二世だ。アメリカに負けてボリビアやニカラグアへと逃げてコカとともに戻ってきた、吟遊詩に謳われる通りのキューバ・マフィアだということだ。生まれたときから中南米を転戦し、麻薬を売って軍資金を稼いできた筋金入りのマフィアだ。そんなガルボが武器を手放すはずがない。

傷と火傷だらけの手をガルボが上げると、数人の側近が残りの兵隊たちに軍用ライフルだけを預けた。この大物ゲストを主催者のラウルまで案内するのは、カルロスの役目になりそうだった。

ガルボを先導してパーティ会場に入ると、人の波が自然と割れた。恐れられているのだ。強い太陽の下、こういう、道を開けられる男になろうと思った。カルロスがその力に酔いかけていると、ガルボが世間話のように言った。

「弟のことはすまなかったな」

体中の血が温度を上げた。普段は忘れていた感情が、腹の底で目を覚ましたのだ。カルロスにも、ローティーンだったマルコが殺されたことに怒りがないはずがない。

ガルボはあの殺人ビデオを作った連中を知っているのだと思った。ただ、パーティを台無しにするのはカルロスのビジネスではなかった。

「マルコは流れ弾に当たった。俺たちが麻薬でおかしくして、国じゅうの家族をあんな目に遭わせてるんだ。そういうことだ」

ガルボは戦闘服のポケットに入れていた葉巻を引き抜いて、吸い口をちぎった。そして、「トニーの縄張りを喰っちまった若いのってのは、こんなやつだったか」と、つぶやいた。

カルロスの腹の底には、どろどろしたものがくすぶっていた。その濁りは、晴れがましさを焼いて一刻ごとにむなしい灰に変えてゆくようだった。いまやカルロスと周囲の人間関係こそが、弟の仇であるハバナ・カルテルだからだ。

ただ、強い確信があった。成功して這い上がらない限り、自分が満たされることはないということだ。弟を殺した組織で食っている以上、そこそこの人生に安住していてはいつか正気に醒めてしまう。そう思うとぞっとした。成功することだけが、人生をムダだと思わずに済む道に思えた。

外していた無線機のヘッドセットをつけ直した。チョッパーが自分の要求が無視されたと怒鳴っていた。

〈てめぇ調子にのりやがって。コルティスさんとフーゴさんが戻ってきたら、てめぇ絶対殺すからな〉

コルティスとフーゴは刑務所に収監されているラウルの兄だ。ラウルやチョッパーの家のあたりの不良少年の顔役だった。カルロスにとってのトニーと似た立場だ。ただ、違うのはラウルの父親が強盗だったおかげで、ガキの頃から犯罪者だったことだ。この兄二人が、麻薬戦争を指揮するロドリーゴ将軍が麻薬撲滅宣言以前の囚人の仮釈放基準をゆるめたせいで、もうすぐ娑婆に出てくる。

家族のことを考えると、弟の最期を思い出す。こころの底の冷えた意志のようなものが、ずしりとうずくまったまま消えなかった。

パパ・サンチョとガルボの挨拶は見ものだった。顔色一つ変えず肩を組んでガルボに酒を勧めたパパは、さすがの大物ぶりだった。

ガルボは上機嫌で酒を飲み、帰り際に爆弾を置いていった。パパの前で、カルロスのことを盛んに褒めちぎったのだ。派閥を割るためだと見え見えだった。今のカルロスは、舐められればすべてを奪われる。だが、うまく立ち回りすぎると、ガルボのほうに寝返るとか、すでに密約があって成果を出していると、パパ・サンチョから警戒されてしまう身だ。

縄張りの麻薬の卸元をガルボのままにして、上納金を払い続けているからだ。カルロスにしてみれば、パパがガルボと抗争するつもりがないのだから、身を守るため他に選択肢はない。パパに相談しても、ガルボは軽々には動かないと言うばかりで、もしものとき後ろ盾になってくれる保証もくれないのだ。

おかげで、めでたい席は続いても、カルロスには身の置き所がなかった。チョッパーとマリオには、パーティの仕事をともにした共感どころか、敵意を向けられていた。

カルロスには、地元マフィアの今の地位は勝ち取った椅子だ。だが、座してここで詰むまで待つなどまっぴらだった。

それからカルロスは軍人経験のあるボディガードを雇うことにした。ガルボを真似たわけではない。ただ、暴力を自由にふるえるツテが欲しかったのだ。

彼らにとって、警備会社は基本的に他のマフィアの紐付きだ。地元マフィアで警察のツテを一手に握るのがガルボだからだ。カルロスには軍人を雇って非合法で重武装させる方法が一番信用できた。

事務所を出ると真夏の日差しがきつかった。雇ったボディガードが後ろにＡＫ（機関銃）を持ってついてきた。

駐車場に停めていたランドローバーに向かう。装甲板を貼り付けた特注品だ。キューバでの麻薬価格が急騰したせいで、カネが欲しいヤツは誰も彼もが密売人になり組織を作っている。カルテル傘下の地元マフィアでも、機関銃で撃たれて車ごと蜂の巣になることは珍しくもない。

元アメリカ軍人のボディガードが、車に爆弾が仕掛けられていないか確認している。カルロスには駐車場の車で、持ち主の素性がだいたいわかる。キューバでは古い乗用車に乗っているのが堅気で、ひたすら頑丈そうな車が密売人だ。停まっている車の三割がそうだった。どこもかしこも商売敵ばかりだ。

運転手がやってきて、カルロスのためにドアを開けた。

「セニョール、どちらまで」

「トニーのところだ」

トニー・サラヴァスは、警察の給料では到底手が届かないビーチ近くの高級アパートメントに住んでいた。警察には手入れ後二週間ほど残ったが、すでに辞めている。トニーの縄張りはもうどこにもない。サーフハウスが営業停止になり、売人たちは路上で商売をし、そこに麻薬を卸しているのはラウルのグループだ。トニーの腕っ節が強くても、警官でなくなれば袋だたきだ。

あらかじめ買収していたアパートメントの管理人が、正面ドアを内側から開いてカルロスたちを迎えた。トニーは数日ずっと部屋にこもりきりだという。

管理人から買ったマスターキーで侵入する。機関銃を構えたボディガードが室内をチェックしてゆく。トニーは乱れたベッドの上で大きな図体を縮めていた。カルロスたちが乗り込んだ靴音にも気づかず、部屋を真っ暗にしてテレビを凝視していた。

映っていたのは、警察の仲間同士でキャンプをしているビデオ映像だ。カルロスたちが拷問して殺したロマーリオが、海で釣りをしていた。トニーのほかに五人いるうち、ロマーリオ以外にも一人、今回殺した警官がいる。そいつらとアウトドアを楽しんでいるトニーが映っていた。密売人たちが知らない警察での彼の姿だ。

殺されるかもしれないのに、一瞥をくれただけでずっとテレビを見続けている。

こういうセッティングで楽しむ麻薬を、カルロスはよく知っていた。

「ノスタルジアか」

その名前を聞いて、トニーが振り返った。目はぎらついていたが、殴りかかってくることも、ものを投げつけてくることもなかった。

汗と酒の強い臭いがした。もう何日もこうしてノスタルジアに浸り続けているのだ。

カルロスは圧倒的な優位にいるのだと、愉快でたまらなくなった。この無精髭を生やし放題で髪も薄くなった男に、ほんの数ヶ月前まで若僧扱いされていたのだ。この程度のやつにと下に見ると、自分が成長して上にあがった思いがした。

「痛めつけろ」

指示に従って、ボディガードたちが警棒でトニーを袋だたきにした。コカインベースのノスタルジアは痛覚をほとんど麻酔してしまう。そうと分かっているから、抵抗できない男に暴力のプロたちは一切容赦しない。くぐもった悲鳴が響く。ノスタルジアが醒め始めたのだ。

トニーの額が割れて血しぶきが飛んだ。そのさまに満足感を味わった。暴力でのしあがったトニーが軍人あがりの男たちに為すすべもない光景に、胸が高鳴る。もうすぐ刑務所から出てくるラウルの兄たちも、こうして叩き伏せることはきっと可能だ。

ぎしぎしと揺れていたベッドが静かになった。解放されたトニーは、頭皮が破れて血まみれで、目は腫れ上がってほとんど開いていなかった。頭の中で、麻薬の陶酔にも劣らないほど、刺激物質が分泌されていた。成功の快楽は、何度でも味わいたいほど甘美だ。

カルロスは手近にあった灰皿を、トニーの顔目がけて投げつけた。

「警官と仲買人を両方やれるつもりだったか？　そんなバカなことを考えるから、両方なくすのさ。麻薬ってのはいい世界だよ。おまえみたいなミスをして、上の連中が潰れてくれる。高校も出てない俺みたいなやつにこんなチャンスがある世界は、他にない」

カルロスは土足のままベッドに飛び乗ると、警棒で背中をめった打ちにした。

そして、麻薬の底知れない力が自分のものになったように気が大きくなった。愉快でたまらず、胸が引き攣《つ》れるほどゲラゲラ笑った。

「俺はあんたを通さずに麻薬をさばいて、儲かって笑いが止まらなかったね。あんたの下にいたやつらはみんな同じ気持ちさ。あの頃の自分がバカバカしくてたまらんね」

ポケットの中で、スマートフォンにセットしたアラームが鳴った。部屋に踏み込んで一時間経ったのだ。まだ警察がトニーを監視していたら長居は危険だし、時間は有効に使わなければならない。

改めて、倒れた男を見下ろす。まったく怖くなかった。こいつにガキ扱いされていたカルロスはもういない。こいつよりもずっとうまくやっている。自分が出世頭なのだ。

車に戻ると、運転手が彼に言った。目端が利く黒人の、かつてのトニーを知っている密売人だ。

「トニーもああなったら終わりだ」

その囁くような声は、自分たちが扱う麻薬の力を恐れるようでもあった。

カルロスは昂揚していた。

「いや、最高だ」

組織内での立場が危険なせいで、麻薬が持つ人を支配する威力が途方もなく魅力的に見えていた。人間を問答無用で歪めるこの力を使いこなせたやつが生き残るのだと信じた。

「ノスタルジアをくれてやれ。トニーに麻薬を切らすな。女を与えろ。部屋から出たら痛めつけて無力感を感じさせろ。気持ちいいことだけが待ってる部屋に押し込めるんだ」

「そんなことをしたら、すぐに役立たずになる」

「俺が欲しいのはトニーじゃない。料理されるまで畜舎で待てる豚だ」

カルロスは、スマートフォンのタイマーを事務所に帰る予定時刻として一時間後にセットした。人間を支配して家畜化すれば、カルロスは自分の時間をもっと有効に使える。ノスタルジア中毒のトニーにもできる仕事をやらせればいいし、そういう仕事はいくつか考えついた。

＊

カルロスという男のことを、この頃はまだ多くの警察関係者がただの景気のいい密売人だと思っていた。

まだトニーのほうが危険視されていたくらいだ。だが、それも退職してしばらくすると警察の積極的なマークからは外れた。人手が圧倒的に足りなかったんだ。

麻薬戦争が始まった頃、最大の敵はなんといってもマルセロ・ガルボだった。やつの手下たちが殺人の現場に残してゆく『ＦＡＲ《キューバ革命軍》』のサインは、警察だけではなく政府も怒らせていた。最終的には負けたが、キューバ革命の戦士たちは英雄だ。選挙のとき、農村に行く大統領候補は、自分はフィデル・カストロの理想を受け継いでいるとかならず演説するんだ。そんなサインを、警官や弁護士を殺すたびに残していかれたんじゃ、目障りでないはずがない。

カルロス・エステベスの名前を警察が最初に覚えたのは、あの日だ。ガルボが武装集団を率いて州警を略奪した事件に、あいつも参加していた。大勢の同僚が死んだ。

襲撃で資料もコンピューターも奪われた。警察は、パトロールのコースを人工知能が決めるようになってたからたいへんな騒ぎだったよ。

運が悪かったんだな。あのときオペレーターをしていたのは、ペドロ・サルディバル巡査だった。警察のテニスクラブで、何度か試合をしたことがある。頭のいい男だったよ。彼は拉致されて、いまでも行方不明のままだ。

そうだ、強奪事件の話だな。機械を入れてからすぐに、麻薬の取締はこいつありきのものになってた。人工知能ってのは、見回りに行く警官の監視をときどき指示するんだ。これが汚職警官を炙り出すのによく効くのさ。予想した場所で麻薬取引が発見できないことが続くと、警官がわざと見逃したと警告するんだな。

そんなものが、強奪されたんだ。

もう警察のメンツだけの問題じゃなかったよ。人工知能は、DEA《アメリカ麻薬取締局》から借りたものだったからな。

人工知能の思考のために、データを毎日新しく入力してたのもいけなかった。大量の警官の個人データもふくまれていた。

大統領はカンカンになった。特殊部隊にマルセロ・ガルボを殺すように命令したんだ。しかも、警察内部に内通者が多すぎるって騒ぎ出した。それで軍から、ゴンサロ・ロドリーゴ将軍を特命担当に任命したのさ。

あとは警察の捜査も、カルテルの連中も、軍のせいでむちゃくちゃさ。

＊

カルロスは、急造のオフィスに設置したコンピューターを眺める。なかなか満足のいく光景だった。

彼は昨日、ガルボによる警察襲撃に参加した。カルテル傘下の構成員として、逃げられないことだった。だから、これを入手するために、文字通り手を尽くした。警察の人工知能だ。

これのせいで、カルロスが薬を卸している密売人が何人も逮捕されていた。アメリカでは人工知能は企業でも役所でも当たり前に使われているという。そんなものが手元にあると思うと痛快だった。襲撃でボディガードが二人死んだが、その価値はある。

「起動しろ」

カルロスの指示で、コンピューターが立ち上げられた。ガルボから、誘拐してきた警察のオペレーターを預けられていた。手っ取り早く麻薬漬けにして、ＡＩの扱い方は聞き出していた。

そして、この日のためにゲストを呼んでいた。サーフハウス時代からの、ノスタルジアの上得意であるワシントンだ。

「いいね。キューバ警察に納入されたＡＩシステムには、職業柄興味があったんだ。アメリカで使われてるのはＩＢＭのものなんだけど、キューバのはオントロジー・インテリジェンス社でさ。技術的にはこちらのほうが高い」

　ワシントンがパスワードを打ち込む。エラーが出て拒絶された。おそらくＡＩの開発元によってパスワードを変更されてしまったんだなと、ワシントンが言った。だが、慌てず持っていたモバイルを開いた。

「セキュリティをどこまでやるかは難しい選択なんだ。利便性だけじゃなくセキュリティの重点を置く箇所も設計してやらないと、大事なものを守り損なう。ただ、手広さもないと予想外の状況下で深刻な事態に陥るわけだ。オントロジー・インテリジェンスは、警察署に設置したハードウェアまるごと強奪されると思ってなかったんだろうな。……それはそうと、管理者はどこのどいつだ？　パスワードに意味がある言葉と数字の組み合わせを使ってるのはセキュリティが甘いな。そんなのＡＩによる推論解析で破りやすくなってるのにな」

　そして、画面に十二桁の数字とアルファベットが表示された。ワシントンのモバイルに入っていたソフトによるアタックだ。わずか三度目の類推でパスワードは的中した。

　ワシントンは人工知能を使ったコンサルタント会社の社長だ。それがキューバで日がな一日コカインやノスタルジアでハイになっているのだから、会社の業績は知れたものだと、カルロスは思っていた。人工知能は多くの企業が鎬《しのぎ》を削っているホットスポットだという。だが、すさまじい勢いでベンチャーが潰れて再編が進んでもいる。波に乗れなかった企業の行く末は暗い。だから、カルロスが誘いをかけると、違法行為だと食い下がって報酬を吊り上げたが、最後まで席を立たなかった。

液晶モニターに、データの読み込み中を示す画面が表示された。ワシントンが警告してきた。

「ネットワーク経由で認証があって、それを通過すると使える仕組みだな。ここからアクセスしたことはすぐに逆探知されてしまうぞ」

「オペレーターも、コークを注射されるまでそう脅してたよ。わんさと警官が追いかけてくるらしいな。だが、データのクローンは稼働中に作らなきゃならん」

稼働中のＡＩを、バックアップ機能を使ってコピーする計画だった。警察ＡＩは、コンピューターとソフトウェアの二つに分けて納入された。このコンピューター部は特別なセキュリティがない。そして、ソフトウェア部も、大災害による長時間の停電などの非常時にデータを失わないよう、通信環境がなくてもクローンを作れる仕様だった。クローンには通信認証の必要なユーティリティソフトを使わないと解凍できないセキュリティがあるが、これさえ解析できればコピーを作り放題なのだ。

ＡＩの専門家についてのある構成員がカルロスだけだったから、ガルボと取引ができた。奪った警察ＡＩとオペレーターを回してもらい、ＡＩをコピーしてガルボに献上するのだ。ＡＩは、奪えば誰でもすぐ扱えるとはいかない道具だ。改造するなり使えるところだけを使うなり、手をかける必要がある。そして、そのためには解析が必要で、それには複製をとる必要があった。カルロスはそのおこぼれを一つ手に入れることになっていた。

そして、おそらく話をカルロスから持ちかけたことも、ガルボが乗った理由だ。この話が不首尾に終わっても、パパの派閥に打撃を与えるため、カルロスを利用できる。

警察AIの正常起動が確認された。非常電源に繋がったままのコンピューターが台車に載せられ、車へと運ばれてゆく。カルロスが決めた手はず通りだ。警察から拉致してきたオペレーターは隣の部屋でノスタルジアを投与されて転がっている。部屋にはしこたま爆薬をしかけてあり、ドアを開ければオフィスごと爆破される。ダミーのコンピューターごと吹っ飛んで、目くらましになるはずだった。

AIを稼働したまま、コンピューターをトヨタのハイエースに積んだ。荷台にスーツ姿のワシントンも乗り込んできた。

「見た感じ、キューバ警察に回されてるAIより、うちの会社で開発したやつのほうが一世代進んでる。これなら、約束通りAIの現物と基礎データのコピーをもらったら、解析にはそうかからないよ」

カルロスは稼働中のAIのモニターを見る。警官の動きがマーカーの動きで表示されて完全に筒抜けだった。ハイエースが走り出す。

AIが警官が動くべき経路を予測してくれていた。当然彼らは、それをよける経路で移動する。そのうちに、AIが予測する位置を避けているのに、パトカーがニアミスするようになってきた。ワシントンが声を潜める。

「このAIの通信から逆探知されたら追い詰められるんじゃないか？」

「焦るな。逆探知にそこまでの精度があったら、携帯電話を持った密売人は全員逮捕されてるよ」

　笑いがこみ上げてきた。移動中の通信体を逆探知するのが難しくても、おおよその位置が判明すれば検問で網を張るのは難しくないはずだった。だが、そうなっていない。警官たちは、人工知能が推奨していない場所に、検問をとっさに設置できなくなっている。失敗をおそれているせいだ。

　カルロスはＡＩがカネになると確信した。犯罪用途の高度なＡＩを使いこなせるやつが、これからは上に行くのだ。

「バックアップを解析して、ＡＩ《こいつ》を復元できたら百万ドル出す。フロント企業からあんたの会社に、コンサルタント報酬のかたちで払う。俺たちのオーダーにこたえて、ＡＩを使いやすくカスタムしてくれたら五百万ドルまで出す」

　ワシントンが息を呑んだ。

「フロント企業は、カルテル関係だとバレてないだろうね。人工知能開発を監視する政府機関は一応あるからね。変なかたちでマークされるのはご免だよ」

　大柄なボディガードが二人、荷台に乗っていた。広いはずの車の中がひどく窮屈で、汗の臭いがこもっていた。獣の臭気がした。

「こういうときのために、ヤク中の起業家をストックしてる。そいつの名義を使うさ」

　ＡＩのクローンをディスクに記録したことが表示された。ディスクトレーが自動で開く。

カルロスは自分の手でディスクを入れ替えながら、目に力を込めて作業を見守っていた。車が警察車両を避けて移動する。

ＡＩクローンを作る時間を稼ぐためのドライブだ。緊張の中、ワシントンが顔中汗まみれで、話をしないと神経がもたない様子だった。

「まさかこんな大冒険をすることになるとは思わなかったよ。うちの会社のＡＩなら、こいつみたいな密売人を特徴量化して意味を扱うところから、もう一歩進化しててさ。どういうものが密売人か、例を入力して計算用データさえ与えれば自分で考えさせられる。性能はいいんだ。九十五％で的中させられる。ＤＡＲＰＡ《国防高等研究計画局》からもお金は出てたんだけど、あそこは資金を引き揚げるのも早いからね」

ワシントンが麻薬に溺れていたのは、そういうビジネスの行き詰まりがきっかけだったのかもしれなかった。カルロスは、顧客が身の上を話し出したら、決して相手を否定せずに聞いてやる。酔っぱらいと麻薬中毒者は、そうしていると気持ちよくカネや情報を吐き出す。

「どうしてそこまでしてＡＩが欲しいんだい？　麻薬ギャングってのは、カネを稼いだら、銃を買ったり贅沢したりするのに使うもんだと思ってたよ」

「俺は、身内が普通だからＡＩがいるんだよ。家族とかガキからの友だちが組織にいりゃ、そいつは味方になってくれるんだろうがな。けど、俺にはそういうのがない」

たとえば、ラウルのリバデネイラ家は全員犯罪者だ。家の近くで盗みがあると住民は必ずあの家の者を疑ったというから、筋金入りだ。だが、その家族は命を懸けてラウルの出世に協力する。

「人工知能があれば、ぽっと出の俺みたいなのが、スタートのいい連中と競争できる。こっちも命が懸かってるからな」

カルロスのまわりには頭の回る手下も少ない。限られた目端の利くやつは、どいつも信用できなかった。だから、これは賭だ。ガルボにはカルロスを殺すだけの理由がある。自分に必要ない人間だと判断すれば、トニーの縄張りのことで難癖をつけて殺す。今回の襲撃のことはラッキーだった。

「そういうつもりなら、ＡＩは最高だな。アメリカで、人手不足を解消したい組織のコンサルタントは何度もやった。人工知能が素晴らしい道具なのは、知の再配置をうながすせいだからね。人手不足の克服は、人工知能の最大の恩恵だよ」

ワシントンの話を、手下はみんな興味がなさそうに聞き流している。カルロスは、まさにその価値あるＡＩを命懸けでクローンしていると思うと、情報をいい気分で聞けた。

「いいかい。人類の歴史は、人間だけが知を駆使するという前提で発達してきた。人間の知を有効に配置できる社会が強い社会だったわけだ。けれど、人工知能の登場でルールが変わった。これまで人間が必要だったところに、人工知能を置けるようになったせいだ。人間は組織の効率がよくなる場所だけに置けばよくなった。おかげで、知がリッチに扱える資源になった。これまで人員を増やせなかった場所からは、大量の仕事が発生した」

カルロスは、密売人の世界でもルールの変化が起こるなら、そうなって欲しかった。まずは、パパの下にいるが使える男だと、ガルボに思わせなければならない。失敗すれば、拷問の限りを味わわされたうえで惨殺される。ガルボは、自分の名分が立つかたちでパパを抗争に引きずり込みたいのだ。その生贄にカルロスはちょうどいい。汗が滲んだ。浅くなっていた息を、深呼吸して整える。

「俺はこいつを足がかりにして、デカくなってやる。この人工知能ってやつは、カネもらわず毎日マジメに働くんだろう？　頭もキレるらしいじゃないか。だったら、ラウルの兄貴たちより有能なこいつは俺のファミリーだ」

カルロスの脳裏に、おぼろげに一瞬だけ弟のことが浮かんで消えた。弟だけが彼の将来のことを考えてくれた。

「そうだ、こいつは俺のファミリーだ」

車の小さな揺れで、コンピューターが音を立てて震動していた。稼働中に揺らすと壊れることがあるというから、自然と恐怖で冷たい汗が出た。金属の筐体《きょうたい》から聞こえるうなるような作動音が、途切れるたびに冷や冷やした。

「私もＡＩがファミリーだ。キューバで楽しんでいる間も、会社でＡＩが働いてくれるからね。よく働くいい家族だ」

ワシントンがげらげら笑い出した。コカインのフラッシュバックだ。その様子に、ボディガードが目配せしてきた。殺して黙らせるかということだ。カルロスは首を横に振る。

ハイエースが街を抜けて海岸線を進み始めた。季節はもう夏になっていた。

市街地のほうで短い轟音とともに灰色の煙が広がった。カルロスが仕掛けておいた爆薬が爆発したのだ。

青空へ吸い上げられるように、煙が高くたなびいてゆく。

「サンタ・クララまで足を伸ばす。死にたくなきゃ、商売は絶対にするな」

バラデロから離れすぎて、ガルボやパパ・サンチョの影響力はほとんどない。

コピーを作って使えるようにするまで、そこでおとなしくしておくつもりだった。


サンタ・クララはビジャ・クララ州の内陸の街だ。ここには、チェ・ゲバラの霊廟がある。当時のバティスタ政権の装甲車をここで襲撃し、ゲバラが指揮する革命軍は大量の武器を得た。そして一度はバティスタを亡命させ、アメリカに敗北するまでの短い間キューバ革命政府を築いたのだ。

戦勝の街ではいまも警察や軍隊よりも反政府ゲリラに共感が強い。それは犯罪者が多いということでもある。麻薬戦争が始まる前から、サンタ・クララは警察に追われる者が逃げ込む街だった。ここでは官憲はみんなイヌ《グアチョ》なのだ。

市街地のビルに居を構えたカルロスを、ボディガードのミゲル・ピニャが呼んだ。

「来客だ」

キューバ軍の特殊部隊出身のミゲルは、カルロスが高給で引き抜いた男だ。チンピラとは違うこの男の前で、舐められない態度をとろうとすると、自然と振る舞いが変わってきた。

「何者だ」

「ラウル・リバデネイラだ。ボスに会いたいそうだ」

そろそろ来るとは思っていた。カルロスがＡＩをコピーしてバラデロを脱出してから、一ヶ月が経っていた。

キューバの麻薬戦争は、奇妙な秩序をたもちつつ拡大していた。

主要産業である観光が倒れると政府も密売人も共倒れだからだ。首都ハバナでは戦闘はなく、ダウンタウンで強盗に遭うような観光地でなじみのトラブルがある程度だ。ハバナにはアメリカのマフィアが買い付けのため常にいて、キューバ・マフィアも顧客に配慮している。

武装した密売人と政府が衝突する最大の激戦区は、ハバナから東に百キロメートル以上離れた港町バラデロ。カルロスたちの故郷だ。そこは、ハバナ・カルテルにとってもっとも重要な拠点でもある。フロリダ海峡を挟んでアメリカにもっとも近い場所だからだ。

「もう休暇は充分だろ？　コリードに歌われる毎日に戻ろうぜ」

そう言って、ラウルが窓を背にして笑う。カルロスが狙撃を気にして観葉植物を置いているそこを、大胆に背にして立つ。太陽がラウルを祝福しているようだった。

いつでも動けるようにしていたから、出発までに時間はかからなかった。一時間後には、車列を作って帰途についていた。ラウルの護衛は二人しかいなかった。パパ・サンチョの娘の婚約者として有名になっているのに、驚くほど身軽だ。

予想外だったのは、ラウルが自分の車ではなく、カルロスのランドローバーに乗りたがったことだ。

「おまえがいないと戦力が手薄なんだよ。バラデロのマフィアは、おまえみたいに軍人の傭兵雇ったりしてないからな」

大きく見ればバラデロのファミリーの中で、彼らはパパ・サンチョの派閥にいる配下だ。その中で、カルロスには子飼いがいないから、部下の主力は大金で雇ったプロだ。チンピラが勝手に集まってくる地元マフィアでは、逆にそういう割り切りができない。

「軍人なら、ハバナにでも行けばいくらでもいる。雇えばいいだろう」

「カネがまったく足りないのさ。おまえほどカネを稼ぐのがうまいわけじゃないし、人数も多いからな」

ラウルたちは地元の不良少年の優秀なやつを見習いにして、その中で縁故や能力から手下になる構成員を選ぶ。基本的に、なりたくてマフィアになった人間をいちいち育てているのだ。カルロスはまるで企業のように最初からプロを雇う。

「いまバラデロでやってるのは、アメリカに流れるコーク《コカイン》を止めるための戦争だ。キューバがドンパチの場所なだけでな。だから、警察と軍が密売人を殺して麻薬を押収するのに、アメリカが手を貸す。そんなことはキューバでは小学生でも知っている。カネを集める名分はいくらでもあるだろ」

「そのややこしさのせいで困ってるのさ。いままでとは勝手が違いすぎる」

バラデロは昔から密売人の街だ。麻薬戦争が始まるまでは、中南米からコカインや大麻が大量に集まって安くドラッグが楽しめる穴場だった。それが、いまでは街で目立つようになったのは、無骨なジープや鉄板を貼り付けた装甲車だ。現地にいなくても、その様子がネットでもニュースでもいくらでも見られた。

ガルボの兵隊がまるで正規軍のような揃いの軍服を着て街をうろついている。その状況には、カルロスが持ち込んだＡＩが一役買っていた。パパ・サンチョの手下もいかつい防弾アーマーを着て、軍用小銃を持ってる。だが、動きはいかにも素人くさい。かつては銃器と屈強な男たちが揃っていれば充分だったが、いまはその程度では軍から到底身を守れない。サーフハウスが叩き潰され、観光客が逃げ出しているバラデロは、いつどこが戦場になるかわからない状態なのだ。

チェ・ゲバラの像に見守られるサンタ・クララの街を去り、車はサバナ群島側《ひとけ》を通る。夏の始まりの陽光が、木の実が転がる未開発の砂浜と青い海に注いでいる。その人気のない一角で、ラウルが車を停めるようにうながす。

「野暮用があるんだった。ちょっと付き合わないか」

カルロスは予定にないことをされて警戒した。だが、ラウルは子どもが悪戯《いたずら》の計画を打ち明けるような、軽いよこしまさを込めて言った。

「潜水艇でフロリダまで行きたいって話を持ち込んだやつがいるのさ。街の発明家ってやつが、潜水艇を手作りして、麻薬を運びたいんだと。バッカだよな」

本当に砂浜に、黒く塗った金属の魚雷のようなものが転がっていた。そのそばに、だぼだぼのTシャツにサンダル履きの男が立っている。汗まみれで、着ているものは小汚い。

車を停めてラウルとカルロスが出ると、発明家が顔中に喜色を浮かべて大声をあげた。

「おお、来てくれたのか、ラウル！　こいつならフロリダまで二十時間で行ける。コークをまかせてくれたら大もうけだ。ノスタルジアでもいいぞ」

バラデロの自称発明家が、歯のところどころ抜けた口を開けて。シャワーも浴びていない、濃いタンパク質が腐った臭いが鼻孔をついた。

カルロスはその下町ではよく嗅いだ臭いに、貧しさを思い出す。

「いきなりコークなんか任せられるわけがないだろ。そいつでアメリカまで見付からずにわたれると分かってからだ」

コカインはいま、キューバで小売りが一グラム六十ドル、アメリカでは三百五十ドルで売れている。キューバ・ルートが締め付けられて、メキシコからの陸路が流入元だから、アメリカでは極端な品薄なのだ。海路に比べて一度に運べる量が少ないせいだ。もしも手作り潜水艇で確実に運べるなら大もうけだ。

「こいつはそんじょそこらの潜水艇じゃないぞ。潜望鏡を出して海の上を覗けるし、GPSを海の上に突き出したら位置だってわかる。ここらの海で何回も試してる」

「何回も試した？　正気か」

思わずカルロスは聞き返していた。潜水艇は長さ六メートル、幅二メートルほどの涙滴型で、二つのスクリューと舵を備えている。だが、ちょっと凝った棺桶にしか見えなかった。

「道を歩いてたっていつ死ぬかわからないんだ。一山当てにいって何が悪い。羽振りがいいらしいが、あんたもバラデロの人間だろう？　忘れちまったかね。下町じゃどうせくだらない死にかたをするに決まってるんだ。金持ちになる挑戦くらいしなくてどうする」

「違いない。だが、忘れたわけじゃないさ」

まさに彼も人生を無駄にしたくなくて、金持ちになるため密売人を始めた。この発明家も、貧しさから抜け出すため、自分のやりかたですべてを懸けた。フロリダ湾をこんなお手製潜水艇で突っ切るなんて頭がイカれている。だが、麻薬戦争の中で密売人を続ける彼らも、その愚かさと無縁ではない。

ラウルが財布から百ドル札を十枚とって、発明家に握らせた。

「とっとけよ。アメリカに無事に着いたら、土産代と帰りの旅費にしてくれ」

発明家がはっと目を見開き、涙をあふれさせた。人生で千ドルものカネをまとめてもらうことなどなかったのだろう。人生が報われたように何度も十字を切っていた。そして、黄ばんだ歯をむき出す。

「ありがとよ！　こいつが軌道に乗ったら、おまえさんのクスリは格安で運んでやるよ」

そして、波打ち際で傾いたままの潜水艇に、酸素ボンベを抱えて乗り込んだ。ぎいぎいと音をたてて、搭乗ハッチが閉まる。ハッチをネジで締め付ける軋《きし》みが響いた。そして、内側から船体が叩かれる音が鳴る。海中まで押し出せと要求されているらしかった。

カルロスもさすがに厚かましさに呆れた。

「マジかよ。何様のつもりだ」

ラウルのほうはと見ると、面白がっていた。

「いいじゃないか。送ってやろうぜ」

到底二人だけで海に押し出せる重さではない。カルロスは、ミゲルたちボディガードも呼んだ。砂浜を蹴って、力一杯押す。肉体労働をしたのは久しぶりで、ピアソンのサーフハウスでウェイターをしていた頃を思い出す。

体のきつさがひどく懐かしかった。マフィアで上納金を受け取るカルロスの仕事は、筋力を働かせることではない。もう困窮するどころか人を雇っている立場なのだから、ミゲルたちに全部やらせようかと考えた。

彼らは仕事を大きくしてゆく中で、古いやりかたを切り捨ててゆく。カルロスにとって、力仕事はとっくにそうして切り捨てたものだ。日当五ドルの暮らしの頃と同じことをしていて、週に五万ドル稼ぐのは無理だ。いま、全身の力を搾って船を押すことなど時間の無駄の最たるものだ。それなのに、汗を流すことが、古い馴染みに出会ったように懐かしい。

仕事を大きくしてゆくことは、懐かしい下っ端仕事を止めてゆくことでもある。そうして大きな仕事をする者の中から、貧しかった故郷は消えてゆく。出世は、貧しさを必ず見捨てさせるのだ。カルロスはそこに感傷を抱く必要はない。弟の死んだビデオを見たときから、彼に帰るべき場所などない。あの家にいるのはアル中の父親だけだ。彼には必要のないものだ。

「頑張れよ《ブエナ・スエルテ》！」

人生の重さなどどこ吹く風とばかりに、ラウルが歓声を上げる。この男だけは、出世しても何も切り捨てる必要がないかのようだ。

ごぼごぼと不吉な音を残して、潜水艇が船出する。

バラストから空気を抜いた潜水艇が、のろくさと海面を進んでゆく。三十センチも沈んでいないから、波の具合で船体もスクリュー痕も丸見えだ。大冒険のすえ海を渡れたとしても、海上巡視隊の目を盗めるとは思えなかった。

久しぶりに体を使って、上等なスーツが汚れるのもかまわず砂浜に座り込んでいると、ラウルが、どこかからボールを拾ってきた。

「せっかくだから、フットボールでもやらないか」

ボールはここの浜辺で遊んだ子どもが忘れていったものだ。下町でもよく子どもはフットボールをしている。ラウルが爪先や太腿でボールを弾ませているくらいのことは、カルロスにもできた。

「やるなら、おまえは自分のボディガードとチームで、俺は俺のボディガードとチームだ」

三人対九人の差でもラウルがやるといったから、三十分ほどボールを蹴った。もちろんカルロスが何もしなくても勝負は圧勝だった。

海を見た。どこまでも広がって、きらめいていた。

バラデロの麻薬戦争のまっただ中に戻ろうとしているのに、こんな時間を過ごしている場合ではなかった。だが、ラウルに巻き込まれるのはそう悪い気分でもなかった。いつかノスタルジアを使ったとき、今日の思い出をよみがえらせるのかも知れないと思った。トニーが警察の友だちとのキャンプのビデオを見続けたようにだ。

ラウルがひとしきり汗を流したあと、飲みにでも誘うように軽く言った。

「パパ・サンチョからの頼まれゴトがあるんだが、一緒にやらないか？　中国人のグループが歓楽街でカルテルを通さずにコークを買い付けてる。帰ったら潰しに行こうぜ」

こっちのほうがよほど大事な話だと呆れた。カルロスが呼び戻された理由はそれだ。

バラデロに戻った翌日、襲撃はあっさり成功した。カルロスが下準備をして、ラウルの人望で集めたスタッフに仕事をさせる。彼個人のボディガードたちを使うまでもなかった。この組合せが最高のかたちであるかのような、見事な皆殺しだ。

数日が過ぎても、発明家からアメリカに着いたという連絡はない。カリブ海に沈んだようだった。

そして、カルロスは、装甲板を張ったランドローバーの後部座席で、手下の密売人から受け取ったメールに心を悩ませていた。

「ついに仮釈放か」

ラウルの兄たちが、グアンタナモの刑務所から仮釈放されたのだ。キューバの麻薬戦争は、捕えた密売人を入れる刑務所を増やすことなく始まった。この半年で、毎日百人以上の密売人が収監されるせいでキューバ中の監獄があふれている。ラウルの長兄コルティスは詐欺と強盗、傷害、次兄フーゴは麻薬密売で一年半前に逮捕されていた。新しく密売人をぶち込むために、猛獣を檻から放つのだから、本末転倒だ。

カルロスはうまくやれていた。警察AIをコピーしたものはガルボにきっちり渡したし、自分のぶんも確保していた。ワシントンにも報酬としてコピーを出している。解析した成果をカルロスが買い取る約束もある。キューバ・マフィアもAIを麻薬戦争に導入しつつあり、それは彼が担う仕事なのだ。

銀色のシルクのスーツを着た黒人の部下が、車の隣の席からパッド型コンピューターを手渡してきた。このテオドロに、麻薬のあがりの報告を任せていた。

「どうしますか。ラウルの家族のことですが」

テオドロの目に剣呑《けんのん》なものが宿っていた。カルロスが浮かべば部下も偉くなり、沈めば地獄を見る。そういう道理が分かる頭脳がある男たちを選んだ。密売人を引き上げて仕事を任せなければならないほど、カルロスの仕事は増えていたのだ。

カルロスは昼も夜もなく働くために密売人になったわけではない。だが、成功を求めれば、偉くなるか死ぬかの二択しかなくなった。

「こっちからは手を出すな。グループが割れるのを待ってるやつらが、一斉に襲いかかってくる」

ラウルとはいまのところ争う理由がなかった。バラデロの地元マフィアでは、カルロスはラウルのグループだと思われている。パパ・サンチョに取り込まれてのしあがりつつあるラウルだけでなく、カルロスや、ラウルの事務所でノートパソコンを扱っていたマリオも幹部候補とされていた。人を殺すこと以外は能なしのチョッパーですら、カルテルから評価されていた。この街でノスタルジアを扱う若手マフィアの有望株というラベルが、彼らには有益だった。

頭の回るテオドロが一瞬けげんそうにした。こいつがヘマをやらかしそうで、カルロスは釘を刺した。

「ノスタルジアは、ガルボが子飼いの仲買人に卸してたクスリだ。このシノギを俺たちがトニーから掠め取った。俺たちの顔のラウルは、パパ・サンチョの世話になってる。だから、いまどんなややこしい状況かわかるだろう？　みんなが少しずつ我慢してるんだ」

テオドロがああと合点がいった顔をした。ノスタルジアを、いまもカルロスはガルボから卸している。このせいで、パパの派閥でカルロスは裏切りを疑われているが、ガルボ側にもこのシノギを欲しがっているやつはいくらでもいるのだ。ガルボには麻薬戦争のために大金が早急に必要だったから、話が通じるカルロスを目こぼししている。だが、永遠にそれが続くわけではない。

「もっとシンプルに商売したいやつが多いことだけを覚えておけ。騒いでるやつには油断をするな」

ガルボのまわりでは、カルロスを殺せと囁く幹部が多いのだという。それでも、賭をしなければ底辺の密売人としてきっとつまらない死に方をしていた。

車が裏路地で停まった。ボディガードが先に後部座席から降りる。彼らは今日、ナイトクラブのオーナーに会いに来たのだ。地元マフィアの視察は、オーナーを正直に仕事させるように脅せればほぼ合格だ。ちょうど何ヶ月か前に働いていたピアソンのサーフハウスに、マフィアの手入れが入ったときと同じだ。

「やる立場になると面倒だな」

縄張りのナイトクラブの一つで、この二週間、麻薬の売り上げが激減していた。仲買人に話を付けに行かせたが、オーナーのルカスが反抗的だとのことで、カルロスが出張るハメになったのだ。サーフハウスが軒並み壊滅した後、この街で麻薬を楽しむ場所はナイトクラブに移った。麻薬戦争に巻き込まれて死者が出ているせいで、よい客はほとんど逃げてしまっていた。

ナイトクラブはひたすら派手で過激で即物的だ。サバトまがいの乱交が行われる日もあり、警察によく摘発されていた。クラブは、サーフハウスと違ってキューバの若者が出入りしている。安い大麻のほかは一〇パーセントしかコカインが入っていないクラックがよく売れていた。カルロスはコカインを薄めて売るのが好きだった。安価なだけでなく、大人数にバラ撒けるからだ。まわりの人間がみんなクスリをやっていれば、普通なら手を出さない層にも売れる。そして、中毒にしてしまえば旨いのは、そういう本来なら麻薬に沈まない顧客だった。本人か家族が高い薬を買えるだけ貯め込んでいるし、財産なり体なり、売れるものを一杯持っている。

ボディガードが硬い表情で戻ってきた。

「ルカスが死んでいます。殺《や》られたのは、昨晩のうちかと」

聞かされて、カルロスは舌打ちしていた。どこかと尋ねると、裏手ですと返された。仕方なく車を降りた。

夏の日差しに炙られて、たまらずサングラスをかけた。バラデロでは嗅ぎ慣れた異臭が漂ってきた。乾いた血と、腐りかけた肉の甘ったるいにおいだ。

案内されて店の裏手に歩いた。ナイトクラブの従業員たちが、カルロスの様子を遠巻きにうかがっていた。舐められないために、臆していないことを常にアピールする必要があった。

荷物搬入口のそばに張られた金網のフェンスに、男の体が引っかかっていた。両手を金網に手錠で繋がれて、頭蓋骨が割れて脳漿がこぼれていた。すでに蝿がたかっている。羽音が耳に残った。

カルロスはついてきていたテオドロに顎で指示をした。意図を察して、テオドロはぼやきながら、飛び散った脳を避けて近づいて、袖が血まみれのルカスに触れないよう指先でカード入れや財布を引っ張り出した。戻ってくる途中、「ああくそ」と、アスファルトに靴底をこすりつける。

「財布が残ってますが、手帳もスマホもありません」

「メモも何もか？　どいつが殺ったか、どいつと取引してたか手掛かりになるものも、何もか？」

麻薬戦争後、バラデロでは堅気ではない死体を見ても通報されなくなった。取り調べで長時間拘束され、痛くもない腹を探られるからだ。異臭が耐えられなくなると誰かが保健所に連絡する。なにしろ、毎日そこらじゅうで死んでいるのだ。

テオドロが手をハンカチでぬぐいながら言った。

「殺ったのは元警官だと思いますが、持ち物はこれだけです」

金網に密売人を手錠で繋いで拷問するのは警官の手口だった。

「ルカスの背後を洗え。徹底的にやれ。家族を攫《さら》って尋問しろ。スマホを奪ったやつが痕跡をどこかに残しているはずだ」

クラックもナイトクラブも「場」を作るための投資だ。家畜小屋の経営者に中抜きをされては困る。最悪、首を切ってすげ替えるつもりだったが、先に殺されるのはカルロスの面子《めんつ》にかかわった。

カルロスが見ている間に、野次馬が集まってきていた。彼もすでにこの街の有名人なのだ。

命じた調査は、いつまで経っても結果が出なかった。その代わりに、テオドロが行方不明になった。

密売人をまたひとり引き上げて近くで働かせだした。そんなとき、ワシントンから一台のマシンが送られてきた。

「こいつがか」

設置は事務所の奥に作った機械室にした。オペレーターに操作させると、そっけない英文が表示され、管理画面がたちあがった。キューバの地図が映し出され、そこに赤い丸印が大量に散らばった。

オペレーターとしては、プログラムのできる高校生をスカウトしていた。今のキューバでは、技術者として就職するよりも観光客にチップをもらうほうが稼げる。麻薬をタダでくれてやると、優秀な学生でもマフィアに入った。

「赤い点が密売人がいる予測地点だって書いてある。これマジで正しいのかな。マジで何百万ドルもの価値があるんですかね」

画面には、赤印の場所で、高い確率で密売人が商売しているのだと表示されていた。麻薬取引に選ばれる場所には条件がある。人目に付かなかったり、誰も通報しなかったり、監視カメラがなかったりということだ。バラデロが地元のカルロスには、ひとつひとつの表示に納得がいった。

ただ、前に見た警察AIの画面に比べて表示が少ないのが気になった。

「警官の動きは、青い点なんじゃねえのか。映ってないな？」

液晶ディスプレイにカルロスは触れる。彼が近づくことを恐れるように、学生上がりのオペレーターが身を固くした。

「警官の動きは、警官に入力させないと意味がないからマジ捨てたらしいです。ヘルプは、なんだろう。マニュアル雑だな。検索してもネットにマニュアルなんてないし、コンフィグ《設定》よくわからないぞ」

不平をこぼしながらオペレーターはマウスを操作するが、カルロスは興奮していた。

「細かいことはいいんだよ。俺が縄張りにしてる以外の赤いトコには、どこかの組織の密売《ナル》人《コ》がいる。そうだろ？」

興奮で身震いしていた。ラウルの事務所のそばの十字路に赤い印があった。いつもラウルの手下の仲買人が、配下の密売人にクスリをおろしている場所だ。他にも密売人を見たことがある場所に赤い印がついている。もちろん、殺されたルカスのナイトクラブにも赤印がついていた。

このワシントンが送ってきた人工知能は、カルロスやラウルの縄張りで密売人がいる場所を見事に予測している。ということは、彼ら以外のマフィアの配下の位置もまるみえだということだ。そして、このバラデロで殺し合っているのは警官と密売人だけではない。密売人同士でも、顧客を奪い合っている。

「たいしたもんだ。いや、ずっと俺たちがこれで警察に一方的にやられてたのか」

乱暴に言えば、これを使ってうまく密売人を殺しまくれば、顧客を自分のところに引っ張ってくることができる。

逮捕されてもバラデロでは密売人は減らない。麻薬を売りたい子どもが列をなしている状態だからだ。それでも、落ち目のやつの下には頭の回る人材はこない。

　オペレーターが口笛を吹いた。コンピューター上で人工知能のマニュアルを見ていたのだ。

「ボス、これマジすげえっすよ。人工知能がネットのニュースを勝手に巡回して、殺人事件のあった番地で密売人が死んでるのを学習するらしいです！」

　興奮してオペレーターが咳き込んだ。カルロスは手に飛んできた唾を指でぬぐった。

「何がすごいんだ？」

「こいつ、特徴量の表現を学習するんですよ。ずっと前にニュースでマジやってたっしょ。人工知能が、猫ってどういうものかを教えたら、猫画像を見分けられるようになったってやつ。ものすごい数の画像の中から、猫っぽい集合を選んで、猫画像を絞り込んだらしいっすよ」

「おまえの話は難しい」

「こいつ、ネットのニュースを学習して、殺られたのが密売人《ナルコ》かどうか自動でわかるようになるんですよ。教えなくてもニュースのデータを勝手にとってきて学習するとか、マジハンパないです。どういうところに注目したら密売人を見つけられるか特徴を定量的に判断して、死人が密売人だったかどうかマジ振り分けるわけで。しかも、間違ってたら自動でやり直して――」

　カルロスはオペレーターを殴った。前歯が折れた男が、口から血を垂らしながら許しを請うた。

「俺は難しいと言った。わかるように話せ」

舐めた口をきかせておく気はなかった。

オペレーターが怯えた目で何度も謝りながら言った。

「こいつは、キューバ中で死んだやつが密売人かどうかを自分で考えるんです。それで、今見えているこの密売人の居場所を地図上で勝手に書き換えるんですよ」

画面には、バラデロのそこかしこに赤い印が散らばった地図が表示されている。警察署から奪ったAIについて、ワシントンが言っていたことを思いだした。警察AIは、予測の正しさをたもつために警官がとってきたデータを入力する必要があった。だが、こいつは機械が勝手に情報収集までしたうえで地図を書き換えてくれるのだ。

「そいつは便利だな」

カルロスが機嫌を直したようすなことに、オペレーターはほっとしていた。

「マフィアがこんなの使ってるなんて、はじめて知りました」

そうだろうよと、カルロスは返す。覚醒剤で集中力を引き上げて突貫でコンピューターの勉強をさせたが、思ったより順調にいっていた。骨と皮ばかりにやせ衰えたフレデリカと同様、このオペレーターは三年もすればぶっ壊れる。だが、麻薬マフィアにとって、三年は勢力図が一変する長い時間だ。高校から学生を誘拐して覚醒剤漬けのAI班を作ることを考えてみた。悪くないアイデアに思えた。

だが、三年どころか三ヶ月でも長すぎることを、カルロスはすぐに思い知らされた。

パパ・サンチョの縄張りの歓楽街で、街に立って商売をしていた密売人が殺された。三日で立て続けに五人だ。

そのせいで、カルロスはラウルに呼ばれてグループ全員で集まるハメになった。

緊張しすぎて肌の下に虫が這っているようだった。

バラデロで一番大きなホテルの十八階の会議場に、ラウルが待っていた。奥のテーブルで、ホストとして大物然と構えている。派手なシャツの胸元を大きく開けているが、着ているスーツは上物だ。パパ・サンチョの娘と婚約して、歓楽街の縄張りの手伝いをすでに始めているのだ。

「久しぶりだな。こんな用事で顔あわすだけじゃなく、普段から連絡しろよ」

立ち上がったラウルが、彼に右手隣の席をすすめてくる。すでにやってきていたチョッパーが重苦しい視線を向けてきた。羽振りがよくなって、オーバーオールをやめて白いスーツ姿で金のアクセサリを全身にじゃらじゃらつけている。チョッパーはラウル配下の強面《こわもて》なので、ビーチの一部を縄張りとして与えられている。

「こいつは裏切り者のクソみたいな臭いがするぜ。こんなやつ使ってたらロクなことにならねえよ」

チョッパーの声はでかい。金回りがよくなっても中身が何も進歩していない。ビーチの荒っぽい連中を押さえつけるために縄張りをもらったとは聞いていた。黙っていればカネが入ってくる場所なのに、密売人を呼びつけては殴るから上納金をちょろまかされているという。

「自分の足元の心配でもしてろ」

カルロスは言い捨てて、革張りの椅子に座る。もうこいつの相手はうんざりだった。

「コルティスさんとフーゴさんが帰ったんだ。こんなやつすぐに用済みになる。すぐにだ！ おまえは命乞いすることになる」

マリオが感情のない表情でこちらをじっと見ていた。ラウルのまわりをうろちょろして頭を使う役だったから、カルロスのことが邪魔でしかたないのだ。

会議室には彼らを含めて十人の男が集まってきた。カルロスたちのほかは、彼が生まれてくる前から密売人をやっていた古株ばかりだ。全員がパパ・サンチョから縄張りを任された幹部だった。もっとも覚えがよろしくないのは、ぽっと出扱いされているカルロスだ。

「用事がないなら話に入ってくれ。パパ・サンチョは来るのか？」

ラウルが大物ぶってためを作ってから宣言した。

「今日はパパ・サンチョはこない。俺が仕切らせてもらう」

そして、こちらの顔を舐めるように確かめる。かつてとは違う、ふるえがくるような、空気を張りつめさせずにおかない厳しさがあった。

ラウルの声が、豪華な会議室の壁に寒々しく響いた。

「なあ、おまえらも知ってるな」

何人かは平静を装って顔を見合わせていた。けれど、余計な口をたたくやつは誰もいない。

「この何日かで、繁華街の密売人が立て続けに十人も殺られてる。ガルボに情報を流してるやつがいなけりゃ、ありえないくらい速くて正確だ」

「パパを出してくれないか。若僧に疑われるのは我慢ならん」

古株が凄みだした。こうなるのも当然だ。パパ・サンチョは麻薬戦争の勃発を受けて、戦争用の幹部としてラウルのグループを組み込んだ。繁華街のシマの管理しかしたことがなかったこれまでの幹部では、密売人の重武装化に対応できないからだ。バラデロの存在感はフリオ大統領の麻薬撲滅宣言以来増すばかりだ。だがそれは、FAR《キューバ革命軍》あがりのマルセロ・ガルボの影響力が高まっているだけだ。

半年もしないうちに幹部の半分がラウルのグループという新顔に成り代わったのだ。面白かろうはずがない。

漁師上がりのマチャド老が立ち上がると、水差しのところに行って一気に水を飲んだ。

「先走りすぎだ。本当にガルボの仕業か？　死体には例のマークが入ってないんだろ」

パパ・サンチョの大物の部下は前歴が漁師や肉屋だ。マチャド老もこのホテルを縄張りに商売を育ててきた才覚がある男だ。だが、ゲリラや警官あがりで固められたガルボたちと喧嘩をするのには向いていない。

案の定、目立った仕事のできないマリオにすら突っ込まれていた。

「ガルボ以外の誰がやるんだ。そのうち全面戦争になるかもしれないのに。マチャドさん、そんなじゃ困りますよ」

ラウルのグループは麻薬戦争で急速にのしあがってきた。カルロスも含めて殺す決断は軽いし、拉致や拷問に踏み切るのも早い。

だからこそ、服の下が汗ばんだ。

カルロスにだけは状況がはっきりわかっていた。これはパパ・サンチョの密売人をうまく殺せば、顧客を自分のところに引っ張ることができると踏んでの攻撃だ。つまり、ワシントンからAIの横流しを受けた人間にだけ可能なことだ。ガルボが、パパ・サンチョの縄張りに攻勢をかけているのだ。

マリオが手近にあったグラスをこちらにぶん投げてきた。狙いが外れて、壁にぶつかって割れた。

「カルロス。おまえ知ってるよな！　怪しいと思ってたんだ」

口を滑らすと死ぬ流れだ。チョッパーはカルロスを露骨に殺したがっている。マリオも腹に一物抱えているのが見え見えだった。

「頭おかしいのか？　俺がそんなマネをして何の得になる」

立ち上がって自分もグラスを投げようとしたチョッパーを、ラウルが手で制した。

「ガルボと近すぎねぇかって話だよ。このあいだの警察襲撃から、何度か会ってるそうじゃないか」

カルロスにしてみれば勝手な言いぐさだった。だが、生き残るためにカルロスが関係構築しようとした試みにガルボのほうが付き合っていたのは、まさにこの疑いを撒くためなのだ。

「言いがかりはやめろ。俺のとこは、ヤツにかわいがられてたトニーの縄張りだ。ヤツとパパ・サンチョの協定で、クスリのあがりは向こうにも上納してるんだ。会わずに済ませる方法だ？　あるわけねえ」

　最初からカルロスが飛び込んだのは危険な縄張りだった。いつ抗争が始まってもおかしくないガルボとパパ・サンチョの数少ない友好的な繋がりを、助けてもらえないまま担っていた。それが互いに引き金のタイミングをはかっているだけだとしてもだ。カルロスにとっては大荷物を押しつけられたうえの周りの言いぐさだった。黙っているほうが危険だと心を決めた。

「カネの流れがややこしい場所だ。シンプルにしようってんなら戦争しかねえ。筋が通るやりようがあるなら、通させてくれよ。おまえらが兵隊と武器出して、ガルボを追い出してくれるのかよ」

　付き合いきれないが席を立つと不都合を押しつけられる、ただ苦痛な話し合いだった。

「おまえはもう終わりだ」会議が終わる直前、チョッパーが言った。結局ガルボの仕業だと皆が分かっていても有効な対策が出てこない、不毛な時間だった。堅気衆を抗争に巻き込むと売り上げが減るとか、仲買人にボディガードをつけろとか、誰が考えても当然の話が出ただけだ。なのに、それなりの仕事をしたように、これからどこへ呑みに行くかを話している。

　空しい気分を抱えて、地下駐車場へとエレベーターで下りる。ガルボの耳に入ったら腹を抱えて笑われるだろうと確信していた。

　エレベーターに同乗していた護衛たちは、ひとりが先行して車へと向かった。爆弾が仕掛けられていないことを確認してから、車を近くまで回してくるのだ。高級ホテルだというのに、寂しい駐車場の壁には弾痕が刻まれている。ここでハバナ・カルテルの構成員が一人死んでいる。首筋にぴりぴりと緊張が走った。こういう感覚をカルロスは大事にしていた。

「車は通りに回せ。ルートを変える」

そのとき銃声が響いた。拳銃ではない、ＡＫの連射だ。蛍光灯の下に銃火がまたたく。カルロスは遅かったのだと知った。

それでも生き残りたい衝動に押されて、背中を向けて逃げ出した。背後から銃声が轟き、護衛が血まみれになって倒れる。硝煙の臭いで、頭がおかしくなりそうだった。

ホテルのエレベーターが下りてきた。カーゴから出てきたやつを人質にできるか考えた。望みは限りなく薄い。けれど、それに飛びつくしかなかった。

呼吸が乱れたまま、犬のようによだれをこぼしながら走った。

その彼の前に、覆面をしたギャングたちが銃を手に立ち塞がった。ボディアーマーを身につけて、手にはＡＫを持っている。

カーゴのドアが開いた。

身長二メートル近い、トニーよりもでかい男がそこにいた。しかも、二人もだ。

「助けが来ると期待したか？」

そいつらがゲラゲラ笑っていた。

その顔をカルロスは知っていた。顔を合わせたのは初めてだが、写真だけは取り寄せていたのだ。

だから、カルロスはスーツの内側に吊した拳銃を抜こうとした。だが、その前に頭蓋骨がきしむほど強く殴られた。気が遠くなり、銃が手からこぼれた。

コンクリート床に這って銃に飛びついた。この場で射殺されなくても、拷問されて死ぬ。銃をようやく摑んだ手が、目の前で弾けた。鼻先で銃声を感じたと思ったのはその直後だった。

世界が真っ赤に染まったようだった。撃たれた。右手が血しぶきをあげ、骨も肉も腱も傷口から露出していた。手が、いまや耐え難いほどの激痛と熱さの源だ。けれど、それは切り離そうにも体の一部として繫がっているから逃れようがない。カルロスの指が弾けて床に転がっていた。あらゆる感覚が充血していた。

その後で、カルロスの意識に憎悪と恐怖の波がやってきた。叫んだ。

「殺してやる！　蜂の巣にして海にバラ撒いてやる」

コルティスとフーゴだ。ラウルの仮釈放された兄貴たちだ。

手で押さえても血が止まらない。左手まで温かいぬめりでべとべとに濡れていた。

だが、怒鳴るほどに頭の奥から恐怖が押し寄せてきた。そして、言いようのない後悔と絶望が、怒りを塗りつぶすように体を冷やし始める。

この集まりにパパ・サンチョが来ていないことを、もっと疑うべきだった。本当の目的は、カルロスをおびき寄せて始末することだったのだ。マリオとチョッパーの様子から、危険のシグナルを読み取れたはずだった。このホテルを縄張りにするマチャド老もぐるだ。でないと、コルティスとフーゴがこんな見事に待ち伏せできたはずがない。自分のマヌケさに腹が立った。

泣きわめいてもわめき足りなかった。ラウルに似た茶褐色の肌のコルティスが、転がったカルロスの中指をつまみ上げた。そして、悲鳴と呼吸で閉じられない口に、突っ込んできた。

「かわいく吠えるなあ。おまえは終わりだ。わかるか、ここから先はもうないんだ」

コルティスが顎で指示をすると、両脇からギャングが体を引っ張り上げた。そして、そのままろくに抵抗もできないカルロスを、車に引きずり込んだ。

血痕と指と、護衛の死体だけが地下駐車場に残された。狭い車内で、むっとする獣臭さに吐き気をもよおしながら、カルロスは失血で意識を失うまで暴れ続けた。

*

コルティスとフーゴのことを知りたいって？　そりゃあの頃は有名だったさ。ラウル・リバデネイラが名前を上げてたからな。

ラウルが有名になる前なら、二人はバラデロによくいるイカれた犯罪者だった。少なくともコリードに歌われるような派手な話はなかった。あいつらを逮捕した事件は、わたしの同僚が担当したんだ。ひどいものだった。被害者はかろうじて死んではいない重傷だった。

フーゴの麻薬密売のいざこざで、被害者を鉄パイプで殴り倒して、許しを請う相手をコルティスが蹴り続けたんだ。顔の骨が砕けて、背骨も折れて一生車いすになったらしい。相手も前科二犯の暴行傷害犯でなかったら、仮釈放の許可が出たとは思えんね。

あの頃はまだ、密売人どもとの戦争もマシな時期で、重犯罪の半分で犯人を逮捕できないようなことはなかったんだ。けど、事件が多すぎて捜査は大ざっぱになってた。あのときは優秀な弁護士がついたんだ。二人には当然カネなんてなかったが、ラウルが弁護士を口説き落としたのさ。裁判の証人にまで立って、ラウル・リバデネイラってのはたいしたやつだと、担当検事でさえ感心していたよ。

コルティスとフーゴが刑務所に入ったのはそのときが二回目だった。リバデネイラ家といえば、あのあたりでは有名なろくでなしの家だった。やつらの地元は商業区《ダウンタウン》の一番治安の悪いところで、そこでも怪物みたいに恐れられてたから、相当なことをやってたはずだ。ただ、あの事件でも証言が集まらなかった。いまにして思うと脅して黙らせてたんだな。弟のフーゴは、抵抗できない人間を拷問するのが抜群にうまかったらしい。コルティスは人を殺すのを何とも思っていない男だと、あの頃聞き込みに行くと悪ガキたちは言ってた。しゃべりそうなやつはコルティスが殺してたんだろう。

バラデロでは、ジュニアハイスクールの卒業生が成人までに十パーセント行方不明になっていた。ラウルがあの街で人気があるのは、最低の場所から出た希望だからだ。ラウルは男がそいつのことを語らずにいられない、英雄を感じさせる愛すべき悪童だったそうだ。

たぶん、その光のことを、コルティスとフーゴという濃い影がそばにあったからこそ、ダウンタウンは愛したのさ。

*

意識が回復してくるのを、視界が明るくなることで知った。頭の中がはっきりするにつれて、体が冷たいことを知った。頭痛がした。胃がむかついていた。血と吐瀉物の臭いがした。寝ている間に吐いていたのだ。

そして、自分が手を背後にして、両手を手錠で繋がれているのを知った。濡れたコンクリートにカルロスは転がされていた。

悪寒がして、咳き込んだ。コンクリート床だと、流した血を、バケツで水をぶっかけて洗えて楽だ。彼が拷問をした経験では、ろくに手当もせずにこのくらい体力があるなら、まだ一日は経っていないはずだった。

助けはこないかと思案を巡らした。かなり厳しいと言わざるを得なかった。眼を細めて天井を見上げると、三メートル近い高さがあった。どこかの工場だ。港町であるバラデロに、こんな建物はいくらでもある。

「目を覚ましたな。もうちょっとだけ生きてていいぞ」

葉巻をふかしながら、男がしゃがみ込んだ。コルティスだ。葉巻を弾いて、彼の顔に灰を落とす。

「ガルボと裏で繋がって好き勝手してるんだってな。そういう話、オレたち興味あるんだわ」

「俺は違う」

声をあげた。腹を蹴られた。カルロスが疑われるのはもっともだ。だが、疑いを向ける理由があるやつは他にいくらでもいる。

「だが、おまえはよそものだ。オレの身内じゃない」

「俺はこの街の人間だ、よそ者じゃない」

顔を蹴られた。いつの間にやってきたのか、フーゴにも蹴られた。歯が折れた。朦朧となり、後頭部を蹴られて猛烈に気分が悪くなって吐いた。吐瀉物が喉に詰まって溺れそうになってのたうっていると、冷たさが体を打った。バケツの水をぶっかけられたのだ。

「勘違いするな。おまえは、うちの街の人間じゃない。チョッパーもマリオもガキの頃から知ってるが、おまえは違う」

目の前が真っ赤になるほど激怒した。こいつらもチョッパーたちも殺してやると心に決めた。これほど馬鹿馬鹿しい話はなかった。キューバ中を巻き込んで麻薬戦争をやっている最中に、バラデロのしょぼくれた商業区《ダウンタウン》の出身じゃないから殺すと言われている。こいつらがどうしようもなく愚かだからという理由で、カルロスは死ぬのだ。

コルティスが葉巻をカルロスの頬に押しつけた。火傷の痛みでうめいた。

れしいだろう？」

「稼ぎは全部俺たちが奪って、使ってやる。うれしいだろう？　俺たちの踏み台になれてう

日の差さない密室で死んだ弟のことを思い出した。あんなふうには絶対に終わりたくないと思った。得体の知れない活力が湧きだして、カルロスはむちゃくちゃに暴れた。

「おまえのやっていたことは時間の無駄だ。豚のように太って、喰われるのがおまえの役目だったんだ。いい顔だ」

フーゴがペンチを手にしていた。カルロスの顔から血の気が引いた。

「一晩お楽しみを待ったんだ。もっと効率よくやろうぜ、兄貴」

知性の感じられないのっぺりした顔で、フーゴが足の爪をペンチで挟み込んだ。それからは、ただ苦痛だった。

こんな頭のおかしい猛獣を檻から放り出したロドリーゴ将軍を呪い続けた。刺すような苦痛と、めくり上げるような苦悶と、皮膚を裏返しにするような辛苦と、叩き潰すような惨苦が交替で襲ってきた。

苦しみの合間に、フーゴが息も絶え絶えのカルロスに言った。

「何もかも吐くと言ったら、コーク《コカイン》を使ってやる」

まっぴらだと、そのたびに意志をかき集めて吐き捨てた。心が折れた人間が麻薬漬けにされたら、後はもう好き勝手にやられるだけだ。カルロスも犠牲者にそうしてきたから、正気が怪しくなりながらも拒み続けた。洗いざらい情報を抜かれたら、後は変態が楽しむための

拷問に変わる。そっちのほうこそ本当の地獄だ。果ては生きたまま首を切り落とされるか、体を少しずつバラバラにされてゆくか、ろくな最期は迎えられない。

正気を繋ぎとめるために、麻薬でどうやってキューバ中の人間を家畜にするかを考えていた。カルロスの人生の希望はもはやそれしかない。

フーゴが彼の爪をコンクリートの床に並べ終え、麻酔なしの抜歯に取りかかったとき、カルロスはずっと考えていた。パパ・サンチョの権力を狙うのはガルボだけではない。キューバでは麻薬ほど儲かるものはない。誰もが麻薬を売りたいし、その利益を身内で分けたい。麻薬が人生の目的になった中毒者を十人も顧客に持っているだけで、そいつらが家畜のように密売人《ナルコ》が贅沢できるカネを稼ぎ続けてくれるのだ。働かずに好きなことだけをして怠惰に暮らしたい。みんなそう思っている。だから、何百人殺しても縄張りを手に入れたい。それは成功であり、権力だ。警察や軍は彼らを目の敵にするが、それが密売人の真実だ。

顧客は麻薬が好きで、密売人はカネが好きだ。顧客はそこを勘違いして、密売人を信用してくれる。密売人は怠惰な商売が赦される。

キューバは宝の島だ。

コルティスが彼の耳に唇を押しつけてきた。こいつは家族以外の何も信じていない。

「ガルボと繋がっているんだろう。ラウルをハメようとしているんだろう」

フーゴは彼のことを、ラウルの踏み台として用意された豚のように扱う。

「てめえんとこは、いっとうガルボと揉めやすい、戦争になりゃいちばんに血祭りにあげられる縄張りだ。なのに、うちの密売人が殺されて、てめえが死んでない。おかしな話だよなあ」

死んでいないから裏切り者だと言い出した。クソみたいな話だ。

息も絶え絶えで、助けを求めて周囲を見渡す。見張り役なのだろう、プリント柄のTシャツにデニムの貧しそうな男が、カルロスを見下ろしていた。分け前にあずかれることを期待して、丸焼きにされる豚をみる目をしていた。

「誰が黙っててていいって言ったよ。ああ、爪も歯もやりやすいとこはほとんどおわっちまった。指か、いや、指はもう意味ないか。こういうときは迷うよな。そうだ、兄貴、そこのパイプ倒してくれ。そいつがドアに倒れたら目をえぐる。こっちに倒れたら金玉を潰そう」

フーゴが血まみれになった手で、禿げた頭を掻いていた。ガルボとパパ・サンチョでは部下の頭のできが違いすぎる。地元民を集めたパパ・サンチョの部下がこの程度なのは、当たり前のことだった。地元意識は強いが仲間意識はそれほどでもない。ドロップアウトしたろくでなしだらけなのだ。期待するだけ間違いだ。

そして、コルティスがパイプを倒した乾いた音が、冷たいコンクリートの床を伝ってきた。

「うし、決めた」

カルロスの視界が唐突に暗くなった。それが、顔をわしづかみにするようにフーゴの手が近づいてきたのだと知ったとき、目に違和感が侵入してきた。眼窩に指を突っ込まれたと思ったら、みちりと気持ちの悪い音がした。そして、後はただ苦痛に絶叫するしかなかった。

瞬時に一度気絶して、痛みで覚醒し、次の瞬間また意識を失った。

泣き叫ぶうちに意識が薄れ、強烈な痛みにまた意識を取り戻す。カルロスは自分が苦痛で失禁していることを知った。

体から視界の半分だけでなく、人間味のようなものが永遠に失われたようだった。それでも発狂していないだけ、まだマシだったのだと思えた。滝のように顔から血がこぼれていた。フーゴに指で右目をえぐり出されたのだ。千切れた視神経を眼窩に押し戻された。

乱れた息を整えることもできず、仰向けに転がった。どこかから差す日の光が、いまは右側だけ薄暗かった。血の臭いが耐え難かった。肺が空気を求めている。体が生きようとしている。まだカルロスの時間を終わらせまいと、抵抗しようとしている。

カルロスはそのエネルギーが爆発してしまわないように、生き延びるため細く長く燃やそうとする。戦いはまだ続く。自分は生還できると信じた。

そして、金属のドアをたたく音が聞こえた。潮目が変わったのを感じた。

「カルロスを殺すな。際限がなくなるぞ！」

叫びが耳を打った。聞き覚えのある声だった。

ラウルが怒鳴り込んできたのだ。

耳に痛いほど響いた。その声は、薄暗い工場にうごめく生命の気配だった。

「ラウル、これはおまえのためなんだ。こいつは生かしておいてもおまえのためにならねえ」

コルティスが説得しようとしていた。ラウルのぴかぴかの靴が、かすむ視界に見えた。

「カルロスを殺した後、バラデロは戦争だ。あそこの縄張りは、ガルボにも上納金を渡してるからかろうじて爆発してないんだ。ガルボが、パパ・サンチョが約束を破ったと因縁をつけて抗争を始めないはずがないだろ」

「どうせいつかはやることだ。早いほうがいい」

「兄貴、この殺りかたはダメだ。際限がないぜ。俺たちが身内以外ならこんなハメかたをすると思われたら、次は古株の連中が疑心暗鬼になる」

　ラウルの言うことはまっとうだ。味方をガタガタにしたら全員ガルボに潰される。ラウルは、パパ・サンチョの娘と婚約しているから、さすがに大きい視野で判断していた。

「おめえはいいやつだ。けど、今回は兄ちゃんたちの言うこと聞いとけ」

　疲れたようにコルティスがしゃがみ込む。

　そんな兄弟の話に、カルロスは参加できない。だが、下手に刺激したら死ぬ。ただ、じっと待つしかなかった。

　暗い湿った床を舐めるようにして、ただ時を待っていた。体は冷え切って、苦痛が全身の肉を浸していた。

　それでも、諦めてはいなかった。

　だから、それをまっさきに察知できた。

　激しいブレーキ音がした。続いて機関銃の銃声が轟き、重い軍靴が機敏に走る足音がした。

次は銃弾が薄い鉄のドアを撃ち抜く、激しい音が工場に反響する。人間が斃《たお》れる音が聞こえたとき、カルロスは残った片目を見開いて笑った。乾ききった口から声は漏れず、ただ唇がわずかに動いただけだった。涙があふれる。

強い光が差し込んだ。そして、軍靴の音がなだれ込んできた。

「うちのボスはどこだ」

聞き覚えのある声のほうを向いた。工場の警備が射殺されて倒れているのが見えた。Tシャツが血に染まって、ぴくりとも動かない。

カルロスは息を整えながら、体を折って立ち上がろうとした。爪を全部剝がされた足はむくんで、動かそうとするだけでひどく痛んだ。

ぐいと体が引き起こされた。雇っている護衛部隊長のミゲル・ピニャだ。そして、意識と正気を確かめるように残った左目を覗き込んできた。

「遅かったな」

カルロスは肩を借りたまま、自分の足で立った。痺れてただ耐え難く痛む足を、意地で踏みしめる。我慢するため嚙みしめる歯すらないから、力が入らない。それでも、怒りが彼にそうさせた。

「よくやった」

「どうも、ボスがここまで運がいい人だと思わなかった」

そうだ、カルロスは運がよかった。もしも本当にラウルに救われていたら、マフィアとしての自分の出世は終わっていた。命の恩人であるやつの部下として生涯働く約束をさせられたか、二度と独立できないよう利権を手放すことを要求されたか。そのくらいのところで助命交渉はまとまっていただろう。ラウル・リバデネイラは、密売人として実績をあげられる強《したた》かさと嗅覚を持つ、油断がならない男なのだ。

コルティスとフーゴは動いていない。ここで撃ち合って死ぬ愚を犯すのを、ラウルが止めたのだろう。

いい気分だった。大きく息を吸った。

「葉巻をよこせ」

ミゲルが吸い口を千切ったコロナをくわえさせてくれた。唇は震え続けているから、落とさないように歯茎で噛んだ。

葉巻をミゲルが火で炙る。血の臭いが、煙の香気にまぎれた。

「いい風だ」

眼を細めた。銃弾で手錠を切ってもらって、手が自由になった。

カルロスが正気と気力を残していたことに、拷問を施したフーゴは信じられない様子だった。

ミゲルたち高給で雇った護衛が、いとも容易《たやす》く工場を制圧していた。軍隊上がりのプロの頼りがいは素晴らしかった。ラウルも、コルティスも、フーゴも、銃口に威圧されていた。

一歩踏み出すことがすでに苦痛だった。

それでも、歩いた。

誰も彼を止めなかった。彼も振り返らなかった。

裸足のまま、死体を踏み越えて夏の太陽の下に出た。

地下駐車場で攫《さら》われたとき置きっぱなしになっていたはずの、彼のランドローバーが停まっていた。

手を引かれて、クーラーのきいた車に乗り込んだ。ドアが閉まって、外から見えなくなった途端に、我慢の限界がきてうずくまった。激痛にうめき、歯茎の間から荒い息をつく。

「クソが！　クソが！」

どこからどこまでも、クソみたいな話だ。そんなことはわかっていたから、備えは常にしてあったのだ。

ミゲルが、苦笑していた。

「相手が欲をかくような素人で助かったな、ボス。発信器を追えなかったらアウトだった」

この車を、コルティスたちが地下駐車場から盗んでくれたおかげで助かったのだ。車に爆薬を仕掛けられて死ぬマフィアは今でも多いから、カルロスは自分の乗る車にはすべて発信器をつけている。運転手を裏切らせて車を工場に運び込み、丁寧な仕事で座席の下に隠した爆薬は、特殊部隊あがりのミゲルたちでも発見できない可能性がある。それを防ぐため、側近のほとんどにも秘密で位置を監視し続けていたのだ。

「こういう脇の甘さがあるから、コルティスもフーゴも警察に捕まったのさ」

そしてカルロスは命を拾い、やつらは千載一遇のチャンスを逃したのだ。

車を事務所に向かわせた。部下の動揺を、一刻も早く抑える必要があった。同乗していたミゲルが、口ひげを指で撫でながら言った。

「右目はひでえ傷だぞ。病院に行かなくていいのか」

「手下に顔を見せるのが先だ。報告を受けて、これからの動きを指示して、その後で充分だろう。ああ、そうだ。医者は事務所に呼べ。応急処置ならどこでもできるだろう」

苦痛に苛《さいな》まれながら、自分は健在だとアピールする方法を考えていた。拷問されていたときとは違った汗がにじんだ。疲れ切っていた。頭は、血が鉛になったように重く、思考が苛立たしいほど鈍重だった。それでも、今ここで寝てしまうのはマヌケだった。

カルロスが生き残ったのは、他のマフィアに地縁で繋がりがない部下を、高給で雇ったために過ぎないのだ。つまり、カルロスの部下たちは、彼しか裏社会での窓口がなくて、再就職ができない。もしもカルロスが死ねば、その資産をコルティスやパパ・サンチョの幹部たちが接収するときに、邪魔になって殺される立場なのだ。頭を失って押しつぶせる集団を切り崩すのに、分け前を用意するやつなどいない。

ミゲルもそれに気づいたから、命をかけて助けてくれた。もしも、他のマフィアと再就職の繋ぎをつけられる部下を重要なポストにつけていたら、カルロスは見捨てられていた。

そうして、ようやくひとつ思いついた。

「事務所の手が空いているやつに、新しいスーツと、眼帯を買いに行かせろ。いっとうイカしたやつだ。ショボかったら首を叩き落としてやると伝えておけ」

「めかしこんでどうするんだ、ボス？」

カルロスはそれを見たコルティスたちの後悔を想像した。自然と笑いがこみ上げた。

「ネットに写真を広めろ。メッセージはシンプルでいい。俺は無事だと教えてやれ」

漏れた笑みには血の臭いがした。

「そうだ。コリードの歌手を呼べ。この話を思い切り歌わせろ。クラブでクラックをやってるやつが好きそうな、景気のいい曲を作らせろ」

煙草いいかと尋ねられた。許可を出すと、ミゲルが紙巻き機で煙草を巻いてくわえた。

「俺にお奨めがいるんだ。パーカッションが天才でな。メキシカン・コリードのラッパ野郎たちとは違う、ダンスに最高な連中さ」

「そいつらでいい」

辛苦は体の奥でじくじくとうずき続ける。密売人もそうでない者も、痛みから逃れることはできない。だから、それを忘れる痛み止めが必要なのだ。

「音楽を流せ。辛気くさい時間をすごすのは、時間のムダだ」

彼らは流されている。止めることはできない。犯罪者だからだ。

カルロスも、コルティスやフーゴ、ラウルもパパ・サンチョも、どこかでは似ている。彼らが求めるものは、怠惰に気ままに生きるためのカネであり、疎外や挫折の代償であり、社会の中で見つけられなかった居場所だ。

そして、似ているからこそ食らい合う。社会を裏切って食い物にすることは、社会と同時に生まれたもっとも古いありかただからだ。古すぎる土台の上に立つからこそ、社会が進んで手口が更新されても、陰惨な共食い体質はいつまでも続く。

「次だ。その次にはまたバカが現れる。その次にもまた現れる。いつまで経っても終わらない。笑えるな」

それはゴールのないマラソンだ。彼らは走り続ける。誰かに食われるまでずっとだ。なくした右目の奥に痛みが響いた。気がつけば、本当に肩を震わせて笑っていた。

ミゲルが呼んだ歌手は、大麻農家の親父のすねをかじって夢を追っている男だった。だが、献身的に働いたのに嵌《は》められて殺されそうになったカルロスを歌うコリードは悪くなかった。ネットワークに流した画像と歌は、思った以上に効果があった。バラデロじゅうに知れ渡ったせいで、カルロスはずいぶん有名になった。おかげで、集金に回っていると見付かることが多い。

その腹いせか、カルロスが歯科医から戻ると、事務所にフルーツの大きな木箱が送られてきた。開けると、行方不明になっていたテオドロがバラバラになって詰められていた。やはり拉致したのはコルティスたちだったのだ。ナイトクラブの店主を殺したのもおそらくあいつらの関係者だ。

テオドロだけで済ませるとは到底思えなかった。フーゴとコルティスは、カルロスを始末するつもりで攫ったのだ。殺意をもって一度振り上げられた拳は、下ろされることなどない。

監視カメラを確認していた警備から、内線電話が入った。

〈ボス、客が来た。チョッパーって野郎だな〉

チョッパーはコルティスたちと繋がっている。第二ラウンドが始まったということだった。

事務所に入って来るなり、チョッパーはカルロスを罵《ののし》り始めた。後ろには、派手なTシャツを着たボディガードを連れている。

「ずいぶんな歌を広めさせてるじゃねえか。デタラメふかしやがってよ！　あぁ？　コルティスさんたちが本気だったら何でおめえ生きてるんだ」

何度も舌打ちしながら、カルロスに指を突きつけて凄んでみせる。

カルロスはただ、傷に響く声だとぼんやり考えていた。チョッパーは昔ほど運動をしていないのか、顎がたるんでいるのがわかった。あいかわらずこいつに殴られたら無事で済みそうにないが、もう危機感は覚えなかった。この男がさほど怖くないのだ。

「おまえ、コーク《コカイン》どこやった」

掴みかかってきたチョッパーを、ボディガードが止めてくれた。この場で銃でも抜きそうな剣幕でチョッパーが押し、その場でもみ合いになりかける。

「何の話だ？」

「バカにしてんのか？　おい、ここでやんのか。トニーが隠してたコークに決まってんだろ！」

「トニーがコーク？　おとなしく聞いてやったら、言いがかりもたいがいにしろ」

怒鳴り合いになった。相手の主張を聞いていたら死ぬしかない。一ミリも譲らず衝突せざるを得なかった。

「おまえが、アメリカ人に媚び売ってた店が手入れで潰されたとき、トニーが警察から横流ししたコーク百キログラムだ！」

「コーク百キロ？　トニーが!?　バカもいい加減にしろ。そんなものあるはずねえだろ」

心当たりもないし、現物をかわりに揃えることすら絶対不可能な量だ。おかしな話だが、だが同時に納得のいく話だった。連中は嘘だと見え見えの情報を、カルロスを殺す名分にするつもりだ。いまごろはパパ・サンチョの幹部たちにも、総攻撃をして彼の資産を分配する話がついているのだろう。

つまるところ、麻薬戦争の中で密売人を続けることが、そもそも正気の沙汰ではないのだ。チョッパーは愚かだ。だが、さっさと正気を手放す選択をしたことは正しい。

「あのサーフハウスにガサが入ったとき、押収されたヤクは一千万ドルぶんもあったって言うじゃねえか。トニーの身柄をおさえたおまえが持ってなきゃ、どこにあるっていうんだ？」

「トニーはただのおまわりだ。コーク百キロをそんな下っ端が、警察から横流しした？　近づけもしねえよ。腐ったアタマでちっとは考えろ」

「おまえはガルボと繋がってるから、トニーの縄張りを荒らしても無事だったに決まってる。

関係ないんならコーク百キロ、耳を揃えて出しやがれ」

　まったく話が通じなかった。様子を見に来たミゲルが目配せしてきた。殺すかということだ。どのみち戦争になる。ここでチョッパーを潰しておけば、パパ・サンチョの配下に殺し屋を率いる専門家はいなくなる。だが、当然そうなることも、この男をここによこしたコルティスたちは考えているはずだった。それでも突っ込んでくるのが、チョッパーのくそ度胸だ。

　カルロスは恐れていないが、事務所に乗り込んできたこいつもまったく怯えていない。

　チョッパーはメッセージを伝えると悠々と引き上げていった。

　事務所には、それからというもの、やけになったような陽気さが訪れていた。こんなひどい難癖では、もはやどんな方向にしろやるしかないからだ。

「やりすぎたんじゃないか」

　ミゲルがマリファナ入りの煙草をやりながら言った。

「いや、やらなくてもやられていたさ」

　ここに至ってはもう腹が据わっていた。

「トニーに話を聞きに行こう。警護チームから精鋭を選んでくれ」

「言いがかりなら、無駄足じゃないかね。道中の襲撃リスクも高い」

「用立てる素振りを見せておけば、何日かは稼げる。時間が欲しい」

　もはやいつ銃撃を受けるかも、事務所にロケット弾を打ち込まれるかもわかったものではなかった。

車列を組んで最大限警戒しながらトニーのマンションに向かう。今回も、管理人は怯えた顔でトニーの部屋のキーをよこした。

ドアを開けたとき、血臭がした。ミゲルたちが罠を警戒して先行し、二人一組《ツーマンセル》で一部屋ずつ安全を確認してゆく。そして、三分とかからずカルロスを呼んだ。

「ボス、やられたな」

案内されてその部屋に近づくごとに、生臭さは耐え難いほどになっていった。そこに何が待っているか、もはや大方予想がついた。

寝室のベッドが真っ赤だった。両手足をベッドに縛り付けられたまま、トニーは解体されていた。生きたまま切り刻まれたのだろう、壁にも天井にも血が飛び散っていた。赤黒い生乾きのシーツの上に、手足を根元から切り離され、内臓を引きずり出された死体が載っている。かつては恐ろしかった鍛えられた体が、もはやただの肉だった。

カルロスは事務所に電話で、自分が戻るまで誰が来てもドアを開けないよう指示した。

「しばらくは厳戒態勢だ」

トニーが本当に横流ししていると期待はしていなかった。そんなものがあるなら、とっくに密売人として浮き上がれているからだ。ただ、トニーがガルボと連絡をとっていた内容や手段には興味があった。

カルロスはキッチンから大きなポリ袋を持ってくると、手近な紙類と情報メディアをその中に放り込んだ。

「めぼしいものを袋に放り込め。駄賃はもらっておく」

ガルボのところに逃げ込みたかったわけではない。そんなことをしても、今度はガルボに利用され尽くした挙げ句、根こそぎ奪われるだけだからだ。カルロスは自分で火の粉を払う必要があった。そうできることを証明してからなら、堂々とどこの勢力になりと移る目がでてくる。密売人は腐るほどいるが、自分の始末をつけられる男は少ないのだ。

「コルティスたちを殺るぞ」

やつらが生きている限り、カルロスはやつらの下だと思われる。えぐられた右目の奥がしくしくとうずいた。やつらの両目をえぐれと、音のない怨嗟の声が囁き続けていた。

事務所に戻るまで、拍子抜けすることに何の襲撃もなかった。もう勝ったつもりでいるらしかった。

応接室で手下の密売人に迎えられると、カルロスはトニーの部屋からせしめたポリ袋をそこに放り出した。書類とメディアをあるだけ奪ってきたのだ。

「ガルボとトニーが接触していたヒントを探し出せ。隠していたクスリのありかでもいい。見つけたら、分け前をたんまりくれてやる。しょっぱい裏切りをやらかしたら必ず殺す。わかったな？」

小山になったメモやファイルを、密売人たちが取り囲んでいた。そこにはピアソンのサーフハウスで働いていた元ウェイターもいた。麻薬で身を持ち崩す前のトニーを知っている人間のほうが多いくらいだ。

サーフハウス時代は古参店員だったアマデオが、ゴミ漁りを仕切っていた。密売人から足を洗って逃げたはずが、のうのうと出戻っていた。さすがに事情は説明しなくてもわかってもらえた。

「あの頃ぁ、確かトニーは麻薬を隠してるって自慢してたな。監査が入るとパクられるから、誰にもわからないトコに隠してあるんだと。そうか、野郎は死んだのか」

まかせろと調子よくアマデオが請け合う。その場をまかせて、カルロスはコンピューター室に向かった。彼にあってコルティスにないものは、まずこのワシントンから受け取った警察AIのクローンだからだ。

オペレーターが、いまは覚醒剤が入っていて目を爛々と輝かせていた。

「仕事の準備はできてるようだな。怯えて使い物にならなかったら、気付けにクスリを入れなきゃならないところだった」

「そうだと思って、クスリなら毎日やってる」

充血した目を、視界に幻覚が見えているのか部屋の隅に何度も向けている。このオペレーターはもう長くはないなと思った。

「頭が冴えてるなら、よく聞けよ。そいつを使って、コルティスたちがどこに潜んでるか突き止めろ。やつらは俺を殺すために隠れているはずだ。保釈中だから、何をやっているかバレりゃすぐ刑務所《ムショ》に逆戻りだからな」

コルティスとフーゴは、くだらないミスもするが脅威だった。ラウルの兄弟は、他の何者でもなくただ家族のために戦うからだ。そういう命の張り方をしてくれる人間関係があることは、とてつもない優位だ。成り上がるには、家族ぐるみでやっている密売人は強い。

だからこそ、彼は戦うために人工知能に期待していた。ワシントンがいうところの知の再配置だ。献身的に考えてくれる家族がいない替わりに、機械に働かせるのだ。その献身は、オペレーターにはできないことだ。

「……ああ、ボスが拷問のことを歌《コリード》にしたから、警察《グァチョ》が黙ってるわけないんだ。冴えてるっすね」

仮釈放中だから、コルティスたちは保護観察官から召喚されたら応じなければならない。そして、カルロスが広めた歌のせいで、あの二人が彼を拷問したことは知られている。トニーの事件が明らかになれば疑われて召喚されるし、当然コルティスたちは応じない。カルロスとの抗争中に刑務所に戻ったら、弟のラウルを見捨てることになるからだ。すでに仮釈放は取り消しになり、警察が二人を追っているはずだった。

「やつらは、ラウルが匿《かくま》ってる。ラウルが持ってる隠れ家だ。そのどこかにいる」

「怒られると思うけど言ってしまいますが、見付からないから隠れ家なんすよ」

カルロスは、気に障ったわけではないが聞き逃すわけにもいかず、オペレーターを殴った。

「考えろ。パパ・サンチョの密売人を殺しまくるのに、ガルボはどう使った？　警察ＡＩに、そんな機能はなかったはずだ。俺のところのやつにも、ガルボが殺しをやるのに使った機能がついてるはずだ」

カルロスもカネを使って警察内部に探りを入れている。パパ・サンチョの密売人が立て続けに殺された事件の捜査情報は入手済みだ。犠牲者は路上で商売していた者だけではない。店や自宅も現場になっている。だから、裏切り者の存在を確信されて、幹部に呼び出しがかかったのだ。だが、警察が使うＡＩは、逮捕事例から傾向を予測する。この事件で使われたように、誰一人逮捕されていない場所にいる密売人を突き止める性能はないのだ。

頭骸骨の中で脳がゆでられたように、頭がぐらぐらした。つまり、ワシントンは奪った警察のものより高性能にしたＡＩを密売人によこした。カルロスも、受け取った当初、能力の高さによろこんだ。だが、ワシントンに、密売人向けにＡＩをカスタムするよう頼みはしたが、五百万ドルの報酬は、ここまでやるには安すぎる。データ入力の都合とはいえ、警官の動きが表示されず、密売人の動きだけに特化して情報を提供するこれは、麻薬抗争のためのＡＩだ。

オペレーターが、すでに薬物のもたらす異常な集中力でモニターを凝視していた。

カルロスはソファに体を預けた。白いコンクリートの天井を見上げる。

カルロスも今では大金を見慣れて、五百万ドルがどのくらいの仕事に値するかはイメージできる。ぽっと出のカルロスよりもよい売り先はいくらでもいたはずだ。なのに、どうして彼だったのかと考えた。他の者と何かが違ったのだ。

能力ではありえない。資産でもない。将来性でもない。

たまたま人間関係があったという、ただそれだけでしかない。それが何を意味しているか、カルロスにもわかった。

誰でもよかったということだ。

カルロスは嗤《わら》った。そして、脳の奥から鈍い記憶が浮き上がってきた。

弟が殺されるすこしまえ、肉を買って帰って、たぶん最後に話をしたときのことだ。マルコはもっと別の生き方があるのだと彼に言った。密売人が一番マシな進路だったカルロスは、自分が悲惨な境遇にあるのだと気づかされた。彼らはただ時間を擂《す》り潰して生きる。あらゆる人間がそうすることに呑み込まれている。なのに、カルロスと客たちの時間には、差があった。

アメリカ人たちはクスリでハッピーになってビーチで眠り、貧しいからカルロスたちはそいつらの世話をする。それが一番儲かるから、彼らはそんな悲惨な密売人を目指す。オーナーのピアソンは若者たちを怠惰だと侮《あなど》る。ワシントンはこの島で一番勤勉なのは密売人だと褒める。密売人になるのが一番価値のある時間を過ごせる世界は、貧しいのだ。そして、彼らは貧しいから、木っ端のような人生を送る。

そう、のしあがっても木っ端扱いだ。これだけ高性能なＡＩが渡されたのは、ワシントンにとって社会実験だからだ。ＡＩ開発にも当然倫理規程はあり、犯罪目的の開発は禁じられている。それをワシントンはキューバの麻薬組織を使ってやっている。ワシントンにとって、カルロスという話が通じる太いパイプがあるためだ。

キューバ警察に入っているＡＩも、社会実験として導入されている。そしてアメリカでは、弾丸の飛んでこないオフィスで、どっちがスコアをあげるかチェックされている。実験用のネズミのような彼らの時間と、やつらの時間には明確に差があるのだ。そしてカルロスたちはその中で、カネにならない時間を過ごすことを強いられている。貧しいとは、時間につける価値に差があるということだ。

そう気づいた。そのとき、目の前の混迷が開けた心地がした。そのアイデアは、どうしようもなく深く冥《くら》い怨嗟に繋がっている。

この世界には、大きなゲームがあるのだ。そして、彼らは、ゲームのテーブルにつくことすらなく、不戦敗で負け続けている。

自分の死を決めたゲームのテーブルに、弟のマルコは、着くことすらできないまま負けていた。

パパ・サンチョとガルボとロドリーゴ将軍のゲームに、席を持っていないことすら、殺されかけるまでカルロスは気づかなかった。

そして、キューバは自分を本当に貧しくしているゲームに、テーブルにすら着けず負け続けている。

彼らはみんな、席に着けないまま不戦敗を続けているのだ。顧みられないまま消える人間の、かたちにすることも赦されない怨嗟を聞いた気がした。それは、知らぬまま負け続け、価値を見いだせない時間を不良債権のように抱え続けるしかない、眠れる敗北者の断末魔だ。

息だ。

怠惰だと嘲《あざけ》られ、麻薬中毒やアルコール中毒になり、惜しまれずに死んでゆく人間の最期の

カルロスは吐息をついた。腹の底が煮えたぎっていたのに、驚くほど息は冷たい。

「這い上がってやる。麻薬で何百万人でも踏み台にしてだ」

弟が無為に死んだ窓のない部屋と、先が見えない麻薬戦争が繋がっている。笑いも出ないほど空しい光景だった。だが、この麻薬の島すべてとアメリカも、そして世界も同じテーブルのゲームの上にある。価値と時間というゲーム、貧しさのゲームだ。

そして、このゲームにもどこかに勝者がいる。そいつらは、テーブルから弾き出しておびただしい不戦敗の人間を作りだし、ぬくぬくと彼らを嘲笑《あざわら》っているのだ。カルロスは、自分が生き抜くだろうと信じた。そいつらを、価値を感じられない貧しい時間に引きずり込んで、あらゆる時間に価値がないと思い知らせてやるのだ。

「いまにおまえたちの番が来るんだ」

かならず後悔させてやる。何もかもを腐らせてやる。そう心に決めると、コンクリートの天井に閉ざされていても、世界が広がって見えた。

あらゆる悲劇も、あらゆる不自由もそうだ。彼らを縛り付けているものは、時間と繋がっている。そして、貧しさとは価値を見いだせない時間を強いられることで、カルロスは麻薬というコマを持ってゲームのテーブルにつく貧しい男だ。だから、やつらが席に着いたつもりで傍観しているだけの、無為な麻薬の夢で時間を浪費させるというゲーム、怠惰のゲーム

で勝者になれる。

カルロスは勢いをつけてソファから立ち上がった。

彼は使い捨てられるため、肥え太ることを赦された。パパ・サンチョのカルロスを評したことばの端々やしたり顔を思い出す。ラウルの下で難しい仕事をさせる踏み台扱いされていた。

そして、キューバ軍のロドリーゴ将軍は、そんなパパ・サンチョの組織にくさびを打ち込んだ。カルロスにかつて見えていたより一段大きなゲームの一手だ。仮釈放基準がゆるんで、麻薬戦争以前の犯罪者が大量に仮釈放されたことで、キューバ中の麻薬カルテルに内紛を起こさせる企てだ。そう思い至ってぞっとした。彼らの運命を左右するプレイヤーが、とてつもなく恐ろしい男であるということだからだ。

カチカチと音がする。オペレーターがキーボードを叩いて、ＡＩから情報を引き出そうとしている。そして、振り返ってカルロスに語り掛けた。

「たぶんこいつじゃないかと思うんですが」

モニターには、バラデロの市街地図が表示されていた。そこに、赤いマーカーが散っている。路上だけではなく、建造物の中にも散在している。

マーカーが多数あるのは、歓楽街やダウンタウンだ。覚醒剤中毒のフレデリカの家にもある。フレデリカは麻薬で捕まったことはないし、クスリを受け渡す場所はいつもアパートの前だ。この違いを知っていたから、この表示画面がカルロスが欲しかったものだと気付いた。

「よくやった！　ボーナスははずんでやる」

　この人工知能が計算している、麻薬取引が行われる場所には、そこによく出入りする関係者の拠点を予測したものが含まれているのだ。

　カルロスはモニターを触って地図をスライドさせた。歓楽街からビーチ側に離れた、この事務所がある周辺だ。当然ここにもマーカーがついていた。彼の背筋に冷たい緊張が走っていた。ここに引っ越してからまだ三ヶ月ほどしか経っていない。もちろん警察に踏み込まれたことがないアジトだからだ。

　事務所を照準におさめるような不吉なマーカーを、カルロスは凝視した。生命の選択を迫るように、鼓動が大きく打っていた。

「今すぐこいつをプリントアウトしろ。バラデロ内のマーカーの位置全部だ」

「画面に表示されてるんだから、紙にしなくていいっしょ」

「マヌケが。ここも攻撃を受けるんだ！」

　言い捨てると、応接室でトニーの遺品をチェックしている手下たちを急《せ》き立てに向かった。

　結果を尋ねると、メモが一枚差し出された。スマートフォンが上着のポケットでタイマーを鳴らした。作業を命じて一時間経ったのだ。

「作業は切り上げだ。書類は地下の焼却炉で焼け。三十分で脱出する」

　手下とボディガードたちに今後の指示を出した。彼らは、三つのグループに分かれて事務所を出る。第一グループは事務所にある麻薬を運び出す。第二グループはＡＩを搭載したマシンを移送する。第三グループはカルロスを脱出させるグループで、ここにミゲルたち護衛チームの精鋭を置く。

さっきまでトニーの部屋のゴミと格闘していた密売人《ナルコ》が、マリファナ煙草に火を点けた。ひとりが吸い始めると、次々にしゃがみ込んで大麻をやり始めた。

カルロスは激怒した。最初にマリファナに手を出したやつを拳銃の台尻で殴る。麻薬組織を混乱させた後、ロドリーゴ将軍は何をするつもりか？　回復する前に徹底的に叩くに決まっている。

「死にたくなきゃ動け！　キューバ軍から攻撃されるぞ。警察《サツ》みたいに甘くねえ。軍のイヌども、右往左往してる密売人を、まとめて撃ち殺すつもりだ！」

アルベルト・フリオ大統領は麻薬との戦争を宣言した。これは戦争だ。仮釈放が簡単に許可されたのも納得だ。街に出た厄介者を、迎え入れたやつごとまとめて射殺する腹づもりだったのだ。

ロドリーゴ将軍のところにもＡＩが配備されている可能性は充分あった。そいつがカルロスのＡＩのように攻撃目標を予測していたら、殺しにこないはずがないのだ。ＡＩの代理戦争がいまキューバで行われていて、全員がそのコマなのだから。

カルロスたちは慌ただしく事務所を出発した。車がヒカコス半島の根元からハバナ側に出た頃、ビーチの方向で煙が上がった。ハバナ方向からヘリが編隊を組んで飛んでいった。

「ミサイルだ！　あいつらやりやがった」

同乗していた手下が悲鳴をあげた。着弾したのは歓楽街だ。轟音が頭上を通り過ぎてゆく。低空飛行するヘリから、大口径の機銃による掃射が容赦なくくわえられていた。スペイン植民地時代からの建物と、比較的新しいコンクリート建築が雑然と並ぶ街が、土埃に覆われていた。

対向車線を、装甲車がバラデロへ向けて何台も猛スピードで走り抜けてゆく。その後ろを、兵員を乗せた軍用トラックが追随する。

元特殊部隊のミゲルが口笛を吹いた。

「いいカンだ、ボス。あれはピナール・デル・リオのレンジャー部隊だ。半島の根元側から一個中隊が侵入してる。ヘリが三個中隊で市街地を包囲攻撃中。海も封鎖してるはずだ。将軍、本気で殺る気だぜ」

サイドミラーに映る故郷から、いくつも黒煙の柱があがっていた。ヒカコス半島は、長さは三十キロメートル近いが、幅は五百メートルに満たず、極端に東西に細長い。付け根に広がる歓楽街を押さえられると、半島全体が袋のネズミだ。

運転席からカルロスに、ヘッドセットと薄いパッド型コンピューターが渡された。パッドの画面に、市街の様子が映し出されていた。手下を残して、街の様子を撮影する役を命じたのだ。

バラデロはすでに太陽降り注ぐ地獄と化していた。それでもビーチの砂浜はただ白く、海はエメラルドのように澄んでいた。どこまでも空が青く広がっている。ハンディカメラ越しのぶれた映像の中で、大勢の市民が逃げまどっていた。だが、攻撃は無差別に行われているのではない。カルロスも知っている地元マフィアのアジトが集中して攻撃されていた。ラウルの事務所にもロケット弾が撃ち込まれていた。

カルロスはプリントアウトした地図を広げさせた。映っている軍の作戦行動位置と、AIが予測した取引位置を照合する。

「どうやら決まりだな。ロドリーゴもAIの予測情報で攻撃している」

軍の攻撃は見切り発車もいいところだった。AIを軍や警察に売ったアメリカでなら、きちんと裏取りをした後で攻撃に踏み切ったのかもしれない。だが、ここはキューバなのだ。

そして、カルロスのヘッドセットに、激しい銃声が飛び込んできた。

〈ボス、攻撃だ！　救援を!!　くそ、なんで――〉

爆発するような轟音。鈍い、くぐもった、布袋を地面に叩きつけるような異音。はげしい衣擦れ。そして、沈黙。

あとは遠くのサイレンと叫び声だ。

ヘッドセットで音声を共有していたミゲルが、「マジかよ」とつぶやく。

「マジで、ボスの言った通りに当たるとはね」

麻薬を運んだ車だった。事務所を出発して三十分と経たないうちに、襲撃されたのだ。

カルロスは、パッド型コンピューターの映像を切り換えさせる。市内で燃える車が映し出されていた。今度は高いところから見下ろすものではない。麻薬を運ぶ車列を、隠れて追跡させていたのだ。これを誘うように、彼はわざわざ麻薬の車列を分けたのだ。

「急にデカくなった組織には、裏切り者が入りこむ」

怪しいと見た内通者を、麻薬の車列にまとめて参加させておいたのだ。疑っていたのは、かつての先輩ウェイターのアマデオだ。そして、当然、情報が流されて食いつかれた。襲撃者の正体も見当が付いていた。

ヘッドセットの向こうで、何かを乱暴にもぎ取る音がした。そして、ノイズまじりの音声が入った。

〈クスリはいただいたぞ。おまえの事務所はもう吹っ飛んだ。仕入れたブツがなくなって、護衛を雇うカネがいつまで残ってるかな〉

コルティスだった。

明らかに煽《あお》られていた。カルロスは黙っていた。

笑わずにいられる気がしなかったからだ。

コルティスの狙いはシンプルだった。カルロスの仕入れた麻薬を奪って収入源を断ち、護衛が手薄になった彼を殺すつもりなのだ。

〈おまえはもう終わりだ。なんどでも言ってやる。おまえはもう終わりなんだ！〉

パッドには、弾痕だらけになって停車した車の運転席に体を突っ込んだ、コルティスの尻が映し出されていた。

そうとは知らずに、熱にうかされたようにまくしたてて、コルティスがヘッドセットを捨てる。映像の中のこいつは、見られているとまったく気づかない。そして、走って逃げようとしたアマデオを背中から撃ち殺した。そのまま仲間と協力して車から段ボール箱を二つ積み出し、自分たちの車に載せる。

カルロスは、こらえきれなくなって膝を叩いて嗤った。狙い通りだったからだ。

コルティスたちは麻薬を、これから自分たちのアジトに運び込む。拉致現場から車を盗むような欲を制御できない素人が、麻薬を捨てて行けるはずがない。そうするために、すぐには処分できない量を用意しておいたのだ。

「そうだ。おまえたちの番が来たんだ」

*

わたしたち警察だって、キューバ軍のバラデロ攻撃は寝耳に水だった。昼の二時くらいだったかな、ヘリの音で気がついたんだ。

あのときはわたしも警察署にいた。何も知らされてないところに、市民からの問い合わせが殺到したんだ。

後から、軍が二千人も動員してたと聞いたときはたまげたよ。バラデロの全警察官の三倍の兵隊が、機関銃を持って市街地を制圧してたんだ。

キューバ軍による攻撃は、世界のメディアにリアルタイムで様子が報道されてた。市民がスマートフォンで撮影した映像が、ユーチューブにアップロードされたんだ。恥ずかしい話だが、わたしもそれを警察署で見ていた。市民からの通報はあったよ。軍が装甲車で家を粉々にしてしまったんだが助けてほしいとか、そういうやつだ。正直どうにもならなかったね。

密売人《ナルコ》はそんなときにも走り回ってたよ。まあ、それは当然だな。軍は町中にあるハバナ・カルテル傘下の地元マフィアの拠点を徹底的にたたいたんだから。

警察ＡＩに入力していた密売人のデータも予測も勝手に吸い上げて、攻撃に利用したと聞いたときははらわたが煮えくり返ったね。密売人が死ぬのは結構なことさ。だが、わたしたちのデータで軍は大虐殺をやったんだ。

やりすぎだった。歓楽街で火の手が上がってね。軍の連中がミサイルを撃ち込んだせいで、スペイン植民地時代の建物が燃えたんだ。知ってるだろうが、パパ・サンチョの根城は歓楽街だった。

当然、密売人たちも抵抗した。マルセロ・ガルボが自分の部下に軍事訓練を施していたのは有名だが、それだけじゃない。パパ・サンチョだって軍人を呼ぶようになってた。軍人がマフィアにリクルートされることは珍しいことじゃなくなってた。

もちろん武装だって横流しされた。バラデロじゃ、マフィアになった軍人同士が軍の武器で縄張り争いしてたようなもんだ。将軍の部隊はそれを突破するために、そこいらじゅうを爆破した。それで地中のガス管が破裂したんだ。

バラデロの根元の歓楽街は、いまじゃ新しいビルになってるだろう。あれは、あの日の攻撃でガス管の老朽化していた建物が燃えたせいなんだ。市街地中で銃撃戦をやってたのに、一番目立ってたのは歓楽街の大火事だった。それが、大惨事にならなかったのは、密売人《ナルコ》が消火を指揮したからだ。

そいつは、派手なシャツを着て、火の海になった街を駆け回っていた。銃を持って撃ち合う仲間を怒鳴りつけて、よく燃える車をどけて消防車が通れるように指揮していた。警官もそいつが密売人だって忘れて協力してたくらいだ。いや、そいつをパクったりしたら、暴動だった。日頃から儲けを貧乏人に分けたり、出入り自由のパーティを開いたりしてたから、人気があったんだ。年寄りも、寡婦も、焼け出された娼婦も、みんながそいつの手を取っていた。手下の密売人たちは本当はもっと別のことをしたかったろうさ。けれど、そいつがやるならとついていった。

あの日は、密売人だったラウル・リバデネイラが英雄《バリエンテ》になった日だった。

だから、軍の銃撃を受けて、最後は血まみれで運ばれていったときは大変だった。ラウルのために市民が軍に石を投げた。誰もが、そいつがパパ・サンチョの組織の幹部だと気づいていた。なのに、どうしてそこまで反発を受けたか、兵隊《グアチョ》たちはわかっていない。市民にとっては、軍隊が街に火を放ち、ラウルが救ったんだ。

聖者のような最期だったよ。

フィデル・カストロとチェ・ゲバラの歌が、そこらじゅうに響いていたよ。軍の無能と密売人の成功の歌が、事故車のドアをパーカッションに奏でられた。兵隊には止めることなんてできなかったさ。

人の波と熱気が、渦を巻くみたいだったよ。さっきまで逃げまどってた人が戻ってきて、通りが埋め尽くされて進めなくなってた。軍はそのせいで歓楽街の手入れをあきらめたんだから。

それが、密売人が国を支配したあの時代に繋がったんだとしたら、たまったものではない話だ。だが、キューバはこうなる運命だったんだろうさ。

*

カルロスがバラデロに戻ったのは、ヘリが撤退を始めた後だ。夕方のオレンジ色になりかかった空の下、海岸には多くの人々が押し寄せていた。軍が押収した麻薬をビーチで焼いたのだ。

その豪勢に焚かれたコカインとマリファナの煙を、大量の麻薬中毒者たちが吸いにやってきていた。顔を煤《すす》だらけにした貧しい男女が、明日をも知れない身なのに幸せそうに砂浜に座り込んでいた。

当然のようにセックスしている者はいるし、殴り合いをして血まみれな者もいる。だが、止める者はいなかった。危険すぎて、警官たちですら近づけない状態だったからだ。

この日、焼かれた麻薬はこの頃のキューバでの末端価格で三千万ドル相当にもなった。アメリカで売れば一億二千万ドルに化ける、世界一豪勢なたき火だ。死者は、密売人とハバナ・カルテルの関係者が千人以上に及んだ。

そして、市民の死者は四十三人、キューバ軍の歴史に残る汚点となった。

だから、攻撃の後、街に残っている兵隊はいなかった。下手に見付かったら私刑《リンチ》にあいそうだったのだ。街がまだ黒煙をあげていた。どこに行っても煙の臭いがした。

カルロスは車を降りて徒歩で歓楽街に向かった。ビーチで気持ちよくなった麻薬中毒者たちが、音楽を奏でて踊っていた。みんながラウルを讃えるバラッドを謳っていた。

「コルティスたちはどこだ！」

祝祭の中にいるようだった。カルロスは人のうねりをかきわけて進む。

麻薬を奪ったコルティスを尾行していた手下が彼を呼んだ。そちらへ向かうと、一軒の古い民家が見付かった。石造りのスペイン植民地時代の家屋だ。弾痕ができて壁の表面が崩れてしまっていた。ドアは合板のパネルを張った鉄製だ。頑丈で重いそれを支えきれなくなって、蝶番《ちょうつがい》が浮き上がっている。

大きなスコップを持ってきた部下たちが、その脆《もろ》くなった石をかわるがわる突いた。力強く何度も食い込んだ切っ先が、ほどなくして完全に石を割った。ドアが外れて倒れると同時に、ミゲルたちが容赦なく手榴弾を屋内に放り込む。中から銃撃が激しくくわえられたが、射線の通らない壁の陰にカルロスたちは隠れている。

激しい爆発とともに白煙が内部から噴き上がった。何かの破片がそこらじゅうに散らばって、嵐の雨音のようだった。

土煙と火薬の臭いが風に散り始めた頃、もう一度手榴弾を投げ込んだ。生き残りがまだいたのか、室内からまた銃撃がまばらにあった。それを爆発が塗りつぶす。

今度は、もうもうとあがる煙の中に、ミゲルたち部隊の突入が行われた。短い、止めを刺すための銃声が響いた。

土煙けぶる中から、ハンドサインで侵入可能の合図があった。きちんと出入り口を確保された屋内に、瓦礫《がれき》をよけながら入る。床には石材と家具の残骸が散らばっている。大量の血液と肉片が部屋中に叩きつけられている。埃と血でむせる。

「六人死んでる。知った顔はいるか」

ミゲルに首実検をするよう促された。全員肉が裂けてむごたらしい状態だ。カルロスの知っている顔は二人いた。一人は古顔だがそれほど目立った働きはなかった男だ。そして、カルロスを拷問したフーゴだった。銃弾を胸に受けて事切れている。あまりにもあっけない最期だ。

ミゲルが横を向いた死体の顔を、つま先で仰向かせた。

「死ぬときはこんなものだろう」

家屋の奥まで掃討が完了したことを、先行した部隊が報告した。コルティスは見あたらないとのことだった。

「探せ」

「軍が戻ってくるかもしれねえ。こんなところで攻撃されたら全滅だぞ」

カルロスはさっさと撤退したそうなミゲルに、葉巻を一本くれてやった。

「フーゴが捨て石になってでも守るやつなんて、家族しかいねえよ」

そう口に出して、冷え切ったものを感じる。それは何かが決定的に終わる、暗い闇の底に飛び込むような予感だ。

横たわるフーゴの死に顔を見た。焦げ茶色の目を見開き、半開きの口のまわりには髭のそり残しがある。顔も体も横に広いが、口元はラウルに似ていた。派手なシャツを着ているのも同じだ。フーゴとラウルが兄弟なのだと、その繫がりを感じた。

肌身に、他に行き場のない現実が迫ってくるようだった。乾いた風が、夕陽に炙られた通りから吹き込んできた。

それでも彼は前に進むよりない。薄暗い廊下を歩き、ドアをボディガードが開いて安全確保するのを待つ。

一番奥の部屋はキッチンだった。ここには死体が転がっていなかった。カルロスは腐りかけた野菜の入った段ボールを移動させ、不自然に中身の少ない冷蔵庫をずらさせた。家電の下になっていた床に切り込みが見付かった。地下室への入口を、家具を動かすことで隠していたのだ。

フーゴは弟を守るため、この部屋から目を逸らさせようとしたのだ。そのために、一番死にやすい玄関近くでカルロスを迎え撃った。どいつもこいつも献身的なことだった。そして、どうしようもなく愚かだった。

「開けろ」

カルロスの指示で、ミゲルたちが地下室への入口を開く。真っ暗なそこに、護衛たちがライフルを構えて慎重に侵入していった。

腹の底が苦しかった。体が熱を持って重かった。闇の中に、足を踏み入れる。

壁面が古いせいで地下墓地のようだった。空気は乾いている。壁に強引に釘で打ち付けた銅線から、電球が繋がっている。

人が潜んでいるような緊張感を意外なほど感じなかった。

「照明をつけろ」

カルロスが指示すると、護衛たちが確認をとるようにこちらを向いた。

彼らもラウルが撃たれたことは知っていた。撮影された動画を見ていた者がいたからだ。大怪我を負った人間がひとりでいるはずがないから、供回りがいるはずだった。だが、その気配すら見られない。

挟撃を警戒しながらミゲルたちが速やかに進んでゆく。リズム感を覚えるほど、テンポよく安全を確認してはカルロスを奥へと導いてゆく。

その行き着く先は、古い金属製のドアだ。表面の塗装が剝がれていて、ひどくみすぼらしく感じられた。カルロスには、ラウルは恵まれた男に思えていた。それが、ここに至ってはあらゆる飾りが失われて、もう何も残っていない。

ミゲルが彼に目配せした。この部屋にも安全を期して手榴弾を放り込むかということだ。カルロスは首を振ると、自分の手で磨かれたノブを摑んだ。

「俺が行く」

つまらない締め方をしたら、生涯笑いものになると感じていた。それに、部屋の中からは明かりが漏れていた。不意打ちのために身を隠しているようには思えなかったのだ。

最後のドアを開くと、そこは岩をくりぬいたようないびつなかたちの部屋だった。コンクリートや漆喰で固めず板張りしているから、いっそう古びて見えた。部屋の半分にはラム酒の樽が置いてあった。

そして、部屋の隅にはベッドがあり、血のにじんだ包帯を巻かれた男が横たわっている。ラウルはいつもの派手なシャツを脱がされて、腹と胸に大きなガーゼを固定されていた。致命傷が二つ、どう見ても長くないとわかった。だが、生身のラウルに圧倒された。カルロスが入った、木の床を靴がたたく足音に反応して、そいつは確かに笑ったのだ。

ラウルの横には、太った中年の医者が居た。医療器具はかばんひとつぶんだけだ。輸血用血液が点滴されている。その程度の治療では助からないとよくわかっているのだろう、医者は哀れなほど怯えていた。

体を起こそうとして、苦悶にラウルの顔が歪んだ。カルロスは横になったままでいいと、手で制した。

「薬は使ってなかったのか？」

　このアジトにも、いかにもコカインらしい紙包みがいくつも置いてあった。だが、手を付けられた様子はない。

　ラウルの口元が歪んだ。

「ああ。使ったら、わけがわからないまま死んでそうだったからな」

　秀でたその男の額には脂汗が浮いている。唇はわなないていた。ショック症状を起こしかけているのだ。

　だが、横たわって彼を見上げるラウルの瞳は、生命力を失っていない。

「なんの話だ？」

「ああ、また何かを切り捨ててきたんだな」

「おまえは、価値あるものを切り捨てるたびに、研ぎ澄まされて強くなってゆく男だろ」

　この男とこれまでどんな話をしてきたか思い返していた。麻薬と縄張りの話ばかりしていた気がした。

「そうかもな。他のことは最近考えなかったし、家に戻ってもいない」

「チョッパーたちを恨んでるだろうな。だけど、あいつらもおまえを意識してたんだぜ。突然やってきて、あっという間にこんなすげえやつになっちまったんだから」

　ラウルからチョッパーたちの話が出たことが意外だった。仲をとりもたれた覚えはなかったからだ。会うとお互いの話をすることが多かった。

コルティスとフーゴの兄弟に拉致されてからは、彼はパパ・サンチョの関係者からの呼び出しには応じていなかった。蹴ったアポイントにはラウルからのものもあった。

そして、今、彼らは余計な言葉を重ねなくても通じ合っている。

カルロスはラウルを殺すためにドアを開けた。ラウルも、自分がカルロスに殺されるとわかっている。

「いいのか。兄貴たちは、おまえのクスリを全部隠しちまったぜ。カネがなくなったら、プロの護衛は助けてくれねえだろう」

「問題ないさ。密売人《ナルコ》がこういうときモノを隠す場所を、いくつも突き止めてある。今日のうちに他のやつから奪えば、差し引きで俺に損はない」

今日だけは、手持ちの麻薬を全部失っても問題なかったのだ。密売人から略奪して補填しても、軍にやられたのと判別できないからだ。ここに来ていない部隊は、いまも人工知能で予測した位置にあるアジトから薬を奪っている。もしも充分な量が集まらなかったとしたら、その場合は街の密売人がみんな持っていないのだ。極端な品薄に乗じて他と同じ条件で値をつり上げて、中毒患者から搾ればいい。

「この島じゃ麻薬はカネと同じだ。だから、カネと同じ回りものとして扱える。条件さえ揃えばな」

楽しそうにラウルが肩を揺らす。

「兄貴たちじゃ勝てないな。まともじゃない」

カルロスもつられて笑った。夢見るように、瀕死のラウルがつぶやいた。

「なあ、カルロス、おまえは楽しくなかったか」

強がりではなく、いまから殺される男が本気でそう言っていた。

「この島はくそったれさ」

「そう言うなよ。オレは楽しかった。おまえがトニーの縄張りを食い荒らすのも、ガルボとパパ・サンチョの難しい縄張りで泳いでるのも、最高だった。オレが稼ぎをバラ撒くと、みんながよろこんでくれる。歌手たちがコリードを作る。女たちが踊る。ナメたやつは全員ぶちのめす。そうだ、誰にも止められない――」

麻薬のもたらすものではなく、ただ夢見るようにラウルが眼を細める。

「――ああ、オレは思いのまま生きた」

死にゆく男に、カルロスはとどめを刺せずにいた。やるべきことをためらっている。

密売人を力の限り謳歌した人間に、カルロスがかけられる言葉などない。

ここに暴力的なエネルギーに浮かされた、熱病のような人生があった。英雄になった男の、時代に押し流されてゆくその人生を、他人がせき止めることはできない。

「ひとつ頼まれてくれないか。ろくでなしだらけの故郷の、どうやっても他の生き方ができない、オレたちみたいなろくでなしの居場所を、守ってやってくれないか」

だが、カルロスは首を振った。カネが不可欠な裏社会にこそ、高度な自動化の潜在需要がある。ＡＩを使うやつはもっと増える。

「俺たちは悪党だ。人間は悪に魅せられる。けど、悪はカネのほうが好きだ。悪は、最後の最後には、人に居場所なんかくれやしない」

　カルロスは機械的に時間を区切って人生をカネにして《マネタイズ》ゆく人間だ。彼では時代に流されてゆくことを止められないし、未来には悪党は居場所を失うようにしか思えない。希望など見えなかった。

　ラウルが咳き込んだ拍子に口から血を垂らした。

「そうか」

　その体に巻かれた包帯は、真っ赤な血に濡れていた。出血が続いているのだ。輸血パックはもう空になっている。

　死ぬ間際だというのに、ずっとバカな話を続けていた。

　ラウルは、謳われるにふさわしい男だ。

　死と時間に立ち向かい、すくなくともいまは勝利している。

　震える指で、ラウルが自分の頭を指さした。

「撃てよ」

　無惨に殺してやるつもりだった。そうして、コルティスたちへのあてつけにするつもりだった。だが、できなかった。

「ここらで幕を引くべきだろう。オレの価値ある時間にさ。ああ、悔いはある。……もっとこの時間を長く続けたかったよ」

ラウルの肌が汗に濡れて艶やかだ。生命が消えゆくことに抗《あらが》うように、酸素を求めて胸が上下する。時折眉をひそめ、苦痛と恐怖の波をやりすごすためにか、まぶたを閉じている。

ここまできたら他に選択肢などない。討ち漏らしたコルティスにラウルの兄という信用があるままでは、いつかカルロスの首に手が届いてしまう。そう考えて、まるで道があればこの男を助けたいかのようだと煩悶する。

葛藤するカルロスの耳に、ラウルのかすれた声が確かに聞こえた。

「友《ミ・アミーゴ》よ——」

そのとき、ためらいの理由を知った。

この日々が、無惨で荒々しくとも彼の青春だった。

自分がその気になれば、救ってやることができる。くすんだ黄金の日々を、引き延ばすことができる。それは短いものになったとしても、価値ある時間になる。

だが、カルロスが積み上げてきたものは、仕切り直せばもう同じ高さに至る望みはない。幾度も挫折して再起するのは立志伝の定番だが、密売人はひとたびの挫折で簡単に死ぬからだ。わずかな油断で彼は右目を失った。次の幸運はおそらくない。

浅い呼吸の音が聞こえる。

カルロスは目を閉じる。

呼吸の音が乱れる。咳き込む音がして、身をよじった衣擦れとベッドの軋みが耳に触った。目を開くと、ラウルが首を絞められている。絞めているのはカルロスの両手だ。コルティスに吹っ飛ばされて右手の中指はなくなっている。

あらん限りの力をかけ、体の重みで押さえつけた。

暴れるほどの熱を、手のひらに力強く感じ続けていた。

ラウルが舌を出して、動かなくなった。その目は瞳孔が開いて、もう何の反応もしない。

抵抗されなかったことに気づいた。ラウルのぬくもりが残る手のひらを確かめると、べっとり血がついていた。

カルロスは勝った。ラウルはもういない。コルティスに後ろ盾はいない。もうあの男にカネや兵隊を貸してやる酔狂な密売人などいない。自分は安全になった。

だが、彼は決定的に貧しくなった。ラウルは本当に彼を理解し、一緒にやろうと思ってくれていた。特別な友だちになってくれる男だった。

カルロスは命と引き替えに、この先の豊饒になるはずだった時間を永遠に失ったのだ。

ラウルは死んだ。

カルロスの世界は、そいつを失ったぶんだけ貧しくなった。

その空白が思いの外おおきくて、死の断絶の重さに立ちすくむ。

彼は自分の限られた持ち時間を無駄にしない選択をした。ラウルを失ったパパ・サンチョは顔役ではいられないだろう。コルティスとの因縁をえさに、街をこれから支配するガルボ側へ堂々と寝返ればいい。市街の被害を観察する限りでは、軍の襲撃でガルボも大打撃を受けている。トニーのとき結局カルロスを殺さなかったように、今回も受け入れられるはずだ。

カルロスは被害を最小限度に抑えた、きょうから麻薬を売り始められる密売人なのだ。

サーフハウスのちんけな大麻売りにはできすぎなほど、未来は開けていた。

部屋を立ち去る前に、ラウルの死体に、椅子にかかっていたシャツを放り投げた。あの派手なシャツに、心臓の止まった体から漏れた血の染みがにじんでゆく。

余計なことを知りすぎた医者を、ミゲルたちが強引に連行する。暴れる靴音と、悲鳴が部屋に空しく響く。

ビーチが財産のバラデロでは、始末した死体を海に投げ込まないのがルールだ。きょうのおびただしい死者の山に隠すか、どこかの野原にでも埋められるのだろう。弟のマルコの死体もいまだに出てこない。ここはそういう島だ。

もうおもては夜になっていた。

地下の狭苦しさから解放されてほっとした。

死体の薄い臭気がそこかしこからあがっていて、その甘ったるさに眉をひそめる。葉巻に火を点けて、その煙のふくよかさにこころの底からほっとした。

簡単な手当だけを受けて、包帯を巻いてうずくまる女たちがいた。家屋財産を燃やされて立ち尽くす男たちがいた。憤懣《ふんまん》やるかたなく怒声を上げて歩き回る者たちがいる。

だが、立ち直りの早い者は、歌を唄い、踊り、食事を食らい、自分の時間を営みはじめている。

カルロスの顔を知っている市民が、彼を見つけて指さした。

「セニョール・カルロスだ！　セニョール・カルロスが来てくれた」

うつむいていた被害者たちが、彼を見つけて立ち上がる。政府が始めた麻薬戦争で焼け出された市民には、密売人が英雄だった。この街から運ばれた麻薬が世界中に大きな被害をまき散らしている。それが悪いことだともわかっている。それでも、地元出身で大金持ちになった有名人を嫌いになることは難しい。その密売人が、地域に儲けを還元していればなおさらだ。

「酒を買ってこい。そこらからメシ屋を呼んでこいつらに振る舞え！　景気づけだ」

カルロスは鼓舞するように手を叩いて、瓦礫と焼け跡の街へと歩んでゆく。

力を取り戻した目で、バラデロの男女が彼を一心に見ている。

彼に言えることはひとつだけだ。

「今日は怠惰に楽しめ。明日からまた稼げ、生きろ」

そんな単純なことばが、焼け跡では真実であるように滲みてゆく。

誰からともなく、手拍子を打って歌い始めた。それは、コルティスたちを追い詰めるために作らせた、自分を讃える歌だ。歌声が、徐々に高らかに響き、熱気を伴ったうねりになって人々を包んでゆく。コリードの中にいるのは我慢強く精力的で勇敢な、分別のつかない年頃なら憧れそうな反逆者だ。

まるで神話を生きているような、わけのわからない感覚だった。最初の数曲から先は、カルロスがしたことや言葉が、コリードになってクラブで歌われているものだ。

カルロスの時間が、いつの間にか他人のものになっている。焼け跡にサンダル履きで立つ貧しい子供たちが、無邪気な憧れを向けてくる。この街から出荷されるキューバ・ルートのコカインがなければ、麻薬中毒者はずいぶん世界から少なくなる。だが、ここではみんなが、新聞の中の犯罪者ではなく、コリードの中のカルロスを見ている。まるでラウルを真似るように虐げられた人々に酒を振る舞う彼自身も、歌われた嘘に動かされている。

誰もが流されてゆく。限りある人生の時間に翻弄されながら、自分の本当にやりたいことではない営みを続けている。

善も悪もなくただ期待に満ちた目を向ける観衆には、人生を棒に振った麻薬中毒者もいた。いっそうみすぼらしくなったフレデリカが、カルロスの名を歓呼していた。ここは密売人が聖者になり、英雄になる国だ。麻薬王が生まれるにふさわしい島だ。

カルロス・エステベス。隻眼《せきがん》の密売人。拷問から解放されたその日のうちに麻薬を売り始めた、不屈の男。

コリードの中のそいつが生身の自分とはかけ離れていると、カルロスだけが知っている。手のひらで乾いた血は、もう手を擦ってもこびりついたままだ。歓喜と称賛の声に包まれた彼を、本当の貧しさが骨身に擦り込むようにさいなみ続ける。

カルロスは振り返らなかった。死と貧窮を忘却させる、人々の派手な歌と踊りの中へとみずから呑み込まれてゆく。

かくして麻薬王カルロス・エステベスは、その貧しさと怠惰で固められた階《きざはし》を上り始めたのだ。

〈to be continued〉

伊藤計劃氏を作家として意識したのは、SFを本格的に書き始めた拙作『あなたのための物語』で帯文を、早川書房の塩澤氏にいただいたときでした。「イーガン、チャンを経由し伊藤計劃に肉薄する、SF史上、最も無機的で最も感傷的な〝死〟の情景」というものです。

刊行が二〇〇九年だったことと、テーマが死だったことから、伊藤計劃とのつながりを想像されたかたが多かったようです。『あなたのための物語』は、その年度のSF大賞に『ハーモニー』とともに最終選考に選んでいただき、受賞したのはもちろん『ハーモニー』でした。それから数年間、わたしだけではなく何人もの作家が、二〇〇九年を何かの終わりの年にしてはならないと力を尽くしてきたのだと思います。

掲載いただいた「怠惰の大罪」は、長篇原稿の第一章になります。彼が読んだら何というだろうかと考えつつ書いた小説でもあります。舞台がキューバになったのは、トリビュートに収録いただくお話をうかがっていた影響です。

彼が生きていたら、アメリカとキューバの国交回復をどうコメントしたか、ぜひ聞きたくはありました。

（長谷敏司）

本書収録の作品は、すべて書き下ろしです。

# 虐殺器官〔新版〕

伊藤計劃

**2015年11月、劇場アニメ化**

9・11以降、〝テロとの戦い〟は転機を迎えていた。先進諸国は徹底的な管理体制に移行しテロを一掃したが、後進諸国では内戦や大規模虐殺が急激に増加した。米軍大尉クラヴィス・シェパードは、混乱の陰に常に存在が囁かれる謎の男、ジョン・ポールを追ってチエコへと向かう……彼の目的とはいったい？　大量殺戮を引き起こす〝虐殺の器官〟とは？　ゼロ年代最高のフィクションついにアニメ化

*Cover Illustration redjuice*
© Project Itoh/GENOCIDAL ORGAN

ハヤカワ文庫

# ハーモニー〔新版〕

伊藤計劃

**2015年12月、劇場アニメ化**

*Cover Illustration redjuice*
© Project Itoh/HARMONY

二一世紀後半、人類は大規模な福祉厚生社会を築きあげていた。医療分子の発達により病気がほぼ放逐され、見せかけの優しさや倫理が横溢する〝ユートピア〟。そんな社会に倦んだ三人の少女は餓死することを選択した――それから十三年。死ねなかった少女・霧慧トァンは、世界を襲う大混乱の陰に、ただひとり死んだはずの少女の影を見る――『虐殺器官』の著者が描く、ユートピアの臨界点。

ハヤカワ文庫

HM=Hayakawa Mystery
SF=Science Fiction
JA=Japanese Author
NV=Novel
NF=Nonfiction
FT=Fantasy

# 伊《い》藤《とう》計《けい》劃《かく》トリビュート

〈JA1201〉

二〇一五年八月二十 日 印刷
二〇一五年八月二十五日 発行
（定価はカバーに表示してあります）

編者 早《はや》川《かわ》書《しょ》房《ぼう》編《へん》集《しゅう》部《ぶ》
発行者 早川 浩
印刷者 青木利充
発行所 株式会社 早川書房
郵便番号 一〇一 - 〇〇四六
東京都千代田区神田多町二ノ二
電話 〇三 - 三二五二 - 三一一一（大代表）
振替 〇〇一六〇 - 三 - 四七七九九
http://www.hayakawa-online.co.jp

乱丁・落丁本は小社制作部宛お送り下さい。
送料小社負担にてお取りかえいたします。

印刷・株式会社精興社　製本・株式会社川島製本所
Printed and bound in Japan
JASRAC 出1508989-501
ISBN978-4-15-031201-5 C0193

本書のコピー、スキャン、デジタル化等の無断複製は著作権法上の例外を除き禁じられています。

本書は活字が大きく読みやすい〈トールサイズ〉です。